Sandra Brown
Celinas Tochter

Buch

Nach vielen Jahren kehrt die attraktive Alexandra Gaither in ihre Heimatstadt Purcell zurück, als erfolgreiche Anwältin und weltgewandte Frau. Und sie hat eine Mission, denn nun scheint endlich der Zeitpunkt gekommen, das zu erreichen, was sie schon so lange anstrebt: Gerechtigkeit – und Rache. Vor fünfundzwanzig Jahren nämlich wurde ihre Mutter Celina hier, im tiefsten Texas, umgebracht, und gleich drei der mächtigsten und reichsten Männer der Stadt kommen als Mörder infrage, unter ihnen auch der smarte Reed, der ihr schon bald nicht mehr aus dem Kopf geht. Keine einfache Aufgabe also für die inzwischen so selbstbewusste Frau, denn nicht nur Reed, nein, alle drei sind äußerst charmant – doch alle bleiben verdächtig, denn sie versuchen mit allen Mitteln, ihre Sünden und Geheimnisse vor ihr zu verbergen. Alexandra muss alles riskieren, um den wahren Täter zu entlarven. Doch sie wäre nicht Celinas Tochter, wenn sie schnell aufgeben würde, wenn es ihr nicht gelänge, die Schatten zu lüften – und sich selbst von der Last der Vergangenheit zu befreien …

Autorin

Sandra Brown arbeitete als Schauspielerin und TV-Journalistin, bevor sie mit ihrem Roman *Trügerischer Spiegel* auf Anhieb einen großen Erfolg landete. Inzwischen ist sie eine der erfolgreichsten internationalen Autorinnen, die mit jedem ihrer Bücher weltweit Spitzenplätze der Bestsellerlisten erreicht. Sandra Brown lebt mit ihrer Familie abwechselnd in Texas und South Carolina.

Von Sandra Brown bei Blanvalet erschienen (Auswahl):

Schöne Lügen · Ein Hauch von Skandal · Sündige Seide · Verliebt in einen Fremden · Ein Kuss für die Ewigkeit · Zum Glück verführt · Wie ein Ruf in der Stille · Ein skandalöses Angebot · Heißer als Feuer · Lockruf des Glücks · Eine sündige Nacht · Eine unmoralische Affäre · Verruchte Begierde · Gefährliche Sünden · Zur Sünde verführt · Unschuldiges Begehren · In einer heißen Sommernacht · Wie ein reißender Strom · Tanz im Feuer · Feuer in Eden · Glut unter der Haut · Schwelende Feuer · Jenseits der Vernunft

Sandra Brown
Celinas Tochter

Roman

Aus dem Amerikanischen
von Dinka Mrkowatschki

blanvalet

Die Originalausgabe erschien 1989 unter dem Titel
»Best Kept Secrets« bei Warner Books Inc.,
a Time Warner Company, New York.

FSC www.fsc.org
MIX
Papier aus verantwortungsvollen Quellen
FSC® C014496

Verlagsgruppe Random House FSC® N001967

2. Auflage

Redaktion: Barbara Gernet
Umschlaggestaltung: © Johannes Wiebel | punchdesign,
unter Verwendung von Motiven von Shutterstock.com
(Le Do; WAYHOME studio)
LH · Herstellung: wag
Satz: Uhl + Massopust, Aalen
Druck und Bindung: GGP Media GmbH, Pößneck
Printed in Germany
ISBN: 978-3-7341-0596-8

www.blanvalet.de

1

Der Entsetzensschrei galt eigentlich nicht der Kakerlake, sondern ihrem eingerissenen Fingernagel. Die Kakerlake war klein, der Riss eine Katastrophe. Auf ihrem manikürten Nagel sah er so tief und zerklüftet aus wie der Grand Canyon.

Alex schlug mit der kunststoffbeschichteten Karte, die das spärliche Zimmerservicemenü des Motels anpries, nach der Kakerlake. Auf der Rückseite warb man für das mexikanische Buffet und The Four Riders, eine Country-und-Western-Band, die täglich von sieben bis Mitternacht in der Silver Spur Lounge auftrat.

Sie verfehlte die Kakerlake um Meter, und diese huschte hinter den holzfurnierten Toilettentisch. »Dich krieg ich später!«

Sie fand eine Nagelfeile am Boden des Kosmetikkoffers, den sie gerade auspacken wollte, als das Insekt auftauchte, um den neuen Bewohner von Zimmer 125 zu inspizieren, und der Verschluss ihren Fingernagel ruinierte. Das Zimmer lag im Erdgeschoss des Great Westerner Motels, drei Türen von der Eismaschine und dem Verkaufsautomaten entfernt.

Nachdem der Nagel repariert war, musterte sich Alex ein letztes Mal kritisch im Spiegel. Der erste Eindruck musste umwerfend sein. Sie würden ohnehin staunen, wenn sie ihnen sagte, wer sie war, aber sie wollte mehr.

Sie sollten schockiert, sprachlos und hilflos sein.

Zweifelsohne würden sie Vergleiche ziehen. Das konnte sie nicht verhindern; aber auf keinen Fall wollte sie bei ihren Intelligenztests schlecht abschneiden. Sie würde dafür sorgen, dass an Celina Gaithers Tochter kein Makel feststellbar wäre.

Ihre Aufmachung hatte sie mit größter Sorgfalt ausgewählt. Alles – Kleidung, Schmuck, Accessoires – war von erlesenem Geschmack, insgesamt schlicht, aber nicht streng; schick, aber nicht zu modisch. Sie strahlte eine Aura von Kompetenz aus, die ihrer Weiblichkeit keinerlei Abbruch tat.

Ihr Ziel war es, sie zuerst zu beeindrucken und dann mit dem Grund ihrer Anwesenheit in Purcell zu überraschen.

Bis vor wenigen Wochen war die Stadt mit dreißigtausend Einwohnern ein einsamer Punkt auf der Karte von Texas gewesen. Hier lebten genauso viele Hasen und Kröten wie Menschen. Vor Kurzem waren aber die Geschäftsinteressen der Stadt in die Gazetten geraten, allerdings nur am Rande. Doch wenn Alex einmal mit ihrer Arbeit fertig war, würde Purcell von El Paso bis Texarkana Schlagzeilen machen, davon war sie überzeugt.

Nachdem sie sich vergewissert hatte, dass ihre Erscheinung höchstens noch durch ein Wunder Gottes oder Schönheitschirurgie verbessert werden könnte, hängte sie sich ihre Handtasche um, nahm ihre Aalhaut-Aktentasche, überprüfte den Zimmerschlüssel und zog die Tür von Nr. 125 hinter sich zu.

Auf der Fahrt in die Stadt musste Alex im Schneckentempo zwei Schulzonen durchqueren. In Purcell begann die Stoßzeit, sobald die Schule zu Ende war. Eltern transportierten ihre Kinder von der Schule zum Zahnarzt, zu Klavierstunden und Einkaufszentren. Vielleicht waren einige sogar auf dem Weg nach Hause, aber der zähfließende Verkehr und die verstopften Kreuzungen ließen vermuten, dass an diesem Tag offensichtlich keiner direkt heimfuhr. Der Stop-and-go-Verkehr machte ihr eigentlich nichts aus. Sie nutzte die Trödelei, um sich ein bisschen mit dem Charakter der Stadt vertraut zu machen.

Schwarzgoldene Bänder flatterten von der Markise der Purcell High School. Die Karikatur eines schwarzen Panthers fauchte vorbeifahrende Autos auf dem Highway an, und ein Schriftzug verkündete POUNCE PERMIAN. Auf dem Feld des Footballstadions trainierte das Footballteam und übte Spielzüge. Die Marschkapelle probte auf einem angrenzenden Trainingsplatz ihren Auftritt für Freitag.

Alles sah so unschuldig aus. Einen Augenblick lang bedauerte Alex ihre Mission und was sie wahrscheinlich der Gemeinde antun würde. Doch dann verdrängte sie rasch ihre Schuldgefühle, indem sie sich daran erinnerte, warum sie hier war. Eine Fülle von Ablehnung und die harten Vorwürfe ihrer Großmutter waren in ihrem Kopf gespeichert, falls sie je auch nur eine Sekunde lang vergaß, was sie hierhergeführt hatte. Den Luxus eines schlechten Gewissens konnte sie sich nicht leisten.

Die Innenstadt von Purcell war fast menschenleer. Viele der Geschäftshäuser und Büros um den Hauptplatz standen verlassen und vernagelt da. Es gab zu viele Konkursschilder, um sie noch zu zählen.

Die Sicherheitsglasscheiben, hinter denen einst verlockende Waren prangten, waren mit Graffiti verschmiert. An einer geschlossenen Wäscherei hing ein handgeschriebenes Schild. Jemand hatte das »r« weggekratzt, jetzt las sich das Schild: 3 SHI TS/ $ 1, dreimal Scheiße/1 Dollar, die Wirtschaftslage von Purcell County in dürren Zahlen.

Sie stieg vor dem Bezirksgericht aus und fütterte die Parkuhr mit Münzen. Das Gerichtsgebäude war vor neunzig Jahren aus dem roten Granit der hiesigen Berge erbaut worden. Italienische Steinmetze hatten prätentiöse Fabelwesen und Greifvögel auf jede verfügbare Fläche eingemeißelt, als ob die Masse der Verzierungen das Honorar ihres Auftrags rechtfertigen sollte. Das Ergebnis war protzig, aber gerade dies machte das Gebäude eindrucksvoll. Auf der Kuppel flatterten die Landesfahne und die Flagge von Texas im frischen Nordwind.

Nachdem Alex im letzten Jahr ständig in und um das Kapitol von Austin gearbeitet hatte, konnten offizielle Gebäude sie nicht mehr einschüchtern. Sie schritt entschlossen die Treppe hoch und zog die schweren Türflügel auf. Im Inneren zeugten bröckelnder Putz und abblätternde Farbe vom langsamen Verfall. Auf dem Kachelboden sah sie Haarrisse wie auf den Innenseiten uralter Hände.

Die Gänge waren hoch, zugig und rochen nach Industriereinigungslösung, staubigen Akten und einer Überdosis Parfum, das die Sekretärin des Bezirksstaatsanwalts ausströmte. Sie hob erwartungsvoll den Kopf, als Alex das Vorzimmer betrat.

»Hallo. Haben Sie sich verlaufen, Schätzchen? Tolle Frisur. Ich wünschte, ich könnte so einen Knoten tragen. Aber dazu braucht man winzige Ohren. Und ich mach den Elefanten Konkurrenz. Nehmen Sie Henna, um diesen roten Schimmer zu kriegen?«

»Ist das hier das Büro von Bezirksstaatsanwalt Chastain?«

»Klar, Schätzchen. Was wollen Sie denn von ihm? Heute hat er ziemlich viel zu tun.«

»Ich bin von der Staatsanwaltskammer von Travis County. Mr. Harper hat mich telefonisch angemeldet, glaube ich.«

Das Kaugummi in der Backe der Sekretärin erstarrte. »Sie? Wir haben einen Mann erwartet.«

»Wie Sie sehen …« Alex hob die Brauen.

Die Sekretärin zog einen Flunsch. »Mr. Harper hätte doch wirklich erwähnen können, dass sein Assistent eine Lady ist, aber, Scheibenkleister, was soll's«, sagte sie mit einer verächtlichen Handbewegung. »Sie wissen ja, wie die Männer sind. Ja, Schätzchen, Sie sind auf die Minute pünktlich für Ihren Termin. Ich heiße Imogene. Möchten Sie einen Kaffee? Toll, was Sie da anhaben, so modisch. Die Röcke sind jetzt wieder kürzer, was?«

Alex riskierte es, unhöflich zu sein, und fragte: »Sind die Verhandlungsparteien schon hier?«

In diesem Augenblick ertönte männliches Gelächter durch die geschlossene Tür von nebenan. »Beantwortet das Ihre Frage, Schätzchen?«, fragte Imogene. »Da hat wahrscheinlich grade einer einen dreckigen Witz erzählt, um ein bisschen Dampf abzulassen. Die platzen fast vor Neugier, was dieses geheime Treffen soll. Wie heißt denn das große Geheimnis? Mr. Harper hat Pat nicht erzählt, warum Sie nach Purcell kommen, obwohl sie zusammen auf der Uni waren. Hat das was damit zu tun, dass ME eine Glücksspiellizenz kriegen soll?«

»ME?«

»Minton Enterprises.« Sie sagte das, als wäre sie überrascht über Alex' Ahnungslosigkeit.

»Vielleicht sollte ich sie nicht länger warten lassen«, schlug Alex taktvoll vor und entzog sich so einer Antwort.

»Scheibenkleister, ich red mal wieder zu viel. Wollten Sie jetzt einen Kaffee oder nicht, Schätzchen?«

»Nein danke.« Alex folgte Imogene zur Tür. Ihr Puls beschleunigte sich.

»Verzeihung.« Imogene unterbrach das Gespräch, indem sie den Kopf durch die Tür steckte: »Der Assistent von Bezirksstaatsanwalt Harper ist hier. Macht euch auf was gefasst.« Sie drehte sich zu Alex um und zwinkerte ihr mit blauverschmierten Wimpern zu, von Frau zu Frau. »Hereinspaziert, Schätzchen.«

Alex wappnete sich innerlich für das bisher wichtigste Treffen ihres Lebens und betrat das Büro. Die Atmosphäre war so entspannt, dass man kein Hellseher sein musste, um zu erkennen, wen die Herren erwarteten. Sobald sie die Schwelle übertreten und Imogene die Tür hinter ihr zugemacht hatte, sprang der Mann hinter dem Schreibtisch von seinem Stuhl hoch. Er drückte seine brennende Zigarre in einem schweren Glasaschenbecher aus und griff nach seinem Jackett, das er über die Stuhllehne drapiert hatte.

»Pat Chastain«, sagte er und reichte ihr die Hand. »Das ist aber wirklich eine nette Überraschung. Mein Kumpel Greg Harper zeigte immer schon guten Geschmack, was Ladys betrifft. Wundert mich nicht, dass er eine schöne Frau in seinem Team hat.«

Seine sexistische Bemerkung stieß ihr sauer auf, aber sie sagte nichts, neigte nur leicht den Kopf zum Dank für das Kompliment. Die Hand, die sie zur Begrüßung drückte, war so mit Goldarmbändern behängt, dass man daran eine mittelgroße Jacht hätte verankern können. »Danke, dass Sie dieses Treffen arrangiert haben, Mr. Chastain.«

»Kein Problem. Kein Problem. Freut mich, wenn ich Ihnen und Greg einen Gefallen tun kann. Und nennen Sie mich Pat.« Er nahm ihren Ellbogen und führte sie zu den beiden anderen Männern, die höflich auf sie zukamen. »Das hier sind Mr. Angus Minton und sein Sohn, Junior.«

»Meine Herren.« Ihnen so zum ersten Mal von Angesicht zu Angesicht gegenüberzustehen war ein merkwürdiges Gefühl zwischen Neugier und Antipathie. Sie wollte sie doch analysieren, entlarven. Statt dessen tat sie das, was man von einem zivilisierten Menschen erwartet, und schickte sich an, sie zu begrüßen.

Eine schwielige Hand umfasste die ihre. Der Händedruck war fast zu kräftig, aber so ehrlich und freundlich wie das Gesicht, das sie anlächelte. »Ist mir ein Vergnügen, Ma'am. Willkommen in Purcell County.«

Das Gesicht von Angus Minton war gebräunt, verwittert von sengender Sommersonne, eisigen Nordwinden und Jahren der Arbeit im Freien. Seine zwinkernden blauen Augen umgaben zahllose Lachfältchen, und er besaß eine durchdringende, fröhliche Stimme. Alex vermutete, dass sein Lachen genauso breit wie seine Brust und sein Bierbauch war, die einzigen Anzeichen für kleine Schwächen. Im Übrigen sah er sehr fit und kräftig aus. Sein Auftreten war so selbstsicher, dass wohl auch ein jüngerer Mann Bedenken hätte, sich mit ihm anzulegen. Aber trotz all der Kraft, die er ausstrahlte, schaute er so harmlos drein wie ein Ministrant.

Der Händedruck seines Sohnes war weicher, aber genauso herzlich. Er sagte mit vertrauenerweckender Stimme: »Ich bin Junior Minton. Guten Tag.«

»Guten Tag.«

Er sah nicht aus wie dreiundvierzig, schon gar nicht, wenn er lächelte. Seine makellosen Zähne blitzten, und ein vorwitziges Grübchen erschien auf einer Wange, zeugte davon, dass er sich immer nur so gut benahm, wie es die Situation erforderte. In den blauen Augen, die etwas dunkler waren als die seines Vaters, saß versteckter Schalk. Er ließ ihren Blick nicht los, bis sie das Gefühl hatte, nur sie beide bevölkerten diesen Raum. Sie entzog ihm ihre Hand, was er widerwillig geschehen ließ.

»Und dort drüben ist Reede. Reede Lambert.«

Alex wandte sich in die von Pat Chastain angedeutete Richtung und entdeckte den vierten Mann, den sie bis jetzt nicht bemerkt hatte. Etikette schien ihn wenig zu scheren, er lehnte lässig in seinem Stuhl in der Ecke. Abgestoßene Cowboystiefel an den übergeschlagenen Beinen, deren Spitzen zur Decke zeigten und unverschämt hin- und herwackelten. Die Hände hielt er locker über seiner Westerngürtelschnalle verschränkt. Er hob kurz die Rechte und tippte mit zwei Fingern an die Krempe seines Cowboyhutes. »Ma'am.«

»Mr. Lambert«, sagte sie kühl.

»Nehmen Sie Platz«, bat Chastain und zeigte auf einen Stuhl. »Hat Imogene Ihnen einen Kaffee angeboten?«

»Ja, aber ich möchte keinen. Ich wäre Ihnen dankbar, wenn wir so schnell wie möglich zur Sache kommen könnten.«

»Aber sicher. Junior, zieh den Stuhl hier rüber. Angus.« Chastain bedeutete dem Älteren, sich zu setzen. Als sich alle niedergelassen hatten, setzte sich der Staatsanwalt hinter seinen Schreibtisch. »Also Miss ... Verdammt noch mal. Bei der ganzen Vorstellerei haben wir's versäumt, Ihren Namen rauszukriegen.«

Alle Augen waren auf Alex gerichtet, voller Neugier. Sie ließ sich Zeit, um die Wirkung zu steigern. Sie wollte ihre einzelnen Reaktionen genau beobachten und katalogisieren. Zu schade, dass sie Reede Lambert nicht besser sehen konnte. Er saß schräg hinter ihr, und der Cowboyhut verdeckte die obere Hälfte seines Gesichts.

Sie holte tief Luft. »Ich bin Alexandra Gaither, Celinas Tochter.«

Schockiertes Schweigen quittierte diese Enthüllung.

Schließlich fragte Pat Chastain benommen: »Wer ist Celina Gaither?«

»Da brat mir doch einer 'nen Storch.« Angus sank im Stuhl zusammen wie ein leckes Gummitier.

»Celinas Tochter. Mein Gott, das glaub ich einfach nicht«, flüsterte Junior. »Das glaub ich nicht.«

»Würde mich bitte jemand aufklären?«, sagte Pat hilfesuchend. Er wurde einfach ignoriert.

Die Mintons starrten Alex unverhohlen an, suchten in ihrem Gesicht nach einer Ähnlichkeit mit ihrer Mutter, die sie so gut gekannt hatten. Aus dem Augenwinkel sah sie, dass Lamberts Stiefelspitzen nicht mehr wippten. Er zog die Beine an und setzte sich aufrecht.

»Was, in aller Welt, haben Sie denn in all den Jahren gemacht?«, fragte Angus.

»Wie viele Jahre ist das her?«, wollte Junior wissen.

»Fünfundzwanzig«, sagte Alex präzise. »Ich war erst zwei Monate alt, als Großmama Graham von hier wegzog.«

»Wie geht's Ihrer Großmutter?«

»Sie befindet sich derzeit in einem Pflegeheim in Waco, an Krebs erkrankt, Mr. Minton.« Sie sah keine Veranlassung, seine Gefühle zu schonen. »Sie liegt im Koma.«

»Das tut mir leid.«

»Danke.«

»Und wo haben Sie die ganze Zeit gesteckt?«

Alex nannte eine Stadt in Mitteltexas. »Wir haben mein ganzes Leben lang dort gelebt – zumindest seit ich mich erinnern kann. Ich hab dort meinen High-School-Abschluss gemacht, bin dann auf die University von Texas gegangen, danach direkt auf die juristische Fakultät. Ich hab vor einem Jahr mein Diplom gemacht.«

»Juristische Fakultät. Stellt euch das vor! Also, Sie haben sich toll rausgemacht, Alexandra. Was sagst du, Junior?«

Junior setzte sein unwiderstehliches Lächeln auf. »Das kann man wohl sagen. Sie haben sich ganz schön verändert, seit ich Sie das letzte Mal gesehen habe«, neckte er sie. »Soweit ich mich erinnern kann, war Ihre Windel nass und Sie hatten kein einziges Haar auf dem Kopf.«

Seine Versuche, mit ihr zu flirten, machten Alex nervös angesichts ihres Motivs für dieses Treffen. Sie war froh, als Pat Chastain sich wieder zu Wort meldete. »Tut mir leid, dass ich dieses rührende Wiedersehen stören muss, aber ich tappe immer noch im Dunkeln.«

Angus klärte ihn auf. »Celina war eine Klassenkameradin von Junior und Reede. Sie waren die besten Freunde, praktisch unzertrennlich, die drei, solange sie auf der High School waren. Verrückte Kinder.«

Dann verdüsterten sich seine blauen Augen. »Celina ist gestorben. War wirklich tragisch.« Er nahm sich Zeit, um sich zu sammeln. »Wie dem auch sei, heute hören wir zum ersten Mal wieder von Alexandra, seit ihre Großmutter, Celinas Mutter, mit ihr von hier weggezogen ist.« Er schlug sich lächelnd auf die Schenkel. »Verdammt, ist das ein gutes Gefühl, dich wieder hier in Purcell zu haben.«

»Danke, aber …« Alex öffnete ihre Aktentasche und nahm einen braunen Umschlag heraus. »Ich werde nicht bleiben. Ich bin in offizieller Mission hier.« Sie reichte dem Bezirksstaatsanwalt den Umschlag. Er sah ihn ratlos an.

»Offizielle Mission? Als Greg mich angerufen und gebeten hat zu helfen, hat er etwas vom Wiederaufrollen eines Falls gesagt.«

»Steht alles da drin«, sagte Alex und deutete auf den Umschlag. »Ich schlage vor, Sie sehen sich den Inhalt an und machen sich gründlich mit den Details vertraut. Greg Harper bittet um die volle Unterstützung Ihres Büros und der lokalen Polizeibehörde, Mr. Chastain. Er hat mir versichert, dass Sie für die Dauer meiner Ermittlungen seiner Bitte entsprechen werden.« Sie schloss energisch ihre Aktentasche, erhob sich und ging zur Tür.

»Ermittlungen?« Staatsanwalt Chastain sprang auf. Die Mintons folgten seinem Beispiel.

»Arbeiten Sie mit der Pferderennkommission zusammen?«, fragte Angus. »Uns wurde gesagt, wir würden genau durchleuchtet, bevor sie uns eine Glücksspiellizenz geben, aber ich dachte, wir hätten die Probe schon bestanden.«

»Ich dachte auch, der Rest wäre nur noch eine Formalität«, sagte Junior.

»Soviel ich weiß, ist es das auch«, sagte Alex. »Meine Ermittlungen haben nichts mit der Rennkommission oder der Erteilung Ihrer Pferderennlizenz zu tun.«

Da sie dem nichts mehr hinzufügte, fragte Chastain: »Und womit hat es dann etwas zu tun, Miss Gaither?«

Sie baute sich zu ihrer vollen Größe auf und sagte: »Ich rolle einen fünfundzwanzig Jahre alten Mordfall wieder auf. Greg Harper hat um Ihre Hilfe gebeten, Mr. Chastain, da das Verbrechen im Purcell County begangen wurde.«

Sie sah Angus direkt in die Augen, dann Junior. Schließlich richtete sich ihr Blick auf Reede Lamberts Hut. »Und bevor ich hier fertig bin, werde ich wissen, wer von euch meine Mutter umgebracht hat.«

2

Alex schälte sich aus ihrer Kostümjacke und warf sie auf das Motelbett. Ihre Achseln waren schweißnass, und ihre Knie drohten nachzugeben. Ihr war speiübel. Der Auftritt im Büro des Staatsanwalts hatte sie mehr mitgenommen, als sie sich eingestehen wollte.

Pat Chastains Räume hatte sie hoch erhobenen Hauptes verlassen. Sie war nicht zu schnell gegangen, aber auch nicht zu langsam, hatte Imogene, die offensichtlich an der Tür gehorcht hatte und Alex mit offenem Mund anstarrte, zugelächelt.

Ihren Abgangstext hatte sie gut einstudiert, gut getimt und perfekt durchgeführt. Das Treffen war genauso verlaufen, wie sie es geplant hatte, aber ihr fiel ein Zentnergewicht vom Herzen, dass es nun vorbei war.

Inzwischen streifte sie ein klebriges Stück Kleidung nach dem anderen ab. Es wäre zu schön, annehmen zu dürfen, sie hätte das Schlimmste hinter sich; aber sie befürchtete, dass ihr das noch bevorstand. Die Männer, die sie heute kennengelernt hatte, würden sich nicht auf den Rücken legen und tot spielen. Sie musste ihnen wieder gegenübertreten, und dann würden sie nicht so erfreut sein über das Treffen.

Angus Minton wirkte wie ein heiliger Nikolaus, aber Alex wusste, dass kein Mann in Angus' Position so arglos sein konnte, wie er sich gab. Er war der reichste, der mächtigste Mann im Bezirk. Diesen Status erwarb man nicht durch gütige Führungsqualitäten. Er würde darum kämpfen, das zu behalten, was er sich ein Leben lang aufgebaut hatte.

Junior war ein Charmeur, der sich mit Frauen auskannte. Die Zeit war glimpflich mit ihm umgegangen. Er hatte sich kaum verändert im Vergleich mit den alten Fotos, die sie kannte. Sie wusste auch, dass er sein gutes Aussehen ausnutzte. Ihn zu mögen würde ihr nicht schwerfallen. Ihn des Mordes zu verdächtigen auch nicht.

Reede Lambert war am schwersten einzuschätzen, weil sie von ihm nur einen undeutlichen Eindruck hatte. Im Gegensatz zu den anderen war es ihr nicht gelungen, ihm in die Augen zu sehen. Reede, der Mann, sah viel härter und kräftiger aus als Reede, der Junge, aus der Fotoschachtel ihrer Großmutter. Er wirkte verstockt, unfreundlich und gefährlich.

Einer dieser Männer hatte ihre Mutter getötet, davon war sie überzeugt.

Celina Gaither war nicht von Buddy Hicks, dem Verurteilten, ermordet worden. Ihre Großmutter, Merle Graham, hatte das Alex ihr ganzes Leben lang wie den Katechismus eingebläut.

»Deine Aufgabe ist es, Alexandra, das wieder in Ordnung zu bringen«, hatte Merle ihr fast täglich gepredigt. »Das ist das Mindeste, was du für deine Mutter tun kannst.« Dann hatte sie immer einen sehnsüchtigen Blick auf eines der vielen gerahmten Fotos ihrer toten Tochter geworfen, die im ganzen Haus verstreut standen. Und danach war sie unweigerlich in Tränen ausgebrochen, und ihre Enkelin hatte stets Mühe gehabt, sie zu trösten.

Doch bis vor wenigen Wochen hatte Alex nicht gewusst, wen Merle des Mordes an Celina verdächtigte. Es war die finsterste Stunde in Alex' Leben gewesen, als die Großmutter auspackte.

Nach einem dringenden Anruf des Arztes aus dem Pflegeheim war Alex über die Interstate nach Waco gerast. Das Heim galt als ruhig, makellos gepflegt und von verantwortungsvollen Profis geführt. Merles Pension von der Telefongesellschaft ermöglichte ihren Aufenthalt. Trotz aller Annehmlichkeiten hing der graue Geruch des Alters, der Verzweiflung und des Verfalls wie ein Nebel in seinen Gängen.

Als sie an jenem scheußlichen, kalten, regnerischen Nachmittag dort ankam, hatte man Alex mitgeteilt, der Zustand ihrer Großmutter wäre kritisch. Sie betrat das stille Privatzimmer und ging auf das Krankenhausbett zu. Merles Körper war seit Alex' Besuch letzte Woche in sich zusammengefallen. Aber ihre Augen funkelten wie Silvesterraketen, nur war es ein feindseliges Funkeln.

»Komm hier nicht rein«, ächzte Merle kurzatmig. »Ich will dich nicht sehen. Das ist alles nur wegen dir!«

»Was, Großmama?«, fragte Alex entsetzt. »Wovon redest du überhaupt?«

»Ich will dich hier nicht haben.«

Beschämt über diese krasse Abfuhr sah Alex den anwesenden Arzt und die Schwestern an. Sie zuckten ratlos die Schultern. »Warum willst du mich nicht sehen? Ich bin den ganzen weiten Weg von Austin hergekommen.«

»Es ist deine Schuld, dass sie gestorben ist, weißt du. Wenn du nicht gewesen wärst…« Merle stöhnte vor Schmerz und klammerte sich mit bleistiftdünnen, blutleeren Fingern an ihr Laken.

»Dass sie…? Du sagst, ich wäre verantwortlich für Mutters Tod?«

Merle riss die Augen auf. »Ja«, zischte sie böse.

»Aber ich war doch erst ein Baby, ein Säugling«, wehrte Alex ab und fuhr sich mit der Zunge über die Lippen. »Wie sollte ich…«

»Frag sie alle.«

»Wen, Großmama? Wen soll ich fragen?«

»Den, der sie ermordet hat. Angus, Junior, Reede. Aber du warst es, du… du… du…«

Der Arzt hatte Alex aus dem Zimmer bringen müssen, mehrere Minuten nachdem Merle in ein tiefes Koma gefallen war. Die schreckliche Beschuldigung hatte sie gelähmt, dröhnte durch ihr Gehirn und griff ihre Seele an.

Wenn Merle Alex für den Tod von Celina verantwortlich machte, dann erklärten sich so viele Dinge, die Alex seit ihrer Kindheit gespürt hatte. Sie hatte sich immer gefragt, wieso Großmama Graham nie sonderlich liebevoll mit ihr umgegangen war. Gleichgültig wie bemerkenswert Alex' Leistungen waren, sie reichten nie für ein Lob von Großmama. Sie wusste, dass sie niemals als so talentiert, klug oder gemütvoll galt wie das lächelnde Mädchen auf dem Foto, das Merle mit so trauriger Sehnsucht anzustarren pflegte.

Alex hasste ihre Mutter nicht. Im Gegenteil, sie hatte sie wie ein Idol verehrt, mit der blinden Leidenschaft eines Kindes, das ohne Eltern aufgewachsen war. Sie bemühte sich ständig, genauso gut in allem zu sein wie Celina; nicht nur, um eine würdige Tochter zu sein, sondern auch in der verzweifelten Hoffnung, die Liebe und Anerkennung ihrer Großmutter zu gewinnen. Deshalb war sie wie vom Donner gerührt, als die sterbende Großmutter ihr den Mord an Celina in die Schuhe schob.

Der Arzt hatte behutsam vorgeschlagen, es wäre doch

vielleicht in ihrem Sinne, Mrs. Graham von den lebenserhaltenden Apparaten abzukoppeln. »Wir können jetzt nichts mehr für sie tun, Miss Gaither.«

»O doch«, sagte Alex so heftig, dass er erschrak. »Sie können sie am Leben erhalten. Ich möchte mit Ihnen in ständiger Verbindung bleiben.«

Sofort nach ihrer Rückkehr nach Austin begann sie im Mordfall Celina Gaither zu recherchieren. Sie verbrachte viele schlaflose Nächte mit dem Studium von Protokollen und Gerichtsdokumenten, bevor sie ihren Boss, den Bezirksstaatsanwalt von Travis County, darauf ansprach.

Greg Harper hatte seine brennende Zigarette von einem Mundwinkel in den anderen geschoben. Im Gerichtssaal war Greg die Geißel schuldiger Angeklagter, lügender Zeugen und gesitteter Richter. Er redete zu laut, rauchte zu viel, trank reichlich und trug fünfhundert Dollar teure Nadelstreifenanzüge mit Eidechsenstiefeln, die doppelt so viel kosteten.

Ihn als Angeber und Egomanen zu bezeichnen, wäre eine glatte Untertreibung. Er war klug, ehrgeizig, rücksichtslos, ohne Erbarmen und hatte ein echtes Schandmaul, was seine Chancen, in die Politik des Staates einzusteigen, ziemlich schmälerte, und ausgerechnet das war sein größter Ehrgeiz. Er war ein Anhänger des Pluspunktesystems und dankbar für unverbogene Talente. Deshalb stellte er Alex in sein Team ein.

»Sie wollen einen fünfundzwanzig Jahre alten Mordfall aufrollen?«, fragte er, als sie ihm erklärte, warum sie ihn um das Arrangieren dieses Treffens gebeten hatte. »Grund?«

»Das Opfer war meine Mutter.«

Zum ersten Mal seit sie ihn kannte, hatte Greg eine Frage gestellt, auf die er die Antwort noch nicht kannte – oder zumindest ahnte. »Mein Gott, Alex. Tut mir leid, das wusste ich nicht.«

Sie tat das mit einem Schulterzucken ab. »Na ja, ist auch nicht unbedingt etwas, das man an die große Glocke hängt, oder?«

»Wann war das? Wie alt waren Sie?«

»Ich war noch ein Säugling. Ich kann mich nicht an sie erinnern. Sie war erst achtzehn, als sie getötet wurde.«

Er strich mit seiner langen knochigen Hand über sein noch längeres knochiges Gesicht. »Der Fall läuft in den Akten als offiziell unaufgeklärt?«

»Nicht direkt. Ein Verdächtiger wurde verhaftet und angeklagt, aber das Verfahren wurde eingestellt, kam nie vor Gericht.«

»Erzählen Sie mir alles Nötige, aber machen Sie's kurz. Ich esse heute mit dem Generalstaatsanwalt zu Mittag«, erklärte er. »Sie haben zehn Minuten. Schießen Sie los.«

Nachdem sie fertig war, runzelte Greg die Stirn und zündete sich eine Zigarette an der glühenden Kippe in seiner Hand an. »Verdammt, Alex, Sie haben nicht gesagt, dass die Mintons da mit drinhängen. Ihre Oma glaubt wirklich, dass einer von ihnen Ihre Mutter abgemurkst hat?«

»Oder ihr Freund, Reede Lambert.«

»Hat sie ihnen vielleicht auch ein Motiv angehängt?«

»Nicht ausdrücklich.« Alex widerstrebte es, ihm zu sagen, dass Merle sie als Motiv genannt hatte. »Offensichtlich war Celina eng mit ihnen befreundet.«

»Warum sollte dann einer von ihnen sie umbringen?«

»Das will ich ja herausfinden.«

»Auf Staatskosten?«

»Der Fall ist aufklärbar, Greg«, sagte sie mit zusammengebissenen Zähnen.

»Alles, was Sie haben, ist eine Ahnung.«

»Es ist mehr als eine Ahnung.«

Er räusperte sich. »Sind Sie sicher, dass das keine persönliche Fehde ist?«

»Natürlich nicht«, Alex war gekränkt. »Ich verfolge die Sache vom strikt legalen Standpunkt aus. Wenn Buddy Hicks der Prozess gemacht und er von einer Jury verurteilt worden wäre, würde ich das, was Großmama gesagt hat, nicht so ernst nehmen. Aber es steht in den Akten.«

»Wieso hat sie dann nicht Himmel und Hölle in Bewegung gesetzt, nachdem der Mord passiert war?«

»Das hab ich sie auch gefragt. Sie hatte nicht viel Geld, und die Justizmaschinerie jagte ihr Angst ein. Außerdem hatte der Mord sie ihrer ganzen Energien beraubt. Das bisschen, was sie noch besaß, brauchte sie, um mich durchzubringen.«

Inzwischen war Alex klar, warum ihre Großmutter, seit sie denken konnte, sie gedrängt hatte, Juristin zu werden. Und weil man das von ihr erwartete, hatte Alex die Schule mit Auszeichnung und ihr Jurastudium als eine der zehn Besten abgeschlossen. Juristin war zwar der Beruf, den Merle für sie ausgesucht hatte, aber glücklicherweise war es obendrein ein Gebiet, das Alex faszinierte und begeisterte. Ihr wissensdurstiger Verstand genoss es, in die verschlungenen Raffinessen der Justiz einzutauchen. Sie war auf ihr Ziel gut vorbereitet.

»Großmama war eine verwitwete Dame, die plötzlich mit einem Baby dastand, das aufgezogen werden musste«, begann sie, um ihn für sich einzunehmen. »Sie konnte praktisch nichts machen bei Hicks' Zurechnungsfähigkeitsprüfung. Sie nahm das bisschen Geld, das sie hatte, packte ihre Sachen, verließ die Stadt und ist nie zurückgekehrt.«

Greg warf einen Blick auf seine Uhr. Dann klemmte er sich die Zigarette zwischen die Zähne, stand auf und zog sich sein Jackett an. »Ich kann keinen Mordfall wieder aufrollen ohne den geringsten Beweis oder Grund. Das wissen Sie. Ich hab Sie nicht von der juristischen Fakultät entführt, weil Sie dumm sind. Ich muss aber zugeben, Ihr schöner Hintern war da schon ein bisschen ausschlaggebend.«

»Danke.«

Sie war augenscheinlich angewidert und nicht nur wegen seiner sexistischen Bemerkung, die sie ohnehin nicht ernst nahm, so dick, wie die aufgetragen war. »Hören Sie, Alex, das ist nicht gerade ein kleiner Gefallen, um den Sie mich da bitten«, sagte er. »Nachdem es dabei um diese hochkarätigen Typen geht, wäre das ein mittleres Erdbeben. Bevor ich meinen Hals in die Schlinge stecke, brauchen Sie noch ein bisschen mehr als eine Ahnung und Omas Gefasel.«

Sie folgte ihm zur Bürotür. »Kommen Sie, Greg, ersparen Sie mir das juristische Geschwafel. Sie denken doch nur an sich selbst.«

»Da haben Sie verdammt recht. Ständig.«

Seine Bestätigung ließ ihr keinen Raum für Manöver. »Geben Sie mir wenigstens die Erlaubnis, in diesem Mordfall zu ermitteln, solange ich nicht aktiv an anderen Fällen arbeite.«

»Sie wissen, wie viel Rückstau wir aufzuarbeiten haben. Wir kriegen jetzt schon nicht alle Fälle vor Gericht.«

»Ich mache Überstunden. Ich werde meine anderen Aufgaben nicht vernachlässigen. Sie wissen das.«

»Alex …«

»Bitte, Greg.« Er wollte sie dazu bringen, die Bitte zurückzuziehen, aber sie würde sich nur einem glatten Nein fügen. Ihre vorläufigen Recherchen hatten ihr Interesse geweckt. Ihre verzweifelte Sehnsucht, den großmütterlichen Schuldspruch zu entkräften und sich selbst von der Last zu befreien, motivierten sie außerdem. »Wenn ich nicht bald irgendetwas ans Licht bringe, lasse ich die Sache fallen, und Sie werden nie wieder davon hören.«

Er musterte ihr entschlossenes Gesicht. »Warum arbeiten Sie Ihren Frust nicht so ab wie alle anderen und ficken mal wieder nach Herzenslust? Mindestens die Hälfte aller Männer in der Stadt, ob verheiratet oder nicht, würde Ihnen gern behilflich sein.« Sie warf ihm einen vernichtenden Blick zu. »Okay, okay. Sie können ein bisschen bohren, aber bitte in Ihrer Freizeit. Bringen Sie mir etwas Konkretes. Wenn ich Wählerstimmen gewinnen will, kann ich nicht wie ein Narr handeln und die andern in dieser Abteilung auch nicht. Jetzt komm ich zu spät zum Mittagessen. Tschüs.«

Sie hatte einen Wust von Fällen zu bearbeiten, und die Zeit, die sie für den Mord an ihrer Mutter aufwenden konnte, war sehr begrenzt gewesen. Sie las alles, was sie in die Finger kriegen konnte – Zeitungsberichte, Protokolle von Buddy Hicks' Anhörung –, bis sie alle Fakten auswendig kannte.

Sie waren sehr schlicht und klar. Mr. Bud Hicks, ein geistig Behinderter, war in der Nähe des Tatorts verhaftet worden, mit dem Blut des Opfers an seiner Kleidung. Zum Zeitpunkt seiner Verhaftung war er im Besitz chirurgischer Instrumente, mit denen er das Opfer mutmaßlich getötet hatte. Er wurde eingesperrt, verhört und offiziell angeklagt. Innerhalb weniger Tage gab es eine Prüfung seiner Zurechnungsfähigkeit. Richter Joseph Wallace hatte Hicks für verhandlungsunfähig erklärt und ihn in eine staatliche Anstalt eingewiesen.

Der Fall schien sonnenklar. Und dann, gerade als sie anfing zu glauben, Greg könnte doch recht haben und sie würde Hirngespinsten nachjagen, entdeckte sie eine merkwürdige Ungereimtheit in der Niederschrift von Hicks' Anhörung. Nachdem sie der Sache nachgegangen war, wandte sie sich mit einer eidesstattlichen Erklärung wieder an Greg.

»So, ich hab's.« Sie klatschte die Akte triumphierend auf die anderen, die sich auf seinem Schreibtisch stapelten.

Gregs Miene verdüsterte sich. »Sie sollten nicht so scheißfröhlich sein, und, um Himmels willen, machen Sie nicht solchen Krach. Ich hab einen gigantischen Kater.« Er murmelte das durch eine dichte Wand von Rauch, nahm nur kurz die Zigarette aus dem Mund und trank einen Schluck Kaffee. »Wie war Ihr Wochenende?«

»Herrlich. Wesentlich produktiver als Ihres. Lesen Sie das.«

Er öffnete vorsichtig die Akte und überflog mit trübem Blick den Inhalt. »Hmm.« Was er da sah, lüftete die Nebel. Er lehnte sich im Stuhl zurück, stützte seine Füße gegen die Schreibtischkante und las noch einmal alles gründlich durch. »Das stammt von dem Arzt aus der Anstalt, in der dieser Hicks eingebunkert ist?«

»War. Er ist vor ein paar Monaten gestorben.«

»Interessant.«

»Interessant?«, rief Alex. Sie sprang auf, stellte sich hinter ihren Stuhl und krallte sich in die Lehne. »Greg. Buddy Hicks wurde fünfundzwanzig Jahre unschuldig festgehalten.«

»Das wissen Sie noch nicht. Ziehn Sie keine voreiligen Schlüsse.«

»Sein letzter behandelnder Psychiater sagte, Buddy Hicks wäre ein mustergültiger Patient gewesen. Er zeigte nie irgendwelche gewalttätigen Neigungen. Er hatte keinen nennenswerten Sexualtrieb und war nach der fachlichen Meinung des Arztes unfähig, ein Verbrechen wie das zu begehen, das meine Mutter das Leben kostete. Sie müssen zugeben, dass das ziemlich dubios aussieht.«

Er las noch einige Schriftstücke, dann murmelte er: »Dubios schon, aber eine rauchende Pistole ist das noch lange nicht.«

»Konkrete Beweise werde ich keine liefern können, außer es geschieht ein Wunder. Der Fall ist fünfundzwanzig Jahre alt. Ich kann nur hoffen, dass ich genug Indizien finde, um ihn vor ein Schwurgericht zu bringen. Ein Geständnis des wahren Mörders – ich bin nämlich absolut überzeugt, dass Bud Hicks meine Mutter nicht ermordet hat – ist ein Wunschtraum. Es besteht noch eine winzige Möglichkeit, einen Augenzeugen aus seiner Reserve zu locken.«

»Winzig bis null, Alex.«

»Warum?«

»Sie haben Ihre Hausaufgaben gemacht, also sollten Sie es auch wissen. Der Mord passierte in einem Pferdestall auf Angus Mintons Ranch. Sie brauchen in diesem Bezirk nur seinen Namen zu nennen, egal wo, und die Erde bebt. Er ist ein ganz großer Karpfen im Teich. Falls es einen Augenzeugen geben sollte, würde er nie gegen Minton aussagen, weil er damit die Hand abhackt, die ihn füttert. Minton hat etwa ein Dutzend Unternehmen in einem Teil des Staates, der wirtschaftlich praktisch auf dem letzten Loch pfeift …

Was uns zu einem weiteren prekären Bereich bringt in einem Fall, in dem's vor prekären Bereichen nur so wimmelt.« Greg schlürfte seinen Kaffee und zündete sich eine weitere Zigarette an. »Die Rennkommission des Gouverneurs hat Minton gerade grünes Licht gegeben für den Bau dieser Pferderennbahn in Purcell County.«

»Dessen bin ich mir sehr wohl bewusst. Was hat das mit meiner Sache zu tun?«

»Sagen Sie's mir.«

»Nichts!«, schrie sie.

»Okay. Ich glaube Ihnen. Aber wenn Sie damit anfangen, einen von Texas' liebsten Söhnen mit Anschuldigungen und Mutmaßungen zu bombardieren, wie glauben Sie, wird der Gouverneur darauf reagieren? Er ist verdammt stolz auf seine Rennkommission. Er will, dass diese Wettgeschichte ohne Hindernis aus den Startlöchern schießt. Keine Kontroversen. Keine schlechte Presse. Keine dubiosen Deals. Er will, dass alles persilrein ist...

Und wenn dann eine siebengescheite Anklägerin anfängt, sich das Maul zu zerreißen, und jemanden, dem seine handverlesene Kommission ihren begehrten Segen erteilt hat, mit einem Mord in Verbindung bringen will, wird der Gouverneur komplett stinksauer sein. Und wenn diese Anklägerin unter meiner Zuständigkeit arbeitet, auf wen wird er dann wohl am sauersten sein? Moi.«

Alex widersprach ihm nicht. Stattdessen sagte sie ruhig: »Na schön. Ich kündige und mach es allein.«

»Mein Gott, wie dramatisch! Lassen Sie mich doch ausreden.« Er drückte den Knopf seiner Gegensprechanlage und brüllte seiner Sekretärin zu, sie solle noch Kaffee bringen. Als das geschehen war, zündete er sich eine weitere Zigarette an.

»Andererseits«, sagte er und stieß eine Rauchwolke aus, »kann ich das Schwein, das in der Gouverneursvilla wohnt, nicht ausstehen. Ich hab kein Hehl draus gemacht, und es beruht auf Gegenseitigkeit, obwohl der bigotte Hurensohn es nicht zugeben will. Ich würde es sehr genießen, wenn er sich mal so richtig winden müsste. Können Sie sich vorstellen, wie das wäre, wenn er versucht zu erklären, warum seine Kommission aus den Legionen von Anwärtern ausgerechnet jemanden gewählt hat, der in einen Mord verwickelt ist?«

Alex fand Gregs Motive widerlich, aber sie war überglücklich, dass sie seine offizielle Erlaubnis hatte. »Ich kann also den Fall wieder aufrollen?«

»Der Fall ist nach wie vor ungelöst, weil Hicks nie vor Gericht gestellt wurde.« Er stellte seine Füße auf den Boden, und der Stuhl schaukelte quietschend vorwärts. »Eins muss ich Ihnen aber sagen – ich mach das wider mein besseres Wissen, und ich mache es nur, weil ich Ihrem Bauchgefühl vertraue. Ich mag Sie, Alex. Sie haben Ihre Fähigkeiten unter Beweis gestellt, als Sie hier Ihre Referendarzeit absolvierten. Abgesehen von Ihrem tollen Hintern ist es wunderbar, Sie in unserer Ecke zu haben.«

Sein Blick senkte sich zu dem Material, das sie gesammelt hatte, er nestelte an einer Ecke der Akte herum. »Trotzdem glaube ich, dass Sie diese Leute persönlich auf dem Kieker haben, oder die Stadt, was auch immer. Ich will damit nicht sagen, dass das nicht gerechtfertigt wäre, nur dass man darauf keinen Fall aufbauen kann. Ohne die eidesstattliche Erklärung dieses Seelenklempners hätte ich Ihre Bitte abgelehnt. Also, während Sie da draußen in der weiten Prärie herumpirschen, vergessen Sie nicht, dass mein Hintern auch Gefahr läuft, versengt zu werden.« Er hob den Kopf und sah sie grimmig an. »Bauen Sie keine Scheiße.«

»Das heißt, ich darf nach West Texas fahren?«

»Da ist es doch passiert, oder?«

»Ja, aber was wird aus meinen laufenden Fällen?«

»Ich übergebe die Vorbereitungen den Assessoren und bitte um Terminverschiebung. Inzwischen werde ich mit dem Staatsanwalt in Purcell reden. Wir waren zusammen auf der Uni. Er ist der perfekte Mann für das, was Sie vorhaben. Er gehört zum Durchschnitt und hat eine Frau geheiratet, die eine Klasse zu hoch ist für ihn. Allen will er es ständig recht machen. Ich werde ihn bitten, Sie mit allen Kräften zu unterstützen.«

»Verraten Sie noch keine Einzelheiten, ich will nicht, dass sie gewarnt sind.«

»Okay.«

»Ich danke Ihnen, Greg«, sagte sie voller Inbrunst.

»Nicht so hastig«, dämpfte er ihre Begeisterung. »Wenn Sie sich da draußen in die Klemme manövrieren, werde ich mich von Ihnen lossagen. Der Generalstaatsanwalt macht kein Geheimnis daraus, dass ich sein nächster Erbe bin. Ich will den Job, und mein Schönstes wäre, wenn ich eine gut aussehende, gewiefte Braut als Leiterin einer meiner Abteilungen vorzuweisen hätte. Das kommt bei den Wählern gut an.« Er richtete seinen nikotinbraunen Zeigefinger auf sie. »Aber wenn Sie auf den Hintern fallen, hab ich Sie nie gekannt, Kleines. Kapiert?«

»Sie sind ein skrupelloser Bastard.«

Er grinste wie ein Krokodil. »Nicht mal meine Mama hat mich besonders gemocht.«

»Ich schick Ihnen eine Postkarte.« Sie wandte sich zum Gehen.

»Moment mal. Da ist noch etwas. Sie haben dreißig Tage.«

»Was?«

»Dreißig Tage, um etwas rauszufinden.«

»Aber ...«

»Länger kann ich Sie nicht entbehren, ohne dass der Rest der Indianer hier nervös wird. Das ist sowieso länger, als es Ihre Ahnung und die schwindsüchtigen Beweise rechtfertigen. Sie können es akzeptieren oder nicht.«

»Ich akzeptiere.«

Er wusste nicht, dass sie eine wesentlich dringendere Frist einzuhalten hatte, eine persönliche. Alex wollte ihrer Großmutter den Namen von Celinas Mörder präsentieren, bevor sie starb. Es war ihr egal, dass ihre Großmutter im Koma lag. Irgendwie würde sie in ihr Bewusstsein eindringen. Ihr letzter Atemzug würde friedlich vonstatten gehen, und Alex war überzeugt, dass sie zu guter Letzt ihre Enkelin loben würde.

Alex beugte sich über Gregs Schreibtisch. »Ich weiß, dass ich recht habe. Ich werde den wahren Mörder vor Gericht bringen, und wenn ich das getan habe, bekommt er auch seine Strafe. Sie werden es sehen.«

»Ja, ja. Inzwischen sollten Sie rausfinden, wie Sex mit einem Cowboy ist. Und sich Notizen machen. Ich will Einzelheiten über Sporen und Pistolen und so weiter.«

»Perversling.«

»Luder. Und knallen Sie nicht die – oh, Scheiße!«

Bei dem Gedanken an dieses Treffen musste Alex lächeln. Seine sexistischen Beleidigungen nahm sie nicht ernst, weil sie wusste, dass er sie beruflich respektierte. Greg Harper gebärdete sich zwar als scharfer Hund, aber seit dem Sommer vor ihrem ersten Semester Jura, während ihres Praktikums im Büro des Staatsanwalts, war er ihr Mentor und Freund. Jetzt riskierte er etwas für sie, und sein Vertrauensvotum machte sie zuversichtlich.

Sobald sie Gregs Einwilligung ergattert hatte, lief sie auf Hochtouren. Sie hatte nur einen Tag gebraucht, um ihren Papierkram aufzuarbeiten, ihren Schreibtisch zu räumen und ihre Eigentumswohnung abzuschließen. Frühmorgens hatte sie Austin verlassen und ihre Fahrt kurz in Waco im Pflegeheim unterbrochen. Merles Zustand war unverändert. Alex hatte die Nummer des Westerner Motels hinterlassen, damit man sie im Notfall erreichen konnte.

In ihrem Motelzimmer wählte sie die Privatnummer des Staatsanwalts.

»Mr. Chastain, bitte«, sagte sie, als sich eine Frauenstimme meldete.

»Er ist nicht zu Hause.«

»Mrs. Chastain? Ich muss Ihren Mann in einer dringenden Angelegenheit sprechen.«

»Mit wem habe ich es zu tun?«

»Alex Gaither.«

Ein leises Lachen war vom anderen Ende der Leitung zu hören. »Ach, Sie sind diejenige, was?«

»Diejenige?«

»Diejenige, die die Mintons und Sheriff Lambert des Mordes bezichtigt hat. Pat ist total rotiert, als er nach Hause kam. Ich hab ihn noch nie so…«

»Wie bitte?«, unterbrach Alex sie und rang nach Luft. »Sagten Sie *Sheriff* Lambert?«

3

Das Büro des Sheriffs war im Keller des Gerichtsgebäudes des Bezirks Purcell untergebracht. Zum zweiten Mal innerhalb von ebenso vielen Tagen stellte Alex ihren Wagen an einer Parkuhr auf dem Stadtplatz ab und betrat das Gebäude.

Es war noch früh am Morgen, und wenig Betrieb herrschte in den Büros auf der unteren Ebene. Im Zentrum dieses Irrgartens von Kabinen lag ein großer Dienstraum, der genauso aussah wie alle anderen in diesem Land. Eine Wolke von Zigarettenrauch schwebte wie ein Wattepaket darüber. Mehrere uniformierte Deputies drängten sich um eine Kochplatte, auf der Kaffee dampfte. Ein Kopf nach dem anderen drehte sich in ihre Richtung, bis alle Blicke auf sie geheftet waren. Sie kam sich in diesem ausschließlich männlichen Territorium völlig fehl am Platze vor. In das Büro des Sheriffs von Purcell hatte die Gleichberechtigung offensichtlich noch keinen Einzug gehalten.

Sie blieb tapfer stehen und sagte freundlich: »Guten Morgen.«

»Morgen«, erwiderten sie im Chor.

»Mein Name ist Alex Gaither. Ich möchte den Sheriff sprechen, bitte.« Ihre Bekanntmachung war überflüssig, sie wussten bereits, wer und warum sie hier war. Nachrichten verbreiteten sich schnell in einer so kleinen Stadt wie Purcell.

»Erwartet er Sie?«, fragte einer der Deputies herausfordernd, nachdem er Tabaksaft in eine leere Bohnendose gespuckt hatte.

»Er wird mich bestimmt empfangen«, sagte sie zuversichtlich.

»Hat Pat Chastain Sie hergeschickt?«

Alex hatte am Morgen noch einmal versucht, ihn zu erreichen, aber laut Mrs. Chastain war er bereits auf dem Weg ins Büro. Sie hatte dort angerufen, aber niemand meldete sich. Entweder hatte sie ihn gerade verpasst, oder er ging ihr aus dem Weg. »Er weiß, warum ich hier bin. Ist der Sheriff da?«, fragte sie, etwas genervt.

»Ich glaube nicht.«

»Ich hab ihn nicht gesehen.«

»Ja, er ist hier«, sagte ein Dritter widerwillig, »seit ein paar Minuten.« Er deutete mit dem Kopf in Richtung Gang. »Letzte Tür links, Ma'am.«

»Danke.«

Alex lächelte ihnen freundlich zu, obwohl ihr gar nicht danach war, und ging los. Sie spürte, dass alle Blicke auf ihren Rücken geheftet waren. Dann klopfte sie an die genannte Tür.

Reede Lambert saß an einem verschrammten hölzernen Schreibtisch, der wahrscheinlich so alt war wie der Grundstein des Gebäudes. Seine gestiefelten Beine ruhten auf einer Kante des Möbels. Er lümmelte sich genauso wie gestern, diesmal in einem Drehstuhl.

Sein Cowboyhut und seine lederne, pelzgefütterte Jacke hingen an einem Ständer in der Ecke zwischen einem ebenerdigen Fenster und einer Wand. An ihr drängelten sich Steckbriefe, die mit vergilbten Streifen Tesafilm festgeklebt waren. In der Hand hielt er eine abgestoßene Kaffeetasse.

»Morgen, Miss Gaither.«

Sie schloss die Tür so heftig, dass die Milchglasscheibe klirrte. »Warum hat man mir das gestern nicht gesagt?«

»Und die Überraschung verpatzt?«, sagte er mit einem boshaften Grinsen. »Wie haben Sie's rausgefunden?«

»Per Zufall.«

»Ich hab gewusst, dass Sie früher oder später auftauchen würden.« Er richtete sich langsam auf. »Aber ich hätte nie gedacht, dass es so früh am Morgen sein würde.« Er stand auf und zeigte auf den einzigen anderen Stuhl im Raum, dann ging er zu einem Tisch, auf dem eine Kaffeemaschine stand. »Möchten Sie einen?«

»Mr. Chastain hätte es mir sagen müssen.«

»Pat? I wo. Wenn's hart auf hart geht, ist unser Staatsanwalt ein echter Hasenfuß.«

Alex legte die Hand auf die Stirn. »Hier bahnt sich wohl ein Alptraum an.«

Er hatte ihre Antwort in Sachen Kaffee nicht abgewartet, sondern eine ähnliche Tasse wie die seine gefüllt. »Milch, Zucker?«

»Das ist kein Freundschaftsbesuch, Mr. Lambert.«

Er stellte die Tasse schwarzen Kaffee am Rande des Schreibtischs vor sie hin und kehrte in seinen Stuhl zurück. Holz und uralte Federn ächzten ihren Protest, als er sich niederließ. »Wenn wir so anfangen, muss es ja schiefgehen.«

»Haben Sie vergessen, warum ich hier bin?«

»Keine Sekunde, aber verbieten Ihnen Ihre Pflichten, Kaffee zu trinken, oder hat das religiöse Gründe?«

Alex stellte erbost ihre Handtasche auf den Tisch, ging zum Tisch und löffelte Sahnepulver in ihre Tasse.

Der Kaffee war stark und heiß – ähnlich wie der Blick des Sheriffs, mit dem er sie musterte – und wesentlich besser als die lauwarme Brühe, die sie vorhin im Coffee Shop des Westerner Motels getrunken hatte. Wenn er ihn gekocht hatte, dann verstand er sein Geschäft. Aber er sah ja auch aus, als wäre er ein sehr fähiger Mann. Und er lehnte völlig entspannt in seinem Stuhl. Scheinbar machte es ihm nichts aus, in einen Mordfall hineingezogen zu werden.

»Wie gefällt Ihnen Purcell, Miss Gaither?«

»Ich bin noch nicht lange genug hier, um mir eine Meinung gebildet zu haben.«

»Ach, kommen Sie. Ich wette, Sie waren schon fest entschlossen, es nicht zu mögen, bevor Sie hier eintrafen.«

»Warum sagen Sie das?«

»Ist doch anzunehmen, oder? Ihre Mutter ist hier gestorben.«

Die achtlose Erwähnung des Todes ihrer Mutter tat ihr weh. »Sie ist nicht einfach gestorben. Sie wurde ermordet. Brutal ermordet.«

»Ich erinnere mich«, sagte er mit grimmiger Miene.

»Richtig. Sie haben ja ihre Leiche entdeckt, nicht wahr?«

Er senkte den Blick auf den Inhalt seines Kaffeebechers und starrte lange hinein, bevor er trank. Dann kippte er ihn hinunter wie einen Whiskey.

»Haben Sie meine Mutter getötet, Mr. Lambert?«

Nachdem es ihr gestern nicht gelungen war, seine Reaktion zu beurteilen, wollte sie sie jetzt sehen.

Sein Kopf schnellte hoch. »Nein.« Er beugte sich vor, stemmte die Ellbogen auf den Schreibtisch und sah ihr ruhig in die Augen. »Sparen wir uns diesen Scheiß, ja? Eins möcht ich jetzt gleich klarstellen, das wird uns beiden eine Menge Zeit sparen. Wenn Sie mich verhören wollen, dann müssen Sie mich vor ein Schwurgericht laden.«

»Sie weigern sich, bei meinen Ermittlungen zu kooperieren?«

»Das hab ich nicht gesagt. Auf Pats Anweisung wird Ihnen dieses Büro zur Verfügung stehen. Ich persönlich gebe Ihnen jede Unterstützung, soweit ich kann.«

»Aus astreiner Güte?«, fragte sie mit zuckersüßer Stimme.

»Nein, weil ich will, dass diese Geschichte ein für alle Mal abgeschlossen wird. Verstehen Sie das? Damit Sie zurück nach Austin gehen können, wo Sie hingehören, und die Vergangenheit da lassen, wo sie hingehört.« Er stand auf, goss sich Kaffee nach und fragte über die Schulter: »Warum sind Sie hergekommen?«

»Weil Buddy Hicks meine Mutter nicht ermordet hat.«

»Woher, zum Teufel, wissen Sie das? Oder haben Sie ihn einfach gefragt?«

»Das konnte ich nicht. Er ist tot.«

Sie sah an seiner Betroffenheit, dass er das nicht gewusst hatte. Er ging zum Fenster, nippte nachdenklich an seinem Kaffee und starrte hinaus. »Wer hätte das gedacht. Bud, der Spinner, ist tot.«

»Bud, der Spinner?«

»So haben ihn alle genannt. Ich glaube, keiner hat seinen Nachnamen gekannt, bis Celina starb und die Zeitungen seine Geschichte druckten.«

»Wie ich höre, war er behindert.«

Der Mann am Fenster nickte. »Ja, und er hatte auch einen Sprachfehler. Man konnte ihn kaum verstehen.«

»Lebte er bei seinen Eltern?«

»Bei seiner Mutter. Die war selbst nicht ganz dicht. Sie ist vor Jahren gestorben, kurz nachdem er in die Anstalt kam.«

Er starrte weiter durch die offenen Rollläden, mit dem Rücken zu ihr. Seine Silhouette war muskulös, breitschultrig, mit schmalen Hüften. Seine Jeans saßen ein bisschen zu gut. Alex machte sich Vorwürfe, dass sie so etwas überhaupt bemerkte.

»Bud, der Spinner, ist ständig auf einem dieser Dreiräder durch die ganze Stadt gefahren«, sagte er. »Man konnte ihn schon aus weiter Ferne hören, weil das Ding über und über mit Trödel behängt war. Er machte so den Straßenkehrer. Kleinen Mädchen hat man verboten, ihm zu nahe zu kommen. Wir Jungs haben unseren Spaß mit ihm getrieben, ihm Streiche gespielt, solche Sachen.« Er schüttelte traurig den Kopf. »Eine Schande.«

»Er ist in einer Heilanstalt gestorben, eingekerkert für ein Verbrechen, das er nicht begangen hat.«

Diese Bemerkung brachte ihn dazu, sich umzudrehen. »Sie haben keine Beweise, dass er *es* nicht getan hat.«

»Ich werde die Beweise liefern.«

»Es existieren keine.«

»Wissen Sie das so genau? Haben Sie belastende Beweise an dem Morgen vernichtet, an dem Sie praktischerweise Celinas Leiche entdeckten?«

Eine tiefe Falte grub sich zwischen seine Brauen. »Haben Sie denn nichts Besseres zu tun? Reichen Ihnen die Fälle, die Sie bearbeiten, nicht? Warum haben Sie überhaupt mit dieser Ermittlung angefangen?«

Sie nannte ihm denselben Grund, den sie Greg Harper gegenüber geäußert hatte: »Der Gerechtigkeit ist nicht Genüge getan worden. Buddy Hicks war unschuldig. Er hat für das Verbrechen eines anderen gebüßt.«

»Meines, Juniors oder Angus'?«

»Ja, einer von Ihnen dreien.«

»Wer hat Ihnen das erzählt?«

»Großmama Graham.«

»Ah, jetzt kommen wir der Sache schon näher ...« Er hakte seine Daumen in den Gürtel, seine gebräunten Hände baumelten lässig über dem Reißverschluss. »Als sie Ihnen das erzählt hat, hat sie da auch erzählt, wie eifersüchtig sie war?«

»Großmama? Auf wen?«

»Auf uns. Junior und mich.«

»Sie hat mir erzählt, ihr zwei und Celina, das war wie die drei Musketiere.«

»Und das hat ihr nicht gepasst. Hat sie Ihnen erzählt, wie abgöttisch sie Celina geliebt hat?«

Das war nicht nötig gewesen. Das bescheidene Haus, in dem Alex aufgewachsen war, war ein wahrer Kultschrein für ihre verstorbene Mutter gewesen. Der Sheriff bemerkte ihre gerunzelte Stirn und beantwortete seine eigene Frage.

»Nein, wie ich sehe, hat Mrs. Graham es versäumt, das alles zu erwähnen.«

»Sie glauben, ich bin hier, um einen privaten Rachefeldzug zu führen?«

»Ja.«

»Nein, Sie irren sich«, sagte Alex trotzig. »Ich glaube, dass es in diesem Fall genug Lücken gibt, die eine Wiederaufnahme rechtfertigen. Der Meinung ist auch Bezirksstaatsanwalt Harper.«

»Dieser Egomane?« Er schnaubte verächtlich. »Der würde seine eigene Mutter als Nutte anklagen, wenn es ihn dem Amt des Generalstaatsanwalts näher brächte.«

Alex wusste, dass diese Bemerkung zum Teil der Wahrheit entsprach. Sie versuchte eine andere Taktik. »Sobald Mr. Chastain mit den Fakten besser vertraut ist, wird er mir zustimmen, dass es sich hier um einen krassen Justizirrtum handelt.«

»Pat hat gestern das erste Mal überhaupt von Celina gehört. Er hat alle Hände voll damit zu tun, illegale Einwanderer und Drogendealer zu jagen.«

»Können Sie's mir verdenken, dass ich Gerechtigkeit will? Wenn Ihre Mutter in einem Pferdestall erstochen worden wäre, würden Sie dann nicht auch alles Erdenkliche tun, um dafür zu sorgen, dass der Mörder bestraft wird?«

»Ich weiß nicht. Meine alte Dame hat sich abgeseilt, bevor ich alt genug war, um mich an sie zu erinnern.«

Alex spürte Sympathie für ihn, die sie sich, wie sie wusste, nicht erlauben durfte.

Kein Wunder, dass Reede auf den Fotos, die sie gesehen hatte, immer so ernst dreinschaute und seine Augen so viel älter aussahen, als es seinen Jahren entsprach. Ihr war nie in den Sinn gekommen, ihre Großmutter zu fragen, warum er so erwachsen wirkte.

»Die augenblickliche Situation ist unhaltbar, Mr. Lambert. Sie sind ein Tatverdächtiger.« Sie stand auf und nahm ihre Handtasche. »Danke für den Kaffee. Tut mir leid, dass ich

Sie so früh am Morgen belästigt habe. Von jetzt an wende ich mich an die örtliche Polizei, wenn ich Hilfe brauche.«

»Warten Sie einen Moment.«

Alex, die bereits auf dem Weg zur Tür war, blieb stehen und drehte sich um. »Was?«

»Es gibt keine örtliche Polizei.«

Nicht gerade erfreut über diese Information sah sie zu, wie er nach seinem Hut und seiner Jacke griff. Er ging an ihr vorbei, öffnete ihr die Tür und folgte ihr dann.

»He, Sam, ich geh jetzt. Bin gegenüber.« Der Deputy nickte. »Hier entlang«, sagte Reede, nahm Alex' Ellbogen und führte sie zu einem kleinen Aufzug am Ende des Gangs.

Sie stiegen zusammen ein. Die Tür ächzte, als er sie zuzog. Die knirschenden Geräusche, mit denen sich der Aufzug in Bewegung setzte, klangen auch nicht gerade vertrauenerweckend. Alex hoffte, dass er die Fahrt überstehen würde.

Sie versuchte das zu unterstützen, indem sie sich inständig auf die Fahrt nach oben konzentrierte. Trotzdem war sie sich sehr wohl der Nähe Reede Lamberts bewusst. Der Aufzug war so eng, dass ihre Ärmel sich berührten, und er musterte sie eindringlich.

Er sagte: »Sie sehen Celina ähnlich.«

»Ja. Ich weiß.«

»Ihre Größe, ihre Art. Ihre Haare sind dunkler, und Sie haben mehr Rot drin. Celinas Augen waren braun, nicht blau wie die Ihren.« Sein Blick wanderte über ihr Gesicht. »Aber die Ähnlichkeit ist verblüffend.«

»Danke. Ich glaube, meine Mutter war schön.«

»Alle fanden das.«

»Sie auch?«

»Ich ganz besonders.«

Der Aufzug hielt mit einem Ruck. Alex verlor die Balance und fiel gegen ihn. Reede fing sie am Arm auf und hielt sie fest, bis sie ihr Gleichgewicht wiedergefunden hatte – vielleicht ein bisschen zu lange, weil Alex ganz außer Atem war, als sie sich endlich trennten.

Im Erdgeschoss auf dem Weg zum Hinterausgang streifte er sich seine Jacke über. »Mein Wagen steht vor dem Haus«, sagte sie, als sie das Gebäude verließen. »Soll ich die Parkuhr noch mal füttern?«

»Vergessen Sie's. Wenn Sie einen Strafzettel kriegen, haben Sie doch Freunde in wichtigen Positionen.«

Sein Lächeln war keine perfekte Zahnpastareklame wie das von Junior Minton, aber mindestens genauso wirksam. Es löste ein angenehmes, wunderbares, aber auch beängstigendes Kribbeln in ihrem Magen aus.

Sein Grinsen betonte die Falten in seinem Gesicht. Man sah ihm jedes einzelne seiner dreiundvierzig Jahre an, aber seine wind- und wettergebräunte Haut passte gut zu der starken, maskulinen Knochenstruktur. Er hatte eine dunkelblonde Mähne, an der sich noch nie ein modischer Friseur versucht hatte, stülpte seinen schwarzen Cowboyhut drüber und zog die Krempe bis zu den Brauen herunter, die etwas dunkler waren als seine Haare.

Als Erstes hatte Alex seine grünen Augen bemerkt, als sie sein Büro betrat. Sie hatte darauf reagiert wie jede Frau, die auf einen so attraktiven Mann stößt. Er hatte keinen Bauch, keine Spur von schlaffen Muskeln. Sein Körper sah aus wie der eines zwanzig Jahre jüngeren Mannes. Sie musste sich immer wieder ermahnen, dass sie eine Anklägerin im Namen des autonomen Staates Texas war und dass sie Reede Lambert mit den Augen eines litigators, nicht mit denen einer Frau sehen sollte. Außerdem war er eine Generation älter als sie.

»Sind heute früh die sauberen Uniformen ausgegangen?«, fragte sie, als sie die Straße überquerten.

Er trug ganz einfache Levi's, alt, ausgebleicht und eng – wie die Jeans, die die Cowboys beim Rodeo trugen. Seine Jacke war aus braunem Leder und eng um die Taille, wie eine Bomberjacke. Das Pelzfutter und der breite Kragen stammten wahrscheinlich von einem Kojoten. Sobald sie ins Tageslicht traten, setzte er eine Pilotenbrille auf. Die Gläser waren so dunkel, dass sie seine Augen nicht mehr sehen konnte.

»Ich war früher allergisch gegen Uniformen, und als ich dann Sheriff wurde, hab ich gleich klargestellt, dass sie mich nie dazu kriegen, so ein Ding anzuziehen.«

»Warum waren Sie dagegen allergisch?«

Er grinste betreten. »Meistens hab ich versucht, schneller als die zu sein, oder ihnen zumindest aus dem Weg zu gehn.«

»Sie waren Gangster?«

»Ich hab viel Mist gebaut.«

»Sie hatten Zusammenstöße mit dem Gesetz?«

»Kleine.«

»Und was hat Sie dazu bewogen, sich zu ändern, eine Erleuchtung? Ein Schock? Eine Nacht oder zwei im Gefängnis? Erziehungsanstalt?«

»Nein. Mir ist nur der Gedanke gekommen, wenn ich schnell genug bin, dem Gesetz zu entwischen, müsste ich auch schnell genug sein, die Gesetzesbrecher zu erwischen.« Er hob die Schultern. »Schien mir 'ne vernünftige Berufswahl. Hungrig?«

Bevor sie antworten konnte, schob er die Tür des B & B Cafés auf. Eine Kuhglocke über dem Eingang verkündete ihre Ankunft. Das Café war anscheinend sehr beliebt. Jeder Tisch – rotes Resopal mit verrosteten Chrombeinen – war besetzt. Reede geleitete sie zu einer leeren Nische an der Wand.

Manager, Farmer, Schläger, Cowboys und Sekretärinnen begrüßten ihn lautstark, jeder durch seine Kleidung identifizierbar. Alle außer den Sekretärinnen trugen Stiefel. Alex entdeckte Imogene, Pat Chastains Sekretärin. Sobald sie ihren Tisch passiert hatten, erzählte sie ihrer Tischnachbarin gestenreich, wer genau Alex war. Die Nachricht wanderte von einem Tisch zum nächsten, und allmählich verstummten alle.

Zweifellos versammelte sich dieser Mikrokosmos von Purcell jeden Morgen zur Frühstückspause hier im B & B

Café. Eine Fremde in ihrer Mitte war schon aufregend an sich, aber die Rückkehr von Celina Gaithers Tochter grenzte an Sensation. Alex kam sich vor wie ein Blitzableiter, so heftige Stromschläge erhielt sie. Einige, das spürte sie, waren sehr unfreundlich.

Eine Ballade von Crystal Gayle über verlorene Liebe dröhnte aus der Musikbox und kämpfte gegen das »Hour Magazine« an, das gerade in dem Schwarz-Weiß-Fernseher in der Ecke flimmerte. Zum lautstarken Vergnügen von drei Schlägertypen wurde dort soeben über Impotenz diskutiert. Die Nichtraucherbewegung hatte Purcell noch nicht erreicht, und die Luft war zum Schneiden. Über allem schwebte der Geruch gebratenen Specks.

Eine Kellnerin in violetten Polyesterhosen und einer grellgoldenen Bluse kam mit zwei Tassen Kaffee und einem Teller voll frisch gebackener Doughnuts an den Tisch. Sie zwinkerte und sagte »Morgen, Reede«, dann schlenderte sie zurück in Richtung Küche, wo der Koch mit einer Zigarette im Mundwinkel geschickt Eier wendete.

»Bedienen Sie sich.«

Alex nahm das Angebot des Sheriffs an. Die Doughnuts waren noch warm, und die zuckrige Glasur schmolz auf der Zunge. »Die standen schon für Sie bereit, ist das *Ihr* Tisch? Haben Sie eine Dauerbestellung laufen?«

»Der Eigentümer heißt Pete«, sagte er und zeigte auf den Koch. »Er hat mir jeden Morgen auf dem Weg zur Schule Frühstück serviert.«

»Wie großzügig.«

»Das war keine Wohltätigkeit«, sagte er trocken. »Ich hab jeden Nachmittag nach der Schule für ihn ausgefegt.«

Sie hatte unabsichtlich einen wunden Punkt getroffen. Reede Lambert war sehr empfindlich, was seine mutterlose Kindheit anging. Zu diesem Zeitpunkt wollte sie aber noch nicht nach mehr Informationen bohren. Nicht, wo praktisch jeder Blick im Raum auf sie gerichtet war.

Er verschlang zwei Doughnuts und spülte sie mit schwarzem Kaffee hinunter, alles mit sehr sparsamen, hastigen Bewegungen. Er aß, als müsse er bestimmt lange warten, bis er seine nächste Mahlzeit kriegte.

»Reger Betrieb hier«, bemerkte sie und leckte sich ganz ungeniert die Finger.

»Ja, die alten Hasen wie ich überlassen das neue Shopping Center und die Fast-Food-Kneipen an der Interstate den Neuankömmlingen und den Teenagern. Wenn Sie jemanden suchen und anderswo nicht finden können, ist er meist im B & B. Angus wird wahrscheinlich gleich kommen. Das Firmenhauptquartier von ME ist nur eine Straße vom Stadtplatz weg, aber er wickelt einen Großteil seiner Geschäfte hier in diesem Lokal ab.«

»Erzählen Sie mir von den Mintons.«

Er griff nach dem letzten Doughnut, nachdem klar war, dass sie ihn nicht essen würde. »Sie sind reich, aber keine Angeber. Sehr beliebt in der Stadt.«

»Oder gefürchtet.«

»Von einigen vielleicht«, gab er mit einem Achselzucken zu.

»Die Ranch ist nur eines ihrer Unternehmen?«

»Ja, aber sie ist der Kern. Angus hat sie aus dem Nichts aufgebaut, aus vielen Morgen Staub und schierer Sturheit.«

»Was genau machen sie eigentlich da draußen?«

»Eigentlich trainieren sie Pferde. Hauptsächlich Vollblüter. Ein paar Westernpferde. Sie haben bis zu hundertfünfzig gleichzeitig da stehen und bereiten sie für die Jockeys vor.«

»Sie scheinen viel darüber zu wissen.«

»Ich besitze selber ein paar Rennpferde. Die sind dort untergestellt.« Er deutete auf ihre halbleere Kaffeetasse. »Wenn Sie fertig sind, würde ich Ihnen gerne etwas zeigen.«

»Was?«, fragte sie, überrascht von dem plötzlichen Themenwechsel.

»Es ist nicht weit.«

Sie verließen das B & B, aber nicht bevor Reede mit der Verabschiedung von allen fertig war, die er beim Betreten des

Cafés begrüßt hatte. Er bezahlte tatsächlich das Frühstück, aber der Koch salutierte freundlich, und die Kellnerin versetzte ihm einen liebevollen Klaps.

Reedes Dienstwagen, ein großer Chevy Blazer, stand direkt vor dem Gerichtsgebäude. Der Platz war mit einem kleinen Schild für ihn reserviert. Er sperrte die Tür auf, half Alex in die Fahrerkabine des Geländewagens und stieg selber ein. Er fuhr nur ein paar Straßen, dann blieb er vor einem kleinen Haus stehen. »Das ist es«, sagte er.

»Was?«

»Hier hat Ihre Mutter gewohnt.« Alex drehte sich rasch zu dem Holzhaus. »Das Viertel ist nicht mehr das, was es war, als sie hier lebte. Es ist total runtergekommen. Früher stand hier ein Baum, wo sich der Gehsteig senkt.«

»Ja, ich hab Fotos davon gesehen.«

»Der Baum ist vor ein paar Jahren abgestorben und musste umgesägt werden«, sagte er und legte den Gang wieder ein. »Ich dachte, Sie würden es gern sehen.«

»Danke.«

Er fuhr los, aber Alex' Blick blieb auf das Haus gerichtet. Die weiße Farbe war verwittert. Die heiße Sommersonne vieler Jahre hatte die braunen Markisen über den Vorderfenstern ausgebleicht. Es war kein sehr ansprechendes Haus, aber sie schaute hin, bis es aus der Sichtweite verschwand.

Dort hatte sie also zwei kurze Monate mit ihrer Mutter verbracht. In diesen Räumen hatte Celina sie gefüttert, sie gebadet, gewogen und ihr Wiegenlieder vorgesungen. Dort hatte sie nachts gehorcht, ob Alex weinte. Diese Wände hatten die geflüsterten Liebeserklärungen ihrer Mutter an ihr Baby gehört. Alex konnte sich natürlich nicht erinnern, aber sie wusste, dass es so gewesen sein musste.

Sie unterdrückte ihre aufkeimenden Gefühle und nahm das Gespräch wieder an der Stelle auf, wo es im B & B unterbrochen worden war. »Warum ist diese geplante Rennbahn so wichtig für die Mintons?«

Er sah sie an, als hätte sie den Verstand verloren. »Geld. Was sonst.«

»Soviel ich gehört habe, haben sie davon ja reichlich.«

»Keiner kann je genug Geld haben«, bemerkte er mit heruntergezogenen Mundwinkeln. »Und nur jemand, der so arm war wie ich, kann das sagen. Sehen Sie sich doch um.« Er deutete auf die leeren Läden entlang der Hauptstraße, durch die sie jetzt fuhren. »Sehen Sie die zugenagelten Geschäfte und Konkursanzeigen? Die Wirtschaft dieser Stadt ist mit dem Ölmarkt zusammengebrochen. Praktisch alle haben in einem Beruf gearbeitet, der mit Öl zu tun hatte.«

»Das ist mir völlig klar.«

»Wirklich? Das bezweifle ich«, sagte er verächtlich. »Diese Stadt braucht die Rennbahn, um zu überleben. Was wir nicht brauchen, ist eine blauäugige Anwältin mit Eierschalen hinter den Ohren, die herkommt und alles durcheinanderbringt.«

»Ich bin hier, um einen Mord zu untersuchen«, konterte sie, empört über diese unerwartete Beleidigung. »Die Rennbahn, die Glücksspiellizenz und die hiesige Wirtschaftslage sind dabei nicht von Belang.«

»Von wegen. Wenn Sie die Mintons ruinieren, ruinieren Sie Purcell County.«

»Wenn sich die Mintons als schuldig erweisen, haben sie sich selbst ruiniert.«

»Hören Sie, Lady, Sie werden keine neuen Fakten über den Mord an Ihrer Mutter ausgraben. Sie werden nur eine Menge Ärger verursachen, denn Sie kriegen keine Hilfe von unseren Leuten. Keiner wird ein Wort gegen die Mintons sagen, weil die Zukunft dieses Bezirks vom Bau dieser Rennbahn abhängt.«

»Und Sie führen die Liste der Loyalen und Schweiger an.«

»Da können Sie Gift drauf nehmen!«

»Warum?«, drängte sie ihn. »Haben die Mintons etwas gegen Sie in der Hand? Hat einer von ihnen Sie in dem Stall gesehen, bevor Sie die Leiche meiner Mutter ›entdeckt‹ haben? Was hatten Sie überhaupt um diese Zeit dort zu suchen?«

»Das, was ich jeden Tag machte. Ich hab Mist aus den Ställen geschaufelt. Ich hab damals für Angus gearbeitet.«

Sie war überrascht. »Oh, das hab ich nicht gewusst.«

»Es gibt vieles, was Sie nicht wissen. Und dafür sollten Sie dankbar sein.«

Er steuerte den Blazer in eine Parklücke vor dem Gerichtsgebäude und bremste so heftig, dass sie mit dem Gurt vorwärts rückte.

»Sie sollten die Vergangenheit lieber ruhen lassen, Miss Gaither.«

»Danke, Sheriff. Ich werde das unter ›Ratschläge‹ abheften.«

Sie stieg aus dem Jeep und knallte die Tür hinter sich zu.

Reede sah ihr leise fluchend nach, wie sie sich entfernte. Er wünschte, er könnte einfach nur entspannt ihren Anblick genießen, die Form ihrer Waden, das verlockende Wiegen ihrer Hüften und alles andere, was ihm sofort aufgefallen war, als sie gestern Nachmittag Pat Chastains Büro betreten hatte. Aber ihr Name hatte ihm ihre unbestreitbare Attraktivität gründlich vergällt.

Celinas Tochter, dachte er jetzt und schüttelte verärgert den Kopf. Kein Wunder, dass er Alex so verdammt anziehend fand. Ihre Mutter war seine Seelenfreundin gewesen, nach jenem Tag in der Grundschule, an dem irgendein freches Gör sie verspottet hatte, weil sie keinen Daddy mehr hatte, nachdem ihr Vater plötzlich an einem Herzinfarkt gestorben war.

Reede kannte den Schmerz, wenn man wegen seiner Eltern geneckt wurde, und er war ihr zu Hilfe geeilt. Er hatte diese Schlacht für sie geschlagen und viele mehr in den folgenden Jahren. Mit Reede als ihrem Bannerträger hatte es keiner mehr gewagt, sie auch nur schief anzuschauen. Die beiden waren unzertrennlich geworden. Ihre Freundschaft galt als einzigartig und exklusiv, bis Junior auftauchte und der Dritte im Bunde wurde.

Es sollte ihn daher nicht überraschen, dass die stellvertretende Staatsanwältin aus Austin solche Gefühle in ihm aufgewühlt hatte. Höchstens ihre Intensität könnte ihn beunruhigen. Obwohl Celina ein Kind zur Welt gebracht hatte, war sie noch ein junges Mädchen gewesen. Alexandra war die Verkörperung der Frau, die sie damals zu werden versprach.

Er hätte sein Interesse gerne als rein nostalgisch abgetan, eine Erinnerung an seine Kindheitsliebe. Aber das wäre Selbstbetrug. Wenn er bei der Deutung seines Interesses Hilfe brauchte, musste er sich nur eingestehen, welch warmer Druck sich in seinen Jeans ausgebreitet hatte, als er ihr beim Zuckerlecken ihrer Finger zugesehen hatte.

»Herrje«, fluchte er. Diese Frau löste denselben Zwiespalt in ihm aus wie damals ihre Mutter, kurz bevor man sie tot im Stall gefunden hatte.

Wie konnten zwei Frauen im Abstand von fünfundzwanzig Jahren seinem Leben solche Schläge verpassen? Die Liebe zu Celina hatte ihn fast ruiniert. Ihre Tochter war eine genauso große Bedrohung. Wenn sie anfinge, in der Vergangenheit herumzuwühlen, würde sie in alle möglichen Wespennester stechen.

Er hatte vor, seinen Job als Sheriff gegen einen einzutauschen, der ihm Reichtum und Status brächte. Und dabei konnte er verdammt noch mal keine Ermittlungen über ein altes Verbrechen brauchen.

Reede hatte sich nicht all die Jahre den Hintern aufgerissen, um sich schließlich den Lohn entgehen zu lassen. Jetzt, wo der Respekt, den er immer gewollt hatte, zum Greifen nahe war, würde er nicht tatenlos zusehen, wie Alex' Ermittlungen die Leute an seine Herkunft erinnerten. Diese arrogante Anwältin könnte ihn ruinieren, wenn sie nicht gebremst wurde.

Die Leute, die behaupteten, materieller Besitz wäre nicht wichtig, hatten einfach genug von allem. Er hatte nie etwas besessen. Bis jetzt. Und er würde vor nichts zurückschrecken, um das zu schützen.

Er stieg aus seinem Wagen, ging langsam auf das Gerichtsgebäude zu und verfluchte den Tag, an dem Alex Gaither geboren war, genau wie den heutigen Tag. Gleichzeitig ließ ihn aber der Gedanke nicht los, ob dieser gewitzte Mund nicht für etwas anderes gut wäre, als Beschuldigungen und Rechtsklauseln auszuspucken.

Ganz sicher, darauf würde er seinen nächsten Gewinn beim Rennen setzen.

4

Richter Joseph Wallace war der beste Maaloxankunde des Prairie-Drugstores. Als er sich vom Mittagstisch erhob, wusste er, dass er zwei oder drei Schluck davon brauchen würde, bevor der Nachmittag herum war. Seine Tochter Stacey hatte ihm etwas gekocht – wie jeden Wochentag außer Sonntag, da gingen sie zum Buffet in den Country Club. Staceys Klößchen, leicht und duftig wie immer, waren wie Golfbälle in seinem Magen gelandet.

»Irgendwas nicht in Ordnung?« Sie bemerkte, dass ihr Vater sich gedankenverloren den Bauch rieb.

»Nein, alles okay.«

»Huhn mit Klößchen ist doch eine deiner Lieblingsspeisen.«

»Das Essen war köstlich. Ich hab heute nur einen nervösen Magen.«

»Nimm ein Pfefferminz.« Stacey reichte ihm eine kristallene Bonbonschale, die bequem erreichbar auf einem glänzend polierten Couchtisch aus Kirschbaum stand. Er wickelte eins der rotweiß gestreiften Bonbons aus und steckte es in den Mund. »Gibt es einen Grund für deinen nervösen Magen?«

Stacey kümmerte sich um ihren Vater, seit ihre Mutter vor einigen Jahren gestorben war. Sie war ledig und nicht mehr ganz jung, hatte aber auch nie andere Ambitionen gezeigt, als einen Haushalt zu führen. Nachdem sie weder Mann noch Kinder hatte, wachte sie mit Argusaugen über ihren Vater.

Sie war nie eine Schönheit gewesen, und das Alter hatte an dieser bedauerlichen Tatsache auch nichts geändert. Ihre körperlichen Vorzüge taktvoll zu umschreiben, wäre sinnlos, sie war und blieb schlicht und einfach hausbacken. Trotzdem genoss sie in Purcell hohes Ansehen.

Sie stand auf der Mitgliederliste jedes wichtigen Damenvereins der Stadt. Sie unterrichtete die Mädchen in der Sonntagsschule der First Methodist Church, besuchte treu und brav jeden Samstagmorgen die Bewohner des Golden-Age-Altersheims und spielte dienstags und donnerstags Bridge. Ihr Terminkalender war immer voll. Sie kleidete sich zwar teuer, aber viel zu spießig für ihr Alter.

Als Muster an Takt und Etikette hatte sie heiteren Mutes allerhand Enttäuschungen mit Stil und bewundernswerter Fassung überwunden. Jedermann war fest überzeugt von ihrer Ausgeglichenheit.

Sie irrten.

Richter Wallace, ein Spatz von einem Mann, zog seinen schweren Mantel über und ging zur Tür. »Angus hat mich gestern angerufen.«

»Was wollte er denn?«, fragte Stacey und zog ihrem Vater den Kragen hoch, um seine Ohren vorm Wind zu schützen.

»Celina Gaithers Tochter ist gestern aufgetaucht.«

Staceys rege Hände erstarrten, und sie trat einen Schritt zurück. Ihre Blicke begegneten sich. »Celina Gaithers Tochter?« Die Stimme aus ihren aschfahlen Lippen klang dünn und schrill.

»Erinnerst du dich an das Baby? Alexandra hieß sie, glaube ich.«

»Ja, ich erinnere mich, Alexandra«, wiederholte Stacey mit abwesendem Blick. »Sie ist hier in Purcell?«

»Seit gestern – und jetzt richtig erwachsen.«

»Warum hast du mir das nicht gestern Abend erzählt, als ich nach Hause kam?«

»Du bist erst so spät von diesem Chiliessen gekommen, und ich war schon im Bett. Ich hab gewusst, dass du auch müde bist, und wollte dich nicht damit belästigen.«

Stacey wandte sich ab und machte sich daran, die leeren Bonbonpapiere aus der Schale zu zupfen. Ihr Vater hatte die ärgerliche Angewohnheit, die leeren Hüllen liegen zu lassen. »Warum sollte mich das plötzliche Auftauchen von Celinas Tochter nervös machen?«

»Dazu besteht kein Anlass«, sagte der Richter, froh, dass er seiner Tochter nicht in die Augen sehen musste. »Andererseits hat es wahrscheinlich die ganze verdammte Stadt in Aufregung versetzt.«

Stacey hob den Kopf. Ihre Finger zerfledderten das Zellophan. »Warum das?«

Der Richter unterdrückte ein Rülpsen mit einer Faust vorm Mund. »Sie ist Staatsanwältin in Austin.«

»Celinas Tochter?«, rief Stacey erstaunt.

»Kaum zu fassen, was? Wer hätte gedacht, dass sie sich so gut macht, wo doch Merle Graham sie an Eltern Statt aufgezogen hat.«

»Du hast immer noch nicht gesagt, warum sie zurück nach Purcell gekommen ist. Ein Besuch?«

Der Richter schüttelte den Kopf. »Geschäftlich, fürchte ich.«

»Hat es etwas mit der Glücksspiellizenz für die Mintons zu tun?«

Er wandte sich ab und nestelte nervös an seinem Mantelknopf herum. »Nein, äh, sie hat das Okay vom Staatsanwalt, die Untersuchung des Mordes an ihrer Mutter wieder aufzurollen.«

Staceys knochiger Brustkorb fiel noch weiter ein. Sie tastete mit einer Hand hinter sich, suchte nach einem Halt für den Fall, dass sie zusammenbrach.

Der Richter tat so, als hätte er ihre Betroffenheit nicht bemerkt. »Sie hat veranlasst, dass Pat Chastain ein Treffen mit den Mintons und Reede Lambert arrangierte. Laut Angus hat sie verkündet, sie würde herausfinden, wer von ihnen ihre Mutter umgebracht hätte.«

»*Was?* Ist sie verrückt?«

»Laut Angus nicht. Er sagt, sie hat einen Verstand wie ein Rasiermesser, ist im Vollbesitz ihrer geistigen Kräfte und meint es todernst.« Stacey sank auf die willkommene Sofalehne und legte eine schmale Hand in ihren Nacken. »Wie hat Angus reagiert?«

»Du kennst doch Angus. Er lässt sich nicht unterkriegen. Die Geschichte hat ihn anscheinend amüsiert. Er hat gesagt, es gäbe keinen Grund, besorgt zu sein – sie könnte einem Geschworenengericht gar keine Beweise vorlegen, weil es keine gäbe. Bud, der Spinner, war der Täter.« Der Richter richtete sich auf. »Und keiner kann mein Urteil in Frage stellen, wonach der Mann nicht verhandlungsfähig war.«

»Das möchte ich wohl meinen«, sagte Stacey, immer bereit, seine Partei zu ergreifen. »Du hattest keine andere Wahl, du musstest ihn in diese Anstalt einweisen.«

»Ich hab jedes Jahr seine Krankenberichte durchgelesen, mit den Ärzten geredet, die ihn behandelten. Diese Anstalt ist keine Schlangengrube, weißt du. Sie ist eins der besten zuständigen Häuser im Staat.«

»Daddy, keiner zeigt mit dem Finger auf dich. Gütiger Himmel, die brauchen sich doch nur deine Leistungen als Richter anzusehen. Dein Ruf ist seit über dreißig Jahren makellos.«

Er strich sich mit der Hand über sein schütteres Haar. »Es ist mir nur zuwider, dass das ausgerechnet jetzt zur Sprache kommt. Vielleicht sollte ich in den Vorruhestand treten und nicht warten bis zu meinem Geburtstag nächstes Jahr.«

»Du wirst nichts dergleichen tun, Euer Ehren. Du bleibst Richter, bis du reif für die Pension bist und keinen Tag früher. Du wirst dich nicht von so einem Naseweis frisch von der juristischen Fakultät vertreiben lassen.«

So überzeugt Stacey auch klang, ihre Augen verrieten das Gegenteil. »Hat Angus gesagt, wie das Mädchen ... wie sie aussieht? Sieht sie Celina ähnlich?«

»Ein bisschen.« Der Richter ging zur Haustür und zog sie auf. Auf dem Weg nach draußen murmelte er betreten über die Schulter: »Angus hat gesagt, sie wäre hübscher.«

Stacey blieb noch lange, nachdem der Richter gegangen war, starr auf der Sofalehne sitzen und starrte ins *Leere.* Den Abwasch vom Mittagessen vergaß sie total.

»Hallo, Richter Wallace. Mein Name ist Alex Gaither. Freut mich, Sie kennenzulernen!«

Es war völlig unnötig, dass sie sich vorstellte. In der Sekunde, in der er sein Büro betreten hatte und seine Sekretärin, Mrs. Lipscomb, in Richtung eines Stuhls an der gegenüberliegenden Wand genickt hatte, hatte er sie erkannt. Er drehte sich zu der jungen Frau um – fünfundzwanzig war sie, wenn seine Berechnungen stimmten –, die mit geradem Rücken auf ihrem Stuhl saß. Das hatte sie von ihrer Mutter.

Persönlich hatte er nicht viel Umgang mit Celina Gaither gehabt, aber durch Stacey wusste er alles über sie. Sie waren elf Jahre lang in dieselbe Klasse gegangen. Er hatte zwar Staceys typisch kindliche Eifersucht ignoriert, sich aber trotzdem ein wenig schmeichelhaftes Bild von einem Mädchen gemacht, das wusste, dass sie schön und beliebt war, und alle Jungen in der Klasse am Gängelband hatte, einschließlich der beiden wichtigsten, Junior Minton und Reede Lambert.

Zahllose Male war Staceys Herz wegen Celina gebrochen gewesen. Allein schon aus diesem Grund hatte der Richter sie verachtet. Und nachdem diese junge Frau deren Tochter war, widerte sie ihn auf Anhieb an.

»Guten Tag, Miss Gaither.«

Richter Wallace schüttelte die ihm dargebotene Hand, aber

nur so lange, wie es der Anstand verlangte. Er hatte Schwierigkeiten, sich diese modisch gekleidete junge Frau im College vorzustellen. Ihm waren Anwälte in weißen Hemden und ordentlichen Wollanzügen lieber als mit schicken, kurzen Röcken und im Pelz. Ernst zu nehmende Mitglieder dieses Berufsstands sollte ein Hauch von Zigarrenrauch und ledergebundenen Wälzern umgeben, nicht von Parfum.

»Hat Bezirksstaatsanwalt Chastain Sie über den Grund meines Hierseins aufgeklärt?«

»Ja, heute Morgen. Aber ich hab's gestern Abend schon von Angus gehört.«

Sie neigte den Kopf, als wolle sie sagen, diese Information sei interessant und müsse in Zukunft noch genauer untersucht werden. Er hätte sich am liebsten die Zunge abgebissen, weil er so unklug war, sie freiwillig preiszugeben.

In Wirklichkeit jedoch war er ziemlich beeindruckt. Angus Minton hatte recht, Alexandra Gaither sah noch besser aus als ihre Mutter.

Wenn sie ihren Kopf bewegte, brachte ein Sonnenstrahl, der durch die Jalousien fiel, ihr rötliches Haar zum Glänzen. Der Kragen ihrer Pelzjacke streifte ihre Wange und ließ ihre Haut so frisch und köstlich aussehen wie reife Aprikosen. Stacey besaß eine ähnliche Jacke, aber ihre Haut sah darin aus wie Asche.

»Könnte ich Sie kurz in Ihrem Büro sprechen, Richter Wallace?«, fragte sie höflich.

Er sah überflüssigerweise auf seine Armbanduhr. »Ich fürchte, das ist unmöglich. Ich bin eigentlich nur kurz vorbeigekommen, um meine Post abzuholen. Ich habe für den Rest des Nachmittags einen Auswärtstermin.« Mrs. Lipscomb hob überrascht den Kopf, ein sicheres Zeichen, dass er log.

Alex betrachtete nachdenklich ihre Schuhspitzen. »Ich bestehe nur ungern darauf, aber ich habe keine andere Wahl. Es ist sehr wichtig, und ich möchte die Ermittlungen so schnell wie möglich in Gang bringen. Bevor ich das in die Wege leite, muss ich mir einige Fakten von Ihnen bestätigen lassen. Es wird nicht sehr lange dauern.« Ihre Mundwinkel bogen sich zu einem Lächeln. »Ich bin überzeugt, mein Vorgesetzter in Austin wird Ihre Kooperationsbereitschaft zu schätzen wissen.«

Richter Wallace war nicht dumm, genauso wenig wie Alex. Er bekleidete zwar einen höheren Rang als sie, aber sie konnte ihn beim Bezirksstaatsanwalt von Travis County schlecht dastehen lassen; und der war gut Freund mit den Mächtigen im Weißen Haus.

»Na schön, bitte, kommen Sie rein.« Er schälte sich aus seinem Mantel und bat Mrs. Lipscomb, keine Anrufe durchzustellen, dann folgte er Alex in sein Büro. »Nehmen Sie Platz.«

»Danke.«

Sein Magen brannte in seinem Inneren wie ein aufgeprallter Meteor. Auf dem Rückweg zum Gericht hatte er zwei Schluck Magnesiummilch genommen, aber er war bereits reif für die nächste Dosis. Alex schien die Ruhe selbst. Sie nahm seinem Schreibtisch gegenüber Platz und streifte graziös ihre Jacke ab.

»Kommen wir gleich zur Sache, Miss Gaither«, sagte er in herrischem Ton. »Was wollen Sie wissen?«

Alex öffnete ihre Aktentasche und holte ein Bündel Papiere heraus. Der Richter stöhnte in Gedanken. »Ich hab die Niederschrift von Bud Hicks gelesen und habe einige Fragen dazu.«

»Zum Beispiel?«

»Wieso hatten Sie es so eilig?«

»Wie bitte?«

»Bud Hicks wurde des Mordes angeklagt und ohne Möglichkeit zur Kautionsstellung im Bezirksgefängnis von Purcell inhaftiert. Seine Zurechnungsfähigkeitsprüfung wurde drei Tage später abgehalten.«

»Na und?«

»Ist das nicht ein ziemlich kurzer Zeitraum, um die Zukunft eines Menschen abzuwägen?«

Der Richter lehnte sich in seinem spanischen Sessel zurück, den ihm seine Tochter geschenkt hatte, in der Hoffnung, die junge Anwältin durch seine Gelassenheit zu beeindrucken. »Vielleicht war das Gefängnis überfüllt, und ich habe versucht, es zu leeren. Oder vielleicht war gerade nicht viel zu tun, und ich konnte schnell vorgehen. Ich erinnere mich nicht mehr. Es ist schließlich fünfundzwanzig Jahre her.«

Ihr Blick senkte sich auf den Notizblock in ihrem Schoß. »Sie haben Mr. Hicks von nur zwei Psychiatern untersuchen lassen.«

»Seine Behinderung war offensichtlich, Miss Gaither.«

»Das bestreite ich auch nicht.«

»Er war, unschön ausgedrückt, der Stadttrottel. Ich will ja nicht brutal sein, aber das war er. Er wurde geduldet. Die Leute sahen ihn, schauten aber durch ihn durch, wenn Sie wissen, was ich meine. Er war eine harmlose Erscheinung ...«

»Harmlos?«

Wieder hätte sich der Richter am liebsten die Zunge abgebissen. »Bis zu der Nacht, in der er Ihre Mutter getötet hat.«

»Er ist von keiner Jury für schuldig erklärt worden, Richter.«

Richter Wallace kniff verärgert die Lippen zusammen. »Natürlich.« Er versuchte, ihrem ruhigen Blick auszuweichen, um seine Gedanken zu sammeln. »Ich war der Meinung, dass in diesem speziellen Fall zwei Psychiater genügten.«

»Ich würde Ihnen zweifellos zustimmen, wenn diese Analysen nicht so verschieden ausgefallen wären.«

»Oder wenn nicht Ihre Mutter das Opfer des Verbrechens gewesen wäre«, sagte der Richter boshaft.

Sie richtete sich empört auf. »Ich werde das ignorieren, Richter Wallace.«

»Ja, also, darum geht es doch schließlich, oder? Oder wollen Sie etwa aus einem mir unbekannten Grund meine Integrität in Frage stellen und ein Urteil anfechten, das ich vor fünfundzwanzig Jahren gesprochen habe?«

»Wenn Sie nichts zu verstecken haben, dann haben Sie auch keinerlei Grund zu befürchten, dass Ihre ausgezeichnete Personalakte durch meine paar Fragen besudelt wird, nicht wahr?«

»Fahren Sie fort«, sagte er steif.

»Die beiden vom Gericht berufenen Psychiater waren sich hinsichtlich des geistigen Zustands von Hicks in der Nacht des Mordes an meiner Mutter nicht einig. Das bildete die erste Ungereimtheit, die mein Interesse weckte. Nachdem ich Bezirksstaatsanwalt Harper darauf aufmerksam gemacht hatte, war er damit einverstanden, den Fall neu aufzurollen.

Ein Psychiater hegte offensichtlich die Meinung, dass Hicks nicht fähig wäre zu so einer Gewalttat. Der andere sagte, er wäre fähig. Warum haben Sie nicht ein drittes, entscheidendes Gutachten eingeholt?«

»Es war nicht notwendig.«

»Da bin ich anderer Meinung, Richter.« Sie hielt einen Augenblick inne, dann sah sie ihn an, ohne den Kopf zu heben.

»Sie waren Golfpartner des Arztes, dem Sie recht gegeben haben. Der andere Psychiater war nicht aus der Stadt. Das war das erste und letzte Mal, dass er je in Ihrem Gerichtssaal als Sachverständiger aussagte.«

Richter Wallace lief vor Wut rot an. »Wenn Sie an meiner Ehrlichkeit zweifeln, schlage ich vor, dass Sie die Ärzte selbst befragen.«

»Das hab ich versucht. Leider sind beide bereits tot.« Sie stellte sich gelassen seinem feindseligen Blick. »Ich habe jedoch den letzten behandelnden Arzt von Mr. Hicks befragt. Er sagt, Sie haben den falschen Mann bestraft, und hat zur Bestätigung eine eidesstattliche Erklärung abgegeben.«

»Miss Gaither.« Er erhob sich teilweise aus seinem Stuhl und schlug mit der flachen Hand auf den Schreibtisch. Er tobte innerlich, aber gleichzeitig fühlte er sich nackt und angreifbar. Das leise Klopfen an seiner Tür war ein Gottesgeschenk. »Ja?«

Sheriff Lambert schlenderte herein.

»Reede!« Alex hätte nicht überraschter sein können, wenn der Richter ihm um den Hals gefallen wäre, so froh war er über sein Erscheinen. »Kommen Sie rein.«

»Mrs. Lipscomb sagte, Sie wollten nicht gestört werden, aber als sie mir erzählt hat, wer bei Ihnen ist, hab ich sie überzeugt, dass ich zu Diensten sein könnte.«

»Wem?«, fragte Alex spitz.

Reede schlenderte zum Stuhl neben ihr und ließ sich reinfallen. Unverschämte grüne Augen glitten über sie. »Jedem, der meine Dienste benötigt.«

Alex zog es vor, über dieses kleine Wortspiel hinwegzugehen, und hoffte, er würde die aufsteigende Röte in ihrem Gesicht nicht bemerken. Sie versuchte sich auf den Richter zu konzentrieren.

»Miss Gaither interessiert sich dafür, warum ich Mr. Hicks als verhandlungsunfähig erklärt habe. Nachdem sie ihn nicht gekannt hat, versteht sie eben nicht, wie genau er den Kriterien der Unzurechnungsfähigkeit entsprach.«

»Danke, Richter Wallace«, sagte sie, heiser vor Wut. »Ich kenne die Kriterien. Was ich nicht weiß, ist, warum Sie Ihr Urteil so eilig gefällt haben.«

»Ich habe keinen Grund für einen Aufschub gesehen«, wiederholte der Richter, dem seit Reedes Ankunft offensichtlich etwas wohler in seiner Haut war. »Ich habe Ihnen bereits erzählt, dass die meisten Menschen in der Stadt Hicks nur toleriert haben. Ihre Mutter, das muss man ihr zugute halten, hat ihn immer freundlich behandelt. Bud, der Spinner, hat sich auf peinliche Art und Weise an sie gehängt. Ich bin mir sicher, dass er oft lästig war. Er ist ihr nachgelaufen wie ein junger Hund. Stimmt's, Reede?«

Der Sheriff nickte. »Celina ließ nicht zu, dass man ihn hänselte, wenn sie da war. Er hat ihr immer Geschenke gebracht, Bohnen, Steine, solches Zeug. Sie hat sich immer bedankt, als ob er ihr die Kronjuwelen verehrt hätte.«

»Ich denke mir, dass Bud, der Spinner, ihre Freundlichkeit als tieferes Gefühl missverstanden hat«, sagte Richter Wallace. »Er ist ihr in dieser Nacht in den Stall der Mintons gefolgt und hat, äh, versucht, sich ihr aufzudrängen.«

»Sie zu vergewaltigen?«, fragte Alex unumwunden.

»Na ja, ja«, stotterte der Richter. »Und als sie ihn abgewiesen hat, konnte er das nicht ertragen, und da hat er …«

»Dreißigmal auf sie eingestochen«, beendete Alex den Satz für ihn.

»Sie zwingen mich, taktlos zu sein, Miss Gaither«, sagte Richter Wallace vorwurfsvoll.

Alex verschränkte ihre Beine. Ihre Strümpfe machten ein schlüpfriges, seidiges Geräusch, das die Aufmerksamkeit des Richters auf sie lenkte. Sie ertappte ihn dabei, wie er ihren Rocksaum beäugte, überging es selbstverständlich und fragte weiter.

»Ich möchte ganz sichergehen, dass ich Sie richtig verstanden habe. Sie vermuten also, dass der Mord nicht geplant war, sondern ein Verbrechen aus Leidenschaft?«

»Wie Sie schon sagten, es ist eine Vermutung.«

»Okay. Aber gehen wir doch einfach einmal davon aus, dass es tatsächlich so war. Wenn Bud Hicks aus extremer Provokation, aus unkontrollierter Leidenschaft so gehandelt hat, hätte er da nicht eine Heugabel, einen Rechen oder etwas Ähnliches zur Verfügung Stehendes genommen? Wieso hatte er ein Skalpell bei sich, wenn er den Stall nicht mit der Absicht betreten hatte, sie zu töten?«

»Das ist ganz einfach«, sagte Reede. Alex warf ihm einen scharfen Blick zu. »An dem Tag hat eine Stute ihr Fohlen gekriegt. Es war eine schwierige Geburt. Wir haben den Veterinär zu Hilfe gerufen.«

»Was hat er gemacht? Einen Dammschnitt?«, fragte sie.

»Nein, letztendlich doch nicht. Wir konnten das Fohlen schließlich so holen. Aber Doc Collins' Tasche stand direkt da. Das Skalpell könnte auf den Boden gefallen sein. Ich rate natürlich nur, aber man kann doch logischerweise annehmen, dass Bud, der Spinner, es gesehen und aufgehoben hat.«

»Das scheint mir ziemlich weit hergeholt, Sheriff Lambert.«

»So weit auch wieder nicht. Wie ich Ihnen schon sagte, Bud, der Spinner, hat lauter solches Zeug aufgesammelt.«

»Er hat recht, Miss Gaither«, bestätigte Richter Wallace hastig. »Sie können jeden fragen. Etwas Glänzendes wie ein chirurgisches Instrument müsste sofort seine Aufmerksamkeit erregt haben, als er in den Stall kam.«

»War er an diesem Tag im Stall?«, fragte sie Reede.

»Ja, den ganzen Tag lang sind Leute rein- und rausgegangen, unter anderem auch Bud, der Spinner.«

Alex kam zu dem weisen Entschluss, dass es höchste Zeit war, sich zurückzuziehen und sich neu zu orientieren. Sie dankte dem Richter flüchtig und verließ sein Büro. Der Sheriff folgte ihr nach draußen. Sobald sie aus dem Vorzimmer waren, drehte sie sich um und stellte ihn zur Rede.

»Von jetzt an wäre ich Ihnen dankbar, wenn Sie denjenigen, die ich befrage, keine Worte in den Mund legten.«

Er machte ein unschuldiges Gesicht. »Hab ich das getan?«

»Das wissen Sie verdammt gut. Ich hab in meinem ganzen Leben noch keine so fadenscheinige, weit hergeholte Erklärung für einen Mord gehört. Ich würde jedem Anwalt in die Kehle beißen, der versuchte, einen Klienten mit so etwas zu verteidigen.«

»Hmmm, das ist komisch.«

»Komisch?«

»Ja.« Wieder musterte er sie unverblümt von Kopf bis Fuß. »Ich finde, dass eigentlich Sie diejenige sind, die zum Anbeißen ist.«

Das Blut schoss ihr in den Kopf, was sie ihrer Empörung zuschrieb. »Nehmen Sie mich etwa nicht ernst, Mr. Lambert?«

Sein arrogantes Lächeln war wie weggewischt. »Ich nehm Sie verdammt ernst«, flüsterte er wütend. »Verdammt ernst.«

5

»Beruhig dich, Joe.« Angus Minton lehnte in seinem roten Ledersessel. Er liebte diesen Stuhl. Seine Frau, Sarah Jo, verabscheute ihn.

Als er Junior an der Tür zu seinem Allerheiligsten entdeckte, winkte er ihn herein. Er legte die Hand über die Muschel seines schnurlosen Telefons und flüsterte seinem Sohn zu: »Joe Wallace hat Muffensausen.«

»Komm jetzt, Joe, du ziehst voreilig Schlüsse und regst dich unnötig auf«, sprach er in die Muschel. »Sie macht nur das, was sie für ihren Job hält. Schließlich und endlich ist ihre Mutter ermordet worden. Und jetzt, wo sie den scheißwichtigen Job als Anklägerin hat, startet sie einen Kreuzzug. Du weißt doch, wie diese jungen Karriereweiber sind.«

Er hörte einen Moment zu. Dann wiederholte er, in gar nicht mehr beschwichtigendem Ton: »Verdammt noch mal, Joe, beruhig dich, hörst du! Halt bloß die Klappe, und alles wird sich in nichts auflösen. Celinas Tochter überlass uns«, ergänzte er noch und zwinkerte Junior zu.

»In ein paar Wochen wird sie mit gekühltem Mütchen auf ihren schönen langen Beinen nach Austin zurückschleichen und ihrem Boss beichten, dass sie nichts erreicht hat. Wir kriegen unsere Rennbahnlizenz, die Bahn wird fristgerecht fertig gebaut, du wirst mit einer blütenweißen Weste in Pension gehen, und nächstes Jahr um diese Zeit sitzen wir mit einem Drink in der Hand da und lachen über die ganze Geschichte.«

Nachdem er sich verabschiedet hatte, warf er das Funktelefon auf den Kaffeetisch. »Jemine, das ist vielleicht ein

Pessimist. So wie er das schildert, hat Celinas Tochter eine Schlinge um seinen hageren Hals gelegt und sie festgezurrt. Sei so gut und hol mir ein Bier.«

»Pasty ist unten in der Halle. Er will dich sprechen.«

Diese Nachricht trug nichts zur Verbesserung seiner ohnehin schon miesen Laune bei. »Scheiße, ausgerechnet jetzt, aber was soll's, hol ihn.«

»Nimm ihn nicht zu hart ins Gebet. Dem fallen gleich die Stiefel ab, so zittert er.«

»Für das, was er getan hat, kann er ruhig zittern«, schimpfte Angus.

Junior kehrte ein paar Sekunden später zurück. Hinter ihm schlurfte Pasty Hickam, mit reumütig gesenktem Kopf und seinem verbeulten Cowboyhut in der Hand. Seinen Spitznamen hatte er sich eingehandelt, weil er für eine Wette eine Flasche Kleber ausgetrunken hatte. Sein wirklicher Name war längst vergessen. Das Ereignis hatte wohl irgendwann in der Volksschule stattgefunden, weil Pasty der Bildung bereits in der neunten Klasse abgeschworen hatte.

Einige Jahre lang war dann die Rodeorunde dran, aber nie sehr erfolgreich. Die Preisgelder, die er gewonnen hatte, beliefen sich auf Kleingeld, das er rasch in Alkohol, Glücksspiel und Frauen umgesetzt hatte. Sein Job auf der Minton Ranch war sein erster Versuch mit regulärer Arbeit, und den hatte er fast dreißig Jahre lang gehalten, eine Überraschung für jedermann. Angus tolerierte Pastys gelegentliche Sauftouren. Aber diesmal war er zu weit gegangen.

Angus ließ ihn ein paar endlose Sekunden lang einfach schwitzen und dastehen, dann sagte er schroff: »Und?«

»Ang… Angus«, stotterte das alte Faktotum. »Ich weiß, was Sie sagen werden. Ich hab Riesenscheiße gebaut, aber ich schwör bei Gott, ich hab's nicht absichtlich gemacht. Sie kennen doch das Sprichwort von wegen den Katzen, die alle bei Nacht grau sind? Ich will verdammt sein, wenn das nicht auch für Pferde gilt. Besonders wenn man einen Liter Whiskey im Bauch rumschwappen hat.« Er grinste und entblößte seine paar übrig gebliebenen, verfaulten Zahnstummel.

Angus fand das nicht lustig. »Du irrst dich, Pasty. Das wollte ich nicht sagen. Ich wollte sagen, dass du gefeuert bist.«

Junior schoss aus dem Ledersofa hoch. »Dad!« Angus warf ihm einen Blick zu, der ihn sofort verstummen ließ.

Pastys Gesicht wurde blass. »Das ist doch nicht Ihr Ernst, Angus. Ich bin fast dreißig Jahre hier.«

»Du kriegst eine faire Abfindung – verdammt viel mehr, als du verdient hast.«

»Aber … aber …«

»Du hast ein Hengstfohlen in eine Koppel mit zehn rossigen Stuten gesperrt. Was, wenn er eine von ihnen bestiegen hätte? Die aus Argentinien war da drin. Hast du eine Ahnung, was dieses Pferd wert ist, Pasty? Über eine halbe Million. Wenn sie verletzt oder durch ein geiles Fohlen gedeckt worden wäre …« Angus schnaubte. »Ich darf gar nicht dran denken, was das für ein Chaos gegeben hätte. Wenn nicht einer der anderen Cowboys den Fehler entdeckt hätte, hätte ich Millionen verlieren können und der Ruf der Ranch wär im Eimer gewesen.«

Pasty schluckte mühsam. »Geben Sie mir 'ne Chance, Angus. Ich schwöre …«

»Die Rede kenn ich schon in- und auswendig. Räum deinen Krempel aus dem Schlafhaus und komm Ende der Woche im Büro vorbei. Ich lass dir vom Buchhalter einen Scheck ausstellen.«

»Angus …«

»Tschüs und viel Glück, Pasty.«

Der alte Cowboy warf Junior einen flehenden Blick zu, obwohl er schon vorher wusste, dass aus dieser Richtung keine Hilfe zu erwarten war. Junior hielt den Blick gesenkt. Schließlich schlurfte Pasty unter Hinterlassung einer Schlammspur aus dem Zimmer.

Als sie hörten, wie die Haustür ins Schloss fiel, stand

Junior auf und ging zu dem Kühlschrank, der in der Täfelung eingebaut war. »Ich hab nicht gewusst, dass du ihn feuern willst«, sagte er vorwurfsvoll.

»Gab keinen Grund, dir das zu sagen.«

Er trug das Bier zu seinem Vater und machte sich auch eins auf. »War das wirklich notwendig? Du hättest ihn doch kräftig anschreien können, ihm ein bisschen Verantwortung wegnehmen, sein Gehalt einfrieren. Dad, wo soll denn ein so alter Kerl hin?«

»Das hätte er sich überlegen müssen, bevor er das Fohlen auf diese Weide gebracht hat. Aber lassen wir das. Mir hat's auch keinen Spaß gemacht, das zu tun. Er war sehr lange hier.«

»Er hat halt einen Fehler gemacht.«

»Viel schlimmer! Er hat sich dabei erwischen lassen!«, brüllte Angus. »Wenn du dieses Geschäft führen willst, Junge, brauchst du Eisen im Hintern. Der Job besteht nicht nur aus Spaß, weißt du. Da gehört mehr dazu, als Kunden protzig zum Essen auszuführen und mit ihren Frauen und Töchtern zu flirten.« Angus nahm einen Schluck Bier. »So, jetzt lass uns über Celinas Tochter sprechen.«

Obwohl er mit der harten Bestrafung Pastys nicht einverstanden war, fügte Junior sich zähneknirschend, ließ sich in einen Sessel fallen und nippte an seiner Bierflasche. »Sie war bei Joe, was?«

»Ja, und wie du siehst, hat sie nicht lang gefackelt, sondern ist gleich hin. Joe ist ein Nervenbündel. Er hat Angst, seine makellose Amtszeit als Richter steht kurz davor, durchs Klo gespült zu werden.«

»Was wollte Alexandra denn von ihm?«

»Sie hat ihm ein paar Fragen gestellt, warum er Buds Anhörung wegen Verhandlungsunfähigkeit so übereilt durchgezogen hat. Reede hat ihn gerade noch gerettet, ziemlich clever von ihm.«

»Reede?«

»Der steht ja nie auf dem Schlauch, oder?« Angus zog

seine Stiefel aus und ließ sie über die gepolsterte Lehne seines Stuhls fallen. Sie schlugen polternd auf den Boden. Er hatte Gicht, und seine große Zehe machte ihm zu schaffen. Nun massierte er sie nachdenklich und wandte sich seinem Sohn zu. »Was hältst du denn von dem Mädchen?«

»Ich denke da wie Joe, der in ihr eine Bedrohung sieht. Sie glaubt, einer von uns hat Celina getötet, und ist wild entschlossen herauszufinden, wer.«

»So schätz ich sie auch ein.«

»Natürlich hat sie nichts gegen irgendeinen von uns in der Hand.«

»Natürlich nicht.«

Junior sah seinen Vater zweifelnd an. »Sie hat einen scharfen Verstand.«

»Wie ein Rasiermesser.«

»Und ein klasse Fahrgestell hat sie auch.«

Vater und Sohn lachten unanständig. »Ja, sie sieht gut aus«, stimmte Angus zu. »Aber ihre Mutter war ja auch hübsch.«

Juniors Lächeln verblasste. »Ja, das war sie.«

»Sie fehlt dir noch immer, was?« Angus musterte seinen Sohn mit wissendem Blick.

»Manchmal.«

Angus seufzte. »Man kann wohl nicht verlangen, dass der Verlust einer Herzensfreundin keine Narben hinterlässt. Ansonsten wärst du ja kein Mensch. Aber es ist dumm von dir, einer Frau nachzutrauern, die schon so viele Jahre tot ist.«

»Ich hab nicht mehr getrauert. Seit dem Tag, an dem ich rausgefunden hab, wie das hier funktioniert«, er griff sich an den Schritt. »Lange war er nicht im Ruhestand.«

»Davon rede ich nicht«, winkte Angus ab und runzelte die Stirn. »Jeder kann sich regelmäßig was zum Bumsen besorgen. Ich rede von deinem Leben. Sich für etwas einsetzen. Du warst nach Celinas Tod lange durcheinander. Du hast etliche Zeit gebraucht, um deinen Scheiß wieder in den Griff zu kriegen. Okay, das ist verständlich.«

Er schob den Schemel von seinem Sessel weg und richtete

sich auf, wies mit dem Finger auf Junior. »Aber du bist auf der Stelle getreten und seither nicht mehr richtig in Fahrt gekommen. Schau dir Reede an. Ihn hat Celinas Tod auch schwer getroffen, aber er hat es überwunden.«

»Woher weißt du, dass er drüber weg ist?«

»Siehst du ihn rumschmollen?«

»Ich bin derjenige, der drei Ehefrauen hinter sich hat, nicht Reede.«

»Und darauf bist du auch noch stolz?«, schrie Angus wutentbrannt. »Reede hat etwas aus seinem Leben gemacht. Er hat in seinem Beruf Karriere gemacht …«

»Karriere?«, unterbrach ihn Junior und schnaubte verächtlich. »Sheriff in diesem verpissten Loch hier würde ich nicht gerade als Karriere bezeichnen. Ein Scheiß ist das.«

»Was würdest du denn als Karriere bezeichnen? Sämtliche weiblichen Mitglieder des Countryclubs zu vögeln, bevor du stirbst?«

»Ich leiste hier meinen fairen Anteil an Arbeit«, wehrte sich Junior. »Ich hab den ganzen Morgen mit diesem Züchter in Kentucky telefoniert. Er ist beinah entschlossen, das Fohlen von Artful Dodger und Little Bit More zu kaufen.«

»Ja, was hat er gesagt?«

»Dass er ernsthaft darüber nachdenkt.«

Angus erhob sich strahlend aus seinem Sessel. »Die Neuigkeit lob ich mir, Sohn. Der Alte ist ein harter Brocken, ein Kumpel von Bunky Hunt. Füttert seine Pferde mit Kaviar und solchem Mist, wenn sie gewonnen haben.« Er schlug seinem Sohn auf den Rücken und fuhr ihm durchs Haar, wie einem Dreijährigen, und nicht wie einem Mann von dreiundvierzig.

»Aber«, sagte Angus und runzelte wieder die Stirn, »das bestätigt einmal mehr, wie viel wir hier verlieren können, wenn die Rennbahnkommission beschließt, unsere Lizenz zurückzuziehen, noch bevor die Tinte darauf trocken ist. Ein Hauch von Skandal genügt, und wir sind draußen. Also, was sollen wir mit Alexandra machen?«

»Machen?«

Angus humpelte zum Kühlschrank, um sich noch ein Bier zu holen. »Wir können es nicht beim Wünschen belassen, dass sie verschwindet. So wie ich das sehe«, sagte er und öffnete die Flasche, »müssen wir sie davon überzeugen, dass wir unschuldig sind. Ehrbare Bürger.« Er hob die Schultern. »Und nachdem wir genau das sind, sollte uns das wohl nicht schwerfallen.«

Junior wusste genau, wann sein Vater etwas plante. »Wie werden wir das bewerkstelligen?«

»Nicht wir – du! Indem du das machst, was du am besten kannst.«

»Du meinst…«

»Sie verführen.«

»Sie verführen!«, rief Junior. »So wie ich sie einschätze, ist die nicht so leicht rumzukriegen. Und außerdem bin ich überzeugt, dass sie uns zum Kotzen findet.«

»Dann müssen wir das zuallererst ändern… du musst dich ändern. Bring sie einfach erst einmal dazu, dich zu mögen. Ich würde es selber machen, wenn ich die richtige Ausrüstung dazu hätte.« Er grinste seinen Sohn an. »Glaubst du, du wirst mit einer so *unangenehmen* Aufgabe fertig?«

Junior erwiderte sein Grinsen. »Die Gelegenheit, es zu versuchen, möchte ich nicht versäumen.«

6

Die Tore des Friedhofs standen offen. Alex fuhr hinein. Sie war nie zuvor am Grab ihrer Mutter gewesen, wusste aber die Grabnummer. Sie befand sich bei den offiziellen Papieren, die sie gefunden hatte, als sie ihre Großmutter in das Pflegeheim brachte.

Der Himmel sah kalt und unfreundlich aus. Die Sonne hing wie eine riesige Orangenscheibe direkt über dem westlichen Horizont, strahlend, aber blechern. Grabsteine warfen lange Schatten über das tote Gras.

Mit Hilfe diskreter Wegweiser fand Alex die richtige Reihe, parkte den Wagen und stieg aus. Soweit sie beurteilen konnte, war sie die einzige Besucherin. Hier im Außenbezirk der Stadt blies der Nordwind stärker, sein Heulen klang bedrohlicher. Sie schlug ihren Kragen hoch und machte sich auf den Weg.

Obwohl sie nach dem Grab suchte, war sie auf dessen Anblick in keinster Weise vorbereitet, er traf sie wie ein Schlag ins Gesicht. Am liebsten wäre sie davongerannt, als wäre sie mit einer Abscheulichkeit zusammengestoßen, mit etwas Entsetzlichem, Abstoßendem.

Der rechteckige Grabstein war kaum sechzig Zentimeter hoch. Ohne den Namen hätte sie ihn gar nicht bemerkt. Außer dem Namen standen da nur Geburtsdatum und Todestag ihrer Mutter – sonst nichts. Kein Grabspruch. Kein obligatorisches: »In liebevoller Erinnerung«, nur die nackten statistischen Fakten.

Die Sparsamkeit der Inschrift brach Alex das Herz. Celina war so jung und hübsch gewesen, so vielversprechend und hier zu nichtssagender Anonymität reduziert.

Sie kniete sich neben das Grab. Es lag abseits von den anderen, allein am Kamm eines flachen Hügels. Die Leiche ihres Vaters war von Vietnam in sein heimatliches West Virginia überführt worden, auf Kosten der United States Army. Großvater Graham war in Celinas Mädchenjahren gestorben und in seiner Heimatstadt begraben. Celinas Grab lag einsam da.

Der Grabstein fühlte sich kalt an. Sie zeichnete die eingemeißelten Buchstaben des Vornamens ihrer Mutter mit der Fingerspitze nach, dann drückte sie die Hand auf das dürre Gras davor, als suche sie nach einem Puls.

Sie hatte sich törichterweise ausgemalt, sie könne mit ihr telepathisch kommunizieren, spürte aber nur das stoppelige Gras, das in ihre Handfläche stach.

»Mutter«, flüsterte sie, probierte das Wort: »Mama, Mami.« Die Bezeichnungen schmeckten fremd auf ihrer Zunge. Sie hatte sie noch nie zu jemandem gesagt.

»Celina hat damals geschworen, Sie würden sie allein am Klang ihrer Stimme erkennen.«

Alex wirbelte erschrocken herum. Sie legte eine Hand auf ihr hämmerndes Herz und rang nach Luft. »Sie haben mich erschreckt. Was machen Sie denn hier?«

Junior Minton kniete sich neben sie und legte einen frischen Blumenstrauß vor den Grabstein. Er sah ihn einen Augenblick an, dann drehte er den Kopf und lächelte Alex traurig an.

»Instinkt. Ich hab im Motel angerufen, aber Sie waren nicht in Ihrem Zimmer.«

»Woher wussten Sie, wo ich wohne?«

»In dieser Stadt weiß jeder alles über jeden.«

»Keiner wusste, dass ich zum Friedhof gehn würde.«

»Logische Schlussfolgerung. Ich versuchte mir vorzustellen, was ich an Ihrer Stelle getan hätte. Wenn Sie keine Gesellschaft wollen, geh ich.«

»Nein, schon in Ordnung.« Ihr Blick wanderte zurück zu dem kalten, unpersönlichen Stein. »Ich war noch nie hier. Großmama Graham hat sich geweigert, mich hierher mitzunehmen.«

»Ihre Großmutter ist kein warmherziger, großzügiger Mensch.«

»Nein, das ist sie nicht, nicht wahr?«

»Hat Ihnen Ihre Mutter gefehlt, als Sie klein waren?«

»Sehr. Ganz besonders, als ich in die Schule kam und mir klar wurde, dass ich das einzige Kind bin, das keine hatte.«

»Viele Kinder leben nicht bei ihren Müttern.«

»Aber sie wissen, dass sie eine haben.« Das war ein Thema, über das sie selbst mit ihren engsten Freunden nur ungern redete. Und sie hatte keine Lust, mit Junior darüber zu reden, gleichgültig wie mitfühlend ihm sein Lächeln gelang.

Sie berührte den Strauß, den er gebracht hatte und rieb das

Blütenblatt einer roten Rose zwischen ihren Fingern. Die Blume fühlte sich an wie warmer Samt, aber die Farbe war die Farbe von Blut. »Bringen Sie oft Blumen an das Grab meiner Mutter, Mr. Minton?«

Er gab keine Antwort, bis sie ihn wieder ansah. »Ich war im Krankenhaus an dem Tag, an dem Sie geboren wurden. Ich hab Sie gesehen, bevor man Sie gewaschen hat.« Sein Grinsen war offen, herzlich, entwaffnend. »Finden Sie nicht, dass das Grund genug ist, sich beim Vornamen zu nennen?«

Es war unmöglich, gegen dieses Lächeln Schranken zu errichten. Es hätte Eisen schmelzen können. »Dann nennen Sie mich Alex«, gab sie nach.

Sein Blick glitt von ihrem Haaransatz bis zu ihren Zehen hinab. »Alex, das gefällt mir.«

»Und, machen Sie's?«

»Was, Ihren Namen mögen?«

»Nein, öfter Blumen vorbeibringen?«

»Ach das. Nur an Feiertagen. Normalerweise bringen Angus und ich welche an ihrem Geburtstag. Weihnachten und Ostern macht es auch Reede. Wir teilen uns die Kosten für die Grabpflege.«

»Aus irgendeinem bestimmten Grund?«

Sein Blick war etwas komisch, aber dann sagte er schlicht: »Wir alle haben Celina geliebt.«

»Ich bin überzeugt, dass einer von euch sie umgebracht hat«, sagte sie leise.

»Sie irren sich, Alex. Ich habe sie nicht umgebracht.«

»Und was ist mit Ihrem Vater? Glauben Sie, er hat's getan?« Er schüttelte den Kopf. »Er hat Celina wie eine Tochter behandelt, hat sie auch so gesehen.«

»Und Reede Lambert?«

Er hob nur die Schultern, als wäre keine Erklärung nötig. »Also Reede …«

»Was?«

»Reede hätte sie nie töten können.«

Alex kuschelte sich tiefer in ihre Pelzjacke. Die Sonne war untergegangen und es wurde sekündlich kälter. Ihr Atem bildete kleine Wölkchen, als sie sagte: »Ich war heute Nachmittag in der Gemeindebibliothek und hab alte Ausgaben der Lokalzeitungen gelesen.«

»Auch was über mich?«

»Oh ja, alles über Ihre Zeit im Purcell Panther Footballteam.«

Er lachte und der Wind lüpfte seine blonden Haare. Sie waren viel heller als die von Reede und feiner, besser gepflegt. »Das muss ja faszinierender Lesestoff gewesen sein.«

»Oh ja. Sie und Reede waren Cocaptains des Teams.«

»Verdammt, ja.« Er bog den Arm, als wolle er seinen Bizeps zeigen. »Wir dachten, wir wären unbesiegbar, die Größten.«

»In ihrem ersten Studienjahr war meine Mutter die Homecoming Queen. Auf einem der Zeitungsbilder küsst Reede sie in der Halbzeit.«

Alex hatte ein sehr komisches Gefühl gehabt, als sie dieses Foto entdeckte. Sie hatte es nie zuvor gesehen. Aus irgendeinem Grund hatte ihre Großmutter es vorgezogen, das Bild nicht zusammen mit den vielen anderen aufzubewahren, vielleicht weil Reede Lamberts Kuss gewagt gewesen war, erwachsen und siegesgewiss.

Ohne jede Scheu vor dem jubelnden Publikum im Stadion hatte er seinen Arm besitzergreifend um Celinas Taille gelegt. Der Druck des Kusses hatte ihren Kopf zurückgebogen. Er sah aus wie ein Eroberer, was seine schlammige Footballuniform und der kampfzerbeulte Helm in seiner Hand noch betonten.

Nachdem sie das Foto einige Minuten lang angestarrt hatte, begann sie, den Kuss selbst zu fühlen.

Sie kam mit einem Ruck zurück in die Gegenwart: »Sie haben sich erst später mit Reede und meiner Mutter angefreundet, stimmt's?«

Junior riss einen Grashalm aus und begann ihn zu zerpflücken. »In der neunten Klasse. Bis dahin war ich im Internat in Dallas.«

»Freiwillig?«

»Meine Mutter wollte es so. Sie wollte nicht, dass ich mir das, was sie als schlechte Manieren ablehnte, von den Kindern der Arbeiter und Cowboys aneigne, also wurde ich jeden Herbst nach Dallas abgeschoben.

Meine Erziehung war jahrelang der Zankapfel zwischen meinem Vater und meiner Mutter. Als ich dann schließlich auf die High School kommen sollte, hat er auf stur geschaltet und gesagt, es wäre höchste Zeit für mich zu lernen, dass es noch andere Leute gibt außer den ›blassen kleinen Schwachköpfen‹ – Zitat – im Internat. Ohne lange Umstände hat er mich in der Purcell High School angemeldet.«

»Und wie hat Ihre Mutter das aufgenommen?«

»Nicht sehr gut. Sie war definitiv dagegen, konnte sich aber nicht durchsetzen. Da, wo sie herkam ...«

»Und das wäre?«

»Kentucky. In seinen besten Zeiten war ihr alter Herr einer der erfolgreichsten Züchter des Landes. Er hatte einen Triple-Crown-Sieger gezüchtet.«

»Wie hat sie Ihren Vater kennengelernt?«

»Angus fuhr nach Kentucky, um eine Stute zu kaufen, und kam mit ihr und meiner Mutter zurück. Sie lebt schon seit über vierzig Jahren hier, klammert sich aber immer noch an die Presley-Familientraditionen, und eine davon ist, die Sprösslinge auf Privatschulen zu schicken.

Dad hat mich nicht nur in der High School eingeschrieben, er hat auch darauf bestanden, dass ich versuche, ins Footballteam zu kommen. Der Trainer war nicht sehr begeistert, aber Dad hat ihn bestochen, indem er ihm versprach, neue Trikots für das Team zu kaufen, wenn er mich nimmt, also ...«

»Angus Minton hat immer die Hand am Drücker.«

»Darauf können Sie wetten«, Junior lachte. »Ein Nein akzeptiert er einfach nicht, also hab ich mich im Football versucht. Ich hatte noch nie einen in der Hand, und am ersten Trainingstag haben sie mich fast erledigt. Die anderen Jungs mochten mich natürlich nicht.«

»Weil Sie der reichste Knabe der Stadt waren?«

»Es ist ein harter Job, aber einer muss ihn ja machen«, sagte er mit seinem unwiderstehlichen Grinsen. »Wie dem auch sei, als ich an diesem Abend nach Hause kam, hab ich Dad gesagt, dass ich sowohl die Purcell High School als auch Football zum Kotzen finde. Ich hab ihm gesagt, mir wären blasse kleine Schwachköpfe wesentlich lieber als Schläger wie Reede Lambert.«

»Was ist dann passiert?«

»Meine Mutter hat sich krank geweint. Dad hat geflucht, dass ihm fast der Schädel geplatzt ist. Dann hat er mich nach draußen gezerrt und mir Bälle zugeschmissen, bis meine Hände vom Fangen blutig waren.«

»Das ist ja furchtbar!«

»Eigentlich nicht. Er wollte nur mein Bestes. Er hat gewusst, im Gegensatz zu mir, dass man hier draußen essen, trinken, schlafen und Football spielen muss. Sagen Sie«, unterbrach er sich, »ich quassele hier wie ein Wasserfall. Frieren Sie nicht?«

»Nein.«

»Sicher?«

»Ja.«

»Wollen Sie gehen?«

»Nein, ich möchte, dass Sie weiterquasseln.«

»Ist das eine offizielle Vernehmung?«

»Eine Konversation«, sagte sie so spitz, dass er grinsen musste.

»Stecken Sie wenigstens Ihre Hände in die Taschen.« Er nahm ihre Hände, zog sie zu den tiefen Taschen ihrer Jacke, steckte sie hinein und tätschelte sie kurz. Alex gefiel diese intime Geste gar nicht. Es war unverschämt und, angesichts der Umstände, mehr als unangebracht. »Geh ich recht in der Annahme, dass Sie's ins Footballteam geschafft haben?«, fragte sie, nachdem sie beschlossen hatte, seine Berührung einfach zu ignorieren.

»Ja. Aber ich hab nicht gespielt, in keinem einzigen Spiel, bis auf das allerletzte. Da ging's um die Bezirksmeisterschaft.«

Er senkte den Kopf und lächelte bei der Erinnerung. »Wir lagen vier Punkte hinten. Ein Feldtor hätte uns gar nichts genutzt. Es waren nur noch ein paar Sekunden zu spielen. Wir hatten den Ball, aber kaum eine Chance. Die beiden Fänger waren in den vorherigen Spielabschnitten verletzt worden.«

»Mein Gott.«

»Ich hab's Ihnen ja gesagt. Football ist ein blutrünstiger Sport. Aber, wie dem auch sei, gerade wurde also der Hauptstürmer vom Feld gekarrt, als der Coach zur Bank schaute und meinen Namen schrie. Ich hab mir fast in die Hosen gemacht...«

»Was ist passiert?«

»Ich hab mich aus meinem Poncho geschält und bin losgerannt, ins Team, das sich gerade während einer Auszeit zusammendrängte. Ich hatte das einzige saubere Hemd auf dem Spielfeld. Der Quarterback...«

»Reede Lambert.« Alex wusste das aus den Zeitungsberichten.

»Ja, mein Über-Ich. Er stöhnte hörbar auf, als er mich kommen sah, und noch lauter, als er hörte, welchen Spielzug mir der Coach aufgetragen hatte. Er sah mir direkt in die Augen und sagte: ›Wenn ich den verdammten Ball werfe, Schnösel, dann fang ihn gefälligst.‹«

Einen Moment lang schwieg Junior, abgetaucht in die Vergangenheit. »Ich werde das mein Leben lang nicht vergessen. Reede hat die Bedingungen klar dargelegt.«

»Die Bedingungen?«

»Dafür, dass wir Freunde werden. Ich sollte hier und jetzt beweisen, dass ich seiner Freundschaft würdig wäre.«

»War das denn so wichtig?«

»Da können Sie Ihren Hintern drauf verwetten. Ich war

lange genug in der Schule, um zu wissen, dass ich keinen Pfifferling taugte, wenn ich mich nicht mit Reede arrangierte.«

»Sie haben den Passball gefangen, nicht wahr?«

»Nein, hab ich nicht. Aus Fairness muss ich das zugeben. Reede hat ihn direkt hierhergeworfen«, sagte er und deutete auf seine Brust, »direkt zwischen die Zahlen auf meinem Trikot. Fünfunddreißig Yards. Ich musste nur meine Arme um den Ball legen und ihn über die Ziellinie tragen.«

»Aber es hat gereicht, nicht wahr?«

Sein Grinsen breitete sich übers ganze Gesicht aus. »Jawohl. Und damit fing alles an.«

»Ihr Vater muss ganz aus dem Häuschen gewesen sein.«

Junior warf den Kopf zurück und lachte schallend. »Er sprang über den Zaun, flankte über die Bank und stürmte auf das Spielfeld. Er hat mich einfach hochgehoben und ein paar Minuten lang herumgetragen.«

»Und Ihre Mutter?«

»Meine Mutter! Die hätte man nicht mal im Sarg auf ein Footballfeld gebracht. Sie findet das Spiel barbarisch.« Er kicherte und zupfte sich am Ohrläppchen. »Sie hat verdammt recht. Aber mir war völlig schnuppe, was irgendjemand von mir dachte, ausgenommen Dad. Er war so stolz auf mich an diesem Abend.« Seine blauen Augen glänzten vor Nostalgie. »Er war Reede nie zuvor begegnet, aber hat ihn ebenfalls umarmt, mitsamt seiner dreckigen Ausrüstung. An diesem Abend begann auch ihre Freundschaft. Kurz danach ist Reedes Dad gestorben, und er ist zu uns auf die Ranch gezogen.«

Einige Augenblicke lang schwelgte er in seiner Jugend, und Alex ließ ihm Zeit dazu. Schließlich hob er den Kopf und schreckte sichtlich zusammen.

»Du lieber Himmel, eben haben Sie genau wie Celina ausgesehen«, flüsterte er. »Nicht so sehr Ihr Gesicht, sondern der Ausdruck. Sie haben dieselbe Art zuzuhören.« Er streckte die Hand aus und berührte ihr Haar. »Sie hat gerne zugehört. Wenigstens hat sie dem, der redete, dieses Gefühl vermittelt. Sie konnte stundenlang still dasitzen und schweigen.« Er zog seine Hand zurück, aber sichtlich ungern.

»Und das hat Sie zuerst an ihr fasziniert?«

»Nee, ganz bestimmt nicht«, sagte er anzüglich. »Das, was mich sofort an ihr faszinierte, war die pubertäre Begierde eines Neuntklässlers. Als ich Celina das erste Mal sah, hat es mir den Atem verschlagen, so hübsch war sie.«

»Sind Sie ihr nachgestiegen?«

»He, ich war verliebt, aber nicht verrückt.«

»Und was haben Sie dagegen gemacht?«

»Damals hat sie Reede gehört«, sagte er ruhig. »Das stand immer außer Frage.« Er stand auf. »Wir sollten besser gehen. Egal, was Sie mir erzählen, Sie frieren. Außerdem wird's im Dunkeln hier unheimlich.«

Alex, die von seiner letzten Aussage immer noch etwas verwirrt war, ließ sich hochziehen. Sie bürstete sich das trockene Gras ab, und dabei fiel ihr noch einmal der Strauß ins Auge. Das grüne Papier, mit dem die bunte Pracht eingewickelt war, flatterte im frischen Wind. Es machte ein trockenes, raschelndes Geräusch. »Danke, dass Sie die Blumen gebracht haben, Junior.«

»Keine Ursache.«

»Ich weiß zu schätzen, dass Sie sie all die Jahre nicht vergessen haben.«

»Wenn ich ganz ehrlich bin, hatte ich heute einen weiteren Grund herzukommen.«

»Ach?«

»Mmhm«, sagte er und nahm ihre Hände. »Ich wollte Sie auf einen Drink zu uns nach Hause einladen.«

7

Man hatte sie erwartet. So viel war klar von dem Augenblick an, in dem Junior sie über die Schwelle des weitläufigen einstöckigen Wohnhauses der Minton Ranch führte. Sie war begierig, ihre Tatverdächtigen in ihrer eigenen Umgebung zu sehen, und deshalb hatte sie Juniors Einladung angenommen.

Doch als sie das Wohnzimmer betrat, konnte sie nicht umhin, sich zu fragen, ob nicht vielleicht sie diejenige war, die manipuliert wurde, und nicht umgekehrt.

Ihre Entschlossenheit, mit Umsicht vorzugehen, wurde sofort auf die Probe gestellt, als Angus durch das geräumige Zimmer auf sie zuschritt und ihr die Hand schüttelte.

»Ich freue mich, dass Junior Sie gefunden und mitgebracht hat«, sagte er, während er ihr aus der Jacke half. Er warf Junior den Pelz zu. »Häng das auf, ja?« Er musterte Alex wohlgefällig und sagte: »Ich hab nicht gewusst, wie Sie auf unsere Einladung reagieren. Wir freuen uns, dass Sie gekommen sind.«

»Die Freude ist ganz auf meiner Seite.«

»Gut«, sagte er und rieb sich die Hände. »Was möchten Sie trinken?«

»Weißwein, bitte«, sagte sie. Seine blauen Augen waren freundlich, aber irgendwie beunruhigend. Sie schienen durch sie hindurchzusehen bis hin zu ihren emotionellen Unsicherheiten, die sie mit Tüchtigkeit tarnte.

»Soso, Weißwein. Ich persönlich kann das Zeug nicht ausstehen. Da kann ich ja gleich Limo trinken. Aber meine Frau mag es auch. Sie wird gleich runterkommen. Setzen Sie sich, Alexandra.«

»Sie möchte lieber Alex genannt werden, Dad«, sagte Junior und stellte sich zu Angus an die Bar, um sich einen Scotch mit Soda zu mixen.

»Soso, Alex.« Angus brachte ihr ihr Glas. »Na ja, das passt wohl zu einer Anwältin.«

Bestenfalls war das ein dubioses Kompliment. Sie dankte ihm für den Wein und fragte dann: »Warum haben Sie mich eingeladen?«

Für einen Augenblick stutzte er angesichts ihrer Direktheit, aber dann konterte er: »Es ist schon zu viel Wasser den Bach hinuntergeflossen, da können wir keine Feinde mehr sein. Ich möchte Sie näher kennenlernen.«

»Das ist auch mein Grund, warum ich hier bin, Mr. Minton.«

»Angus. Nennen Sie mich Angus.« Er musterte sie einen Augenblick lang. »Wieso sind Sie eigentlich Anwältin geworden?«

»Damit ich den Mord an meiner Mutter untersuchen kann.«

Die Antwort kam ihr spontan über die Lippen, was nicht nur die Mintons überraschte, sondern auch Alex selbst. Sie hatte bis jetzt nie dieses Ziel in Worte gefasst. Merle Graham hatte ihr offensichtlich zusammen mit dem Gemüsebrei die nötige Entschlossenheit eingetrichtert.

Mit dieser Eröffnung kam ihr gleichzeitig die Erkenntnis, dass sie ihre eigene Hauptverdächtige war. Großmama Graham hatte gesagt, letztendlich wäre sie verantwortlich für den Tod ihrer Mutter. Wenn es ihr nicht gelänge, etwas anderes zu beweisen, würde sie den Rest ihres Lebens diese Schuld mit sich herumtragen. Sie war nach Purcell County gekommen, um sich selbst zu entlasten.

»Sie reden nicht lange um den heißen Brei herum«, sagte Angus. »Ich mag das. Alles andere ist Zeitverschwendung.«

»Ich mag meine Zeit auch nicht verschwenden«, sagte Alex eingedenk ihres prall gefüllten Terminkalenders.

Angus räusperte sich. »Kein Ehemann? Keine Kinder?«

»Nein.«

»Warum nicht?«

»Dad«, sagte Junior und rollte die Augen. Er fand die Taktlosigkeit seines Vaters peinlich.

Alex war amüsiert, nicht beleidigt. »Ich hab nichts dagegen, Junior, wirklich nicht. Die Frage wird mir häufig gestellt.«

»Und, gibt es eine Antwort darauf?« Angus nahm einen Schluck von seinem Drink.

»Weder die Zeit noch die Neigung.«

Angus räusperte sich. »Bei uns hier haben wir zu viel Zeit und nicht genug Neigung.« Er warf Junior einen vernichtenden Blick zu.

»Dad meint damit meine gescheiterten Ehen«, erläuterte Junior.

»Ehen? Wie viele waren es denn?«

»Drei«, beichtete er zerknirscht.

»Und keine Enkelchen aus irgendeiner vorzuweisen«, Angus grummelte wie ein gekränkter Bär und richtete einen vorwurfsvollen Zeigefinger auf seinen Sohn. »Und es liegt nicht daran, dass du nicht weißt, wie man deckt.«

»Wie immer, Angus, sind deine Manieren in Gesellschaft beklagenswert.«

Alle drei drehten sich gleichzeitig um. Eine Frau stand in der offenen Tür. Alex hatte eine bestimmte Vorstellung gehegt, wie Angus' Frau aussehen würde – stark, bestimmt, mutig genug, ihm entgegenzutreten. Eine von diesen typischen Reiterinnen, die ausritt und mehr Zeit mit dem Zaumzeug als mit der Haarbürste verbrachte.

Aber Mrs. Minton war das völlige Gegenteil von Alex' geistigem Bild. Sie war zart, zierlich wie eine Porzellanfigur. Blondes, leicht ergrautes Haar lag in weichen Locken um ein Gesicht, das so blass schimmerte wie die doppelreihige Perlenkette um ihren Hals. Sie trug ein hellviolettes Wolljerseykleid, das ihren schlanken Körper umspielte. Sie kam ins Zimmer und setzte sich in einen Stuhl neben Alex.

»Schatz, das ist Alex Gaither«, sagte Angus. Er zeigte keinerlei Reaktion auf den Tadel seiner Frau, »und meine Frau, Sarah Jo.«

Sarah Jo Minton nickte und sagte mit kühler, förmlicher Stimme: »Es ist mir eine Freude, Miss Gaither.«

»Danke.«

Ihr blasses Gesicht begann zu strahlen, und ihre schmalen Lippen bogen sich zu einem Lächeln aufwärts, als Junior ihr ein Glas Weißwein reichte, das er ohne zu fragen eingeschenkt hatte.

»Danke, Schätzchen.«

Er bückte sich und küsste die dargebotene glatte Wange seiner Mutter. »Sind deine Kopfschmerzen weg?«

»Nicht ganz, aber mein Nickerchen hat mir geholfen. Danke der Nachfrage.« Sie streckte die Hand aus und streichelte seine Wange. Alex bemerkte, dass ihre Hand so weiß und zerbrechlich aussah wie eine Blüte im Sturmwind. Sie wandte sich an ihren Mann: »Musst du unbedingt das Gerede über Decken und Züchten ins Wohnzimmer bringen, anstatt es im Stall zu belassen, wo es hingehört?«

»In meinen eigenen vier Wänden werd ich verdammt noch mal über alles reden, was mir passt«, sagte Angus, war aber keineswegs wütend auf sie.

Junior kannte dieses Hickhack offensichtlich. Er lachte, ging um Sarah Jos Stuhl herum und setzte sich auf die Lehne desjenigen von Alex. »Wir haben nicht über das Decken an sich gesprochen, Mutter. Dad hat sich nur über meine Unfähigkeit beklagt, eine Frau lange genug zu halten, um einen Erben zu produzieren.«

»Du wirst Kinder haben, mit der richtigen Frau, wenn die Zeit reif ist.« Das war genauso an Angus adressiert wie an Junior. Dann wandte sie sich Alex zu: »Hab ich da gehört, dass Sie noch nie verheiratet waren, Miss Gaither?«

»Richtig.«

»Seltsam.« Sarah Jo nippte an ihrem Wein. »Ihrer Mutter hat es nie an männlicher Begleitung gefehlt.«

»Alex hat nicht gesagt, dass es ihr an männlicher Begleitung fehlt«, verbesserte Junior sie. »Sie ist nur wählerisch.«

»Ja. Ich habe mich für eine Karriere entschieden und nicht für eine Familie. Jedenfalls im Augenblick.« Sie runzelte die Stirn, weil ihr ein Gedanke gekommen war. »Hat meine Mutter nie Interesse daran bekundet, Karriere zu machen?«

»Ich hab sie nie etwas in der Richtung sagen hören. Alle Mädchen in unserer Klasse hatten nur eine Laufbahn im Sinn. Sie wollten Partnerin von Warren Beatty werden.«

»Meine Mutter hat mich so früh bekommen«, sagte Alex mit einem Hauch von Bedauern in der Stimme. »Vielleicht haben eine frühe Heirat und ein Baby sie daran gehindert, sich einer Karriere zu widmen.«

Junior legte einen Finger unter ihr Kinn und zwang sie, ihm direkt in die Augen zu sehen. »Celina hat ihre eigene Wahl getroffen.«

»Danke, dass Sie das sagen.«

Er nahm seine Hand weg. »Ich hab sie nie sagen hören, dass sie etwas anderes als Frau und Mutter sein wollte. Ich erinnere mich an einen Tag, an dem wir über dieses Thema geredet haben. Du müsstest es auch noch wissen, Dad. Es war Sommer und so heiß, dass du Reede gesagt hast, er solle den Rest des Tages freinehmen, wenn er die Ställe ausgemistet hätte. Wir drei sind dann zu einem Picknick an den alten Weiher gefahren, weißt du noch?«

»Nein.« Angus erhob sich, um sich noch ein Bier zu holen.

»Ich schon«, sagte Junior mit verträumter Stimme, »so als wäre es gestern gewesen. Wir haben unter den Mimosenbäumen einen Quilt ausgebreitet. Lupe hatte uns ein paar hausgemachte Pasteten eingepackt. Nach dem Essen haben wir uns hingelegt. Celina lag zwischen Reede und mir, und wir haben durch die Äste der Bäume hinauf in den Himmel gestarrt, sie gaben kaum Schatten. Die Sonne und unsere vollen Bäuche haben uns schläfrig gemacht. Wir beobachteten, wie die Bussarde über etwas kreisten, und redeten darüber, ihnen nachzujagen, um rauszufinden, wer gestorben war, dösten aber weiter. Wir lagen einfach da und haben phantasiert, was wir machen würden, wenn wir erwachsen wären. Ich sagte, ich wollte ein internationaler Playboy werden. Reede sagte, wenn ich das machen würde, würde er Aktien einer Firma kaufen, die Kondome herstellt, und reich werden. Es war ihm egal, was er mal werden würde, Hauptsache reich. Celina wollte nur Ehefrau werden.« Er hielt kurz inne und warf einen Blick auf seine Hände. »Reedes Frau.«

Alex schreckte zusammen.

»Apropos Reede«, sagte Angus, »ich glaube, ich höre seine Stimme.«

8

Lupe, die Haushälterin der Mintons, führte Reede herein. Alex drehte sich gerade um, als er durch die Tür kam. Sie war noch etwas benommen von Juniors Enthüllungen.

Sie hatte von Großmama Graham gehört, dass Reede und Celina auf der High School miteinander gegangen waren. Das Foto von ihm, auf dem er sie als Homecoming Queen krönte, bestätigte das. Aber Alex hatte nicht gewusst, dass ihre Mutter ihn heiraten wollte. Sie wusste, dass man ihr ihre Verwirrung ansah.

Sein Blick streifte kurz den Raum. »Ein wirklich gemütliches Beisammensein.«

»He, Reede«, sagte Junior von seinem Platz neben Alex. Plötzlich war seine Nähe aufdringlich, zu vertraut, aus einem Grund, den sie nicht erklären konnte. »Was bringt dich hier raus? Durstig?«

»Komm rein.« Angus winkte ihn ins Zimmer. Sarah Jo schaute durch ihn hindurch, als wäre er unsichtbar. Alex fand das rätselhaft, schließlich hatte er doch bei ihnen gewohnt.

Er legte seine Jacke und seinen Hut auf einen Stuhl und ging zur Bar, um sich den Drink zu holen, den Angus für ihn gemixt hatte. »Ich wollte nach meiner Stute sehen. Wie geht's ihr?«

»Prima«, erwiderte Angus.

»Gut.«

Es folgte eine etwas gespannte Pause, jeder zeigte plötzlich großes Interesse am Inhalt seines Glases. Schließlich sagte Angus: »Hast du sonst noch was auf dem Herzen, Reede?«

»Er ist hergekommen, um Sie zu warnen. Sie müssen vorsichtig sein mit dem, was Sie mir erzählen«, sagte Alex. »Genauso hat er es heute Nachmittag bei Richter Wallace gemacht.«

»Wenn mir jemand eine direkte Frage stellt, gebe ich meine eigenen Antworten«, knurrte er, kippte seinen Drink hinunter und stellte sein Glas ab. »Bis später. Danke für den guten Tropfen.« Er stapfte aus dem Zimmer, hielt nur kurz inne, um seinen Hut und seine Jacke an sich zu nehmen.

Überraschenderweise war es Sarah Jo, die das Schweigen brach, nachdem Reede die Haustür hinter sich zugeknallt hatte. »Wie ich sehe, haben sich seine Manieren überhaupt nicht gebessert.«

»Du kennst doch Reede, Mutter«, sagte Junior mit einem gelangweilten Achselzucken. »Noch ein Glas Wein?«

»Bitte.«

»Trinkt doch einen zusammen«, sagte Angus. »Ich möchte mit Alex unter vier Augen sprechen. Bringen Sie Ihren Wein mit, wenn Sie wollen«, sagte er zu ihr.

Er hatte ihr aus dem Stuhl geholfen und sie sachte in den Gang geschoben, bevor sie wusste, wie ihr geschah. Auf dem Weg den Korridor entlang sah sie sich um.

Die Wände waren rot tapeziert, und überall hingen gerahmte Fotos von Rennpferden. Darüber dräute ein massiver spanischer Kronleuchter. Die Möbel waren dunkel und klobig.

»Gefällt Ihnen mein Haus?«, fragte Angus, als er bemerkte, dass sie langsamer ging, um sich alles anzusehen.

»Sehr sogar«, log sie.

»Ich hab's selbst entworfen und gebaut, als Junior noch in den Windeln lag.«

Alex wusste auch ohne Angus' Beteuerungen, dass er das

Haus nicht nur gebaut, sondern auch eingerichtet hatte. Es war keine Spur von Sarah Jos Persönlichkeit zu entdecken. Wahrscheinlich hatte sie sich gefügt, weil es gar keine andere Wahl gab.

Das Haus war abgrundtief hässlich und so erbarmungslos geschmacklos, dass es schon wieder einen eigenen, rauen Charme aufwies, genau wie Angus.

»Bevor dieses Haus entstand, wohnten Sarah Jo und ich in der Hütte eines Eisenbahners. Das verdammte Ding bestand hauptsächlich aus Ritzen. Im Winter sind wir fast erfroren und im Sommer morgens mit einer zentimeterdicken Staubschicht auf dem Bett aufgewacht.«

Mrs. Minton war Alex auf Anhieb unsympathisch gewesen, sie wirkte abwesend und auf sich selbst fixiert. Aber mit einer jüngeren Sarah Jo konnte sie Mitgefühl haben, ein junges Mädchen, das man wie eine exotische Blume aus einer feinen, eleganten Kultur gepflückt hatte und in eine so brutale und radikal entgegengesetzte verpflanzt hatte, dass sie verwelkt war. Sie würde sich hier nie anpassen können, und es war Alex ein Rätsel, warum sich sowohl Angus als auch Sarah Jo selbst der Illusion hingaben, sie könnte es.

Er ging voraus in ein getäfeltes Zimmer, das noch maskuliner war als der Rest des Hauses. Von den Wänden starrten Elch- und Rehköpfe mit resignierten braunen Augen ins Leere. Auf jedem noch übrigen Flecken hingen Bilder von Rennpferden mit den Mintonfarben im Siegerring von Rennbahnen im ganzen Land. Einige waren relativ neu, andere anscheinend Jahrzehnte alt.

Es gab einige Gewehrständer, in jedem Fach stand eine Waffe. In einer Ecke lehnte eine Fahnenstange mit der Flagge des Staates. Jemand hatte einen Spruch eingerahmt: »Und obgleich ich wandle im Tal des Schatten des Todes, werde ich nichts Böses fürchten … weil ich das böseste Arschloch hier im Tale bin.«

Sobald sie den Raum betreten hatte, deutete er in eine Ecke: »Kommen Sie, ich möchte Ihnen etwas zeigen.«

Sie folgte ihm zu einem Tisch, über den ein weißes Laken gebreitet war. Angus zog es weg.

»Du meine Güte!«

Es war das Baumodell einer Pferderennbahn. Kein Detail war vergessen worden, von den Sitzplätzen mit Farbcode auf den Tribünen bis hin zu der beweglichen Startmaschine und den Streifen auf dem Asphalt des Parkplatzes.

»Purcell Downs«, prahlte Angus mit der stolzgeschwellten Brust eines frischgebackenen Vaters. »Mir ist klar, dass Sie nur das tun, was Sie glauben tun zu müssen, Alex. Das respektiere ich.« Seine Miene wurde kämpferisch. »Aber Ihnen ist nicht klar, wie viel hier auf dem Spiel steht.«

Alex verschränkte schützend ihre Arme. »Warum erzählen Sie mir's nicht?«

Angus brauchte keine weitere Ermutigung und stürzte sich mit Feuereifer in eine umfassende Erklärung, wie er die Rennbahn gebaut haben wollte. Keine Notlösungen würden akzeptiert, keine Kosten und Mühen gescheut. Der gesamte Komplex sollte erstklassig sein, von den Stallungen bis zu den Damentoiletten.

»Wir werden die einzige große Rennbahn zwischen Dallas, Fort Worth und El Paso sein, etwa dreihundert Meilen von jeder entfernt. Es wird ein interessanter Zwischenstopp für Touristen. Ich kann mir vorstellen, dass Purcell in zwanzig Jahren ein neues Las Vegas ist, das wie ein Springbrunnen aus der Wüste sprudelt.«

»Sind Sie da nicht etwas zu optimistisch?«, fragte Alex skeptisch.

»Na ja, vielleicht ein bisschen. Aber das haben die Leute auch gesagt, als ich mit dem hier angefangen habe. Das haben sie gesagt, als ich die Trainingsbahn baute und den überdachten Pool für die Pferde. Ich lass mich von Skepsis nicht beeindrucken. Man muss große Träume haben, wenn man Großes erreichen will, merken Sie sich das! Wenn wir die Genehmigung zum Bau dieser Rennbahn kriegen, wird die Stadt Purcell wieder aufblühen.«

»Das wird aber nicht allen gefallen, oder? Einige möchten vielleicht, dass diese Gemeinde klein bleibt.«

Angus schüttelte nachgiebig den Kopf. »Vor einigen Jahren hat diese Stadt geboomt.«

»Öl?«

»Jawohl. Es gab zehn Banken. *Zehn.* Mehr als in jeder anderen Stadt dieser Größe. Selbstverständlich waren wir die reichste Stadt im Land. Die Geschäftsleute machten mehr Umsatz, als sie bewältigen konnten. Der Immobilienmarkt kochte. Alle wurden wohlhabender.« Er hielt inne, um Luft zu holen. »Möchten Sie etwas zu trinken? Ein Bier? Eine Cola?«

»Nein danke, nichts.«

Angus holte sich ein Bier aus dem Kühlschrank, öffnete es und nahm einen kräftigen Schluck. »Dann ist der Ölmarkt in den Keller gesackt«, fuhr er fort. »Wir haben uns eingeredet, es wäre nur vorübergehend.«

»Was verband Sie mit dem Ölmarkt?«

»Ich besaß einen stattlichen Anteil an mehreren Quellen und eine Erdgasgesellschaft. Aber Gott sei Dank hab ich nie mehr investiert, als ich mir leisten konnte zu verlieren. Ich hätte nie meine anderen Unternehmen verkauft, um eine Ölquelle zu erhalten.«

»Trotzdem muss doch der Preissturz beim Öl ein empfindlicher finanzieller Rückschlag für Sie gewesen sein. Hat Sie das nicht aufgeregt?«

Er schüttelte den Kopf. »Ich hab schon mehr Vermögen verloren und gemacht, als Sie Jahre auf dem Buckel haben, junge Lady. Mir ist das scheißegal, wenn ich pleite bin. Reich sein macht mehr Spaß, aber Pleite machen ist aufregender. Das beinhaltet neue Herausforderungen. Sarah Jo ist da leider anderer Meinung«, fuhr er mit einem Seufzer fort. »Sie mag die Sicherheit von Geld, das im Tresor Staub fängt. Ich habe ihr Geld oder Juniors Erbe nie angerührt. Ich hab ihr versprochen, dass ich das niemals tun würde.«

Dieses Gerede über Erbe war Alex fremd. Es überstieg

ihre Vorstellungskraft. Merle Graham hatte sie beide mit ihrem Gehalt von der Telefongesellschaft ernährt und nach ihrer Pensionierung mit ihrer Rente. Alex' Noten waren so gut gewesen, dass sie ein Stipendium an der Universität von Texas bekommen hatte. Aber sie jobbte nach den Vorlesungen immer, um sich Kleider kaufen zu können, damit ihre Großmutter sich nicht über zusätzliche Ausgaben beklagte.

Für ihr Jurastudium hatte sie also finanzielle Unterstützung bekommen, weil ihre Noten so brillant gewesen waren, ihre Arbeit als Angestellte dagegen ermöglichte ihr keinen Luxus. Sie hatte wochenlang mit sich gerungen, bevor sie sich für ihr bestandenes Examen mit der Pelzjacke belohnte. Es war eine der wenigen Extravaganzen, die sie sich je gegönnt hatte.

»Haben Sie denn genug Kapital, um die Rennbahn zu finanzieren?«, fragte sie, nachdem sie sich wieder gesammelt hatte.

»Nicht persönlich.«

»Minton Enterprises?«

»Nicht alleine. Wir haben eine Interessengemeinschaft gegründet, Einzelpersonen und Firmen, die davon profitieren würden, wenn die Bahn gebaut wird.«

Er setzte sich in seinen roten Ledersessel und bedeutete ihr, ebenfalls Platz zu nehmen. »Während des Ölbooms haben alle eine Kostprobe von Reichtum bekommen. Jetzt lechzen sie wieder danach.«

»Das ist ja keine sehr schmeichelhafte Einschätzung der Bürger von Purcell – eine Gruppe gieriger Haifische, die darauf wartet, Pferdewettgeld zu verschlingen.«

»Gierig ist falsch«, sagte er. »Jeder würde seinen fairen Anteil kriegen, angefangen von den Hauptinvestoren bis runter zu dem Typen, der an der Selbstbedienungstankstelle an der nächsten Ecke arbeitet. Und es wäre nicht nur Reichtum für Einzelne. Denken Sie an die Schulen und Krankenhäuser und die öffentlichen Einrichtungen, die die Stadt mit den Mehreinnahmen an Steuern bauen könnte.«

Er beugte sich vor und machte eine Faust, als wolle er etwas packen. »Deshalb ist diese Rennbahn so verdammt wichtig. Wir könnten Purcell wieder auf die Beine bringen und noch einiges mehr.« Seine blauen Augen sprühten vor Begeisterung. »Und, was sagen Sie jetzt?«

»Ich kann durchaus bis drei zählen, Mr. Minton, äh, Angus«, verbesserte sie sich. »Mir ist klar, was diese Rennbahn für die Wirtschaft des Distrikts bedeuten könnte.«

»Warum lassen Sie dann nicht Ihre lächerliche Untersuchung sausen?«

»Ich halte sie nicht für lächerlich«, konterte sie aufgebracht.

Er musterte sie und kratzte sich gedankenverloren die Wange. »Wie können Sie glauben, ich hätte Ihre Mama getötet? Sie gehörte zu Juniors besten Freunden. Sie war praktisch täglich in diesem Haus. Nicht mehr so oft, nachdem sie geheiratet hatte, aber davor auf jeden Fall. Ich hätte dem Mädchen kein Haar krümmen können.«

Alex wollte ihm glauben. Trotz der Tatsache, dass er Verdächtiger in einem Mordfall war, bewunderte sie ihn sehr. Nach allem, was sie über ihn gelesen und durch Gespräche erfahren hatte, hatte er ein Imperium aus dem Nichts geschaffen.

Seine brüske Art war eigentlich liebenswert. Er besaß eine sehr überzeugende, farbige Persönlichkeit. Aber davon durfte sie sich nicht einwickeln lassen. Ihre Bewunderung für Angus war nicht so groß wie ihr Bedürfnis zu erfahren, wie sie, ein unschuldiges Baby, jemanden dazu veranlasst haben sollte, ihre Mutter zu ermorden.

»Ich kann die Untersuchung nicht einfach sausen lassen«, sagte sie. »Selbst wenn ich es wollte, Pat Chastain …«

»Hören Sie«, sagte er und beugte sich vor. »Lassen Sie einfach diese blauen Kulleraugen rollen, sagen Sie ihm, Sie hätten einen Fehler gemacht, und ich garantiere Ihnen, morgen um diese Zeit wird er sich nicht einmal mehr daran erinnern, warum Sie hergekommen sind.«

»Ich würde nie …«

»Okay, dann überlassen Sie Pat mir.«

»Angus«, sagte sie laut und deutlich. »Sie begreifen nicht, was ich meine.« Nachdem sie sich so seine Aufmerksamkeit gesichert hatte, fuhr sie fort. »Genauso überzeugt, wie Sie von Ihrer Rennbahn sind, genauso überzeugt bin ich, dass der Mordfall meiner Mutter falsch behandelt wurde. Und ich habe vor, das in Ordnung zu bringen.«

»Obwohl die Zukunft einer ganzen Stadt auf dem Spiel steht?«

»Ach, kommen Sie«, protestierte sie. »Sie stellen das so hin, als würde ich hungernden Kindern ihre Stullen aus der Hand reißen.«

»So schlimm nun auch wieder nicht, aber trotzdem …«

»Auch meine Zukunft steht auf dem Spiel. Ich kann meine anderen Fälle nicht weiterbearbeiten, bis dieser zu meiner Zufriedenheit gelöst ist.«

»Ja, aber …«

»He, Auszeit.« Junior öffnete abrupt die Tür und steckte den Kopf herein. »Ich hab eine tolle Idee, Alex. Warum bleiben Sie nicht zum Abendessen?«

»Verdammt noch mal, Junior«, polterte Angus und schlug mit der Faust auf die Armlehne seines Stuhls. »Du würdest nicht mal merken, dass jemand ein geschäftliches Gespräch führt, wenn man es dir in den Kopf prügelt. Unterbrich mich nie wieder, wenn ich eine Konferenz unter vier Augen habe. Du solltest es wirklich allmählich wissen!«

Junior schluckte betreten. »Ich hab nicht gewusst, dass euer Gespräch so gravierend ist.«

»Das hättest du aber, zur Hölle mit dir, oder etwa nicht? Verflucht noch mal, wir haben …«

»Angus, bitte, es ist schon in Ordnung«, warf Alex hastig ein. »Um ehrlich zu sein, bin ich ganz froh, dass Junior uns unterbrochen hat. Ich hab gerade erst gemerkt, dass ich längst losmuss.«

Sie konnte es nicht mit ansehen, wie ein erwachsener

Mann von seinem Vater abgekanzelt wurde, und das noch vor einem weiblichen Gast. Sie schämte sich für beide.

Die meiste Zeit war Angus ein lieber alter Kerl. Aber nicht immer. Er konnte sehr jähzornig sein, wenn ihm jemand in die Quere kam. Alex war gerade Zeugin geworden, wie jähzornig er war, und wie wenig dazu gehörte, ihn auf die Palme zu bringen.

»Ich bring Sie zur Tür«, sagte Junior steif.

Sie schüttelte Angus die Hand. »Danke, dass Sie mir das Modell gezeigt haben. Nichts, was Sie gesagt haben, hat meine Meinung geändert, aber Sie haben ein paar Dinge geklärt. Ich werde sie mir merken für meine weiteren Ermittlungen.«

»Sie können uns vertrauen, wissen Sie. Wir sind keine Killer.«

Junior begleitete sie zur Tür. Nachdem er ihr in die Jacke geholfen hatte, drehte sie sich zu ihm um. »Ich melde mich, Junior.«

»Das hoffe ich.« Er beugte sich über ihre Hand und küsste sie, dann drehte er sie und küsste auch ihre Handfläche.

Sie zog sie hastig zurück. »Flirten Sie so mit jeder Frau, die Sie kennenlernen?«

»Mehr oder weniger.« Er grinste ohne eine Spur von Scham. »Sind Sie empfänglich?«

»Nicht im Geringsten.«

Sein Grinsen wurde breiter, er war nicht davon überzeugt und sie auch nicht, das war ihr klar. Sie verabschiedete sich rasch und ging.

Im Auto war es kalt. Sie zitterte trotz ihres Pelzes. Während sie die Privatstraße in Richtung Highway fuhr, bemerkte sie die Wirtschaftsgebäude, die links und rechts standen. Die meisten waren Ställe. In einem brannte ein schwaches Licht. Reedes Blazer parkte vor der Tür. Ein plötzlicher Impuls ließ Alex bremsen. Sie parkte ihren Wagen neben seinem und stieg aus.

Sarah Jos Schlafzimmer in Kentucky war in ihrem texanischen Haus genau kopiert worden, bis hin zu den silbernen Kordeln an den Vorhängen. Beim Bau des Hauses hatte sie Angus gewähren lassen, hatte seine schweren, dunklen Möbel, seine roten Lederpolster und seine Jagdtrophäen in allen anderen Zimmern geduldet. Aber sie hatte sich strikt geweigert, ihr Schlafzimmer auch in diesem Westernstil einzurichten.

Und er hatte fröhlich zugestimmt. Er mochte es, nachts von ihrem verspielten, femininen Schnickschnack umgeben zu sein. Er hatte ihr oft gesagt: Wenn ich ein Cowgirl gewollt hätte, hätte ich nicht bis Kentucky fahren müssen, um eins zu finden.

»Mutter, darf ich reinkommen?« Junior öffnete nach zögerndem Klopfen die Schlafzimmertür.

»Aber ja, Schatz, bitte.« Sarah Jo lächelte, offensichtlich sehr erfreut über den Besuch.

Sie saß, an einen Berg von Satinkissen gelehnt, in einem Bettjäckchen aus Spitze inmitten erlesener Kosmetikdüfte und las die Biographie irgendeines ausländischen Staatsmannes, von dem er noch nie gehört hatte. Er kannte nicht einmal das Land, aus dem der Mann stammte. Wahrscheinlich kannte das sowieso keiner außer seiner Mutter.

Sie nahm ihre Lesebrille ab, legte das Buch beiseite und tätschelte die Satindecke neben sich. Junior lehnte es mit einem hastigen Kopfschütteln ab, sich zu setzen. Er blieb stehen, die Hände in den Taschen, und klimperte mit ein paar Münzen. Dieses allabendliche Ritual, ein Überbleibsel aus seiner Kindheit, war ihm zutiefst zuwider.

Schon vor langer Zeit war er dem Bedürfnis oder der Lust entwachsen, seiner Mutter einen Gutenachtkuss zu geben, doch Sarah Jo erwartete es immer noch. Sie wäre sehr verletzt, wenn er sich davor drücken würde. Er und Angus gaben sich größte Mühe, niemals Sarah Jos Gefühle zu verletzen, eine nicht ganz einfache Aufgabe, da sie recht empfindlich war.

»Hier drin riecht es immer gut«, sagte er, weil ihm nichts anderes einfiel. Er hatte es noch nicht ganz verwunden, wie sein Vater ihn vor Alex abgekanzelt hatte, und konnte es kaum erwarten, endlich aus dem Haus zu kommen. Dann würde er in einen der hiesigen Nachtclubs fahren, wo er sich nicht auf seine Probleme konzentrieren musste.

»Duftkissen. Ich habe sie in allen Schubladen und Schränken. Als ich noch ein Mädchen war, hatten wir ein Dienstmädchen, die sie aus getrockneten Blumen und Kräutern anfertigte. Sie haben wunderbar gerochen«, sagte sie wehmütig. »Jetzt muss ich sie bestellen. Heutzutage werden künstliche Aromastoffe verwendet, aber ich mag sie immer noch.«

»Wie ist das Buch?« Das Thema Duftkissen langweilte Junior bereits.

»Sehr interessant.«

Das bezweifelte er ernsthaft, lächelte sie aber an. »Gut. Ich freu mich, dass es dir gefällt.«

Sarah Jo spürte seine melancholische Stimmung. »Was ist denn los?«

»Nichts.«

»Ich merke aber, dass etwas nicht stimmt.«

»Wieder das Übliche. Dad hat sich aufgeregt, weil ich in sein Gespräch mit Alex geplatzt bin.«

Sarah Jo machte einen Schmollmund. »Dein Vater hat es immer noch nicht gelernt, sich zu benehmen, wenn Gäste im Haus sind. Wenn er so taktlos ist, einen Gast während der Cocktailstunde aus dem Wohnzimmer zu schleifen, dann kannst du auch so taktlos sein, ein Gespräch zu unterbrechen.« Sie nickte, als wäre damit alles geklärt. »Was hatten sie denn überhaupt so Geheimes zu besprechen?«

»Irgendwas über den Tod ihrer Mutter«, sagte er und versuchte, möglichst nonchalant zu klingen. »Kein Grund, sich Sorgen zu machen.«

»Bist du sicher? Alle kamen mir so angespannt vor heute Abend.«

»Falls es Grund zur Sorge gibt, wird Dad das regeln, wie

immer. Du brauchst dir überhaupt nicht den Kopf zu zerbrechen.«

Auf keinen Fall würde er seiner Mutter von Alex' Ermittlung erzählen. Die Männer in Sarah Jos Leben wussten, dass sie es hasste, mit unangenehmen oder aufregenden Dingen konfrontiert zu werden, und beschützten sie davor.

Angus sprach nie mit ihr übers Geschäft, ganz besonders nicht, wenn es schlecht lief. Sie war enttäuscht, wenn die Pferde keine guten Leistungen auf der Rennbahn erbrachten, und feierte, wenn sie siegten, aber abgesehen davon interessierten sie weder die Ranch noch irgendeine der vielen Firmen, aus denen sich Minton Enterprises zusammensetzte, sonderlich.

Eigentlich kümmerte sich Sarah Jo um gar nichts, mit der Ausnahme von Junior. Sie war eine schöne Puppe, versiegelt in einem sterilen Raum, die nie dem Licht oder irgendeinem anderen schädlichen Element ausgesetzt wurde – und schon gar nicht dem Leben selbst.

Junior liebte seine Mutter, wusste aber, dass sie nicht sehr beliebt war – im Gegensatz zu Angus, den jeder mochte. Einige der Ehefrauen seiner Freunde waren aus Loyalität und Verpflichtung nett zu ihr. Wenn sie nicht wären, besäße sie in Purcell keinerlei Kontakte.

Sie hatte sich nie die Mühe gemacht, Freundschaften zu pflegen. Die meisten Einheimischen fand sie vulgär und grob und machte kein Hehl daraus. Anscheinend war sie völlig zufrieden damit, in diesem Zimmer zu residieren, umgeben von den weichen, hübschen, unkomplizierten Dingen, die sie mochte und bestens kannte.

Junior wusste, dass die Leute über sie tratschten und sich lustig machten. Es wurde behauptet, sie würde trinken. Das tat sie nicht, abgesehen von zwei Gläsern Wein vor dem Abendessen. Einige, die ihre Zartheit und Sensibilität nicht begriffen, fanden sie seltsam. Andere behaupteten, sie wäre einfach »nicht ganz dicht«.

Zugegeben, sie war meistens ein bisschen abwesend, so

als würde sie im Geiste noch einmal die privilegierte Kindheit durchleben, die ihr so viel bedeutete. Sie hatte sich nie ganz vom frühen Tod eines geliebten Bruders erholt und war noch in Trauer um ihn gewesen, als Angus sie kennenlernte.

Junior fragte sich, ob sie seinen Vater wohl geheiratet hatte, um unangenehmen Erinnerungen zu entfliehen. Einen anderen Grund für eine Ehe von zwei so unterschiedlichen Menschen konnte er sich nicht vorstellen.

Er hatte es sehr eilig, endlich hier wegzukommen, um sich zu amüsieren, zögerte aber den Aufbruch hinaus, weil ihn interessierte, was seine Mutter über den heutigen Gast dachte. »Was hältst du denn von ihr?«

»Von wem, Celinas Tochter?«, fragte Sarah Jo abwesend. Sie runzelte die Stirn. »Körperlich ist sie sehr attraktiv, obwohl ich so auffällige Farben nicht schmeichelhaft für eine Frau finde.«

Sie zupfte nachdenklich an der feinen Spitze ihres Bettjäckchens. »Sie ist ziemlich engagiert, nicht wahr? Wesentlich ernsthafter als ihre Mutter. Celina war, weiß Gott, eine alberne kleine Gans. Wie ich mich erinnere, hat sie ständig gelacht.« Sie hielt inne und neigte den Kopf zur Seite, als lauschte sie auf ein fernes Lachen. »Ich kann mich nicht erinnern, das Mädchen je gesehen zu haben, ohne dass es lachte.«

»Sie konnte auch besinnlich sein. Du hast sie nur nicht so gut gekannt.«

»Armer Schatz, ich weiß, dass du sehr in sie verliebt warst seinerzeit. Ich weiß, was es heißt, jemanden, den man liebt, zu verlieren. Es ist das pure Elend.«

Ihre so sanfte Stimme änderte sich plötzlich, wie auch ihr Gesichtsausdruck. Plötzlich war sie kein hängendes Veilchen mehr, sondern eine entschlossene Frau. »Junior, du darfst dich von Angus nicht mehr blamieren lassen, besonders nicht vor anderen Leuten.«

Er zuckte achtlos mit den Schultern. Das war vertrautes Gebiet. »Er meint das nicht böse. Es ist nur eine Angewohnheit von ihm.«

»Dann liegt es an dir, sie ihm auszutreiben. Schatz, siehst du denn nicht, dass er nur eins will, nämlich, dass du ihm Kontra gibst. Angus versteht nur einen Tonfall – den groben. Er kann nicht leise und vornehm sprechen wie wir. Wir müssen so mit ihm reden, dass er uns versteht, so wie Reede. Angus würde es nie wagen, mit Reede so herablassend zu reden, wie er das mit dir macht, weil er Reede akzeptiert. Und er respektiert Reede, weil er nicht vor ihm kuscht.«

»Dad denkt, Reede könne nichts falsch machen. Es stößt ihm bis heute sauer auf, dass Reede bei ME aufgehört hat. Er hätte ihn viel lieber dabei als mich. Ich kann ihm nie etwas recht machen.«

»Das ist nicht wahr!«, widersprach Sarah Jo mit mehr Elan, als sie seit Wochen gezeigt hatte. »Angus ist sehr stolz auf dich. Er weiß nur nicht, wie er es zeigen soll, weil er ein so harter Mann ist. Er musste so hart sein, um all seine Ziele zu erreichen. Und er möchte, dass du genauso bist.«

Junior grinste und ballte die Fäuste. »Okay, Mutter, morgen früh werd ich schwertschwingend antreten.«

Sie kicherte. Seine Unverdrossenheit und sein Sinn für Humor hatten ihr immer Freude gemacht. »Ich hoffe nicht buchstäblich, aber so will Angus dich sehen.«

Ihr Lachen war ein gutes Stichwort, um sich zu verabschieden. Junior packte die Gelegenheit beim Schopf, sagte gute Nacht, versprach ihr, vorsichtig zu fahren, und ging. Auf der Treppe begegnete ihm Angus mit den Stiefeln in der Hand, hinkend. »Wann gehst du endlich zum Arzt mit deiner Zehe?«

»Wofür ist so ein Scheißarzt schon gut, außer, um dir dein Geld abzuknöpfen? Ich sollte das blöde Ding wegschießen, dann wär endlich Ruhe.«

Junior lächelte. »Okay, aber pass auf, dass kein Blut auf den Teppich gerät. Mutter würde einen Anfall kriegen.«

Angus lachte, seine Wut war wie weggeblasen. Es war, als wäre die kleine Episode in seinem Arbeitszimmer nie passiert. Er legte seinen Arm um Juniors Schulter und drückte ihn kurz. »Ich hab gewusst, ich kann mich auf dich verlassen, dass du das Mädchen herbringst. Es hat genauso funktioniert, wie ich hoffte. Wir haben sie in Verteidigungsstellung gebracht und ein paar Zweifel eingeimpft. Wenn sie klug ist, und das ist sie, glaube ich, wird sie die Sache abblasen, bevor zu viel Schaden angerichtet ist.«

»Was, wenn sie's nicht tut?«

»Wenn sie's nicht tut, werden wir auch dieses Hindernis nehmen.« Dann lächelte er und gab Junior einen liebevollen Klaps auf die Wange. »Gute Nacht, Junge.«

Junior sah seinem Vater nach, wie er davonhumpelte. Er fühlte sich jetzt wesentlich besser und pfiff auf dem Weg nach unten. Diesmal würde Angus nicht enttäuscht sein von ihm. Der Job, den er ihm aufgetragen hatte, war genau seine Kragenweite.

Seine Erfahrung im Umgang mit Frauen war legendär. Die Herausforderung, die Alex darstellte, würde die Jagd zweifellos aufregender und amüsanter machen. Sie war eine verdammt attraktive Person. Selbst wenn Angus es ihm nicht aufgetragen hätte, hätte er sich an sie herangemacht.

Aber wenn er es ganz richtig machen wollte, würde es einige Zeit und Überlegung kosten. Er würde sich ein paar Tage nehmen, um eine todsichere Strategie auszuarbeiten. Inzwischen gab es kleinere Welten zu erobern. Er grüßte sein attraktives Spiegelbild im Garderobenspiegel und verließ das Haus.

9

Der Stall war genau wie das Haus aus Stein gebaut. Innen sah er aus wie andere Ställe, nur war er makellos sauber. Ein breiter Mittelgang trennte zwei Reihen von Boxen. Es roch angenehm nach Heu, Leder und Pferd.

Nachtlichter mit schwachen Birnen waren zwischen den

Boxen platziert und machten es ihr leicht zu sehen, wohin sie ging – auf ein helleres Licht zu, das in einer Box etwa in der Mitte des Stalls brannte. Sie ging leise darauf zu, vorbei an einem offenen Sattelraum, zu einer Tür mit der Aufschrift BEHANDLUNGSRAUM. Durch eine breite Öffnung entdeckte sie außerdem in einer runden Koppel eine Führungsmaschine, mit der man gleichzeitig mehrere Pferde trainieren konnte.

Sie hörte Reede, bevor sie ihn sah, er murmelte leise auf den Bewohner der Box ein. Sie ging darauf zu und spähte hinein. Er hockte auf den Fersen und rieb mit seinen großen Händen das Hinterbein des Pferdes.

Den Kopf zur Seite geneigt, war er ganz vertieft in seine Aufgabe. Seine Finger drückten auf eine Stelle, die wohl empfindlich war. Das Pferd schnaubte erschrocken und versuchte auszuweichen.

»Ganz ruhig. Ganz ruhig.«

»Was fehlt ihm denn?«

Er drehte sich nicht um und zeigte auch sonst keine Überraschung, ihre Stimme zu vernehmen. Offensichtlich hatte er längst gewusst, dass sie da stand, und wollte nur störrisch sein. Er stellte den verletzten Fuß vorsichtig ab und tätschelte die Hinterhand des Tieres. »Es ist eine Sie.« Sein Lächeln war herausfordernd. »Oder sind Sie nicht alt genug, um den Unterschied zu erkennen?«

»Nicht aus diesem Winkel.«

»Sie heißt Fancy Pants.«

»Niedlich.«

»Es passt zu ihr. Sie glaubt, sie wär raffinierter als ich, raffinierter als alle anderen. Fest steht, dass sie raffinierter ist, als ihr guttut. Sie geht zu weit, zu schnell, und am Ende vom Lied verletzt sie sich.« Er nahm eine Handvoll Hafer und ließ das Pferd aus seiner Hand fressen.

»Oh, ich hab verstanden. Das ist eine versteckte Anspielung auf mich.« Er nickte unumwunden. »Soll ich das als Drohung verstehen?«

»Das können Sie nehmen, wie Sie wollen.«

Wieder diese Doppeldeutigkeit. Aber diesmal nahm sie den Köder nicht an. »Was für ein Pferd ist sie?«

»Ein schwangeres. Das ist der Stutenstall.«

»Sie werden alle hier gehalten?«

»Ja, getrennt von den anderen.« Die Stute knabberte an seiner Brust, er lächelte und kraulte sie hinter den Ohren. »Mamas und Babys bringen Chaos in einen Stall.«

»Warum?«

Er hob die Schultern. »Wahrscheinlich ist das wie auf einer Kinderstation im Krankenhaus. Alle drehen durch, wenn's Neugeborene gibt.«

Er strich mit der Hand über den glatten Bauch der Stute. »Das ist ihr erstes Fohlen, und Mutterwerden macht sie nervös. Neulich, als wir unterwegs waren, hat sie ein bisschen über die Stränge geschlagen und ihren Mittelfuß verletzt.«

»Wann wird sie fohlen?«

»Im Frühling. Sie hat noch eine Weile Zeit. Geben Sie mir Ihre Hand.«

»Was?«

»Ihre Hand.« Er spürte ihre Zurückhaltung und zog sie ungeduldig in den Stall, dicht neben sich. »Fühlen Sie.«

Er legte seine Hand über die ihre und drückte sie flach auf das glänzende Fell der Stute. Das Haar war grob und kurz, und sie konnte die Vitalität und Kraft der Muskeln darunter spüren. Das Tier schnaubte und machte zögernd einen Schritt nach vorn, aber Reede hielt sie zurück. Die Box schien mit einem Mal eng und viel zu warm. Der Geruch von neuem wachsendem Leben durchdrang die viereckige Umfriedung. »Sie ist warm«, bemerkte Alex und rang nach Luft.

»Das kann man wohl sagen.«

Reede trat noch näher heran und führte Alex' Hand den Körper der Stute entlang bis zu ihrem geschwollenen Unterbauch. Alex stieß einen leisen Überraschungsschrei aus, als sie eine Bewegung spürte.

»Das Fohlen.« Reede war ihr so nahe, dass sein Atem ihre Haarsträhnen hob, und sie roch sein Toilettenwasser, gemischt mit dem Stallgeruch.

Alex lachte vor Entzücken, als sie plötzlich einen sanften Kick gegen ihre Hand spürte; dabei wich sie ein Stück zurück und stieß an Reede. »So aktiv.«

»Sie trägt mir einen Sieger aus.«

»Sie gehört Ihnen?«

»Ja.«

»Und was ist mit dem Vater?«

»Ich hab ein Vermögen für seine Dienste bezahlt, aber er war es wert. Gut aussehender Hengst aus Florida. Fancy Pants ist gleich auf ihn angesprungen. Ich glaube, sie trauerte, als es vorbei war. Vielleicht müsste ich mir keine Sorgen machen, dass sie über die Stränge schlägt, wenn er immer da wäre.«

Der Druck auf Alex' Brust war so groß, dass sie kaum atmen konnte. Am liebsten hätte sie ihre Wange an die Flanke der Stute gelehnt und hätte weiter Reedes Singsang gelauscht. Glücklicherweise übernahm ihre Vernunft wieder die Führung, ehe sie etwas so Törichtes tun konnte.

Sie zog ihre Hand unter seiner heraus und drehte sich um. Er stand so dicht hinter ihr, dass sie den Kopf zurück an das Pferd lehnen musste, um ihm ins Gesicht zu sehen.

»Haben alle Besitzer Zugang zu den Stallungen?«

Reede trat zurück und machte ihr Platz, so dass sie zur Tür gehen konnte.

»Nachdem ich früher mal für die Mintons gearbeitet habe, nehmen sie wohl an, sie können mir vertrauen.«

»Was für ein Pferd ist sie?«, fragte Alex noch einmal.

»Ein Quarter-Horse, ein Westernpferd.«

»Ein Quarter, ein Viertel? Von was?«

»›Ein Viertel von was?‹« Er warf den Kopf zurück und lachte. Fancy Pants tänzelte zur Seite. »He, das ist wirklich gut. Ein Viertel von was?« Er löste die Kette, mit der er die Stute an einem Metallring festgemacht hatte, verließ die Box und schloss sorgfältig die Tür hinter sich. »Sie wissen nicht sehr viel über Pferde, stimmt's?«

»Wenn Sie so wollen«, erwiderte sie spitz.

Seine Schadenfreude über ihre Verlegenheit war von kurzer Dauer. Er runzelte die Stirn und fragte: »War es Ihre Idee, zur Ranch zu kommen?«

»Junior hat mich eingeladen.«

»Ah, das passt.«

»Wieso?«

»Er ist immer heiß auf der Spur der neuesten Schnecke.«

Das Blut rauschte durch Alex' Adern. »Ich bin nicht verfügbar für Junior oder für sonst irgendjemanden. Und ich bin auch keine Schnecke.«

Er musterte sie langsam von oben bis unten. »Nein, das sind Sie wohl nicht. Zu viel Anwalt und zu wenig Frau. Entspannen Sie sich denn nie?«

»Nicht, wenn ich an einem Fall arbeite.«

»Und was haben Sie bei einem Drink gemacht?«, fragte er spöttisch. »An Ihrem Fall gearbeitet?«

»Genau.«

»Die haben wirklich komische Ermittlungsmethoden beim Bezirksstaatsanwalt von Travis County.« Er drehte ihr den Rücken zu und schlenderte zum gegenüberliegenden Ende des Gebäudes.

»Warten Sie. Ich würde Ihnen gern ein paar Fragen stellen.«

»Schicken Sie mir 'ne Vorladung«, warf er ihr über die Schulter zu.

»Reede.« Ohne zu überlegen, lief sie hinter ihm her und packte ihn am Ärmel seiner Lederjacke. Er blieb stehen und richtete den Blick auf ihre Finger, die sich in das uralte Leder krallten, dann wanderte er weiter, direkt in ihre Augen, wie ein scharfer grüner Speer.

Sie ließ seinen Ärmel los und wich einen Schritt zurück. Sie hatte keine Angst vor ihm, war nur schockiert über sich selbst. Sie hatte seinen Namen nicht so rufen wollen, und ganz bestimmt hatte sie ihn nicht berühren wollen, ganz besonders nach dem, was im Stall passiert war.

Sie befeuchtete sich nervös die Lippen und sagte: »Ich möchte mit Ihnen reden, bitte. Inoffiziell. Um meine eigene Neugier zu befriedigen.«

»Die Methode kenne ich. Ich hab sie selbst schon angewandt. Sie spielen Kumpel mit dem Tatverdächtigen und hoffen, dass er unvorsichtig wird und etwas ausplaudert, was er verstecken will.«

»So ist es nicht. Ich will nur reden.«

»Worüber?«

»Über die Mintons.«

»Was ist mit ihnen?«

Er stand breitbeinig da, das Becken vorgeschoben, und steckte die Hände in die Gesäßtaschen seiner Jeans, was seine Jacke aufklaffen ließ. Eine einschüchternd männliche Pose. Es erregte sie genauso, wie es sie irritierte. Alex versuchte beide Reaktionen zu unterdrücken. »Würden Sie sagen, dass Angus und Sarah Jo eine glückliche Ehe führen?«

Er blinzelte und hustete. »Was?«

»Sehen Sie mich nicht so an. Ich frage Sie nach Ihrer Meinung und erwarte keine Analyse.«

»Was zum Donnerwetter macht das für einen Unterschied?«

»Sarah Jo ist nicht die Art Frau, die ein Mann wie Angus heiratet, meiner Meinung nach.«

»Gegensätze ziehen sich an.«

»Das klingt nach Klischee. Stehen sie sich … nahe?«

»Nahe?«

»Nähe, wie intim.«

»Darüber habe ich noch nie nachgedacht.«

»Natürlich haben Sie das. Sie haben hier gelebt.«

»Offensichtlich operiert mein Verstand nicht auf demselben lüsternen Gleis wie der Ihre.« Er tat einen Schritt auf sie zu und senkte seine Stimme. »Aber das könnten wir ändern.«

Alex ließ sich nicht von ihm provozieren, denn das war sicher eher seine Absicht, als sie zu verführen.

»Schlafen sie zusammen?«

»Ich denke ja. Aber es geht mich nichts an, was sie im Bett machen, oder? Außerdem ist es mir egal. Ich kümmere mich nur um das, was in meinem Bett passiert. Warum fragen Sie mich nicht danach?«

»Weil mir das egal ist.«

Wieder kam dieses langsame, wissende Grinsen. »Glaube ich nicht.«

»Ich hasse es, wenn man mich gönnerhaft behandelt, Mr. Lambert, nur weil ich eine weibliche Anklägerin bin.«

»Dann hören Sie doch auf, eine zu sein.«

»Eine Frau?«

»Eine Anklägerin.«

Sie zählte im Geiste bis zehn. »Trifft sich Angus mit anderen Frauen?«

Sie sah, wie die Wut langsam in seinen grünen Augen aufstieg. Seine Geduld mit ihr ging dem Ende zu. »Halten Sie Sarah Jo für eine leidenschaftliche Frau?«

»Nein«, erwiderte Alex.

»Glauben Sie, dass Angus gesunde sexuelle Gelüste hat?«

»Wenn sie seinen anderen Gelüsten entsprechen, würde ich sagen Ja.«

»Dann haben Sie die Antwort bereits.«

»Hat ihre Beziehung Junior beeinflusst?«

»Woher, verdammt, soll ich das wissen? Fragen Sie ihn.«

»Er würde es nur mit einer cleveren, vagen Bemerkung abtun.«

»Was eine nette Methode wäre, Ihnen zu sagen, dass Sie sich in Angelegenheiten einmischen, die Sie nichts angehen. Ich bin nicht so nett wie er. Ziehen Sie Leine, Lady.«

»Dies geht mich aber etwas an.«

Er zog seine Hände aus den Taschen und verschränkte seine Arme. »Ich kann es kaum erwarten zu hören, wie Sie das erklären wollen.«

Sie ließ sich von seinem Sarkasmus nicht beirren. »Die Beziehung seiner Eltern könnte erklären, warum Junior drei gescheiterte Ehen hinter sich hat.«

»Das ist noch etwas, was Sie nichts angeht.«

»Das tut es sehr wohl.«

»Wie das?«

»Weil Junior meine Mutter liebte.«

Die Worte hallten durch den Gang des stillen Stalls. Reede riss den Kopf zurück, als hätte er einen Kinnhaken bekommen. »Wer hat Ihnen das erzählt?«

»Er selbst.« Sie beobachtete ihn genau und fügte leise hinzu: »Er hat gesagt, Sie beide hätten sie geliebt.«

Er sah sie lange an, dann zog er die Schultern hoch. »Auf die eine oder andere Art. Und?«

»Haben deshalb Juniors Ehen nicht funktioniert? Weil er immer noch meiner Mutter nachweint?«

»Ich habe keine Ahnung.«

»Dann raten Sie doch mal.«

»Okay.« Er drehte arrogant den Kopf zur Seite. »Ich glaube nicht, dass Celina irgendwas mit Juniors Ehen zu tun hat. Das Problem ist, dass er nicht zum Spaß ficken kann, ohne hinterher Schuldgefühle zu kriegen. Also nimmt er sich, um sein Gewissen zu erleichtern, alle paar Jahre eine neue Frau.«

Er wollte sie mit dieser Aussage beleidigen, und das gelang ihm. Sie versuchte nicht zu zeigen, wie sehr. »Warum, glauben Sie, hat er ein schlechtes Gewissen?«

»Liegt in seinen Genen. Generationen von Südstaaten-Ritterlichkeit fließen durch seine Adern. Da kriegt man Schuldgefühle, wenn's um die Damen geht.«

»Und wie ist das bei Ihnen?«

Er grinste. »Ich hab nie ein schlechtes Gewissen, egal, was ich mache.«

»Selbst bei Mord nicht?«

Sein Grinsen verschwand und sein Blick wurde düster. »Raus hier, aber ein bisschen dalli.«

»Waren Sie je verheiratet?«

»Nein.«

»Warum nicht?«

»Das geht Sie einen Scheißdreck an. Sonst noch etwas, Miss Gaither?«

»Ja. Erzählen Sie mir von Ihrem Vater.«

Reede senkte langsam seine Arme. Sein Blick war kalt, unerbittlich. Alex sagte: »Ich weiß, dass Ihr Vater starb, während Sie noch in der Schule waren. Junior hat es heute erwähnt. Als er starb, sind Sie hierhergezogen.«

»Ihre Neugier ist recht morbide, Miss Gaither.«

»Ich bin nicht neugierig. Ich suche nach Fakten, die meinen Ermittlungen nützen.«

»Oh ja. Wichtigkeiten wie das Sexualleben von Angus.«

Sie warf ihm einen vorwurfsvollen Blick zu. »Ich suche nach Motiven, Sheriff Lambert. Als Polizeioffizier kennen Sie sich doch damit aus, oder? Schon mal was von Motiv und Gelegenheit gehört?« Seine Augen wurden noch eisiger. »Ich muss wissen, in welchem Gemütszustand Sie waren in der Nacht, als meine Mutter starb.«

»Das ist doch Quatsch. Was hat das mit meinem Vater zu tun?«

»Vielleicht nichts. Aber erzählen Sie's mir. Wenn es irrelevant ist, warum bringt es Sie dann so auf die Palme?«

»Hat Junior Ihnen erzählt, wie mein alter Herr gestorben ist?« Sie schüttelte den Kopf. Reede lachte erbittert auf. »Ich weiß wirklich nicht, warum nicht. Die widerlichen Details waren hier die ganz großen Schlagzeilen. Die Leute haben jahrelang davon geredet.«

Er beugte sich vor, um ihr direkt in die Augen sehen zu können. »Er ist in seiner eigenen Kotze erstickt, zu betrunken, um sich selbst zu retten. Ja, ja, schaun Sie nur schockiert. Es war verdammt grauenhaft, besonders, als mich der Direktor aus dem Unterricht holte, um es mir zu sagen.«

»Reede.« Alex hob die Hand, ein Versuch, den Strom von Jammer einzudämmen. Er schlug sie zur Seite.

»Nein, wenn Sie so wild drauf sind, alle Schranktüren zu

öffnen und die Leichen rauszuzerren, bitte sehr, hier sind sie. Aber machen Sie sich auf was gefasst, Baby, das hier ist Härte zehn.

Mein Daddy war der Stadtsäufer, eine Witzfigur, eine wertlose, armselige Karikatur von einem menschlichen Wesen. Ich hab nicht mal geweint, als ich hörte, dass er tot ist, sondern atmete auf. Er war ein elender, mieser Hundesohn, der nie irgendwas für mich bedeutet hat, außer dass ich mich für so einen Vater schämen musste. Und er war über mich ebenso wenig glücklich. Schwanzunkraut hat er mich genannt, meist bevor er mir eine runterhaute. Ich war eine lästige Verantwortung für ihn.

Aber wie ein Narr hab ich mir weiterhin was vorgemacht, mir gewünscht, wir wären eine Familie. Ich hab ihn ständig gebettelt, zu kommen und sich anzusehen, wie ich bin beim Football. Eines Abends ist er bei einem Spiel aufgetaucht. Er hat eine Riesenszene hingelegt, ist über die Markierungen gestolpert, hat eins von den Bannern runtergerissen, ich wär am liebsten im Boden versunken. Wäre er doch bloß nicht gekommen! Ich hab ihn gehasst. Gehasst«, wiederholte er zischend.

»Ich konnte keine Freunde zu mir nach Hause einladen, weil es ein solcher Schweinestall war. Wir haben aus Dosen gegessen. Ich hab nicht gewusst, dass es so etwas wie Teller auf dem Tisch gibt und saubere Handtücher im Bad, bis ich zu anderen Kindern nach Hause eingeladen wurde. Ich hab versucht, wenigstens ordentlich auszusehen, wenn ich in die Schule ging.«

Alex bedauerte, dass sie diese schwärende Wunde geöffnet hatte, war aber froh, dass er jetzt ungehemmt drauflosredete. Seine Kindheit erklärte viel über den Mann. Aber er schilderte einen Ausgestoßenen, und das passte nicht zu dem, was sie von ihm wusste.

»Mir hat man erzählt, Sie wären ein Anführer gewesen, dem die anderen Kinder folgten. Sie haben die Regeln gemacht und die Orientierung bestimmt.«

»Ich hab mir diese Position erkämpft«, sagte er. »In der Grundschule haben sich die anderen über mich lustig gemacht, alle außer Celina. Dann bin ich größer und stärker geworden und hab gelernt zu kämpfen. Ich hab allerhand Tricks benutzt, und sie haben aufgehört zu lachen. Es wurde sicherer für die Jungs, mein Freund zu sein als mein Feind.«

Er verzog verächtlich den Mund. »Das wird Ihnen die Schuhe ausziehen, Miss Anklägerin. Ich war ein Dieb. Ich hab alles gestohlen, von dem ich glaubte, ich könnte es brauchen. Wissen Sie, mein alter Herr hat keinen Job länger als ein paar Tage ausgehalten, bis er wieder auf Sauftour ging. Dann hat er das, was er verdient hat, genommen, ein oder zwei Flaschen organisiert und sich bewusstlos getrunken. Schließlich hat er nicht mal mehr versucht zu arbeiten. Ich hab uns mit dem ernährt, was ich nach der Schule mit Hilfsarbeiten verdienen, und mit dem, was ich ungestraft stehlen konnte.«

Es gab nichts dazu zu sagen, das hatte er gewusst. Deshalb hatte er ihr so viel erzählt. Er wollte, dass sie sich mies und kleinkariert fühlte. Er ahnte ja nicht, dass ihrer beider Kindheit ziemlich ähnlich gewesen war, nur hatte sie nie hungern müssen. Merle Graham hatte für ihre körperlichen Bedürfnisse gesorgt, aber ihre emotionalen vernachlässigt. Alex war aufgewachsen mit dem Gefühl, minderwertig und ungeliebt zu sein. Sie sagte voller Mitgefühl: »Schlimm für Sie, Reede.«

»Ich will Ihr gottverdammtes Mitleid nicht. Das Leben hat mich hart und bösartig gemacht, und ich mag es so. Ich habe früh gelernt, für mich selbst zu sorgen, weil eins verdammt sicher war, nämlich, dass kein anderer einen Finger für mich rühren würde. Ich verlasse mich nur auf mich selbst. Für mich ist nichts selbstverständlich, besonders Menschen nicht. Und ich bin entschlossen, nie so tief zu sinken wie mein alter Herr.«

»Sie machen sich zu viel daraus, Reede, liefern sich den Leuten aus.«

»Mmhm. Ich möchte, dass sie vergessen, dass Everett je

gelebt hat. Ich will nicht, dass irgendjemand mich mit ihm in Verbindung bringt. Unter keinen Umständen.«

Er fletschte die Zähne und zog sie an ihrem Revers dicht vor sein wütendes Gesicht. »Ich habe dreiundvierzig Jahre damit verbracht, die unglückliche Tatsache, dass ich sein Sohn bin, auszumerzen. Und jetzt, wo gerade Gras anfängt darüber zu wachsen, kommen Sie daher und stellen neugierige Fragen, lassen tote Probleme wiederaufleben, erinnern alle daran, dass ich aus der Gosse stamme.«

Er schob sie unsanft weg. Sie fing sich an einer Boxtür. »Ich bin überzeugt, dass Ihnen keiner das Versagen Ihres Vaters vorhält.«

»Glauben Sie das? Aber in kleinen Städten ist das nun mal so, Baby. Das finden Sie noch schnell genug heraus, weil die Leute Sie mit Celina vergleichen werden.«

»Das macht mir nichts aus. Mir sind die Vergleiche willkommen.«

»Sind Sie sich da so sicher?«

»Ja.«

»Vorsicht. Wenn Sie um eine unübersichtliche Ecke gehen, sollten Sie wachsam sein.«

»Würden Sie so freundlich sein, deutlicher zu werden?«

»Es gibt zwei Möglichkeiten, wie das läuft. Entweder halten Sie dem Vergleich nicht stand, oder Sie finden raus, dass es gar nicht so toll ist, wie Celina zu sein.«

»Und welche wird es sein?«

Sein Blick streifte sie von oben bis unten. »Wie bei ihr merkt ein Mann, dass er ein Mann ist, wenn er Sie ansieht. Und wie sie nutzen Sie das zu Ihrem Vorteil.«

»Das heißt?«

»Sie war keine Heilige.«

»Das hab ich auch nicht erwartet.«

»Ach ja?«, sagte er mit gefährlich sanfter Stimme. »Ich glaube doch. Ich glaube, Sie haben sich eine Phantasiemutter zusammengebastelt und erwartet, dass Celina diese Rolle für Sie erfüllt.«

»Das ist lächerlich.« Ihr heftiger Widerspruch klang kindisch und starrköpfig. Sie sagte etwas ruhiger: »Es stimmt, dass Großmama Graham dachte, Celina wäre der Nabel der Welt. Ich wurde in dem Glauben erzogen, sie wäre der Inbegriff einer jungen Frau gewesen. Aber jetzt bin ich selbst reif genug zu wissen, dass meine Mutter auch nur aus Fleisch und Blut war, mit Fehlern, wie alle Menschen.«

Er musterte einen Augenblick lang ihr Gesicht. »Vergessen Sie nur nicht, dass ich Sie gewarnt habe«, sagte er leise. »Sie sollten zurück ins Westerner fahren, Ihre Designerklamotten einpacken samt Ihren Aktennotizen und Gas geben Richtung Austin! Lassen Sie die Vergangenheit ruhen. Keiner hier möchte sich an diesen schwarzen Flecken in der Geschichte von Purcell erinnern – ganz besonders, wo diese Lizenz noch in der Schwebe ist. Sie würden Celina lieber tot in diesem Stall liegen lassen, als …«

»In *diesem* Stall?« Alex schnappte nach Luft. »Meine Mutter wurde hier getötet?«

Ganz eindeutig war ihm das unwillentlich herausgerutscht. Er fluchte leise und sagte dann knapp: »Richtig.«

»Wo? In welcher Box?«

»Es spielt keine Ro …

»Zeigen Sie mir's, verdammt noch mal. Ich hab die Nase voll von Ihren halben Antworten und Ausflüchten. Zeigen Sie mir, wo Sie an jenem Morgen ihre Leiche gefunden haben, Sheriff.« Sie betonte das letzte Wort scharf, er musste an seinen Eid zu schützen und zu dienen erinnert werden.

Reede drehte sich wortlos um und schritt auf die Tür zu, durch die sie den Stall betreten hatte, blieb an der zweiten Box in der Reihe stehen und sagte: »Hier.«

Alex hielt an, dann ging sie langsam weiter, bis sie auf gleicher Höhe mit ihm war. Sie drehte sich zur Box. Es lag kein Stroh drin, nur der mit Gummi belegte Boden. Die Tür war ausgehängt, weil hier kein Pferd stand.

»Seit es passiert ist, blieb der Platz leer.« Dann fügte er abfällig hinzu: »Angus hat eine sentimentale Ader.«

Alex versuchte, sich eine blutige Leiche in der Box vorzustellen, aber es gelang ihr nicht. Sie sah Reede fragend an.

Die Haut über seinen Backenknochen schien zum Zerreißen gespannt, und die Falten über seinem Mund klafften tiefer als vorhin, als er wütend gewesen war. Dieser Besuch des Tatorts nahm ihn mehr mit, als er zugeben wollte.

»Erzählen Sie mir, wie es war. Bitte.«

Er zögerte kurz, dann sagte er: »Sie lag diagonal da, den Kopf in der Ecke, die Füße ungefähr hier.« Er berührte eine Stelle mit der Spitze seines Stiefels. »Sie war voller Blut, in den Haaren, auf ihren Kleidern, überall.« Alex hatte erlebt, wie abgebrühte Detectives vom Morddezernat blutige Mordszenen mit mehr Gefühl beschrieben. Reedes Stimme war hohl und monoton, aber sein Gesicht schmerzverzerrt. »Ihre Augen standen noch offen.«

»Um welche Zeit war das?«, fragte sie heiser.

»Als ich sie gefunden habe?« Sie nickte, hatte Schwierigkeiten zu sprechen. »Im Morgengrauen. Gegen halb sieben.«

»Was haben Sie denn um diese Tageszeit hier gemacht?«

»Ich hab meistens so gegen sieben mit dem Ausmisten begonnen. An diesem speziellen Morgen hab ich mir Sorgen um eine Stute gemacht.«

»Oh ja, um die, die am Tag zuvor gefohlt hatte. Sie wollten also nachschauen, wie's ihr und dem Baby geht?«

»Richtig.«

Tränen schimmerten in ihren Augen, als sie langsam den Blick zu ihm hob. »Wo waren Sie am Abend zuvor?«

»Unterwegs.«

»Den ganzen Abend?«

»Nach dem Abendessen, ja.«

»Allein?«

Sein Mund wurde schmal vor Wut. »Wenn Sie mehr Antworten wollen, Miss Gaither, müssen Sie den Fall vor Gericht bringen.«

»Das habe ich vor.«

Als sie versuchte, an ihm vorbei die Tür zu erreichen,

packte er ihren Arm und zog sie an sich. Er fühlte sich hart, sehr kraftvoll und männlich an. »Miss Gaither«, knurrte er böse.

»Sie sind clever. Lassen Sie das fallen. Wenn nicht, wird wahrscheinlich jemandem wehgetan.«

»Zum Beispiel wem?«

»Ihnen.«

»Wie?«

Er bewegte sich eigentlich nicht, neigte nur seinen Körper näher zu ihrem.

»Da gibt es verschiedene Möglichkeiten.«

Es war eine unverhohlene Drohung. Körperlich war er fähig, eine Frau umzubringen, aber emotional?

Scheinbar hatte er von Frauen grundsätzlich eine schlechte Meinung, hatte aber, laut Junior, Celina Graham geliebt. Da war eine Zeit gewesen, in der sie Reede heiraten wollte. Vielleicht hatten alle, einschließlich ihm selbst, es als abgemacht verstanden, dass sie heiraten würden, bis Celina Al Gaither nahm und mit Alex schwanger wurde.

Alex wollte nicht glauben, dass Reede Celina hätte töten können, egal unter welchen Umständen, und noch viel weniger wollte sie glauben, dass er Celina ihretwegen getötet hatte.

Er war ein Chauvinist, arrogant und reizbar wie eine Klapperschlange. Aber ein Mörder? So sah er nicht aus. Oder lag es nur daran, dass sie immer schon eine Schwäche für dunkelblondes Haar, grüne Augen, enge, gebleichte Jeans und abgetragene Jacken mit Pelzkragen hatte, für Männer, die Cowboystiefel tragen konnten, ohne albern auszusehen, Männer, die so absolut männlich gingen, sprachen und rochen?

Reede Lambert erfüllte all diese Kriterien.

Seine Wirkung auf sie machte ihr mehr Sorgen als seine warnenden Worte. Sie befreite ihren Arm mit einem Ruck und wich zur Tür zurück.

»Ich habe nicht die Absicht, diese Ermittlungen einzustellen, bis ich weiß, wer meine Mutter getötet hat, und warum. Das wollte ich mein ganzes Leben lang rausfinden und werde mich jetzt nicht davon abbringen lassen.«

10

Kaum hatte Alex den Stall verlassen, fing Reede an, laut und sehr einfallsreich zu fluchen. Pasty Hickam hatte sie von seinem Versteck in einer rückwärtigen Box aus belauscht.

Er hatte nicht vorgehabt, dieses Gespräch mitzubekommen. Als er vorhin in den Stall gekommen war, hatte er nur nach einem Platz gesucht, wo es dunkel, warm und verschwiegen war, wo er in Ruhe seinen verletzten Stolz pflegen konnte, den Ärger auf seinen ehemaligen Arbeitgeber und an einer Flasche billigen Fusels nuckeln konnte, als wäre es Muttermilch.

Jetzt aber war seine schlechte Laune wie weggewischt, und er schmiedete einen schändlichen Plan. Nüchtern war Pasty nur ein Nörgler, betrunken war er zu jeder Gemeinheit fähig.

Er hatte sich kaum zurückhalten können, als er hörte, was dieses Mädel aus Austin zum Sheriff gesagt hatte, und umgekehrt. Heiliger Strohsack, sie war Celina Gaithers Tochter, gekommen, um den Mord an ihrer Mutter zu untersuchen.

Dank ihr und einem gütigen Gott, an den er eigentlich nicht glaubte, hatte man ihm diese Gelegenheit, sich an Angus und seinem Sohn zu rächen, auf einem silbernen Tablett serviert.

Er hatte sich hier den Arsch aufgerissen, für einen Hungerlohn gearbeitet und manchmal gar nichts gekriegt, wenn Angus so pleite war, dass er ihn nicht bezahlen konnte; aber er hatte ausgeharrt. Er war mit diesem Schweinehund durch dick und dünn gegangen, und was bekam er zum Dank dafür? Einen Tritt in den Hintern und den Rauswurf aus dem

Schlafhaus, das seit über dreißig Jahren sein Zuhause gewesen war.

Aber diesmal war Pasty Hickam endlich das Glück hold. Wenn er seine Trümpfe richtig ausspielte, dann hätte er endlich das Geld für seine Pensionskasse. Ruby Faye, seine augenblickliche Geliebte, lag ihm ständig in den Ohren, dass er nicht genug Dollars spendiere, um ihr was zu kaufen. »Wo liegt denn der Spaß bei so einer Affäre, wenn ich nichts davon habe, außer den Kick, meinen Mann zu betrügen«, zeterte sie immer wieder gerne.

Aber das Geld war nur die Glasur des Kuchens. Die Rache allein schmeckte schon süß genug. Es wurde allerhöchste Zeit, dass jemand Angus mal einen Hieb versetzte, und zwar da, wo es wehtat.

Seine Ungeduld hatte den Siedepunkt erreicht, als Reede endlich mit der Untersuchung der Stute fertig war und den Stall verließ. Pasty wartete noch ein bisschen, um sicherzugehen, dass er allein war, ehe er seinen Unterschlupf verließ, wo er sich im frischen Stroh zusammengerollt hatte. Er ging den schattenverhangenen Gang entlang zum Wandtelefon und fluchte laut, als ein Pferd wieherte und ihn zusammenschrecken ließ. Er war zwar gemein, aber noch nie sonderlich mutig gewesen.

Zuerst rief er die Auskunft an, dann drückte er schnell die Nummer ein, bevor er sie vergessen konnte. Vielleicht war die Zeit zu kurz und sie noch nicht zurück, dachte er ängstlich, nachdem er die Telefonistin gebeten hatte, ihn zu ihrem Zimmer durchzustellen. Aber sie antwortete beim fünften Klingeln, etwas außer Atem, als wäre sie gerade reingekommen, als das Telefon läutete.

»Miss Gaither?«

»Ja, wer spricht denn?«

»Das brauchen Sie nicht zu wissen. Ich kenne Sie, und das genügt.«

»Wer spricht da?«, fragte sie verärgert. Pasty hielt das für vorgetäuschten Mut.

»Ich weiß alles über den Mord an Ihrer Mama.«

Pasty kicherte leise, genoss die plötzliche Stille. Schneller hätte er ihre Aufmerksamkeit nicht haben können, selbst wenn er sich einfach vor sie gestellt und sie in die Titte gebissen hätte.

»Ich höre.«

»Ich kann jetzt nicht reden.«

»Warum nicht?«

»Ich kann nicht, darum.«

Es war zu riskant, ihr jetzt alles am Telefon zu erzählen, jemand könnte irgendwo an einer Nebenstelle einen Hörer abnehmen und lauschen. Das könnte recht ungesund werden.

»Ich rufe Sie wieder an.«

»Aber ...«

»Ich rufe Sie an.«

Er legte auf, voller Freude über ihre Angst. Er erinnerte sich daran, wie ihre Mutter immer ihren Hintern geschwungen hatte, als ob ihr die Welt gehören würde. Viele Sommertage lang hatte er sie lüstern beobachtet, während sie mit Reede und Junior im Pool ihren Spaß hatte. Die hatten sie überall betatscht und es Raufen genannt. Aber sie war sich zu gut gewesen, auch nur einmal in Pastys Richtung zu schauen. Ihm war's ganz recht gewesen, dass sie's fertiggebracht hatte, sich ermorden zu lassen. Er hatte keinen Finger gerührt, als er ihr hätte helfen können.

Er erinnerte sich an diese Nacht und alles, was da passiert war, als wär es gestern gewesen. Es war ein Geheimnis, das er die ganze lange Zeit für sich bewahrt hatte. Jetzt konnte er es verraten. Und es würde ein Riesenspaß werden, der Anklägerin alles zu erzählen.

11

»Warten Sie darauf, mir einen Strafzettel für Falschparken zu verpassen?«, fragte Alex, als sie aus dem Wagen stieg und ihn abschloss. Sie war heute Morgen bester Laune, dank des unerwarteten Anrufs, den sie gestern Abend bekommen hatte. Vielleicht war der Anrufer der Augenzeuge, um den sie gebetet hatte. Natürlich bestand die Möglichkeit, dass sich jemand nur wichtigtun wollte, ermahnte sie sich. Sie musste vernünftig bleiben.

Wenn er glaubwürdig war, träfe es sie hart, Reede Lambert als Celinas Mörder entlarvt zu bekommen. Er sah ungeheuer attraktiv aus, wie er da so an der Parkuhr lehnte. Genauer gesagt, sah es eigentlich aus, als würde die Uhr an Reede lehnen, da sie etwas Schlagseite hatte.

»Ich sollte meine Meinung ändern, nachdem Sie so vorlaut sind, aber ich bin einfach zu nett …« Er zog eine Leinenhaube über die Uhr, auf der in blauen Lettern stand CITY OF PURCELL – DIENSTWAGEN. »Nehmen Sie das mit, wenn Sie unterwegs sind, und benutzen Sie's von jetzt an, wird ein bisschen Kleingeld sparen.«

Er drehte sich um und ging auf das Gerichtsgebäude zu. Alex bemühte sich, Schritt zu halten. »Danke.«

»Keine Ursache.« Er stieg die Treppe hoch und betrat das Haus. »Kommen Sie runter in mein Büro«, sagte er. »Ich möchte Ihnen etwas zeigen.«

Sie folgte ihm voller Neugier. Am Abend vorher waren sie nicht gerade als Freunde geschieden. Trotzdem gab er sich heute Morgen Mühe, gastfreundlich zu sein. Nachdem das alles nicht zusammenpasste, beschloss Alex, die plötzliche Freundlichkeit mit Vorsicht zu genießen.

Als sie auf der unteren Ebene angelangt waren, ließen die Deputies im Dienstraum wie auf Kommando ihre Arbeit liegen und starrten sie an. Es war, als wären sie vor einen Fotografen getreten.

Reede ließ kurz den Blick durch den Raum schweifen, und alle setzten ihre Tätigkeiten fort. Er hatte kein einziges Wort gesagt, genoss aber augenscheinlich absolute Autorität bei seinem Personal. Entweder fürchteten oder respektierten sie ihn. Alex vermutete das Erstere.

Reede ging um sie herum, öffnete eine Tür links von der Treppe und trat beiseite, damit sie vorangehen konnte. Sie betrat ein kleines, viereckiges, fensterloses Büro. Es war kalt wie ein Kühlhaus, der Schreibtisch so verbeult und zerkratzt, als hätte man ihn aus Schrott produziert. Die Schreibunterlage war mit Tintenflecken übersät und voller Löcher, auf der ein überquellender Aschenbecher thronte sowie ein schwarzes Telefon. Dahinter stand ein wenig vertrauenerweckender Drehstuhl.

»Es gehört Ihnen, wenn Sie's benutzen wollen«, sagte Reede. »Ich schätze, Sie sind feudalere Büros gewohnt.«

»Nein. Um ehrlich zu sein, mein Kabäuschen in Austin ist nicht viel größer als dies. Bei wem darf ich mich bedanken?«

»Bei der Stadt Purcell.«

»Aber da steckt doch jemand dahinter. Sie, Reede?«

»Und wenn?«

»Na, dann möchte ich mich bei Ihnen bedanken.«

»Keine Ursache.«

Sie versuchte, die Feindseligkeit, die er ihr entgegenbrachte, mit einem Lächeln und einer scherzhaften Bemerkung zu entschärfen: »Jetzt, wo wir im selben Gebäude sind, kann ich Sie besser im Auge behalten.«

Er ging zur Tür hinaus und zog sie langsam hinter sich zu. »Umgekehrt, Miss Gaither. Ich kann Sie besser im Auge behalten.«

Alex warf ihren Kugelschreiber beiseite und rubbelte ihre durchgefrorenen Arme. Der Elektroheizer, den sie in der Eisenwarenhandlung gekauft hatte, lief auf vollen Touren, nützte aber nicht viel. Der Bürokäfig war eisig und scheinbar der einzige modrige, feuchte Platz in einem sonst trockenen Klima.

Sie hatte sich zuvor mit Material eingedeckt: Papier, Stifte, Füller, Büroklammern. Der Raum war alles andere als komfortabel, aber zumindest benutzbar. Außerdem lag er viel zentraler als ihr Zimmer im Westerner Motel.

Nachdem sie überprüft hatte, dass der Heizer tatsächlich auf vollen Touren lief, beugte sie sich wieder über ihre Notizen. Den ganzen Nachmittag hatte sie dazu gebraucht, sie zu sammeln und nach beteiligten Personen zu ordnen.

Sie begann mit Angus und las ihre Zusammenfassungen noch einmal durch. Unglücklicherweise waren sie nicht konkreter geworden oder besser mit Fakten belegt als beim ersten halben dutzendmal Prüfen.

Alles, was sie hatte, waren nur Vermutungen und Gerüchte. Die wenigen Tatsachen hatte sie bereits gehabt, als sie Austin verließ. Bis jetzt stellte die Reise eine Verschwendung von Geldern des Steuerzahlers dar, und es war bereits eine Woche von Gregs Frist verstrichen.

Für den Augenblick wollte sie den Umstand »Gelegenheit« beiseite lassen. Sie musste Motive finden. Das Einzige, was sie bis jetzt erfahren hatte, war, dass alle drei Männer Celina angebetet hatten – nicht unbedingt ein Motiv für Mord!

Sie hatte nichts, keine Beweise, nicht mal einen hieb- und stichfesten Verdächtigen. Sie war überzeugt, dass Buddy Hicks ihre Mutter nicht getötet hatte, trotzdem war sie der Lösung der Täterfrage keinen Schritt nähergekommen.

Nachdem sie einige Zeit allein mit Angus, Junior und Reede verbracht hatte, war Alex überzeugt, dass ein Geständnis von einem der drei einem Wunder gleichkäme. Weder passten Zerknirschtheit und Reue in ihre Persönlichkeitsprofile noch würde einer gegen den anderen aussagen. Ihre Loyalität war eisern, obwohl freilich ihre Freundschaft nicht mehr dieselbe war wie früher. Das ergab auch schon wieder einen Hinweis. Hatte Celinas Tod ihre Clique zerschlagen und sie doch aneinandergekettet?

Sie hoffte immer noch, dass der Mann, der vor ein paar Tagen angerufen hatte, tatsächlich ein Augenzeuge war. Tagelang hatte sie auf ein weiteres Telefonat gewartet, aber es war keins erfolgt, eigentlich ein Zeichen, dass das Ganze ein übler Scherz gewesen war.

Die einzigen Leute an diesem Abend im Stallgebiet mussten wohl Bud, der Spinner, und Celina gewesen sein. Bud, der Spinner, war tot. Der Mörder schwieg. Und Celina …

Mit einem Mal hatte Alex eine Inspiration. Ihre Mutter konnte nicht reden – zumindest nicht im wörtlichen Sinne –, aber *vielleicht* hatte sie doch etwas Wertvolles zu sagen.

Alex wurde ganz schlecht bei dem Gedanken, was sie vorhatte. Sie stützte ihren Kopf in die Hände und schloss die Augen. Besaß sie die Kraft dazu?

Sie suchte nach Alternativen, konnte aber keine finden. Beweise müssten auf den Tisch, und es gab nur einen Ort, wo sie danach suchen konnte.

Ehe sie es sich anders überlegen würde, schaltete sie rasch den Heizer aus und verließ das Büro. Sie mied den unzuverlässigen Aufzug und joggte die Treppe hoch in der Hoffnung, Richter Joe Wallace zu erwischen, bevor er nach Hause ging.

Sie warf einen ängstlichen Blick auf ihre Armbanduhr. Es war schon fast fünf Uhr. Sie wollte das nicht bis morgen aufschieben. Jetzt, wo sie sich dazu entschlossen hatte, wollte sie handeln, bevor sie Zeit und Gelegenheit hatte, den Plan zu verwerfen.

Die Gänge im ersten Stock waren menschenleer, die Geschworenen für heute entlassen. Die Prozesse ruhten bis morgen. Ihre Schritte hallten laut durch die Gänge, als sie zum Richterzimmer neben dem leeren Gerichtssaal eilte. Seine Sekretärin saß noch im Vorzimmer, wenig begeistert, sie zu sehen.

»Ich muss sofort den Richter sprechen.« Alex war etwas außer Atem, nachdem sie zwei Treppen im Eilschritt erklommen hatte, und in ihrer Stimme schwang Verzweiflung.

»Er macht sich gerade fertig zum Gehen«, sagte die Sekretärin ohne eine Spur von Bedauern. »Ich kann einen Termin …«

»Die Sache ist lebenswichtig, sonst würde ich ihn nicht um diese Tageszeit belästigen.«

Alex ließ sich von Mrs. Lipscombs vorwurfsvollem Blick und dem gottergebenen Seufzer, mit dem sie zur Verbindungstür ging, nicht einschüchtern. Sie klopfte diskret, dann ging sie hinein und schloss die Tür hinter sich. Alex lief ungeduldig auf und ab, bis sie zurückkehrte.

»Er empfängt Sie. Kurz.«

»Danke.« Alex eilte an ihr vorbei ins Richterzimmer.

»Und was ist es diesmal, Miss Gaither?«, keifte Richter Wallace, sobald sie die Schwelle überschritten hatte. Er zog sich gerade seinen Mantel an. »Sie haben die ekelhafte Gewohnheit, ohne Voranmeldung hier aufzutauchen. Wie Sie sehen, will ich gerade gehen. Meine Tochter wartet nur sehr ungern mit dem Essen, und es wäre ungezogen, wenn ich sie dazu nötigte.«

»Ich bitte Sie beide um Verzeihung, Richter. Wie ich Ihrer Sekretärin schon sagte, ist es äußerst wichtig, dass ich Sie heute Nachmittag noch spreche.«

»Und?«, fragte er verärgert.

»Könnten wir uns setzen?«

»Ich kann im Stehen genauso gut reden. Was wollen Sie?«

»Ich möchte, dass Sie einen Gerichtsbeschluss über die Exhumierung der Leiche meiner Mutter ausstellen.«

Jetzt setzte sich der Richter. Eigentlich ließ er sich in den Stuhl, vor dem er stand, fallen. Er sah Alex mit unverhohlenem Entsetzen an. »Wie bitte?«

»Ich denke, Sie haben mich verstanden, Richter Wallace. Aber natürlich bin ich bereit, meine Bitte zu wiederholen, sollte es erforderlich sein.«

Er winkte ab. »Nein. Gütiger Gott, nein. Es war schlimm genug, das einmal zu hören.« Er stützte seine Hände auf die Knie und sah sie an, als wäre sie übergeschnappt. »Warum, in aller Welt, wollen Sie so etwas Grauenhaftes tun?«

»Ich will es nicht. Ich würde nicht um einen Gerichtsbeschluss bitten, wenn ich nicht der Meinung wäre, dass die Exhumierung unumgänglich ist.«

Der Richter hatte sich inzwischen wieder gefangen und deutete missmutig auf einen Stuhl. »Sie können sich auch setzen. Nennen Sie Ihre Gründe.«

»Ein Verbrechen wurde begangen, aber ich kann keine stichhaltigen Beweise finden.«

»Ich hab Ihnen gesagt, dass Sie keine finden werden«, rief er. »Sie haben nicht zugehört. Sie sind hier hereingestürmt, haben mit unbegründeten Beschuldigungen um sich geworfen, voller Rachsucht.«

»Das ist nicht wahr«, sagte sie ruhig.

»So hab ich das verstanden. Was hat Pat Chastain dazu zu sagen?«

»Der Staatsanwalt ist nicht verfügbar. Wie es scheint, hat er spontan ein paar Tage Urlaub genommen und ist zum Jagen gefahren.«

Der Richter räusperte sich. »Klingt wie eine verdammt gute Idee.«

Für Alex klang es mehr nach Feigheit, und sie war außer sich gewesen, als die hochnäsige Mrs. Chastain ihr das mitgeteilt hatte.

»Werden Sie mir erlauben, nach Beweisen zu suchen, Richter?«

»Es gibt keine.«

»Die Überreste meiner Mutter könnten welche bringen.«

»Sie wurde obduziert nach dem Mord. Du lieber Himmel, das war vor fünfundzwanzig Jahren.«

»Bei allem Respekt für den damaligen Gerichtsmediziner, möglicherweise hat er gar nicht nach Hinweisen gesucht, da die Todesursache so offensichtlich war. Ich kenne einen ausgezeichneten Gerichtsmediziner in Dallas. Wir arbeiten häufig mit ihm zusammen. Wenn es irgendetwas zu finden gibt, wird es ihm gelingen.«

»Ich kann Ihnen garantieren, dass er nichts finden wird.«

»Es ist einen Versuch wert, oder nicht?«

Er nagte an seiner Unterlippe. »Ich werde Ihre Bitte überdenken.«

Alex merkte sehr wohl, dass er sie hinhalten wollte. »Ich wäre sehr dankbar, wenn ich noch heute Abend eine Antwort erhielte.«

»Tut mir leid, Miss Gaither. Ich kann nicht mehr tun, als es heute Nacht zu überdenken und Ihnen morgen früh meine Entscheidung mitzuteilen. Bis dahin haben Sie hoffentlich Ihre Meinung geändert und ziehen Ihre Bitte zurück.«

»Das werde ich nicht.«

Er stand auf. »Ich bin müde, hungrig und ziemlich verärgert, dass Sie mich in diese missliche Lage gebracht haben.« Er richtete bohrend den Zeigefinger auf sie. »Ich mag kein Durcheinander.«

»Ich auch nicht. Ich wünschte, das alles wäre nicht notwendig.«

»Ist es auch nicht.«

»Ich glaube doch«, konterte sie hartnäckig.

»Auf lange Sicht wird es Ihnen leidtun, dass Sie mich je darum gebeten haben. So, jetzt haben Sie genug meiner Zeit in Anspruch genommen. Stacey wird sich Sorgen machen. Guten Abend.«

Er marschierte aus dem Zimmer. Ein paar Sekunden später erschien Mrs. Lipscomb in der Tür. Ihre Lider flatterten irritiert. »Imogene hat mir gesagt, dass Sie hier Unruhe stiften wollen.«

Alex rauschte an ihr vorbei und kehrte in ihr Notbüro zurück, um ihre Sachen zu holen. Die Fahrt hinaus zum Westerner dauerte länger als sonst, weil sie in den Stoßverkehr von Purcell geriet. Und zu allem Übel setzte auch noch Schneeregen ein.

Bei diesem Wetter wollte sie ganz bestimmt nicht noch einmal vor die Tür, also holte sie sich ein Brathähnchen in Folie. Als sie das Essen endlich auf dem runden Tisch neben dem Fenster ihres Zimmers ausgepackt hatte, war es kalt und schmeckte wie Pappe. Sie nahm sich vor, morgen Obst und gesunde Snacks einzukaufen, zur Ergänzung ihrer unausgewogenen Ernährung, und vielleicht ein paar frische Blumen, um das deprimierende Zimmer etwas fröhlicher zu gestalten. Sie überlegte, ob sie das blutrünstige Bild des Stierkämpfers an der Wand abhängen sollte. Das wirbelnde rote Cape und der geifernde Stier waren wirklich ein Schandfleck.

Weil sie keine Lust hatte, ihre Notizen abermals durchzugehen, schaltete sie den Fernseher ein und sah sich eine alte Filmkomödie an, bei der sie nicht denken musste. Hinterher fühlte sie sich viel besser und beschloss zu duschen.

Sie hatte sich gerade abgetrocknet und ein Handtuch um ihre nassen Haare gewickelt, als es an der Tür klopfte. Sie streifte ihren langen weißen Frotteemantel über, knotete den Gürtel fest und blinzelte dann durch den Türspion.

Sie öffnete die Tür, soweit die Kette es erlaubte. »Was soll das? Sind Sie die Begrüßungsabordnung der Nachbarschaft?«

»Öffnen Sie die Tür«, befahl Sheriff Lambert.

»Warum?«

»Ich muss mit Ihnen reden.«

»Worüber?«

»Das werde ich Ihnen sagen, wenn ich drin bin.« Alex bewegte sich nicht. »Öffnen Sie jetzt die Tür oder nicht?«

»Es geht auch so sehr gut.«

»Öffnen Sie die Scheißtür«, brüllte er. »Ich frier mir den Arsch ab.«

Alex nahm die Kette ab, öffnete die Tür und trat beiseite. Reede stampfte mit den Füßen und bürstete sich die Eiskörner aus dem Fellkragen seiner Jacke.

Er musterte sie von oben bis unten. »Erwarten Sie jemanden?«

Alex verschränkte ihre Arme, eine Geste, die zeigen sollte, wie verärgert sie war. »Wenn das ein Höflichkeitsbesuch ist…«

»Ist es nicht.« Er zog sich die Handschuhe mit den Zähnen aus, dann schlug er seinen Cowboyhut auf den Schenkel, um den Schnee loszuwerden, und strich sich mit der Hand durchs Haar.

Er warf die Handschuhe auf seine Hutkrempe, legte ihn auf den Tisch und ließ sich in einen Stuhl plumpsen. Nach einem kurzen Blick auf ihr Abendessen biss er ein Stück aus einem unberührten Hühnerbein und fragte kauend: »Sie mögen unser Brathähnchen nicht?«

Er lümmelte sich in dem Stuhl, als hätte er vor, die ganze Nacht dort zu verbringen. Alex blieb stehen. Sie fühlte sich lächerlich entblößt in ihrem Bademantel, obwohl er sie von Kopf bis Fuß einhüllte. Und ihr Handtuchturban förderte auch nicht gerade ihr Selbstvertrauen.

Sie versuchte, ihre Unsicherheit zu überspielen: »Nein, ich mag das Brathähnchen nicht, aber es war bequem. Ich wollte nicht zum Essen ausgehen.«

»Kluge Entscheidung in einer solchen Nacht. Die Straßen werden immer heimtückischer.«

»Das hätten Sie mir auch telefonisch durchgeben können.«

Er ignorierte das, beugte sich zur Seite und sah an ihr vorbei zum Bildschirm, wo sich ein nacktes Paar gerade im Bett vergnügte. Die Kamera ging jetzt näher ran, zeigte, wie die Lippen des Mannes die Brust der Frau liebkosten.

»Kein Wunder, dass Sie so sauer sind über die Störung.«

Sie schlug mit der Handfläche auf den Schalter. Der Bildschirm wurde schwarz. »Ich hab nicht ferngesehen.«

Als sie sich zu ihm umwandte, hob er lächelnd den Blick. »Öffnen Sie jedem Mann, der an die Tür klopft?«

»Ich hab meine Tür erst aufgemacht, als Sie anfingen zu fluchen.«

»Und mehr muss ein Mann nicht machen, nur obszön daherreden?«

»Sie sind der hochrangigste Polizeioffizier in diesem Bezirk. Wenn ich Ihnen nicht vertrauen kann, wem dann?« Insgeheim dachte sie, dass sie einem Gebrauchtwagenhändler im grünen Polyesteranzug mehr vertrauen würde als Reede Lambert. »Und war es wirklich nötig, das umzuschnallen für diesen Besuch?«

Er folgte ihrem Blick zu dem Halfter, das knapp unter seinem Gürtel hing, streckte seine Beine aus und verschränkte sie. Dann legte er seine Fingerspitzen aneinander und fixierte sie. »Man weiß nie, wann man den braucht.«

»Ist er immer geladen?«

Er zögerte, und sein Blick wanderte langsam zu ihren Brüsten. »Immer.«

Sie sprachen längst nicht mehr über die Pistole in seinem Halfter, und die Richtung, die das Gespräch nahm, machte sie sichtlich nervös. Sie trat unruhig von einem nackten Fuß auf den anderen und leckte sich die Lippen, wobei ihr klar wurde, dass sie längst abgeschminkt war. Irgendwie fühlte sie sich dadurch noch verletzlicher, und sein regloser, grübelnder Blick tat ein Übriges. »Was wollen Sie heute Abend hier? Konnte das nicht warten bis morgen früh?«

»Ein Drang.«

»Ein Drang?«, wiederholte sie mit heiserer Stimme.

Er stand langsam auf, ging auf sie zu und blieb nur Zentimeter von ihr entfernt stehen. Seine raue Hand glitt in die Öffnung ihres Mantels und legte sich um ihren Nacken. »Ja, ein Drang«, flüsterte er. »Ein Drang, Sie zu erwürgen.«

Alex entfernte seine Hand mit einem wütenden Schnauben und wich zurück. Er wehrte sich nicht. »Richter Wallace hat mich heute Abend angerufen und mir von dem Gerichtsbeschluss erzählt, um den Sie ihn gebeten haben.«

Ihr rasender Puls verlangsamte sich, und sie stieß einen leisen Fluch aus. »Ist denn in dieser Stadt nichts geheim?«

»Nicht sehr viel, nein.«

»Ich fürchte, ich könnte nicht mal niesen, ohne dass mir jeder innerhalb der Stadtgrenze ein Taschentuch anbietet.«

»Ja, Sie stehen im Rampenlicht. Was erwarten Sie denn, wenn Sie hier rumrennen und eine Leiche ausgraben wollen?«

»Bei Ihnen hört sich das an wie eine bizarre Laune.«

»Und, ist es das nicht?«

»Glauben Sie, ich würde die Ruhe meiner Mutter stören, wenn ich nicht annähme, dass es ein wichtiger Schritt zur Lösung des Mordes an ihr ist?«, fragte sie wütend. »Großer Gott, können Sie sich nicht vorstellen, wie schwer es ist, diese Bitte auch nur auszusprechen? Und warum hat es der Richter für nötig befunden, ausgerechnet *Sie* hinzuzuziehen?«

»Warum nicht? Weil ich ein Verdächtiger bin?«

»Ja!«, rief sie. »Es ist nicht statthaft, mit Ihnen über diesen Fall zu diskutieren.«

»Ich bin der Sheriff, wissen Sie das noch?«

»Vergesse ich nie! Das ist immer noch keine Entschuldigung dafür, dass Richter Wallace mich hintergangen hat. Warum macht ihn die Exhumierung der Leiche so nervös? Hat er Angst, dass die forensische Untersuchung etwas ans Tageslicht bringt, was er geholfen hat zu vertuschen?«

»Ihre Bitte hat ein Problem bei ihm aufgeworfen.«

»Da möchte ich drauf wetten! Wen versucht er denn zu schützen, indem er diesen Sarg nicht öffnen lässt?«

»Sie.«

»Mich?«

»Celinas Leiche kann nicht exhumiert werden. Sie wurde verbrannt.«

12

Reede hatte keine Ahnung, warum er ausgerechnet in der schäbigsten Kneipe am Highway einen trinken musste, obwohl er eine ausgezeichnete Flasche Whiskey zu Hause stehen hatte. Vielleicht weil seine Laune genau in die dunkle, vernebelte Atmosphäre der Bar passte.

Er fühlte sich beschissen.

Er machte dem Barkeeper ein Zeichen, ihm noch einen einzugießen. Die Last Chance Bar war eine der Kneipen, in der Gläser nachgefüllt wurden, die Gäste bekamen nicht bei jeder Bestellung ein frisches.

»Spionieren Sie uns aus oder so was?«, scherzte der Barmann.

Reede hob den Blick zu ihm. »Ich trinke einen. Haben Sie was dagegen?«

Das alberne Grinsen verschwand. »Schon gut, Sheriff, schon gut.«

Der Barmann wich zum anderen Ende der Bar zurück, wo er sich vorher mit zwei freundlicheren Menschen unterhalten hatte.

Reede bemerkte, dass in einer Nische gegenüber eine Gruppe Frauen saß. Am Poolbillardtisch stand ein Trio, das er kannte, Einsatztruppe für Unfälle bei Ölbohrungen. Ein recht rauer Verein, die zwischen ihren beinharten Einsätzen hemmungslos feierten. Im Augenblick machten sie einen ganz friedlichen Eindruck.

In einer anderen Nische hockten Pasty Hickam und Ruby Faye Turner. Reede hatte heute Morgen im B & B gehört, dass Angus den alten Stallknecht vor die Tür gesetzt hatte. Er hatte einen verdammt idiotischen Fehler begangen, aber Reede fand die Bestrafung zu hart. Pasty suchte nun bei seiner neuesten Flamme Trost. Reede hatte sich kurz an den Hut getippt, als er die beiden beim Eintreten entdeckte, aber sie wollten entschieden ignoriert werden, was ihm nur recht war.

Heute Abend herrschte Ruhe im Last Chance, was dem Sheriff sowohl aus beruflichen als auch privaten Gründen zupasskam.

Er hatte seinen ersten Drink rasch hinuntergekippt, kaum geschmeckt. Den nächsten nippte er jetzt langsamer, er musste länger vorhalten, damit er es rausschieben konnte, nach Hause zu fahren. Reede hatte keine Lust zum Alleinsein. Hier im Last Chance rumzuhängen war auch nicht erfreulich, aber doch besser, zumindest heute Abend.

Der Whiskey hatte ein Feuerchen in seinem Bauch entfacht und ließ die blinkenden Weihnachtslichter, die jahraus jahrein um die Bar hingen, strahlender und hübscher aussehen. Die Kneipe wirkte durch einen Whiskeynebel hindurch gar nicht mehr so schäbig.

Er merkte, dass seine Stimmung auftaute, und beschloss, dies für heute seinen letzten Drink sein zu lassen, ein weiterer Grund, ihn langsam zu genießen. Reede trank nie so viel, dass er einen sitzen hatte. Niemals. Zu oft hatte er die Kotze seines alten Herrn aufwischen müssen, um diesen Zustand für komisch zu halten.

Als Kind hatte er gedacht, er würde entweder Knastbruder oder Mönch werden, Astronaut oder Bauarbeiter, Tierpfleger oder Großwildjäger, aber eins ganz bestimmt nicht, nämlich Säufer. Einen solchen hatten sie bereits in der Familie. Und einer war bereits zu viel.

»Hallöchen, Reede.«

Der Klang der rauchigen weiblichen Stimme störte seine Betrachtung des bernsteinfarbenen Inhalts seines Glases. Er hob den Kopf und sah einen ausladenden Busen vor sich.

Sie trug ein hautenges schwarzes T-Shirt mit BORN BAD in Glitzerbuchstaben. Ihre Jeans waren so eng, dass sie Schwierigkeiten hatte, auf den Barhocker zu klettern. Es gelang ihr mit wackelndem Busen und nachdrücklichem Kontakt mit Reedes Schenkeln. Ihr Lächeln war so falsch wie die Similisteine an ihrem Handgelenk. Sie hieß Gloria, wie Reede sich gerade noch rechtzeitig erinnerte, um sie höflich begrüßen zu können.

»Tag, Gloria.«

»Gibst du mir ein Bier aus?«

»Klar.« Er rief dem Barmann die Bestellung zu, dann blickte Reede über seine Schulter zu der Gruppe von Frauen, die sie in der Nische zurückgelassen hatte.

»Um die brauchst du dich nicht zu kümmern«, sagte sie und tätschelte neckisch seinen Arm, der auf dem Tresen lag. »Nach zehn Uhr heißt es: Jede für sich.«

»Ein Damenausflug?«

»Hmm.« Sie setzte die Flasche an ihren geschminkten Mund und trank. »Wir waren auf dem Weg nach Abilene, wollten uns den neuen Richard-Gere-Film ansehen, aber dann ist das Wetter so schlecht geworden, da ham wir gesagt, was soll's, bleiben wir in der Stadt. Und was hast du heute Abend getrieben? Bist du im Dienst?«

»Bis vorhin, ja. Jetzt hab ich frei.« Er hatte keine Lust, sich in ein Gespräch verwickeln zu lassen, und wandte sich wieder seinem Drink zu.

Aber so leicht ließ Gloria sich nicht abwimmeln. Sie rutschte näher, soweit es der Barhocker erlaubte, und legte den Arm um seine Schulter. »Armer Reede. Es muss doch furchtbar einsam sein, immer so allein rumzufahren.«

»Ich arbeite, wenn ich rumfahre.«

»Ich weiß, aber trotzdem …« Ihr Atem streifte sein Ohr. Er roch nach Bier. »Kein Wunder, dass du immer so grimmig dreinschaust.« Ein scharfer Fingernagel strich durch die tiefe Falte zwischen seinen Brauen. Er riss den Kopf zurück, außer Reichweite. Sie schnaufte enttäuscht.

»Hör mal. Tut mir leid«, murmelte er. »Aber meine Laune ist genauso schlecht wie das Wetter. Ich hab einen langen Tag hinter mir. Wahrscheinlich bin ich einfach müde.«

Sie fasste das anscheinend als Ermutigung auf. »Ich könnte dich aufmuntern, Reede«, sagte sie mit einem zaghaften Lächeln. »Auf jeden Fall würde ich es gern versuchen.« Sie kam wieder näher und klemmte seinen Oberarm zwischen ihren üppigen Busen. »Ich steh total auf dich, schon seit der siebten Klasse. Und sag ja nicht, du hättest das nicht gewusst.« Sie zog einen Schmollmund.

»Nein, das hab ich nicht gewusst.«

»Aber ich. Bloß, damals warst du vergeben. Wie hieß das Mädchen noch? Das, das der Irre im Stall umgebracht hat?«

»Celina.«

»Ja. Auf die warst du total abgefahren, stimmt's? Bis ich in die High School gekommen bin, warst du schon auf der

Technischen Hochschule von Texas. Dann hab ich geheiratet und angefangen, Kinder zu kriegen.« Sie merkte nicht, dass ihr Geplapper ihn gar nicht interessierte. »Natürlich ist der Mann längst abgehauen, und die Kinder sind inzwischen alt genug, auf sich selbst aufzupassen. Du hast wahrscheinlich nie Gelegenheit gehabt zu merken, dass ich auf dich gestanden bin, was?«

»Wahrscheinlich nicht.«

Sie beugte sich so weit vor, dass ihr Hocker Gefahr lief umzufallen. »Vielleicht wär's endlich an der Zeit, es zu merken, Reede.«

Er sah hinunter auf ihre Brüste, die jetzt neckisch seinen Arm berührten. Ihre Nippel zeichneten sich hart unter ihrem T-Shirt ab. Irgendwie war diese offene Anmache längst nicht so aufreizend wie Alex' unschuldige nackte Zehen, die unter ihrem Frotteemantel hervorspitzten. Zu wissen, dass unter diesem T-Shirt Gloria pur steckte, erregte ihn lange nicht so wie die Frage, ob Alex etwas unter ihrem Bademantel angehabt hatte.

Es machte ihn nicht an, kein bisschen. Er fragte sich, warum.

Gloria war schon hübsch. Schwarze Locken umrahmten ihr Gesicht, und ihre geschickt betonten dunklen Augen waren voller Versprechungen. Ihre feuchten Lippen standen offen, aber er wusste nicht, ob er sie küssen könnte, ohne abzurutschen. Sie waren mit einer dicken Schicht kirschrotem Lippenstift bemalt.

Unwillkürlich verglich er sie mit Lippen ohne Schminke, aber trotzdem rosa und feucht, einladend und sexy, ohne es zu wollen.

»Ich muss los«, sagte er plötzlich. Er stand auf und fischte in seiner Jeanstasche nach Geld, um seine Drinks und das Bier zu bezahlen.

»Aber ich dachte ...«

»Du solltest wieder zu deinen Freundinnen gehen, sonst verpasst du noch die Party.«

Die Bohrleute hatten sich inzwischen an die Frauen herangemacht, die nicht verhehlten, dass sie auf der Suche nach Abenteuern waren. Die Vereinigung der beiden Gruppen rückte so unvermeidlich heran wie der Frost, der garantiert morgen früh kommen würde. Sie war absichtlich hinausgezögert worden, um die Vorfreude zu steigern. Aber jetzt wurden Anzüglichkeiten ausgetauscht wie Aktien montagmorgens an der Börse.

»War nett, dich zu sehen, Gloria.«

Reede setzte sich den Hut tief ins Gesicht und ging, aber nicht ehe er ihr beleidigtes Gesicht wahrgenommen hatte. Alex hatte genauso fassungslos und am Boden zerstört ausgesehen bei der Nachricht, dass man die Leiche ihrer Mutter verbrannt hätte.

Sekunden nachdem er die Worte ausgesprochen hatte, war sie an die Wand zurückgewichen und hatte ihre Hände in den Kragen ihres Bademantels gekrallt, als wolle sie etwas Böses abwehren. »Verbrannt?«

»Richtig.« Er beobachtete, wie ihr Gesicht blass wurde und die Augen glasig.

»Ich hab es nicht gewusst, Großmama hat mir das nie gesagt. Ich hätte nie gedacht …«

Sie verstummte. Er blieb reglos, schweigend stehen, gab ihr Zeit, diese ernüchternde Information zu verdauen.

Im Geiste hatte er Richter Wallace verflucht, weil der ihm diese undankbare Aufgabe zugeschustert hatte. Der verfluchte Feigling hatte ihn angerufen, halb irre vor Angst, hatte ihn winselnd gefragt, was er ihr sagen sollte. Als Reede vorschlug, ihr doch die Wahrheit zu sagen, hatte der Richter das als freiwillige Meldung interpretiert und sich nur allzu gerne vor dieser Verantwortung gedrückt.

Alex' Betroffenheit dauerte nicht lange. Ein Gedanke ließ sie schnell wieder zu Bewusstsein kommen. »Hat Richter Wallace das gewusst?«

Reede schaffte es gerade noch, desinteressiert zu tun. »Schaun Sie, ich weiß nur eins, nämlich, dass er mich angerufen und gesagt hat, Ihr Vorhaben wäre unmöglich, selbst wenn er den Gerichtsbeschluss gewährt hätte, was ihm ohnehin nicht gefiel.«

»Wenn er gewusst hat, dass die Leiche meiner Mutter verbrannt wurde, warum hat er es mir dann heute Nachmittag nicht selbst gesagt?«

»Ich nehme an, er wollte keine Szene in seinem Büro haben.«

»Ja«, murmelte sie gedankenverloren, »er mag kein Durcheinander. Das stimmt.« Sie sah ihn mit ausdruckslosem Gesicht an. »Er hat Sie geschickt, um seine Drecksarbeit zu erledigen. Ihnen macht Chaos ja nichts aus.«

Reede enthielt sich eines Kommentars, zog seine Handschuhe an und setzte seinen Hut wieder auf. »Sie sind geschockt. Verkraften Sie das allein?«

»Alles in Ordnung.«

Ihre blauen Augen waren voller Tränen, und ihr Mund zitterte leicht. Sie verschränkte ihre Hände über dem Bauch, als müsse sie sich mit Gewalt zusammenhalten. Und genau in diesem Moment überfiel ihn der Drang, sie in die Arme zu nehmen und an sich zu pressen, trotz nasser Haare, feuchtem Handtuch, Bademantel und bloßen Füßen.

Und dann hatte er sich vorgebeugt, und ehe er merkte, was er tat, ihre Arme mit einem Ruck nach unten gedrückt. Sie hatte sich gewehrt, als müsse sie eine blutende Wunde bedecken. Bevor sie ihre Schranke wieder aufbauen konnte, hatte er seine Arme um sie geschlungen und sie an sich gezogen. Sie war feuchtwarm, duftend, zerbrechlich in ihrem Kummer. Sie schien in seiner Umarmung zu welken, sackte kraftlos zusammen.

»O Gott, bitte, zwing mich nicht, das durchzumachen«, hatte sie geflüstert, und er hatte gefühlt, wie ihre Brüste zitterten. Ihr Kopf rollte zu ihm, bis ihr Gesicht an seiner Brust lag und er die Tränen durch seine Kleider spürte.

Er hatte seinen Kopf seitlich geneigt, um den ihren an sich zu betten. Das Handtuch um ihre Haare löste sich und fiel zu Boden. Ihr Haar lag feucht und frisch auf seinem Gesicht.

Jetzt redete er sich ein, er hätte es nicht geküsst, aber er wusste, dass seine Lippen ihr Haar und dann ihre Schläfe gestreift hatten und dort verweilt waren.

An diesem Punkt hatte ihn ein heftiger Anfall von Begehren gepackt, so intensiv, dass er sich jetzt noch wunderte, dass er ihm nicht nachgegeben hatte.

Stattdessen hatte er sie verlassen, sich beschissen gefühlt, weil er ihr so etwas hatte sagen müssen und sich dann wie eine Schlange davongeschlichen hatte. Bei ihr zu bleiben kam nicht in Frage! Seine Sehnsucht, sie in den Armen zu halten, war nicht von edlen Gefühlen inspiriert, und er hatte nicht versucht, sich etwas vorzumachen. Er hatte Befriedigung gewollt, dieses verletzte mutige Lächeln mit heißen, harten Küssen bedecken mögen.

Jetzt fluchte er sein Armaturenbrett an, während er den Blazer den Highway hinunterlenkte, in die entgegengesetzte Richtung, nicht nach Hause. Der Schneeregen gefror auf der Windschutzscheibe, ehe die Wischer ihn wegstreifen konnten. Er fuhr zu schnell für dieses Wetter – das Pflaster war die reinste Eisbahn –, aber er raste blindlings weiter.

Er war zu alt für solche Geschichten. Wie, zum Teufel, kam er dazu, in sexuellen Phantasien zu schwelgen? Bewusst hatte er das nicht mehr gemacht, seit er und Junior sich einen runtergeholt hatten, während sie über das Gemeindeland hechelten. Aber in jüngster Zeit hatte er nie mehr so lebhafte Phantasien gehabt wie jetzt.

In vollkommenem Verdrängen der besseren Einsicht hatte er sich vorgestellt, wie seine Hände diesen weißen Morgenrock öffneten und darunter ihre glatte Elfenbeinhaut fanden, harte, rosa Nippel, weiche kastanienbraune Haare. Ihre Schenkel würden samtig sein, und zwischen ihnen würde sie sein wie Sahne.

Für einen Moment schloss er fluchend die Augen. Sie war nicht einfach irgendeine Frau, zufällig achtzehn Jahre jünger als er. Sie war Celinas Tochter, und er könnte ihr Papi sein, auch wenn alles anders gekommen war. Ihm wurde etwas mulmig bei dem Gedanken, aber das half auch nichts gegen die Erektion, die jetzt die Haltbarkeit seines Reißverschlusses auf die Probe stellte.

Er steuerte den Wagen auf den leeren Parkplatz, schaltete den Motor ab und lief rasch die Treppe hoch zur Haustür. Er drehte den Griff, und als er feststellte, dass sie abgeschlossen war, hämmerte er dagegen.

Nach einiger Zeit wurde die Tür geöffnet, von einer Frau dickbrüstig wie eine Henne. Sie trug ein weißes langes Satinnegligé, was bräutlich ausgesehen hätte, wenn da nicht eine schwarze Zigarette in ihrem Mundwinkel gebaumelt hätte. Im Arm hielt sie eine aprikosenfarbene Katze. Sie streichelte gelangweilt den luxuriösen Pelz des Tieres. Frau und Katze starrten Reede empört an.

»Was willst du denn hier?«, tat sie entrüstet.

»Warum kommen Männer hierher, Nora Gail?« Er drängte unhöflich an ihr vorbei ins Haus. Wäre es irgendjemand anders gewesen, hätte er eine Kugel mitten zwischen die Augen gekriegt, aus der Pistole, die sie im Strapsgürtel versteckt hatte, den sie immer trug.

»Du hast es offensichtlich nicht bemerkt. Das Geschäft war heute Abend so mies, dass wir früher zugemacht haben.«

»Seit wann spielt das eine Rolle für dich und mich?«

»Seit du das ausnützt. Wie jetzt.«

»Heute Abend kann ich keine weisen Sprüche vertragen.« Er war bereits am oberen Treppenabsatz angelangt und ging weiter zu ihrem Privatzimmer. »Ich will keine Unterhaltung. Ich will mich nicht amüsieren. Ich möchte nur gefickt werden, okay?«

Sie stemmte die Faust in ihre üppige, wohlgeformte Hüfte und sagte voller Sarkasmus: »Hab ich noch Zeit, die Katze rauszulassen?«

Alex konnte nicht einschlafen, daher war sie wach, als

das Telefon klingelte, erschrak aber trotzdem ob der späten Stunde. Anstatt die Nachttischlampe anzuknipsen, tastete sie im Dunklen nach dem Hörer und zog ihn an ihr Ohr. »Hallo«, krächzte sie. Ihre Stimme war noch heiser vom Weinen. »Hallo«, wiederholte sie.

»Tagchen, Miss Gaither.«

Ihr Puls raste vor Aufregung, aber sie schimpfte: »Sie schon wieder? Ich hoffe, Sie sind bereit zu reden, nachdem Sie mich so aus dem Schlaf gerissen haben.« Sie hatte von Greg gelernt, dass zögernde Zeugen oft bereitwilliger redeten, wenn man das, was sie zu sagen hatten, nebensächlich behandelte.

»Werden Sie ja nicht hochnäsig, kleine Lady. Ich weiß was, was Sie wissen wollen. Sehr gerne wissen wollen.«

»Wie zum Beispiel?«

»Wie zum Beispiel, wer Ihre Mama abgemurkst hat.«

Alex konzentrierte sich darauf, ihren Atem im Zaum zu halten. »Ich glaube, Sie bluffen.«

»Mach ich nicht.«

»Dann erzählen Sie's mir doch. Wer war's?«

»Halten Sie mich für dämlich, Lady? Glauben Sie etwa, Lambert hat Ihr Telefon nicht angezapft?«

»Sie schauen zu viel fern.« Trotzdem beäugte sie misstrauisch den Hörer in ihrer Hand.

»Sie wissen, wo das Last Chance ist?«

»Ich werd's finden.«

»Morgen Abend.« Er nannte eine Zeit.

»Wie werde ich Sie erkennen?«

»Ich werd Sie kennen.«

Bevor Sie noch etwas sagen konnte, hatte er aufgelegt. Alex blieb einen Moment auf der Bettkante sitzen und starrte in die Dunkelheit. Sie erinnerte sich an Reedes Warnung, dass man ihr wehtun könnte. Sie hatte eine sehr lebhafte Phantasie und malte sich all die entsetzlichen Dinge aus, die einer alleinstehenden Frau passieren konnten. Als sie sich endlich wieder hinlegte, waren ihre Handflächen schweißnass und an Schlaf überhaupt nicht mehr zu denken.

13

»Du wirst nie erraten, was sie jetzt wieder vorhat.«

Der Sheriff von Purcell County hob seine dampfende Kaffeetasse an den Mund. Er verbrühte sich die Zunge. Aber das war ihm egal. Er brauchte dringend einen Koffeinstoß.

»Von wem redest du?«, fragte er den Deputy, der dämlich grinsend in der Tür stand. Er hasste Ratespiele, und heute Morgen war er schon gar nicht in der Laune für solche Scherze.

Sein Helfer deutete mit dem Kopf in Richtung von Alex' Büro. »Unsere Anklägerin vom Dienst mit den veilchenblauen Augen, den scharfen Titten und den Beinen, die bis zum Hals gehen.« Er gab ein lautes, schmatzendes Kussgeräusch von sich.

Reede nahm langsam die Beine von der Schreibtischkante. Seine Augen funkelten eisig. »Meinen Sie damit Miss Gaither?«

Der Mann war nicht gerade mit grauen Zellen gesegnet, aber er sah, dass er zu weit gegangen war. »Ah ja, meine ich, ja, Sir.«

»Und?«, fragte Reede drohend.

»Mr. Davis vom Beerdigungsinstitut also, Sir, der hat grade angerufen und Riesenstunk gemacht wegen ihr. Sie ist jetzt drüben und geht seine Akten durch, und so weiter.«

»Was?«

»Ja, Sir, das hat er gesagt, Sheriff Lambert. Er ist total sauer, weil …«

»Rufen Sie ihn zurück, und sagen Sie ihm, dass ich unterwegs bin.« Reede griff bereits nach seiner Jacke. Wenn sein Deputy nicht rasch zur Seite getreten wäre, hätte Reede ihn wahrscheinlich auf dem Weg zur Tür überrannt.

Er merkte nichts von dem rauen Wetter, demzufolge Schulen und die meisten Geschäfte geschlossen blieben. Schnee war kein Problem, aber die zentimeterdicke Eisschicht, die alles überzog, war eine andere Geschichte. Leider durfte das Büro des Sheriffs niemals schließen.

Mr. Davis kam ihm an der Tür entgegen, verzweifelt die Hände ringend. »Ich bin seit über dreißig Jahren im Geschäft, aber so etwas ist mir noch nie passiert – *niemals*, Sheriff Lambert. Ich hab erlebt, dass Särge verschwinden, ich bin ausgeraubt worden. Ich hab sogar …«

»Wo ist sie?«, unterbrach Reede rüde die Litanei des Bestattungsunternehmers.

Mr. Davis streckte den Arm aus. Reede stapfte auf die geschlossene Tür zu und riss sie auf. Alex, die hinter einem Schreibtisch saß, hob erwartungsvoll den Kopf. »Was, zum Teufel, machen Sie hier?«

»Guten Morgen, Sheriff.«

»Beantworten Sie meine Frage.« Reede knallte die Tür zu und ließ seine Schritte dröhnen. »Ich hab dank Ihnen einen hysterischen Beerdigungsmann am Hals, Lady. Wie sind Sie überhaupt hergekommen?«

»Mit dem Auto.«

»Bei dem Wetter können Sie nicht fahren.«

»Bin ich aber.«

»Was ist denn das?« Reede zeigte wutentbrannt auf die Akten, die über den Tisch verstreut lagen.

»Mr. Davis' Akten über das Jahr, in dem meine Mutter getötet wurde. Er hat mir erlaubt, sie durchzusehen.«

»Sie haben ihn gezwungen.«

»Ich habe nichts dergleichen getan.«

»Dann eben eingeschüchtert. Hat er Sie nach dem Durchsuchungsbefehl gefragt?«

»Nein.«

»Haben Sie einen?«

»Nein, aber ich kann einen kriegen.«

»Nicht ohne ausreichenden Grund.«

»Ich will einen absolut stichhaltigen Beweis dafür, dass Celina Gaithers Leiche nicht in dem Grab auf dem Friedhof beerdigt ist.«

»Warum machen Sie nicht etwas Vernünftiges, wie zum Beispiel sich eine Schaufel besorgen und das Graben anfangen?«

Das ließ sie verstummen. Es dauerte einen Augenblick, bis sie sich wieder erholt hatte. Schließlich sagte sie: »Sie sind heute ziemlich schlecht gelaunt, Reede. Harte Nacht?«

»Ja. Ich hab gevögelt, aber nicht besonders gut.«

»Oh, tut mir leid, das zu hören.«

»Was, dass ich gevögelt habe?«

Sie erwiderte seinen Blick. »Nein, dass es nicht so gut war.«

Die beiden starrten sich lange an. Sein Gesicht war zerfurcht und verwittert wie ein Berghang, aber eines der attraktivsten, das sie je gesehen hatte.

Wann immer sie zusammen waren, wurde sie sich unwillkürlich seiner bewusst, seines Körpers, der Art, wie sie sich zu ihm hingezogen fühlte. Sie sah ein, dass das vom professionellen Standpunkt aus unmoralisch und leichtsinnig war, und vom persönlichen her kompromittierend. Er hatte zuerst ihrer Mutter gehört.

Dennoch spürte sie zu oft den Drang, ihn zu berühren oder von ihm berührt zu werden. Gestern Nacht wäre sie gerne länger in seiner Umarmung geblieben und hätte sich ausgeweint. Gott sei Dank war er vernünftigerweise gegangen.

Zu wem nur?, fragte sich Alex. Wo und wann hatte das unbefriedigende Liebesspiel stattgefunden? War es passiert, bevor oder nachdem er sie in ihrem Motelzimmer aufgesucht hatte? Warum war es nicht gut gewesen?

Einige Sekunden verstrichen, bis sie den Kopf senkte und sich wieder den Akten zuwandte.

Aber so einfach ließ er sich nicht ignorieren. Er streckte die Hand aus, nahm ihr Kinn und zwang sie, ihn anzusehen. »Ich hab Ihnen gesagt, dass Celina verbrannt wurde.«

Sie sprang auf. »*Nachdem* Sie und Richter Wallace die Köpfe zusammengesteckt und es besprochen haben. Mir kommt das etwas zu passend vor.«

»Sie haben Freude daran, sich Dinge einzubilden.«

»Warum hat Junior dann nicht erwähnt, dass Celina verbrannt wurde, als er mich auf dem Friedhof sah? Ich überlege, ob sie tatsächlich dort beerdigt ist. Deswegen gehe ich all diese Akten durch.«

»Warum sollte ich Sie anlügen?«

»Um mich daran zu hindern, die Leiche exhumieren zu lassen.«

»Und noch einmal, warum? Was hab ich denn davon? Was bringt mir das?«

»Lebenslänglich«, sagte sie grimmig. »Der Gerichtsmediziner könnte Sie als ihren Mörder identifizieren.«

»Ah…« Da ihm kein passendes Schimpfwort einfiel, schlug er mit der Faust in seine Handfläche. »Ist es das, was sie euch bei den Juristen beibringen – nach Strohhalmen haschen, wenn alles andere schiefgeht?«

»Genau.«

Er stemmte seine Hände auf den Schreibtisch und beugte sich vor. »Sie sind keine Anwältin, Sie sind eine Menschenjägerin.«

Das tat weh, weil Alex sich ohnehin wie eine vorkam. Diese Suche hatte etwas von einer verzweifelten Inquisition, die in ihrem Mund einen schlechten Nachgeschmack hinterließ. Sie setzte sich wieder und legte ihre Hände auf die offenen Akten.

Dann wandte sie sich ab und sah hinaus in die winterliche Landschaft. Die kahlen Äste der Platanen waren von Eisröhren umschlossen. Kleine Hagelkörner hämmerten gegen die Fensterscheiben. Der Himmel und alles darunter waren tot, armselig grau, alle Konturen verwischt. Die Welt sah monochrom aus – ohne Licht und Schatten.

Doch einige Dinge waren schwarz-weiß. Vor allem das Gesetz.

»Das könnte stimmen, wenn da nicht ein Verbrechen passiert wäre, Reede«, sagte sie und drehte sich wieder zu ihm. »Aber es ist passiert. Jemand hat diesen Stall betreten und meine Mutter erstochen.«

»Mit einem Skalpell. Richtig«, sagte er voller Abscheu. »Können Sie sich Angus, Junior oder mich mit einem chirurgischen Instrument in der Hand vorstellen? Warum sollten wir sie nicht mit bloßen Händen töten? Sie erwürgen?«

»Weil ihr alle zu clever seid. Einer von euch hat es so hingedreht, dass es als eine Wahnsinnstat deklariert werden konnte.« Sie legte die Hand an ihre Brust und fragte ganz ernst: »Wenn Sie an meiner Stelle wären, würden Sie da nicht wissen wollen, wer dieser Jemand war und warum er es getan hat? Sie haben Celina geliebt. Wenn Sie sie nicht getötet haben …«

»Das habe ich nicht.«

»Wollen Sie denn dann nicht wissen, wer es war? Oder haben Sie Angst, dass sich herausstellt, dass ihr Mörder jemand ist, den Sie lieben.«

»Nein, ich will es nicht wissen«, sagte er mit Nachdruck. »Und bis Sie einen Durchsuchungsbefehl haben …«

»Miss Gaither?« Mr. Davis betrat das Zimmer. »Ist es das, wonach Sie suchen? Ich habe es in einem Aktenschrank in meinem Lager gefunden.« Er reichte ihr eine Mappe und huschte dann rasch aus dem Raum, um Reedes giftigem Blick zu entkommen.

Alex las den Namen, der auf der Akte stand. Sie warf einen Blick auf Reede und schlug dann hastig die Akte auf. Nachdem sie das erste von mehreren Formularen überflogen hatte, sank sie in ihren Stuhl und sagte mit belegter Stimme: »Hier steht, dass ihre Leiche verbrannt wurde.« Ihr Herz war schwer wie Blei, als sie die Akte schloss. »Warum hat meine Großmutter das nie erwähnt?«

»Sie fand es wahrscheinlich bedeutungslos.«

»Sie hat alles aufgehoben. Celinas Kleider, ihre Sachen. Warum hat sie die Asche nicht genommen?«

Sie beugte sich plötzlich vor, stemmte die Ellbogen auf den Tisch und stützte den Kopf in die Hände. Ihr Magen rebellierte. Frische Tränen brannten hinter ihren Lidern. »Gütiger Gott, ist das makaber. Aber ich muss es wissen. Ich *muss*.«

Nachdem sie ein paarmal tief Luft geholt hatte, schlug sie die Akte wieder auf und blätterte die verschiedenen Formulare durch. Sie las eines durch und hielt mit einem Mal den Atem an.

»Was ist denn?«

Sie nahm das Blatt aus der Mappe und reichte es Reede. »Das ist eine Quittung für die gesamten Kosten der Beerdigung meiner Mutter, inklusive der Verbrennung.«

»Und?«

»Sehen Sie sich die Unterschrift an.«

»Angus Minton«, las er leise, nachdenklich.

»Sie haben es nicht gewusst?« Er schüttelte den Kopf. »Wie es scheint, hat Angus alles bezahlt und wollte es vor allen geheim halten.« Alex seufzte und sah Reede fragend an. »Ich frage mich, warum.«

Auf der anderen Seite der Stadt betrat Stacey Wallace den Raum, der ihrem Vater außerhalb des Gerichts als Büro diente. Er saß über seinen Schreibtisch gebeugt und studierte ein Gesetzbuch. »Richter«, schimpfte sie liebevoll. »Wenn Sie schon mal freinehmen, sollten Sie wirklich ausspannen.«

»Es ist kein offizieller freier Tag«, grummelte er mit einem angewiderten Blick auf die winterliche Aussicht durchs Fenster. »Ich hab ganze Berge nachzulesen. Das passt heute sehr gut, nachdem ich keine Möglichkeit hab, ins Gericht zu kommen.«

»Du hast viel zu schwer gearbeitet und dir viel zu viele Sorgen gemacht.«

»Das hat mir mein Magengeschwür bereits mitgeteilt.«

Stacey spürte, dass er extrem erregt war. »Was ist denn los?«

»Es ist diese Gaither.«

»Celinas Tochter? Schikaniert sie dich immer noch?«

»Sie ist gestern in mein Büro gekommen und wollte einen Gerichtsbeschluss von mir, um die Leiche ihrer Mutter zu exhumieren.«

»Oh, mein Gott!«, rief Stacey fassungslos. Ihre blasse Hand griff nach ihrem Hals. »Die Frau muss ja ein Teufel sein.«

»Teufel oder nicht. Ich musste die Bitte ablehnen.«

»Gut für dich.«

Er schüttelte den Kopf. »Ich hatte keine andere Wahl. Die Leiche ist verbrannt worden.«

Stacey ließ sich das durch den Kopf gehen. »Ich glaube, jetzt erinnere ich mich daran. Wie hat sie das aufgenommen?«

»Ich weiß es nicht. Reede hat's ihr gesagt.«

»Reede?«

»Ich hab ihn gestern Abend angerufen. Er hat sich freiwillig angeboten. Ich nehme an, sie war nicht gerade begeistert.«

»Sind Angus und Junior im Bilde?«

»Inzwischen wissen sie es sicher. Reede hat es ihnen bestimmt erzählt.«

»Wahrscheinlich«, murmelte Stacey. Sie schwieg für einen Augenblick. Dann raffte sie sich auf und fragte: »Kann ich dir irgendetwas bringen?«

»Nicht so kurz nach dem Frühstück, danke.«

»Etwas heißen Tee?«

»Jetzt nicht.«

»Kakao? Warum lässt du mich nicht …«

»Stacey, ich sagte, nein, danke.« Es klang ungeduldiger, als er beabsichtigt hatte.

»Tut mir leid, dass ich dich gestört habe«, sagte sie niedergeschlagen. »Wenn du mich brauchst, ich bin oben.«

Der Richter nickte ihr gedankenverloren zu und konzentrierte sich wieder auf den ledergebundenen Folianten. Stacey schloss leise die Tür des Arbeitszimmers hinter sich. Ihre Hand strich kraftlos über das Geländer, als sie die Treppe zu ihrem Schlafzimmer hochging. Sie fühlte sich nicht gut. Ihr Bauch war geschwollen und schmerzte. Sie hatte heute früh ihre Periode bekommen.

Es war wirklich lächerlich, aber wahrscheinlich hätte sie diese monatlichen Schmerzen begrüßen sollen. Sie waren ihre einzige Erinnerung an ihr Frausein. Keine Kinder kamen zu ihr, um Pausengeld zu erbitten oder Hilfe bei ihren Hausaufgaben. Kein Ehemann fragte, was sie zum Abendessen gekocht hatte, oder ob sie seine Sachen aus der Reinigung geholt hätte, oder ob er an diesem Abend mit Sex rechnen könnte.

Täglich beklagte sie, dass so ein herrliches Chaos kein Teil ihres Lebens war. Genauso regelmäßig wie andere Menschen ihre Gebete aufsagten, zählte Stacey Gott die Annehmlichkeiten des Lebens auf, das er ihr versagt hatte. Sie sehnte sich nach dem Lärm von Kindern, die durchs Haus tobten. Sie sehnte sich danach, einen Mann zu haben, der nachts nach ihr griff, ihre Brüste und ihren hungrigen Körper liebkoste.

Wie ein Priester, der zum Flagellanten wird, ging sie zu ihrem Schreibtisch, öffnete die dritte Schublade und holte das Fotoalbum mit dem goldgestanzten weißen Ledereinband heraus.

Sie öffnete es voller Ehrfurcht und streichelte der Reihe nach ihre kostbaren Andenken – ein vergilbter Zeitungsausschnitt mit ihrem Foto, eine kleine Papierserviette, in die zwei Namen mit silbernen Lettern eingeprägt waren, eine zerbröselnde Rose.

Sie blätterte die Plastikhüllen durch, sah sich die Fotos an, die dazwischen lagen. Die Leute, die da für die Bilder vor dem Altar posierten, hatten sich im Lauf der Jahre nur wenig verändert.

Nachdem fast eine Stunde mit diesen masochistischen Tagträumen verstrichen war, schloss Stacey ihr Album und legte es wieder in die geheiligte Schublade. Sie zog ihre Schuhe aus, um die Decke auf ihrem Bett nicht zu verschmutzen, legte sich drauf, zog ein Kissen herbei und kuschelte sich darauf wie an einen Liebhaber.

Heiße salzige Tränen tropften aus ihren Augen. Sie flüsterte einen Namen, immer wieder, eindringlich, immer wieder und presste die Hand auf ihren Unterleib, um den Schmerz der Leere in ihrem Innern zu lindern, das ein Gefäß für seinen Körper gewesen war, aber niemals für seine Liebe.

14

»He, ihr beiden, was ist denn mit euch los?«, rief Junior und sah verwirrt von Alex zu Reede. Ein heftiger Windstoß ließ ihn erschaudern, er trat aus der Tür und winkte sie herein. »Kommt schnell. Ich konnte mir nicht vorstellen, wer das ist, der an einem solchen Tag zu Besuch kommt, Reede. Du solltest deinen Geisteszustand untersuchen lassen. Wie bist du nur auf die Idee gekommen, Alex den ganzen Weg hier rauszuschleifen?«

Er trug uralte Jeans mit durchgescheuerten Knien, einen Baumwollpullover und dicke weiße Socken. Scheinbar war er noch nicht lange auf. In einer Hand hielt er eine dampfende Tasse Kaffee, in der anderen ein Romanheftchen. Seine Haare waren attraktiv zerzaust, und er hatte sich noch nicht rasiert.

Während er sich von der Überraschung erholte, lächelte er Alex an. Sie fand, er sah phantastisch aus, und die meisten Frauen dieser Welt würden ihr wohl zustimmen. Er wirkte faul und reich, gemütlich, so richtig zum Anlehnen. Ein Mann zum Kuscheln, und seinem verträumten Lächeln nach hatte er genau das getan, als sie hereinschneiten.

»Ich hab sie nicht hier rausgeschleift«, sagte Reede verärgert. »Sondern sie mich.«

»Ich war bereit, allein zu kommen«, sagte Alex giftig.

»Und ich wollte verhindern, dass Sie ein Teil der Unfallstatistik meines Bezirks werden«, brüllte er. Er wandte sich Junior zu, der ihren Streit amüsiert beobachtete, und sagte: »Um's kurz zu machen, ich hab sie rausgefahren, weil sie wild entschlossen war zu kommen und ich befürchtete, sie könnte sich bei dem Straßenzustand umbringen, oder noch schlimmer, jemand anderen. Jetzt sind wir da!«

»Und ich bin verdammt froh, dass ihr hier seid«, sagte Junior. »Ich hatte mich schon damit abgefunden, dass ich einen langweiligen Tag allein verbringen müsste. Im Wohnzimmerkamin hab ich ein Spitzenfeuer und alle Zutaten für einen Grog. Mir nach.« Er ging los, dann drehte er sich noch einmal um. »Oh, Reede, du weißt doch, wie Mutter es hasst, wenn der Boden voller Fußspuren ist. Du solltest lieber deine Stiefel ausziehen.«

»Scheiß drauf. Ist Lupe in der Küche? Ich werd ein bisschen Süßholz raspeln, damit sie mir Frühstück macht«, sagte er und stapfte ohne Rücksicht auf Sarah Jos Böden zum hinteren Teil des Hauses, so selbstverständlich, als würde er hier noch wohnen.

Alex sah ihm nach, wie er durch die Tür verschwand. »Hat er tatsächlich gesagt, Süßholz raspeln?« Sie verzog den Mund.

»Oh, er ist heute strahlender Laune«, sagte Junior achtlos. »Sie sollten ihn sehen, wenn er wirklich sauer ist. Aber Lupe wird mit ihm fertig, sie weiß, wie er seine Eier mag. Er wird sich besser fühlen, sobald er gegessen hat.«

Alex ließ sich aus ihrem Pelz helfen. »Ich hoffe, ich störe nicht.«

»Ganz bestimmt nicht. Es war mein voller Ernst, als ich gesagt habe, ich wäre froh, dass ihr gekommen seid.« Er legte einen Arm um ihre Schulter. »Wir sollten …«

»Um ehrlich zu sein«, Alex streifte seinen Arm ab, »das ist kein Höflichkeitsbesuch.«

»Geschäftlich, hmm?«

»Ja, und äußerst wichtig. Ist Angus zu Hause?«

»Er ist in seinem Allerheiligsten.« Sein Lächeln war immer noch da, aber etwas starr.

»Ist er beschäftigt?«

»Ich glaube nicht. Kommen Sie, ich bring Sie hin.«

»Ich störe Sie nur ungern bei Ihrer anspruchsvollen Lektüre.«

Er warf einen zweifelnden Blick auf den grellen Einband. »Das macht nichts. Wurde sowieso ein bisschen eintönig.«

»Worum geht's denn?«

»Die Reise eines legendären Schwanzes durch fast alle Schlafzimmer Hollywoods, sowohl die männlichen als auch die weiblichen.«

»Ach, wirklich?« Alex tat interessiert. »Kann ich's mir leihen, wenn Sie fertig sind?«

»Schämen Sie sich«, rief er. »Das wäre ja moralische Korrumpierung einer Minderjährigen, oder etwa nicht?«

»So viel älter als ich sind Sie auch nicht.«

»Verglichen mit Reede und mir sind Sie ein Säugling«, sagte er, als er die Tür zum Arbeitszimmer öffnete. »Dad, wir haben Besuch.«

Angus sah von seiner Zeitung hoch. Innerhalb weniger Sekunden wechselte sein Ausdruck von Überraschung über Verärgerung zu einem Lächeln.

»Hallo, Angus. Tut mir leid, dass ich Sie an einem solchen Morgen, an dem man am liebsten im Bett bleiben würde, stören muss.«

»Kein Problem. Hier ist sowieso nichts los. Wenn der Boden gefroren ist, können die Rennpferde nicht raus zum Trainieren.« Er erhob sich aus seinem roten Ledersessel und kam auf sie zu, um sie zu begrüßen. »Sie sind ein Sonnenstrahl an einem trüben Tag, das kann man wohl sagen, was, Junior?«

»Hab ich ihr auch schon erklärt.«

»Aber wie ich Junior schon sagte«, warf sie hastig ein, »das ist kein Höflichkeitsbesuch.«

»Ach, ja? Setzen Sie sich, setzen Sie sich.« Angus winkte sie zu einem lederbezogenen Diwan.

»Ich werde …«

»Nein, Junior, ich möchte, dass Sie bleiben«, sagte Alex, bevor er sich zurückziehen konnte. »Das betrifft uns alle.«

»Okay, schießen Sie los.« Junior hockte sich auf die Lehne des Diwans, als wäre sie ein Sattel.

»Ich hab gestern noch einmal mit Richter Wallace gesprochen.« Alex glaubte zu sehen, wie beide Männer zusammenzuckten, aber vielleicht hatte sie sich das auch nur eingebildet.

»Gab's dafür einen speziellen Anlass?«, fragte Angus.

»Ich wollte die Leiche meiner Mutter exhumieren lassen.«

Diesmal war die Reaktion keine Einbildung. »Du lieber Gott, Mädel, warum zur Hölle beabsichtigen Sie denn so was?« Angus schüttelte sich.

»Alex.« Junior griff nach ihrer Hand, legte sie auf seinen Schenkel und massierte sie. »Gerät das nicht alles ein bisschen außer Kontrolle? Das ist … das ist grausig.«

»Der ganze Fall ist grausig«, erinnerte sie ihn und entzog ihm ihre Hand. »Wie dem auch sei, das, worum ich gebeten habe, ist unmöglich. Die Leiche meiner Mutter wurde verbrannt.«

»Richtig«, sagte Angus.

»Warum?« Ihre Augen strahlten blau im dämmrigen Licht des Raumes. Das Feuer im Kamin spiegelte sich in ihnen, wodurch sie wie Klingen blitzten.

Angus machte es sich in seinem Stuhl bequem und zog den Kopf zwischen die Schultern. »Mir schien es so das Beste.«

»Das verstehe ich nicht.«

»Ihre Großmutter wollte mit Ihnen die Stadt verlassen, sobald alles geregelt war, sie machte kein Geheimnis daraus. Also hab ich beschlossen, Celinas Leiche verbrennen zu lassen, ich dachte Merle wollte die, äh, Überreste mitnehmen.«

»Sie hatten es beschlossen? Mit welchem Recht, Angus? Auf wessen Veranlassung? Warum wurde Ihnen die Entscheidung überlassen, was mit Celinas Leiche passierte?«

Seine Brauen zogen sich verärgert zusammen. »Sie glauben, ich habe ihre Leiche verbrennen lassen, um Beweismaterial zu vernichten, ist es das?«

»Ich weiß es nicht!«, rief sie. Sie stand auf, ging zum Fenster und starrte hinaus auf die leeren Koppeln. Licht drang aus den Türen verschiedener Ställe, wo die Pferde gestriegelt, gefüttert und trainiert wurden. Sie hatte Minton Enterprises gründlich untersucht, in denen Angus' Millionen steckten. War er so schweigsam, weil er so viel zu verlieren hatte, wenn es ihr gelang, Anklage zu erheben, oder weil er schuldig war – oder spielte beides eine Rolle?

Schließlich wandte sie sich wieder den Männern zu. »Sie müssen doch rückblickend zugeben, dass es irgendwie seltsam anmutet, dass Sie das gemacht haben.«

»Ich wollte nur Merle Graham diese Last abnehmen. Ich hatte das Bedürfnis, es zu tun, weil ihre Tochter auf meinem Besitz umgekommen ist. Merle war fast wahnsinnig vor Kummer und musste sich auch noch um Sie kümmern. Wenn das, was ich getan habe, jetzt verdächtig aussieht, dann ist es einfach Pech, junge Frau. Ich würde es wieder tun, wenn ich heute noch einmal vor dieser Entscheidung stünde.«

»Ich bin mir sicher, Großmama wusste Ihre Hilfe zu schätzen. Das war sehr uneigennützig.«

Angus erforschte sie mit seinen blitzgescheiten Augen und sagte: »Aber Sie würden nur allzu gern glauben, dass es nicht ganz uneigennützig war.«

Sie stellte sich seinem Blick. »Ja, das stimmt.«

»Alle Achtung vor Ihrer Ehrlichkeit.«

Einen Augenblick lang war nur das freundliche Knistern von brennendem Holz im Kamin zu hören. Alex durchbrach die peinliche Stille: »Ich frage mich, warum Großmama die Asche nicht mitgenommen hat.«

»Ich habe mich auch gewundert, nachdem ich sie ihr angeboten hatte. Ich glaube, der Grund war, dass sie Celinas Tod nicht wahrhaben wollte. Eine Urne war ein greifbarer Beweis für etwas, das nicht sein durfte.«

Eine sehr einleuchtende Erklärung, wenn man wusste, wie besessen Großmutter von Celinas Leben gewesen war. Außerdem hatte sie keine andere Wahl, als das, was Angus ihr erzählte, als Wahrheit zu akzeptieren, es sei denn, Merle erwachte aus dem Koma und Alex könnte sie danach fragen.

Er massierte gedankenverloren seine große Zehe durch

den Socken. »Ich wollte ihre Asche nicht in einem Mausoleum einlagern. Ich hab Grüfte und Grabmäler noch nie ausstehen können. Verflucht unheimliche Dinger. Wenn ich bloß dran denke, krieg ich schon eine Gänsehaut. Ich war mal in New Orleans. All diese zementierten Gräber, die auf der Erde versteinert sind … nä.« Er schüttelte angewidert den Kopf. »Ich habe keine Angst vor dem Sterben, aber wenn ich abtrete, möchte ich nicht wieder ein Teil von den Lebenden sein. Staub zu Staub. Das ist ein natürlicher Kreislauf.

Also hielt ich es für angebracht, ein Grab zu kaufen und Celinas Asche in der Erde zu begraben, auf der sie aufgewachsen war. Sie halten mich wahrscheinlich für einen verrückten alten Mann, aber so hab ich damals empfunden, und so fühl ich jetzt auch noch. Ich hab es keinem erzählt, weil es mir peinlich war, einigermaßen sentimental, wissen Sie.«

»Warum nicht einfach die Asche irgendwo verstreuen?«

Er zupfte an seinem Ohrläppchen und überlegte. »Ich hab daran gedacht, aber ich nahm an, dass Sie vielleicht eines Tages hierherkommen und sehen wollten, wo Ihre Mama begraben ist.«

Alex ließ betreten den Kopf hängen und studierte die Spitzen ihrer Wildlederstiefel, die immer noch feucht waren vom Schnee. »Sie halten mich wahrscheinlich für ein Monster, weil ich ihr Grab öffnen wollte. So wie Reede.«

Angus machte eine abwehrende Handbewegung. »Reede ist immer von der ganz schnellen Truppe, wenn's um Vorurteile geht. Manchmal irrt er sich.«

Sie holte zitternd Luft. »Diesmal ja. Glauben Sie mir, es war nicht leicht, das auch nur zu überlegen und dann auch noch darum zu bitten. Ich war aber der Meinung, eine gründliche forensische Untersuchung könnte vielleicht etwas Licht …«

Sie verstummte, besaß weder die Überzeugtheit noch den Willen fortzufahren. Gestern hatte sie noch geglaubt, eine Exhumierung könnte die greifbaren Beweise, die sie benötigte, liefern. Aber wie sich herausstellte, war sie der Wahrheit kein Stück näher gekommen; sie hatte sich und alle anderen lediglich traumatischer Aufregung ausgesetzt.

Angus' Erklärung klang so verdammt plausibel und arglos. Die Bezahlung der Beerdigungskosten, die Erledigung aller Arrangements waren ein Akt der Nächstenliebe gewesen, um ihrer Großmutter die schreckliche Verantwortung und finanzielle Überforderung abzunehmen. Doch für sie als Ermittlerin stellte es wieder eine Sackgasse dar und bestärkte sie in dem Verdacht, dass da etwas unter den Teppich gekehrt worden war.

»Und, sind Sie fertig? Können wir in die Stadt zurückfahren, oder was?«

Reede lehnte in der Tür und kaute an einem Zahnstocher. Er hatte zwar gefrühstückt, aber seine miese Laune beibehalten.

»Ja, ich bin fertig. Wenn Sie so nett wären und mich zurückbrächten?«

»Gut. Je früher ich wieder an die Arbeit komme, desto besser. Jemand muss ja auf die Irren aufpassen, die bei diesem Wetter mit dem Auto rumstreunen.«

»Wenn Sie schon mal hier draußen sind, warum bleiben Sie nicht da und verbringen den Tag am Kamin?«, schlug Junior Alex vor. »Wir könnten Popcorn zubereiten. Celina hat das wahnsinnig gern gemacht. Vielleicht könnten wir auch Lupe dazu überreden, uns ein paar Pralinen zu stiften. Ich fahre Sie dann später, wenn die Straßen geräumt sind, heim.«

»Das klingt wunderbar, Junior, danke, aber auf mich wartet Arbeit.«

Er setzte seinen ganzen Charme ein, um sie zu überreden, aber sie blieb fest. Die Mintons brachten sie und Reede zur Tür. Sarah Jo ließ sich nicht blicken. Selbst wenn sie gemerkt hatte, dass Gäste im Haus waren, machte sie sich nicht die Mühe, sich zu zeigen.

Angus zog Alex' Arm durch den seinen, während sie

den Korridor entlanggingen. Er sagte leise: »Ich weiß, wie schwer das für Sie ist, Mädchen.«

»Ja, das ist es.«

»Haben Sie etwas von Ihrer Großmutter gehört?«

»Ich rufe jeden Tag im Pflegeheim an, aber bis jetzt gab es keine Veränderung.«

»Na, dann schreien Sie einfach, wenn Sie etwas brauchen, ja?«

Alex sah ihn verwirrt an. »Angus, warum sind Sie so nett zu mir?«

»Wegen Ihrer Mama, weil ich Sie mag und hauptsächlich, weil wir nichts zu verheimlichen haben.«

Wenn er lächelte, sah man gleich, woher Junior seinen Charme hatte, merkte Alex jetzt. Junior und Reede waren in ein Gespräch vertieft, und Alex hörte, wie er sagte: »Hab gestern eine von deinen alten Freundinnen im Last Chance getroffen.«

Der Name des Lokals, in dem sie heute eine Verabredung hatte, ließ sie aufhorchen.

»Ach ja«, sagte Junior. »Welche denn?«

»Gloria irgendwie. Hab ihren Nachnamen vergessen. Lockige schwarze Haare, dunkle Augen, große Titten.«

»Gloria Tolbert. Und wie sah sie aus?«

»Spitz.«

Junior lachte dreckig. »Das ist Gloria. Wer die befriedigen will, braucht ne Menge Kraft.«

»Du müsstest es wissen«, lachte Reede.

»Na, was ist denn gestern passiert, du Glückspilz? Hast du ein zufriedenes Lächeln auf Glorias Gesicht gezaubert?«

»Du weißt, dass ich nie über mein Liebesleben rede.«

»Das ist eine deiner Angewohnheiten, die mich zur Weißglut bringen.«

Alex drehte sich um und sah gerade noch, wie Junior Reede einen spielerischen Magenschwinger verpasste. Seine Faust prallte ab, als hätte er gegen eine Trommel geschlagen.

»Ist das alles, was du zu bieten hast, Alter?«, sagte Reede spöttisch. »Gib's zu, Minton, du lässt nach.«

»Von wegen.« Junior zielte mit einer Faust auf Reedes Kopf, der dieser mühelos auswich. Reede versuchte, Junior mit einem Fußhaken in die Kniekehle umzulegen, wobei beide gegen den Tisch im Eingang krachten und dabei fast eine Keramikvase umwarfen.

»Das reicht, Jungs. Hört auf, bevor etwas zu Bruch geht«, tadelte Angus zwinkernd, als ob er mit zwei Schülern redete.

Alex und Reede zogen ihre Jacken an, und er öffnete die Tür. Ein eisiger Wind wirbelte herein. Junior sagte: »Sind Sie sicher, dass Sie nicht bleiben wollen, wo's warm und gemütlich ist?«

»Es geht leider nicht«, erwiderte Alex.

»Scheibenkleister. Na ja, dann auf ein Wiedersehn!« Er nahm ihre Hand zwischen seine und küsste sie auf die Wange.

Vater und Sohn beobachteten, wie Reede Alex über den vereisten Weg zu seinem Blazer half. Er setzte sie in den Pick- up, dann ging er zur Fahrerseite und sprang an Bord.

»Brrr«, sagte Junior und schloss die Tür. »Wie wär's jetzt mit einem Grog, Dad?«

»Noch nicht«, erwiderte Angus grimmig. »Es ist noch zu früh am Tag für harte Getränke.«

»Seit wann spielt bei dir die Tageszeit eine Rolle, wenn du einen Drink willst?«

»Schwing deinen Hintern hier rein. Ich will mit dir reden.« Er hinkte seinem Sohn voran in sein Arbeitszimmer. »Schür das Feuer, sei so gut.«

Als die Flammen begierig an den neuen Scheiten leckten, wandte sich Junior seinem Vater zu. »Worum geht's denn? Hoffentlich nicht um Geschäfte. Ich nehme offiziell einen Tag frei.« Er gähnte und streckte sich wie ein geschmeidiger Kater.

»Alex Gaither.«

Junior ließ die Arme fallen und runzelte die Stirn. »Sie

war ganz aus dem Häuschen wegen dieser Beerdigungsgeschichte, als sie reinkam, was? Aber du hast sie doch beruhigt.«

»Ich hab ihr nur die Wahrheit gesagt.«

»Du hast es so überzeugend gebracht, dass es wie eine gute Lüge klang.«

»Kannst du vielleicht einmal ernst bleiben?«, grollte Angus.

Junior spielte den Überraschten. »Ich dachte, das wäre ich.«

»Hör gut zu«, sagte Angus streng und richtete den Zeigefinger auf seinen Sohn. »Nur ein Narr macht sich über ihre Entschlossenheit, den Dingen auf den Grund zu gehen, lustig. Sie sieht weich aus, aber das täuscht. Auch wenn sie eine schöne Frau ist, meint sie es ernst. Sie ist zäh wie Stiefelleder bei diesem Mordfall.«

»Das ist mir klar«, sagte Junior verdrossen.

»Frag Joe Wallace, wenn du's nicht glaubst.«

»Ich glaub es ja. Es fällt mir nur schwer, jemanden ernst zu nehmen, der so reizend aussieht.«

»Ach ja? Aber ich seh auch nicht, dass du dich in der Hinsicht ein bisschen ins Zeug legst.«

»Ich hab sie vorgestern auf einen Drink eingeladen, und sie ist gekommen.«

»Und seitdem?«

»Was soll ich denn deiner Meinung nach unternehmen? Ihr den Hof machen wie ein verrotztes Schulkind? Die Blumen- und Pralinennummer abziehen?«

»Ja, verdammt noch mal!«

»Darauf würde sie nie reinfallen.« Junior schnaubte verächtlich, »selbst wenn ich das hinkriegen würde, ohne laut rauszuprusten.«

»Jetzt sperr mal deine Ohren auf, Junge. Du hast ein gutes Leben. Du kriegst jedes Jahr einen neuen Jaguar, trägst eine große diamantenbesetzte Rolex, gehst Skifahren, Hochseefischen und zu den Pferderennen, wenn dir danach ist – außerdem spielst du mit verdammt hohen Einsätzen.

Aber wenn diese junge Lady ihren Kopf durchsetzt, wird sie uns fertigmachen. Ja«, sagte er, wohl wissend, warum sein Sohn die Stirn runzelte, »es könnte dir tatsächlich passieren, dass du erstmals in deinem Leben losziehen und dir einen Job suchen müsstest.«

Angus versuchte seinen Zorn zu zügeln und fuhr in etwas versöhnlicherem Ton fort. »Sie hat nicht die geringste Chance, irgendwelche Beweismittel aufzuspüren. Ich glaube, das weiß sie. Sie schießt Pfeile ins Dunkle und hofft, damit einen von uns in den Hintern zu treffen. Wir können nur darauf vertrauen, dass ihr früher oder später der Arm erlahmt.«

Junior nagte an seiner Lippe und sagte niedergeschlagen: »Sie ist wahrscheinlich genauso scharf auf ihren Prozess wie wir auf unsere Rennbahn. Das wäre ein echter Coup für sie. Der Startschuss für ihre Karriere.«

»Verdammt«, grollte Angus. »Du weißt doch, wie ich über diesen Karrieremist denke. Frauen gehören nicht in den Gerichtssaal.«

»Wo würdest du sie denn halten? Im Schlafzimmer?«

»Das ist doch nichts Falsches.«

Junior lachte spöttisch. »Ich bestreite das ja nicht, aber ein paar Millionen arbeitender Frauen würden dir sicher ganz schön einheizen.«

»Es könnte sein, dass Alex gar nicht mehr so lange arbeitet. Es würde mich nicht wundern, wenn ihre Laufbahn vom Ausgang dieser Ermittlungen abhinge.

Ich weiß alles über Greg Harper. Er ist ehrgeizig, sieht sich schon im Sessel des Generalstaatsanwalts. Es gefällt ihm, wenn seine Leute Verurteilungen erreichen. Also, wenn ich ihn richtig einschätze, lässt er Alex das machen, weil er Blut riecht, unser Blut. Wenn wir unseren Schwanz wegen dieser Geschichte in der Zwickmühle haben, dann kriegt er Schlagzeilen und lacht sich ins Fäustchen, weil er und der Gouverneur sich nicht ausstehen können. Der Gouverneur hätte seine Nase im Dreck und die gesamte Rennbahnkommission auch.

Wenn es aber Alex nicht gelingt, irgendeinen dunklen Punkt bei uns aufzustöbern, muss Harper zu Kreuze kriechen. Aber bevor er das macht, wird er Alex den Laufpass geben. Und wir stehen mit offenen Armen da und fangen sie auf, wenn sie fällt«, schloss er seine Ansprache.

»Wie ich sehe, hast du alles durchdacht«, bemerkte Junior ironisch.

Angus grunzte. »Da hast du verdammt recht. Einer von uns sollte sich besser auf was anderes konzentrieren als auf das, was ihren Pullover füllt.«

»Ich hab gedacht, du willst, dass ich das tue.«

»Du musst mehr tun, als nur von Weitem hecheln und gaffen. Eine Liebesaffäre wäre das Beste, was Alex passieren könnte.«

»Woher weißt du, dass es so eine nicht längst gibt?«

»Weil ich im Gegensatz zu dir nichts dem Zufall überlasse. Ich hab's mir zur Aufgabe gemacht, das rauszufinden, und hab sie überprüfen lassen.«

»Du hinterlistiger alter Bastard«, flüsterte Junior voller widerwilliger Bewunderung.

»Hmm. Man muss die Trümpfe kennen, die der andere in der Hand hält, sonst nützt das beste Blatt nichts.«

Junior ließ sich alles, was Angus gesagt hatte, durch den Kopf gehen, während das Feuer im Kamin fröhlich vor sich hin prasselte. Dann sah er seinen Vater mit zusammengekniffenen Augen an und fragte: »Wie stellst du dir vor, dass diese Affäre endet? Mit einer Hochzeit?«

Angus schlug Junior lachend auf die Knie. »Wäre das so schlimm?«

»Wärst du denn einverstanden?«

»Warum nicht?«

Junior lachte nicht. Er ging zum Feuer, außer Reichweite der Hände und des hinterlistigen Lächelns seines Vaters, und stocherte gedankenverloren in den Scheiten herum.

»Ich bin überrascht«, sagte er leise. »Celina war in deinen Augen keine passende Frau für mich. Ich erinnere mich noch an den Stunk, den du gemacht hast, als ich dir gestand, dass ich sie heiraten wollte.«

»Du warst damals achtzehn, Junge!«, schrie Angus. »Celina war eine Witwe mit einem Baby.«

»Mit Alex. Und schau, wie gut sie sich rausgemacht hat. Sie könnte heute meine Stieftochter sein.«

Angus' Brauen senkten sich bedenklich, ein zuverlässiges Barometer für seinen Zorn, je tiefer, desto wütender war er. »Es gab da noch andere Überlegungen.«

Junior wirbelte herum. »Welche zum Beispiel?«

»Das war vor fünfundzwanzig Jahren, in einer anderen Zeit, mit einer anderen Person. Alex ist nicht ihre Mutter. Sie ist schöner, und sie hat wesentlich mehr Grips. Wenn du nur halb so viel Manns wärst, wie du allen vorgaukelst – wenn du nur dieses eine Mal mit dem Kopf und nicht mit dem Schwanz denken würdest –, dann würdest du sehen, wie wertvoll es wäre, sie auf deiner Seite zu haben.«

Juniors Gesicht wurde puterrot vor Wut. »Ich seh es ja. Ich wollte nur verdammt sichergehen, dass du diesmal einverstanden bist, wenn ich jemandem den Hof mache. Ob du's glaubst oder nicht, ich hab Celina geliebt. Und wenn ich anfange, Alex zu umwerben, dann könnte ich mich vielleicht auch in sie verlieben. So richtig. Nicht für dich, nicht für die Firma, sondern für mich.«

Er polterte zur Tür. Angus rief seinen Namen. Junior blieb aus Gewohnheit stehen und drehte sich um. »Dir passt diese Lektion nicht, stimmt's, Junior?«

»Genau«, brüllte er. »Ich bin ein erwachsener Mann, kein Junge. Ich brauche deine Ratschläge nicht. Ich weiß, wie ich Alex anpacken muss oder jede andere Frau, die dir einfällt.«

»Ach, wirklich?«, sagte Angus gefährlich ruhig.

»Ja.«

»Warum hat Alex dich dann heute stehen gelassen und ist mit Reede gegangen?«

Oben im ersten Stock stand Sarah Jo und belauschte den Streit. Als Junior ins Wohnzimmer schlich und sie das Klirren von Gläsern hörte, schloss sie lautlos die Tür zu ihrem Sanktuarium und lehnte sich dagegen. Ein verzweifeltes Seufzen entrang sich ihrer bebenden Brust.

Es passierte wieder.

Scheinbar gab es kein Entrinnen aus diesem Alptraum. Junior würde sich wieder das Herz brechen lassen, diesmal von Celinas Tochter, weil sie sich zwischen Junior und seinen Vater und seinen besten Freund stellen würde. Die Vergangenheit wiederholte sich. Das Haus war in Aufruhr, und das alles wegen dieser Hexe.

Sarah Jo wusste, dass sie das nicht ertragen könnte. Nein, da war sie sich ganz sicher, das konnte sie nicht. Das erste Mal hatte sie versagt, und es war ihr nicht gelungen, Junior vor einem gebrochenen Herzen zu bewahren. Und sie würde ihn auch diesmal nicht davor schützen können.

Das brach ihr das Herz.

15

Es hätte ihr wirklich alles nur Erdenkliche im Last Chance zustoßen können: überfallen, vergewaltigt oder ermordet zu werden. Ganz zu schweigen von den Risiken auf den Straßen des Hin- und Rückwegs. Glücklicherweise war sie ungeschoren davongekommen, nur ihre Laune hatte erheblich gelitten.

Alex betrat ihr Motelzimmer, schleuderte Handtasche und Mantel auf den Stuhl, voller Wut auf sich selbst, weil sie etwas nachgejagt war, das so eine himmelschreiend falsche Spur war. Greg Harper würde sich totlachen, wenn er je herausfände, wie gutgläubig sie gewesen war.

Sie hatte ihn heute Nachmittag angerufen. Er war nicht sonderlich beeindruckt von dem, was sie bis jetzt zu berichten hatte, und versuchte wiederum, sie dazu zu überreden, nach Austin zurückzukehren und die Vergangenheit ruhen zu lassen. Sie hatte auf der Zeitspanne bestanden, die er ihr eingeräumt hatte.

Seine Enttäuschung über ihren Mangel an Ergebnissen war einer der Gründe, warum sie so viel Hoffnung in ihr geheimes Treffen heute Abend gesetzt hatte. Greg würde ganz anders denken, wenn sie einen Augenzeugen für den Mord auftreiben könnte.

Sie hätte bereits bei der Einfahrt auf den Parkplatz der Bar wissen müssen, dass sie hier kaum eine Chance besaß. Drei Birnen fehlten am Neonstern von Texas, der über der Tür blinkte. Es hatte sie größte Überwindung gekostet, die Kneipe überhaupt zu betreten.

Jeder Kopf im Raum hatte sich ihr zugewandt. Die Männer waren ein rauer Haufen, der von ihr angezogen wurde wie Kojoten von frischem Fleisch. Die Frauen sahen noch abgebrühter aus und musterten sie mit der unverhohlenen Feindseligkeit potentieller Rivalinnen. Sie war versucht gewesen, auf dem Absatz kehrtzumachen und abzuhauen, doch dann fiel ihr ein, warum sie hier war, und mutig schritt sie zur Bar.

»Einen Weißwein bitte.«

Das löste bei allen in Hörweite Sitzenden Gelächter aus. Sie nahm ihr Glas und setzte sich in eine Nische, von der aus sie das ganze Lokal überblicken konnte. Sie nippte verlegen an ihrem Wein und ließ dann den Blick von einem Gesicht zum anderen wandern, versuchte herauszufinden, welches von ihnen zu der Stimme am Telefon gehörte.

Zu ihrem Entsetzen bemerkte sie, dass einige Männer das als Ermunterung auffassten. Von da an beschränkte sie sich darauf, ihr Glas anzustarren, und wünschte, ihr Informant würde schnell kommen und der Spannung ein Ende machen. Andererseits hatte sie Angst davor, ihm gegenüberzutreten. Wenn er einer von diesem Haufen war, war es wohl niemand, dessen Bekanntschaft ihr Freude bereiten würde.

Billardkugeln klackten und klapperten. Sie erwischte eine Überdosis Countrymusik und Nikotin, obwohl sie selbst nicht rauchte. Und sie saß immer noch allein da.

Schließlich glitt ein Mann, der an der Bar gesessen hatte, als sie hereinkam, von seinem Barhocker und bewegte sich auf ihre Nische zu. Er ließ sich Zeit, blieb an der Jukebox stehen, um sich etwas auszusuchen, dann pausierte er am Billardtisch, um einen der Spieler wegen eines schlechten Stoßes zu verspotten.

Er schien ziellos und ganz beiläufig herumzuwandern, aber kam stetig näher. Ihr Magen zog sich zusammen. Instinktiv wusste sie, dass sein Ziel ihre Nische war.

Und sie hatte recht. Er stützte sich auf die gepolsterte Lehne der Bank ihr gegenüber und lächelte ihr zu, während er einen Schluck aus seiner Bierflasche nahm. »Warten Sie auf jemand?«

Seine Stimme klang anders, aber er hatte ja die beiden Male am Telefon geflüstert. »Das wissen Sie doch«, sagte sie mit eisiger Stimme. »Warum haben Sie sich so lange Zeit gelassen mit dem Herkommen?«

»Ich habe mir erst Mut machen müssen«, sagte er und schlürfte noch mal einen Schluck. »Aber jetzt, wo ich hier bin, wollen Sie tanzen?«

»Tanzen?«

»Ja, tanzen. Sie wissen schon, eins, zwei, drei.« Er hob seinen Hut mit der Bierflasche hoch. Sein Blick schlängelte über ihren Körper.

Sie antwortete mit kühler Stimme: »Ich dachte, Sie wollten reden.«

Zuerst schien er etwas verwirrt, dann grinste er anzüglich. »Wir können reden, soviel du willst, Schätzchen.« Er stellte seine Bierflasche auf den Tisch und streckte ihr seine Hand entgegen. »Mein Laster steht direkt vor der Tür.«

Das war nur ein Cowboy, der sie aufreißen wollte! Alex wusste nicht, ob sie lachen oder schreien sollte. Sie sammelte rasch ihre Sachen ein und eilte zur Tür. »He, warte mal. Wo willst du denn hin?«

Er und alle anderen im Last Chance waren sehr verwundert gewesen. Jetzt lief sie auf dem abgetretenen Teppich hin und her und machte sich bittere Vorwürfe über ihre Naivität. Reede oder einem der Mintons war es zuzutrauen, dass sie einem arbeitslosen Cowboy ein paar Dollar zusteckten, damit er sie anrief und sie auf eine falsche Spur lockte.

Sie kochte immer noch innerlich, als ein paar Minuten später ihr Telefon klingelte. Sie riss den Hörer hoch. »Hallo?«

»Halten Sie mich für verrückt?«, keuchte die vertraute Stimme.

»Wo waren Sie?«, schrie sie. »Ich hab fast eine Stunde in dieser miesen Pinte gewartet.«

»War der Sheriff die ganze Zeit da?«

»Was sagen Sie da? Reede war nicht da.«

»Hören Sie, Lady, ich weiß, was ich gesehn hab. Reede Lambert hat Sie beschattet. Oh ja, er ist weitergefahren, aber am Ende der Straße hat er gewendet. Ich hab nicht mal angehalten. Es wäre gar nicht gut, wenn Lambert uns zwei zusammen sehn würde.«

»Reede ist mir gefolgt?«

»Verdammt richtig. Mit dem Gesetz hab ich nicht gerechnet, schon gar nicht damit, dass mir Lambert im Nacken saß, wie ich Sie angerufen hab. Er ist ganz dicke mit diesen Mintons. Am liebsten würde ich die ganze gottverdammte Geschichte abblasen.«

»Nein, nein«, sagte Alex hastig. »Ich hab nicht gewusst, dass Reede in der Nähe war. Wir werden uns woanders treffen. Nächstes Mal werde ich mich versichern, dass er mir nicht folgt.«

»Na ja…«

»Andererseits, wenn das, was Sie mir erzählen wollen, gar nicht so wichtig ist…«

»Ich hab gesehn, wer's getan hat, Lady.«

»Wo können wir uns treffen? Und wann?«

Er nannte eine andere Bar, die noch zwielichtiger klang als das Last Chance. »Gehn Sie diesmal nicht rein. Auf der Nordseite des Gebäudes wird ein roter Pick-up parken. Ich werd drinsitzen.«

»Ich bin da, Mr. – äh, könnten Sie mir nicht wenigstens Ihren Namen sagen?«

»Nein.«

Er legte auf. Alex fluchte. Sie sprang aus dem Bett, ging zum Fenster und riss die Vorhänge zurück wie der Stierkämpfer sein Cape auf dem schrecklichen Kunstwerk an der Wand.

Sie kam sich entsetzlich dumm vor, als sie sah, dass der einzige Wagen in der Nähe ihres Zimmers ihr eigener war – und keine Spur von dem schwarz-weißen Blazer. Sie schloss die Vorhänge, ging zurück zum Telefon und drückte wutentbrannt eine Nummer. Sie ärgerte sich so nachhaltig über Reede, weil er den Augenzeugen verschreckt hatte, dass sie am ganzen Körper zitterte.

»Büro des Sheriffs.«

»Ich möchte Sheriff Lambert sprechen.«

»Er ist bereits nach Hause gegangen«, informierte man sie. »Ist es ein Notfall?«

»Wissen Sie, wo er ist?«

»Zu Hause, denk ich.«

»Wie ist denn die Nummer, bitte?«

»Die wird nicht ausgegeben.«

»Hier spricht Miss Gaither. Ich muss Sheriff Lambert noch heute Abend sprechen. Es ist sehr wichtig. Wenn's nötig ist, könnte ich ihn über die Mintons finden, aber ich möchte sie nur ungern stören.«

Namen von wichtigen Leuten konnten Wunder wirken. Sie bekam die Nummer ohne weitere Verzögerung und machte sich daran, der hinterlistigen Überwachung durch den Sheriff sofort ein Ende zu setzen.

Ihre Entschlossenheit erhielt einen Dämpfer, als sich eine weibliche Stimme am Telefon meldete.

»Da fragt eine Frau nach dir.« Nora Gail reichte Reede den Hörer. Ihre perfekt geschminkten Brauen hoben sich fragend. Er hatte gerade das Feuer im Kamin aufgestockt, wischte sich die Hände am Hosenboden ab und ignorierte ihren fragenden Blick, als er den Hörer nahm.

»Ja, Lambert hier.«

»Alex am Apparat.«

Er wandte seinem Gast den Rücken zu. »Was wollen Sie?«

»Ich möchte wissen, warum Sie mir heute Abend gefolgt sind.«

»Woher wissen Sie, wo ich war?«

»Ich … ich hab Sie gesehn.«

»Nein, das haben Sie nicht. Was, zum Teufel, hatten Sie in einer so miesen Kneipe zu suchen?«

»Ich wollte was trinken.«

»Und da haben Sie ausgerechnet das Last Chance gebraucht?«, frotzelte er. »Baby, Sie sehen nicht gerade aus wie die übliche Stammkundschaft dort. In dieser Absteige verkehrt nur Gesindel, das sich mit frustrierten Hausfrauen amüsieren will. Also entweder sind Sie dorthin gegangen, um gebumst zu werden oder um jemanden heimlich zu treffen. Was trifft zu?«

»Ich war geschäftlich dort.«

»Also wollten Sie sich mit jemandem treffen. Wem? Sie sollten es mir lieber sagen, Alex, denn wer immer es war, hat Angst gekriegt, als er mich vorfand.«

»Sie geben zu, dass Sie mir gefolgt sind?« Reede schwieg hartnäckig. »Das ist nur eins der vielen Themen, die wir uns gleich morgen früh vornehmen werden.«

»Tut mir leid. Morgen ist mein freier Tag.«

»Es ist wichtig.«

»Das ist Ihre Meinung.«

»Wo werden Sie sein?«

»Ich sagte Nein, Miss Gaither.«

»Sie haben keine Wahl.«

»Quatsch. Ich hab morgen dienstfrei.«

»Ich aber nicht.«

Er wetterte und stöhnte erbost, sehr deutlich, damit sie es gut hören konnte. »Wenn der Boden auftaut, bin ich auf der Trainingsbahn der Mintons.«

»Ich finde Sie.«

Ohne ein weiteres Wort ließ er den Hörer auf die Gabel fallen. Er hatte sie eingekesselt und wusste es. Er hatte gehört, wie ihr der Atem stockte bei seiner Frage, woher sie von der Beschattung wisse. Wer immer es gewesen war, den sie hatte treffen wollen, er hatte kalte Füße gekriegt. Wer? Junior? Es war erschreckend, wie sehr ihm diese Vorstellung missfiel.

»Wer war das?«, fragte Nora Gail und rückte den üppigen weißen Nerz über ihren Schultern zurecht. Ihr perlenbestickter Pullover hatte ein tiefes Dekolleté. Sie füllte ihn beachtlich aus und noch ein bisschen drüber. Zwischen ihren Brüsten ruhte ein Opal so groß wie ein Silberdollar. Die Goldkette, an der er in einer prachtvollen Diamantfassung hing, war einen Zentimeter dick.

Sie nahm eine schwarze Zigarette aus einem achtzehnkarätigen Goldetui. Reede griff nach ihrem passenden Feuerzeug und hielt es an die Zigarette. Sie legte ihre Hand darum. Der Ring auf ihrer molligen, gepflegten Hand funkelte. »Danke, Schatz.«

»Gern geschehen.« Er warf das Feuerzeug zurück auf den Küchentisch und setzte sich wieder auf den Stuhl ihr gegenüber.

»Das war Celinas Mädchen, nicht wahr?«

»Und wenn?«

»Ah.« Sie machte einen rubinroten Schmollmund und blies eine Rauchfahne an die Decke. »Die hat bestimmt heiße Ohren gekriegt.« Sie deutete mit ihrer Zigarette auf den Brief, der auf dem Tisch lag. »Was hältst du davon?«

Reede nahm den Brief und las ihn noch einmal, obwohl seine Botschaft bereits beim ersten Mal kristallklar war. Er forderte Alex Gaither auf, ihre Ermittlungen einzustellen und alle Bemühungen, Angus Minton, Junior Minton und Reede Lambert strafrechtlich zu verfolgen, abzubrechen.

Jedem der drei Männer wurde von den Unterzeichnern, einer Gruppe besorgter Bürger, darunter auch sein Besuch, ein hervorragender Charakter bescheinigt. Sie waren nicht nur um ihre bedauernswerten Nachbarn besorgt, die sich in dieser misslichen Lage befanden, sondern auch um sich selbst und ihre Geschäftsinteressen, sollte die Rennbahnlizenz aufgrund von Miss Gaithers unbegründeter Untersuchung zurückgezogen werden.

Dem Sinn nach ermahnte dieser Brief sie, sich auf der Stelle zu verabschieden, damit man sich endlich dem Geschäft widmen konnte, gute Profite durch die gesteigerten Einkünfte, die die Rennbahn der Gemeinde bringen würde, vorzubereiten. Nachdem Reede den Brief ein zweites Mal überflogen hatte, faltete er ihn wieder zusammen und steckte ihn zurück in den Umschlag. Er war an Alex im Westerner Motel adressiert.

Reede machte keine Bemerkung zum Inhalt, sondern fragte: »War das deine Idee?«

»Ich hab die Idee mit ein paar anderen durchgekaut.«

»Hört sich an wie einer deiner Geistesblitze.«

»Ich bin eine umsichtige Geschäftsfrau. Das weißt du. Die anderen fanden die Idee gut und machten mit. Wir alle haben der Endversion zugestimmt. Ich hab vorgeschlagen, dass wir uns deinen Kommentar einholen, bevor wir ihr das Ding schicken.«

»Warum?«

»Du hast wahrscheinlich mehr Zeit mit ihr verbracht als irgendjemand anders in der Stadt. Wir dachten, du weißt vielleicht, wie sie reagieren wird.«

Er musterte einige Zeit ihre unbewegte Miene. Sie war verschlagen wie ein Fuchs. Nicht Dummheit oder Leichtsinn hatte sie so reich gemacht, wie sie war. Reede mochte sie, hatte sie schon immer gemocht. Er schlief regelmäßig mit ihr, zu beiderseitiger Zufriedenheit. Aber er traute ihr nicht.

Jemandem wie ihr zu viele Informationen zuzuspielen wäre nicht nur unmoralisch, sondern auch schlicht und einfach naiv. Er war abgebrüht genug, nicht auf sie reinzufallen; es gehörte schon etwas mehr dazu als eine ungehinderte Aussicht auf ihr Dekolleté, um seine Zunge zu lösen.

»Da könnten wir jetzt gemeinsam raten, wie sie reagieren wird«, sagte er ruhig. »Wahrscheinlich wird sie überhaupt nicht reagieren.«

»Und das heißt?«

»Das heißt, ich bezweifle, dass sie ihre Koffer packen und nach Austin abdampfen wird, sobald sie das gelesen hat.«

»Die hat Mut, was?«

Reede zuckte die Achseln.

»Stur?«

Er lächelte sarkastisch. »So könnte man es sagen, ja. Sie ist verdammt stur.«

»Dieses Mädchen macht mich neugierig.«

»Warum?«

»Weil du jedes Mal, wenn ihr Name fällt, die Stirn runzelst.« Sie blies wieder einen Strom beißenden Rauchs an die Decke und sah ihm scharf in die Augen. »Du runzelst jetzt auch die Stirn, Süßer.«

»Gewohnheit.«

»Sieht sie aus wie ihre Mutter?«

»Nur ein bisschen«, sagte er gedehnt. »Es gibt eine Ähnlichkeit, mehr nicht.«

Ihr Lächeln war langsam, katzenhaft, verschlagen. »Sie geht dir nicht aus dem Kopf, was?«

»Verdammt ja«, brüllte er. »Sie versucht mich ins Gefängnis zu bringen. Könntest du das so einfach vergessen?«

»Nicht, wenn ich schuldig wäre.«

Reede biss die Zähne zusammen. »Also schön. Ich habe deinen Brief gelesen und dir meine Meinung gesagt. Warum schwingst du deinen Hintern nicht aus meinem Haus?«

Seine Wut beeindruckte sie nicht. Sie drückte in aller Ruhe ihre Zigarette in seinem Blechaschenbecher aus, zog ihren Pelzmantel hoch und stand auf. Hierauf sammelte sie Zigaretten, Feuerzeug und den Brief an Alex ein und steckte alles zurück in ihre Handtasche. »Ich weiß aus Erfahrung, Mr. Reede Lambert, dass du meinen Hintern ziemlich toll findest.«

Reedes schlechte Laune war wie weggeblasen. Er kniff sie lachend in den Po und sagte: »Du hast recht. Das ist er.«

»Freunde?«

»Freunde.«

Er stand ihr gegenüber, und sie strich mit der Hand über seinen Bauch und griff nach seinem Schwanz. Er war stattlich und fest, aber nicht eregiert. »Es ist eine kalte Nacht, Reede«, gurrte sie. »Soll ich bleiben?«

Er schüttelte den Kopf. »Wir haben uns vor langer Zeit drauf geeinigt, dass ich zu dir komme, wenn ich vögeln will, damit wir unsere Freundschaft erhalten.«

Sie schmollte: »Warum haben wir das eigentlich vereinbart?«

»Weil ich der Sheriff bin und du ein Freudenhaus führst.«

Ihr Lachen war kehlig und sexy. »Verdammt richtig, das tu ich. Das beste und profitabelste im ganzen Land. Auf jeden Fall hab ich dich neulich Nacht gut verarztet, wie ich sehe.« Sie massierte seinen Schwanz durch die Jeans, aber ohne Ergebnis.

»Ja, danke.«

Die Puffmutter ließ ihn lächelnd los und ging zur Tür. Sie wandte sich noch einmal um: »Warum hattest du's denn so eilig? Ich hab dich nicht mehr so aus dem Häuschen gesehen, seit du von einem gewissen Soldaten namens Gaither in El Paso gehört hast.«

Reedes Augen wurden dunkler, bedrohlicher grün. »Eile war da nicht. Ich war bloß spitz.«

Sie lächelte wissend und tätschelte seine stoppelige Wange. »Du musst dir schon eine bessere Lüge ausdenken, Reede Schätzchen, wenn du mir was vormachen willst, ich kenne dich in- und auswendig.« Sie ging hinaus, und ihre Stimme tönte aus der Dunkelheit hinter seiner Tür. »Drifte uns nicht ab, hörst du, Süßer?«

16

Der Eisregen hatte aufgehört, aber es war immer noch sehr kalt. Gefrorene Pfützen knirschten unter Alex' Stiefeln, als sie sich vorsichtig von ihrem Wagen zur Trainingsbahn vorwärts tastete. Die Sonne, die sich in den letzten Tagen sehr rar gemacht hatte, blendete sie jetzt. Der Himmel war strahlend blau. Flugzeuge, kaum größer als Stecknadelköpfe, zogen weiße Linien über den Himmel, die den endlosen weißen Zäunen, die auf der Minton Ranch Koppeln und Weiden voneinander trennten, glichen.

Der Boden zwischen der Kiesstraße und der Trainingsbahn wimmelte von Unebenheiten. Schwere Reifen hatten im Lauf der Jahre tiefe Furchen gegraben. Einige Stellen waren schlammig, da wo das Eis bereits den Strahlen der Sonne zum Opfer gefallen war.

Alex hatte sich passend angezogen, mit alten Stiefeln und Jeans. Obwohl sie Handschuhe trug, blies sie in ihre Hände, um sie zu wärmen. Dann holte sie ihre Sonnenbrille raus, um sich vor dem grellen Licht zu schützen, und beobachtete Reede durch die dunklen Gläser. Er stand am Zaun und stoppte die Zeiten der Pferde mit Hilfe der Zeitnahmeposten, die nach jeder sechzehntel Meile aufgestellt waren.

Sie blieb einen Moment stehen, um ihn unbemerkt betrachten zu können. Heute trug er statt der ledernen Bomberjacke einen langen, hellen Staubmantel. Ein Fuß ruhte auf dem niedrigsten Balken des Zaunes, eine Stellung, die seinen schmalen Hintern und seine langen Schenkel gut zur Geltung brachte.

Seine Stiefel waren abgestoßen und runtergetreten, die Jeans sauber, aber die Säume ausgefranst und fast weiß gebleicht. Ihr kam der Gedanke, dass die Reißverschlüsse aller seiner Jeans gleich abgewetzt waren, und sie schämte sich, dass sie das bemerkt hatte.

Seine Arme lagen auf den obersten Balken, und die Hände

baumelten herunter. Er trug Lederhandschuhe, dieselben, die er an jenem Abend getragen hatte, an dem er sie an sich gezogen und gehalten hatte, während sie weinte. Es war seltsam und irgendwie beunruhigend, sich zu erinnern, wie seine Hände über ihren Rücken geglitten waren und sie nur ein Frotteemantel von ihrer Nacktheit getrennt hatte. Eine Stoppuhr lag in der Hand, die ihren Kopf umfangen und an seine Brust gedrückt hatte.

Er hatte denselben Cowboyhut auf, mit dem sie ihn das erste Mal gesehen hatte, tief ins Gesicht gezogen. Dunkelblonde Haare streiften den Kragen seines Mantels. Als er den Kopf drehte, sah sie, wie klar die Linien seines Profils waren, da gab es nichts Verschwommenes, Vages. Wenn er atmete, bildete sich Dampf um seine Lippen, die ihr Haar geküsst hatten, als er sie bei der Auskunft über Celinas Leiche trösten wollte.

»Lasst sie rennen«, schrie er den Trainingsreitern zu. Seine Stimme war so maskulin wie der ganze Mann. Gleichgültig, ob er Befehle brüllte oder kühle Bemerkungen machte, sie löste immer ein Kribbeln auf ihrer Haut aus.

Die Pferde stürmten heran, mit donnernden Hufen, Torfklumpen flogen, die der Bahnbereiter heute Morgen gelockert hatte. Aus geblähten Nüstern strömten Dampfwolken. Schließlich zügelten die Reiter sie zum Schritt und machten sich auf den Weg in Richtung Stall. Reede rief einem zu: »Ginger, wie läuft er?«

»Ich habe ihn zurückgehalten. Er strotzt vor Kraft.«

»Lass ihm seinen Willen. Er will rennen. Geh eine Runde im Schritt, dann lass ihn wieder laufen.«

»Okay.«

Der winzige Reiter, eine Frau, wie Alex erst jetzt erkannte, tippte sich mit der Gerte an die Kappe und dirigierte ihr prachtvolles Pferd zurück auf die Bahn.

»Wie heißt er denn?«

Reede drehte den Kopf. Er durchbohrte Alex mit Augen, die nur durch die Hutkrempe vor der Sonne geschützt waren. Er hatte sie leicht zusammengekniffen, was sehr attraktive Lachfältchen im Umkreis bildete. »Sie ist ein Mädchen.«

»Das Pferd?«

»Oh. Das Pferd heißt Double Time.«

Alex stellte sich zu ihm an den Zaun und legte ihre Arme auf den obersten Balken. »Gehört er Ihnen?«

»Ja.«

»Ein Sieger?«

»Er liefert mein Taschengeld.«

Alex sah sich die Reiterin an, die im Sattel kauerte. »Sie weiß anscheinend genau, was sie zu tun hat«, bemerkte sie. »Das ist ein Haufen Pferd für eine so winzige Person.«

»Ginger ist einer von Mintons besten Galoppjungs – so nennt man sie.« Seine Aufmerksamkeit richtete sich wieder auf das Pferd und die Reiterin, die jetzt in vollem Galopp die Bahn entlangfegten. »Komm, Junge, los, komm«, flüsterte er. »So ist's gut, wie ein echter Profi.« Er jubelte, als Double Time an ihnen vorbeidonnerte, ein Kondensstreifen aus Muskeln, Geschicklichkeit und immenser Kraft.

»Gute Arbeit«, sagte Reede zu der Reiterin, als sie das Pferd wendete.

»Besser?«

»Einige Sekunden besser.«

Dem Pferd spendete Reede ausgiebigeres Lob. Er tätschelte es liebevoll und redete in einem Kauderwelsch mit ihm, das es aber zu verstehen schien. Der Hengst tänzelte fröhlich, mit peitschendem Schwanz. Er wusste, dass ihn im Stall ein Belohnungsfrühstück erwartete, weil er für seinen Besitzer eine so überzeugende Vorstellung gegeben hatte.

»Sie verstehen sich anscheinend wunderbar mit ihm«, bemerkte Alex.

»Ich war dabei an dem Tag, als sein Vater die Stute deckte. Ich war da, als er zur Welt kam. Sie dachten, er wäre ein Dummy, und wollten ihn einschläfern.«

»Ein was?«

»Ein Dummy ist ein Fohlen, das während der Geburt zu

wenig Sauerstoff gekriegt hat.« Er schüttelte den Kopf und sah dem Pferd nach, das jetzt in den Stall geführt wurde. »Ich war nicht der Meinung und hatte recht. Seinem Stammbaum nach besaß er vorzügliche Anlagen. Und er ist gut geworden. Er hat mich nie enttäuscht, rennt jedes Mal bis zum Umfallen, selbst wenn die anderen um Klassen besser sind.«

»Sie haben guten Grund, stolz auf ihn zu sein.«

»Schon möglich.«

Alex ließ sich von seiner scheinbaren Gleichgültigkeit nicht täuschen. »Nehmen Sie die Pferde immer so hart ran?«

»Nein, heute haben wir sie richtig gegeneinander laufen lassen, um zu sehen, wie sie im Wettbewerb sind. Viermal die Woche galoppieren sie ein- oder zweimal rund um die Bahn. So was wie joggen. Wenn sie gegeneinander gelaufen sind, werden sie anschließend zwei Tage nur im Schritt bewegt.«

Er wandte sich ab und ging auf ein gesatteltes Pferd zu, das an einen Zaunpfosten gebunden war. »Wohin wollen Sie?«

»Nach Hause!« Er stieg mit der lässigen Anmut eines Cowboys auf.

»Ich muss mit Ihnen reden«, rief Alex hastig.

Er beugte sich runter und streckte ihr seine Hand entgegen. »Steigen Sie auf.« Seine grünen Augen blitzten herausfordernd unter der Hutkrempe hervor.

Sie schob ihre Sonnenbrille höher auf die Nase und ging forsch auf das Pferd zu, obwohl ihr gar nicht danach zumute war.

Das Schwierigste war, Reedes Hand zu packen. Er zog sie mühelos hoch, aber es blieb ihr überlassen, sich zwischen seinem Hintern und dem abfallenden Ende des Sattels zu platzieren.

Das allein war schon beunruhigend genug, aber als er dem Pferd die Sporen gab, wurde Alex auch noch gegen seinen breiten Rücken geworfen und musste die Arme um seine Taille legen, wenn sie nicht abrutschen wollte. Sie achtete darauf, dass ihre Hände ein gutes Stück über seinem Gürtel saßen. Ihre Gedanken waren weniger leicht zu kontrollieren, sie wanderten immer wieder zu seinem abgeschabten Reißverschluss.

»Warm genug?«, fragte er über die Schulter.

»Ja«, log sie.

Sie hatte gedacht, sein langer weißer Staubmantel mit der tiefen Falte im Rücken wäre nur Show. Sie hatte noch nie so einen außerhalb eines Clint-Eastwood-Films gesehen. Aber jetzt wurde ihr klar, dass dieser Mantel dafür gedacht war, die Schenkel des Reiters warm zu halten.

»Mit wem waren Sie gestern Abend in der Bar verabredet?«

»Das ist meine Sache, Reede. Warum sind Sie mir gefolgt?«

»Das ist meine Sache.«

Stecken geblieben. Für den Augenblick ließ sie es auf sich beruhen. Sie hatte eine Litanei von Fragen, die sie ihm stellen wollte, aber es war schwierig, sich auf diese Aufgabe zu konzentrieren, wenn ihr Unterleib mit jeder schaukelnden Bewegung des Pferdes gegen seine Hüften stieß. Sie platzte einfach mit der ersten Frage, die ihr in den Sinn kam, heraus. »Wie sind meine Mutter und Sie so gute Freunde geworden?«

»Wir sind zusammen aufgewachsen. Es begann am Schulspielplatz und entwickelte sich weiter, als wir älter wurden.«

»Und ihr habt nie Probleme gehabt?«

»Nein. Wir hatten nie Geheimnisse voreinander. Wir haben sogar ein paarmal Doktor gespielt.«

»Ich zeig dir meins, wenn du mir deins zeigst?«

Er grinste. »Sie haben anscheinend auch Doktor gespielt.«

Alex ließ sich nicht ködern, sie wusste, dass er versuchte, sie abzulenken. »Ich nehme an, Sie beide sind diesem Stadium irgendwann entwachsen.«

»Wir haben nicht mehr Doktor gespielt, richtig, aber wir haben über alles geredet. Zwischen Celina und mir war kein Thema tabu.«

»Aber ist das nicht eine Beziehung, die ein Mädchen normalerweise mit einem anderen Mädchen hat?«

»Normalerweise schon, aber Celina hatte nicht viele Freundinnen. Die meisten Mädchen waren eifersüchtig auf sie.«

»Warum?« Alex kannte die Antwort bereits, bevor er die Schultern hob, eine Bewegung, bei der sein Schulterblatt über ihre Brust rieb, was ihr fast die Sprache verschlug. Sie musste sich zwingen zu fragen: »Das war wegen Ihnen, stimmt's? Wegen ihrer Freundschaft mit Ihnen?«

»Vielleicht. Und außerdem war sie das hübscheste Mädchen weit und breit. Die meisten anderen betrachteten sie als Rivalin, nicht als Freundin. Festhalten«, warnte er, bevor er das Pferd in ein trockenes Bachbett trieb.

Die Schwerkraft ließ sie vornüberkippen, näher an ihn. Instinktiv klammerte sie sich fester. Er machte ein grunzendes Geräusch. »Was ist los?«, fragte sie.

»Nichts.«

»Es hörte sich an, als täte Ihnen etwas weh.«

»Wenn Sie ein Typ wären, der auf einem Pferd einen steilen Abhang hinunterreitet und das Sattelhorn Ihre Männlichkeit langsam zerquetscht, würden Sie auch grunzen.«

»Oh.«

»Verflucht«, fluchte er leise.

Betretenes Schweigen herrschte, nur unterbrochen vom Klopfen der Hufe, während sich das Pferd vorsichtig über den felsigen Boden tastete, bis sie wieder auf ebener Fläche waren. Alex vergrub ihr Gesicht im flanellgefütterten Kragen seines Mantels, um ihre Schamröte zu verstecken und sich vor dem kalten Wind zu schützen. »Mutter ist also mit allen Problemen zu Ihnen gekommen«, sagte sie.

»Ja. Wenn nicht, dann wusste ich, dass etwas nicht stimmte, und bin zu ihr gegangen. Eines Tages kam sie nicht zur Schule. Ich hab mir Sorgen gemacht und bin in der Pause zu ihr nach Haus. Ihre Großmutter war in der Arbeit, also war Celina allein zu Hause. Sie hatte geweint. Ich hab Angst gekriegt und hab mich geweigert zu gehen, bis sie mir gesagt hat, was los war.«

»Und was war passiert?«

»Sie hatte das erste Mal ihre Periode gekriegt.«

»Oh.«

»Soweit ich feststellen konnte, hat Mrs. Graham ihr eingeredet, sie müsste sich deswegen schämen. Sie hat ihr lauter Horrorgeschichten über Evas Fluch erzählt – und lauter solchen Mist.« Seine Stimme klang vorwurfsvoll. »Hat sie das bei Ihnen auch gemacht?«

Alex schüttelte den Kopf, verblieb aber im Schutz seines Kragens. Sein Hals war warm und roch nach ihm. »Sie war nicht ganz so streng. Vielleicht war Großmama etwas besser aufgeklärt, als ich in die Pubertät kam.« Reede zügelte das Pferd und stieg ab. Erst jetzt merkte Alex, dass sie an einem kleinen Holzhaus angekommen waren. »Und wie ging es mit Mutter weiter?«

»Ich hab sie getröstet und ihr gesagt, das wäre normal und kein Grund, sich zu schämen. Sie wäre jetzt offiziell eine Frau geworden.« Er schlang die Zügel um einen Pfosten.

»Hat es funktioniert?«

»Ich denke schon. Sie hat aufgehört zu weinen und ...«

»Und ...?« Alex drängte ihn weiterzureden. Ihr war klar, dass er den wichtigsten Teil der Geschichte weggelassen hatte.

»Nichts. Schwingen Sie Ihr Bein rüber.« Er packte mit sicheren, starken Händen ihre Taille und hob sie vom Pferd.

»Noch etwas, Reede.«

Sie klammerte sich an die Ärmel seines Mantels. Sein Mund war schmal, hartnäckig verschlossen, die Lippen rau, ungeheuer maskulin. Sie erinnerte sich an das Zeitungsbild, auf dem er Celina küsste, als sie zur Königin gekrönt wurde. Wie zuvor brandete eine Woge von Hitze durch ihren Leib.

»Sie haben sie geküsst, nicht wahr?«

Er machte eine eckige Bewegung mit der Schulter. »Ich hatte sie schon öfter geküsst.«

»Aber das war der erste richtige Kuss, stimmt's?«

Er ließ sie los, überquerte die niedrige Veranda und stieß die Tür auf. »Sie können reinkommen oder nicht«, brummelte er vor sich hin. »Ihre Entscheidung.«

Er verschwand durch die Tür, ließ sie aber offen. Alex folgte ihm zögernd, aber neugierig. Die Haustür führte direkt ins Wohnzimmer. Durch einen offenen Bogen zur Linken sah sie eine Essnische und die Küche. Ein Gang auf der gegenüberliegenden Seite führte wahrscheinlich zum Schlafzimmer. Sie hörte, wie er sich dort zu schaffen machte. Gedankenverloren schloss sie die Haustür hinter sich, legte Sonnenbrille und Handschuhe ab und sah sich um: unverkennbar das Haus eines Junggesellen. Die Möbel waren bequem und praktisch arrangiert, ohne Rücksicht auf dekoratives Flair. Er hatte seinen Hut auf den Tisch gelegt und Mantel und Handschuhe auf einen Haufen geworfen. Es lag nichts herum, aber die Bücherregale flossen über, so als würde jemand alles, was störte, da hineinstopfen. Die Ecken der Decke blitzten voller Spinnweben in der Sonne, die sich durch die staubigen Rollläden hereinstahl.

Er kam mit einer Pilotenbrille in der Hand zurück und sah, wie sie eine der Spinnweben betrachtete. »Lupe schickt alle paar Wochen eine von ihren Nichten hier raus. Es ist mal wieder so weit.« Es war eine Erklärung, aber keineswegs eine Ausrede oder Entschuldigung. »Wie wär's mit einem Kaffee?«

»Bitte.«

Er ging in die Küche. Alex marschierte im Zimmer auf und ab und stampfte mit den Füßen auf, um ihren Kreislauf wieder in Schwung zu bringen und ihre eisigen Füße zu wärmen. Eine große Trophäe in einem der eingebauten Bücherregale erregte ihre Aufmerksamkeit. »Dem besten Spieler des Jahres« war darauf in Druckbuchstaben eingraviert, daneben Reedes Name und das Datum.

»Hat er die richtige Farbe?« Er war lautlos zurückgekommen und stand hinter ihr. Sie drehte sich um, und er reichte ihr eine Kaffeetasse. Er hatte tatsächlich schon Milch hineingegossen.

»Wunderbar, danke.« Sie deutete mit dem Kopf auf die Trophäe: »Ihr Abschlussjahr, stimmt's?«

»Hmm.«

»Wirklich eine große Ehre.«

»Schon möglich.«

Alex fiel auf, dass er sich immer hinter dieser Phrase verschanzte, wenn er ein Gespräch beenden wollte. Ansonsten blieb er nach wie vor ein Rätsel. »Sie sind sich nicht sicher, ob das eine Ehre war?«

Er ließ sich in einen Sessel fallen und streckte die Beine aus. »Ich war damals der Meinung und bin es auch jetzt noch, dass ich ein gutes Team im Hintergrund hatte. Die anderen aufgestellten Spieler waren genauso tüchtig wie ich.«

»Auch Junior?«

»Er war einer von ihnen, ja«, erwiderte er, gleich wieder in Harnisch.

»Aber Sie haben den Preis gewonnen und nicht Junior.«

Er fixierte sie mit grimmigen Augen. »Soll das etwa was heißen?«

»Ich weiß es nicht. Sagen Sie's mir.«

Er lachte ungeduldig auf. »Lassen Sie diese Anwaltsspielchen und sagen Sie einfach, was Ihnen durch den Kopf geht.«

»Okay.« Sie stützte sich an die gepolsterte Lehne des Sofas, sah ihm direkt in die Augen und fragte: »War Junior sauer, dass Sie die Trophäe als bester Spieler des Jahres gekriegt haben?«

»Fragen Sie ihn.«

»Vielleicht werde ich das. Ich werde auch Angus fragen, ob es ihm etwas ausgemacht hat.«

»Angus hätte am Abend des Banketts gar nicht stolzer sein können.«

»Nur war nicht sein Sohn zum besten Spieler nominiert worden, sondern Sie.«

Sein Gesicht wurde steinern. »Sie reden ganz schön viel Scheiß, wissen Sie das?«

»Ich bin überzeugt, Angus war stolz auf Sie, hat sich für Sie gefreut, aber Sie können doch nicht erwarten, dass ich Ihnen abnehme, er hätte es nicht lieber gesehen, wenn Junior die Trophäe gewonnen hätte.«

»Sie können von mir aus glauben, was Sie wollen. Mir ist das scheißegal.« Er leerte seine Kaffeetasse in drei Zügen, stellte sie auf den niedrigen Couchtisch vor sich und stand auf. »Fertig?«

Sie stellte ebenfalls ihre Tasse weg, machte aber keine Anstalten aufzubrechen. »Warum sind Sie denn so empfindlich, was das angeht?«

»Nicht empfindlich, gelangweilt.« Er beugte sich vor, bis sein Gesicht dicht vor ihrem war. »Diese Trophäe ist ein fünfundzwanzig Jahre altes Stück angelaufener Schrott, das nur als Staubfänger taugt.«

»Warum haben Sie's dann all die Jahre aufgehoben?«

Er fuhr sich mit den Fingern durchs Haar. »Hören Sie, das Ding hat jetzt überhaupt keine Bedeutung mehr.«

»Aber damals schon.«

»Herzlich wenig. Nicht genug, um mir ein Sportstipendium zu verschaffen, mit dem ich gerechnet hatte, um aufs College zu kommen.«

»Was haben Sie dann gemacht?«

»Ich bin trotzdem gegangen.«

»Wie?«

»Mit einem Darlehen.«

»Vom Staat?«

»Nein, mit einem privaten«, wich er der Frage aus.

»Wer hat Ihnen das Geld geliehen, Angus?«

»Und wenn? Ich hab ihm jeden Scheiß-Cent davon zurückbezahlt.«

»Indem Sie für ihn arbeiteten?«

»Bis ich ME verlassen habe.«

»Warum sind Sie weggegangen?«

»Weil ich meine Schulden abbezahlt hatte und etwas anderes machen wollte.«

»Das war unmittelbar nach dem College?«

Er schüttelte den Kopf. »Nach der Air Force.«

»Sie waren in der Luftwaffe?«

»Vier Jahre Offiziersausbildung während des Colleges, dann aktiver Dienst nach dem Examen. Sechs Jahre lang hat mein Arsch unserem lieben Staat, Uncle Sam, gehört. Zwei Jahre davon hab ich damit verbracht, Schlitzaugen in Vietnam zu bombardieren.«

Alex hatte nicht gewusst, dass er im Krieg gewesen war, aber sie hätte es ahnen müssen. Er war damals gerade im einzugsfähigen Alter gewesen. »Hat Junior auch gedient?«

»Junior im Krieg? Können Sie sich das vorstellen?« Er schnitt eine Grimasse. »Nein, er ist nicht dabei gewesen. Angus hat ein paar Beziehungen spielen lassen und ihn in die Reserve reingebracht.«

»Warum nicht auch Sie?«

»Ich wollte es nicht. Ich wollte zur Luftwaffe.«

»Wollten Sie fliegen lernen?«

»Das konnte ich schon. Ich hatte meinen Flugschein vor dem Führerschein.«

Sie betrachtete ihn einen Augenblick lang. Die Informationen prasselten zu schnell auf sie ein, sie brauchte ein bisschen Zeit, um sie zu verdauen. »Sie sind heute Morgen aber voller Überraschungen, nicht wahr? Ich wusste gar nicht, dass Sie fliegen können.«

»Gab auch keinen Grund, warum Sie das wissen sollten, Miss Gaither.«

»Warum gibt es denn keine Fotos in Uniform von Ihnen?«, fragte sie und deutete auf das Bücherregal.

»Ich hab gehasst, was ich dort drüben tun musste. Keine Souvenirs aus der Kriegszeit, danke.« Er entfernte sich von ihr, ging zur Haustür und zog sie unmissverständlich auf.

Alex blieb, wo sie war. »Sie und Junior müssen einander gefehlt haben, als Sie sechs Jahre in der Air Force dienten.«

»Was soll denn das heißen? Glauben Sie, wir waren schwul?«

»Nein«, wehrte sie ab, allmählich war sie mit ihrer Geduld am Ende. »Ich meinte nur, dass Sie beide gute Freunde waren, die bis dahin sehr viel Zeit zusammen verbracht hatten.«

Er knallte die Tür wieder zu und schleuderte seinen Mantel in den Stuhl. »Zu der Zeit hatten wir uns dran gewöhnt, getrennt zu sein.«

»Sie waren vier Jahre zusammen auf dem College«, sie blieb am Ball.

»Nein, waren wir nicht. Wir haben gleichzeitig die Technische Hochschule in Texas besucht, aber nachdem er verheiratet war ...«

»*Verheiratet?*«

»Noch eine Überraschung?«, sagte er boshaft. »Haben Sie es nicht gewusst? Junior hat ziemlich bald nach unserem Highschool-Abschluss geheiratet.«

Nein, das hatte Alex nicht gewusst. Ihr war nicht klar gewesen, dass er so kurz nach dem Mord an Celina geheiratet hatte. Ein seltsames Timing.

»Dann haben Sie und Junior sich sehr lange nicht gesehen.«

»Richtig«, bestätigte Reede.

»Hatte der Tod meiner Mutter irgendetwas damit zu tun?«

»Vielleicht. Wir redeten nicht – konnten nicht darüber reden.«

»Warum?«

»Es war zu verdammt schwer. Was glauben Sie denn?«

»Warum war es so schwer, mit Junior zusammen zu sein und über Celinas Tod zu reden?«

»Weil wir immer ein Trio gewesen waren. Einer von uns fehlte plötzlich. Irgendwie war's ein komisches Gefühl, zusammen zu sein.«

Alex überlegte, ob es ratsam wäre, ihn noch weiter in dieser Richtung zu bedrängen, entschied sich dann dafür. »Sie waren ein Trio, ja, aber wenn es da ein überzähliges Rad am

Wagen gab, dann war das Junior, nicht Celina, richtig? Sie beide waren doch ein unzertrennliches Duo gewesen, bevor Sie ein unzertrennliches Trio wurden.«

»Verdammt, halten Sie sich aus meinem Leben raus«, fauchte er. »Sie wissen gar nichts darüber, oder über mich.«

»Es gibt keinen Grund, wütend zu werden, Reede.«

»Ach, wirklich nicht? Warum sollte ich nicht wütend werden? Sie wollen die Vergangenheit wiederauferstehen lassen, alles von meinem ersten richtigen Kuss bis zu irgendeiner Scheißfootballtrophäe, die nicht mehr wert ist als ein Haufen Pferdeäpfel, und ich soll nicht sauer werden.«

»Die meisten Leute schwelgen in Erinnerungen.«

»Ich nicht. Ich will die Vergangenheit Vergangenheit sein lassen.«

»Weil sie schmerzlich ist.«

»Ein Teil davon ist es.«

»Ist die Erinnerung daran, wie Sie meine Mutter das erste Mal richtig geküsst haben, schmerzlich?«

Er schritt auf das Sofa zu und packte sie an den Hüften, hielt sie aber von sich weg. Seine Stimme wurde weich, samtig. »Dieser Kuss geht Ihnen wohl gar nicht aus dem Kopf, was?«

Er war so überwältigend, dass sie nichts sagen konnte.

»Wenn Sie so daran interessiert sind, wie ich küsse, sollten Sie es vielleicht mal am eigenen Leib verspüren.«

Seine Hände schoben sich unter ihre Jacke, und er verschränkte sie hinter ihrem Rücken, dann zog er sie mit einem Ruck hoch. Sie prallte keuchend an seine Brust, er neigte den Kopf, und sein Mund schloss sich über ihrem.

Zuerst war sie so schockiert, dass sie sich nicht bewegte, dann stemmte sie beide Fäuste gegen ihn und versuchte den Kopf beiseite zu drehen, aber er packte ihr Kinn mit einer Hand und hielt es fest. Seine Lippen rieben ihre geschickt, dann stieß er seine Zunge dazwischen. Er küsste sie gründlich, seine Zunge erforschte jeden Winkel ihres Mundes und stieß immer wieder tief in ihren Hals. Seine Lippen waren aufgesprungen, sie spürte die raue Oberfläche auf den ihren und den erregenden Kontrast des seidigen Fleisches dahinter.

Vielleicht hatte sie vor Überraschung und Begierde leise gestöhnt. Vielleicht hatte sich ihr Körper an den seinen geschmiegt, war mit einem Mal nachgiebig und gefügig geworden. Vielleicht hatte er ein leises, hungriges, knurrendes Geräusch gemacht, tief in seiner Kehle. Aber vielleicht hatte sie sich auch alles nur eingebildet.

Aber das kribbelnde Gefühl zwischen ihren Schenkeln, das Zittern ihrer Brüste hatte sie sich nicht eingebildet und auch nicht die Hitze, die sich wie schmelzende Butter in ihrem Leib ausbreitete. Genauso wenig war der wunderbare, erstaunliche Geschmack seines Mundes Einbildung oder der Duft von Wind und Sonne in seiner Kleidung.

Er hob den Kopf und sah in ihre benommenen Augen. Die seinen waren ein Spiegel ihrer Verwirrung. Doch das schiefe Lächeln deutete auf Ironie. »Nur damit Sie nicht meinen, Sie wären zu kurz gekommen«, murmelte er.

Er bedeckte ihre feuchten Lippen mit weichen, schnellen Küssen, dann strich seine Zunge zart und herausfordernd über sie, bohrte sich frech in ihren Mundwinkel, was ihren Bauch erbeben und flattern ließ.

Dann öffnete sich sein Mund und bemächtigte sich des ihren. Seine Zunge versank darin, ein Eindringling, auf den sie instinktiv reagierte. Er ließ sich genüsslich Zeit bei der Liebkosung, dann glitten seine Hände ihren Rücken hoch, arbeiteten sich seitlich zu ihren Brüsten vor. Er rieb sie sanft mit den Handballen und weckte die Sehnsucht nach einer Berührung ihrer Spitzen. Aber sie strichen hinunter zu ihrem Po, umfingen ihn, zogen ihre Hüften an seine. Seine Hüften bewegten sich im Takt mit seiner Zunge, ein Kommen und Gehen, das ihren Appetit auf Erfüllung weckte und ihren Widerstand endgültig untergrub.

Doch bevor sie sich der köstlichen Schwäche hingab, die sich ihrer bemächtigte, ließ er sie abrupt los und flüsterte ihr zu: »Neugierig, was ich normalerweise als Nächstes mache?«

Alex wich hastig zurück, beschämt darüber, wie nahe sie völliger Kapitulation gewesen war, und wischte seinen Kuss mit dem Handrücken von ihrem Mund. Er grinste selbstzufrieden. »Nein? Das hab ich mir gedacht.«

Er setzte seine Sonnenbrille und seinen Hut auf und zog die Krempe tief ins Gesicht. »Ich schlage vor, Sie beschränken Ihre Kreuzverhöre in Zukunft auf den Gerichtssaal. Das ist wesentlich ungefährlicher.«

Die Derrick Lounge war noch viel mieser als das Last Chance. Alex näherte sich der Kneipe von Süden und stieß einen Seufzer der Erleichterung aus, als sie einen verbeulten, rostigen roten Pick-up da stehen sah. Sie hatte den sofortigen Rückzug beschlossen, falls der Augenzeuge nicht da wäre.

Nachdem sie das Westerner Motel verlassen hatte, vergewisserte sie sich zuerst, dass ihr niemand folgte. Sie kam sich zwar bei diesem Katz- und Mausspiel etwas lächerlich vor, aber war zu allem bereit, um diesen angeblichen Augenzeugen des Mordes an ihrer Mutter zu sprechen. Wenn sich bei diesem Treffen herausstellte, dass es nur ein Typ war, der sich seinen Spaß am Telefon machte, dann wäre das der Höhepunkt eines grauenvollen Tages.

Es war der längste Ritt in der Geschichte der Menschheit gewesen, den sie mit Reede zurück zur Trainingsbahn gemacht hatte, wo ihr Wagen parkte. »Einen schönen Tag noch«, hatte er ihr spöttisch zugerufen, nachdem sie aus dem Sattel gerutscht war.

»Fahren Sie zur Hölle«, war ihre wütende Antwort gewesen. Sie hörte, wie er beim Antraben vor sich hin kicherte.

»Arroganter Wichser«, flüsterte sie, als sie jetzt aus dem Wagen stieg und auf den Pick-up zuging. Sie konnte den Fahrer hinter dem Steuerrad sitzen sehen und fragte sich, wie sie wohl reagieren würde, wenn er Reede als Mörder ihrer Mutter identifizierte. Eine sehr beunruhigende Aussicht.

Sie ging um die Haube des Pick-ups herum, ihre Schritte knirschten laut im lockeren Kies. Die Derrick Lounge verschwendete kein Geld für Außenbeleuchtung, also war es hier an der Seite des Gebäudes sehr dunkel. Kein anderes Fahrzeug parkte in der Nähe.

Für einen Augenblick bekam Alex Angst, als sie die Hand nach der Tür ausstreckte. Sie verdrängte sie mit Gewalt, stieg in den Wagen und zog die Tür hinter sich zu.

Ihr Augenzeuge war ein hässlicher kleiner Mann. Er hatte scharfe Backenknochen wie ein Indianer, und das Gesicht war von Pockennarben übersät. Er war ungepflegt und stank, als ob er nur selten duschen würde. Er war mager, verrunzelt und grauhaarig.

Und er war tot.

17

Als ihr klar wurde, warum er einfach dahockte und sie mit leeren, dümmlichen Augen und etwas überraschtem Gesicht anstarrte, versuchte Alex zu schreien, brachte aber keinen Ton heraus. Ihr Mund war wie aus Watte. Sie griff hinter sich, wollte die Tür öffnen, aber die wehrte sich hartnäckig.

Sie zerrte verzweifelt am Griff, dann warf sie sich mit der Schulter dagegen. Die Tür schwang so plötzlich auf, dass sie fast herausgefallen wäre. Sie hatte es so eilig, von dieser Leichengestalt wegzukommen, dass sich ihre Schuhspitze im Kies verfing und sie stolperte, sie fiel hart auf die Knie.

Sie schrie vor Schmerz und Angst, rappelte sich hoch und rannte los, in die Dunkelheit. Mit einem Mal blendeten sie ein Paar Scheinwerfer, und eine laute Hupe ließ sie zur Salzsäule erstarren.

Schützend hielt sie sich die Hand vor die Augen und sah

im gleißenden Licht die Silhouette eines Mannes auf sich zukommen. Bevor sie einen Mucks herausbringen konnte, sagte er: »Sie sind ganz schön unterwegs, was?«

»Reede!«, rief sie, halb erleichtert, halb entsetzt.

»Was, zum Teufel, haben Sie hier zu suchen?«

Er klang nicht sehr mitfühlend, und das machte sie zornig. »Dieselbe Frage könnte ich Ihnen stellen. Dieser Mann«, sagte sie und zeigte mit zittrigem Finger auf den Pick-up, »ist tot.«

»Ja, ich weiß.«

»Sie wissen es?«

»Das ist, äh, das war Pasty Hickam. Ein Stallknecht, der früher für Angus gearbeitet hat.« Er spähte durch die von Insekten übersäte Windschutzscheibe und schüttelte den Kopf. »Eine schöne Bescherung.«

»Mehr haben Sie dazu nicht zu sagen?«

Er drehte sich zu ihr. »Nein, ich könnte auch sagen, dass der einzige Grund, warum ich Sie nicht wegen Mordverdachts verhafte, der ist, dass, wer immer mir telefonisch den Tipp gegeben hat, dass Pasty mit durchschnittener Kehle in seinem Pick-up sitzt, nicht das Weib bei ihm erwähnt hat.«

»Jemand hat Sie angerufen?«

»Genau. Irgendeine Ahnung wer?«

»Ich nehme an, wer das auch war, hat gewusst, dass ich hier mit ihm verabredet war«, schrie sie. Dann ließ ein anderer Gedanke sie erstarren. »Wie sind Sie so schnell hergekommen, Reede?«

»Sie glauben, ich hab ihn abgefangen und ihm das Messer in die Kehle gerammt?« Er klang wirklich fassungslos.

»Möglich wär's.«

Ohne sie aus den Augen zu lassen, rief er nach einem seiner Deputies. Erst jetzt merkte Alex, dass er nicht allein war. Plötzlich hörte sie das Heulen einer nahenden Sirene und wurde sich der neugierigen Gäste bewusst, die aus der Bartür drängten, um dabei zu sein.

»Begleite sie zurück in ihr Motel«, befahl Reede seinem Helfer schroff. »Sorg dafür, dass sie in ihr Zimmer kommt.«

»Ja, Sir.«

»Behalt sie bis zum Morgengrauen im Auge. Pass auf, dass sie nirgends hingeht.«

Alex und der Sheriff tauschten einen feindseligen Blick, bevor sie sich vom Deputy zu ihrem Wagen führen ließ.

»Sheriff?« Der Mitarbeiter klopfte zögernd an die Tür, bevor er wagte, sie zu öffnen. Jeder im Büro wusste, dass Reede heute früh seine Bullenbeißerlaune hatte und das nur zum Teil wegen Pasty Hickams Tod gestern Nacht. Alles schlich auf Zehenspitzen, um ihn nicht noch mehr zu reizen.

»Was gibt's?«

»Ich hab ein paar Papiere, die Sie unterschreiben müssen.«

»Gib sie her.« Reede richtete sich im Drehstuhl auf, griff nach dem Stapel offizieller Dokumente und Briefe und kritzelte seine Unterschrift an die entsprechenden Stellen.

»Wie geht's Ruby Faye heute Morgen?«

Der Hilfssheriff hatte Ruby Faye in ihrem Wohnwagen gefunden, übel zusammengeschlagen. Bevor sie das Bewusstsein verlor, nannte sie ihren betrogenen Ehemann als Täter.

»Lyle hat bei ihr fast so gute Arbeit geleistet wie bei Pasty. Sie muss ungefähr eine Woche im Krankenhaus bleiben. Die Kinder hat man zu ihrer Mutter gebracht.«

Reedes Miene wurde noch gefährlicher. Er hatte kein Verständnis für Männer, die Frauen körperlich misshandelten, gleichgültig wie groß die Provokation gewesen war. Sein alter Herr hatte ihn so oft verprügelt, dass ihm häusliche Gewalt ein Dorn im Auge war.

Er gab dem Mann die Papiere zurück. »Schon was Neues von diesem Helden?«

»Nein, Sir. Ich benachrichtige Sie sofort. Und ich soll Sie dran erinnern, dass Sie heute Nachmittag bei Richter Wallace' Gericht als Zeuge vorgeladen sind.«

»Verdammt, das hätte ich beinah vergessen. Okay, danke.«

Der Deputy zog sich erleichtert zurück, aber Reede hatte ihn schon vergessen, ehe die Tür hinter ihm zufiel.

Heute Morgen machte es ihm die größten Schwierigkeiten, auch nur einen klaren Gedanken zu fassen. Immer wieder schob sich Alex' Bild dazwischen.

Er fluchte lange und ausgiebig, stand auf und ging zum Fenster. Draußen war wieder ein sonniger Tag, der ihn an gestern erinnerte, als er sie auf das Pferd gezogen hatte und das Sonnenlicht ihr Haar in tiefem Mahagonirot erstrahlen ließ. Wahrscheinlich hatte er nur daran gedacht, als ihm seine Zunge mit dem blöden Gewäsch über diese Fußballtrophäe durchgegangen war.

Warum, in drei Teufels Namen, hatte er sie all diese Jahre aufbewahrt? Jedes Mal, wenn er das Ding ansah, wurden seine Gefühle erneut gespalten, wie an jenem Abend, an dem er sie bekommen hatte. Seine Freude war getrübt gewesen, weil man Junior nicht zum besten Spieler ernannt hatte. So verrückt das auch klingen mochte, er hatte sich für den Gewinn dieses Preises bei Angus und Junior entschuldigen wollen. Er hatte ihn zwar verdient, weil er der bessere Sportler war, aber der Sieg über Junior hatte ihm den Preis vergällt.

Und Alex war von ganz allein dahintergekommen. Sie war wirklich clever. Aber so abgebrüht, wie sie immer vorgab, war sie nicht. Gestern Abend hatte sie fast geschlottert vor Angst, und das mit Recht. Pasty war nie ein schöner Anblick gewesen, aber starr und tot war er noch viel hässlicher.

Vielleicht war es gut für sie, dass sie ihn so gesehen hatte. Vielleicht wäre sie dann nicht mehr so erpicht darauf, Geheimnisse aufzudecken, die sie nichts angingen. Vielleicht würde sie der grausige Mord an Pasty so verschrecken, dass sie aufhörte, demjenigen an Celina weiter nachzuforschen. Vielleicht würde sie Purcell verlassen und nie mehr zurückkommen.

Diese Aussicht hätte eigentlich seine Laune heben sollen, aber sie machte ihn noch wütender auf sie und sich selbst.

Dass er sie gestern geküsst hatte, war dämlich gewesen.

Er hatte sich von ihr provozieren lassen, war ausgerastet. Er hatte sich nicht mehr unter Kontrolle gehabt. Die Entschuldigung erleichterte sein Gewissen gerade so weit, dass er mit dem, was passiert war, leben konnte. Gleichzeitig machte es ihm eine Höllenangst, Alex hatte ihn über die Kante der Vernunft gezogen. Das hatte bis jetzt nur ein einziger Mensch geschafft – Celina.

Wie diese kleine Hexe ihn dazu gebracht hatte, diesen Kuss zu erwähnen, war ihm ein Rätsel. Er hatte seit Jahren nicht mehr dran gedacht, und jetzt erinnerte er sich plötzlich glasklar.

Es war an einem heißen Septembertag gewesen, als er Celina suchen gegangen war, nachdem sie in der Schule fehlte. Die alte Klimaanlage hatte sich bemüht, das stickige Häuschen zu kühlen, mit wenig Erfolg. Die Luft war heiß und feucht, statt heiß und trocken.

Celina verhielt sich ganz seltsam. Sie hatte ihn hereingelassen, wirkte aber sehr bedrückt, so als ob dieser erste Initiationsritus der Weiblichkeit sie ihres mädchenhaften Elans beraubt hätte. Sie hatte Angst gehabt, etwas ganz Schreckliches wäre mit ihr passiert.

Als sie ihm von ihrer Periode erzählte, war er so erleichtert gewesen, dass er am liebsten gelacht hätte. Aber er hatte es nicht getan. Ihr verzweifeltes Gesicht erstickte jede Heiterkeit im Keim. Er hatte sie liebevoll in den Arm genommen, ihr Haar gestreichelt und sie beschwichtigt, ihr gesagt, das wäre etwas Wunderbares, nichts, weswegen man sich schämen müsste. Sie hatte trostsuchend ihre Arme um seine Taille geschlungen und ihr Gesicht an sein Schlüsselbein gekuschelt.

Lange Zeit hatten sie sich einfach so aneinandergeklammert, wie schon so oft in der Vergangenheit, wenn es schien, dass sie beide mit dem Rest der Welt uneins waren. Er hatte jedoch das Bedürfnis gehabt, diesen Augenblick feierlich zu gestalten, ihren Abschied von der Kindheit offiziell zu machen.

Zuerst hatte er ihre Wange geküsst, die feucht und salzig von ihren Tränen war. Er küsste sich weiter voran. Plötzlich hielt sie den Atem an, lange, bis er seine Lippen fest auf die ihren gedrückt hatte. Es war ein inniger, aber scheuer Kuss.

Er hatte andere Mädchen geküsst und dabei seine Zunge eingesetzt. Die Gail-Schwestern waren recht bewandert in Zungenküssen, und er brannte darauf, diese Fertigkeit mit ihnen zu teilen. Mindestens einmal die Woche traf er sich mit den dreien in einer stillgelegten Werkshalle und küsste sie abwechselnd, spielte mit ihren Brüsten und steckte seine Hand unter das Gummiband ihrer Baumwollhöschen, um das Haar zwischen ihren Schenkeln zu berühren. Sie stritten sich immer drum, welche ihm zuerst die Hose öffnen und mit seinem Ding spielen durfte.

Die verschwitzten schmuddligen kleinen Spielchen machten das Leben mit seinem Vater erträglich. Und sie waren das einzige Geheimnis, das er vor Celina hatte. Was er mit den Gail-Schwestern trieb, wäre ihr wahrscheinlich peinlich, wenn sie es wüsste. Außerdem wäre sie vielleicht sauer. Egal wie, es war besser, dass sie nichts von all dem wusste.

Aber als er Celinas Lippen unter seinen fühlte und das leise Stöhnen in ihrem Hals hörte, hatte er sie richtig küssen wollen – auf die gute, aufregende, verbotene Art. Er hatte der Versuchung nicht widerstehen können, sein Körper gewann gegen seinen Verstand.

Kaum hatte er ihre Lippen mit der Zungenspitze berührt, spürte er schon, wie sie sich öffneten. Sein Puls raste, das Blut kochte in seinen Adern, er zog sie enger an sich und stieß seine Zunge in ihren Mund. Da sie nicht entsetzt zurückwich, bewegte er sie. Sie klammerte sich an seine Taille. Ihre kleinen, spitzen Brüste brannten wie Brenneisen an seinem Oberkörper.

Oh, mein Gott, dachte er, ich sterbe vor Wonne. Es war ungeheuer. Das Erlebnis erschütterte seine junge Seele bis in die Grundfesten. Sein Körper hatte vor vulkanischer Energie gebebt. Er hatte nur eins gewollt, Celina Graham bis in alle Ewigkeit weiterküssen. Aber als sein Penis so anschwoll, dass er sich in ihre Taille bohrte, schob er sie weg und stotterte eine Entschuldigung.

Celina hatte ihn mehrere Sekunden lang angestarrt, mit großen Augen, ganz außer Atem. Dann hatte sie sich ihm an den Hals geworfen und ihm gesagt, sie wäre froh, dass er sie so geküsst habe. Sie liebte ihn. Er liebte sie. Sie würden irgendwann heiraten, und nichts und niemand könnte sie je trennen.

Reede rieb sich die Augen, kehrte zurück an seinen Schreibtisch und ließ sich in seinen knarzenden Stuhl gleiten. Er war wütend auf Alex gewesen, weil sie Erinnerungen geweckt hatte, die zu verdrängen er sich jahrelang bemüht hatte. Er wollte sie mit diesem Kuss nur bestrafen und beleidigen.

Aber, verdammt noch mal, er hatte nicht damit gerechnet, dass sie sich so gut anfühlen würde – weiches Fell, weiche Wolle und warme Haut. Er hatte nicht damit gerechnet, dass ihr Mund so gottverdammt süß schmecken würde. Er konnte ihre Süße immer noch spüren. Wie hätte er wissen sollen, dass ihre Brüste so voll und so weich sein würden?

Und er hatte ganz sicher nicht damit gerechnet, dass sein Körper so heftig auf Celinas Tochter reagieren würde. So hart war er für die Gail-Schwestern nie geworden – so hart war er überhaupt noch nie geworden. Verdammt, er war jetzt noch hart.

Das war nur einer der Gründe, warum ihn diese unbedachte Umarmung so sauer auf sie und auch auf sich selbst gemacht hatte. Alex Gaither, die Frau, die er gestern wie verrückt geküsst hatte, hatte ihn praktisch zweier Morde beschuldigt, den an Celina und dann den an Pasty. Selbst wenn sie diese Anschuldigungen nicht beweisen konnte, könnte sie all seine Pläne für die Zukunft zunichte machen.

Er war der Verwirklichung so nahe, stand kurz davor, das zu erreichen, wofür er sein ganzes Leben lang geschuftet hatte. Es lag in ihrer Hand, alles zu ruinieren. Sie brauchte nicht mal mit dem Finger auf ihn zu zeigen. Es genügte, wenn sie einen von ihnen anklagen würde, damit würde sie ihm seine Zukunft entreißen, noch ehe er richtig zupacken konnte. Dafür könnte er sie mit Leichtigkeit erwürgen.

Aber wenn er daran dachte, sie in die Finger zu kriegen, hatte er ganz andere Absichten, als sie zu erdrosseln.

»Man hat mir gesagt, Sie wären da.«

»Hat man Ihnen auch gesagt, dass ich in ein paar Minuten zum Gericht muss und dass ich bis dahin zu beschäftigt bin, um irgendwelche Besucher zu empfangen?«

Alex betrat Reedes Büro und schloss die Tür hinter sich. »Es wurde erwähnt.«

»Wie kommen Sie darauf, dass Sie davon ausgenommen sind?«

»Ich dachte, Sie wollten mich wegen des Mannes, der ermordet wurde, verhören?«

»Sie sind nicht wirklich tatverdächtig. Sie waren nur zur falschen Zeit am falschen Ort, eine Ihrer schlechten Angewohnheiten.«

»Sie glauben nicht, dass es zwischen mir und seinem Mord eine Verbindung gibt?«

»Nein, aber Sie tun das offensichtlich.« Er legte die Füße auf die Schreibtischkante, verschränkte die Arme hinter dem Kopf und sagte: »Ich höre.«

»Ich glaube, Sie wissen es bereits. Pasty Hickam war Zeuge des Mordes an Celina.«

»Woher wissen Sie das?«

»Er hat's mir am Telefon gesagt.«

»Er war ein stadtbekannter Lügner. Da können Sie jeden fragen.«

»Ich hab ihm geglaubt. Er klang nervös und schrecklich verängstigt. Wir haben uns im Last Chance verabredet, aber als er gesehen hat, dass Sie mir folgen, hat er Angst gekriegt.«

»Und das macht mich zu Celinas Mörder?«

»Oder zu jemandem, der den Mörder deckt.«

»Jetzt werde ich Ihnen sagen, was an Ihrer Theorie falsch ist.« Er stellte seine Füße auf den Boden. »Angus hat Pasty neulich gefeuert. Er war auf dem Rachetrip, etwas, was Sie sehr gut nachvollziehen können müssten. Er hat sich irgendeinen Quatsch ausgedacht, den Sie glauben wollten, weil Ihre Ermittlung bis jetzt nicht einen ernsthaften Beweis zutage gefördert hat. Sie glauben, es gibt eine Verbindung zwischen diesen beiden Morden, richtig? Falsch«, sagte er. »Überlegen Sie mal. Der Mord von gestern Nacht passt nicht zu Celinas Mord. Das Motiv stimmt nicht. Der Typ, der Pasty ein neues Grinsen geschnitten hat, hatte rausgefunden, dass Pasty seine Frau bumst, während er in der Pottaschefabrik in der Nähe von Carlsbad arbeitete. Die Fahndung nach ihm läuft bereits.«

Es klang so plausibel, dass Alex sich unter seinem Blick wand.

»Wäre es denn nicht möglich, dass der Stallknecht Zeuge des Mordes an meiner Mutter war? Und nur bis jetzt geschwiegen hat, weil er Angst vor Vergeltung hatte, oder einfach, weil keiner die Sache gründlich untersucht hat? Und sein Wissen hat ihn das Leben gekostet, bevor er den Mörder bekanntgeben konnte. Das ist die Version, die ich glaube.«

»Das können Sie halten, wie Sie wollen, aber verschwenden Sie bitte Ihre Zeit damit, nicht meine.«

Reede machte Anstalten aufzustehen, aber sie sagte: »Das ist nicht alles.« Er ließ sich resigniert zurücksinken. »Das habe ich heute Morgen mit der Post gekriegt. Es war an mich im Motel adressiert.«

Reede überflog rasch den Brief und gab ihn ihr zurück. Sie war fassungslos. »Das scheint Sie nicht sonderlich zu berühren, Sheriff Lambert.«

»Ich hatte ihn bereits gelesen.«

»Was? Wann?«

»Vorgestern, wenn ich mich recht erinnere.«

»Und Sie haben zugelassen, dass er abgeschickt wird?«

»Warum nicht? Er ist nicht obszön. Ich denke sogar, der

Postminister würde das als ordnungsgemäßen Brief durchgehen lassen. Er ist ausreichend frankiert. Und soweit ich das beurteilen kann, ist der Inhalt nicht ungesetzlich.«

Alex hätte nur allzu gerne die Hand ausgestreckt und dieses selbstzufriedene Lächeln mit einer Ohrfeige ausgelöscht. Der Drang war so heftig, dass sie die Hand zu einer Faust ballen musste, um es nicht zu tun.

»Haben Sie auch zwischen den Zeilen gelesen? Die Leute, die das unterschrieben haben, alle…«, sie unterbrach, um die Unterschriften zu zählen, »alle vierzehn haben gedroht, mich aus der Stadt zu jagen.«

»Aber ganz gewiss nicht, Miss Gaither.« Er tat gespielt entsetzt. »Sie leiden nur ein bisschen unter Verfolgungswahn, weil Sie Pasty gefunden haben. Dieser Brief unterstreicht lediglich, was ich Ihnen schon die ganze Zeit sage. Angus und Junior Minton bedeuten sehr viel für diese Stadt. Genau wie die Rennbahn.

Sie wecken das Interesse von Leuten viel schneller, wenn Sie sie ins Bankkonto treten anstatt in die Eier«, fuhr er fort. »Sie haben einige beachtliche Investitionen in Gefahr gebracht. Haben Sie erwartet, dass die Leute einfach tatenlos mit ansehen, wie ihre Träume den Bach runtergehen, nur wegen Ihrer Rachsucht?«

»Ich bin nicht rachsüchtig. Ich führe eine legitime und längst überfällige Untersuchung eines schweren Justizirrtums durch.«

»Verschonen Sie mich.«

»Der Bezirksstaatsanwalt von Travis County hat meine Ermittlung abgesegnet.«

Sein Blick schweifte beleidigend über ihre Figur, und er sagte: »Im Austausch wofür?«

»Oh, das ist gut. Sehr professionell, Sheriff. Wenn Ihnen die echte Munition ausgeht, beschränken Sie sich darauf, meinen Charakter zu besudeln.«

Sie stopfte den Brief wütend in den Umschlag zurück, steckte ihn in die Handtasche und klappte sie zu.

»Ich bin nicht verpflichtet, Ihnen meine Motive zu erläutern. Aber eins sollten Sie sich merken«, verkündete sie, »ich werde nicht aufgeben, bis ich einige logische Erklärungen zum Tod meiner Mutter gefunden habe.«

»Also, ich würde mir an Ihrer Stelle keine Sorgen machen, dass Sie überfallen werden«, sagte Reede mit gelangweilter Stimme. »Wie ich schon sagte, die Menschen, die diesen Brief geschrieben haben, sind Säulen unserer Gemeinde – Banker, Geschäftsleute. Wohl kaum die Art Leute, die Ihnen in dunklen Gassen auflauern würden. Trotzdem«, fuhr er fort, »würde ich Ihnen raten, sich nicht in solchen Pinten rumzutreiben, wo Sie die letzten beiden Abende verbracht haben. Wenn Sie's aber unbedingt brauchen, dann gibt's ein paar Typen, die ich Ihnen empfehlen könnte.«

Sie schnaubte verächtlich. »Verachten Sie alle berufstätigen Frauen oder nur mich im Speziellen?«

»Sie im Speziellen.«

Seine Grobheit war ein Affront. Sie war versucht, ihn daran zu erinnern, dass sein Kuss gestern nicht gerade von Verachtung gezeugt hatte, aber sie verkniff es sich. Sie wollte sich selbst nicht daran erinnern – hoffte, es vergessen zu können, sich einreden zu können, es wäre nie passiert, aber es gelang ihr nicht. Der Kuss hatte sie unwiderruflich verändert.

Nein, sie konnte ihn nicht vergessen. Sie konnte bestenfalls darauf hoffen, dass sie mit der Erinnerung daran fertig werden würde und mit dem unstillbaren Hunger, den er ausgelöst hatte.

Seine Bemerkung hatte sie tief getroffen. Sie hörte sich fragen: »Warum mögen Sie mich nicht?«

»Weil Sie sich einmischen. Ich mag Menschen nicht, die sich in die Angelegenheit anderer einmischen.«

»Aber das ist meine Angelegenheit.«

»Wie kann das sein? Sie haben noch in die Windeln gemacht, als Celina getötet wurde«, schrie er.

»Ich bin froh, dass Sie das zur Sprache bringen. Nachdem

ich ja damals erst zwei Monate alt war – was hatte sie denn an diesem Abend draußen auf der Ranch zu suchen?«

Er hatte seine überraschte Reaktion auf diese Frage schnell wieder im Griff. »Das hab ich vergessen. Hören Sie, ich muss ...«

»Ich bezweifle, dass Sie je irgendetwas vergessen, Reede Lambert, auch wenn Sie mir das gerne einreden möchten. Was hatte sie da zu suchen? Bitte sagen Sie's mir.«

Er stand auf. Alex ebenfalls. »Junior hatte sie zum Abendessen eingeladen, mehr nicht.«

»War es ein spezieller Anlass?«

»Fragen Sie ihn.«

»Ich frage Sie. Was war der Anlass? Und erzählen Sie mir nicht, Sie könnten sich nicht erinnern.«

»Er hatte Mitleid mit ihr.«

»Mitleid? Warum?«

»Weil sie an dieses Kind gekettet war, nicht mehr unter die Leute kam. Ihr gesellschaftliches Leben war gleich Null. Mein Gott, sie war erst achtzehn.« Er ging um sie herum in Richtung Tür.

Alex war nicht bereit, sich damit abspeisen zu lassen. Die Antwort war zu glatt. Sie packte ihn am Arm und zwang ihn, ihr in die Augen zu sehen. »Waren Sie auch bei diesem Abendessen dabei?«

»Ja, war ich.« Er entriss ihr seinen Arm.

»Den ganzen Abend?«

»Ich bin vor dem Nachtisch gegangen.«

»Warum?«

»Ich mag keinen Kirschkuchen.«

Sie stöhnte frustriert. »Antworten Sie, Reede. Warum sind Sie gegangen?«

»Ich hatte eine Verabredung.«

»Mit wem? Lebt sie noch hier in der Stadt?«

»Herrje, was hat das damit zu tun?«

»Sie ist Ihr Alibi. Ich würde gern mit ihr reden.«

»Vergessen Sie's. Ich würde sie nie da mit reinziehen.«

»Sie müssen es vielleicht oder Gebrauch von Ihrem Recht auf Aussageverweigerung machen.«

»Geben Sie denn niemals auf?«, fragte er mit zusammengebissenen Zähnen.

»Niemals. Sind Sie an diesem Abend zur Ranch zurückgekehrt?«

»Nein.«

»Gar nicht?«

»Nein.«

»Nicht mal zum Schlafen?«

»Ich hab's Ihnen doch gesagt, ich hatte eine Verabredung.« Sein Gesicht rückte dem ihren so nahe, dass sie seinen Atem spüren konnte. »Und sie war heiß.«

Er nickte kurz, dann wandte er sich zum Gehen. »Ich muss aufs Gericht. Machen Sie die Tür hinter sich zu, ja?«

18

»Miss Gaither?«

»Ja?«

Alex war nicht nach Besuch zumute. Nach ihrer letzten Auseinandersetzung mit Reede fühlte sie sich ausgepumpt. Und nach gestern Abend waren auch ihre Nerven schwer angeschlagen. Weder Reedes geschickte Erklärung des Mordes an diesem Hickam noch ihre eigene Vernunft hatten sie davon überzeugen können, dass keine Gefahr für sie bestand.

Also hatte sie sich sehr vorsichtig der Tür ihres Motelzimmers genähert, als jemand klopfte, und erst einmal durch den Spion geschaut. Ein fremdes, aber offensichtlich harmloses Pärchen stand davor. Sie öffnete die Tür und sah die beiden erwartungsvoll an.

Der Mann streckte ihr linkisch seine Hand entgegen. Alex erschrak und wich zurück. »Reverend Fergus Plummet.«

Alex kam sich wie ein Idiot vor, als sie ihm die Hand schüttelte. »Hab ich Sie erschreckt? Das tut mir furchtbar leid, das wollte ich nicht.«

Das Verhalten des Reverends war so unterwürfig, sein Tonfall so mitfühlend, dass er wohl kaum eine Bedrohung darstellte. Er war von schmächtiger Statur und ungewöhnlich klein, aber er hielt sich kerzengerade, fast militärisch. Sein schwarzer Anzug glänzte schon an einigen Stellen und war zu dünn für die Jahreszeit. Er trug keinen Mantel und nichts auf seinen lockigen, dunklen Haaren, die länger waren, als es momentan die Mode wollte. In einer Gemeinde, in der jeder Mann über zwölf entweder einen Cowboyhut oder eine Schildmütze trug, war es komisch, einen Mann barhäuptig zu sehen.

»Das ist meine Frau, Wanda.«

»Hallo, Mrs. Plummet. Reverend.«

Mrs. Plummet war eine stattliche Dame mit einem beachtlichen Busen, den sie unter einer traurig olivfarbenen Strickjacke zu verstecken versuchte. Die Haare waren zu einem strengen Knoten gedreht, und sie hielt den Kopf bescheiden gesenkt. Ihr Ehemann hatte sie so unpersönlich vorgestellt, als wäre sie ein überflüssiges Möbel.

»Woher wissen Sie meinen Namen?«, fragte Alex. Dieses Ehepaar machte sie neugierig.

»Den kennt doch jeder«, er deutete ein Lächeln an. »Die ganze Stadt redet über Sie.«

Der Priester hatte eine Bibel unter dem Arm. Alex hatte keine Ahnung, was ein Priester von ihr wollen könnte – ob er wohl neue Gemeindemitglieder brauchte?

»Sie fragen sich wahrscheinlich, wieso ich hier bin«, sagte er angesichts ihres verwirrten Gesichtsausdrucks.

»Offen gestanden, ja. Möchten Sie reinkommen?«

Sie betraten das Zimmer. Mrs. Plummet schien verunsichert und wusste nicht, wohin sie sich setzen sollte, bis ihr Mann auf die Bettkante deutete. Er nahm sich den einzigen Stuhl. Alex setzte sich ebenfalls auf die Bettkante, aber weit genug weg von Mrs. Plummet, damit sie es beide bequem hätten.

Der Prediger sah sich um. Scheinbar hatte er keine Eile, ihr den Grund seines Kommens zu verraten. Schließlich fragte Alex, etwas ungeduldig: »Kann ich etwas für Sie tun, Reverend Plummet?«

Er schloss die Augen, hob die Hand gen Himmel und sprach einen Segen. »Möge der reiche Segen des Himmels herabfließen auf diese geliebte Tochter Gottes«, tönte er mit tiefer, vibrierender Stimme.

Er begann laut und voller Inbrunst zu beten. Alex verspürte plötzlich den irrsinnigen Drang, laut loszukichern. Merle Graham hatte dafür gesorgt, dass sie im traditionellen protestantischen Glauben erzogen wurde, und sie waren regelmäßig zum Gottesdienst gegangen. Sie hatte sich zwar nie den grundsätzlichen Dogmen unterworfen, denen ihre Großmutter huldigte, aber Alex' christlicher Glaube war gut fundiert.

»Bitte, Reverend Plummet«, unterbrach sie ihn, als sein Beten endlos zu werden drohte. »Ich hatte heute einen sehr langen Tag. Könnten wir jetzt zum Anlass Ihres Besuches kommen?«

Er schien etwas irritiert über die Unterbrechung, sagte dann aber mit geheimnisvoller Miene: »Ich kann Ihnen bei Ihrer Untersuchung von Minton Enterprises helfen.«

Sie war sprachlos. Nie im Leben wäre sie auf die Idee gekommen, dass er irgendwie mit ihren Ermittlungen in Verbindung stehen könnte. Dennoch ermahnte sie sich zur Vorsicht und verlegte sich aufs Abwarten. Welche tiefen, düsteren Geheimnisse von Celina, Reede Lambert und den Mintons könnte dieser seltsame kleine Mann kennen? Priester empfingen Beichten, aber die Erfahrung hatte sie gelehrt, dass sie normalerweise an die Wahrung des Beichtgeheimnisses gebunden waren und dieses nur in lebensbedrohlichen Situationen brechen durften.

Es schien ziemlich unwahrscheinlich, dass Angus oder

Junior einem unscheinbaren Mann wie Plummet ihre Seele entblößen würden. Allein vom Aussehen her musste man davon ausgehen, dass sein Einfluss beim Allmächtigen nicht gerade groß war. Der Gedanke, dass Reede Lambert eine Sünde beichten könnte, war einfach lächerlich.

Sie reagierte mit kühler Professionalität. Greg Harper wäre stolz auf sie gewesen. »Ach wirklich? Wieso können Sie das? Haben Sie meine Mutter gekannt?«

»Leider nein. Aber ich kann Ihre Ermittlungen trotzdem beschleunigen. Wir – meine Gemeinde von Heiligen und ich – glauben, dass Sie auf unserer Seite sind. Und unsere Seite ist Gottes Seite.«

»D-danke«, stotterte sie in der Hoffnung, dass dies die richtige Antwort wäre.

Anscheinend war sie das. Sie wurde von Mrs. Plummet, die die ganze Zeit über leise gebetet hatte, mit einem Amen quittiert.

»Reverend Plummet«, sagte Alex vorsichtig, »ich bin mir nicht sicher, ob Sie das richtig verstanden haben. Ich bin hier im Auftrag der Bezirksstaatsanwaltschaft, um …«

»Der Herr benutzt Menschen als seine heiligen Instrumente.«

»… um den Mord an meiner Mutter zu untersuchen, der sich vor fünfundzwanzig Jahren hier in Purcell ereignete.«

»Der Herr sei *gepriesen* …, dass diese *Schandtat* … bald *gesühnt* werden wird!« Seine Faust hob sich gen Himmel.

Alex war sprachlos. Sie lachte nervös. »Ja, also, das hoffe ich auch. Aber ich verstehe immer noch nicht, was meine Ermittlung mit Ihnen und Ihrer Gemeinde zu tun hat. Haben Sie irgendwelche Informationen über das Verbrechen?«

»Oh, wenn ich die nur hätte, Miss Gaither«, jammerte Plummet. »Oh, wenn ich die nur hätte, damit wir Gottes Arbeit beschleunigen und die Ungerechten bestrafen könnten!«

»Die Ungerechten?«

»Die Sünder!«, schrie er voller Inbrunst. »Diejenigen, die

diese Stadt und alle unschuldigen Kinder Gottes, die hier leben, verderben wollen. Sie wollen Satans Spielplatz hier erbauen, die kostbaren Adern unserer Kinder mit Rauschgift füllen, ihre süßen Münder mit faulem Schnaps, ihren fruchtbaren kleinen Verstand mit Fleischeslust.«

Aus dem Augenwinkel beobachtete Alex, wie Mrs. Plummet dasaß, mit gesenktem Haupt, die Hände im Schoß gefaltet, Knie und Knöchel züchtig zusammengepresst, als wären sie so verklebt worden.

»Meinen Sie damit Purcell Downs?«, fragte Alex vorsichtig.

Genau wie sie befürchtet hatte, steigerten diese Worte seinen missionarischen Eifer zur Weißglut. Prophezeiungen sprudelten aus dem Mund des Priesters wie aus einem undichten Brunnen. Alex ließ einen Sermon über die Gefahren von Pferdewetten und all den gottlosen Begleiterscheinungen über sich ergehen. Aber als Plummet begann, sie als Missionarin zu bezeichnen, die nach Purcell geschickt worden war, um die Söhne Satans zu besiegen, sah sie sich gezwungen, der feurigen Philippika Einhalt zu gebieten.

»Reverend Plummet, bitte.« Nach einigen Unterbrechungsversuchen verstummte er und sah sie wirr an. Sie leckte sich nervös den Mund; sie wollte ihn nicht beleidigen, aber irgendwie musste sie ihm ihren Standpunkt unmissverständlich klarmachen.

»Ich habe absolut keinen Einfluss darauf, ob Minton Enterprises die Glücksspiellizenz bekommt oder nicht. Tatsache ist, dass die Rennbahnkommission sie bereits genehmigt hat. Es bleiben nur noch die Formalitäten.«

»Aber die Mintons sind Gegenstand einer Morduntersuchung.«

Sie wählte ihre Worte mit Bedacht und versuchte jede direkte Erwähnung von Angus oder Junior zu vermeiden, indem sie sagte: »Gesetzt den Fall, dass meine Ermittlungen ausreichende Beweise oder ein mögliches Motiv erbringen, könnte der Fall vor ein Schwurgericht kommen. Grundsätzlich gelten aber die darin verwickelten Parteien als unschuldig, bis der Beweis ihrer Schuld erbracht ist, laut unserer Verfassung.«

Sie wehrte seinen Widerspruch mit einer Handbewegung ab. »Bitte, lassen Sie mich ausreden. Was immer im Hinblick auf die geplante Rennbahn passiert, sobald ich meine Ermittlungen abgeschlossen habe, obliegt die Verantwortung der Rennkommission. Ich habe keinen Einfluss auf ihre endgültige Entscheidung in dieser Sache oder auf irgendeinen anderen Antrag für eine Glücksspiellizenz.

Ehrlich gesagt ist es reiner Zufall, dass die Mintons sowohl in die eine als auch in die andere Sache persönlich verwickelt sind. Ich habe den Mordfall meiner Mutter wieder aufgerollt, weil ich als öffentliche Anklägerin mit seiner Beurteilung nicht zufrieden und der Auffassung bin, dass eine weitere Untersuchung angebracht ist. Ich habe keine persönlichen Vorurteile gegen diese Stadt oder irgendeinen ihrer Bewohner.«

Plummet wand sich vor Ungeduld, endlich wieder etwas sagen zu können, also ließ sie ihn gewähren. »Sie wollen doch nicht, dass das Glücksspiel nach Purcell kommt, oder? Sind Sie nicht gegen dieses Werkzeug des Satans, das Kindern die Butter vom Brot nimmt, Ehen zerstört und die Schwachen in den Abgrund von Hölle und Verdammnis lockt?«

»Meine Ansichten über Pferdewetten – oder irgendetwas anderes, wenn wir schon dabei sind – gehen Sie überhaupt nichts an, Reverend Plummet.«

Alex erhob sich. Sie war müde und der Mann hier ein Irrer. Sie hatte ihm schon mehr Zeit gewidmet, als er verdiente. »Ich muss Sie und Mrs. Plummet jetzt bitten zu gehen.«

Er war kein belesener und beredter Mann der Kirche, der zu diesem Thema recherchiert und vernünftige Schlüsse gezogen hätte. Es gab für beide Seiten gut fundierte Argumente. Aber ob nun die Pferdewetten Einzug hielten in Purcell County oder nicht, damit hatte Alex nichts zu tun.

»Wir geben nicht auf«, sagte Plummet auf dem Weg zur Tür. »Wir sind bereit, jedes Opfer zu bringen, um dafür zu sorgen, dass Gottes Wille geschieht.«

»Gottes Wille? Wenn es Gottes Wille ist, dass die Mintons ihre Glücksspiellizenz nicht bekommen, dann wird nichts, was Sie tun, das unterstützen oder behindern, richtig?«

Mit Logik war dem Mann nicht beizukommen. »Gott bedient sich unser, um seine Arbeit zu tun. Er bedient sich Ihrer, auch wenn Sie es vielleicht noch nicht wissen.« Seine Augen funkelten vor fanatischem Feuer. Alex lief eine Gänsehaut über den Rücken. »Sie sind die Antwort auf unsere Gebete. Oh, ja, Miss Gaither, die Antwort auf unsere Gebete. Wir stehen jederzeit zu Ihren Diensten. Sie sind von Gott gesandt, und wir sind Ihre demütigen und willigen Diener.«

»Ich, äh, werde dran denken. Auf Wiedersehen.«

Reverend Plummets Theologie war gelinde gesagt einigermaßen verschroben. Er machte ihr Angst. Sie konnte die Tür gar nicht schnell genug hinter ihm schließen. Kaum hatte sie das getan, klingelte das Telefon.

19

»Was halten Sie von Abendessen mit Schwof?«, fragte Junior Minton ohne Umschweife.

»Klingt wie ein Märchen.«

»Ist es aber nicht. Sagen Sie einfach Ja.«

»Sie laden mich zum Abendessen mit anschließendem Tanz ein?«

»Zum Monatsfest im Purcell-Horse-and-Gun-Club. Bitte sagen Sie, dass Sie mich begleiten. Ansonsten werde ich mich zu Tode langweilen.«

Alex lachte. »Junior, ich bezweifle, dass Sie sich je langweilen. Ganz besonders nicht, wenn Frauen in der Nähe sind. Fallen eigentlich viele auf Ihre Masche rein?«

»Praktisch ausnahmslos. Wenn Sie heute Abend mitkommen, bringen Sie den Schnitt nicht durcheinander.«

»Heute Abend?«

»Klar heute Abend. Hatte ich das nicht erwähnt? Tut mir leid, dass ich Ihnen nicht mehr Bedenkzeit bieten kann.«

»Das ist wirklich Ihr Ernst?«

»Würde ich über so etwas Ernstes wie die monatliche Versammlung des Horse-and-Gun-Clubs Scherze machen?«

»Natürlich nicht. Verzeihen Sie, dass ich so schnippisch war.«

»Alles verziehen, wenn Sie mitkommen.«

»Ich kann wirklich nicht. Ich bin erschöpft. Gestern Abend …«

»Ja, das hab ich gehört. Das muss ja furchtbar gewesen sein, als Sie Pasty Hickam so gefunden haben. Ich möchte helfen, Sie davon abzulenken.«

»Ich weiß Ihre Bemühungen zu schätzen, aber ich kann wirklich nicht.«

»Ich akzeptiere kein Nein.«

Während sie redete, hatte sie sich aus ihrem Kleid gekämpft und stand jetzt in Unterrock und Strümpfen da. Den Telefonhörer hatte sie sich zwischen Schulter und Ohr geklemmt und sie versuchte, ihren Bademantel überzustreifen. Das Zimmermädchen drehte immer die Heizung ab, wenn sie das Zimmer saubergemacht hatte. Jeden Abend erwartete Alex ein Eiskeller.

Sie warf einen Blick in die Nische, wo ihre Kleider hingen. »Es geht wirklich nicht, Junior.«

»Wie das?«

»Alle meine Ausgehkleider sind in Austin. Ich hab nichts anzuziehen.«

»Eine so wortgewaltige Lady wie Sie wird sich doch nicht etwa hinter diesem Klischee verstecken.«

»Zufällig ist das die Wahrheit.«

»Bei diesem Fest ist lässig angesagt. Tragen Sie den Lederrock, den Sie neulich anhatten. Der ist spitze.«

Alex war es endlich gelungen, sich in ihren Bademantel zu schlängeln, ohne das Telefon fallen zu lassen. Sie setzte sich auf die Bettkante und kuschelte sich tiefer in den Frottee. »Ich muss trotzdem Nein sagen.«

»Warum? Ich weiß, dass es unhöflich ist, Sie so zu bedrängen, aber ich werde nicht gnädig sein und zulassen, dass Sie sich ohne einen triftigen Grund aus der Affäre ziehen.«

»Ich halte es einfach für keine gute Idee, wenn wir zusammen ausgehen.«

»Weil Sie hoffen, dass ich schon bald Insasse des Huntsville Staatsgefängnisses sein werde?«

»Nein!«

»Warum dann?«

»Ich will Sie nicht ins Gefängnis schicken, aber Sie sind eben ein Hauptverdächtiger in einem Mordfall.«

»Alex, Sie hatten Zeit genug, sich eine Meinung von mir zu bilden. Glauben Sie wahrhaftig, dass ich zu einer solchen Gewalttat fähig wäre?«

Sie erinnerte sich, wie Reede über die Vorstellung, Junior könnte in den Krieg ziehen, gelacht hatte. Er war faul, hatte keinerlei Ehrgeiz, ein Frauenheld. Gewalttätige Ausbrüche passten nicht zu seinem Image. »Nein, das tu ich nicht«, sagte sie leise, »aber trotzdem bleiben Sie ein Verdächtiger. Es wäre nicht gut, wenn wir uns in der Öffentlichkeit fraternisieren.«

»Das Wort gefällt mir«, sagte er. »Es klingt dreckig, inzestuös. Anmerkung für Ihren Seelenfrieden: Ich fraternisiere grundsätzlich nur privat. Das heißt, bis auf ein paarmal, als ich noch jünger war. Reede und ich haben immer …«

»Bitte«, stöhnte sie. »Ich will es nicht wissen.«

»Okay, ich erspare Ihnen die grässlichen Einzelheiten, unter einer Bedingung.«

»Und die wäre?«

»Sagen Sie für heute Abend zu. Ich hol Sie um sieben ab.«

»Ich kann nicht.«

»Alex, Alex«, stöhnte er theatralisch, »sehn Sie's doch mal

so. Im Laufe des Abends werde ich ein oder zwei Gläschen trinken, vielleicht mehr. Vielleicht fang ich dann an, alte Geschichten zu erzählen, werde indiskret, sage etwas Unüberlegtes. Wenn ja, sind Sie dabei und können es hören. Wer weiß, was für erstaunliche Geständnisse ich in meiner Trunkenheit machen werde. Betrachten Sie diesen Abend als eine lange Vernehmung. Es ist doch ein Teil Ihres Jobs, den Widerstand Ihrer Verdächtigen zu brechen, oder etwa nicht? Sie würden Ihre Pflichten vernachlässigen, wenn Sie nicht jede Gelegenheit nutzten, die Wahrheit aufzustöbern. Wie können Sie nur so selbstsüchtig im Luxus des Westerner Motels schwelgen, während Ihr Verdächtiger sternhagelvoll alles im Horse-and-Gun-Club ausplaudert? Sie sollten sich schämen. Sie schulden das den Steuerzahlern, die Ihre Ermittlungen finanzieren. Tun Sie's für Ihr Land, Alex.«

Sie seufzte. »Wenn ich mich geschlagen gebe, werden Sie dann aufhören, Ansprachen zu halten?«

»Um sieben Uhr!«

Sie hörte den Triumph in seiner Stimme.

Kaum hatte sie das Clubhaus betreten, war sie froh über ihren Entschluss. Musik spielte, und Menschen lachten. Sie erhaschte Gesprächsfetzen und bei keinem war der Mord an Celina Gaither das Thema. Das allein schon empfand sie als willkommene Abwechslung. Sie freute sich auf ein paar Stunden der Ablenkung, die sie sich wirklich verdient hatte.

Trotzdem blieb sie auf dem Teppich. Sie glaubte keine Sekunde lang, dass Junior sich im Rausch verplappern würde. Dieser Abend könnte jedoch etwas anderes bringen. Der Horse-and-Gun-Club war so exklusiv, dass hier sicher nur die Oberschicht von Purcell Mitglied war. Reede hatte ihr gesagt, dass die Leute, die den Brief unterschrieben hatten, hiesige Geschäftsleute wären. Möglicherweise würde sie einige von ihnen kennenlernen und einen Eindruck des Ausmaßes ihrer Feindseligkeit bekommen.

Und, was noch wichtiger war, sie hatte Gelegenheit, sich unter die Stadtbewohner zu mischen, Menschen, die die

Mintons und Reede gut kannten; so könnte sie etwas mehr über ihren Charakter erfahren.

Junior hatte sie mit seinem roten Jaguar abgeholt und hatte beim Fahren nur wenig Respekt vor der Geschwindigkeitsbegrenzung gezeigt. Seine festliche Laune war ansteckend – unabhängig davon, ob sie hier offiziell auftrat oder privat, es war einfach ein gutes Gefühl, neben dem attraktivsten Mann im Raum zu stehen, dessen Hand behutsam, aber besitzergreifend auf ihrem Rücken lag.

»Die Bar ist hier entlang«, flüsterte er ihr ins Ohr, damit sie ihn trotz der Musik verstehen konnte. Sie schlängelten sich durch die Menge.

Der Club war nicht im üblichen Glitzer-Glimmer-Look eingerichtet und wies keinerlei Ähnlichkeit mit den ultramodernen Neonnachtclubs auf, die in den Städten wie Pilze aus dem Boden schossen und um die Yuppies buhlten, die dort in ihren BMWs vorfuhren und ihre Designerklamotten zur Schau stellten.

Der Purcell-Horse-and-Gun-Club war pures Texas. Der Barkeeper sah aus, als hätte ihn ein Hollywood-Studio ausgesucht. Er besaß einen dicken schwarzen Schnurrbart, trug eine schwarze Fliege und Weste sowie rote Ärmelhalter. Über der geschnitzten Bar aus dem neunzehnten Jahrhundert dräute ein Longhorngeweih, das von einem zum andern polierten Kronende einen Meter achtzig maß.

An den Wänden hingen Bilder von Rennpferden und Zuchtbullen mit Hoden groß wie Punching Balls und Landschaften voller Palmlilien oder Kakteen. Auf fast jedem Bild fand sich die obligate Windmühle, einsam, schroff vor einem sonnengestreiften Horizont. Alex war Texanerin genug, um es liebenswert und gemütlich zu finden, allerdings auch welterfahren genug, um zu sehen, wie unbeholfen das Ganze war.

»Weißwein«, sagte sie zum Barkeeper, der sie unverblümt von oben bis unten musterte.

»Du hast vielleicht ein Glück, du Luder«, murmelte er Junior mit einem lüsternen Grinsen zu, als er die Drinks servierte.

Junior prostete ihm mit seinem Scotch mit Wasser zu. »Das kannste wohl sagen, was?« Er stützte den Ellbogen auf die Bar und wandte sich Alex zu, die sich auf einen Barhocker gesetzt hatte. »Die Musik ist ein bisschen zu Country-and-Western für meinen Geschmack, aber wenn Sie tanzen wollen, werd ich's probieren.«

»Danke, nein. Ich würde lieber zusehen.«

Ein paar Songs später beugte Junior sich zu ihr und wisperte ihr ins Ohr: »Die meisten haben das Tanzen auf der Weide gelernt. Sie schaun immer noch aus, als müssten sie aufpassen, dass sie nicht in einen Kuhfladen treten.«

Der Wein hatte seine Wirkung vollbracht. Ihre Augen strahlten, und ihre Wangen waren gerötet. Sie fühlte sich angenehm beschwipst, warf ihr Haar über die Schulter und kicherte.

»Kommen Sie«, sagte er, nahm ihren Ellbogen und half ihr vom Hocker. »Mutter und Dad sind an ihrem Tisch.«

Er führte Alex die Tanzfläche entlang zu einer Reihe von Tischen, die festlich gedeckt waren. An einem saßen Sarah Jo und Angus. Er paffte seine Zigarre. Sarah Jo wedelte den anstößigen Rauch aus ihrem Gesicht.

Alex war nicht ganz wohl dabei gewesen, als sie den Lederrock und den dazugehörigen lederbesetzten Pullover angezogen hatte, aber sie fühlte sich wesentlich wohler darin, als wenn sie Sarah Jos burgunderrotes Satinkleid angehabt hätte, das viel zu elegant war für einen Raum, in dem die Leute den Takt von »Cotton-Eyed-Joe« mit den Füßen stampften, an den passenden Stellen »bullshit« schrien und ihr Bier direkt aus der Flasche tranken.

»Hallo, Alex«, sagte Angus um seine Zigarre herum.

»Hallo. Junior war so freundlich, mich einzuladen«, sagte sie und setzte sich auf den Stuhl, den Junior für sie bereithielt. »Ich musste ein bisschen Druck ausüben«, erzählte er seinen Eltern. »Sie lässt sich gern bitten.«

»Ganz im Gegensatz zu ihrer Mutter.«

Sarah Jos kühle, boshafte Bemerkung erstickte das Gespräch im Keim. Und sie war ein wirksames Gegenmittel gegen Alex' Glas Wein. Ihre gute Laune verflog im Nu. Sie nickte Sarah Jo zu und sagte: »Hallo, Mrs. Minton. Sie sehen heute Abend wunderschön aus.«

Auch wenn ihr Kleid viel zu elegant war, sah sie wirklich wie ein Bild darin aus, *aber unnahbar*, dachte Alex. Sarah Jo würde nie lebhaft oder mit von der Partie sein. Ihre Schönheit hatte etwas Ätherisches, als ob ihr Besuch auf Erden nur vorübergehend und flüchtig wäre. Sie schenkte Alex das ihr eigene vage Lächeln, murmelte ein Danke und nippte dann an ihrem Wein.

»Hab gehört, dass Sie Pastys Leiche gefunden haben.«

»Dad, das ist eine Party«, sagte Junior. »Alex möchte jetzt sicher nicht über so etwas Widerliches reden.«

»Nein, Junior, ist schon gut. Ich hätte früher oder später selbst davon angefangen«, warf sie ein.

»Zweifellos war es kein Zufall, dass Sie sich mit ihm an der Kneipe verabredet haben und in seinen Pick-up gestiegen sind?«, forschte Angus.

»Nein.« Sie schilderte ihnen ihr Telefongespräch mit Pasty.

»Dieser Cowboy war ein Lügner, ein Weiberheld und das Schlimmste von allem, er hat beim Pokern beschissen.« Angus war geladen. »In den letzten paar Jahren ist er total heruntergekommen und untragbar geworden. Deswegen musste ich ihn feuern. Ich hoffe, Sie sind nicht so dumm und nehmen sein Gefasel für bare Münze.«

Mitten in diesem Monolog machte Angus dem Kellner ein Zeichen, noch eine Runde Drinks zu bringen. »Oh sicher, Pasty hat vielleicht gesehen, wer mit Celina in den Stall gegangen ist, aber der, den er gesehen hat, war Bud, der Spinner.«

Nachdem er das losgeworden war und Alex keinerlei Chance zu einem Einwand gelassen hatte, begann er mit einem Loblied auf einen Jockey aus Ruidoso, der für sie reiten wollte. Weil die Mintons ihre Gastgeber waren, ließ Alex das Thema Pasty für den Augenblick gnädig ruhen.

Nachdem sie mit ihren Drinks fertig waren, boten Angus und Junior den Ladies höflich an, für sie zum Barbecue-Buffet zu gehen. Alex hätte sich genauso gerne selber in die Schlange gestellt. Sie fand es sehr anstrengend, mit Sarah Jo Konversation zu machen, gab sich aber redlich Mühe, als die beiden Männer losgezogen waren.

»Sind Sie schon lange Mitglieder in diesem Club?«

»Angus gehört zu den Gründungsmitgliedern«, sagte Sarah Jo abwesend. Sie ließ die Paare auf der Tanzfläche nicht aus den Augen.

»Wie mir scheint, hat er seine Finger in jedem Kuchen in der Stadt«, bemerkte Alex.

»Hmm. Er weiß gerne über alles, was vorgeht, Bescheid.«

»Und er ist gerne ein Teil davon.«

»Ja. Er stellt allerhand auf die Beine und verausgabt sich ziemlich.« Sie schnippte mit den Fingern. »Angus hat dieses Bedürfnis, beliebt zu sein, wissen Sie. Er macht ständig Propaganda für sich, als ob es eine Rolle spielt, was andere Leute denken.«

Alex faltete ihre Hände unterm Kinn und stützte die Ellbogen auf den Tisch. »Sie glauben, das spielt keine Rolle?«

»Nein.« Plötzlich interessierten sie die Tänzer nicht mehr, und sie sah Alex direkt in die Augen. »Sie sollten es nicht zu ernst nehmen, wie Junior Sie behandelt.«

»Ach?«

»Er flirtet mit jeder Frau, die ihm begegnet.«

Alex legte langsam ihre Hände in den Schoß. Innerlich kochte sie vor Wut, aber es gelang ihr, ruhig zu antworten. »Ich finde Ihre Unterstellung beleidigend, Mrs. Minton.«

Sarah Jo hob teilnahmslos eine Schulter. »Meine beiden Männer sind charmant und wissen es auch. Die meisten Frauen begreifen nicht, dass ihre Flirterei bedeutungslos ist.«

»Ich bin mir sicher, das gilt für Angus, aber bei Junior

hab ich meine Bedenken. Drei Exfrauen sind wahrscheinlich nicht Ihrer Meinung, was das Flirten angeht.«

»Sie waren alle falsch für ihn.«

»Und was ist mit meiner Mutter? Wäre sie auch falsch für ihn gewesen?«

Sarah Jos leerer Blick richtete sich wieder auf Alex. »Absolut falsch. Sie sind ihr sehr ähnlich, müssen Sie wissen.«

»Ach, wirklich?«

»Sie genießen es, Zwietracht zu säen. Ihre Mutter konnte lästige Dinge nie auf sich beruhen lassen. Der einzige Unterschied ist, dass Sie sich noch mehr Mühe geben beim Aufwühlen von Unannehmlichkeiten. Sie sind so direkt, dass es schon an Taktlosigkeit grenzt, ein Charakterzug, den ich immer einem Mangel an Kinderstube zugeschrieben habe.« Ihr Blick hob sich zu jemandem, der hinter Alex stand.

»Guten Abend, Sarah Jo.«

»Richter Wallace.« Ein süßes Lächeln zog über Sarah Jos Gesicht, und keiner hätte ihr zugetraut, dass sie noch vor ein paar Sekunden ihre Krallen gezeigt hatte. »Hallo, Stacey.«

Alex, deren Kopf vor Zorn über Sarah Jos unverdiente Kritik feuerrot war, drehte sich um. Richter Joe Wallace starrte sie missbilligend an, als wäre ihre Anwesenheit ein Bruch der Clubregeln.

»Miss Gaither.«

»Hallo, Richter Wallace.« Die Frau, die neben ihm stand, sah Alex genauso vorwurfsvoll an wie er, aber aus welchem Grund, konnte Alex nicht ahnen. Offensichtlich war Junior das einzige freundliche Gesicht, das sie in dieser Gesellschaft finden würde.

Der Richter schob die Frau sachte an, und sie gingen zum nächsten Tisch. »Ist das seine Frau?«, fragte Alex, während sie ihnen nachsah.

»Du lieber Himmel, nein«, sagte Sarah Jo. »Seine Tochter. Die arme Stacey. Die ewig graue Maus.«

Stacey Wallace starrte Alex über die Schulter immer noch so böse an, dass sie ihr Interesse weckte. Sie wandte den

Blick erst ab, als Juniors Knie gegen das ihre stieß, der zurückgekehrt war und zwei volle Teller auf den Tisch stellte.

»Ich hoffe, Sie mögen Spareribs mit Bohnen.« Sein Blick folgte dem ihren. »Tag, Stacey.« Er blinzelte ihr zu und winkte.

Der verkniffene Mund der Frau entspannte sich zu einem zögernden Lächeln. Sie errötete, legte die Hand an ihren Hals wie ein schüchternes Mädchen und rief leise: »Hallo, Junior.«

»Und?«

Sie war zwar immer noch neugierig, was den Richter und seine Chamäleon-Tochter anging, aber bei Juniors Frage drehte sich Alex um. »Wie bitte?«

»Mögen Sie Rippchen und Bohnen?«

»Schauen Sie mir bitte zu«, sie lachte und breitete ihre Serviette über den Schoß.

Mit höchst undamenhaftem Appetit machte sie sich über ihren Teller her, was ihr aber ein Kompliment von Angus einbrachte. »Sarah Jo isst wie ein Spatz. Schmecken dir die Spareribs nicht, Schatz?«, fragte er mit einem Blick auf ihren Teller, den sie praktisch nicht angerührt hatte.

»Sie sind ein bisschen trocken.«

»Soll ich dir etwas anderes bestellen?«

»Nein, danke.«

Nachdem sie gegessen hatten, zog Angus eine frische Zigarre aus der Tasche und zündete sie an, dann löschte er das Streichholz und fragte: »Warum tanzt ihr zwei nicht?«

»Traun Sie sich?«, fragte Junior.

»Sicher.« Alex schob den Stuhl zurück und stand auf. »Aber diese Tänze sind nicht meine Stärke, also bitte keine Sondereinlagen.«

Junior zog sie an sich und machte trotz ihrer Bitte ein paar wilde Drehungen und Figuren. »Sehr schön«, sagte er und lächelte zu ihr hinunter, als sie in einen etwas gesetzteren Twostep verfielen. Er zog sie enger an sich. »Sehr, sehr schön.«

Alex wehrte sich nicht, weil es ein erfreuliches Gefühl war, zwei starke Arme um sich zu fühlen. Ihr Partner sah gut aus, war charmant und wusste, wie man einer Frau die Gewissheit gab, schön zu sein. Sie war ein Opfer seines Charmes, aber diese Erkenntnis war ihr Sicherheitsnetz.

Sie könnte sich nie wirklich in einen abgebrühten Charmeur wie Junior verlieben, aber ein bisschen Aufmerksamkeit von so jemandem in kleinen Dosen machte Spaß, besonders nachdem ihr Ego und ihr Selbstvertrauen jedes Mal, wenn Reede in ihrer Nähe war, schwer angeschlagen wurden.

»Ist Reede auch Clubmitglied?«, fragte sie beiläufig.

»Soll das ein Witz sein?«

»Hat man ihn nicht gebeten beizutreten?«

»Oh, sicher, gleich nachdem er zum ersten Mal Sheriff wurde, aber er fühlt sich eben in anderer Gesellschaft wohler. Ihm ist dieser ganze Clubrummel scheißegal – pardon.« Er streichelte ihren Rücken. »Sie sind jetzt viel entspannter als vorhin, als ich Sie abgeholt habe. Amüsieren Sie sich?«

»Ja. Aber Sie haben mich unter falschen Voraussetzungen hergelockt«, maulte sie ein bisschen. »Sie denken gar nicht daran, betrunken und redselig zu werden.«

Er grinste ohne eine Spur von schlechtem Gewissen. »Sie können mich fragen, was Sie wollen.«

»Okay. Wer ist der Mann da drüben, der mit den weißen Haaren?« Junior nannte seinen Namen. Ihr Instinkt hatte sich als richtig erwiesen. Sein Name war einer von denen, die den Brief unterschrieben hatten. »Stellen Sie mich ihm vor, wenn die Band das nächste Mal Pause macht?«

»Er ist verheiratet.«

Sie warf ihm einen schrägen Blick zu. »Mein Interesse ist rein geschäftlich.«

»Ah, gut, gut.«

Er erfüllte ihre Bitte. Der Banker, den sie sich ausgesucht hatte, schien etwas verlegen, als Junior sie vorstellte. Sie schüttelte ihm die Hand und sagte: »Ich habe Ihren Brief erhalten, Mr. Longstreet.«

Ihre Offenheit überraschte ihn, aber er fasste sich schnell: »Wie ich sehe, beherzigen Sie ihn.« Er warf einen wissenden Blick auf Junior.

»Sie dürfen meine Anwesenheit mit Junior nicht falsch interpretieren. Ich kann mir gut vorstellen, was er, sein Vater und Mr. Lambert für Purcell und seine Wirtschaft bedeuten, aber das heißt noch lange nicht, dass ich meine Ermittlungen einstelle. Es gehört schon mehr dazu als ein Brief, um mich abzuschrecken.«

Junior war offensichtlich verärgert, als er sie ein paar Minuten später wieder zur Tanzfläche brachte und ihr zuraunte: »Sie hätten mich warnen können.«

»Wovor denn?«

»Davor, dass Sie bewaffnet und gefährlich sind. Longstreet ist eine große Nummer, die man nicht in die Ecke treiben sollte. Und was für ein Brief ist das überhaupt?«

Sie erstattete Bericht und nannte alle Namen, an die sie sich erinnern konnte. »Ich hatte gehofft, ich würde ein paar von ihnen hier treffen.«

Er runzelte die Stirn und sah sie erbost an, aber das dauerte nicht lange. Ein kurzes Schulterzucken, dann war das verführerische Lächeln wieder an seinem Platz. »Und ich hatte geglaubt, ich hätte Sie im Sturm erobert.« Mit einem resignierten Seufzen fügte er hinzu: »Na schön, dann kann ich Ihnen wenigstens anderswie zu Diensten sein. Wollen Sie den Rest Ihrer Gegner kennenlernen?«

Junior versuchte sie so unauffällig wie möglich durch die Menge zu steuern und stellte ihr alle vor, die diesen unterschwellig bedrohlichen Brief signiert hatten.

Eine halbe Stunde später verabschiedeten sie sich von einem Paar, das eine Supermarktkette in West Texas besaß. Sie hatten in Purcell Downs stattliche Summen investiert und offen ihre Feindseligkeit gezeigt. Inzwischen hatte sich herumgesprochen, wer Juniors Partnerin war, also hatten sie sich gewappnet.

»So, das wäre geschafft«, sagte er.

»Gott sei Dank«, flüsterte Alex. »Stecken die Messer noch in meinem Rücken?«

»Sie werden sich doch nicht etwa von der alten Vettel einschüchtern lassen wollen, oder? Hören Sie, das ist eine ausgedörrte alte Xanthippe, die jede Frau hasst, die keinen so dicken Schnurrbart trägt wie sie.«

Alex musste lachen, obwohl ihr nicht danach zumute war. »Sie hat doch praktisch gesagt: ›Nehmen Sie die nächste Postkutsche aus der Stadt ...‹, oder?«

Er kniff sie in den Arm. »Los, gehn wir wieder tanzen. Das lenkt Sie von Ihren Problemen ab.«

»Ich muss erst mal die Schäden reparieren«, sagte sie und entzog ihm ihren Arm. »Entschuldigen Sie mich.«

»Okay. Für kleine Mädchen ist da hinten.« Er wies auf einen schmalen Gang.

Es war niemand in der Toilette, als sie eintrat, aber als sie aus der Kabine kam, stand die Tochter des Richters vor dem Toilettentisch und starrte ihr Spiegelbild an. Sie wandte sich Alex zu.

Alex lächelte. »Hallo.«

»Hallo.«

Alex ging zum Waschbecken und wusch sich die Hände. »Wir sind uns nicht offiziell vorgestellt worden. Ich bin Alex Gaither.« Sie zog zwei raue Papierhandtücher aus dem Spender.

»Ja, ich weiß.«

Alex ließ die gebrauchten Handtücher in den Papierkorb fallen. »Sie sind Richter Wallace' Tochter.« Sie versuchte das Eis zu brechen in einer Atmosphäre, in der es arktisch knisterte. Die Frau war jetzt alles andere als das schüchterne unsichere Mädchen von vorhin, als Junior mit ihr geredet hatte. Blanke Angriffslust verzerrte ihre Züge. »Stacey, nicht wahr?«

»Ja, Stacey. Aber Wallace ist nicht mein Nachname. Ich heiße Minton.«

»Minton?«

»Richtig. Ich bin Juniors Frau. Seine *erste* Frau.«

20

»Wie ich sehe, ist Ihnen das neu«, höhnte Stacey, als sie Alex' schockiertes Gesicht sah.

»Ja«, erwiderte diese tonlos. »Das hat keiner erwähnt.«

Staceys immer präsente Fassung ließ sie im Stich. Sie klatschte eine Hand auf ihren mickrigen Busen und rief: »Haben Sie überhaupt eine Ahnung, welchen Schaden Sie anrichten?«

»Bei wem denn?«

»Bei mir«, schrie sie und deutete auf ihre Brust. Dann ließ sie sofort die Hand fallen und kniff den Mund zusammen, als schäme sie sich über ihren Ausbruch. Sie schloss kurz die Augen. Als sie sie wieder öffnete, waren sie immer noch feindselig, aber sie hatte sich wieder gefasst. »Fünfundzwanzig Jahre lang musste ich dagegen ankämpfen, dass alle glaubten, Junior hätte mich nur aus Enttäuschung über Ihre Mutter geheiratet.«

Alex schloss sich insgeheim der öffentlichen Meinung an und schlug schuldbewusst die Augen nieder.

»Wie ich sehe, glauben Sie das auch.«

»Tut mir leid, Miss … Stacey. Darf ich Sie Stacey nennen?«

»Natürlich«, erwiderte sie steif.

»Tut mir leid, wenn meine Untersuchung Sie beunruhigt hat.«

»Wie sollte sie das nicht? Sie wühlen die Vergangenheit wieder auf. Indem Sie das tun, kommt meine Schmutzwäsche erneut ans Licht, und die ganze Stadt kann es sehen.«

»Ich hatte keine Ahnung, wer Juniors erste Frau war, oder dass sie überhaupt in Purcell lebt.«

»Hätte das eine Rolle gespielt?«

»Wahrscheinlich nicht«, erwiderte Alex mit reumütiger Offenheit. »Ich verstehe nicht, wieso Ihre Ehe mit Junior irgendetwas mit dem Fall zu tun haben soll. Es gibt da eine Verbindung am Rande, für die ich nichts kann.«

»Und wie ist das mit meinem Vater?«, fragte Stacey und wechselte abrupt das Thema.

»Mit Ihrem Vater?«

»Diese kleinliche Untersuchung kann für ihn peinlich sein. Der Anfang ist bereits gemacht.«

»Wie das?«

»Dadurch, dass Sie sein ursprüngliches Urteil in Frage stellen.«

»Tut mir leid, aber das kann ich nicht umgehen.«

»Können – oder wollen.« Stacey schüttelte sich angewidert. »Ich verabscheue Menschen, die zu ihrem persönlichen Vorteil den Ruf anderer mit Füßen treten.«

»Und Sie glauben wirklich, dass ich das mache?« Alex war aufgebracht. »Sie glauben, ich habe diese Ermittlung nur eingeleitet, um meine Karriere zu fördern?«

»Etwa nicht?«

»Nein«, erwiderte sie und schüttelte nachdrücklich den Kopf. »Meine Mutter wurde in diesem Stall ermordet. Ich glaube nicht, dass der Mann, den man dessen beschuldigt, zu diesem Verbrechen fähig war. Ich will wissen, was wirklich passiert ist. Ich will, egal, was es kostet, wissen, was passiert ist! Und ich werde den Verantwortlichen dafür bezahlen lassen, dass er mich zur Waise gemacht hat.«

»Ich war bereit, Ihre Argumente anzuhören, aber wie ich sehe, wollen Sie ja doch nur Rache.«

»Ich will Gerechtigkeit.«

»Gleichgültig, was es andere Menschen kostet?«

»Ich habe mich bereits für den Kummer entschuldigt, den ich Ihnen verursache.«

Stacey machte ein verächtliches Geräusch. »Sie wollen meinen Vater öffentlich kreuzigen. Streiten Sie es nicht ab«, keifte sie, als Alex Protest einlegte. »Gleichgültig, wie heftig Sie es leugnen, Sie wollen ihn der Lächerlichkeit preisgeben. Zumindest bezichtigen Sie ihn eines krassen Fehlurteils.«

Das zu dementieren wäre eine Lüge. »Ja, ich glaube, dass er im Fall Buddy Hicks falsch geurteilt hat.«

»Daddy hat vierzig makellose Jahre auf der Richterbank vorzuweisen, die seine Weisheit und seine Integrität bestätigen.«

»Wenn meine Untersuchung kleinlich ist, wie Sie das nennen, Mrs. Minton, dann stellt sie ja wohl keine Beeinträchtigung dar, nicht wahr? Ein so erhabener Richter kann doch wohl nicht von einem mickrigen Ankläger zu Fall gebracht werden, der nur Hass und Rachsucht als Munition besitzt. Ich bräuchte Beweise, um meine Anschuldigungen zu stützen.«

»Sie haben keine.«

»Ich bin überzeugt, ich werde sie haben, bevor ich hier abtrete. Wenn der Ruf Ihres Vaters aufgrund dessen leidet …« Sie holte tief Luft und legte eine erschöpfte Hand an die Stirn. Dann sagte sie mit ernster Miene und im Brustton der Überzeugung: »Stacey, ich will weder die Karriere Ihres Vaters ruinieren noch seine Arbeit auf der Richterbank schlechtmachen. Ich will niemandes Gefühle verletzen oder unschuldigen Randbeteiligten Kummer oder Schande zufügen. Ich will nur Gerechtigkeit.«

»Gerechtigkeit«, Stacey schnaubte abfällig, und ihre Augen wurden schmal vor Bosheit. »Sie haben nicht einmal das Recht, dieses Wort auszusprechen. Sie sind genau wie Ihre Mutter – hübsch, aber oberflächlich. Stur und selbstsüchtig. Ohne Rücksicht auf die Gefühle anderer Menschen. Unfähig, mehr zu sehen als Ihre egoistischen Bedürfnisse!«

»Ich vermute, Sie mochten meine Mutter nicht besonders«, bemerkte Alex sarkastisch.

Stacey nahm das ernst. »Ich hab sie gehasst.«

»Warum? Weil Junior in sie verliebt war?«

Wenn Stacey unter die Gürtellinie schlagen durfte, dann konnte sie das auch, fand Alex. Es funktionierte. Stacey wich einen Schritt zurück und tastete nach dem Toilettentisch, um sich zu stützen. Instinktiv streckte Alex eine helfende Hand aus, aber die Tochter des Richters zuckte entsetzt zurück.

»Stacey, ich weiß, dass Junior Sie kurz nach der Ermordung meiner Mutter geheiratet hat. Ihnen muss doch klar sein, wie seltsam das in meinen Augen aussieht.«

»Es mag ein bisschen plötzlich aussehen, aber wir waren schon seit Jahren ein Paar.«

Das überraschte Alex. »Tatsächlich?«

»Ja. Und die meiste Zeit war er auch mein Geliebter.«

Stacey schleuderte diese Information wie einen Pfeil auf Alex, spitz und triumphierend. Sie erreichte damit nur, dass Alex' Mitleid mit ihr noch größer wurde. Alex sah jetzt alles deutlich vor sich: ein unattraktives Mädchen, hoffnungslos verliebt in den charmanten und gut aussehenden Footballhelden, bereit, alles zu opfern, selbst ihren Stolz, um auch nur ein paar Brosamen seiner Aufmerksamkeit zu erhaschen. Sie hätte alles getan, um ihn an sich zu binden. »Ich verstehe.«

»Das bezweifle ich. Genau wie Junior sind Sie blind, was die Wahrheit angeht.«

»Was ist denn die Wahrheit, Stacey?«

»Dass Celina falsch für ihn war. Sie hat ihn ständig mit Reede verglichen, wie alle anderen auch. Junior hat immer als Zweiter abgeschnitten. Mir war es egal, wie er abschnitt, ich habe ihn so geliebt, wie er war. Junior wollte es nicht glauben, aber trotz Ihres Vaters und Ihnen hätte Celina immer nur Reede geliebt.«

»Wenn sie ihn so sehr liebte, warum hat sie dann meinen Vater geheiratet?« Diese Frage ließ Alex seit Tagen keine Ruhe.

»Im Frühling unseres ersten Studienjahres hatten Reede und Celina einen Streit. Und Celina ist gleich zu Beginn der Ferien nach El Paso gefahren, um ihre Cousins zu besuchen.«

»Und da hat sie meinen Vater kennengelernt.« So viel wusste Alex von ihrer Großmutter. »Er hat seine Grundausbildung in Fort Bliss gemacht. Kurz nach ihrer Hochzeit wurde er nach Vietnam verschifft.«

Stacey verzog verächtlich das Gesicht. »Und nachdem er gestorben war, wollte sie wieder mit Reede anbandeln, aber er wollte sie nicht haben. Und da hat sie dann die Hoffnung bei Junior geschürt. Sie wusste, dass er schon immer scharf auf sie war, aber hätte ihn nie genommen, wegen Reede. Wirklich beschämend, wie sie sich an Junior rangemacht hat, ihn in ihre Schwangerschaft mit einbezogen! Vielleicht hat sie mit dem Gedanken gespielt, ihn zu heiraten, aber das wäre nie passiert, solange Reede Lambert noch lebte.

Ihre Mutter hat Junior an der Nase rumgeführt und ihm das Leben schwergemacht. Und sie hätte es weiter so getrieben, wenn sie am Leben geblieben wäre.« Die ehemalige Mrs. Minton holte tief Luft. »Ich war froh, als Celina starb.«

Alex überfiel plötzliches Misstrauen. »Wo waren Sie an diesem Abend?«

»Zu Hause, beim Auspacken. Ich war gerade von einer Woche Urlaub in Galveston zurückgekehrt.«

Würde sie bei etwas lügen, was so leicht nachzuprüfen war? »Sie haben Junior sofort danach geheiratet.«

»Das ist richtig. Er hat mich gebraucht. Ich wusste, dass ich nur ein Trostpflaster für ihn war, genau wie immer, wenn er mit mir geschlafen hat, obwohl er eigentlich Celina wollte. Aber es war mir egal, dass er mich benutzte. Ich wollte benutzt werden. Ich hab seine Mahlzeiten gekocht, seine Kleidung gepflegt, ihn im Bett versorgt und außerhalb.«

Während dieser Schilderung wurde ihr Gesicht mit einem Mal verträumt. »Ich hab es ignoriert, als er mich das erste Mal betrog. Natürlich war ich am Boden zerstört, aber ich hab verstanden, wie leicht das passieren konnte. Wann immer er ausging, haben sich die Frauen um ihn geschart. Welcher Mann kann einer so heftigen Versuchung widerstehen? Die Affäre hat nicht lange gedauert, er hat bald das Interesse verloren.« Sie verschränkte die Hände, fixierte sie und sagte leise: »Dann kam die Nächste. Und die Nächste. Ich hätte alle seine Geliebten toleriert, wenn er nur mit mir verheiratet geblieben wäre.

Aber er bat mich um die Scheidung. Zuerst hab ich mich geweigert. Er ließ nicht locker, sagte mir immer wieder, er hasse es, mich mit seinen Affären zu verletzen. Als mir keine andere Wahl blieb, habe ich in die Scheidung eingewilligt. Es hat mir das Herz gebrochen, aber ich habe ihm gegeben, was er wollte, obwohl ich gewusst habe, *gewusst*, dass keine andere Frau so gut wäre für ihn wie ich. Ich dachte, ich müsste daran sterben, dass ich ihn zu sehr liebte.«

Sie schüttelte ihre rührselige Stimmung energisch ab und konzentrierte ihre Wut wieder auf Alex. »Und trotzdem muss ich mit ansehen, wie er von Frau zu Frau geht, immer auf der Suche nach dem, was ich geben kann und will. Ich muss mit ansehen, wie er heute Abend mit Ihnen tanzt und flirtet. Mit Ihnen! Mein Gott«, schluchzte sie, hob ihren Kopf zur Decke und presste eine Faust gegen ihre Stirn. »Sie wollen ihn ruinieren, und er sieht nur Ihr hübsches Gesicht und Ihren Körper.«

Sie ließ die Hand fallen und richtete ihre brennenden Augen auf Alex. »Sie sind Gift, Miss Gaither. Ich empfinde Ihnen gegenüber genauso, wie ich vor fünfundzwanzig Jahren empfunden habe.« Ihr schmales kantiges Gesicht näherte sich dem Alex' bis auf wenige Zentimeter, dann zischte sie: »Ich wünschte, Sie wären nie geboren worden.«

Alex' Versuche nach Staceys Abgang, ihr Gleichgewicht wiederzufinden, waren vergeblich. Mit aschfahlem Gesicht und zitternd verließ sie die Toilette.

»Ich wollte gerade kommen und Sie holen.« Junior erwartete Alex im Gang. Zuerst merkte er gar nicht, wie durcheinander sie war, doch dann sah er ihre Blässe und fragte besorgt: »Alex? Was ist los?«

»Ich möchte jetzt gehen.«

»Ist Ihnen nicht gut? Was ...«

»Bitte. Wir reden unterwegs.«

Junior fragte nicht weiter, nahm ihren Arm, führte sie zur Garderobe. »Warten Sie hier.« Alex sah, wie er den Club betrat, die Tanzfläche umrundete und zu dem Tisch ging, an dem sie zu Abend gegessen hatten. Er sprach kurz mit Angus und Sarah Jo und war rechtzeitig wieder da, um ihre Hüllen in Empfang zu nehmen.

Er brachte sie nach draußen und setzte sie in seinen Wagen. Dann fuhr er los und wartete, bis sie ein ganzes Stück vom Club entfernt waren und die Heizung warme Luft pumpte, ehe er sagte: »Also, was ist los?«

»Warum haben Sie mir nicht erzählt, dass Sie mit Stacey Wallace verheiratet waren?«

Er starrte sie an, dass er schon fast zu einem Verkehrshindernis wurde, dann wandte er sich wieder der Straße zu. »Sie haben nicht gefragt.«

»Wie praktisch.«

Ihren Kopf am kühlen Beifahrerfenster fühlte sie sich, als hätte man sie mit einer Kette gepeitscht und würde sie jetzt zwingen, zur zweiten Runde in den Ring zu klettern. Gerade als sie geglaubt hatte, sie hätte die verschiedenen Stücke der Beziehungspuzzles von Purcell aussortiert, tauchte ein neuer Dreh auf.

»Ist es wichtig?«, fragte Junior.

»Ich weiß es nicht.« Sie wandte sich ihm zu und lehnte den Kopf zurück an ihr Fenster. »Erzählen Sie's mir. Ist es wichtig?«

»Nein. Die Ehe hat kaum ein Jahr gehalten. Wir haben uns als Freunde getrennt.«

»Sie haben sich getrennt. Stacey liebt Sie immer noch.«

Er zuckte zusammen. »Das war eines unserer Probleme. Staceys Liebe ist besessen und besitzergreifend. Sie hat mich umgarnt. Ich konnte nicht atmen. Wir ...«

»Junior, Sie haben rumgebumst«, unterbrach sie ihn ungeduldig. »Ersparen Sie mir Ihre banalen Erklärungen. Das interessiert mich alles nicht.«

»Warum haben Sie dann davon angefangen?«

»Weil sie mich in der Toilette zur Rede gestellt hat und mich bezichtigte, dass ich mit dieser Untersuchung das Leben ihres Vaters ruiniere.«

»Du lieber Himmel, Alex. Joe Wallace ist eine alte Heulsuse. Stacey bemuttert ihn. Ich bezweifle keine Sekunde, dass er ihr die Ohren vollgejammert hat. Damit will er ihr Mitgefühl kriegen. Jeder unterstützt die Neurosen des anderen. Machen Sie sich deshalb keine Gedanken.«

In diesem Augenblick fand Alex Junior gar nicht mehr sympathisch. Seine abfällige Art gegenüber der Liebe einer Frau – jeder Frau – zeugte von miesem Charakter. Sie hatte ihn heute Abend beobachtet: Genau wie Stacey es beschrieben hatte, war er von einer Frau zur anderen geschwirrt. Die Jungen und die Alten, die Attraktiven und die Hässlichen, ob verheiratet oder ledig, alle waren willkommene Beute. Er war zu jeder charmant, wie ein Osterhase, der durch die Menge hoppelt und Süßigkeiten an gierige Kinder verteilt, die nicht merken, dass es ihnen ohne leeren Zucker bessergehen würde.

Er war daran gewöhnt, dass sie ihn umschwärmten. Diese Art von Arroganz lehnte Alex immer schon als widerlich ab. Junior hielt es für selbstverständlich, dass jede Frau auf ihn reagierte. Flirten war für ihn ein Reflex, wie das Atmen. Ihm würde nie in den Sinn kommen, dass jemand seine Absichten missverstehen und deshalb emotionell Schmerzen erleiden könnte.

Wenn sie dieses Gespräch mit Stacey nicht gehabt hätte, hätte vielleicht auch Alex wohlwollend gelächelt, wie all die anderen Frauen, und seine Verbindlichkeit als Teil seiner Persönlichkeit akzeptiert. Aber jetzt irritierte er sie, und sie hatte das Bedürfnis, ihm hinzureiben, dass man sie nicht so einfach abtun konnte. »Stacey hat sich nicht nur über den Richter aufgeregt. Sie sagte, ich hätte Erinnerungen an ihre Ehe aufgewühlt, ihre Schmutzwäsche ans Licht gezerrt. Ich habe den Eindruck, dass sie schwer darunter leidet, Ihre Exfrau zu sein.«

»Das ist aber eigentlich nicht mein Problem, oder?«

»Vielleicht sollte es das sein.«

Ihr schroffes Kontra überraschte ihn. »Das klingt ja, als wären Sie sauer auf mich. Warum?«

»Ich weiß es nicht.« Ihr Zorn war leider so schnell verflogen, wie er aufgeflammt war. Jetzt fühlte sie sich ausgelaugt. »Tut mir leid. Vielleicht liegt's nur daran, dass ich immer den Underdogs die Stange halte.«

Er streckte die Hand aus und legte sie auf ihr Knie. »Ein bewundernswerter Charakterzug, der meiner Aufmerksamkeit nicht entgangen ist.« Alex nahm seine Hand und ließ sie auf den Ledersitz zwischen ihnen fallen. »O je, Sie haben mir noch nicht verziehen.«

Sie widerstand seinem Lächeln. »Warum haben Sie Stacey geheiratet?«

»Wollen Sie wirklich darüber reden?« Er steuerte den Wagen in die Einfahrt des Westerner Motels und stellte die Schaltung auf Parken.

»Ja.«

Er schaltete mit gerunzelter Stirn den Motor aus, legte den Arm über die Rückenlehne und wandte sich ihr zu: »Damals schien es das Richtige.«

»Sie haben sie nicht geliebt?«

»Ach was.«

»Aber Sie haben mit ihr geschlafen.« Sie sah ihn fragend an. »Stacey hat mir erzählt, Sie wären schon lange ihr Geliebter gewesen, bevor sie heirateten.«

»Nicht ihr Geliebter, Alex. Ich bin ab und zu mit ihr ausgegangen.«

»Wie oft?«

»Soll ich ganz offen sein?«

»Schießen Sie los.«

»Ich hab Stacey immer dann angerufen, wenn ich geil war und die Gail-Schwestern beschäftigt waren oder ihre Tage hatten, oder …«

»Die wer?«

»Die Gail-Schwestern. Andere Geschichte.« Er winkte ab, als er das neugierige Blitzen in ihren Augen sah.

»Ich hab die ganze Nacht Zeit.« Sie machte es sich bequemer.

»Entgeht Ihnen eigentlich je etwas?«

»Sehr wenig. Was ist mit diesen Schwestern?«

»Es gab drei von ihnen – Drillinge, genau gesagt. Alle hießen Gail.«

»Das ist ja wohl normal.«

»Nein. Das war nicht ihr Nachname. Sie hießen Wanda Gail, Nora Gail und Peggy Gail.«

»Soll das ein Witz sein?«

»Ehrenwort. Reede hatte sie bereits sozusagen entjungfert, bevor ich auftauchte. Er hat sie mir vorgestellt.« Er kicherte anzüglich. »Kurzum, die Gail-Schwestern waren willig. Sie haben es gern gemacht. Jeder Typ in der Purcell High School muss sie mindestens einmal flachgelegt haben.«

»Okay. Ich hab verstanden. Aber wenn sie nicht verfügbar waren, haben Sie Stacey Wallace angerufen, weil auch sie willig war.«

Er sah sie ruhig an. »Ich hab nie eine Frau gezwungen, sie war sehr entgegenkommend, Alex.«

»Nur bei Ihnen.«

Er zuckte desinteressiert die Schultern.

»Und das haben Sie ausgenutzt!«

»Nennen Sie mir einen Typen, der das nicht machen würde.«

»Da mag was Wahres dran sein«, gab sie widerstrebend zu. »Aber ich wage zu sagen, dass Sie der einzige Mann sind, mit dem Stacey je zusammen war.«

Er hatte zumindest den Anstand, ein wenig beschämt dreinzusehen. »Ja, das würde ich auch sagen.«

»Sie hat mir heute Abend leidgetan, Junior. Sie hat sich mir gegenüber widerlich verhalten, aber trotzdem hat sie mir leidgetan.«

»Ich hab nie verstanden, wieso sie sich eigentlich an mich gehängt hat, aber vom Tag meiner Einschreibung in der Purcell High School an hat sie mich wie ein Schatten verfolgt. Sie war ein sehr gescheites Kind, wissen Sie. Sie war immer der Liebling der Lehrer wegen ihrer Gewissenhaftigkeit und weil sie nie in Schwierigkeiten steckte.« Er lachte. »Sie hätten *nie* geglaubt, dass sie sich auf dem Rücksitz meines Chevy hat vögeln lassen.«

Alex sah gedankenverloren ins Leere, hörte gar nicht richtig zu. »Stacey hat Celina verachtet.«

»Sie war eifersüchtig auf sie.«

»Hauptsächlich deshalb, weil sie wusste, dass Sie, wenn Sie mit ihr geschlafen haben, sich immer nach meiner Mutter sehnten.«

»O mein Gott«, fluchte er leise, und sein Lächeln verflog.

»Das hat sie gesagt. Ist es wahr?«

»Celina war immer mit Reede zusammen. So sah es aus.«

»Aber Sie haben sie trotzdem begehrt, obwohl sie Ihrem besten Freund gehörte?«

Nach einer längeren Pause gestand er: »Ich müsste lügen, wenn ich etwas anderes behauptete.«

Alex sagte sehr leise: »Stacey hat mir noch etwas erzählt. Es war eine beiläufige Bemerkung, keine Enthüllung. Sie sagte, das wüssten alle – etwas, was ich bereits wissen sollte.«

»Was?«

»Dass Sie meine Mutter heiraten wollten.« Sie sah ihm direkt in die Augen und sagte heiser: »Ist das wahr?«

Er wandte sich kurz ab, dann nickte er.

»Bevor oder nachdem sie heiratete und mich gekriegt hat?«

»Sowohl als auch.« Als er ihre offensichtliche Verwirrung sah, sagte er: »Ich glaube, es gab keinen Mann, der, wenn er Celina ansah, sie nicht für sich haben wollte. Sie war schön und lustig und hatte diese Art, einen glauben zu machen, dass man für sie etwas Besonderes wäre. Sie hatte …« Er suchte nach einem passenden Wort. »Etwas«, sagte er, »etwas, das das Bedürfnis weckte, sie zu besitzen.«

»Haben Sie sie je besessen?«

»Körperlich?«

»Haben Sie je mit meiner Mutter geschlafen?«

Nackte Ehrlichkeit und schreckliche Trauer starrten aus seinem Gesicht: »Nein, Alex. Niemals.«

»Haben Sie es je versucht? Hätte sie es gemacht?«

»Ich glaube nicht. Ich hab's nie versucht. Zumindest nicht sehr heftig.«

»Warum nicht, wenn Sie sie so sehr begehrten?«

»Weil Reede uns umgebracht hätte.«

Sie sah ihn schockiert an. »Glauben Sie das wirklich?«

Er zuckte die Schultern und setzte wieder sein entwaffnendes Lächeln auf. »Nur so eine Redensart.«

Alex war sich nicht so sicher. Es hatte geklungen, als meine er das wörtlich.

Er rutschte über den Sitz ganz nahe zu ihr, und seine Finger glitten in ihr Haar, dann legte er seinen Daumen an ihren Hals und streichelte ihn sanft.

»Was für ein trübsinniges Thema. Wechseln wir's«, flüsterte er und hauchte einen Kuss über ihre Lippen. »Wie wär's, wenn wir die Vergangenheit für eine Weile ruhen ließen und uns auf die Gegenwart konzentrierten?« Seine Augen wanderten über ihr Gesicht, und seine Finger folgten ihnen. »Ich möchte mit dir schlafen, Alex.«

Einen Moment lang verschlug es ihr die Sprache. »Das meinen Sie doch nicht im Ernst?«

»Wetten?«

Jetzt begann er sie ernsthaft zu küssen. Zumindest versuchte er es. Er bog ihren Kopf zurück, bemächtigte sich ihrer Lippen, drückte, probierte, drückte fester. Als sie nicht reagierte, setzte er sich auf und sah sie fragend an.

»Nein?«

»Nein.«

»Warum nicht?«

»Das wissen Sie, auch ohne dass ich es sage. Es wäre verrückt. Falsch.«

»Ich hab schon verrücktere Sachen gemacht.« Seine Hand senkte sich zu ihrem Pullover und tastete über ein Stück weiches Wildleder. »Falschere auch.«

»Ich aber nicht.«

»Wir wären gut zusammen, Alex.«

»Das werden wir nie erfahren.«

Sein Daumen strich über ihre Unterlippe, verfolgt von einem zärtlichen Blick. »Sag niemals nie.« Er beugte den Kopf und küsste sie noch einmal – liebevoll, nicht leidenschaftlich, dann rutschte er auf den Fahrersitz zurück und stieg aus.

An der Tür gab er ihr einen keuschen Gutenachtkuss, aber mit nachsichtig amüsiertem Lächeln. Alex wusste, dass er glaubte, sie würde sich nur zieren und es wäre eine Frage der Zeit, bis er sie rumkriegen würde.

Sie war so verwirrt von seiner Anmache, dass es einige Zeit dauerte, bis sie sah, dass das rote Licht an ihrem Telefon blinkte. Eine Nachricht. Sie rief die Rezeption an, bekam ihre Nachricht und rief die genannte Nummer an. Schon bevor der Arzt an den Apparat kam, wusste sie, was er sagen würde. Trotzdem waren seine Worte ein Schock.

»Miss Gaither. Es tut mir furchtbar leid. Mrs. Graham ist heute am frühen Abend verschieden, ohne das Bewusstsein wiedererlangt zu haben.«

21

Alex klopfte und wartete, bis Reede »Herein«, rief, bevor sie sein Büro betrat. »Guten Morgen. Danke, dass Sie mich so rasch empfangen konnten.«

Sie setzte sich auf einen Stuhl vor seinen Schreibtisch. Er goss ihr, ohne zu fragen, eine Tasse Kaffee nach ihrem Geschmack ein und stellte sie vor sie hin. Sie nickte kurz.

»Das mit Ihrer Großmutter tut mir leid, Alex«, sagte er und setzte sich wieder in seinen knarzenden Drehstuhl.

»Danke.«

Alex war eine Woche lang weg gewesen, um die Beerdigung ihrer Großmutter zu arrangieren. Nur sie selbst, ein paar frühere Kollegen und ein paar Patienten des Pflegeheims hatten an der Feier teilgenommen. Nach der Beerdigung musste Alex mit der unwillkommenen Arbeit beginnen, das Zimmer ihrer Großmutter im Pflegeheim zu räumen. Das Personal war sehr hilfsbereit gewesen, aber es gab eine Warteliste, also sollte das Zimmer sofort wieder hergerichtet werden.

Emotional war es eine sehr anstrengende Woche gewesen. Als sie vor dem bescheidenen Sarg stand und die Orgelmusik im Hintergrund ertönte, hatte Alex plötzlich ein entsetzliches Gefühl der Niederlage überwältigt. Sie war ein Versager, hatte das gegebene Versprechen nicht erfüllt: Sie hatte Celinas Mörder nicht rechtzeitig gefunden. Der härtere Schlag für sie war jedoch die verpasste Chance, zuletzt doch noch Liebe und Vergebung der Großmutter zu erlangen – nun gab es keine mehr!

Sie hatte ernsthaft überlegt, ob sie das Handtuch werfen sollte und Greg recht geben, dass sie von Anfang an seinen Rat hätte befolgen sollen. Er würde es genießen, sie zu Kreuze kriechen zu sehen, und ihr dann sofort einen neuen Fall zuteilen.

Das wäre der leichtere Weg gewesen. Sie hätte nie wieder die Stadtgrenze von Purcell überschreiten müssen oder sich mit der Feindseligkeit herumschlagen, die ihr jeder, dem sie begegnete, entgegenbrachte, oder diesem Mann in die Augen sehen, der eine solche Fülle zwiespältiger Gefühle in ihr auslöste.

Vom gesetzlichen Standpunkt aus gesehen, hing ihr Fall zu sehr in der Luft, um vor Gericht zu bestehen. Aber persönlich konnte sie nicht aufgeben. Die Männer, die ihre Mutter geliebt hatten, faszinierten sie. Sie musste einfach wissen, wer von ihnen sie getötet hatte und ob tatsächlich sie für den Mord an ihrer Mutter verantwortlich war. Entweder schaffte sie ihre Schuldgefühle aus der Welt oder lernte damit zu leben, aber die Sache musste geklärt werden.

Also war sie nach Purcell zurückgekehrt. Sie starrte in die

grünen Augen, die seit drei Wochen durch ihre Gedanken spukten, und sie waren genauso faszinierend und beunruhigend wie in ihrer Erinnerung.

»Ich wusste nicht, ob Sie zurückkommen würden«, sagte er rundheraus.

»Sie hätten es aber wissen sollen. Ich hab Ihnen gesagt, dass ich nicht aufgeben werde.«

»Ja, das stimmt«, grunzte er. »Wie war's denn neulich Abend beim Tanzen?«

Seine Frage kam so überraschend, dass sie zusammenzuckte. »Woher wissen Sie das?«

»Es spricht sich rum.«

»Junior hat's Ihnen erzählt?«

»Nein.«

»Ich komme fast um vor Spannung«, sagte Alex. »Wie haben Sie erfahren, dass ich im Horse-and-Gun-Club war?«

»Einer meiner Deputies hat Junior an diesem Abend mit 81 Meilen draußen auf dem Highway gestoppt. Gegen elf Uhr, hat er gesagt. Er hat Sie bei ihm im Auto gesehen.« Er schien plötzlich sehr interessiert an seinen Stiefelspitzen. »Sie hatten es verdammt eilig, zurück in Ihr Motel zu kommen.«

»Ich wollte nicht mehr im Club bleiben. Mir war nicht gut.«

»Ist Ihnen das Barbecue nicht bekommen? Oder waren es die Leute? Bei manchen von denen wird mir auch schlecht.«

»Es waren weder die Leute noch das Essen. Es war, na ja, eine Person: Stacey Wallace …Minton.« Alex beobachtete seine Reaktion. Sein Gesicht zeigte keinerlei Regung. »Warum hat mir keiner gesagt, dass Stacey mit Junior verheiratet war?«

»Sie haben nicht gefragt.«

Wie durch ein Wunder gelang es ihr, ruhig zu bleiben. »Ist denn keinem je der Gedanke gekommen, dass ihre übereilte Heirat von Bedeutung sein könnte?«

»Das war sie nicht.«

»Ich behalte mir das Recht vor, selbst zu beurteilen, ob sie Bedeutung hatte oder nicht.«

»Wie Sie wollen. Und glauben Sie, sie hatte …?«

»Ja. Ich finde den Zeitpunkt von Juniors Heirat äußerst seltsam. Er ist noch seltsamer, wenn man bedenkt, dass die Tochter des Richters die Braut war.«

»Das ist überhaupt nicht seltsam.«

»Reiner Zufall also?«

»Nicht einmal das. Stacey Wallace hat Junior seit dem Tag, an dem sie ihn das erste Mal gesehen hat, geliebt oder gewollt. Alle wussten das, auch Junior. Sie machte auf jeden Fall kein Geheimnis daraus. Als Celina starb, hat Stacey ihre Chance erkannt und sie beim Schopf gepackt.«

»Stacey kommt mir nicht gerade vor wie eine Opportunistin.«

»Werden Sie erwachsen, Alex. Wir sind alle Opportunisten, wenn wir etwas so dringend haben wollen. Sie hat den Kerl geliebt«, sagte er ungeduldig. »Celinas Tod hat ihn fertiggemacht. Ich nehme an, Stacey hat geglaubt, ihre Liebe könnte seine Wunden heilen.«

»Dem war nicht so.«

»Offensichtlich. Sie brachte Junior nicht dazu, ihre Liebe zu erwidern. Und sie hat es ganz bestimmt nicht geschafft, seinen Reißverschluss zuzuschweißen.« Er nagte verärgert an seiner Unterlippe. »Wer hat die Katze aus dem Sack gelassen, Junior?«

»Stacey selbst. Sie hat mich in der Toilette zur Rede gestellt und mir vorgeworfen, dass ich ihr Leben durcheinanderbringe, weil ich diesen Fall wieder aufrolle.«

»Tapferes Mädchen«, sagte er wohlwollend. »Ich hab sie immer gemocht.«

»Ach, wirklich? Haben Sie auch mit ihr geschlafen? Oder haben die Gail-Schwestern Sie genug befriedigt?«

»Die Gail-Schwestern, was?« Er lachte. »Eins weiß ich, Stacey hat Ihnen nicht von Purcells notorischen Drillingen erzählt.«

»Junior hat die Lücken gefüllt.«

»Muss ja ein toller Abend gewesen sein.«

»Sehr aufschlussreich auf jeden Fall.«

»Ach ja. Was wurde denn aufgeschlossen?«

Sie ignorierte seine Anzüglichkeit. »Reede, warum diese Eile? Junior hat Stacey nicht geliebt. Gesetzt den Fall, er hat sich tatsächlich eingeredet, er wolle sie heiraten. Warum ausgerechnet dann?«

»Vielleicht wollte sie unbedingt eine Junibraut werden.«

»Machen Sie sich nicht lustig über mich!« Sie sprang von ihrem Stuhl auf und ging zum Fenster.

Er pfiff durch die Zähne. »Mann, oh Mann, Sie sind vielleicht mies drauf.«

»Ich habe gerade meine einzige lebende Verwandte begraben, falls Sie es vergessen haben«, zischte sie.

Er stieß einen leisen Fluch aus und strich sich durchs Haar. »Das hatte ich für einen Moment tatsächlich vergessen. Hören Sie, Alex, es tut mir leid. Ich weiß, wie elend mir zumute war, als ich meinen alten Herrn begrub.«

Sie wandte sich zu ihm, aber er starrte ins Leere. »Angus und Junior waren die Einzigen aus der ganzen gottverdammten Stadt, die zur Beerdigung kamen. Es gab weder eine Messe noch eine Andacht im Beerdigungsinstitut, nur eine kurze am Grab. Angus ging zurück an die Arbeit. Junior musste wieder in die Schule, weil er eine Biologieprüfung nicht versäumen wollte. Ich ging nach Hause.

Kurz nach dem Mittagessen kam Celina zu mir. Sie hatte die Schule geschwänzt, nur damit sie bei mir sein konnte. Sie wusste, dass ich traurig war, obwohl ich den Hurensohn gehasst habe, solange er noch am Leben war. Wir haben uns zusammen auf mein Bett gelegt und sind da geblieben, bis es dunkel wurde. Sie wusste, dass ihre Mutter sich Sorgen machen würde, wenn sie nicht nach Hause käme. Sie hat für mich geweint, weil ich es nicht konnte.«

»War das das erste Mal, dass Sie mit Celina geschlafen haben?«

Er sah ihr direkt in die Augen, stand auf und ging auf sie zu. »Nachdem Sie mit dem Thema Liebesleben angefangen haben, wie steht's denn mit Ihrem?«

Jetzt war sie mit ihrer Geduld am Ende. »Warum hören Sie nicht endlich auf, um den heißen Brei herumzureden, und fragen einfach?«

»Okay«, sagte er mit verächtlich verzogenem Mund. »Hat Junior es schon geschafft, Sie flachzulegen?«

»Sie Schwein.«

»Hat er?«

»Nein.«

»Ich wette, er hat's probiert. Er probiert's immer.« Sein Lachen ging ihr durch Mark und Bein. »Volltreffer.« Er streckte die Hand aus und strich über ihre Wange. »Sie werden rot.«

Sie schlug seine Hand beiseite. »Fahren Sie zur Hölle.«

Sie war wütend auf sich selbst, weil sie vor seinen Augen wie ein Schulmädchen errötet war. Es ging ihn überhaupt nichts an, mit wem sie schlief. Am meisten machte ihr aber zu schaffen, dass es ihm scheinbar egal war. Das Blitzen in seinen Augen war höchstens amüsiert, vielleicht verächtlich, aber ganz gewiss nicht eifersüchtig.

Sie holte zum Gegenschlag aus: »Weswegen haben Sie und Celina sich gestritten?«

»Celina und ich? Wann?«

»Im Frühling des ersten Studienjahres. Warum ging sie nach El Paso und hat etwas mit meinem Vater angefangen?«

»Vielleicht hat sie einen Tapetenwechsel gebraucht?«, sagte er schnippisch.

»Wussten Sie, wie sehr Ihr bester Freund sie geliebt hat?«

Sein herausforderndes Lächeln verschwand. »Hat Junior Ihnen das erzählt?«

»Ich wusste es schon, bevor er es mir erzählt hat. Wussten Sie zu diesem Zeitpunkt, dass er sie liebte?«

Er schob verlegen die Schultern nach vorne. »Fast jeder Typ an der Schule …«

»Ich rede nicht von Verliebtsein in ein beliebtes Mädchen, Reede.« Sie packte ihn am Hemdsärmel, um zu unterstreichen, wie wichtig ihr das war. »Wussten Sie, was Junior für sie empfand?«

»Und wenn?«

»Er sagte, Sie hätten ihn umgebracht, wenn er etwas bei ihr versucht hätte. Er sagte, Sie hätten sie beide umgebracht, wenn sie Sie betrogen hätten.«

»Nur eine Redensart.«

»Das hat Junior auch gesagt, aber das glaube ich nicht«, entgegnete sie ruhig. »Da war zu viel Leidenschaft im Spiel. Ihre gegenseitigen Beziehungen waren miteinander verstrickt und sehr vielschichtig.«

»Wessen Beziehungen?«

»Sie und meine Mutter haben sich geliebt, aber Sie beide haben auch Junior geliebt. War das nicht ein Dreiecksverhältnis im wahrsten Sinne des Wortes?«

»Wovon, zum Teufel, reden Sie überhaupt ... Glauben Sie etwa, Junior und ich sind schwul?«

Völlig unerwartet packte er ihre Hand und drückte sie an seinen Hosenstall. »Fühlst du das, Baby? Der war schon oft steif, aber nie für eine Tunte.«

Sie entriss ihm schockiert ihre Hand und rieb sie ganz unbewusst an ihrem Schenkel, als wäre sie gebrandmarkt worden. »Sie denken wie ein Prolet, Sheriff Lambert«, sagte sie wutentbrannt. »Ich glaube, dass Junior und Sie sich lieben wie indianische Blutsbrüder. Aber Sie sind auch Konkurrenten.«

»Ich trete nicht in Konkurrenz mit Junior.«

»Vielleicht nicht bewusst, aber andere Leute vergleichen euch beide miteinander. Und raten Sie mal, wer dabei immer gewinnt? *Sie.* Das hat Ihnen zu schaffen gemacht. Das macht Ihnen immer noch zu schaffen.«

»Ist das wieder eine Kostprobe von Ihrem Psychoquatsch?«

»Es ist jedenfalls nicht nur meine Meinung. Stacey hat es

neulich abends erwähnt, und zwar ganz ohne meine Schützenhilfe. Sie sagte, die Leute würden Sie beide immer vergleichen und Junior würde dabei immer als Zweiter abschneiden.«

»Ich kann nichts für das, was die Leute tratschen.«

»Ihr Konkurrenzkampf hatte wegen Celina den Höhepunkt erreicht, stimmt's?«

»Warum fragen Sie mich? Sie kennen doch sowieso alle Antworten.«

»Da waren Sie auch der Überlegene. Junior wollte Celinas Geliebter werden, aber Sie waren es tatsächlich.«

Langes Schweigen folgte. Reede beobachtete sie mit der Konzentration eines Jägers, der seine Beute im Fadenkreuz hat. Das Sonnenlicht, das durch die Rollläden strömte, funkelte in seinen Augen, seinen Haaren, den Brauen, die gefährlich zusammengezogen waren.

Er sagte sehr ruhig: »Guter Versuch, Alex. Aber ich gebe nichts zu.«

Er versuchte sich zu entfernen, sie packte jedoch seine Arme. »Und, waren Sie nicht ihr Geliebter? Welche Rolle spielt das schon, wenn Sie es jetzt zugeben?«

»Weil ich immer genieße und schweige.« Sein Blick wanderte zu ihrem pulsierenden Hals, dann wieder nach oben. »Und Sie sollten verdammt froh sein, dass es so ist.«

Erregung packte sie, warm und golden wie das morgendliche Sonnenlicht. Sie sehnte sich danach, seine harten Lippen auf den ihren zu spüren, seine grobe, herrische Zunge in ihrem Mund zu fühlen, sie wurde feucht vor Begierde, und die Schuldgefühle für das, was sie haben wollte und nicht haben konnte, trieben ihr die Tränen in die Augen. Sie waren so ineinander vertieft, dass sie den Beobachter von der anderen Straßenseite nicht bemerkten. Die Sonne strahlte sie an wie ein Scheinwerfer.

Alex entriss sich mit Gewalt der schwankenden Gegenwart, glitt zurück in die beunruhigende Vergangenheit und sagte: »Junior hat mir erzählt, dass Sie und Celina mehr als nur ein kindliches Liebespaar waren.« Es war ein Bluff, aber sie setzte darauf, dass er funktionierte. »Er hat mir alles über Ihre Beziehung zu ihr erzählt, es spielt also keine Rolle, ob Sie's zugeben oder nicht. Wann haben Sie mit ihr das erste Mal ... Sie wissen schon?«

»Gefickt?«

Das vulgäre Wort und seine leise dröhnende Stimme ließen sie am ganzen Körper erbeben. Nie zuvor hatte ein Wort so erotisch geklungen. Sie schluckte und nickte kaum merklich.

Mit einem Mal packte er sie am Nacken und zog sie an sich, zwang sie, ihn direkt anzusehen. Seine Augen bohrten sich in die ihren.

»Einen Scheiß hat Ihnen Junior erzählt«, flüsterte er. »Versuchen Sie Ihre miesen kleinen Anwaltstricks nicht bei mir. Ich bin achtzehn Jahre älter und schlau zur Welt gekommen. Ich habe Kniffe auf Lager, die Sie sich nicht träumen ließen. Und ich bin verflucht noch mal nicht so dämlich, auf die Ihren reinzufallen.«

Er packte ihre Haare noch fester. Sein heftiger Atem war heiß auf ihrem Gesicht. »Versuchen Sie ja nicht, sich noch einmal zwischen Junior und mich zu stellen, haben Sie kapiert? Entweder Sie kämpfen gegen uns beide, oder Sie ficken uns beide, aber mischen Sie sich nicht in etwas ein, was außerhalb Ihres Begriffsvermögens liegt.«

Seine Augen wurden schmal. »Ihre Mama hatte die schlechte Angewohnheit, die Leute gegeneinander auszuspielen. Irgendeinem hat das nicht gepasst, und er hat sie umgebracht, bevor sie diese Lektion kapiert hatte. Sie sollten sie besser lernen, bevor Ihnen dasselbe zustößt.«

Der Morgen war ein glatter Reinfall, was die Entdeckung neuer Hinweise betraf. Nichts lenkte sie von dem beunruhigenden Gespräch mit Reede ab. Wäre da nicht dieser Deputy gewesen, der an die Tür geklopft und sie unterbrochen hatte – sie wusste nicht, ob sie Reede die Augen ausgekratzt oder dem viel stärkeren Drang nachgegeben hätte, nämlich sich an ihn zu schmiegen und ihn zu küssen.

Mittags gab sie schließlich den Versuch auf, sich zu konzentrieren und überquerte die Straße, um im B & B Café zu speisen. Wie bei den meisten Leuten, die in der Stadt arbeiteten, war das zur Gewohnheit geworden. Mittlerweile verstummten nicht mehr alle Gespräche, wenn sie das Lokal betrat. Ab und zu begrüßte Pete sie sogar, wenn er nicht zu sehr in der Küche beschäftigt war.

Sie ließ sich so lange wie möglich Zeit beim Essen, dann spielte sie mit dem Gürteltier aus gelber Keramik, das als Aschenbecher diente, und studierte Petes kleine Broschüre über die korrekte Zubereitung von Klapperschlangen.

Die Zeit musste totgeschlagen werden, weil sie keine Lust hatte, in das schäbige kleine Büro im Gericht zurückzukehren und ins Leere zu starren, beunruhigenden Details ausgeliefert zu sein und Hypothesen zu überdenken, die ihr stündlich abstruser vorkamen. Gab es irgendeine Verbindung zwischen Celinas Tod und Juniors übereilter Heirat mit Stacey Wallace?

Die Gedanken wirbelten wie Windmühlen durch ihren Kopf, als sie schließlich das Café verließ. Sie duckte sich vor dem kalten Wind und ging bis zur Ecke. Die Ampel, eine der wenigen in der Stadt, wechselte auf Grün, als sie dort anlangte. Sie wollte gerade von dem mit Rissen durchzogenen, aufgesprungenen Randstein treten, als jemand sie von hinten am Arm packte.

»Reverend Plummet«, sagte sie überrascht. Ihn und seine Frau hatte sie inzwischen vollkommen vergessen.

»Miss Gaither«, beschwerte er sich. »Ich habe heute Morgen Sie und den Sheriff gesehen.« Seine tiefliegenden dunklen Augen sahen sie an, als würde er die Todsünden aufzählen. »Sie haben mich enttäuscht.«

»Ich verstehe nicht …«

»Außerdem«, unterbrach er sie in dröhnendem Predigerton, »haben Sie den Allmächtigen betrogen.« Jetzt kniff er die Augen zusammen. »Ich warne Sie, der Herr wird nicht dulden, dass man ihn verhöhnt.«

Sie biss sich auf die Lippen und schaute sich nach einer Fluchtmöglichkeit um. »Ich wollte weder Sie noch Gott beleidigen«, sagte sie, obwohl sie sich dabei ganz schön dämlich vorkam.

»Sie haben die Ungerechten immer noch nicht hinter Gitter gebracht!«

»Ich habe noch keinen Grund dafür gefunden. Meine Untersuchungen laufen weiter. Und nur um das ein für alle Mal klarzustellen, Reverend Plummet, ich bin nicht hergekommen, um jemanden hinter Gitter zu bringen.«

»Sie sind gegenüber den Gottlosen zu milde.«

»Wenn Sie damit meinen, dass ich diese Ermittlung unparteiisch führe, dann stimmt das, ja.«

»Ich habe gesehen, wie Sie heute Morgen mit dem Sohn des Teufels fraternisierten.«

Seine flackernden Augen waren zwingend und abstoßend zugleich. Sie ertappte sich dabei, wie sie ihn anstarrte. »Sie meinen Reede.«

Er machte ein zischendes Geräusch, als müsse er allein schon bei der Erwähnung des Namens böse Geister abwehren. »Sie dürfen sich nicht von seinen tückischen Waffen täuschen lassen.«

»Ich versichere Ihnen, das wird nicht passieren.«

Er kam einen Schritt näher. »Der Teufel weiß, dass Frauen schwach sind. Er benutzt ihre weichen, verletzlichen Körper als Kanäle für seine bösen Kräfte. Sie sind besudelt und müssen durch einen regelmäßigen Ausfluss von Blut gereinigt werden.«

Er ist nicht nur irre, er ist krank, dachte Alex entsetzt.

Seine Hand klatschte auf die Bibel, so laut, dass Alex zusammenzuckte. Dann hob er den Zeigefinger gen Himmel und schrie: »Widerstehe jeder Versuchung, Tochter! Ich befehle jedem lüsternen Impuls, deinen Kopf, deinen Geist und deinen Körper zu verlassen. Jetzt!«

Er fiel in sich zusammen, so als hätte der Exorzismus ihn all seiner Kräfte beraubt. Alex stand fassungslos daneben. Nachdem sie sich wieder gefangen hatte, sah sie sich nervös um, in der Hoffnung, niemand hätte seinen Wahnsinnsausbruch und ihre unfreiwillige Beteiligung mit angesehen.

»Soviel ich weiß, habe ich keine lüsternen Impulse. Und jetzt muss ich gehn.« Sie trat vom Randstein, obwohl die Ampel jetzt rot blinkte.

»Gott zählt auf Sie. Er ist zornig. Wenn Sie sein Vertrauen missbrauchen …«

»Ja, gut, ich werde mich bemühen. Adieu.«

Er stürzte ihr nach und packte sie bei den Schultern. »Gott segne Euch, meine Tochter. Gott segne Euch und Eure heilige Mission.« Er haschte nach ihrer Hand und drängte ihr eine schäbige Broschüre auf.

»Danke.«

Alex riss sich los und lief über die Straße, um möglichst schnell zwei Spuren Verkehr zwischen sich und den Prediger zu bringen. Sie trabte die Treppe zum Gericht hoch und eilte durch die Tür. Als sie einen kurzen Blick über die Schulter warf, um zu sehen, ob Plummet ihr gefolgt war, prallte sie direkt gegen Reede.

Er fing sie an seiner Brust auf. »Was ist denn schon wieder los? Wo waren Sie?«

Sie wollte sich an ihn lehnen, seine schützende Kraft fühlen, bis sich ihr Herzschlag wieder normalisiert hätte, aber diesen Luxus versagte sie sich. »Nirgends. Ich meine, ich war beim Mittagessen, im äh, im B & B, zu Fuß.«

Er musterte ihr zerzaustes Haar und die geröteten Wangen. »Was ist das?« Er deutete auf die Broschüre, die sie umklammerte.

»Nichts.« Sie versuchte, sie in ihre Manteltasche zu stopfen.

Reede riss sie ihr aus der Hand. Er überflog das Deckblatt, schlug sie auf und las die Botschaft, die den Weltuntergang ankündigte. »Glauben Sie an so was?«

»Natürlich nicht. Ein Straßenprediger hat es mir gegeben. Sie sollten sich wirklich mal drum kümmern, dass diese Bettler aus Ihrem Bezirk verschwinden, Sheriff«, sagte sie hochmütig. »Sie sind lästig.«

Sie ging um ihn herum und die Treppe hinunter.

22

Nora Gail setzte sich auf und griff nach dem durchsichtigen Kleidungsstück, mit dem sie das Zimmer betreten hatte.

»Danke«, sagte Reede zu ihr.

Sie warf ihm einen tadelnden Blick über ihre weiche weiße Schulter zu. »Wie romantisch.« Nachdem sie in die gerüschten Ärmel ihres Negligés geschlüpft war, verließ sie das Bett und ging zur Tür. »Ich muss mich kurz um ein paar Sachen kümmern, aber ich komm wieder, dann können wir reden.« Sie strich sich kurz über ihre auftoupierten Haare und verließ das Zimmer.

Reede sah ihr nach. Ihr Körper war jetzt noch kompakt, in ein paar Jahren würde das Fett siegen. Die großen Brüste würden hängen, die übergroßen Brustwarzen ohne die stützenden Muskeln grotesk aussehen. Ihr glatter, leicht gewölbter Bauch würde schwammig werden, Schenkel und Hintern voller Grübchen sein.

Obwohl sie Freunde waren, hasste er sie in diesem Augenblick und sich selbst noch mehr. Er hasste die körperlichen Bedürfnisse, die ihn zu dieser Verzerrung von Intimität mit einer Frau zwangen.

Sie kopulierten, geist- und herzloser als einige Spezies von Tieren. Die Entspannung sollte reinigend, eine Katharsis sein, er sollte sich eigentlich toll fühlen. Aber dem war nicht so. In letzter Zeit gelang ihm das immer seltener.

»Scheiße«, murmelte er. Wahrscheinlich würde er noch bis ins Alter mit ihr schlafen. Jeder wusste, was der andere zu geben hatte, und verlangte nicht mehr. Was Reede betraf, so war Leidenschaft eine Frage des Bedürfnisses, nicht der Sehnsucht und ganz sicher nicht der Liebe.

Er konnte bei ihr abschießen. Sie kam auch zum Zug. Sie hatte ihm oft gesagt, er wäre einer der wenigen Männer, die sie zum Orgasmus bringen konnten. Er fühlte sich nicht sonderlich geschmeichelt, weil es möglicherweise und wahrscheinlich eine Lüge war.

Angewidert schwang er seine Beine vom Bett. Auf dem Nachttisch lag eine Packung Zigaretten, mit Empfehlung des Hauses. Die sorgfältig gerollten Joints musste man bezahlen. Er zündete sich eine der Zigaretten an, etwas, das er nur noch selten machte, und sog den Tabak tief in seine Lungen. Die postkoitalen Zigaretten fehlten ihm mehr als alle anderen, vielleicht weil der Tabak den Körper bestrafte und verseuchte, der ihn ständig mit seinem gesunden Sexualtrieb besiegen wollte.

Er goss sich einen Drink aus der Flasche auf dem Nachttisch ein – den würde man auf seine Rechnung setzen, auch wenn er die Puffmutter selbst vögelte – und kippte ihn mit einem Zug hinunter. Seine Speiseröhre zog sich rebellisch zusammen. Die Augen tränten, und dann breitete der Whiskey sich warm und wohlig in seinem Bauch aus. Jetzt fühlte er sich schon ein kleines bisschen besser.

Er legte sich wieder hin, starrte die Decke an und wünschte, er könnte schlafen, aber auch so war ihm diese kostbare Zeit der Entspannung willkommen, wenn keiner von ihm verlangte, dass er redete, sich bewegte, dachte.

Seine Augen schlossen sich. Ein Bild tauchte vor ihm auf, ein Gesicht, in Sonnenlicht getaucht, umkränzt von offenem kastanienbraunem Haar. Sein Schwanz, der eigentlich schlaff vor Erschöpfung sein müsste, schwoll an und streckte sich mit mehr Lust, als er vorhin empfunden hatte.

Reede verdrängte das Bild nicht wie gewöhnlich. Diesmal ließ er zu, dass es sich entwickelte. Die Phantasie war willkommen, und er gönnte sie sich. Er beobachtete, wie ihre blauen Augen blinzelten, überrascht von ihrer eigenen Erotik, beobachtete, wie die Zunge nervös über ihre Unterlippe strich.

Er spürte ihren Körper an seinem, spürte, wie ihr Herz im Takt mit seinem schlug, ihr Haar zwischen seinen Fingern.

Er schmeckte erneut ihren Mund, fühlte, wie ihre Zunge schüchtern mit seiner flirtete.

Er hatte nicht gemerkt, dass er leise stöhnte oder dass sein Penis zuckte. Ein Tropfen Feuchtigkeit perlte hoch. Sehnsucht packte ihn und drohte ihn zu ersticken.

»Reede!«

Die Tür zum Zimmer wurde aufgerissen, und die Puffmutter kam hereingestürzt. Sie sah gar nicht mehr kühl und elegant aus.

»Reede«, wiederholte sie ganz außer Atem.

»Himmel noch mal!« Er schwang seine Füße vom Bett und fuhr auf. Seine offensichtliche Erregung hatte er vergessen. Irgendetwas Furchtbares musste passiert sein.

Er hatte sie noch nie so aufgeregt gesehen, solange sie sich kannten. Ihre Augen waren vor Angst weit aufgerissen. Er hatte seine Unterhosen schon übergestreift, ehe sie etwas sagen konnte.

»Sie haben gerade angerufen.«

»Wer?«

»Dein Büro. Da ist ein Notfall.«

»Wo?« Jeans und Hemd hatte er bereits an und stieg jetzt in die Stiefel.

»Die Ranch.«

Er erstarrte kurz und drehte sich dann rasch zu ihr. »Die *Minton* Ranch?« Sie nickte … »Was für ein Notfall?«

»Das hat der Deputy nicht gesagt. Ich schwör's bei Gott«, sagte sie hastig, als sie sah, dass Reedes Blick sie durchbohren wollte.

»Privater oder offizieller Notfall?«

»Ich weiß es nicht, Reede. Ich hab den Eindruck, es ist

eine Kombination von beidem. Er hat nur gesagt, du wirst da gebraucht, pronto. Kann ich irgendetwas tun?«

»Ruf zurück und sag ihnen, dass ich unterwegs bin.« Er packte seinen Hut und Mantel, schob sie beiseite und hastete in den Korridor. »Danke.«

»Lass mich wissen, was passiert ist«, rief sie und beugte sich über die Balustrade der Treppe, die er hinunterdonnerte.

»Sobald ich kann.« Sekunden später knallte die Tür hinter ihm zu, er sprang über das Verandageländer und rannte weiter zu seinem Wagen.

Alex schlief tief und fest, deshalb drang das Klopfen an der Tür nicht in ihr Bewusstsein. Sie dachte, der Lärm wäre Teil ihres Traumes. Schließlich weckte sie eine Stimme.

»Stehn Sie auf und öffnen Sie die Tür!«

Sie setzte sich benommen auf und tastete nach dem Schalter der Nachttischlampe, den sie nie finden konnte. Als die Lampe anging, blinzelte sie im plötzlichen Lichtstrahl.

»Alex, verdammt noch mal! *Steh auf!*«

Die Tür erbebte unter seinen Fäusten. »Reede?«, krächzte sie.

»Wenn Sie nicht in zehn Sekunden aufstehn …«

Sie warf einen Blick auf die Digitaluhr auf dem Nachttisch. Es war kurz vor zwei Uhr morgens. Der Sheriff war entweder betrunken oder verrückt. Egal was, auf keinen Fall würde sie ihm in seinem augenblicklichen Zustand die Tür öffnen. »Was wollen Sie?«

Alex wusste nicht, wieso das Klopfgeräusch plötzlich so anders klang, bis das Holz zu splittern begann und zerbarst. Reede trat die Tür auf und brach herein.

»Sind Sie denn völlig wahnsinnig geworden. Was wollen Sie hier?«, schrie sie und raffte die Laken enger um sich.

»Ich bin hier, um Sie zu holen.«

Er packte sie mitsamt den Bettlaken, riss sie vom Bett, stellte sie auf die Füße und entriss ihr dann die Laken. Sie stand zitternd vor ihm, nur mit T-Shirt und Höschen bekleidet, ihre übliche Schlafkleidung. Schwer zu sagen, wer von beiden wütender war oder faszinierter.

Sie fand als Erste ihre Stimme wieder. »Ich hoffe, Sie haben einen verdammt guten Grund dafür, dass Sie meine Tür eingetreten haben, Sheriff.«

»Den hab ich.« Er ging zu ihrer Kommode, riss eine Schublade auf und kramte in ihrer Kleidung.

»Den würde ich gerne hören.«

»Das werden Sie.« Eine weitere Schublade wurde Opfer seiner suchenden Hände. Sie stellte sich neben ihn und knallte die Schublade mit der Hüfte zu. Beinahe hätte sie seine Finger eingeklemmt.

»Was suchen Sie?«

»Was zum Anziehn. Außer Sie wollen so mitgehen.«

Er zeigte auf ihr Höschen mit dem französischen Beinausschnitt. Die Stelle, wo sich die durchsichtige Spitze zwischen ihren Schenkeln raffte, schien ihn für ein paar gespannte Sekunden lang in Bann zu halten, dann wandte er mit einem Ruck den Blick zu der Nische, in der ihre Kleidung hing. »Wo sind Ihre Jeans?«, herrschte er sie an.

»Ich werde nirgends hingehen. Wissen Sie, wie viel Uhr es ist?«

Er riss ihre Jeans vom Bügel, so heftig, dass der zu Boden fiel. »Ja.« Er warf ihr die Hose zu. »Ziehn Sie die an. Die auch.« Er warf ihre Freizeitstiefel vor ihre Füße, dann baute er sich vor ihr auf, die Hände in die Hüften gestemmt, mit grimmiger Miene. »Und? Ist es Ihnen lieber, wenn ich das mache?«

Sie hatte nicht die blasseste Ahnung, was sie verbrochen haben könnte, um ihn so zu provozieren. Offensichtlich war er außer sich vor Zorn über irgendetwas. Wenn er unbedingt den Feldwebel spielen wollte, na bitte. Sie würde mitspielen, aber ganz bestimmt nicht ohne Murren.

Sie drehte ihm den Rücken zu, schlüpfte in ihre Jeans, holte ein paar Socken aus ihrer zerwühlten Schublade, schüttelte sie aus und zog sie an, dann kamen die Stiefel dran.

Schließlich drehte sie sich um und fixierte ihn blitzeschleudernd.

»So, jetzt bin ich angezogen. Werden Sie mir jetzt sagen, was das alles soll?«

»Unterwegs.«

Er riss einen Pullover vom Bügel und ging auf sie zu, während er ihn bis zum Rollkragen hochraffte. Er zog ihn ihr über den Kopf, steckte ihre Arme rein und streifte ihn zu den Hüften hinunter. Ihre Haare hatten sich im engen Kragen verfangen. Er zog sie heraus.

Anstatt sie loszulassen, packte er ihren Kopf und bog ihn grob zurück. Er zitterte vor Wut.

»Ich sollte Ihnen den Hals umdrehen.«

Er tat es nicht. Er küsste sie – brutal.

Seine Lippen quetschten die ihren gegen ihre Zähne. Er stieß seine Zunge dazwischen, ohne eine Spur von Zärtlichkeit. Es war ein böser Kuss, geboren aus wütender Leidenschaft, und er endete ruckartig.

Ihre Jacke lag über einem Stuhl. Er warf sie ihr zu. »Da.«

Alex war zu erschüttert, um sich zu wehren. Sie zog sie an. Er schob sie über die Schwelle. »Was ist mit der Tür?«, fragte sie irrwitzigerweise.

»Ich werde jemanden schicken, der sie richtet.«

»So spät nachts?«

»Vergessen Sie die gottverdammte Tür«, brüllte er. Seine Hände packten ihren Hintern und schoben sie in das Führerhaus des Blazers, der mit laufendem Motor und eingeschalteten Warnlichtern vor der Tür stand.

»Wie lange muss ich noch auf eine Erklärung warten?«, fragte sie, als der Blazer hinaus auf den Highway schoss. Ihr Sicherheitsgurt nutzte praktisch nichts. Sie wurde gegen ihn geschleudert und musste sich an seinem Schenkel festhalten, um nicht auf den Boden zu stürzen. »Um Himmels willen, Reede, sagen Sie mir, was passiert ist.«

»Die Minton-Ranch brennt.«

23

»Brennt?«, wiederholte sie mit brüchiger Stimme.

»Hören Sie bitte auf, die Unschuldige zu spielen, ja?«

»Ich weiß nicht, wovon Sie reden.«

Er schlug mit der Faust aufs Lenkrad. »Wie konnten Sie dabei schlafen?«

Sie starrte ihn entsetzt an. »Wollen Sie andeuten, dass ich etwas damit zu tun habe?«

Reede konzentrierte sich wieder auf die Straße. Sein Gesicht sah starr und abgespannt aus im grünlichen Licht des Armaturenbrettes. Der Polizeifunk knatterte und krächzte, die Funksprüche waren laut und eindringlich. Kein anderes Fahrzeug befand sich auf dem Highway, deshalb war die Sirene nicht eingeschaltet, aber die Lichter drehten sich und blitzten, so dass Alex das Gefühl hatte, in einem seltsamen Kaleidoskop gefangen zu sein.

»Ich glaube, Sie hatten sehr viel damit zu tun, Sie und Ihr enger Freund und Verbündeter.« Ihre Verwirrung schien ihn nur noch mehr aufzubringen. »Reverend Fergus Plummet«, schrie er.

»Plummet?«

»Plummet?«, äffte er sie boshaft nach. »Wann habt ihr beiden euch das ausgedacht, an dem Abend, an dem er Sie im Motel besucht hat, oder neulich, auf dem Gehsteig vor dem B & B Café?«

Sie holte rasch ein paarmal Luft. »Woher wissen Sie das?«

»Ich weiß es, okay? Wer hat wen zuerst angerufen?«

»Er und seine Frau sind bei mir im Zimmer aufgekreuzt. Ich hatte noch nie von ihm gehört. Der Mann ist wahnsinnig.«

»Das hat Sie nicht daran gehindert, ihn für Ihre Sache einzuspannen.«

»Ich habe nichts dergleichen getan.«

Er zog leise fluchend das Sprechgerät heran und informierte einen seiner Deputies, dass er nur noch ein paar Minuten entfernt wäre.

»Zehn-vier, Reede. Wenn Sie da sind, gehen Sie zu Stallung Nummer zwei.«

»Wieso das?«

»Keine Ahnung. Jemand hat gesagt, ich soll Ihnen das ausrichten.«

»Zehn-vier. Ich bin jetzt am Tor.« Sie bogen vom Highway in die Privatstraße ein. Alex drehte sich der Magen um, als sie die Rauchsäule sah, die aus einem der Pferdeställe aufstieg. Es waren keine Flammen mehr zu sehen, aber das Dach und die angrenzenden Gebäude wurden immer noch von Feuerwehrschläuchen unter Wasser gesetzt. Rettungsmannschaften in Gummistiefeln und Schutzmänteln versuchten verzweifelt, den Schwelbrand unter Kontrolle zu halten.

»Sie haben's in den Griff gekriegt, bevor es zu viel Schaden anrichten konnte«, informierte Reede sie mit barscher Stimme.

Löschzüge parkten in der Nähe der Ställe und vor dem Haus. Fast jedes Erdgeschossfenster war zerbrochen. Alle Außenwände waren mit Warnungen vor dem Weltuntergang besprüht.

»Es waren drei Autos voll mit den Typen. Scheinbar sind sie mehrmals um das Haus gefahren und haben Steine durch die Fenster geworfen, aber erst, nachdem sie die echte Schweinerei veranstaltet hatten. Sie können sehen, welch guten Umsatz der Supermarkt heute Abend mit Sprayfarbe gemacht hat.« Sein Mund verzog sich angewidert. »Sie haben Scheiße in die Tränken gekippt. Nette Freunde haben Sie da.«

»Ist irgendjemand verletzt worden?« Die Szene glich einem Horrorfilm. Sie hatte Schwierigkeiten zu atmen.

»Einer der Galoppjungs.« Alex sah ihn fragend an. »Er hat den Lärm gehört, ist aus dem Schlafhaus gerannt, gestolpert und hat sich den Arm gebrochen.«

Stallung Nummer Zwei war die mit dem schwelenden Dach. Reede bremste den Blazer davor ab und ließ sie sitzen, während er hineinlief. Alex fühlte sich, als ob das Gewicht der Welt sie erdrücken wollte, aber sie schob die Tür auf und folgte ihm durch das weit offene Tor, bahnte sich einen Weg durch die hin- und herrennenden Feuerwehrleute.

»Was ist denn los?«, hörte sie Reede fragen, der den Mittelgang des Stalls hinunterlief.

Ein Pferd schrie, offensichtlich vor Schmerz. Es war das grässlichste Geräusch, das Alex je gehört hatte.

Die Mintons, alle in Pyjamas, standen zusammengedrängt vor einer der Boxen. Sarah Jo weinte hemmungslos, während Angus ihr heftig, aber ohne Wirkung den Rücken tätschelte. Junior hielt ihre Hand und unterdrückte mit der anderen ein Gähnen. Reede schob sie beiseite, blieb aber abrupt am Eingang der Box stehen.

»Oh, mein Gott.« Er fing an zu fluchen, dann stieß er einen unartikulierten Schrei aus, der Alex zurückweichen ließ.

Ein schmerbäuchiger Mann mit Brille trat in Alex' Sichtfeld. So wie er aussah, kam er direkt aus dem Bett. Er hatte nur eine Cordjacke über seinen Schlafanzug gestreift. Jetzt legte er eine Hand auf Reedes Arm und schüttelte traurig einen fast kahlen Kopf. »Ich kann nichts mehr für ihn tun, Reede. Wir werden ihn einschläfern müssen.«

Reede sah den Mann wie versteinert an. Sein Brustkorb bebte, als müsse er sich gleich übergeben. Sarah Jo schluchzte lauter und schlug sich die Hände vors Gesicht. »Mutter, bitte, lass uns ins Haus zurückgehn.« Junior legte einen Arm um ihre Taille und zog sie weg. Angus ließ seine Hand fallen. Mutter und Sohn gingen langsam den Gang hinunter.

Sie waren fast bei Alex angelangt, bevor sie sie bemerkten. Sobald Sarah Jo sie sah, schrie sie auf und hob eine Faust. *»Du*, du hast uns das angetan!«

Alex wich erschrocken zurück. »Ich ...«

»Es ist deine Schuld, du boshaftes, zänkisches Miststück!«

»Mutter«, sagte Junior, nicht vorwurfsvoll, sondern mitfühlend. Sarah Jo lehnte sich erschöpft von ihrem Ausbruch an ihn. Er warf Alex einen Blick zu, weniger anklagend als ratlos. Dann gingen die beiden stumm weiter, Sarah Jo stützte sich schwer auf ihren Sohn.

»Was ist passiert, Ely?«, fragte Reede, der das andere Drama scheinbar nicht registriert hatte.

»Ein Balken muss direkt auf ihn gestürzt sein. Er ist gefallen und hat sich die Schulter gebrochen«, sagte der Mann namens Ely leise. Zweifellos war er der Veterinär.

»Gib ihm, um Himmels willen, ein Schmerzmittel.«

»Das hab ich schon. Es ist stark, aber das kann ihn nicht betäuben.« Er warf einen Blick auf das leidende Tier. »Sein Oberschenkel ist auch zerschmettert; was die inneren Verletzungen angeht, kann ich nur Vermutungen anstellen. Selbst wenn ich ihn zusammenflicken würde, bliebe er immer kränklich und nutzlos als Deckhengst für dich.«

Sie standen einen Augenblick schweigend da und lauschten auf die herzzerreißenden Töne, die das Tier von sich gab. Schließlich sagte Angus: »Danke, Ely. Wir wissen, dass du dein Bestes getan hast.«

»Tut mir leid, Angus, Reede«, sagte der Veterinär und meinte es aufrichtig. »Geht jetzt alle hier raus. Ich muss schnell in die Praxis und das Zeug holen, dann komm ich zurück und geb ihm die Spritze.«

»Nein«, krächzte Reede heiser. »Ich mach es.«

»Das solltest du nicht. Die Spritze ist …«

»Ich kann ihn nicht so lange warten lassen.«

»Ich brauch höchstens zehn Minuten.«

»Ich hab gesagt, ich werd es tun«, schrie Reede ungeduldig.

Angus mischte sich ein. Er klopfte dem wohlmeinenden Veterinär auf die Schulter, um jedes weitere Argument zu unterbinden. »Geh nach Hause, Ely. Tut mir leid, dass ich dich deswegen rausholen musste.«

»Was für ein Jammer! Ich hab Double Time behandelt, seit er auf der Welt ist.«

Alex schlug sich entsetzt die Hand vor den Mund. Double Time war Reedes angebetetes Rennpferd. Der Veterinär verließ den Stall durch eine andere Tür. Er hatte Alex nicht gesehen.

Von draußen war das Geschrei der Feuerwehrmänner zu hören. Andere Pferde schnaubten ängstlich in ihren Boxen und trampelten aufgeregt hin und her. Diese Geräusche schienen weit entfernt und entrückt von der Tragödie in diesem Stallabteil.

»Reede, schaffst du das, Junge?«

»Ja. Kümmer dich um Sarah Jo. Ich kümmer mich um das hier.«

Der Ältere wollte etwas erwidern, aber schließlich wandte er sich ab. Er warf Alex einen scharfen Blick zu, als er an ihr vorbeistapfte, sagte aber nichts.

Sie wollte weinen, als sie sah, wie Reede sich ins Stroh kniete. Er rieb die Nüstern des leidenden Pferdes. »Du warst gut – der Beste«, flüsterte er leise. »Du hast alles gegeben, was du hattest, und noch mehr.« Das Tier wieherte leise, wie eine Bitte.

Reede richtete sich langsam auf und griff nach der Pistole in seinem Halfter. Er zog sie heraus, prüfte, ob die Kammer geladen war, und richtete sie dann auf sein Geschöpf.

»Nein!« Alex rannte vor und packte seinen Arm. »Reede, nicht! Lass es jemand anders tun.«

Sie hatte abgebrühte Verbrecher gesehen, die nach ihrer Verurteilung zum Tode dem Ankläger, dem Richter, den Geschworenen Rache geschworen hatten, bis über das Grab hinaus.

Aber sie hatte noch nie eine so tödliche Entschlossenheit in einem Gesicht gesehen wie jetzt in Reedes. Seine Augen waren glasig vor Tränen und Hass. Mit unheimlicher Schnelligkeit packte er sie um die Taille und zog sie mit dem Rücken an sich. Sie wehrte sich. Er fluchte und packte sie noch fester.

Jetzt nahm er ihre rechte Hand und schloss ihre widerwilligen Finger mit Gewalt um die Pistole, dann zielte er damit zwischen die Augen des Pferdes und drückte ab.

»Nein!«

Sie schrie, als die Pistole in ihrer Hand losging. Der tödliche Knall hallte unendlich lange von den Stallwänden wider. Pferde wieherten und trampelten vor Angst. Draußen schrie jemand, und einige der Feuerwehrmänner drängten durch die Tür, um zu sehen, wer da geschossen hatte.

Reede stieß Alex von sich und knirschte mit wutverzerrter Stimme: »Sie hätten gleich saubere Arbeit leisten sollen und ihm die Qualen ersparen.«

»Das Feuer ist total gelöscht, Mr. Minton«, berichtete der Chef der Feuerwehr. »Wir haben alle Kabel, die Isolierung, alles auf dem Dach untersucht. Der Schaden war nur oberflächlich.« Er schnalzte mit der Zunge. »Wirklich schade um Reede Lamberts Vollblut.«

»Danke für alles, was Sie getan haben. Ich hab schon immer gesagt, dass unsere Feuerwehr die beste in ganz West Texas ist.«

Angus hatte etwas von seiner Herzlichkeit wiedergefunden, obgleich er völlig erschöpft aussah. Er versuchte den Schein zu wahren, als wäre er entschlossen, nicht zu zeigen, was für ein Schlag der Brand für ihn war. Alex konnte sein Durchstehvermögen und seinen Optimismus nur bewundern.

Er saß mit Junior am Küchentisch und sah aus, als hätte er gerade eine Pokerrunde, die die ganze Nacht gedauert hatte, hinter sich, anstatt einer Totenwache für ein getötetes Rennpferd und seinen von Fanatikern heimgesuchten Besitz.

»Na ja, dann werden wir uns mal auf den Weg machen.« Der Feuerwehrmann nahm seinen Helm und wandte sich zur Hintertür. »Morgen kommt jemand raus und sucht nach Indizien. Es war definitiv Brandstiftung.«

»Wir geben euch jede Unterstützung. Ich bin bloß froh,

dass ihr so schnell reagiert habt und Sorge getragen, dass sich das Feuer nicht ausbreitete …«

»Bis bald.« Als der Feuerwehrmann hinausging, kam Reede ihm entgegen. Reede ignorierte Alex, die verschreckt an einer Wand stand, und goss sich eine Tasse Kaffee aus der Kanne ein, den Lupe aufgebrüht hatte.

»Die Tränken sind wieder sauber. Die Pferde werden sich nicht an ihrem eigenen Kot vergiften«, sagte er ruhig. »Wir haben alle Fenster zugenagelt, also werdet ihr heute Nacht nicht erfrieren. Aber es gibt noch viel aufzuräumen.«

»Na ja«, sagte Angus und erhob sich. »Damit können wir erst bei Tagesanbruch anfangen. Danke, Reede. Du hast weit mehr getan, als deine Sheriffpflichten verlangen.«

Reede nickte kurz. »Wie geht's Sarah Jo?«

»Junior hat sie dazu gebracht, eine Beruhigungstablette zu nehmen.«

»Sie schläft jetzt.« Junior erhob sich ebenfalls. »Kann ich Sie in die Stadt zurückfahren, Alex? So spät nachts sollten Sie nicht hier draußen sein.«

»Ich wollte, dass sie sieht, was sie angerichtet hat«, sagte Reede.

»Ich habe nichts damit zu tun!«, rief sie.

»Vielleicht nicht direkt«, sagte Angus streng, »aber diese verfluchte Untersuchung von Ihnen hat alles in Bewegung gebracht. Wir kämpfen seit Jahren gegen diesen Pfarrer, der ständig Fegefeuer und Verdammnis brüllt. Er hat nur einen Vorwand gebraucht, um so eine Bosheit durchzuziehen. Sie haben ihm den auf einer Silberplatte serviert.«

»Tut mir leid, wenn Sie das so sehn, Angus.«

Die Luft vibrierte vor Spannung. Keiner bewegte sich. Selbst die Haushälterin hörte mit Abspülen auf. Schließlich trat Junior vor und nahm ihren Arm. »Kommen Sie. Es ist spät.«

»Ich bring sie zurück«, sagte Reede.

»Mir macht es nichts aus.«

»Ich fahr sowieso.«

»Du wirst nur auf dem rumhacken, was hier passiert ist.«

»Was, zum Teufel, geht es dich an, was ich zu ihr sage?«

»Also schön, du bringst sie nach Hause«, gab Junior verärgert nach. »Du hast sie hergebracht, stimmt's?« Damit verließ er den Raum.

»Nacht, Reede, Alex.« Ein Angus ohne Lächeln folgte seinem Sohn aus dem Raum.

Reede kippte den Rest seines Kaffees ins Spülbecken. »Kommen Sie«, befahl er.

Sie nahm ihre Jacke, schleppte sich hinterher und kletterte völlig zerstört in seinen Laster. Sie wollte etwas sagen, um die grässliche Stille zu durchbrechen, aber brachte kein einziges Wort heraus. Reede hatte scheinbar keine Lust, sich zu unterhalten. Sein Blick war entschlossen auf den Mittelstreifen des Highways gerichtet.

Schließlich konnte sie die Belastung nicht mehr ertragen und platzte heraus. »Ich hatte nichts mit dem zu tun, was heute Nacht passiert ist.«

Er drehte nur den Kopf und sah sie ungeduldig an.

»Ich bin überzeugt, Junior glaubt mir«, rief sie.

»Was weiß denn der schon? Sie haben ihm den Kopf verdreht. Er hat einen Blick in diese niedlichen blauen Augen geworfen und war verloren. Er steckt bis zum Hals in sentimentalem Mist von wegen Celinas Tochter, erinnert sich, wie verknallt er in sie war, und will es wiederholen – aber auf einer ganz anderen Ebene. Das Spielzeug, das er Ihnen jetzt geben will, klappert nicht.«

»Sie sind widerlich.«

»Es muss ja ein echter Kick für Sie gewesen sein, mit anzusehen, dass wir uns Ihretwegen fast geprügelt hätten.«

Sie biss die Zähne zusammen. »Denken Sie, was Sie wollen, was meine Pläne mit Junior und seine mit mir angeht, aber Sie dürfen unter gar keinen Umständen glauben, ich wäre verantwortlich für den Schaden, den man heute Nacht auf seiner Ranch angerichtet hat.«

»Sie waren verantwortlich. Sie haben Plummet angestachelt.«

»Nicht absichtlich. Plummet hat sich in den Kopf gesetzt, dass ich die Antwort auf seine Gebete wäre – dass Gott mich geschickt hätte, um Purcell von Sündern reinzuwaschen, von den Mintons, von allen, die etwas mit der Glücksspiellizenz zu tun haben.«

»Er ist noch verrückter, als ich dachte.«

Sie rieb sich die Oberarme, als bekäme sie von dem Gedanken an Plummet bereits Gänsehaut. »Und das ist erst der Anfang. Er sagt, Gott wäre wütend, weil ich Sie nicht alle eingesperrt habe. Er hat mich beschuldigt, ich würde mit dem Teufel fraternisieren, das heißt, mit Ihnen.« Die sexuellen Parallelen, die Plummet gezogen hatte, erwähnte sie nicht.

Reede parkte vor ihrem Motelzimmer. Die Tür war immer noch geborsten und hing in den Angeln. »Ich dachte, Sie würden das richten lassen.«

»Klemmen Sie bis morgen früh einen Stuhl unter den Türknopf. Es wird schon nichts geschehen.«

Er ließ den Motor des Blazers laufen, aber im Leerlauf. Das Polizeiradio krächzte und knisterte, die Funksprüche waren verstummt. Das Geräusch ging ihr auf die Nerven.

»Das mit Double Time tut mir furchtbar leid, Reede. Ich weiß, wie sehr Sie an ihm hingen.«

Seine Lederjacke machte ein quietschendes Geräusch, als er die Schultern zuckte. »Er war versichert.«

Alex stieß einen leisen Protest aus, voller Wut und Schmerz. Er verbot ihr die Betroffenheit. Er würde nicht zulassen, dass sie Trauer oder Mitleid empfand, weil er sich selbst diese Gefühle nicht erlaubte. Sie hatte gesehen, wie er litt, Sekunden bevor er seinem Pferd die Kugel in den Kopf jagte. Sie hatte gehört, wie er über die armselige Beerdigung seines Vaters gesprochen hatte.

Und genau das konnte Reede nicht verzeihen. Mehr als einmal hatte er ihr seine Seele entblößt und ihr gezeigt, dass er trotz allem ein empfindsames menschliches Wesen war.

Ihre Hände ballten sich zu Fäusten, sie presste die Handgelenke aneinander und streckte sie ihm entgegen. Er sah sie mit düsterem Blick an. »Was hat das zu bedeuten?«

»Legen Sie mir Handschellen an«, forderte sie ihn auf. »Lochen Sie mich ein. Verhaften Sie mich. Klagen Sie mich an. Sie haben gesagt, ich wäre verantwortlich.«

»Das sind Sie auch«, zischte er mit zusammengebissenen Zähnen. »Angus hatte recht. Wenn Sie nicht hergekommen und mit dem Rumschnüffeln angefangen hätten, wäre das alles nicht passiert.«

»Ich weigere mich, die Schuld für die Verwüstung heute Nacht auf mich zu nehmen, Reede. Es war die Tat eines Verrückten und seiner irregeleiteten Anhänger. Wenn meine Untersuchung nicht ihr Auslöser gewesen wäre, dann wär's was anderes gewesen. Ich bedauere das mit Double Time zutiefst. Was wollen Sie denn noch von mir?«

Er warf ihr einen finsteren Blick zu. Sie riss ihre Hände zurück, als wäre sie dem Rachen einer grässlichen Bestie zu nahe gekommen und hätte es gerade noch rechtzeitig bemerkt.

In ihrem Mund konnte sie immer noch seinen Kuss schmecken – Whiskey und Tabak. Sie fühlte, als würde es noch einmal passieren, seine suchende, bohrende Zunge, seine besitzergreifenden Hände um ihren Kopf, die massive Präsenz seiner Schenkel, die gegen ihre drückten.

»Sie sollten besser reingehen«, sagte er mit belegter Stimme.

Er legte den Schaltknüppel in den Rückwärtsgang. Sie befolgte seinen Rat und stieg aus.

24

Alex tastete nach dem schrillenden Telefon. Sie fand es beim fünften Läuten und sagte benommen: »Hallo?«

»Miss Gaither? Ich hab Sie doch nicht aufgeweckt, oder?«

Alex schob sich die Haare aus dem Gesicht, leckte sich ihre trockenen Lippen, blinzelte mit verschwollenen Augen und rappelte sich hoch. »Nein, ich war nur grade beschäftigt.« Die Uhr auf ihrem Nachttisch zeigte auf zehn. Sie hatte nicht geahnt, dass sie so lange geschlafen hatte, aber schließlich war sie erst im Morgengrauen ins Bett gekommen. »Entschuldigung, ich bin mir nicht sicher …«

»Sarah Jo Minton.«

Ein leiser Überraschungsruf entfuhr ihr. Ihr fielen mindestens hundert Leute ein, mit deren Anruf sie gerechnet hätte, nur nicht mit dem Sarah Jo Mintons. »Sind Sie … ist alles in Ordnung?«

»Mir geht es gut, aber ich schäme mich furchtbar wegen all der Dinge, die ich gestern Nacht geäußert habe.«

Dieses reumütige Geständnis schockierte Alex. »Sie waren verständlicherweise sehr aufgeregt.«

»Würden Sie mir die Freude machen, heute Nachmittag zum Tee zu kommen?«

Vielleicht war sie ja doch noch nicht wach und träumte bloß? Heutzutage sagten Leute: »Gehn wir einen Happen essen« oder »Lust auf ein Bier?« Aber keiner sagte: »Würden Sie mir die Freude machen, zum Tee zu kommen?«

»Das … das würde ich gerne.«

»Gut. Drei Uhr.«

»Wo?«

»Hier auf der Ranch natürlich. Ich freue mich auf Ihren Besuch, Miss Gaither. Auf Wiedersehen.«

Alex starrte den Hörer einige Sekunden lang an, bevor sie ihn langsam auflegte. Was, in aller Welt, hatte Sarah Jo dazu veranlasst, sie zum Tee einzuladen?

Dr. Ely Collins' Praxis war wohl das unordentlichste Zimmer, das Alex je gesehen hatte. Es war sauber, aber total unorganisiert, genauso regelwidrig wie der Veterinär selbst.

»Danke für Ihre Besuchserlaubnis, Dr. Collins.«

»Keine Ursache. Ich habe heute Nachmittag frei. Kommen Sie rein, nehmen Sie Platz.« Er entfernte einen Stapel Fachzeitschriften von einem Holzstuhl für Alex. Dann setzte er sich hinter einen Schreibtisch, auf dem sich Berge von Papieren türmten.

»Es war nicht direkt überraschend, dass Sie mich angerufen haben«, sagte er offen.

»Wieso?«

»Pat Chastain hat mir gesagt, dass Sie mir wahrscheinlich ein paar Fragen stellen würden.«

»Ich dachte, er ist nicht in der Stadt?«

»Das war vor ein paar Wochen, direkt nachdem Sie hier eingetroffen sind.«

»Ich verstehe.«

Alex hatte beschlossen, die Stunden vor ihrer Verabredung mit Sarah Jo für die Befragung des Veterinärs zu nutzen. Sie hatte ihn angerufen, und er war sofort bereit, sie zu empfangen.

»Sind Sie mit dem Mord an Celina Gaither vertraut?«, begann sie, ein bewusster Versuch, ihr eigenes Beteiligtsein herunterzuspielen.

»Sicher, so ein süßes Mädchen. Alle traf es wie ein Schock.«

»Danke. Es war doch Ihr Vater, der am Morgen dieses Tages die Geburt des Fohlens auf der Minton Ranch überwachte, nicht wahr?«

»Richtig. Ich hab seine Praxis nach seinem Tod übernommen.«

»Ich hätte gerne ein paar allgemeine Informationen. Arbeiten Sie ausschließlich für die Mintons?«

»Nein, ich bin kein Hausveterinär. Ich habe eine Praxis. Aber wahrheitsgemäß muss ich Ihnen sagen, dass ich von den Mintons so viel Arbeit kriege, dass ich fast nur für sie arbeite. Ich bin ungefähr jeden Tag draußen.«

»Und, war das bei Ihrem Vater auch so?«

»Ja, aber wenn Sie damit andeuten wollen, dass ich die Mintons nicht verraten würde, weil sie meine Brötchengeber sind, liegen Sie falsch.«

»Das wollte ich damit nicht sagen.«

»Das hier ist ein Pferde- und Rinderland. Ich muss mehr Fälle ablehnen, als ich annehmen kann. Ich bin ein ehrlicher Mann. Und Daddy war das auch.«

Alex entschuldigte sich ein zweites Mal, obwohl ihr tatsächlich der Gedanke gekommen war, dass er nur ungern Informationen preisgeben würde, die seinem gut zahlenden Klienten schaden könnten.

»Hat Ihr Vater mit Ihnen über den Mord an Celina geredet?«

»Er hat geweint wie ein kleines Kind, als er erfuhr, dass sie mit einem seiner Instrumente getötet worden war.«

»Dr. Collins hat die Mordwaffe definitiv als sein Skalpell identifiziert?«

»Das war von Anfang an klar. Mama hatte ihm diesen Satz Instrumente aus Sterlingsilber zu ihrem fünfundzwanzigsten Hochzeitstag geschenkt. Auf jedem Griff waren seine Initialen eingraviert. Das Skalpell war seins, keine Frage. Und er konnte nicht verwinden, dass er es so achtlos hatte liegen lassen.«

Alex rutschte zur Stuhlkante vor. »Es war doch recht merkwürdig, dass er ausgerechnet mit dem gravierten Geschenk seiner Frau so nachlässig umging, oder nicht?«

Er kratzte sich die Backe. »Daddy hat diese Instrumente wie einen Schatz gehütet. Er hat sie in einer mit Samt ausgeschlagenen Schachtel aufbewahrt. Ich hab mir immer den Kopf zerbrochen, wie es passieren konnte, dass das Skalpell aus seiner Tasche fiel. Wahrscheinlich passierte es, weil an diesem Tag alle so intensiv mit der Stute beschäftigt waren. In dem ganzen Trubel ist es wohl einfach rausgeflogen.«

»Sie waren dabei?«

»Ich dachte, das wüssten Sie schon. Ich war mitgekommen, um zuzusehen und Daddy zu assistieren, falls er mich brauchte. Natürlich war Reede auch da. Er hatte schon oft geholfen.«

»Reede war da?«

»Den ganzen Tag.«

»Hat Ihr Vater ihn zu irgendeinem Zeitpunkt mit der Tasche allein gelassen?«

Ely Collins nagte an der Innenseite seiner Backe. Es war ihr klar, dass er nicht antworten wollte. »Daddy hätte keinen Gedanken daran verschwendet«, sagte er schließlich, »aber kommen Sie ja nicht auf die Idee, dass ich Reede beschuldigen will.«

»Nein, natürlich nicht. Wer war an diesem Tag sonst noch im Stall?«

»Lassen Sie mich überlegen«, er zupfte nachdenklich an seiner Unterlippe. »Praktisch jeder irgendwann – Angus, Junior, Reede, alle Stallknechte und die Trainingsreiter.«

»Party Hickam.«

»Sicher. Jeder auf der Ranch war um die Stute besorgt. Sogar Stacey Wallace hat vorbeigeschaut. Soweit ich mich erinnern kann, kam sie gerade von einem Urlaub an der Küste zurück.«

Alex erstarrte innerlich. Es gelang ihr nur mit äußerster Mühe, sich nichts anmerken zu lassen. »Ist sie lange geblieben?«

»Wer? Stacey? Nein. Sie sagte, sie müsse nach Hause und auspacken.«

»Was ist mit Bud, dem Spinner? War er auch in der Nähe?«

»Er ist immer rumgewandert. Ich kann mich nicht erinnern, ihn gesehen zu haben, aber das heißt nicht, dass er nicht da war.«

»Wenn Sie ihn nicht gesehen haben, fanden Sie es dann nicht überraschend, als er mit dem Skalpell, das voller Blut von Celina war, auftauchte?«

»Nicht wirklich. Daddy hatte nicht gemerkt, dass es fehlte, bis man es bei Bud, dem Spinner, fand. Wir glaubten wie alle, dass es aus Daddys Tasche gefallen wäre, dass Bud es gesehen und aufgehoben hätte und dann Ihre Mutter damit tötete.«

»Aber es ist denkbar, dass jemand es, bei all der Hektik und der Sorge um die Stute und ihr Fohlen, heimlich aus der Tasche Ihres Vaters genommen hatte?«

»Denkbar, sicher.«

Er gab das nur zögernd zu, da es den Mann, für den er arbeitete, belastete. Alex erinnerte sich, wie besorgt er am Abend vorher gewesen war wegen Reedes Rennpferd. Ely Collins war ein Freund aller drei Verdächtigen. Alex hatte ihn gezwungen, seine Loyalität zwischen seiner eigenen Integrität und den Männern, die ihm seinen einzigen Luxus, die handgemachten Luccese-Stiefel, finanzierten, auszugleichen. Ihre Aufgabe war kein Zuckerlecken, aber notwendig.

Sie erhob sich zum Gehen und reichte dem Tierarzt ihre Hand. Er schüttelte sie, und sie verabschiedete sich. »Oh, noch etwas, Dr. Collins, hätten Sie was dagegen, wenn ich mir das Skalpell ansehe?«

Er war überrascht. »Ich hätte gar nichts dagegen, wenn ich es hätte.«

»Sie haben es nicht?«

»Nein.«

»Ihre Mutter?«

»Sie hat es nie zurückbekommen.«

»Auch nicht, nachdem Bud, der Spinner, inhaftiert worden war?«

»Sie und Daddy haben sich nicht sonderlich bemüht, es zurückzukriegen nach dem, was damit passiert war.«

»Sie meinen, es schwirrt immer noch irgendwo herum?«

»Ich weiß nicht, wo es geblieben ist.«

Auf der Minton-Ranch herrschte reges Treiben. Säuberungstrupps sortierten die Trümmer und schafften sie weg. Feuerinspektoren inspizierten verkohlte Balken und Isoliermaterial, suchten nach Indizien für die Ursache des Feuers.

Am Haus arbeitete ein Team mit Sandstrahlern, um die aufgesprühten apokalyptischen Botschaften von den Wänden zu löschen. Die Fensterstöcke wurden für neue Scheiben vermessen.

Reede war mitten im schlimmsten Getümmel und legte überall Hand an. Er war unrasiert und dreckig und sah aus, als hätte er persönlich den Ruß und die Asche nach Beweisen durchsucht. Sein Hemd stand offen und hing aus der Hose, die Ärmel waren hochgerollt. Den Hut hatte er abgelegt, aber er trug lederne Arbeitshandschuhe.

Er entdeckte Alex, als sie aus ihrem Wagen stieg, aber bevor er etwas sagen konnte, rief ihn einer der Feuerinspektoren zu sich. »Sie möchten sich das vielleicht anschauen, Sheriff.«

Reede machte auf dem Absatz kehrt und ging zur Stallung Nummer Zwei. Alex folgte ihm. »Ein Stein? Was zum Teufel hat ein Stein mit dem Feuer zu tun?«, fragte Reede, als sie näher trat.

Der Feuerwehrmann kratzte sich den Kopf unter seiner Baseballmütze. »So wie ich das sehe, war das Feuer ein Unfall. Ich meine, wer immer das getan hat, hat eine Schleuder oder so was benutzt, um die Fenster einzuwerfen und so.«

»Wie David gegen Goliath«, murmelte Alex. Reede kniff den Mund zusammen und nickte.

Der Feuerwehrmann sagte: »Ich glaube, dass dieser Stein gegen einen der Lüftungsschlitze im Dach geknallt ist und in der Verkabelung einen Kurzschluss ausgelöst hat. Dann brannte es.«

»Sie glauben nicht, dass es absichtlich gelegt wurde?«

Der Ermittler runzelte die Stirn. »Nee, glaub ich nicht. Wenn ich ein Feuer legen wollte, hätte ich einen Molotowcocktail geworfen oder einen Brandpfeil geschossen.« Er grinste verlegen. »Ich hätte keinen Stein geschmissen.«

Reede wog den schweren Stein in seiner Hand. »Danke.«

Nachdem sich der Feuerwehrmann entfernt hatte, sagte Reede zu Alex: »So viel zur Chance, Plummet wegen Brandstiftung dranzukriegen.«

Der Tag war ungewöhnlich warm für die Jahreszeit, und Reede roch nach Salz und Schweiß, aber es war kein unangenehmer Geruch. Um ehrlich zu sein, er gefiel ihr. Seine Brust war von dichten Haaren bedeckt, die sich zum Gürtel hin verjüngten und in einer schmalen Linie darunter verschwanden. Sie war ihm so nahe, dass sie sah, wie feucht und lockig es durch den Schweiß war. Es wuchs in Wirbeln um seine Muskeln und die Nippel, die die kühle Brise eregiert hatte.

Der Anblick ließ Wärme in ihr aufsteigen. Sie hob den Blick zu seinem Gesicht. Ein Schweißtropfen wanderte aus seinem Haar und lief in seine Braue. Sie widerstand der Versuchung, ihn mit der Fingerspitze aufzufangen. Sein Stoppelbart passte zu dem Dreck und Ruß auf seinem Gesicht.

Es kostete sie einige Anstrengung, sich auf ihre Aufgabe zu konzentrieren. »Haben Sie Plummet verhaftet?«

»Wir haben's versucht«, sagte er. »Er ist verschwunden.«

»Seine Familie?«

»Die sind alle zu Hause, die Schuld steht ihnen ins Gesicht geschrieben, aber sie stellen sich dumm, was den Aufenthaltsort des Predigers angeht. Ich mach mir deswegen keine Sorgen. Der kommt nicht weit. Wir werden die Liste seiner Anhänger durchgehn. Irgendjemand versteckt ihn. Er wird früher oder später auftauchen.«

»Wenn er das tut, wäre ich gern dabei, wenn Sie ihn verhören.«

Er warf den Stein zu Boden. »Was haben Sie hier zu suchen?«

»Ich bin zum Tee mit Sarah Jo verabredet.« Sie sah seine ungläubige Miene und fügte hinzu: »Ihre Idee, nicht meine.«

»Na, dann viel Spaß«, sagte er sarkastisch, wandte sich ab und verschwand im Stall.

Angus stand breitbeinig auf der Terrasse und überwachte

die Arbeiten. Sie gab sich forsch, als sie sich ihm näherte, hatte sie doch keine Ahnung, wie er sie empfangen würde.

»Sie sind auf die Minute pünktlich«, sagte er.

Er wusste also, dass sie erwartet wurde. »Hallo, Angus.«

»Pünktlichkeit ist eine Tugend. Mummhaben auch. Sie haben beides, kleine Lady.« Er nickte wohlwollend. »Dazu gehört Mumm, sich heute hier zu zeigen.« Er musterte sie mit zusammengekniffenen Augen. »In der Hinsicht sind Sie wie Ihre Mutter, die war auch kein Hasenfuß.«

Er kicherte. »Ich hab gesehen, wie sie sich gegen diese beiden Teufelsbraten – Reede und Junior – durchgesetzt hat, und das nicht nur einmal.«

Sein Kichern verstummte, und sein Blick wanderte mit einem traurigen Lächeln zum Horizont. »Wenn Sie am Leben geblieben wäre, wär sie eine tolle Frau geworden.« Sein Blick kehrte zurück zu Alex. »Sie wäre wahrscheinlich wie Sie geworden. Wenn ich je eine Tochter gehabt hätte, hätt ich mir gewünscht, dass sie so wie Sie ist.«

Dieses unerwartete Kompliment machte Alex verlegen. Sie sagte: »Ich möchte mich entschuldigen, auch wenn ich nur ganz am Rande mit dem hier zu tun habe, Angus.« Sie deutete auf die Zerstörung um sie herum. »Ich hoffe, Reede findet diejenigen, die das angerichtet haben. Ich hoffe, sie werden vor Gericht gebracht.«

»Hoffe ich auch! Das meiste davon kann ich wegstecken. Aber diese sinnlose Vernichtung eines Rassepferdes. Es tut mir in der Seele weh, dass Reede ihn verloren hat. Er war so stolz darauf, dass er genug zusammengespart hatte, um ihn zu kaufen.«

»Es hat ihn, glaube ich, tief getroffen«, ergänzte Alex und sah Reede nach, der gerade zum Wagen ging und etwas ins Funkgerät sprach.

»Ich glaube eher, dass er eine Stinkwut hat. Er hütet alles, was ihm gehört, mit der Eifersucht einer Bärenmutter. Es ist verständlich, wenn man bedenkt, wie er aufgewachsen ist. Hatte nicht mal einen Nachttopf, geschweige denn jemanden, der sich um ihn kümmerte. Hat von abgelegten Sachen und Almosen gelebt. Wenn man einmal ein Aasgeier sein musste, ist's wahrscheinlich schwer, sich umzugewöhnen. Er ist aggressiv und jähzornig, weil er das meistens zum Überleben gebraucht hat.«

In diesem Augenblick kam Junior fröhlich aus der Tür, mit strahlendem Lächeln wie immer, was im Augenblick nicht sonderlich angebracht schien. Im Gegensatz zu Reede und Angus war er makellos gekleidet. So wie er aussah, hatte er keinen einzigen Schweißtropfen vergossen.

Nachdem er Alex herzlich begrüßt hatte, sagte er: »Ihr glaubt nicht, was ich mir gerade am Telefon anhören musste. Eine Eigentümerin hat angerufen, um sich nach ihrer trächtigen Stute zu erkundigen. Schlechte Nachrichten verbreiten sich schnell in Rennpferdkreisen«, informierte er Alex.

»Wie dem auch sei, da hat sie also mit dieser Fistelstimme gesagt: ›Mein armes Baby muss ja vor Angst halb irre sein.‹ Ich hab sie beruhigt und ihr gesagt, ihre Stute wäre in einem anderen Stallgebäude, aber sie hat mich eine halbe Stunde lang nicht von der Strippe gelassen. Ich musste schwören, dass ihr Baby und das Baby ihres Babys okay sind.«

Er äffte die Stimme der Frau nach, und Angus und Alex lachten. Mit einem Mal entdeckte Alex aus dem Augenwinkel, dass Reede sie beobachtete. Er stand reglos da, und obwohl er ein ganzes Stück entfernt war, spürte sie, dass ihm das, was er sah, nicht gefiel. Seine Feindseligkeit war fast greifbar.

»Ich sollte besser reingehn, sonst komm ich noch zu spät zum Tee«, sagte sie zu den Männern.

Junior legte eine Hand auf ihre Schulter. »Mutter möchte ihren Ausbruch von gestern Nacht wiedergutmachen. Sie war ganz aus dem Häuschen, als Sie ihre Einladung angenommen haben, und freut sich sehr über Ihren Besuch.«

25

Lupe nahm ihren Pelz und führte sie nach oben. Die Haushälterin blieb vor der Tür stehen und klopfte leise.

»Herein.«

Lupe stieß die Tür auf, ging aber nicht hinein. Alex nahm das als Aufforderung und trat über die Schwelle in einen Raum, der wie eine Filmdekoration aussah. Sie sagte ganz spontan und von Herzen: »Was für ein hübsches Zimmer!«

»Danke. Ich mag es.« Sarah Jo sah über sie hinweg. »Bitte schließ die Tür, Lupe. Du weißt doch, dass ich es hasse, wenn es zieht, und der Lärm, den diese Arbeiter machen, ist so aufdringlich. Bring bitte das Teetablett.«

»Ja, Ma'am.« Die Haushälterin schloss die Tür.

Alex stand an der Tür und fühlte sich ziemlich fehl am Platz mit ihren flachen Wildlederstiefeln und dem langen Wollrock. Ihr schwarzes Ensemble war schick, aber in diesem ultrafemininen viktorianischen Zimmer, das wie eine Parfümerie roch, wirkte es krass modern.

Ihre Gastgeberin passte in ihre Umgebung wie eine pirouettendrehende Ballerina in eine Spieluhr. Die Rüschen, die das Dekolleté ihrer weißen Bluse zierten, stimmten mit denen an ihren schmalen Handgelenken überein. Sie trug einen weichen beigen Rock, der über das mit hellblauem Damast bezogene Sofa neben dem Fenster gebreitet war, auf dem sie saß. Die Nachmittagssonne ließ ihr Haar wie einen Heiligenschein erstrahlen.

»Kommen Sie her und setzen Sie sich.« Sie zeigte auf einen zierlichen Stuhl in ihrer Nähe.

Die normalerweise recht selbstsichere Alex fühlte sich linkisch wie ein Schulmädchen, als sie den mit Teppichen bedeckten Boden überquerte. »Danke für die Einladung. Das war eine reizende Idee.«

»Es war mir eine Pflicht, mich sobald wie möglich für das zu entschuldigen, was ich gestern Nacht gesagt habe.«

»Machen Sie sich keine Gedanken, das ist vergessen.« Junior und Angus hatten ihr scheinbar die unfreiwillige Rolle bei diesem Überfall verziehen. Und so konnte sie auch Sarah Jo gegenüber nachsichtig sein.

Sie sah sich neugierig um. »Das ist wirklich ein ungewöhnliches Zimmer. Haben Sie es selbst eingerichtet?«

Sarah Jos Lachen war so fragil wie die Hand, mit der sie jetzt ihre Rüschen glättete. »Aber ja, ich würde nie einen dieser grässlichen Innenarchitekten in mein Haus lassen. Um ehrlich zu sein, ich habe mein Zimmer zu Hause Stück für Stück kopieren lassen, so genau es ging. Angus sagt, es ist zu verspielt.«

Alex suchte unauffällig nach etwas Maskulinem, einem winzigen Hinweis, dass je ein Mann in diesem Zimmer gewesen war. Es gab keinen. Sarah Jo konnte scheinbar Gedanken lesen und sagte: »Seine Sachen sind im anderen Zimmer, dort drüben.« Alex folgte ihrem Blick zu einer geschlossenen Tür.

»Komm herein, Lupe«, sagte Sarah Jo, als die Haushälterin leise klopfte. »Hier ist unser Tee.«

Während Lupe das Silberservice auf dem Teetisch arrangierte, begann Alex zu plaudern. »Sie erwähnten Ihr Zuhause. Kentucky, nicht wahr?«

»Ja. Pferdeland. Jagdland. Ich habe es so geliebt.« Ihr sehnsüchtiger Blick wanderte zum Fenster. Das Panorama war nicht gerade eine Augenweide. Endlose Meilen grauer Erde bis zum Horizont. Sie beobachteten, wie ein Büschel Unkraut über den steinernen Patio wehte und im Pool landete. Die Vegetation ringsum war tot und braun wie ein Baumwollfeld nach der Ernte.

»Es ist so öde hier. Mir fehlt das Grün. Natürlich haben wir viele Morgen bewässerter Weiden für die Pferde, aber irgendwie ist es nicht dasselbe.« Sie wandte langsam den Kopf und dankte der Frau mit einem Kopfnicken. Lupe zog sich zurück. »Wie nehmen Sie Ihren Tee?«

»Zitrone und Zucker, bitte. Ein Stück.«

Sarah Jo zelebrierte ein Ritual, von dem Alex geglaubt hatte, es wäre schon vor zwei Generationen ausgestorben. Jede Bewegung war minutiös einstudiert. Ihre blassen durchsichtigen Hände bewegten sich mit geschmeidiger Eleganz. Alex wurde klar, wieso dieser Brauch im Amerika von heute ausgestorben war. Keiner hätte mehr die Zeit dazu.

»Ein Sandwich? Gurke und Frischkäse?«

»Sehr gerne«, erwiderte Alex mit einem Lächeln.

Sarah Jo legte auch noch zwei Törtchen auf den Teller, dann reichte sie ihn Alex, die sich eine Spitzenserviette über ihren Schoß gebreitet hatte. »Danke.«

Sie nippte an ihrem Tee und stellte fest, dass er perfekt schmeckte. Das Sandwich war nur ein kleines Dreieck krustenloses Weißbrot, aber die Füllung kühl und cremig. Sie hoffte, ihr Magen würde keine unanständigen Geräusche produzieren, als sie das kleine Ding gierig verschlang. Sie hatte das Frühstück verschlafen und geglaubt, es wäre überflüssig, so kurz vor dem Tee Mittag zu essen.

Sie biss in eins der Törtchen und fragte dann: »Sind Sie oft zu Besuch in Kentucky?«

Ihre Gastgeberin versorgte sich selbst mit Tee und rührte lustlos darin herum. »Nur zweimal, zu den Beerdigungen meiner Eltern.«

»Es war nicht meine Absicht, ein trauriges Thema anzuschneiden.«

»Ich habe keine Familie mehr, abgesehen von Angus und Junior. Ein Mensch von Charakter lernt mit Verlusten zu leben.« Sie stellte ihre Tasse so behutsam zurück auf den Tisch, dass das Porzellan nicht einmal klickte. Mit gesenktem Kopf hob sie den Blick zu Alex. »Nur Sie haben das nicht, nicht wahr?«

Alex legte die ungegessene Hälfte ihres Törtchens zurück auf den Teller. Instinktiv wusste sie, dass sie jetzt zum Grund für diese Einladung kommen würden. »Ich habe was nicht?«

»Sie haben nicht gelernt, dass es das Beste ist, die Toten ruhen zu lassen.«

Die Fronten waren gesteckt. Alex stellte ihre Tasse auf den Tisch und legte auch die hauchdünne Serviette von ihrem Schoß dazu. »Meinen Sie damit meine Mutter?«

»Exakt. Diese Ermittlungen, die Sie da führen, haben meinen gesamten Haushalt in Aufruhr versetzt, Miss Gaither.«

»Ich entschuldige mich für die Unannehmlichkeiten. Die Umstände machten sie unvermeidlich.«

»Schlägertrupps haben meinen Besitz verwüstet und die Gesundheit jeden Pferdes, das wir besitzen oder das bei uns untergestellt ist, gefährdet, und damit unseren Lebensunterhalt.«

»Das war ein unglückseliger Zwischenfall. Ich kann Ihnen gar nicht sagen, wie leid mir das tut«, sagte Alex eindringlich. *»Ich* hatte nichts damit zu tun. Das müssen Sie mir glauben.«

Sarah Jo holte tief Luft. Die Rüschen um ihren Hals zitterten vor unterdrückter Wut und Hass. Ihre Abneigung lag greifbar in der Luft, und Alex fragte sich erneut, aus welchem Grund sie sie eingeladen hatte. Das Bedürfnis, sich zu entschuldigen, war ein Vorwand gewesen. Offenbar wollte Sarah Jo ihren lang gehegten Groll loswerden.

»Wie viel wissen Sie über Ihre Mutter und ihre Beziehung zu Junior und Reede Lambert?«

»Nur das, was meine Großmutter mir erzählt hat, und das, was ich erfahren habe, seit ich mit Leuten hier in Purcell rede.«

»Sie waren wie eine Kampfeinheit«, sagte sie mit nachdenklicher Stimme, und Alex merkte, dass sie sich in ihre eigene private Welt zurückgezogen hatte. »Ein kleiner Club. Man sah nur selten einen ohne die anderen zwei.«

»Das ist mir bei den Fotos in ihrem High-School-Jahrbuch aufgefallen. Da gibt es viele Bilder von den dreien zusammen.« Alex hatte diese Fotos gründlich studiert, nach Hinweisen gesucht, nach irgendetwas, das ihrer Untersuchung nutzen könnte.

»Ich wollte nicht, dass Junior sich so eng mit ihnen anfreundet«, sagte Sarah Jo. »Reede war ein Rowdy, der Sohn des Stadtsäufers, ausgerechnet. Und Ihre Mutter ... also, es gab genug Gründe, warum ich nicht wollte, dass er sich mit ihr einlässt.«

»Nennen Sie einen.«

»Hauptsächlich wegen dem, was zwischen ihr und Reede war. Ich wusste, dass Junior immer ihre zweite Wahl sein würde. Es war mir zuwider, dass sie überhaupt die Möglichkeit hatte zu wählen«, sagte sie verbittert. »Aber Junior hat sie angebetet, unzugänglich für meine Warnungen. Und er hat sich in sie verliebt, genau wie ich befürchtet hatte.« Plötzlich richtete sich ihr bohrender Blick auf ihren Gast. »Und ich habe das ungute Gefühl, dass er sich auch in Sie verlieben wird.«

»Sie irren sich.«

»Oh, ich bin überzeugt, dass Sie dafür sorgen werden, dass er es tut, und Reede wahrscheinlich auch. Das würde das Dreieck wieder vollenden, nicht wahr? Wollen Sie sie denn nicht auch gegeneinander ausspielen, wie sie das getan hat?«

»Nein!«

Sarah Jos Augen wurden schmal vor Bosheit. »Ihre Mutter war eine Schlampe.«

Bis zu diesem Punkt hatte Alex ihre Zunge sorgsam im Zaum gehalten. Aber nachdem ihre Gastgeberin jetzt ihre verstorbene Mutter verunglimpfte, vergaß sie ihre Manieren. »Ich protestiere energisch gegen diese Verleumdung, Mrs. Minton.«

Sarah Jo winkte unbeeindruckt ab. »Das spielt keine Rolle. Es ist die Wahrheit. Ich wusste sofort, dass sie gewöhnlich und ungehobelt war, schon als ich ihr das erste Mal begegnete. Oh, sie war hübsch, auf eine üppige, grelle Art, ähnlich wie Sie.«

Ihr Blick schweifte kritisch über Alex. Diese war versucht, einfach aufzustehen und zu gehen. Das Einzige, was sie noch in ihrem spindeligen Stuhl hielt, war die Hoffnung, dass Sarah Jo versehentlich ein paar Informationen ausplaudern würde.

»Ihre Mutter hat zu laut gelacht, zu hoch gespielt und zu leicht geliebt. Gefühle waren für sie das, was eine Flasche für den Trinker ist. Sie hat sich daran berauscht und ihre Gefühle hemmungslos zur Schau gestellt.«

»Das hört sich sehr ehrlich an«, sagte Alex voller Stolz. »Die Welt wäre vielleicht besser, wenn die Menschen offener ausdrücken würden, was sie empfinden.« Ihre Worte fielen auf taube Ohren.

»Wie immer ein Mann sie haben wollte, oder brauchte, so war sie«, fuhr Sarah Jo fort. »Celina war eine unverbesserliche Flirterin. Jeder Mann, der ihr begegnete, hat sich in sie verliebt. Dafür hat sie gesorgt. Sie hätte alles getan, um das zu erreichen.«

Das Fass war voll. »Ich werde nicht dulden, dass Sie eine Frau schlechtmachen, die sich nicht mehr verteidigen kann. Es ist widerlich und grausam, was Sie da von sich geben, Mrs. Minton.« Der Raum, der gerade noch frisch und kühl gewirkt hatte, war jetzt stickig und erdrückend. Sie musste hier raus. »Ich gehe.«

»Noch nicht.« Sarah Jo hatte sich zusammen mit Alex erhoben. »Celina hat Reede so sehr geliebt, wie es ihr möglich war, jemanden zu lieben, außer sich selbst.«

»Was geht Sie das an?«

»Es geht mich etwas an, weil sie Junior auch haben wollte und sie ihn das auch wissen ließ. Ihre Großmutter, diese dumme Person, war ganz aus dem Häuschen bei der Vorstellung, dass unsere Kinder heiraten könnten. Als ob ich zugelassen hätte, dass Junior Celina heiratet«, sagte sie mit verächtlicher Miene. »Merle Graham hat mich sogar gerufen und vorgeschlagen, dass wir uns als zukünftige Schwiegereltern zusammensetzen und besser kennenlernen sollten. Du lieber Himmel, da wäre ich lieber gestorben. Sie war Telefonistin«, fügte sie herablassend hinzu. »Es stand völlig außer Frage, dass Celina Graham je meine Schwiegertochter werden würde. Ich habe das Ihrer Großmutter unmissverständlich klargemacht und Junior auch. Er hat wegen diesem Mädchen gewinselt und geschmollt, dass ich die Wände hätte hochgehen mögen.« Sie ballte ihre kleinen Hände zu Fäusten. »Warum konnte er sie nicht als das erkennen, was sie war – ein selbstsüchtiges, intrigantes Luder. Und jetzt kommen *Sie* daher.«

Sie ging um den kleinen Teetisch herum und baute sich direkt vor Alex auf. Alex war zwar größer, aber Sarah Jo war gestrafft von jahrelang gepflegter Wut. Sie bebte vor Zorn.

»In letzter Zeit gibt es hier nur noch ein Thema, nämlich Sie, genau wie damals mit Celina.«

»Ich habe Junior keine Hoffnungen gemacht, Mrs. Minton. Wir könnten nie ein Liebespaar werden. Freunde vielleicht, sobald diese Untersuchungen abgeschlossen sind.«

»Sehen Sie es denn nicht«, rief Sarah Jo, »genauso war es bei ihr. Sie hat seine Freundschaft missbraucht, weil er sich an die vage Hoffnung klammerte, dass sie sich zu etwas anderem entwickeln könnte. Für Sie ist er nur ein Verdächtiger in einem Mordfall. Sie werden ihn benutzen, genau wie Ihre Mutter das getan hat.«

»Das ist einfach nicht wahr.«

Sarah Jo schwankte, als würde sie jeden Augenblick in Ohnmacht fallen. »Was wollen Sie hier?«

»Ich möchte wissen, warum meine Mutter ermordet wurde.«

»Sie sind der Grund«, sie richtete anklagend ihren Finger auf Alex. »Celinas uneheliches Baby.«

Alex wich einen Schritt zurück und rang nach Luft. »Was haben Sie gesagt?«, keuchte sie.

Sarah Jo zwang sich mit aller Gewalt, wieder ruhig zu werden. Ihr Gesicht verlor seine Röte und wurde wieder blass wie Porzellan. »Sie waren unehelich.«

»Das ist eine Lüge«, keuchte Alex erbost. »Meine Mutter war mit Al Gaither verheiratet. Ich habe die Heiratsurkunde gesehen. Meine Großmutter hat sie aufgehoben.«

»Sie haben geheiratet, aber erst, als sie aus El Paso zurückkam und entdeckte, dass sie schwanger war.«

»Sie sind eine Lügnerin!« Alex packte die Lehne ihres Stuhls. »Warum belügen Sie mich?«

»Es ist keine Lüge. Der Grund, warum ich Ihnen das erzähle, sollte klar sein. Ich versuche meine Familie vor Ihrer rachsüchtigen Zerstörung zu beschützen. Das Einzige, was das Leben in dieser grässlichen Stadt erträglich macht, ist die Tatsache, dass ich die reichste Frau hier bin. Ich genieße es, mit dem einflussreichsten Mann im Bezirk verheiratet zu sein. Ich werde nicht zulassen, dass Sie mir all das, was Angus für mich geschaffen hat, wegnehmen. Ich werde nicht zulassen, dass Sie Zwietracht in meiner Familie säen. Celina hat das getan, ein zweites Mal wird es nicht geschehen.«

»Aber, aber, meine Damen.« Junior kam leutselig lachend herein. »Was soll denn das Geschrei? Habt ihr eine Spinne gesehen?«

Sein Verhalten änderte sich drastisch, als er merkte, welche Atmosphäre im Raum herrschte. Fast konnte man Schwefel riechen. »Mutter? Alex? Was ist los?«

Alex starrte Sarah Jo an, deren Gesicht so selbstzufrieden und heiter aussah wie eine Kamee. Alex stürzte zur Tür und stieß dabei den kleineren Stuhl um. Sie rannte aus dem Zimmer und die Treppe hinunter.

Junior sah seine Mutter fragend an. Sie wandte ihm den Rücken, kehrte auf ihren Diwan zurück, nahm ihre Teetasse und nippte daran.

Junior raste hinter Alex her und erwischte sie an der Haustür, wo sie vergeblich versuchte, in die Ärmel ihrer Jacke zu fahren.

Er packte sie an den Armen. »Verdammt, was geht hier vor?«

Alex drehte den Kopf weg, damit er ihre Tränen nicht sehen konnte. Sie versuchte seine Hände abzustreifen. »Gar nichts.«

»Sie sehen nicht so aus, als ob Sie von einer Teeparty kommen.«

»Tee? Ha?« Alex warf den Kopf zurück. »Sie hat mich nicht eingeladen, um Tee zu trinken.« Sie schniefte und kniff ihre Augen zusammen, der Tränen wegen. »Ich sollte ihr wohl dankbar sein dafür, dass sie es mir erzählt hat.«

»Was erzählt hat?«

»Dass ich ein biologischer Unfall bin.« Juniors Gesicht wurde aschfahl. »Dann ist es also wahr, ja?« Junior ließ sie los und wollte sich abwenden. Jetzt packte Alex ihn an den Armen und zwang ihn, sich zurückzudrehen. »Nicht wahr?« Ihre Tränen waren nicht mehr aufzuhalten. »Sagen Sie etwas, Junior!«

Es fiel ihm zu schwer, mit der Wahrheit herauszurücken. Alex fasste sie für ihn in Worte.

»Celina kam aus El Paso zurück. Sie hatte ihren Spaß mit einem Soldaten gehabt und war bereit, sich mit Reede zu versöhnen. Das hätte wahrscheinlich auch funktioniert, wenn ich nicht gewesen wäre, richtig?« Sie schlug sich die Hände vors Gesicht. »Mein Gott, kein Wunder, dass er mich so hasst.«

Junior zog ihr die Hände vom Gesicht und sah sie ernsthaft an. »Reede hasst Sie nicht, Alex. Keiner von uns hat Sie damals gehasst und jetzt auch nicht.«

Sie lachte bitter auf. »Ich wette, Albert Gaither hat schon allein den Gedanken an mich gehasst. Er war gezwungen zu heiraten.« Ihre Augen wurden ganz groß, und sie sagte abgehackt: »Das erklärt so vieles. *So vieles.* Warum Großmutter Graham so streng war, wenn ich ausgehen wollte und wann ich zu Hause sein musste – ständig hat sie gefragt, wo ich war.

Ich hab sie gehasst, weil sie so unflexibel war und ich ihr nie Anlass gegeben hatte, mir zu misstrauen. Wahrscheinlich war ihre übergroße Vorsicht gerechtfertigt, stimmt's?« Ihre Stimme wurde immer schriller. »Ihre Tochter hat sich bumsen lassen, und vor fünfundzwanzig Jahren war das immer noch eine richtige Sünde.«

»Alex, hören Sie auf damit.«

»Das erklärt, warum meine Großmutter mich nie richtig geliebt hat. Ich habe Celinas Leben ruiniert, und das hat sie mir nie verziehen. Celina konnte Reede nicht haben, Sie nicht haben, keine Zukunft haben. Und alles wegen mir! Gott!«

Alex wandte sich von ihm ab und riss die Tür auf. Sie lief über die Veranda und die Treppe hinunter zu ihrem Wagen.

»Alex!« Er machte Anstalten, ihr zu folgen.

»Was geht hier vor?«, polterte Angus, als Alex an ihm vorbeirannte.

»Lasst sie in Ruhe, ihr beide.« Sarah Jo stand am obersten Treppenabsatz, von wo aus sie alles mit angesehen hatte.

Junior wirbelte herum: »Mutter, wie konntest du? Wie konntest du Alex so wehtun?«

»Ich hab es ihr nicht erzählt, um ihr wehzutun.«

»Was hast du ihr erzählt?«, fragte Angus. Er stand in der offenen Tür, verwirrt und ungeduldig, weil keiner seine Frage beantwortete.

»Natürlich hat es ihr wehgetan«, sagte Junior. »Und das hast du gewusst. Warum musstest du es ihr überhaupt erzählen?«

»Weil sie es wissen muss. Der Einzige, der ihr wehtun kann, ist sie selbst. Sie jagt eine Illusion. Die Mutter, die sie in Celina Gaither sucht, hat niemals existiert. Merle hat ihr den Kopf vollgestopft mit Unsinn, wie wunderbar Celina war. Sie hat vergessen, dem Mädchen zu sagen, dass ihre Mutter alle Register kannte. Es war höchste Zeit, dass Alex das erfuhr.«

»Scheiße!«, brüllte Angus. »Würde mir bitte jemand sagen, was, zum Teufel, sich hier abspielt?«

26

Angus schloss leise die Schlafzimmertür hinter sich. Sarah Jo, die aufrecht im Bett saß, legte ihr Buch beiseite und sah ihn über den Rand der Brille an, die auf ihrer Nase balancierte. »Du kommst heute schon so früh?«

Sie sah harmlos aus wie ein Schmetterling, aber Angus wusste, dass sich hinter ihrem zerbrechlichen Äußeren ein eiserner Wille verbarg. Wenn sie je nachgab, dann nur aus Gleichgültigkeit, nicht weil sie unterlegen war. »Ich möchte mit dir reden.«

»Worüber?«

»Über das, was heute Nachmittag passiert ist.«

Sie drückte ihre Finger an die Schläfen. »Ich hab davon Kopfweh bekommen. Deshalb bin ich nicht zum Abendessen hinuntergekommen.«

»Hast du was dagegen eingenommen?«

»Ja, jetzt ist es besser.«

Diese Floskeln über ihr Kopfweh tauschten sie praktisch jeden Tag, seit sie verheiratet waren.

»Setz dich nicht auf die Tagesdecke«, tadelte sie, als er sich auf der Bettkante niederlassen wollte. Er wartete, bis sie die Seide zurückgeschlagen hatte, dann setzte er sich neben sie. »Du siehst aber heute Abend niedergeschlagen aus, Angus«, sagte sie besorgt. »Was hast du? Doch hoffentlich nicht wieder irgendwelche Irren auf unserem Besitz?«

»Nein.«

»Gott sei Dank hat das einzige Pferd, das verletzt wurde, Reede gehört.«

Angus überging das ohne Kommentar. Sarah Jo konnte Reede nicht ausstehen, und Angus wusste warum. Ihre Gefühle ihm gegenüber würden sich nie ändern, also wäre es sinnlos, sie wegen dieser taktlosen Bemerkung zu rügen.

Er war hier, um mit ihr über ein sehr heikles Thema zu sprechen. Es dauerte einen Moment, bis er sich die richtigen

Worte zurechtgelegt hatte. »Sarah Jo, wegen heute Nachmittag…«

»Ich war ziemlich durcheinander«, sagte sie und zog einen hübschen Schmollmund.

»Du warst durcheinander?« Angus zwang sich mit Gewalt zur Beherrschung. Er musste erst ihre Version der Geschichte hören, bevor er voreilige Schlüsse zog. »Und was ist mit Alex' Gefühlen?«

»Sie war natürlich auch verwirrt. Wärst du das nicht, wenn du rausfinden würdest, dass du ein Bastard bist?«

»Nein«, sagte er mit einem humorlosen Lächeln. »Dabei würd's mich gar nicht überraschen, wenn ich's wäre. Ich hab nie nachgeprüft, ob meine Eltern eine Heiratsurkunde besaßen, und mir wäre es auch egal gewesen, wenn da keine gewesen wäre.« Er runzelte die Stirn. »Aber ich bin ein altes Raubein, und Alex ist eine sensible junge Frau.«

»Ich hatte das Gefühl, sie ist stark genug, das zu ertragen.«

»Offensichtlich war sie es nicht. Sie ist an mir vorbeigerannt und hat mich gar nicht gesehen. Sie war außer Rand und Band.«

Sarah Jos Lächeln bröckelte. »Wirfst du mir vor, dass ich es ihr erzählt habe? Glaubst du, es war falsch?«

Wenn sie ihn so ansah wie ein ratloses, verängstigtes kleines Mädchen, dann schmolz er einfach dahin. Jedes Mal. Angus nahm ihre Hand. Er hätte sie wie eine Blüte zwischen seinen Pranken zerquetschen können, aber er hatte im Lauf der Jahre gelernt, nicht zu viel Kraft anzuwenden, wenn er sie liebkoste.

»Ich mach dir keinen Vorwurf draus, dass du es ihr erzählt hast, Schatz. Ich bezweifle nur, dass es klug war. Ich wünschte, du hättest das mit mir und Junior besprochen, bevor du es machst. Das war etwas, was sie nie hätte erfahren müssen.«

»Der Meinung bin ich nicht«, sagte Sarah Jo trotzig.

»Welchen Unterschied macht das jetzt noch, dass ihr Daddy und ihre Mama noch keine Urkunde hatten, als sie schon im Ofen war? Heutzutage ist das so gang und gäbe, dass es nicht mal mehr als Sünde gilt.«

»Es macht einen Unterschied in der Art und Weise, wie sie Celina sieht. Bis jetzt hat sie sie immer auf ein Podest gestellt.«

»Na und?«

»Celina hat das wohl kaum verdient«, sagte Sarah Jo giftig. »Ich dachte, es wäre höchste Zeit, dass alle damit aufhören, Alex mit Samthandschuhen anzufassen, und man ihr die Wahrheit über ihre Mutter erzählt.«

»Warum?«

»*Warum?* Weil sie versucht, uns zu ruinieren, darum. Ich habe mich entschlossen, sie nicht mehr zu schonen und mich zu wehren. Ich hab dazu die einzige Munition benutzt, die ich hatte.« Wie immer bei solchen Szenen wurde Sarah Jo leicht hysterisch. »Ich wollte doch nur Junior und dich schützen!«

Eigentlich, dachte Angus, hatte es ungeheuer viel Mut von Sarah Jo erfordert, eine so selbstsichere Frau wie Alex herauszufordern. Er fand immer noch, Sarah Jo hätte Alex nicht von ihren Eltern erzählen sollen, aber zumindest waren ihre Motive selbstlos gewesen. Sie verteidigte seine Familie, ihre tapferen Bemühungen hatten etwas Besseres verdient als seine Kritik. Er beugte sich über sie und küsste ihre Stirn.

»Ich weiß deinen Kampfgeist zu schätzen, aber keiner von uns braucht deine Maßnahmen, Süße.« Er lachte bei dem Gedanken. »Wie sollte denn ein kleines Ding wie du uns stramme Burschen beschützen? Ich hab einen Haufen Geld und einen Haufen Know-how, damit kann ich mit jedem Problem, das auftaucht, fertig werden. Ein Rotschopf, der mir kaum bis zur Nase reicht, ist es doch gar nicht der Mühe wert, sich Sorgen zu machen.«

»Wenn du diesen widerwärtigen Pasty Hickam wiederauferstehen lassen könntest, würde er dir sicher nicht beipflichten«, sagte sie. »Schau doch, was mit ihm passiert ist. Im Gegensatz zu dir und Junior, und offensichtlich jedem anderen Mann, bin ich gegen die Reize dieses Mädchens immun.« Ihre Stimme wurde plötzlich weinerlich, verzweifelt. »Angus, siehst du denn nicht? Junior verliebt sich in sie.«

»Ich versteh nicht, was daran so furchtbar ist«, sagte er und grinste übers ganze Gesicht.

»Es wäre eine Katastrophe«, jammerte Sarah Jo. »Ihre Mutter hat ihm das Herz gebrochen. Ist dir das denn egal?«

Angus runzelte die Stirn und erinnerte sie: »Das ist lange her. Und Alex ist nicht wie ihre Mutter.«

»Da bin ich mir nicht so sicher.« Sarah Jo starrte ins Leere.

»Alex ist nicht launisch und oberflächlich, wie Celina es war. Sie ist ein bisschen zu forsch, aber vielleicht braucht Junior das. Er hat all seine anderen Frauen mit Füßen getreten, und sie haben sich hingelegt und es zugelassen. Vielleicht braucht er eine Frau, die ihm sagt, was Sache ist.«

»Wo ist er denn eigentlich? Ist er noch böse auf mich?«, fragte sie ängstlich.

»Er war ziemlich aufgeregt, aber er wird's überstehen, wie immer. Er hat gesagt, er geht sich besaufen.«

Sie lachten zusammen. Sarah Jo wurde als Erste wieder ernst. »Ich hoffe, er fährt vorsichtig.«

»Er, äh, wird wahrscheinlich woanders übernachten.«

»Oh?«

»Würde mich nicht überraschen«, sagte Angus. »Alex braucht ein bisschen Zeit, um das alles zu verdauen. Junior mag vielleicht auf sie stehen, aber er ist unter der Gürtellinie nicht tot. Er wird eine Frau finden, die ihm den Trost gibt, den er heute Nacht braucht.« Sein Blick senkte sich zum Ausschnitt seiner Frau, glatt und glänzend vom Körperpuder, den sie nach dem Baden aufgelegt hatte. »Er hat die Bedürfnisse eines Mannes, genau wie sein Daddy.«

»Oh, Angus«, seufzte sie erschöpft, als sich seine Hand durch die Spitzenschichten zu ihren Brüsten tastete. »Ich könnte selber ein bisschen Trost gebrauchen.«

»Ihr Männer! Denkt ihr denn immer nur an das eine? Du machst mich…«

»Du machst mich geil.«

»Bitte nicht diese Sprache. Es ist ordinär. Und ich will das heute Abend nicht tun. Meine Kopfschmerzen fangen wieder an.«

Sein Kuss verhinderte jeden weiteren Einwand. Sie unterwarf sich, genau wie erwartet. Sie leistete immer ein bisschen Widerstand, aber hatte sich ihm noch nie verweigert. Von der Wiege an hatte man sie dazu erzogen, ihre ehelichen Pflichten zu akzeptieren, genau wie man ihr das Teeritual eingebläut hatte.

Die Tatsache, dass sie sich ihm aus Pflichtgefühl und nicht aus Leidenschaft hingab, hinderte ihn nicht daran, sie zu begehren, vielleicht steigerte es sogar seine Lust. Angus genoss Herausforderungen.

Er zog sich rasch aus und legte sich auf sie, dann kämpfte er mit den Knöpfen ihres Nachthemds, und schließlich gelang es ihm, es ohne ihre Hilfe zu öffnen. Ihre Brüste waren so kess und wohlgeformt wie damals in ihrer Hochzeitsnacht, in der er sie das erste Mal gesehen und berührt hatte.

Er küsste sie jetzt mit höflicher Zurückhaltung. Ihre Nippel waren klein. Es gelang seiner streichelnden Zunge nur selten, sie hart werden zu lassen. Er bezweifelte, dass sie wusste, was es damit auf sich hatte, es sei denn, ein paar von den Romanen, die sie las, waren sexuell informativer, als er vermutete.

Sie zuckte leicht zusammen, als er in sie eindrang. Er tat so, als hätte er das nicht bemerkt. Er versuchte, nicht zu schwitzen oder ein Geräusch oder irgendetwas zu machen, was sie als ekelhaft oder unangenehm empfinden könnte. Zum Austoben hatte er seine Witwe, die er im Nachbarbezirk aushielt. Sie hatte nichts gegen Obszönitäten. Im Gegenteil, sie brüllte vor Lachen, wenn er einen seiner farbigeren Ausdrücke gebrauchte.

Sie war im Bett genauso wollüstig wie er, hatte große, dunkle, milchig schmeckende Brustwarzen, mit denen sie ihn stundenlang spielen ließ, wenn er wollte. Sie machte es ihm sogar mit dem Mund und ließ sich auch von ihm lecken. Jedes Mal, wenn er sie bestieg, packten ihre rundlichen Schenkel seinen Hintern wie einen Schraubstock. Sie kam immer mit viel Geschrei und war die einzige Frau, die er kannte, die beim Ficken vor Freude lachte.

Seit über zwanzig Jahren waren sie zusammen. Sie hatte nie mehr von ihm erwartet, als sie bekam. Es machte verdammt viel Spaß mit ihr, und er wusste nicht, was er ohne sie hätte anfangen sollen, aber er liebte sie nicht.

Er liebte Sarah Jo. Oder zumindest liebte er, dass sie zierlich und rein und fein und schön war. Er liebte sie, wie ein Kunstsammler eine Skulptur aus unbezahlbarem Alabaster liebt, die man nur zu besonderen Gelegenheiten berühren darf und dann nur mit äußerster Vorsicht.

Er trug immer ein Kondom, weil sie es verlangte, und wenn er fertig war, entfernte er es vorsichtig, damit ihre seidenen Laken nicht besudelt wurden. Während er das heute Abend erledigte, beobachtete er, wie Sarah Jo den Saum ihres Nachthemds hinunterstreifte, die Knöpfe wieder schloss und die Decke zurechtrückte.

Angus stieg zurück ins Bett, küsste sie auf die Wange und nahm sie in die Arme. Er liebte es, ihren winzigen Körper an seinen zu drücken, liebte es, ihre glatte duftende Haut zu berühren. Er wollte sie vor allem beschützen. Zu seiner Enttäuschung entwand sie sich seiner Umarmung und sagte: »Schlaf jetzt, Angus. Ich möchte dieses Kapitel fertiglesen.«

Sie schlug ihren Roman wieder auf, der sicher genauso trocken und leblos war wie ihr Liebesspiel. Angus schämte sich seiner unloyalen Gedanken, als er sich auf die andere Seite rollte, weg vom Licht ihrer Leselampe.

Ihm kam nie der Gedanke an Scham, wenn er die dreißig Meilen zum Haus seiner Mätresse fuhr. Genau das würde er morgen Abend machen.

Stacey ließ die Keramiktasse fallen. Sie zerbarst auf dem gekachelten Küchenboden. »Oh, mein Gott«, hauchte sie und raffte den Kragen ihres Veloursmorgenmantels enger zusammen.

»Stacey, ich bin's.«

Das Klopfen an der Hintertür hatte sie so erschreckt, dass ihr die Tasse aus der Hand geglitten war. Die Stimme, die ihren Namen rief, ließ ihren Puls noch mehr beschleunigen. Ein paar Sekunden lang stand sie einfach da und starrte die Tür an, dann lief sie zum Fenster und schob den steifen, gestärkten Vorhang beiseite.

»Junior?«

Sie bekam nicht genügend Luft, um seinen Namen laut auszusprechen. Ihre Lippen formten ihn tonlos. Sie nestelte am Schloss herum, schob hastig den Riegel beiseite und zog die Tür auf, als hätte sie Angst, er könnte verschwinden, bevor es ihr gelang.

»Tag.« Sein Lächeln war offen, unkompliziert, so als würde er jede Nacht um diese Zeit an ihre Tür klopfen. »Ist da was zerbrochen?«

Sie streckte die Hand aus und berührte sein Gesicht, um sich zu vergewissern, dass tatsächlich er es war, dann ließ sie schüchtern die Hand fallen. »Was machst du denn hier?«

»Ich will dich besuchen.«

Sie schaute über seine Schulter, suchte den Hinterhof ab nach einem plausiblen Grund dafür, dass ihr Exmann hier auf ihrer Treppe stand.

Er lachte. »Ich bin alleine. Ich wollte nur nicht klingeln, für den Fall, dass der Richter schon im Bett ist.«

»Das ist er. Er, äh … komm rein.« Sie besann sich ihrer Manieren und trat beiseite. Junior kam herein. Sie standen sich im grellen Küchenlicht gegenüber, was für Stacey nicht sehr vorteilhaft war, sie hatte sich bereits abgeschminkt und fürs Bett fertig gemacht.

Davon hatte sie immer geträumt, dass er eines Nachts zu ihr kommen würde, aber jetzt, wo es passiert war, war sie unfähig, sich zu bewegen, und stumm vor Überraschung. Zahllose Liebesbezeugungen schwirrten ihr durch den

Kopf, aber sie wusste, dass er sie nicht hören wollte. Sie beschränkte sich auf unverfängliche Themen.

»Dad ist früh zu Bett gegangen. Er hat Probleme mit dem Magen. Ich hab ihm eine warme Milch gemacht, und jetzt wollte ich mir aus dem Rest einen Kakao machen.« Sie deutete, unfähig, den Blick von ihm zu wenden, auf den Ofen, wo die Milch drohte überzukochen.

Junior ging hinüber und schaltete den Brenner aus. »Kakao, hm? Deinen Kakao? Es gibt keinen besseren. Hast du genug für zwei Tassen?«

»Na … natürlich. Willst du damit sagen, du bleibst?«

»Ein Weilchen. Wenn du mich lässt.«

»Ja«, hauchte sie. »Ja.«

Die sonst in der Küche so geschickte Stacey stolperte unbeholfen herum und bereitete zwei Tassen Kakao zu. Sie konnte sich nicht vorstellen, wieso er sie ausgerechnet heute besuchte. Es war ihr egal. Hauptsache, er war hier.

Als sie ihm seinen Kakao reichte, lächelte er entwaffnend und fragte: »Hast du was Alkoholisches im Haus?«

Er folgte ihr ins Wohnzimmer, wo mehrere Flaschen Schnaps in einem Schränkchen standen, nur für ganz besondere Gelegenheiten.

»Das ist nicht dein erster Drink heute Abend, oder?«, sagte sie, als sie ihm Brandy in die Kakaotasse goss.

»Nein, ist es nicht.« Er senkte die Stimme und flüsterte: »Ich hab auch einen Joint geraucht.«

Sie kniff vorwurfsvoll den Mund zusammen. »Du weißt, wie ich über Drogen denke, Junior.«

»Marihuana ist keine *Droge.*«

»Ist es doch.«

»Ach, Stacey«, quengelte er, beugte sich vor und küsste ihr Ohr. »Eine Exfrau hat kein Recht zu schimpfen.«

Die Berührung seiner Lippen brachte ihr Inneres zum Flattern. Der Vorwurf zerschmolz so rasch wie Butter im August. »Ich wollte nicht schimpfen. Ich hab mich nur gefragt, warum du nach all der Zeit ausgerechnet heute kommst.«

»Ich wollte einfach.« Sie wusste, dass das in Juniors Augen Grund genug war. Er lümmelte sich aufs Sofa und zog sie zu sich herab. »Nein, lass die Lampe aus«, sagte er, als sie nach dem Schalter tastete. »Lass uns einfach hier sitzen und unseren Kakao trinken.«

»Ich hab von dem Ärger auf der Ranch gehört«, sagte sie nach einer kurzen Schweigepause.

»Ist alles wieder in Ordnung. Man sieht gar nichts mehr. Hätte viel schlimmer sein können.«

Sie berührte ihn zögernd. »Du hättest verletzt werden können.«

Er stellte seine leere Tasse auf den Tisch und seufzte. »Du bist immer noch um mich besorgt?«

»Immer noch.«

»Keiner war je so lieb zu mir wie du, Stacey. Du hast mir gefehlt.« Er nahm ihre Hand und drückte sie. »Du siehst erschöpft und bekümmert aus.«

»Das bin ich auch.«

»Wegen des Überfalls?«

»Nein.« Er glitt tiefer in die Kissen der Couch und lehnte seinen Kopf zurück. »Diese Turbulenzen wegen dem Mord an Celina sind furchtbar deprimierend. Hmm, du riechst gut. Der Geruch hat mir gefehlt. So sauber.« Er kuschelte sich an ihren Hals.

»Was beunruhigt dich denn so an dieser Untersuchung?«

»Nichts Spezielles. Es ist Alex. Sie und Mutter hatten heute einen Streit. Mutter hat ausgeplaudert, dass Celina sich hat bumsen lassen und deshalb ihren Soldaten heiraten musste. Es war eine sehr hässliche Szene.«

Sein Arm glitt um ihre Taille. Automatisch zog Stacey seinen Kopf an ihre Brust.

»Ich hab sie angelogen«, beichtete sie mit leiser Stimme. »Eine Unterlassungslüge.«

Junior murmelte etwas Desinteressiertes.

»Ich hab ihr einfach nicht gesagt, dass ich an dem Tag, an dem Celina getötet wurde, im Pferdestall war.«

»Warum denn nicht?«

»Ich wollte nicht, dass sie mich mit Fragen bombardiert. Ich hasse sie, weil sie dir wieder Probleme macht, Junior.«

»Alex kann nichts dafür. Es ist nicht ihre Schuld.«

Es war ein vertrauter Refrain, einer, der Stacey mit den Zähnen knirschen ließ. Junior hatte oft dasselbe über Celina gesagt. Gleichgültig, wie schäbig sie ihn behandelte, er hatte nie ein Wort der Kritik an ihr geübt.

»Ich hasse diese Tochter von Celina genauso, wie ich sie gehasst habe«, flüsterte Stacey.

Der Alkohol und das starke mexikanische Gras hatten Juniors Verstand abgestumpft. »Ist jetzt alles unwichtig. Aber das fühlt sich gut an, nicht wahr?«, murmelte er, während seine Lippen seiner Hand in den Ausschnitt ihres Mantels zu ihrer Brust folgten. Seine feuchte Zunge streifte ihren Nippel. »Das hast du immer gern gemocht.«

»Das mag ich immer noch.«

»Wirklich? Und das? Magst du das auch immer noch?«, fragte er, nahm ihre Knospe in den Mund und schob seine Hand in die pelzige Wärme zwischen ihren Schenkeln.

Sie stöhnte seinen Namen.

»Ich versteh's, wenn du nicht willst, dass ich das mache.« Er zog sich ein Stück zurück.

»Nein«, sagte sie hastig, zog seinen Kopf wieder herunter und kniff ihre Schenkel über seiner Hand zusammen. »Ich will es ja. Bitte.«

»Stacey, Stacey, deine Zärtlichkeit ist genau das, was ich heute Abend brauche. Ich konnte mich immer drauf verlassen, dass du mir guttust.« Er hob den Kopf und küsste sie lange und ausgiebig. »Weißt du noch, was mir immer besonders gutgetan hat?«, fragte er leise, mit seinen Lippen an ihrem Mund.

»Ja.« Sie sah ihn ernst an. Er strahlte wie ein Engel. Wenn er sie so ansah, konnte sie ihm nichts verweigern – damals nicht, als sie noch Teenager waren, und später, als sie verheiratet waren, auch nicht, jetzt nicht und auch sonst nie.

Stacey Wallace Minton, die ordentliche, spießige Tochter des Richters, ließ sich sofort vor ihm auf die Knie fallen, öffnete hastig seinen Hosenstall und nahm ihn in ihren gierigen Mund.

»Miss Gaither, Ma'am? Miss Gaither? Sind Sie da drin?«

Alex hatte vor sich hin gedöst. Sie erwachte durch das Klopfen an der frisch reparierten Tür und fand sich ausgestreckt auf der Bettdecke, steif und kalt. Ihre Augen waren vom Weinen völlig verschwollen.

»Was wollen Sie?« Ihre Stimme schepperte.

»Ist Ihr Telefon ausgehängt, Ma'am?«

»Verdammt.« Sie schwang die Beine vom Bett. Ihre Kleidung war zerknittert und verdreht. Sie versuchte, sie zurechtzuziehen, ging zum Fenster und öffnete den Vorhang. Der Nachtportier des Motels stand davor.

»Ich hab das Telefon ausgehängt, damit ich nicht gestört werde«, erklärte sie ihm durchs Fenster.

Er musterte sie misstrauisch, offensichtlich erleichtert, dass sie noch am Leben war. »Tut mir leid, dass ich Sie stören muss, Ma'am, aber da ist dieser Kerl, der Sie erreichen will. Er hat mich fertiggemacht, hat gesagt, so lange könnten Sie nicht telefonieren.«

»Welcher Kerl?«

»Happer oder Harris oder so was«, murmelte er nach einem Blick auf ein Stück Papier, das er mitgebracht hatte. Er hielt es in das Licht über der Tür. »Ich kann meine Schrift nich so gut lesen … mit der Rechtschreibung hapert's auch.«

»Harper? Greg Harper?«

»Ich glaub, der war's, Ma'am, ja.«

Alex ließ den Vorhang fallen, öffnete die Kette und machte die Tür auf. »Hat er gesagt, was er will?«

»Sicher. Hat gesagt, ich soll Ihnen sagen, dass Sie morgen um zehn in Austin sein müssen, zu einer Konferenz.«

Alex starrte den Portier fassungslos an. »Sie müssen das falsch verstanden haben. Zehn Uhr morgen früh?«

»Das hat er gesagt, und ich hab's nicht falsch verstanden, weil ich's hier aufgeschrieben hab.« Er zeigte ihr den Zettel, auf den er die Nachricht mit Bleistift gekritzelt hatte. »Der Mann hat schon den ganzen Nachmittag versucht, Sie anzurufen, und er war stinksauer, weil er Sie nich erreicht hat. Dann hat er schließlich gesagt, er müsse jetzt weg und ich solle in Ihr Zimmer gehen und die Nachricht persönlich bringen, und das hab ich gemacht.«

»Warten Sie!«

»Hören Sie, ich muss eigentlich aufs Telefon aufpassen.«

»Hat er gesagt, was für eine Konferenz das ist? Warum ist es denn so dringend?«

»Nee, er hat nur gesagt, Sie müssten dabei sein.«

Er blieb erwartungsvoll stehen. Sie murmelte ein Dankeschön und drückte ihm einen Dollar in die Hand, dann trabte er zurück in Richtung Rezeption.

Alex schloss nachdenklich die Tür und las die Nachricht noch einmal durch. Sie ergab keinen Sinn. Es sah Greg gar nicht ähnlich, so geheimnisvoll zu tun, und schon gar nicht, dass er Konferenzen einberief, an denen teilzunehmen praktisch unmöglich war.

Als sich ihre Verwunderung gelegt hatte, wurde ihr erst klar, in welch ungeheurem Dilemma sie sich befand. Sie musste bis morgen früh zehn Uhr in Austin sein. Es war bereits dunkel. Wenn sie jetzt losfuhr, müsste sie die ganze Nacht durchfahren und wäre dann im Morgengrauen in Austin.

Wenn sie bis zum Morgen wartete, musste sie ganz früh los und hätte ständig die Angst im Nacken, sie würde den Termin nicht schaffen. Beide Möglichkeiten taugten nichts, und sie war weder mental noch emotional in der Lage, eine Entscheidung zu fällen.

Dann hatte sie plötzlich eine Idee. Bevor sie es sich anders überlegen konnte, wählte sie eine Nummer.

»Büro des Sheriffs.«

»Sheriff Lambert bitte.«

»Er ist nicht hier. Kann Ihnen jemand anders helfen?«

»Nein, danke. Ich muss mit ihm selber sprechen.«

»Entschuldigen Sie, Ma'am, aber sind Sie's, Miss Gaither?«

»Ja.«

»Wo sind Sie?«

»In meinem Motel. Warum?«

»Dorthin ist Reede unterwegs. Er müsste bald da sein.« Er unterbrach kurz, dann sagte er: »Sagen Sie, ist alles in Ordnung?«

»Natürlich ist alles in Ordnung. Ich glaube, ich höre grade den Sheriff vorfahren. Danke.« Alex legte auf und sah durchs Fenster, wie Reede aus seinem Pick-up sprang und auf ihre Tür zurannte.

Sie riss sie auf. Er bremste und hätte fast das Gleichgewicht verloren. »Bitte nicht wieder rammen.«

»Ich hab keinen Nerv für Späße«, er schob sie beiseite. »Was, zum Teufel, ist hier los?«

»Nichts.«

»Von wegen.« Er deutete auf das Telefon auf ihrem Nachttisch. Dass es einfach so unschuldig dastand, reizte ihn scheinbar noch mehr, verärgert zeigte er darauf. »Ich versuche seit Stunden anzurufen, und es ist ständig belegt.«

»Ich hab's ausgehängt. Was gab's denn so Wichtiges?«

»Ich hab gehört, was heute Nachmittag zwischen Ihnen und Sarah Jo passiert ist.«

Sie ließ die Schultern hängen und seufzte. Bis über die Ohren mit Gregs Order beschäftigt, hatte sie es fast vergessen.

Nie hatte sie das Datum auf der Heiratsurkunde ihrer Eltern überprüft. Und ein schlüssiger Beweis wäre das ohnehin nicht. Als Anwältin wusste sie, dass man Daten auch in sogenannten amtlichen Dokumenten fälschen konnte. Aber so, wie alle auf Sarah Jos Enthüllung reagiert hatten, konnte es nur stimmen. Sie war unehelich gezeugt worden.

»Sie hätten da sein sollen, Sheriff, ich hab mich unsterblich blamiert. Sie hätten das sicher sehr unterhaltsam gefunden.«

Ihr schnippischer Ton verbesserte seine Laune auch nicht gerade. »Warum haben Sie das Telefon ausgehängt?«

»Um abzuschalten, was dachten Sie denn? Dass ich eine Überdosis Schlaftabletten genommen oder mir die Pulsadern aufgeschnitten hätte?«

Scheinbar nahm er ihre Bemerkung ernst. »Vielleicht.«

»Dann kennen Sie mich nicht sehr gut«, sagte sie wütend. »Ich gebe nicht so leicht auf. Und ich schäme mich auch nicht, weil meine Eltern heiraten mussten.«

»Ich hab auch nicht gesagt, dass Sie das sollen.«

»Was meine Eltern betraf, das hat nichts mit meiner Person zu tun, okay?«

»Okay.«

»Sie brauchen also nicht zu denken… Ach, Mist, mir ist egal, was Sie denken«, sagte sie und rieb sich die Schläfen. Sie war viel wütender auf sich selbst als auf ihn. Dieses Umsichschlagen war nur ein Zeichen dafür, wie das Ganze ihre Nerven strapazierte. »Ich brauche Ihre Hilfe, Reede.«

»Und wie soll die aussehen?«

»Können Sie mich nach Austin fliegen?«

Die Frage überrumpelte ihn. Er hatte lässig im Türrahmen gelehnt, jetzt richtete er sich auf. »Sie nach Austin fliegen? Warum?«

»Geschäfte mit Greg Harper. Ich muss dort morgen früh um zehn Uhr zu einer Konferenz antreten.«

27

Eine Stunde später waren sie in der Luft und flogen Kurs Südost in Richtung Hauptstadt des Staates. Alex hatte eine Viertelstunde gebraucht, um wieder einigermaßen menschlich auszusehen. Sie hatte sich das Gesicht mit kaltem Wasser gewaschen, frisches Make-up aufgelegt, sich die Haare gebürstet und eine Wollhose und einen Pullover angezogen.

Was immer sie zu der Konferenz morgen früh tragen würde, musste aus dem Schrank bei ihr zu Hause kommen.

Auf dem Weg zum städtischen Flugplatz von Purcell blieb Reede an einer Hamburgerbude stehen und holte die Bestellung ab, die er zuvor telefonisch aufgegeben hatte. Eine einmotorige Cessna erwartete sie auf dem Flugfeld, als sie ankamen. Der Sheriff wusste, wie man Beziehungen spielen lässt.

Purcell war nur noch ein Flecken glitzernder Lichter auf dem schwarzen Teppich unter ihnen, bevor ihr der Gedanke kam zu fragen: »Gehört dieses Flugzeug Ihnen?«

»Minton Enterprises. Angus hat mir die Erlaubnis gegeben, *es* zu benutzen. Geben Sie mir einen von den Cheeseburgern.«

Sie verschlang fast die Hälfte von ihrem, bevor sie wieder Luft holte – Sarah Jos Gurkensandwich hatte nicht lange vorgehalten. »Wann haben Sie fliegen gelernt?«

Reede kaute Kartoffelchips. »Ich war ungefähr acht.«

»Acht!«

»Ich hatte mir ein altes verbeultes Rad von einem Schrottplatz geholt und so weit repariert, dass ich damit rumfahren konnte. Sooft es ging, bin ich zum Flugplatz rausgeradelt.«

»Der ist doch mindestens drei Meilen vor der Stadt!«, rief sie.

»Das war mir egal. Ich wär noch mal so weit gefahren. Flugzeuge haben mich fasziniert. Der alte Typ, der den Flugplatz verwaltete, war reizbar wie eine Klapperschlange, ein echter Einzelgänger, aber er hat immer einen Erdbeershake für mich in seinem uralten Eisschrank bereitgehalten. Ich hab ihm wahrscheinlich Löcher in den Bauch gefragt, aber er schien nichts dagegen zu haben. Eines Tages hat er mich von Kopf bis Fuß gemustert und gesagt: ›Ich muss die Maschine da durchchecken. Willste mitkommen?‹ Ich hab mir vor Aufregung fast in die Hosen gemacht.«

Reede merkte wahrscheinlich gar nicht, dass er bei dieser glücklichen Erinnerung lächelte. Alex schwieg, um ihn nicht durch unnötige Fragen zu stören. Sie genoss sein Lächeln.

Es machte die Fältchen um seine Augenwinkel und seinen Mund noch viel attraktiver.

»Himmel, war das wunderbar«, sagte er, als könne er diese überwältigende Freude noch einmal verspüren. »Ich hatte Sex noch nicht entdeckt, also war Fliegen das Beste, was mir bis jetzt untergekommen war. Von dort oben sah alles so friedlich, so sauber aus.«

Eine Flucht vor der schrecklichen Realität seiner Kindheit, dachte Alex voller Mitleid. Sie wollte ihn berühren, wagte es aber nicht. Sie war drauf und dran, sich auf einen abschüssigen Pfad zu begeben. Ein falsches Wort oder eine Phrase wären der Untergang, also tastete sie sich langsam vor.

Sie fragte leise: »Reede, warum haben Sie mir nicht erzählt, dass meine Mutter schwanger war, als sie aus El Paso zurückkam?«

»Weil es keine Rolle spielt.«

»Jetzt nicht, aber vor fünfundzwanzig Jahren schon. Sie wollte meinen Vater nicht heiraten. Sie musste.«

»Jetzt wissen Sie's, aber was ändert das? Gar nichts.«

»Vielleicht«, erwiderte sie zweifelnd. »Ich war der Grund für den Streit, nicht wahr?«

Er warf ihr einen scharfen Blick zu. »Was?«

Sie ließ ihren Kopf zurück auf die Lehne fallen und sinnierte: »Ich hab mich gefragt, wieso ihr beiden euch nicht versöhnt habt, als sie in diesem Sommer zurückkam. Nachdem ich weiß, wie lange und wie sehr ihr euch geliebt habt, hab ich mich gefragt, was euch nach einem so albernen Streit unter Liebenden auseinandertreiben konnte. Jetzt weiß ich es. Es war mehr als ein kleiner Streit. Das war ich. Ich stand zwischen euch. Ich war der Streit.«

»Das ist nicht wahr.«

»Ist es doch.«

Großmama Graham hatte gesagt, es wäre ihre Schuld, dass Celina ermordet wurde. Alles, was Alex bis jetzt aufgedeckt hatte, bestätigte das. Hatte Celina, indem sie von einem anderen Mann ein Kind bekam, ihren leidenschaftlichen, eifersüchtigen, besitzergreifenden Liebhaber dazu getrieben, sie umzubringen?

»Reede, haben Sie meine Mutter meinetwegen ermordet?«

»Verdammt«, fluchte er, »ich könnte Sarah Jo den Hals umdrehen, weil sie Ihnen das erzählt hat. Mein Streit mit Celina hatte nichts mit Ihnen zu tun – jedenfalls zuerst nicht.«

»Womit dann?«

»Sex!« Er drehte sich wütend zu ihr. »Okay?«

»Sex?«

»Ja, Sex.«

»Sie haben sie bedrängt, und sie wollte nicht?«

Er schob sein Kinn vor. »Ganz im Gegenteil.«

»Was?«, rief Alex. »Sie erwarten doch nicht, dass ich glaube …«

»Mir scheißegal, was Sie glauben! Es ist die Wahrheit. Celina wollte einen Vorschuss auf unsere Zukunft, und ich wollte das nicht.«

»Als Nächstes werden Sie mir noch erzählen, dass Sie dafür einen edlen, selbstlosen Grund hatten«, höhnte Alex. »Stimmt's?«

»Meine eigenen Eltern«, sagte er mit tonloser Stimme, »mein alter Herr hat meine Mutter geschwängert, als sie kaum fünfzehn war. Sie mussten heiraten. Und Sie sehen ja, was da Tolles draus geworden ist. Ich wollte nicht riskieren, dass mir und Celina dasselbe passiert.«

Alex' Herz machte vor Freude, Skepsis und Gefühlen, die zu komplex waren, um sie zu untersuchen, einen Satz. »Sie meinen, dass Sie nie …«

»Nein, wir haben nie miteinander geschlafen.«

Sie glaubte ihm. Da war nichts Unehrliches in seinem Gesicht, nur Bitterkeit und vielleicht eine Spur von Reue. »Hatten Sie denn noch nichts von Verhütung gehört?«

»Bei den anderen Mädchen hab ich Gummis benutzt, aber …«

»Es gab also andere?«

»Mein Gott, ich bin kein Mönch. Die Gail-Schwestern«, sagte er wegwerfend, »viele andere. Es gab immer Willige…«

»Besonders für Sie.« Ein scharfer Blick quittierte das. »Warum hatten Sie bei denen keine Angst, dass sie schwanger wurden?«

»Sie haben alle rumgebumst. Ich wär nur einer von vielen gewesen.«

»Aber Celina hätte nur mit Ihnen geschlafen.«

»Das ist richtig.«

»Bis sie nach El Paso fuhr und Al Gaither kennengelernt hat«, überlegte Alex laut. »Er war nur ein Mittel, um Sie eifersüchtig zu machen, nicht wahr?« Sie lachte scheppernd. »Leider ist sie übers Ziel hinausgeschossen und hat mich fabriziert.«

Beide waren verstummt. Alex merkte es nicht einmal, so vertieft war sie in die turbulente Geschichte ihrer Mutter mit Reede und deren nicht vollzogene Liebe.

»Es ist wirklich schön hier oben bei Nacht, nicht wahr?«, sagte sie verträumt. Sie hatte gar nicht gemerkt, dass eine halbe Stunde vergangen war, seit sie das letzte Wort gesprochen hatten.

»Ich dachte, Sie wären eingeschlafen.«

»Nein.« Sie beobachtete, wie eine Wolkenbank zwischen sie und den Mond trieb. »Sind Sie je mit meiner Mutter geflogen?«

»Ein paarmal.«

»Nachts?«

Er zögerte. »Einmal.«

»Hat es ihr gefallen?«

»Sie hatte Angst, soweit ich mich erinnern kann.«

»Sie haben ihr die Hölle heißgemacht, nicht wahr?«

»Wer?«

»Alle. Als bekannt wurde, dass Celina Graham schwanger war, hat sich das bestimmt wie ein Lauffeuer verbreitet, da möchte ich wetten.«

»Sie wissen ja, wie das in einer Kleinstadt ist.«

»Sie konnte deshalb nicht weiter aufs College gehen.«

»Hören Sie, Alex. Sie haben sie nicht daran gehindert, irgendetwas zu tun«, sagte er wütend. »Na schön, sie hat einen Fehler gemacht. Sie hat sich mit einem Soldaten eingelassen, oder er hat sie ausgenutzt. Scheißegal wie, es ist auf jeden Fall passiert.«

Er schlug mit der Faust in die Luft. »Sie hatten weder mit dem Akt noch den Konsequenzen zu tun. Das haben Sie selbst gesagt, erst vor ein paar Stunden. Wissen Sie noch?«

»Ich will meine Mutter nicht verurteilen oder mich selbst bezichtigen, Reede. Ich habe Mitleid mit ihr. Sie konnte ihre Ausbildung nicht weitermachen, obwohl sie legal verheiratet war.«

Alex schlang ihre Arme um sich. »Ich glaube, sie war eine ganz besondere Lady. Sie hätte mich zur Adoption freigeben können, aber hat es nicht getan. Selbst nachdem mein Vater getötet wurde, hat sie mich bei sich behalten. Sie hat mich geliebt und war bereit, ungeheure Opfer für mich zu bringen.

Sie hat den Mut gehabt, mich in einer Stadt auszutragen, in der jeder über sie redete. Machen Sie sich nicht die Mühe, das abzustreiten. Ich weiß, dass sie es getan haben. Sie war beliebt und ist in Ungnade gefallen. Jeder, der einen Groll gegen sie hegte, hat triumphiert. So ist die menschliche Natur.«

»Falls dem so war, hat doch niemand gewagt, es zu zeigen.«

»Weil Sie immer noch ihr Ritter waren, nicht wahr?«

»Junior und ich.«

»Ihr habt sie beschützt.«

»So könnte man das wohl nennen.«

»Ihre Freundschaft hatte wahrscheinlich damals mehr Bedeutung für sie als je zuvor.« Er zuckte die Achseln.

Sie studierte einen Augenblick lang sein Profil. Der abschüssige Pfad hatte sie zu einer Klippe geführt, und jetzt stand sie vor dem Sprung. »Reede, wenn Celina nicht gestorben wäre, hättet ihr geheiratet?«

»Nein.«

Er antwortete, ohne eine Sekunde zu zögern. Alex war überrascht. Sie glaubte ihm nicht ganz. »Warum nicht?«

»Aus vielen Gründen, aber hauptsächlich wegen Junior.«

Das hatte sie nicht erwartet. »Warum?«

»Während Celinas Schwangerschaft sind sie sich sehr nahegekommen. Er hatte sie praktisch schon überredet, ihn zu heiraten, als sie … starb.«

»Glauben Sie, sie hätte es letztendlich getan?«

»Ich weiß es nicht.« Er warf Alex einen spöttischen Blick zu. »Junior ist ein echter Weiberheld. Er kann sehr überzeugend sein.«

»Hören Sie, Reede. Ich hab es bereits Sarah Jo gesagt, und jetzt sag ich es Ihnen, nämlich, dass …«

»Psst! Wir werden an den Radar in Austin übergeben.« Er sprach etwas ins Funkgerät. Als die Formalitäten beendet waren, seifte er jemanden im Flughafentower ein, bis dieser sich bereit erklärte, einen Mietwagen zu ordern. Schließlich näherten sie sich der beleuchteten Landebahn. »Angeschnallt?«

»Ja.«

Er legte eine makellose Landung hin. Alex dachte später, sie musste sich wohl in Trance befunden haben, weil sie sich nicht mehr erinnern konnte, wie sie vom Flugzeug in den Mietwagen gekommen waren. Sie gab Reede verträumt Anweisungen, wie er zu ihrer Wohnung fahren musste.

Die Wohnung lag in einem schicken Yuppieviertel, wo Evian der beliebteste Drink war und in jeder Küche ein Wok stand und eine Mitgliedschaft in einem Fitnessclub so unerlässlich war wie ein Führerschein.

Die Sturmfront hatte ihren Flug nicht behindert, aber inzwischen die Stadt erreicht, als sie in ihre Straße einfuhren. Dicke Regentropfen pladderten an die Windschutzscheibe. Donner grollte.

»Da, wo die Zeitungen im Garten verstreut liegen.«

»Sie sind Staatsanwältin. Sie sollten doch wissen, dass das wie eine Bekanntmachung Ihrer Abwesenheit wirkt. Oder ist das Ihre Art, das Geschäft anzukurbeln?«

»Ich hab vergessen, sie abzubestellen.«

Er parkte am Randstein, ließ aber den Motor laufen. Noch vor einigen Tagen wäre Alex bei dem Gedanken, nach Hause zurückzukehren, überglücklich gewesen, als kurze Erholungspause vom Westerner Motel. Aber als sie jetzt ihre Haustür ansah, hatte sie keine Lust hineinzugehen. Die Tränen, die ihren Blick trübten, waren keine Tränen der Freude.

»Ich war fast drei Wochen weg.«

»Dann sollte ich besser mitkommen.« Er schaltete den Motor ab und stieg aus dem Wagen, den Regen spürte er scheinbar gar nicht. Er ging mit ihr den Gehweg hoch und sammelte unterwegs die alten Zeitungen ein. Er warf sie in eine Ecke ihrer überdachten Veranda, während sie die Tür aufschloss. »Vergessen Sie nicht, die morgen zu entsorgen«, sagte er.

»Nein, werd ich nicht.« Sie griff nach innen und schaltete ihre Alarmanlage aus, die angefangen hatte zu summen, als sie die Tür öffnete. »Ich nehme an, das heißt, dass drinnen alles sicher ist.«

»Sollen wir uns morgen am Flughafen treffen, oder was?«

»Äh …« Ihr einziger Gedanke war, dass er gleich wegfahren würde und sie allein in ihrer Wohnung ließe. »Darüber hab ich noch nicht nachgedacht.«

»Ich schau morgen Mittag mal in der Staatsanwaltschaft vorbei und frage nach Ihnen. Ist das okay?«

»Wunderbar. Bis dahin sollte ich fertig sein.«

»Okay, bis dann.«

»Reede.« Sie streckte instinktiv die Hand nach ihm aus, aber als er sich umdrehte, zog sie sie rasch zurück. »Möchten Sie einen Kaffee, bevor Sie gehen?«

»Nein, danke.«

»Wohin gehen Sie jetzt?«

»Das werde ich erst wissen, wenn ich angekommen bin.«
»Was schwebt Ihnen denn vor?«
»Einen draufmachen.«
»Ach so, ja ...«
»Sie sollten besser reingehen.«
»Ich hab Sie noch nicht bezahlt.«
»Wofür?«
»Das Flugzeug. Ihre Zeit.«
»Ist gratis.«
»Ich bestehe darauf.«

Er fluchte. »Über eins werde ich mit Ihnen ganz bestimmt nicht streiten, und das ist Geld. Kapiert? Also, gute Nacht.«

Er hatte sich umgedreht und zwei lange Schritte gemacht, bevor sie noch einmal seinen Namen rief. Als er sich umdrehte und sich seine Augen in die ihren bohrten, gestand sie hastig: »Ich will heute Nacht nicht allein sein.« Trotz all der Tränen, die sie heute Nachmittag vergossen hatte, war ihr Vorrat immer noch nicht erschöpft. Sie begannen erneut zu sprudeln und plätscherten wie Regen über ihre Wangen. »Bitte gehen Sie nicht, Reede. Bleiben Sie bei mir.«

Er kam zurück unter das Vordach, aber sein Kopf und seine Schultern waren bereits nass. Er stemmte die Hände in die Hüften: »Warum?«

»Ich hab doch gerade gesagt, warum.«

»Da müssen Sie schon einen triftigeren Grund haben als den, sonst hätten Sie nicht drum gebeten.«

»Also gut«, schrie sie hoch zu ihm. »Ich fühle mich beschissen. Ist das Grund genug?«

»Nein.«

»Ich leide unter dem, was meine Mutter um meinetwillen durchgemacht haben muss«, sagte sie und versuchte sich die Tränen abzuwischen.

»Ich bin kein Arzt.«

»Ich brauche jemanden, der mich festhält.«

»Tut mir leid, ich hab andere Pläne.«

»Ist es Ihnen denn ganz egal, dass ich Sie um Hilfe anbettle?«

»Eigentlich ja.«

Sie hasste ihn dafür, dass er sie zwang zu betteln. Trotzdem verdrängte sie ihr letztes bisschen Stolz und sagte: »Meine Großmama Graham starb voller Hass auf mich, weil ich Celinas Leben zerstört habe. Sie wollte, dass sie Junior heiratet, und hat meiner unpassenden Geburt die Schuld daran gegeben, dass es nicht dazu kam. Und jetzt, verdammt noch mal, muss ich wissen, ob Sie mich nicht auch verachten.

Können Sie sich vorstellen, wie furchtbar mir zumute ist, nachdem ich weiß, dass meine Mutter meinetwegen einen anderen Mann geheiratet hat, obwohl sie Sie liebte? Wenn ich nicht gewesen wäre, hätten Sie sie heiraten können, Kinder kriegen und einander den Rest Ihres Lebens lieben. Reede, bitte bleiben Sie heute Nacht bei mir.«

Er kam auf sie zu, drückte sie an die Wand und schüttelte sie kräftig durch. »Sie wollen, dass ich Sie in den Arm nehme und Ihnen sage, dass alles okay ist, und morgen wird die Sonne wieder ganz neu aufgehn?«

»Ja!«

»Also, zu Ihrer Information. Ich bin kein Gutenachtgeschichtenerzähler. Wenn ich die Nacht mit einer Frau verbringe, dann nicht, weil ich sie trösten will oder weil sie verletzt ist oder weil ich sie aufheitern will, wenn sie traurig ist.« Er kam einen Schritt näher. Seine Augen waren nur noch schmale Schlitze. »Und ganz bestimmt nicht, weil ich *Daddy* spielen will.«

28

Gregory Harper, Bezirksstaatsanwalt von Travis County, war unbestreitbar außer sich vor Wut. Er rauchte bereits die dritte Zigarette innerhalb von fünf Minuten. Seine Wut konzentrierte sich auf seine Assistentin, die vor seinem Schreibtisch saß und aussah, als hätte sie links und rechts kräftig eine aufs Auge bekommen.

»Mit wem haben Sie geschlafen, Dracula? Sie sehen total ausgelutscht aus«, bemerkte Greg in seinem üblichen Freimut.

»Bitte die K.o.-Schläge der Reihe nach, einer nach dem anderen. Sonst kommen wir durcheinander.«

»K.o.-Schläge? Ach, Sie meinen, dass ich Ihnen gesagt habe, dass Ihre Untersuchung aus und vorbei ist und Sie Ihren Hintern pronto zurück nach Austin schwingen sollen?«

»Ja, diesen K.o.-Schlag.« Alex legte ihre Hände flach auf die Schreibtischkante. »Greg, verlangen Sie nicht von mir, sie jetzt einzustellen.«

»Ich verlange nicht – ich befehle es.« Er verließ seinen Sessel und ging zum Fenster. »Was, verdammt noch mal, haben Sie da draußen gemacht, Alex? Der Gouverneur hat mich gestern angerufen. Er war stinksauer.«

»Er ist ständig stinksauer auf Sie.«

»Das tut nichts zur Sache.«

»Oh, doch. Greg, alles was Sie tun, ist politisch motiviert. Und versuchen Sie nicht, mir was anderes einzureden. Ich kann's Ihnen nicht verdenken, aber markieren Sie bei mir nicht den Meister Proper, nur weil Sie eins auf die Finger gekriegt haben.«

»Der Gouverneur glaubt, seine Rennkommission wäre unfehlbar. Wenn er zugeben müsste, dass die Kommission einen Fehler gemacht hat, als sie Minton Enterprises für eine Lizenz auswählte, wäre das praktisch seine eigene Fehlentscheidung.«

»Minton Enterprises ist über jeden Zweifel erhaben, was Pferderennen angeht.«

»Ah, ich verstehe. Der einzige Haken ist, dass Sie einen der Mintons als Mörder verdächtigen, oder wenn nicht sie, dann einen Sheriff. Mein Gott, einen Moment lang sah's fast so aus, als hätten wir ein Problem.«

»Sie brauchen nicht sarkastisch zu werden.«

Er rieb sich den Nacken. »Nach dem, was der Gouverneur gestern sagte, ist Angus eine Kreuzung zwischen einer guten Fee und Buffalo Bill Cody.«

Alex lächelte über diesen Vergleich, der unheimlich treffend war. »Das ist eine faire Beurteilung, aber heißt noch lange nicht, dass er nicht fähig wäre, jemanden zu töten.«

»Was ist da neulich nachts in den Ställen passiert?«

»Wie haben Sie denn davon gehört?«

»Erzählen Sie mir einfach alles.«

Mit einigem Widerwillen erzählte sie ihm von Fergus Plummet und von der mutwilligen Beschädigung der Minton Ranch durch seine Fanatiker. Als sie fertig war, strich sich Greg mit der Hand übers Gesicht. »Sie haben da eine ganze Lawine ins Rollen gebracht.« Er nahm sich die nächste Zigarette, steckte sie in den Mund und redete dann weiter – bei jedem Wort wippte sie auf und ab, so dass er Schwierigkeiten hatte, sie anzuzünden. »Mir hat die Sache von Anfang an nicht gefallen.«

»Trotzdem haben Sie sich etwas davon versprochen.« Alex' Nerven waren schon ziemlich angekratzt, und deshalb reagierte sie besonders scharf darauf, dass er versuchte, ihr die Schuld in die Schuhe zu schieben. »Sie dachten, es wäre dem Gouverneur peinlich, und fanden die Vorstellung wunderbar.«

Er stemmte die Hände auf den Tisch und beugte sich zu ihr. »Sie sagten, Sie würden dorthin gehen, um den Mord an Ihrer Mutter wieder aufzurollen. Ich hab nicht gedacht, dass Sie einen Prediger zu Wahnsinnstaten anstacheln, es fertigbringen, dass die Stallungen eines Mannes fast niedergebrannt werden, ein wertvolles Rennpferd zugrunde geht und Sie einen angesehenen Richter beleidigen, dessen Ruf über jeden Zweifel erhaben ist.«

»Wallace?«

»Wallace. So wie's aussieht, hat er unseren geschätzten Gouverneur angerufen und sich über Ihr unprofessionelles

Verhalten beschwert, die Art und Weise, wie Sie an den Fall rangehen und Ihre unbegründeten Anschuldigungen.« Er sog den Rauch tief in seine Lungen und blies ihn in einem Schwall heraus. »Soll ich fortfahren?«

»Bitte«, sagte sie erschöpft und wusste, dass er es ohnehin getan hätte.

»Okay. Chastain hat die Hosen gestrichen voll vor Wallace.«

»Chastain hat die Hosen gestrichen voll vor seinem eigenen Schatten. Er erwidert nicht mal meine Anrufe.«

»Er hat sich von Ihnen losgesagt, sich persilrein von Ihnen gewaschen. Er hat gesagt, Sie wären gesehen worden, wie Sie mit den anderen Parteien feiern.«

»Feiern? Ich hab sie gesellschaftlich ein paarmal getroffen.«

»Gefährliche Sache, Alex. Wir haben drei männliche Verdächtige und eine weibliche Anklägerin, deren Verbindung mit ihnen bis weiß Gott wie weit zurückgeht. Das ist oberfaul.«

Seinem durchdringenden Blick versuchte sie standzuhalten, ohne sich zu winden wie ein Aal. Sie erhob sich von ihrem Stuhl und stellte sich dahinter. »Das ist ein ungelöster Mordfall. Die Untersuchung ist gerechtfertigt, egal, wer sie führt.«

»Okay«, sagte er befriedigt, faltete die Hände hinterm Kopf und lehnte sich mitsamt dem Stuhl zurück. »Ich werde mitspielen. Was haben Sie vorzuweisen? Keine Leiche zum Ausgraben. Keine Mordwaffe. Kein …«

»Sie wurde aus der Tasche des Veterinärs gestohlen.«

»Was?«

»Die Mordwaffe.« Sie berichtete, was Dr. Ely Collins ihr erzählt hatte. »Das Skalpell wurde nie an Dr. Collins zurückgegeben. Ich hatte vor, das Beweismaterial erneut zu überprüfen auf die geringe Chance hin, dass es noch vorhanden ist, was ich bezweifle.«

»Genau wie ich. Ende vom Lied ist, dass Sie immer noch

keine Mordwaffe haben. Hat sich ein Augenzeuge gemeldet?«

Sie seufzte. »Hat der Gouverneur bei seinem Anruf auch einen Stallknecht namens Pasty Hickam erwähnt?«

»Es ist also wahr.«

»Es ist wahr. Und bitte beleidigen Sie mich nicht, indem Sie noch einmal versuchen, mir eine solche Falle zu stellen. Ich hätte es Ihnen erzählt …«

»Wann? Wann wollten Sie es denn in unser Gespräch einflechten, dass ein Vertreter dieser Staatsanwaltschaft sich mit einem Cowboy eingelassen hat, der dann als Leiche auftaucht?«

»Möchten Sie meine Version hören?« Sie erzählte ihm von Pasty. Seine Miene war noch grimmiger, als sie damit fertig war. »Wenn Sie recht haben, ist es nicht nur dumm und politisch nicht ratsam, mit dieser Untersuchung fortzufahren, sondern auch noch gefährlich. Ich nehme an, bis jetzt hat noch keiner gestanden.«

Sie schnitt eine Grimasse. »Nein. Aber einer von ihnen hat Celina getötet, und wahrscheinlich Hickam auch.«

»Bitte, beschränken wir uns auf jeweils einen Mord, der Reihe nach. Wenn Sie morgen einen von ihnen für den Mord an Ihrer Mutter verhaften müssten, wer wäre das?«

»Ich bin mir nicht sicher.«

»Was für einen Grund hätte der alte Herr haben können, sie umzubringen?«

»Angus? Er ist streitsüchtig und raffiniert. Er hat sehr viel Macht und genießt es definitiv, der Boss zu sein.«

»Sie lächeln.«

»Wirklich einer zum Gernhaben, das gebe ich zu.« Sie behielt Angus' Bemerkung, von wegen er hätte gerne eine Tochter wie sie, für sich. »Er ist übertrieben streng mit Junior. Aber ein Messerstecher? Nein.« Sie schüttelte den Kopf. »Ich glaube es nicht. Das ist nicht seine Art. Außerdem hatte Angus kein Motiv.«

»Und was ist mit Junior?«

»Da gibt es eine Möglichkeit. Er ist sehr gewandt und sehr charmant. Ich bin überzeugt, dass alles, was er mir erzählt, der Wahrheit entspricht; er erzählt mir aber nicht alles. Ich weiß, dass er Celina geliebt hat. Er wollte sie heiraten, nachdem mein Vater getötet wurde. Vielleicht hat sie einmal zu oft Nein gesagt.«

»Mutmaßungen über Mutmaßungen. Dann bleibt also noch Lambert. Was ist mit ihm?«

Sie senkte den Kopf und fixierte ihre blutleeren Hände. »Ich glaube, dass er am ehesten in Frage kommt.«

Gregs Stuhl machte einen Satz nach vorne. »Wie kommen Sie darauf?«

»Motiv und Gelegenheit. Vielleicht hatte er das Gefühl, sein bester Freund würde ihn ausstechen, und hat sie getötet, um das zu verhindern.«

»Ein ziemlich einleuchtendes Motiv. Und wie steht's mit der Gelegenheit?«

»Er war an diesem Abend auf der Ranch, ist aber dann weggegangen.«

»Sind Sie sicher? Hat er ein Alibi?«

»Er sagt, er wäre mit einer Frau zusammen gewesen.«

»Glauben Sie ihm?«

Sie lachte kurz und hämisch. »Oh ja, das kann ich glauben. Weder er noch Junior haben Probleme mit Frauen.«

»Außer mit Ihrer Mutter.«

»Ja«, räumte sie leise ein.

»Und was sagt Lamberts Alibi?«

»Nichts. Er weigert sich, ihren Namen zu nennen. Wenn sie existiert, lebt sie wahrscheinlich immer noch in Purcell. Andererseits, was für einen Unterschied würde es machen? Ich werde versuchen, sie aufzuspüren, wenn ich wieder dort bin.«

»Wer sagt, dass Sie wieder zurückgehn?«

Alex war bis jetzt im Zimmer auf und ab gelaufen. Jetzt setzte sie sich wieder und flehte: »Bitte, Greg, ich muss zurück. Ich kann das nicht einfach so in der Schwebe lassen. Es ist mir egal, selbst wenn der Gouverneur der Mörder ist, ich muss diesen Fall abschließen.«

Er nickte in Richtung Telefon. »Er will mich heute Nachmittag anrufen und fragen, ob Sie von diesem Fall abgezogen wurden. Er erwartet, dass ich Ja sage.«

»Selbst wenn das hieße, dass ein Mordfall ungelöst bleibt?«

»Richter Wallace hat ihn davon überzeugt, dass bei Ihnen eine Schraube locker ist und Sie einen persönlichen Rachefeldzug führen.«

»Nun, er irrt sich.«

»Das bezweifle ich.«

Ihr Herz setzte aus. »Glauben Sie das mit der Rache auch?«

»Ja, tu ich.« Er sprach jetzt leise, mehr wie ein Freund, nicht wie ihr Chef. »Geben Sie's auf, Alex, solange wir noch miteinander reden und bevor ich mir beim Gouverneur wirklich den Schwanz einklemme.«

»Sie haben mir dreißig Tage zugestanden.«

»Das kann ich widerrufen.«

»Es bleibt mir nur noch eine gute Woche.«

»In der Zeit können Sie eine Menge Schaden anrichten.«

»Ich könnte auch die Wahrheit rausfinden.«

Er warf ihr einen skeptischen Blick zu. »Das ist ziemlich unwahrscheinlich. Ich habe Fälle hier, die Ihrer geschulten Hand bedürfen.«

»Ich zahle meine eigenen Spesen«, sagte sie. »Betrachten Sie es als meinen Urlaub.«

»In dem Fall könnte ich nichts absegnen, was Sie da draußen machen. Sie stünden nicht mehr unter dem Schutz dieser Dienststelle.«

»Okay, in Ordnung.«

Er schüttelte stur den Kopf. »Das werde ich nicht zulassen, genauso wenig, wie ich meine halbwüchsige Tochter ohne Gummi in der Tasche ausgehen lasse.«

»Greg, bitte.«

»Oh Gott, Sie sind vielleicht ein stures Weib.« Er zog eine Zigarette aus der Packung, zündete sie aber nicht an. »Es gibt da einen Punkt, der mich an diesem Fall fasziniert: der Richter. Wenn sich herausstellt, dass der ein krummer Hund ist, würde der Gouverneur ein Ei legen.«

»Eine etwas seltsame Metapher.«

»Was haben Sie gegen ihn in der Hand?«

»Nichts Greifbares, nur Abscheu. Er ist ein richtiger Korinthenkacker. Nervös, mit flackernden Augen.« Sie überlegte einen Moment. »Da ist noch etwas, was mir ziemlich seltsam vorkommt.«

»Und?«, fragte er interessiert.

»Stacey, seine Tochter, hat Junior Minton nur ein paar Wochen nach Celinas Tod geheiratet.«

»Wenn sie nicht Geschwister sind, war das nicht ungesetzlich.«

Sie warf ihm einen giftigen Blick zu. »Stacey ist nicht… na ja, nicht direkt Juniors Typ, verstehn Sie? Sie liebt ihn immer noch.« Sie berichtete ihm von dem Vorfall in der Toilette des Horse-and-Gun-Club. »Junior ist sehr attraktiv und Stacey nicht der Typ Frau, den er normalerweise heiraten würde.«

»Vielleicht hat sie eine goldene Muschi.«

»Ich muss zugeben, daran hab ich nicht gedacht«, sagte Alex sarkastisch. »Er hätte sie nicht heiraten müssen, um mit ihr zu schlafen. Warum hat er es dann getan? Er musste schon einen sehr guten Grund dafür gehabt haben. Stacey hat mich angelogen. Sie hat gesagt, sie wäre zu Hause gewesen und hätte nach einer Rückkehr von Galveston ausgepackt. Sie hat aber nicht gesagt, dass sie an diesem Tag im Stall war.«

Greg nagte an seiner Unterlippe, dann steckte er die Zigarette in den Mund und klickte sein Feuerzeug an. »Das ist immer noch zu wenig, Alex.« Er blies den Rauch aus dem Mund. »Ich muss meinem Instinkt folgen und Ihnen den Fall entziehen.«

Die beiden starrten sich einen Augenblick lang an, dann öffnete sie ganz ruhig ihre Handtasche und zog zwei einfache weiße Umschläge heraus. Sie schob sie ihm zu. »Was ist das?«

»Meine Kündigung und ein Brief, in dem ich erkläre, dass ich Zivilklage gegen die Mintons und Reede Lambert einreichen werde.«

Beinahe hätte er seine Zigarette verschluckt. »Was? Das geht nicht.«

»Es geht und wird. Ich habe genug Beweise, um eine Zivilklage gegen sie für den Mord an meiner Mutter einzureichen. Ich werde sie auf so viel Schadenersatz verklagen, dass der Bau einer Rennbahn nicht mehr in Frage kommt. Reede Lamberts berufliche Karriere wird ebenfalls im Eimer sein. Sie werden nicht ins Gefängnis gehen, aber sie werden pleite sein.«

»*Falls* Sie gewinnen.«

»Es spielt keine Rolle, ob ich gewinne oder nicht. Bei einer Zivilklage können sie nicht von ihrem Recht auf Aussageverweigerung Gebrauch machen, um sich selbst nicht zu belasten. Was auch immer sie sagen, alle werden glauben, dass sie lügen. Die Rennkommission wird keine andere Wahl haben, als die Glücksspiellizenz zu widerrufen.«

»Es geht also letztendlich nur um Geld?«, rief er. »Ist es das, wohinter Sie von Anfang an her waren?«

Hektische rote Flecken sprossen auf ihrem Gesicht. »Es dürfte sogar unter Ihrer Würde sein, so etwas zu behaupten. Ich verlange eine Entschuldigung.«

Greg fluchte. »Okay, tut mir leid. Aber das ist Ihr Ernst, nicht wahr?«

»Ja.«

Er überlegte eine volle Minute, bevor er verärgert murmelte: »Ich sollte meinen Geisteszustand untersuchen lassen.« Ein strenger Zeigefinger richtete sich auf sie. »Wehe, Sie kommen in Schwierigkeiten. Überzeugen Sie sich, ob beide Läufe geladen sind, bevor Sie sich jemanden vornehmen, ganz besonders bei Wallace. Wenn Sie Mist bauen und mir deshalb der Hintern aufgerissen wird, werde ich behaupten, Sie waren ein böses Mädchen und ich hätte nichts mit Ihrem Vorgehen zu tun. Das und die ursprüngliche Frist gelten, kapiert?«

»Kapiert«, sagte sie und stand auf. »Sie hören von mir, sobald ich etwas weiß.«

»Alex?« Sie war bereits an der Tür und wandte sich noch einmal um; er sagte: »Was ist denn los mit Ihnen?«

»Wie meinen Sie das?«

»Gibt's irgendeinen Grund dafür, dass Sie wie ein Gespenst aussehen?«

»Ich bin einfach müde.«

Er glaubte ihr nicht, ließ es aber auf sich beruhen. Nachdem sie gegangen war, nahm er die beiden Umschläge, die sie ihm zugeschoben hatte. Er riss den ersten auf und dann, noch hastiger, den zweiten.

Greg Harper war mit einem Satz aus seinem Stuhl und stürzte zur Tür. »Alex, du Biest!«, schrie er in den leeren Korridor.

»Sie ist gerade gegangen«, informierte ihn seine erstaunte Sekretärin. »Mit einem Mann.«

»Wer war das?«

»Ein Cowboy mit einer lederbesetzten Jacke.«

Greg kehrte an seinen Schreibtisch zurück, knüllte die beiden leeren Umschläge zusammen und schleuderte sie in den Papierkorb.

Die Sonne war schon fast am Untergehen, als Reede mit seinem Blazer auf den Parkplatz des Westerner Motels einbog.

»Lassen Sie mich einfach an der Rezeption raus«, sagte Alex. »Ich muss nachschauen, ob irgendwelche Nachrichten für mich da sind.«

Reede folgte ihrer Bitte ohne Kommentar. Sie hatten kaum ein Wort geredet seit ihrem etwas verlegenen Wiedersehen vor dem Büro des Staatsanwalts. Der Flug nach Hause war ohne Zwischenfälle verlaufen, Alex hatte vor sich hin gedöst, und er sah ihr dabei zu.

In dieser Nacht wäre er mindestens tausendmal beinahe zurück zu ihrer Wohnung gefahren. Wenn er jetzt die halbmondförmigen Schatten unter ihren geschlossenen Augen betrachtete, fragte er sich, wie er es geschafft hatte, sie einfach stehen zu lassen. Sie hätte gestern Nacht jemanden bei sich gebraucht. Er war der einzig Verfügbare gewesen.

Aber er hatte noch nie einen Preis als bester Pfadfinder gewonnen. Wenn er geblieben wäre, hätte er es nicht geschafft, seine Hände, seinen Mund oder seinen Schwanz von ihr fernzuhalten. Deshalb war er gegangen. Ihre Bedürfnisse waren zu verschieden gewesen.

Jetzt zögerte sie, noch halb im Pick-up sitzend. »Also, dann, danke.«

»Keine Ursache.«

»Sind Sie sicher, dass Sie nicht bezahlt werden wollen?«

Das war ihm nicht einmal eine Antwort wert. Stattdessen stellte er selbst eine Frage. »Worum ging's denn bei dem großen Treffen?«

»Um einen Fall, an dem ich vorher gearbeitet habe. Der andere Ankläger wollte ein paar Fakten klären.«

»Und das ließ sich nicht übers Telefon abwickeln?«

»Es war kompliziert.«

Er wusste, dass sie log, sah aber keinen Grund, die Sache weiter zu verfolgen. »Bis dann.«

Sie stieg aus, schwang den Riemen ihrer schweren Tasche über die Schulter und ging in die Lobby des Motels, wo ihr der Portier einen Stapel Nachrichten überreichte. Reede wendete seinen Wagen. Er wollte gerade losfahren, als er sah, dass Alex langsam stehen blieb und eine der Nachrichten durchlas. Ihr Gesicht war noch bleicher geworden. Er stellte den Hebel auf Parken und stieg aus.

»Was ist?«

Sie schielte zu ihm hoch, dann faltete sie den Brief hastig zusammen und steckte ihn zurück in den Umschlag. »Meine Post.«

»Lassen Sie sehen!«

»Sie wollen *meine* Post sehen?«

Er schnippte dreimal mit den Fingern und streckte die Hand aus. Sie klatschte ihm erbost den Umschlag in die Hand. Er las ihn rasch durch. Der Brief war kurz und kam sofort zur Sache. Seine Brauen zogen sich zusammen. »›Eine Schande vor Gott‹?«

»So nennt er mich.«

»Plummet, da gibt's keinen Zweifel. Was dagegen, wenn ich den behalte?«

»Nein«, Alex' Stimme zitterte. »Ich habe ihn auswendig gelernt.«

»Achten Sie darauf, dass Ihre Tür abgeschlossen ist.«

»Sie nehmen diese Drohung doch nicht etwa ernst, oder?«

Er hätte sie am liebsten gepackt und durchgebeutelt. Entweder war sie dumm oder naiv, und in beiden Fällen würde sie zu Schaden kommen. »Verdammt noch mal, ja«, sagte er. »Und das sollten Sie auch. Wenn er irgendeinen Versuch macht, Sie zu kontaktieren, rufen Sie mich an. Verstanden?«

Sie sah aus, als wolle sie darüber streiten, aber schließlich nickte sie. Ihre Erschöpfung war nicht zu übersehen. Er befürchtete, sie könne jeden Augenblick auf dem Parkplatz zusammenbrechen. Reede wusste, dass das zum Teil seine Schuld war, und kam sich vor wie ein Monster.

Er verdrängte sein schlechtes Gewissen und kehrte zu seinem Pick-up zurück. Doch fuhr er erst los, nachdem Alex sich in ihrem Zimmer eingeschlossen hatte.

29

Reede wandte den Kopf, als die Blechtür zum Hangar krachend aufgerissen wurde. Die Sonne ging im Hintergrund unter, so dass Alex' Gesicht im Schatten lag, aber er wusste auch ohne hinzuschauen, wie wütend sie war. Ihr Körper machte einen Bogen vor Wut. Die Lichtstrahlen auf ihrem Haar färbten es flammend rot.

Er beendete gelassen seine Handwäsche und griff nach einem Papierhandtuch.

»Was verschafft mir diese unerwartete Ehre?«, fragte er freundlich.

»Sie sind ein Lügner, wahrscheinlich ein Betrüger und vielleicht ein Mörder.«

»Das war doch von Anfang an Ihre Meinung über mich. Erzählen Sie mir bitte mal etwas Neues!«

Er ließ sich auf einen Hocker fallen und hakte seine Stiefelabsätze in die unterste Sprosse. Seine Hände strichen gedankenlos seine Schenkel auf und ab. Nie zuvor in seinem Leben hatte er sich so gewünscht, eine Frau zu berühren.

Sie marschierte auf ihn zu, ein geharnischtes Bündel vibrierender Energie. Sie sah so weich aus, so gottverdammt lebendig, dass er ihre Haut fast unter seinen Händen spüren konnte. Er wollte sie an den Haaren packen, diesen ach so gescheiten Mund mit Küssen verschließen.

Sie trug die Pelzjacke, bei deren Anblick er jedes Mal ein erotisches Kribbeln im Unterleib spürte. Für die Schenkel in den hautengen Jeans konnte er sich etwas Besseres vorstellen, als dass sie eine Frau stützten, die vor Wut fast explodierte.

Als sie nur noch wenige Zentimeter von ihm entfernt war, hielt sie ihm ein Papier unter die Nase. Er erkannte den Brief, den die besorgten Bürger von Purcell ihr nach ihrer Ankunft hier geschickt hatten. Die ganze Zeit hatte er damit gerechnet, dass es zu einer Auseinandersetzung kommen würde, sobald sie es herausfände.

»Ich hab gewusst, dass hier irgendetwas faul ist«, sagte sie mit zusammengebissenen Zähnen, »aber heute, als ich mir meine Unterlagen noch einmal durchgesehen habe, ist mir endlich klar geworden, was!«

Er versuchte ihren verlockenden Duft, der ihn halb wahnsinnig machte, zu ignorieren »Ich höre?«, sagte er.

»Es steht ein Unternehmen mehr auf diesem Brief, als es Unterschriften sind. Moe-Blakely-Flugplatz«, sagte sie und wies auf den entsprechenden Absatz. »Aber Moe Blakely hat nicht unterschrieben.«

»Das wäre schwierig gewesen, wenn man bedenkt, dass er seit sieben Jahren tot ist.«

»Moe Blakely war der alte Mann, von dem Sie mir erzählt haben, stimmt's? Der, der Ihnen das Fliegen beigebracht hat und Ihnen immer die Erdbeermilkshakes aufbewahrte?«

»Tausend Punkte bis jetzt.«

»Dieser Flugplatz ist Ihr Eigentum, Mr. Lambert.«

»Inklusive Unkraut und Taranteln. Moe Blakely hat ihn mir vermacht. Überrascht?«

»Sprachlos.«

»Das waren die meisten Leute hier auch. Einigen hat es sogar gewaltig gestunken – denjenigen, die das Grundstück gerne in die Finger gekriegt hätten. Das war zu der Zeit, als sie überall Löcher gebohrt, unter jedem Stein nach Öl gesucht haben.«

»Wir haben ausführlich über diesen Brief gesprochen«, schäumte sie. »Sie sagten, Sie hätten ihn bereits gesehen, aber Sie hielten es nicht für nötig zu erwähnen, dass auch Ihr Unternehmen darin aufgelistet ist.«

»Die Leute, die den Brief aufgesetzt haben, haben mich nicht gefragt. Wenn ja, ich hätte ihnen gesagt, dass sie mich rauslassen sollen.«

»Warum? Sie denken doch genau wie die.«

»Das ist richtig, aber ich äußere keine versteckten Drohungen. Ich hab Ihnen ins Gesicht gesagt, dass Sie nach Austin abhauen sollen. Außerdem bin ich kein Herdentier. Gruppenprojekte sind nicht mein Ding.«

»Das erklärt immer noch nicht, warum Sie mir nicht gesagt haben, dass der Flugplatz Ihnen gehört, obwohl Sie reichlich Gelegenheit dazu hatten.«

»Ich hab es Ihnen nicht mitgeteilt, weil ich wusste, dass Sie eine Mücke zum Elefanten machen.«

Sie hob trotzig den Kopf. »Ich mache keine Mücken zu Elefanten. Dieser Flugplatz gehört Ihnen, ohne Wenn und Aber, und Sie haben große Pläne zur Erweiterung und Verbesserung.«

Er erhob sich langsam vom Hocker, dräute über ihr, gar nicht mehr amüsiert. Sein Blick war eisig. »Woher wissen Sie das?«

»Ich hab heute Nachmittag meine Hausaufgaben gemacht. Als Ihre Sekretärin habe ich drei Pendlerfluglinien angerufen und gefragt, wie es mit *unserem* Antrag auf Service steht. Wenn sie nie von Ihnen gehört hätten, hätte ich gewusst, dass meine Annahme falsch war.«

Sie runzelte die Stirn. »Aber sie hatten von Ihnen gehört. Sie waren ganz wild darauf, Ihnen zu gratulieren, weil ME die Glücksspiellizenz bekommen hat. Alle drei finden Ihre Idee von einem Charterservice wunderbar und bereiten augenblicklich Programme vor. Sie werden sich mit Ihnen in Verbindung setzen, sobald ihre Marktrecherchen abgeschlossen sind. Übrigens, Sie schulden mir zehn Dollar für Ferngespräche.«

Er packte ihren Arm. »Sie hatten kein Recht, sich in meine Geschäfte einzumischen. Das hat überhaupt nichts mit Ihrem Mordfall zu tun.«

»Ich habe jedes Recht, meine Ermittlungen so zu führen, wie ich es für richtig halte.«

»Nur weil ich einen Flugplatz besitze, der boomen wird, wenn die Rennbahn gebaut ist, heißt das noch lange nicht, dass ich mit einem Skalpell auf Celina losgegangen bin.«

»Es könnte heißen, dass Sie denjenigen, der das getan hat, decken«, schrie sie.

»Wen? Angus? Junior? Das ist scheiße, und Sie wissen das auch.«

Sie entwand ihm ihren Arm. »Meine Untersuchung haben Sie auf Schritt und Tritt behindert. Sie tragen einen Stern, das macht Sie angeblich zu einem Vertreter des Rechts. Ha! Das ist scheiße, wenn Sie mich fragen!

Sie wollen nicht, dass ich den Mörder finde, wer immer das ist, weil jede Verurteilung Rennbahn ade! und das Ende Ihrer Pläne bedeuten würde, ans große Geld zu kommen. Kein Wunder, dass Ihre Loyalität gegenüber den Mintons so unerschütterlich ist«, setzte sie ihre Tirade fort. »Freundschaft oder Dankbarkeit für frühere Gefallen haben damit nichts zu tun. Sie schützen schlicht und egoistisch Ihre finanziellen Interessen.«

Ihr Busen bebte unter ihrem Pullover, als sie mühsam Luft holte und hinzufügte: »Ich kann es Ihnen auch gleich sagen, ich glaube, Sie sind es.«

»Was, der Mörder?« Seine Stimme war bedrohlich. Er nötigte sie gegen den Bauch des Flugzeuges, an dem er sich zu schaffen gemacht hatte, bevor sie kam.

»Ja, ich glaube, Sie haben sie getötet. Ich glaube, ich weiß auch warum.«

»Ich bin ganz Ohr.«

»Ich glaube, Sie haben Celina abgöttisch geliebt, aber sie hat Ihre Liebe verraten. Ich war die ständige Erinnerung an ihren Verrat, noch bevor ich zur Welt kam. Sie konnten nicht vergeben und vergessen, aber Junior konnte es. Er freute sich über die Chance, Ihren Platz einzunehmen. Er begann ihr den Hof zu machen, und *seine* Bemühungen waren erfolgreich.

Als Sie bemerkten, dass sie sich in ihn verliebte, konnten Sie es einfach nicht ertragen, sie an Ihren besten Freund und Rivalen zu verlieren, also haben Sie sie umgebracht. Wenn Sie sie nicht haben konnten, dann sollte sie, bei Gott, keiner haben, nicht einmal Junior.«

Er nickte beifällig. »Sehr gut. Aber Sie haben in diesem Haufen Schafscheiße ein dickes, fettes Problem. Sie können es nicht beweisen, nicht die Bohne. Es ist alles Mutmaßung. Sie haben nichts gegen mich in der Hand, nichts gegen irgendjemanden. Also, warum machen Sie uns nicht allen das Leben leichter und geben auf?«

»Weil ich das nicht kann.«

Er hörte die Verzweiflung aus ihren Worten und wusste, dass er auf dem besten Weg war, ihren Widerstand zu brechen. »Warum nicht?«, forderte er sie heraus.

»Weil ich denjenigen, der sie getötet hat, bestrafen will.«

»Nee, nee«, sagte er und schüttelte den Kopf. »Sie machen das nicht für Celina. Sie machen das für sich selbst.«

»Tu ich nicht.«

»Ihre Granny hat Celina in Ihren Augen als Übermenschen hingestellt, und Sie können es sich nicht verzeihen, dass Sie zum falschen Zeitpunkt in ihrem Leben dahergekommen sind und es aus dem Gleis gebracht haben.«

»Und wer verzapft jetzt psychologischen Mist?«, fragte sie wütend. »Ich kenne Sie gut genug, um zu wissen, wie egoistisch Sie sind, Reede Lambert. Die Vorstellung, dass ein anderer Mann das berührt, was Sie als Ihren persönlichen Besitz betrachten, wäre für Sie eine Tortur.«

Ihre Augen blitzten triumphierend: »Und was konnten Sie am schwersten verzeihen, Reede? Dass Celina mit einem anderen Mann ins Bett gegangen ist? Oder konnten Sie sich selbst nicht verzeihen, dass Sie sie nicht genommen haben, als es noch möglich war?«

»Warum reiten Sie dauernd darauf herum, wen ich *genommen* habe oder nicht?« Er stupste sie mit seinem Körper an, dann beugte er sich vor, bis sie sich Mitte an Mitte berührten. »Ich hab Sie schon einmal gewarnt. Halten Sie Ihre Neugier im Zaum«, flüsterte er. »Haben Sie das nicht schon mit Junior geklärt, Ihre Neugier befriedigt, warum Ihre Mama ihn so anziehend fand?« Er hatte seine perverse Freude daran zu sehen, wie ihr Gesicht aschfahl wurde.

»Nein«, sagte sie heiser.

»Ich glaube schon.«

»Sie sind krank.«

»Ich nicht, Baby.« Sein Atem hauchte über ihre Lippen. »Sie sind diejenige, die zu viel wissen will.«

Er senkte seinen Kopf und küsste sie. Sie widersetzte sich hartnäckig seinem fordernden Mund, aber schließlich gelang es ihm, ihre Lippen zu öffnen. Seine Zunge glitt rau über ihre Zähne und das weiche Innere ihres Mundes.

Sie öffnete sich ihm. Er spürte, wie sie mit einem Seufzer ausatmete. Ihr Mund war feucht und warm und süß. Sein Penis streckte sich, drängte sich dazwischen. Er griff in ihre Jacke und legte eine Hand über ihre Brust. Die Warze versteifte sich unter seinem rotierenden Daumen, und als er kräftig darüberstrich, entlockte er ihrer Kehle ein leises Stöhnen.

Er hob den Kopf und spähte in ihr Gesicht. Ihr Kopf lehnte am Flugzeug, der Hals gebogen, bereit. Sie atmete schwer, ihr Brustkorb bebte. Er spürte ihr Herz wie eine kleine wilde, verängstigte Kreatur, die er in seiner Hand eingefangen hatte. Ihre Lippen waren leicht geöffnet, nass und glänzend. Sie hatte die Augen geschlossen, aber jetzt schlug sie sie langsam auf. Sie sahen sich misstrauisch und verwirrt an.

Oh mein Gott, war Reedes letzter zusammenhängender Gedanke. Sein Mund senkte sich wieder auf ihren, hungriger diesmal, aber viel behutsamer. Er drückte seine Zunge in ihren Mund, ein Geben, kein Nehmen, liebkoste ihre Brust mit mehr Zartgefühl.

Schließlich verlor er die Geduld mit ihrer Kleidung. Seine Hand griff nach ihrer Taille, schob ihren Pullover nach oben, das Körbchen ihres BHs nach unten und nahm das warme, weiche Fleisch. Sie reckte sich ihm entgegen, drückte ihre Brust in seine schwielige Hand. Er knetete und massierte ihre harte fiebrige Knospe weiter mit seinem Daumen.

Er küsste sie, als wäre das sein erster Kuss überhaupt, oder der letzte, der ihm je vergönnt wäre, dann drängte er sein Knie zwischen ihre Beine und drückte es auf ihre Spalte. Am Rande seiner Wahrnehmung registrierte er, dass sie ein leises, hilfloses Geräusch machte und die Arme um seinen Nacken schlang; aber für ihn gab es nur noch ihren Mund, die Eroberung dieser Weiche und wie sehr er sich danach sehnte, in sie einzudringen.

Seine freie Hand glitt über ihren Hintern, ihren Schenkelansatz und packte sie in der Kniekehle, hob ihr Bein, legte es auf seine Hüfte und presste sich an sie. Er klemmte seinen eisenharten Körper zwischen ihre Schenkel und stieß immer wieder dagegen, steigerte das Tempo bis zur Atemlosigkeit. Sie keuchte leise seinen Namen, was seine Leidenschaft noch beflügelte.

Nach einigen Sekunden hörte er erneut seinen Namen, leise und von weit her. Er fragte sich benommen, wie sie es schaffte zu reden, wo ihre Zunge doch so intensiv mit seiner beschäftigt war.

Er hörte erneut seinen Namen und merkte, dass es gar nicht Alex' Stimme war.

»Reede? Wo bist du, Junge?«

Sein Kopf schnellte hoch. Alex blinzelte und kam langsam zurück in die Wirklichkeit. Er zog hastig seine Hand aus ihrem Pullover. Sie schlug ihre Jacke übereinander.

»Hier drin.« Seine Stimme klang, als hätte er soeben mit Nägeln gegurgelt.

Angus trat durch die Tür, die Alex offen gelassen hatte.

Reede bemerkte, dass die Sonne untergegangen war.

30

Man musste es Alex zugute halten, wie schnell sie sich wieder gefangen hatte, dachte Angus. Bis auf ihre etwas glasigen Augen und den geschwollenen Mund schien sie völlig gefasst.

»Hallo, Angus.«

»Tag, Alex. Alles geregelt in Austin?«

»Ja, danke, dass Sie mir Ihr Flugzeug geliehen haben.«

»Keine Ursache.«

»Ich, äh, wollte gerade gehen.« Zu Reede sagte sie: »Ich melde mich dann später wegen dieser Sache«, und verließ rasch den Hangar. Reede nahm einen Schraubenschlüssel und steckte den Kopf in den offenen Motor des kleinen Flugzeugs.

»Was brütet sie denn jetzt wieder aus?«, fragte Angus und setzte sich auf den Hocker, den Reede vorhin freigemacht hatte.

»Sie hat entdeckt, dass mir dies hier gehört. Ich hab nie ein Geheimnis draus gemacht, aber ich hab's auch nicht an die große Glocke gehängt. Sie ist der Meinung, ich hätte viel zu verlieren, wenn sie den Fall vor ein Schwurgericht bringt, ob ich nun der Mörder bin oder nicht.«

»Sie hat recht«, bemerkte sein alter Freund. Reede zuckte nur mit den Schultern, dann warf er den Schraubenschlüssel auf eine Werkbank und schloss die Motorverkleidung. »Ely hat mir erzählt, sie war bei ihm in der Praxis und hat ihm Fragen wegen des Skalpells seines Vaters und dem Tag des Mordes gestellt.«

»Das Skalpell?«

»Ja. Weißt du was drüber?«

»Verflucht, nein, du?«

»Nee, wirklich nicht.«

Reede ging zu einem Schrank, in dem er einen Vorrat an Schnaps und Bier aufbewahrte. Er goss sich einen kräftigen Schuss Jack Daniels ein und kippte ihn hinunter. Dann bekam Angus die Flasche gereicht. »Willste einen?«

»Klar, danke.« Er nippte an seinem Glas und sah zu, wie Reede sich noch einen genehmigte.

Er sah Angus' neugierigen Blick und sagte: »Es war einer von diesen Tagen.«

»Alex?«

Reede strich sich durchs Haar wie ein Mann, den Dämonen plagten. »Ja, verdammt, sie lässt nicht locker.«

»Wer weiß, mit was für Scheiße Merle Graham ihr die Birne vollgequatscht hat.«

»Kein Wunder, dass sie so rachsüchtig ist.« Er seufzte laut. »Wenn ME diese Rennbahn nicht kriegt, sind all meine Zukunftspläne im Eimer.«

»Das ist dir ziemlich wichtig, was?«

»Was hast du denn gedacht, dass ich mein ganzes Leben ein beknackter Sheriff bleiben will?«

»Du machst dir zu viel Sorgen, Junge!«, sagte Angus. »Wir kriegen die Sache in den Griff, und deine Zukunft wird wunderbar. Deswegen wollte ich mit dir reden.«

Reede sah ihn erwartungsvoll an. »Über meine Zukunft?«

Angus kippte den Rest seines Whiskeys hinunter und zerdrückte den Pappbecher mit einer Hand. Er schob seinen Cowboyhut in den Nacken und schaute grinsend zu Reede hoch.

»Ich möchte, dass du zurückkommst und wieder ein aktiver Teil von Minton Enterprises wirst.«

Einen Moment lang war Reede sprachlos. Er wich einen Schritt nach hinten. »Willst du mich verscheißern?«

»Nee.« Angus hob eine schwielige Hand. »Bevor du etwas sagst, hör dir an, was ich zu unterbreiten habe.«

Er hatte sich seine Argumente bereits zurechtgelegt. Nachdem er zwei besorgte Anrufe von Mitgliedern der Rennkommission erhalten hatte, die in einer Austiner Zeitung von Alex' Ermittlungen gelesen hatten, hatte er beschlossen, jetzt andere Saiten aufzuziehen. Das Ganze würde nicht einfach im Sand verlaufen, wie er ursprünglich gehofft hatte.

Die Ferngespräche erledigte er in sehr optimistischer Stimmung. Er hatte Alex' Beschuldigungen als lächerlich abgetan und ihnen ein paar dreckige Witze erzählt, bis sie schließlich lachend aufgelegt hatten. Noch war er nicht ernsthaft besorgt, aber er wusste überdeutlich, dass ME eine solide Fassade zeigen musste. Reede wieder als integren Teil der Firma zu haben, wäre ein wichtiger Teil davon.

Sein einstudierter Text floss ihm mühelos von den Lippen: »Du weißt fast genauso viel wie ich über Rennpferde und mehr, als Junior sich je die Zeit und Mühe genommen hat zu lernen. Du würdest als leitender Angestellter in die Firma zurückkehren. Ich würde die Verantwortung zu gleichen Teilen an Junior und dich übertragen, aber ihr hättet verschiedene Aufgabenbereiche. Ich weiß, wie viel dir dieser Flughafen bedeutet. Er hat für dich emotionalen Wert, aber du siehst auch das Potential zum Geldverdienen. Genau wie ich. Ich würde ihn in die ME integrieren. Die Firma hätte die finanziellen Mittel für die Renovierung und die Erweiterung, die du brauchst. Außerdem hätten wir eine wesentlich bessere Verhandlungsposition bei den Fluglinien.«

Er grinste übers ganze Gesicht. »Scheiße, ich würde sogar ein paar Aktien von ME als Ansporn mit drauflegen. So ein Geschäft kannst du dir nicht entgehen lassen, Junge.«

Reedes Reaktion enttäuschte ihn, er hatte auf Verwunderung und Freude gehofft. Stattdessen schwang in seinem Erstaunen ein Unterton von Misstrauen mit.

»Was hat dich dazu bewogen?«

Angus, die Ruhe selbst, sagte: »Du gehörst zu uns – und das war schon immer so. Ich, in meiner Position, habe die Möglichkeit, die Dinge für dich ins Rollen zu bringen. Du wärst ein Narr, wenn du mein Angebot nicht ausnutztest.«

»Ich bin kein Junge mehr, der deine Almosen braucht, Angus.«

»Für mich warst du nie ein Almosenempfänger.«

»Das weiß ich«, sagte Reede ruhig, »aber wie schön du das auch umschreiben magst, ich war es trotzdem.« Er sah dem Älteren offen in die Augen. »Glaube ja nicht, dass ich nicht dankbar bin für alles, was du für mich getan hast.«

»Ich wollte nie deine Dankbarkeit. Du hast dir das ehrlich verdient, was ich dir habe zukommen lassen.«

»Ohne dich hätte ich überhaupt keine Chance gehabt.« Reede hielt kurz inne, dann fuhr er fort: »Aber ich hab dir alles zurückbezahlt und mehr als das, glaube ich. Als ich deine Firma verließ, habe ich das getan, weil ich meine Unabhängigkeit wollte. Und die will ich immer noch, Angus.«

Angus war beunruhigt und machte kein Geheimnis daraus. »Du willst, dass ich drum bettle, ist es das? Okay.« Er holte tief Luft. »Ich komme allmählich ins Pensionsalter. Einige finden sogar, ich sei längst drüber. Das Geschäft braucht deine Führungsqualitäten, um überleben zu können.« Er breitete die Arme aus. »So. Befriedigt das dein verfluchtes Ego?«

»Ich brauche keine Streicheleinheiten, Angus, und das weißt du entschieden. Ich denke da an das Ego eines anderen.«

»Juniors?«

»Juniors. Hast du ihm das erzählt?«

»Nein. Ich sah keinen Anlass dafür, bis …«

»Bis er nichts mehr dagegen machen könnte.«

Angus' Schweigen war so gut wie ein Geständnis.

Reede begann auf und ab zu laufen. »Junior ist dein Erbe, Angus, nicht ich. Er ist derjenige, den du hochpäppeln solltest, damit er übernehmen kann. Er muss vorbereitet sein, wenn es so weit ist.«

Angus lief jetzt auch hin und her, während er seine Gedanken sammelte. »Du hast Angst, dass Junior sich nicht darauf vorbereiten wird, solange du da bist, um ihm die Probleme abzunehmen, und seine Spuren verwischst, wenn er Mist gebaut hat.«

»Angus, ich wollte nicht …«

»Ist schon gut«, Angus schnitt Reedes Einwände mit einer Handbewegung ab. »Ich bin sein Daddy. Du bist sein bester Freund. Wir sollten doch die Möglichkeit haben, frei über ihn zu reden, ohne dass wir durch einen Haufen Scheiße waten müssen. Junior ist nicht so stark wie du.«

Reede wandte sich ab. Die Wahrheit zu hören war Balsam für seine Seele. Er wusste, wie schwer es Angus fiel, das zu sagen. »Ich wollte immer, dass Junior so ist wie du – aggressiv, bestimmt, ehrgeizig – aber …« Angus zog vielsagend die Brauen hoch. »Er braucht dich, Reede. Verdammt, ich auch. Ich hab mir nicht jahrelang den Hintern aufgerissen, um dann mit ansehen zu müssen, wie alles, was ich aufgebaut habe, zusammenkracht. Ich habe meinen Stolz, aber bin auch ein nüchterner Geschäftsmann. Ich sehe den Tatsachen ins Gesicht, so unschön sie manchmal auch sind. Eine dieser Tatsachen heißt: Du bist kompetent und Junior nicht.«

»Genau das ist der Punkt, Angus. Er könnte es sein. Zwinge ihn dazu. Delegiere ihm mehr Verantwortung.«

»Und wenn er Scheiße baut, weißt du, was dann passiert? Ich werde sauer, brülle ihn an. Er wird schmollen und zu seiner Mama rennen, die ihn dann wieder in Watte packt.«

»Zuerst vielleicht schon, aber das wird nicht so bleiben. Eines Tages brüllt Junior zurück. Er wird dahinterkommen, dass es nur eine Möglichkeit gibt, mit dir fertig zu werden, nämlich dich mit deinen eigenen Waffen zu schlagen. Ich hab's gemacht.«

»Ist es das, was du jetzt vorhast, dich an mir zu rächen für etwas, was ich dir unabsichtlich angetan habe?«

»Verflucht, nein«, brauste Reede auf. »Seit wann habe ich Angst, dir die Meinung zu sagen oder sonst jemandem, wenn mir etwas nicht passt?«

»Also gut, ich sage dir, seit wann«, entgegnete Angus giftig. »Seit Celina getötet wurde. Das hat alles verändert, nicht wahr?« Er stellte sich vor Reede. »Ich glaube, keiner von uns hatte mehr ein ehrliches Gespräch mit dem anderen seit diesem Morgen. Davor graute mir immer am meisten, dass sie dich und Junior auseinanderbringen würde.« Er schüttelte den Kopf. »Sie hat es sowieso geschafft. Sogar tot hat sie noch Misstrauen gesät.«

»Celina hat nichts mit meiner Entscheidung, Nein zu sagen, zu tun. Ich möchte das Gefühl haben, dass meins wirklich meins ist. Voll und ganz. Kein Teil deines Konglomerats.«

»Also geht's nur um wirtschaftliche Aspekte?«

»Richtig.«

Angus' Gehirn arbeitete fieberhaft, um seine Vorschläge abzuändern. »Was, wenn ich beschließe, selbst einen Flughafen zu bauen?«

»Dann wären wir Konkurrenten«, erwiderte Reede gelassen. »Aber es gibt nicht genug Nachfrage, dass zwei davon leben könnten – einer von uns würde verlieren.«

»Und ich kann es mir leisten. Du nicht.«

»Es wäre keine Befriedigung für dich, mich in den Bankrott zu treiben, Angus.«

Angus lachte. »Du hast recht. Verflucht, Junge, du gehörst doch fast zur Familie.«

»Fast. Junior ist dein Sohn, nicht ich.«

»Du lehnst diese Chance seinetwegen ab, nicht wahr?« An Reedes Gesicht sah er, dass er recht hatte.

Reede warf einen überflüssigen Blick auf die Uhr. »Hör mal, ich muss los.«

»Reede«, sagte Angus und packte ihn beim Arm. »Meinst du, Junior wird je merken, was für ein Freund du ihm bist?«

Reede gab sich vergnügt: »Wir werden es ihm nicht verraten. Er ist sowieso schon eingebildet genug.«

Angus wusste, dass er verloren hatte, und das schmeckte ihm gar nicht. »Ich kann das nicht zulassen, Junge.«

»Du hast keine andere Wahl.«

»Ich akzeptiere kein Nein. Da lasse ich nicht locker«, versprach er, und seine blauen Augen blitzten verschmitzt.

»Du bist nicht sauer, weil ich dir fehlen werde, sondern weil du deinen Willen nicht durchgesetzt hast.«

»Diesmal nicht, Reede. Ich brauche dich. Junior braucht dich. Und ME auch.«

»Warum ausgerechnet jetzt? Wieso soll nach all den Jahren plötzlich MEs Zukunft von mir abhängen?« Mit einem Mal dämmerte es Reede. »Du hast Angst.«

»Angst?« Angus tat höchst überrascht. »Wovor? Vor wem?«

»Vor Alex. Du hast Angst, dass sie dir deine Bonbons wegnehmen könnte. Du versuchst, so viel Macht wie möglich um dich zu versammeln.«

»Wären wir denn nicht ein stärkerer Gegner für sie, wenn wir alle zusammenhielten?«

»Wir halten zusammen.«

»Tun wir das?«, konterte Angus.

»Du hast meine Loyalität, Angus, genauso, wie ich deine habe.«

Angus trat noch einen Schritt näher. »Das hoffe ich doch sehr. Aber mir ist auch der Ausdruck in deinem Gesicht nicht entgangen, als ich vorhin durch diese Tür kam«, flüsterte er. »Du hast ausgesehen, als hättest du einen in die Eier gekriegt. Und sie war ganz rosig und feucht um den Mund.«

Reede sagte nichts. Der Ältere hatte auch nicht erwartet, dass er es abstreiten würde, das hätte Angus als Schwäche betrachtet. Und Reedes Stärke war einer der Gründe, warum er ihn immer bewundert hatte.

Angus sagte ruhig: »Ich mag das Mädchen auch. Sie ist kess und richtig niedlich. Aber sie ist cleverer, als ihr guttut.« Er hob streng einen Zeigefinger. »Sorg dafür, dass dein Schwanz dir nicht so den Blick verstellt, dass du sie nicht mehr durchschaust. Sie möchte uns in die Knie zwingen, möchte, dass wir für Celinas Mord büßen. Kannst du dir erlauben, all das zu verlieren, wofür du gearbeitet hast? Ich kann es nicht. Außerdem will ich es nicht.« Mit diesem grimmigen Versprechen war das Gespräch beendet, und er stapfte aus dem Hangar.

»Wo ist mein Sohn?«, fuhr er einen der Barkeeper an, etwa eine Stunde, nachdem er Reede verlassen hatte. Während dieser Zeit hatte er Juniors übliche Tränken abgeklappert.

»Im Hinterzimmer«, erwiderte der Barmann und zeigte auf die geschlossene Tür am Ende der Kneipe.

Es war eine Spelunke, aber die mit den größten Pokereinsätzen der Stadt. Im Hinterzimmer wurde rund um die Uhr gespielt. Angus stieß die Tür auf und hätte fast die Kellnerin umgeworfen, die mit einem Tablett voll leerer Bierflaschen auf der Schulter rauskam. Er pflügte sich durch die Wolke von Zigarettenrauch zu dem Lichtkegel, unter dem der Pokertisch stand.

»Ich muss mit Junior reden«, brüllte er.

Junior, mit einer Zigarre im Mundwinkel, grinste zu seinem Vater hoch. »Kann das nicht warten, bis wir mit diesem Spiel fertig sind? Ich hab fünfhundert Dollar drauf gesetzt und glaube, das Glück ist mir hold.«

»Dein Arsch ist auf das gesetzt, was ich dir zu sagen habe, und dein Glück hat dich grade verlassen.«

Die anderen Spieler, von denen die meisten für ME arbeiteten, rafften hastig ihre Einsätze an sich und machten sich aus dem Staub. Sobald der letzte durch die Tür war, schlug Angus sie zu.

»Bist du verrückt? Was ist hier los?«, begehrte Junior auf.

»Ich werde dir sagen, was hier los ist. Dein Freund Reede ist drauf und dran, wieder mal vor dir durchs Ziel zu gehen, während du hier in diesem Scheißhinterzimmer hockst und dein Leben die Kloake runterrauschen lässt.«

Junior löschte brav seine Zigarre. »Ich hab keine Ahnung, wovon du redest.«

»Weil du deinen Kopf in den Dreck steckst, anstatt in deine Angelegenheiten, wo er hingehört.«

Angus zwang sich mit großer Mühe zur Ruhe. Wenn er brüllte, würde Junior bloß schmollen. Brüllen hatte ihn noch nie weitergebracht, aber es war hart, sich seine Enttäuschung und seine Wut nicht anmerken zu lassen.

»Alex war heute Nachmittag mit Reede auf dem Flugplatz …«

»Und?«

»Und, wenn ich zehn Sekunden später gekommen wäre, hätten die beiden auf der Motorhaube des Flugzeugs gevögelt!«, brüllte er, vergessen waren alle guten Vorsätze.

Junior sprang vom Stuhl. »Was du nicht sagst!«

»Ich weiß, wenn Lebewesen brünftig sind, Junge. Ich verdiene einen Teil meines Lebensunterhalts damit, sie zu züchten, weißt du noch? Ich kann es riechen, wenn sie scharf aufeinander sind«, sagte er und tippte sich an die Nase. »Er hat getan, was du hättest tun sollen, anstatt Geld zu verspielen, das du nicht mal verdient hast.«

Junior zuckte zusammen. Dann sagte er trotzig: »Das Letzte, was ich gehört habe, ist, dass Alex nicht in der Stadt ist.«

»Inzwischen ist sie wieder da.«

»Also gut. Ich ruf sie heute Abend an.«

»Das reicht nicht. Verabrede dich mit ihr, geh mit ihr aus.«

»Okay.«

»Das ist mein Ernst!«

»Ich hab gesagt, es ist okay!«, schrie Junior.

»Und noch etwas, damit du es zuerst von mir hörst. Ich hab Reede gebeten, zurück zu ME zu kommen.«

»Was?«

»Du hast mich gehört.«

»Was … was hat er gesagt?«

»Er hat Nein gesagt, aber für mich ist das nicht das letzte Wort.« Angus stellte sich vor seinen Sohn. »Ich werde dir noch etwas sagen. Ich hab noch nicht entschieden, wer für wen arbeiten wird, wenn er den Job annimmt.«

Juniors Augen waren ein Spiegel seines Schmerzes und seiner Wut.

Angus rammte ihm einen Finger in die Brust. »Du machst dich besser an die Arbeit und tust, was ich dir gesagt habe, oder es könnte eines von zwei Dingen passieren. Entweder wird Reede an deinem Schreibtisch sitzen und dir Jobs zuteilen wie Ställe ausmisten, oder wir alle werden im Gefängnis von Huntsville Nummernschilder herstellen. In keinem Fall wirst du mehr Nachmittage haben, die du mit Pokern verplempern kannst.«

Angus trat zurück und verpasste dem Tisch einen energischen Tritt mit seinem Eidechsenstiefel. Er fiel um, und Karten, Pokerchips, Aschenbecher und Bierflaschen krachten zu Boden.

Dann marschierte er hinaus, und Junior blieb in dem Tohuwabohu zurück.

31

Die Kellnerin stellte den beiden in ausgehöhlten Ananasfrüchten angerichteten, mit frischer Minze dekorierten Hühnersalat auf den Tisch. Sie fragte Junior Minton, ob er und sein Gast noch eine Portion Eistee wollten.

»Danke, wir sind gut versorgt«, sagte er und schenkte ihr sein Hundert-Watt-Lächeln.

Der Speiseraum des Country Clubs bot ein Panorama des Golfplatzes. Es war einer der wenigen Räume in Purcell County, die nicht nach Texasromantik mieften. Die beruhigenden Pastelltöne hätten überall hingepasst. Junior und Alex gehörten zu den vereinzelten Gästen, die hier zu Mittag aßen.

Sie spießte eine Mandel auf ihre Gabel. »Das ist fast zu hübsch zum Essen. Es schlägt den Empfehlungsteller vom B & B um Längen«, sagte sie und zerkaute den Kern. »Ich bin überzeugt, wenn ich je die Küche von innen sehen würde, würde ich nie wieder da essen. Wahrscheinlich tanzen die Kakerlaken da Tango.«

»Nein, die werden frittiert und als Hors d'oeuvres serviert.« Junior lächelte. »Essen Sie dort oft?«

»Oft genug. Mir steht die Soße, in der alles schwimmt, und das Chili schon bis hier.«

»Dann bin ich ja froh, dass Sie meine Einladung zum Mittagessen angenommen haben, nachdem Sie mir gestern Abend entwischt sind. Ich musste schon öfter Damen, die in der Stadt arbeiten, vor den Kalorienbomben des B & B retten, dessen Speisekarte ihre Taillen gefährdet.«

»Das hier ist aber auch nicht direkt ein Schlankmacher«, sagte sie, als sie das cremige Salatdressing probierte.

»Da brauchen Sie sich keine Sorgen zu machen. Sie sind so schlank wie Ihre Mutter.«

Alex legte ihre Gabel an den Rand des Tellers: »Selbst nachdem sie mich gekriegt hatte?«

Juniors heller Kopf war über seinen Teller gebeugt. Er hob ihn, und als er sah, dass sie das ernsthaft interessierte, tupfte er sich den Mund mit der steifen Leinenserviette ab und sagte: »Von hinten ähneln Sie ihr wie ein Ei dem anderen, nur sind Ihre Haare dunkler und rötlicher.«

»Das hat Reede auch gesagt.«

»Wirklich? Wann?«

Ihr Lächeln geriet etwas aus den Fugen. Die Frage war ein bisschen zu beiläufig gestellt, eine verräterische Falte zeigte sich zwischen seinen Brauen.

»Kurz nachdem wir uns kennengelernt haben.«

»Ah.« Die Falte glättete sich wieder.

Alex wollte nicht an Reede denken. Wenn sie mit ihm zusammen war, löste sich ihre sachliche, professionelle, methodische Unparteilichkeit, auf die sie so stolz war, in nichts auf. Die Neutralität wurde von Emotionen weggespült.

Erst bezichtigte sie ihn des Mordes, und eine Sekunde später küsste sie ihn bereits hingebungsvoll und sehnte sich nach mehr. Er war gefährlich, nicht nur von ihrer Position als Anklägerin aus gesehen, sondern auch für sie als Frau. Beide Aspekte ihrer Existenz, einer so verletzbar wie der andere, litten unter seinem Beschuss.

»Junior«, fragte sie, nachdem sie mit Essen fertig waren, »warum konnte Reede Celina nicht verzeihen, dass sie mich gekriegt hat? War sein Stolz so tief getroffen?«

Er starrte aus dem Fenster auf den Golfplatz, und als er ihren Blick fühlte, sah er sie traurig an: »Ich bin enttäuscht.«

»Worüber denn?«

»Ich dachte – hoffte –, Sie hätten meine Einladung zum Essen angenommen, weil Sie mich sehen wollten.« Er verdrehte die Augen. »Aber Sie wollten nur über Reede reden.«

»Nicht über Reede, über Celina. Meine Mutter.«

Er streckte die Hand über den Tisch und drückte ihre. »Ist schon okay. Ich bin daran gewöhnt. Celina hat mich ständig angerufen und über Reede geredet.«

»Was hat sie da gesagt?«

Junior lehnte sich zurück und begann mit seiner Krawatte zu spielen. »Meistens hab ich mir anhören müssen, wie wunderbar er ist. Sie wissen schon, Reede hinten und Reede vorne. Nachdem Ihr Vater im Krieg getötet wurde und sie wieder frei war, hatte sie Angst, sie würde Reede nie zurückkriegen.«

»Das hat sie auch nicht.«

»Nein.«

»Sie hat doch wohl nicht erwartet, dass er über Al Gaither und mich erfreut war?«

»Nein, so naiv war sie nicht. Keiner von uns hatte gewollt, dass sie den Sommer über verreist, aber wir konnten nichts gegen ihre Entscheidung ausrichten«, erläuterte Junior. »Sie war dort, wir waren hier, über dreihundert Meilen weit auseinander. Eines Nachts hat Reede beschlossen, sich ein Flugzeug zu leihen, mit dem wir hinfliegen und sie heimholen würden.

Der Mistkerl hatte mich tatsächlich davon überzeugt, dass er uns sicher hin- und wieder zurückbringen könnte, bevor irgendjemand den fehlenden Flieger bemerkte. Der Einzige, dem es auffallen würde, wäre Moe Blakey, und der war auf seiner Seite. In seinen Augen war Reede grundsätzlich im Recht.«

»Großer Gott, ihr habt es doch nicht etwa getan?«

»Nein, nicht an diesem Tag. Einer der Stallknechte – Pasty Hickam, um genau zu sein – hat uns belauscht und es Dad erzählt. Er hat uns fertiggemacht und gesagt, er würde uns totschlagen, wenn wir so was Verrücktes versuchten. Er wusste genau, dass Celina Reede eifersüchtig machen wollte, und hat uns geraten, ihr ruhig ihren Spaß zu lassen. Und er hat uns versichert, dass es sie irgendwann langweilen und sie nach Hause zurückkommen würde – dann wäre alles wieder wie zuvor.«

»Aber Angus hat sich geirrt. Als Mutter nach Purcell zurückkehrte, war sie mit mir schwanger. Alles war anders.«

Sie spielte stumm mit ihrem Teelöffel. »Wie viel wissen Sie über meinen Vater, Junior?«

»Nicht viel. Und Sie?«

Sie zuckte die Schultern. »Nur, dass er Al Gaither hieß, dass er aus einer Kohlengrubenstadt in West Virginia stammte, dass er kurz nach seiner Hochzeit mit meiner Mutter nach Vietnam geschickt wurde, auf eine Landmine getreten und Monate vor meiner Geburt gestorben ist.«

»Ich hab nicht mal gewusst, woher er stammte«, sagte Junior beschämt.

»Als ich alt genug war, überlegte ich mir, nach West Virginia zu fahren und seine Familie zu suchen, aber ich hab mich dagegen entschieden. Sie haben nie den Versuch gemacht, Verbindung mit mir aufzunehmen, also hielt ich es für das Beste, sie in Ruhe zu lassen. Seine sterblichen Überreste wurden zu ihnen überführt und dort begraben. Ich bin mir nicht mal sicher, ob meine Mutter bei seiner Beerdigung war.«

»War sie nicht. Sie wollte es, aber Mrs. Graham hat sich geweigert, ihr das Geld für die Fahrt zu geben. Dad hat ihr angeboten, die Reise zu bezahlen, aber auch das hat Mrs. Graham nicht zugelassen.«

»Sie hat Angus für die Beerdigung meiner Mutter zahlen lassen.«

»Das war wohl was anderes für sie, irgendwie.«

»Al Gaither hatte genauso wenig Schuld an der übereilten Hochzeit wie Mutter.«

»Vielleicht doch«, wandte Junior ein. »Ein Soldat auf dem Weg in den Krieg, die Masche. Celina war ein hübsches Mädchen, das darauf aus war, ihre Attraktivität zu beweisen.«

»Weil Reede nicht mit ihr schlafen wollte.«

»Das hat er Ihnen erzählt, was?«

Alex nickte.

»Ja, also, ein paar von den Mädchen, mit denen Reede geschlafen hatte, haben damit vor Celina angegeben. Sie wollte beweisen, dass auch sie Frau genug war, um einen Mann einzufangen. Und Gaither hat das zweifellos ausgenutzt.

Für Ihre Großmutter war sein Name ein Schimpfwort.

Wegen ihm hat Ihre Mutter ihre Fortbildung auf dem College verpasst. Das hat sie ihm nicht verziehen. Nein, Mr. Gaither war ein rotes Tuch für sie.«

»Ich wünschte, sie hätte wenigstens ein Foto von ihm aufgehoben. Sie hatte Tausende von Fotos von Celina, aber kein einziges von meinem Vater.«

»Für Mrs. Graham war er wahrscheinlich die Inkarnation des Bösen, das, was Celinas Leben total umgekrempelt hat.«

»Ja«, sagte sie und dachte, dass das, was Junior von ihrer Großmutter sagte, auch auf sie anwendbar gewesen war. »Ich habe kein Gesicht, das ich mit dem Namen in Verbindung bringen kann. Nichts.«

»O Gott, Alex, das muss hart sein.«

»Manchmal glaube ich, dass ich einfach der Erde entsprungen bin.« Sie machte den Versuch, der Sache eine heitere Note zu geben. »Vielleicht war ich die erste selbstständige Gemüsepuppe, die die Hausfrauen jetzt alle anfertigen.«

»Nein«, sagte Junior und griff wieder nach ihrer Hand. »Sie hatten eine Mutter, und sie war schön.«

»War sie das?«

»Sie können jeden fragen.«

»War sie innerlich genauso schön wie äußerlich?«

Seine Brauen zogen sich zusammen. »So wie jeder andere auch: Sie war ein Mensch mit guten und schlechten Seiten.«

»Hat sie mich geliebt, Junior?«

»Geliebt? Und wie. Sie dachte, Sie wären das tollste Baby, das je geboren wurde.«

Alex war ganz warm ums Herz, als sie mit ihm den Club verließ. Er öffnete die Beifahrertür seines Jaguar, stellte sich dicht vor sie und legte seine Hand an ihre Wange. »Müssen Sie denn heute Nachmittag zurück in dieses muffige alte Gericht?«

»Ich fürchte, ja. Ich habe zu arbeiten.«

»Es ist ein herrlicher Tag.«

Sie zeigte zum Himmel. »Sie Lügner. Es sieht aus, als würde es gleich regnen oder schneien.«

Er beugte den Kopf und küsste sie rasch. Sein Mund blieb auf dem ihren, und er flüsterte: »Da fällt mir noch eine Möglichkeit, sich die Zeit im Haus zu vertreiben, ein.«

Sein Kuss wurde jetzt eindringlicher, und er teilte geschickt ihre Lippen. Doch als seine Zunge die ihre berührte, wich sie zurück. »Nein, Junior.« Sein ungehöriger Kuss und die Tatsache, dass er sie völlig kaltließ, machten sie wütend.

Bei seiner Berührung durchströmte keine herrliche Wärme ihren Körper, und ihr Blut kam nicht in Wallung. Dieses fiebrige Kribbeln im Unterleib blieb aus, genauso wie dieser undefinierbare Hunger, der in ihr rumorte. Und sie dachte dabei nicht, mein Gott, wenn er nicht ein Teil von mir wird, werde ich verschmachten.

Bei Juniors Kuss hatte sie nur einen Gedanken, nämlich, dass er ihre Freundschaft falsch interpretierte. Wenn sie dem jetzt nicht Einhalt gebot, dann würde ein Szenario entstehen, das beunruhigend der Vergangenheit glich.

Sie drehte ihren Kopf beiseite. »Ich muss arbeiten, Junior. Und bestimmt wartet auch auf Sie Arbeit.« Er fluchte leise vor sich hin, ließ sie aber ohne Groll los.

Sie trat einen Schritt zurück, um einsteigen zu können, und da entdeckte sie den Blazer. Er hatte sich unbemerkt herangepirscht und stand jetzt nur ein paar Meter von der Kühlerfigur des Jaguar entfernt. Der Fahrer, den sie durch die Windschutzscheibe sehen konnten, hatte die Hände über dem Steuer gefaltet und versteckte sich hinter einer verspiegelten Pilotenbrille. Er saß gefährlich reglos da, mit eisiger Miene.

Reede machte die Tür auf und stieg aus. »Ich hab Sie gesucht, Alex. Jemand hat mir erzählt, Sie hätten das Gerichtsgebäude mit Junior verlassen, also hab ich gedacht, ich schau mal hier nach.«

»Warum denn?«, fragte Junior verärgert und legte seinen Arm um Alex' Schulter.

»Wir haben Fergus Plummet gefunden. Einer der Deputies bringt ihn gerade.«

»Und das gibt dir das Recht, unsere Verabredung zu stören?«

»Eure Verabredung ist mir scheißegal«, sagte Reede. »Sie hat gesagt, sie will dabei sein, wenn ich Plummet verhöre.«

»Würdet ihr beide bitte aufhören, so zu tun, als wär ich überhaupt nicht vorhanden?« Die Spannung, die sie zwischen den beiden ausgelöst hatte, war untragbar. Es war der Dreiecksgeschichte zwischen ihnen und ihrer Mutter zu ähnlich. Sie streifte Juniors Arm ab. »Er hat recht, Junior. Ich möchte hören, was Plummet zu seiner Verteidigung zu sagen hat.«

»Jetzt?«, jammerte er.

»Tut mir leid.«

»Ich komme mit«, verkündete er fröhlich.

»Das ist eine dienstliche Angelegenheit. Die Pflicht ruft, und ich steh auf der Gehaltsliste des Staates. Danke für die Einladung.«

»Gern geschehn.« Er küsste sie kurz auf die Wange und sagte, laut genug, dass Reede es hören konnte: »Ich ruf Sie später an.«

»Bis dann.« Sie lief zum Blazer und kletterte hinein, obwohl ihre Pumps und der enge Rock dabei einige Schwierigkeiten bereiteten. Reede schien das gar nicht zu merken, so beschäftigt war er damit, Juniors grimmigen Blick zu erwidern, als der sich hinters Steuer klemmte. Kaum saß sie, trat er voll aufs Gaspedal und raste los.

Nachdem sie den Highway erreicht hatten, bog er so scharf ab, dass Alex gegen die Beifahrertür geschleudert wurde. Sie biss die Zähne zusammen und klammerte sich an den Gurt, bis er den Wagen ausgerichtet hatte und den Mittelstreifen entlangrauschte.

»Nettes Mittagessen?«

»Reizend«, erwiderte sie spitz.

»Gut.«

»Sind Sie sauer, weil Junior mich geküsst hat?«

»Verflucht, nein. Warum sollte ich?«

»Genau.«

Insgeheim war sie froh, dass er genau im passenden Moment gekommen war. Er hatte ihr eine strengere Abfuhr an Junior erspart. Sie hatte ein schlechtes Gewissen und bemühte sich jetzt ganz um Professionalität: »Wo wurde Plummet gefunden?«

»Genau da, wo ich vermutet habe. Er hat sich im Haus eines seiner Diakone versteckt. Als er zum Luftholen auftauchte, hat ihn einer meiner Deputies erwischt.«

»Ist er friedlich mitgekommen?«

»Er ist doch kein Narr und weiß, dass er nur verhört wird. Wir können ihn noch nicht offiziell verhaften. Sie werden ein paar Minuten vor uns im Gericht sein.«

Stimmungsmäßig befand Junior sich absolut im schwarzen Loch. Nirgendwo konnte er Frieden finden, obwohl er mit seinem Jaguar wie ein Besessener durch alle Straßen der Stadt fegte.

Angus war am Boden zerstört, seine Mutter desgleichen, weil Angus darniederlag. Gestern Nacht hatte sie ihm streng befohlen, seinen Hintern in Bewegung zu setzen – nicht unbedingt mit diesen Worten – und etwas zu tun, was seinen Vater stolz machte.

Für Sarah Jo war die Vorstellung, Reede wieder bei ME zu haben, untragbar. Und sie hatte ihrem Sohn in einem barscheren Ton, als er je von ihr vernommen hatte, gesagt, das dürfe schlicht und einfach nicht sein.

»Angus will *dich*, nicht Reede.«

»Warum hat er ihm dann einen Job angeboten?«

»Damit du aufwachst, Schätzchen. Er benutzt Reede nur als Mittel zum Zweck.«

Junior versprach ihr, er würde sein Bestes tun. Aber als er Alex angerufen und zum Abendessen eingeladen hatte, hatte sie ihm einen Korb gegeben, wegen angeblicher Kopfschmerzen. Sie hatte sich jedoch einverstanden erklärt, heute mit ihm zu Mittag zu essen. Und dann, gerade als alles so wunderbar lief, war Reede aufgetaucht und hatte sie wieder seinem Zugriff entzogen.

»Dienstlich, der spinnt wohl«, murmelte er, als er die breite Auffahrt zum Haus des Richters hochfuhr und den Wagen abrupt zum Halten brachte. Er sprang über das Blumenbeet und schlug mit der Faust an die Eingangstür.

Stacey ließ sich verdammt lange Zeit, bis sie endlich auftauchte, fand er. Er hatte praktisch Schaum vorm Mund, als sie öffnete.

»Junior!«, rief sie hocherfreut, als sie ihn sah. »Das ist aber …«

»Halt die Klappe. Halt bloß die Klappe.« Er knallte die Tür so heftig hinter sich zu, dass jedes Stück Glas und Porzellan im Haus klirrte. Er packte Stacey, stieß sie an die Wand der Diele und bedeckte ihren schockierten, offenen Mund mit Küssen. Er küsste sie grob, während er die Knöpfe ihrer Bluse attackierte. Als ihm das zu lange dauerte, riss er sie einfach auf, und die Knöpfe kullerten zu Boden.

»Junior«, keuchte sie, »was …«

»Ich muss dich haben, Stacey«, murmelte er und drückte seinen Kopf zwischen ihre Brüste. »Bitte mach mir keinen Stress. Alle machen mir nur Stress. Halt einfach die Klappe und lass dich ficken.«

Ihren Rock und Unterrock raffte er hoch, zog ihr die Strumpfhose runter und öffnete seine Hose. Dann rammte er sich trocken in sie, und sie schrie auf.

Er quälte sie und hasste sich dafür, dass er ihr wehtat, obwohl sie es nicht verdient hatte. Aber in einem dunklen Teil seiner Seele war er froh, dass auch noch jemand anders zu leiden hatte. Warum sollte er der einzige Mensch auf dieser Scheißwelt sein, dem es schlecht ging?

Alle hackten auf ihm rum. Es wurde höchste Zeit für einen Gegenangriff. Stacey war verfügbar – und er wusste, dass er bei ihr Chancen hatte.

Ihr Entsetzen, ihre Erniedrigung gaben ihm das Gefühl von Macht. Seine Entspannung kam von ihrer Erniedrigung, nicht vom Sex selbst. Als es vorbei war, quetschte er Stacey zwischen sich und die geblümte Tapete.

Ganz allmählich fand er seinen Atem und seine Vernunft wieder. Er lehnte sich etwas zurück und streichelte ihre Wange. »Stacey?« Sie schlug langsam die Augen auf. Er lächelte sie entwaffnend an und gab ihr einen sanften Kuss. Als er bemerkte, dass sie sich feingemacht hatte, fragte er: »Hab ich dich etwa von etwas abgehalten?«

»Von einem Treffen in der Kirche.«

Das Grübchen in seiner Wange vertiefte sich, und er grinste übers ganze Gesicht. Er kniff sie spaßeshalber in eine entblößte Brust. »Jetzt siehst du nicht gerade aus, als würdest du zu einem frommen Stelldichein gehn.«

Sie reagierte auf seine Liebkosungen, genau wie er es erwartet hatte, und seine Hände wurden kühner. »Junior«, wimmerte sie atemlos, als er ihr die Bluse von den Schultern schob, ihren BH herunterriss und sein Mund sich ihrer eregierten Knospe bemächtigte. Sie rief immer wieder seinen Namen, unterbrochen von Liebesschwüren. Sein Kopf wanderte ihren Körper hinunter, schob Stück für Stück ihre Kleidung beiseite.

»Junior?«, fragte sie ängstlich, als er vor ihr auf die Knie fiel.

Er lächelte sie genüsslich an, als seine Daumen zwischen ihre Schamlippen glitten und sie spreizten.

»Junior! Nicht. Nein, ich kann nicht. Du … kannst nicht.«

»Ja, ich kann, Schatz. Und außerdem kannst du's gar nicht erwarten.« Er leckte sie behutsam, genoss es, sich selbst zu schmecken, den Moschusgeruch einer erregten Frau, ihre Nervosität. »Willst du immer noch in die Kirche gehn«, flüsterte er und knabberte an ihrer Scham. »Hmm, Stacey?«

Nachdem ihr orgasmisches Schluchzen im leeren Haus verhallt war, zog er sie hinunter und setzte sie auf sich, er lag mit dem Rücken auf dem kalten Marmorboden. Er entleerte sich noch einmal in sie. Hinterher, als sie wie ein erschöpftes

Häuflein an ihn gekuschelt lag, fühlte er sich so gut wie seit Wochen nicht mehr.

Als er sich aufsetzen wollte, klammerte sich Stacey an ihn.

»He, Stacey«, er grinste, »schau, wie ich dich zugerichtet habe. Du wirst dich ein bisschen aufhübschen müssen, sonst merkt der Richter, was für Blödsinn wir getrieben haben, während er in der Arbeit war.«

Er stand auf, rückte seine Kleidung zurecht, strich sich die Haare glatt. »Außerdem hab ich selbst zu arbeiten. Wenn ich noch eine Minute länger bleibe, zerre ich dich ins Bett und verplempere den ganzen Nachmittag hier. Nicht dass es vergeudete Zeit wäre, das darfst du nicht glauben.«

»Kommst du wieder?«, bettelte sie, als sie ihm zur Tür folgte und notdürftig ihre Blöße bedeckte.

»Natürlich.«

»Wann?«

Er runzelte die Stirn, kaschierte das aber vor ihr, indem er sich abwandte und die Haustür öffnete. »Ich bin mir nicht sicher. Aber nach neulich Nacht und heute glaubst du doch nicht etwa, dass ich wegbleiben könnte, oder?«

»Ach Junior, ich liebe dich so sehr.«

Er nahm ihr Gesicht zwischen seine Hände und küsste sie: »Ich dich auch.«

Stacey schloss die Tür hinter ihm. Mechanisch stieg sie die Treppe hinauf, wo sie ihren schmerzenden Körper in ein warmes Schaumbad tauchte. Morgen würde sie wahrscheinlich von Kopf bis Fuß grün und blau sein. Sie würde jeden einzelnen Flecken wie einen kostbaren Schatz hüten.

Junior liebte sie! Er hatte es gesagt. Vielleicht würde er jetzt endlich erwachsen werden. Vielleicht war er zur Vernunft gekommen und hatte erkannt, was ihm guttat. Vielleicht hatte er endlich Celina überwunden.

Aber dann erinnerte sich Stacey an Alex und die Schafsaugen, die Junior ihr im Horse-and-Gun-Club gemacht hatte. Sie erinnerte sich daran, wie eng er sie an sich gedrückt hatte, als sie lachend über die Tanzfläche gewirbelt waren. Staceys Magen verkrampfte sich vor Eifersucht.

Genau wie ihre Mutter stand nun Alex zwischen ihr und dem großen Glück mit dem Mann, den sie liebte.

32

Sobald Reede und Alex im Gericht angekommen waren, gingen sie in den Vernehmungsraum, gefolgt von einer Protokollantin. Fergus Plummet saß an einem viereckigen Holztisch. Er hatte den Kopf im Gebet über eine offene Bibel gebeugt und die Hände gefaltet.

Mrs. Plummet war ebenfalls da und schaute auf ihren Schoß; aber als sie hereinkamen, zuckte sie zusammen und sah sie an wie ein waidwundes Reh. Genau wie beim letzten Mal war ihr Gesicht ungeschminkt und das Haar zu einem strengen Knoten gezwirbelt. Sie trug ein farb- und formloses Kleid.

»Hallo, Mrs. Plummet«, sagte Reede höflich.

»Hallo, Sheriff.« Wenn Alex nicht gesehen hätte, wie sich ihre Lippen bewegten, wäre sie nicht sicher gewesen, ob die Frau gesprochen hatte. Sie war anscheinend halb verrückt vor Angst. Ihre Hände hielt sie krampfhaft verschränkt im Schoß und presste sie so heftig zusammen, dass die Knöchel bläulich weiß schimmerten.

»Sind Sie wohlauf?«, fragte Reede freundlich. Sie nickte und warf einen ängstlichen Blick auf ihren Mann, der immer noch inbrünstig betete. »Sie haben das Recht auf Anwesenheit eines Anwalts, wenn Miss Gaither und ich Sie verhören.«

Bevor Miss Gaither etwas sagen konnte, beendete Fergus sein Gebet mit einem dröhnenden »A-men« und hob den Kopf. Sein fanatischer Blick richtete sich auf Reede. »Wir haben den besten aller Anwälte auf unserer Seite. Der Herr, mein Gott, wird mein Anwalt sein, jetzt und in alle Ewigkeit.«

»Gut«, sagte Reede amüsiert, »aber ich werde zu Protokoll geben, dass Sie auf Ihr Recht eines Anwalts beim Verhör verzichtet haben.«

Plummets Blick huschte zu Alex. »Was hat diese Dirne hier zu suchen? Ich dulde ihre Anwesenheit im Beisein meiner unschuldigen Gattin nicht.«

»Darauf haben weder Sie noch Ihre unschuldige Gattin Einfluss. Setzen Sie sich, Alex.«

Auf Reedes Geheiß setzte sie sich vorsichtig auf den Stuhl, der ihr am nächsten stand. Sie war froh, dass sie sich setzen konnte. Fergus Plummet war ein voreingenommener, schlecht informierter Fanatiker. Eigentlich führte er sich lächerlich auf, aber sie bekam eine Gänsehaut, wenn sie ihn nur ansah.

Reede setzte sich verkehrt herum auf einen Stuhl und fixierte den Priester auf der anderen Seite des Tisches. Er öffnete eine Akte, die einer seiner Deputies vorbereitet hatte.

»Was haben Sie Mittwochnacht gemacht?«

Plummet schloss die Augen und neigte den Kopf zur Seite, als würde er einer inneren Stimme lauschen. »Das kann ich beantworten«, sagte er, als er Sekunden später die Augen öffnete. »Ich habe in meiner Kirche die Mittwochabendmesse gelesen. Wir beteten für die Erlösung dieser Stadt, für die Seelen derer, die sich korrumpieren lassen, und für die Individuen, die ohne Rücksicht auf den Willen des Herrn die Unschuldigen verderben wollen.«

Reede spielte die lässige Autorität. »Bitte beschränken Sie sich auf einfache Antworten. Um welche Zeit findet diese Messe statt?«

Plummet zog wieder seine Horchnummer ab. »Nicht von Bedeutung.«

»Das ist es sehr wohl«, sagte Reede in gefährlich ruhigem Ton. »Ich möchte vielleicht einmal daran teilnehmen.«

Das entlockte Mrs. Plummet ein Kichern. Ihr Mann war

von diesem spontanen Ausbruch schockiert. Sie warf ihm einen zerknirschten Blick zu, den er tadelnd erwiderte.

»Wann war die Andacht vorbei?«, wiederholte Reede, und jetzt klang seine Stimme schon strenger.

Plummet beschränkte sich weiter darauf, seine Frau vorwurfsvoll anzustarren. Sie senkte den Kopf. Reede packte über den Schreibtisch weg Plummet am Kinn und riss ihm den Kopf herum.

»Hören Sie auf, sie anzustarren, als wär sie ein Stück Scheiße, das im Suppentopf treibt. Und Ihren Quatsch hör ich mir auch nicht länger an.«

Plummet schloss die Augen, erschauderte unter der schweren Bürde, die man ihm auferlegt hatte. »Gott, verschließe meine Ohren vor der Gossensprache deines Gegners und erlöse mich von der Gegenwart dieser Sünder.«

»Er muss schon eine ganze Armee Engel schicken, um Sie zu retten, und das schnell, Bruder. Wenn Sie nicht schleunigst meine Fragen beantworten, werde ich Sie in den Knast werfen.«

Das durchdrang sogar Plummets bigotten Nebel. Er riss die Augen auf: »Mit welcher Begründung?«

»Die Bundespolizei findet, für den Anfang reicht Brandstiftung.«

Alex sah rasch zu Reede. Er bluffte. Rennpferde galten als überregionale Handelsware und fielen deshalb unter die Rechtsprechung des Finanzministeriums. Aber Regierungsbeamte wurden für gewöhnlich erst eingeschaltet, wenn der Schaden fünfzigtausend Dollar überschritt. Plummet fiel auch nicht auf den Bluff herein.

»Das ist absurd. Brandstiftung? Das einzige Feuer, das ich entzündet habe, brennt in den Herzen meiner Gläubigen.«

»Wenn dem so ist, dann legen Sie Rechenschaft ab über die Zeit vom letzten Mittwoch bis heute, wo Deputy Appell Sie entdeckte, als Sie versuchten, aus der Hintertür des betreffenden Hauses zu schleichen. Wohin sind Sie nach der Andacht gegangen?«

Plummet legte einen Finger an die Wange und markierte den Nachdenkenden. »Ich glaube, das war der Abend, an dem ich einen unserer kranken Brüder besuchte.«

»Er kann das bestätigen?«

»Unglücklicherweise nein.«

»Lassen Sie mich raten – ist er gestorben?«

Plummet runzelte die Stirn ob dieser sarkastischen Bemerkung des Sheriffs. »Nein, aber während ich bei ihm war, schwebte die arme Seele im Fieberwahn, mehr oder weniger abwesend.« Er schüttelte bedauernd den Kopf. »Er war sehr krank. Seine Familie kann natürlich bezeugen, dass ich an seinem Krankenbett war. Wir haben die ganze Nacht für ihn gebetet.«

Reedes bohrender Blick wanderte zu Wanda Plummet. Sie drehte hastig den Kopf beiseite. Dann war Alex an der Reihe. Sie sah an seinem Gesicht, dass er damit gerechnet hatte, nicht weiterzukommen. Er wandte sich wieder ab und fragte schroff: »Wissen Sie, wo die Minton Ranch ist?«

»Natürlich.«

»Sind Sie Mittwoch Abend dort gewesen?«

»Nein.«

»Haben Sie letzten Mittwochabend jemanden dorthin geschickt?«

»Nein.«

»Mitglieder Ihrer Gemeinde? Die Gläubigen, in deren Herzen Sie während der Andacht ein Feuer entfacht hatten?«

»Ganz sicher nicht.«

»Sind Sie nicht dort hinausgefahren und haben das Haus mutwillig beschädigt, die Wände besprüht, Scheiße in die Tränken geschaufelt und Fenster zerbrochen?«

»Mein Anwalt sagt, ich muss keine Fragen mehr beantworten.« Er presste seine Arme um sich.

»Weil Sie sich selbst belasten könnten?«

»Nein!«

»Sie lügen, Plummet.«

»Gott ist auf meiner Seite.« Er riss die Augen weit auf, dann kniff er sie zusammen. »›Wenn Gott uns beisteht‹«, zitierte er theatralisch, »›wer will sich dann gegen uns stellen?‹«

»Er wird Ihnen nicht lange beistehen«, flüsterte Reede drohend. Er erhob sich von seinem Stuhl, ging um den Tisch herum und beugte sich über den Prediger. »Gott begünstigt keine Lügner.«

»Vater unser, der du bist im Himmel …«

»Raus mit der Sprache, Plummet.«

»… geheiligt werde dein Name. Dein …«

»Wen haben Sie da rausgeschickt, um die Minton Farm aufzumischen?«

»… dein Reich komme, dein …«

»Sie haben doch Mitglieder Ihrer Gemeinde da rausgeschickt, stimmt's? Selbst sind Sie ja viel zu feige, um so was anzustellen.«

Das Gebet verstummte mittendrin, der Prediger japste nach Luft. Reede hatte einen Nerv getroffen, und jetzt bohrte er weiter. »Haben Sie Ihre miese kleine Rattenhorde da rausgeführt, oder haben Sie nur die Sprayfarbe geliefert?«

Reede hatte Alex vorher erzählt, dass er alle in Frage kommenden Läden abgeklappert hatte, aber bis jetzt konnte sich keiner der Besitzer daran erinnern, ob an irgendeinem speziellen Tag besondere Nachfrage nach Sprühfarbe bestanden hätte.

Plummet war wahrscheinlich zu clever, um sie alle in einem Laden gekauft zu haben; vielleicht hatte er sie sogar in einer anderen Stadt geholt. Reede konnte ihn nicht unbegrenzt festhalten, weil er keine Beweise hatte, aber vielleicht konnte er Plummet weismachen, er hätte einen belastenden Hinweis am Tatort gefunden.

Doch dieser ließ sich auch ein zweites Mal nicht von Reede hereinlegen. Er hatte sich inzwischen wieder gefasst, richtete den Blick starr geradeaus und sagte: »Ich habe keine Ahnung, wovon Sie reden, Sheriff Lambert.«

»Versuchen wir das Ganze noch mal«, seufzte Reede. »Hören Sie, Plummet, wir – Miss Gaither und ich – wissen, dass Sie schuldig sind. Sie haben ihr praktisch aufgetragen: Packen Sie die Sünder hart an, sonst … War der Vandalismus draußen auf der Minton Ranch das *sonst*?«

Plummet schwieg.

Reede versuchte es anders. »Heißt es denn nicht, dass Beichten gut für die Seele ist? Geben Sie Ihrer Seele eine Chance, Plummet. Gestehen Sie. Ihre Frau kann zu Ihren Kindern nach Hause gehn, und ich möchte auch ganz gerne heim.«

Der Prediger presste die Lippen zusammen.

Reede begann wieder von vorne und arbeitete systematisch noch einmal seine Liste von Fragen durch, in der Hoffnung, Plummet bei einer Lüge zu erwischen. Einige Male fragte er Alex, ob sie ihn verhören wolle, aber sie lehnte ab. Sie konnte ihn ebenso wenig dieser Straftat überführen wie Reede.

Es war alles umsonst. Der Prediger blieb hartnäckig bei seiner Geschichte. Reede gelang es nicht, ihn aus dem Konzept zu bringen. Nach Beendigung einer weiteren erschöpfenden Runde von Fragen grinste Plummet ihn arglos an und sagte: »Es wird allmählich Zeit zum Abendessen. Werden Sie uns jetzt entschuldigen?«

Reede fuhr sich frustriert durchs Haar. »Ich weiß, dass Sie es getan haben, Sie bigotter Hurensohn. Selbst wenn Sie tatsächlich nicht dabei waren. Sie waren derjenige, der es angezettelt hat. Sie haben mein Pferd getötet.«

Plummet zuckte sichtlich zusammen. »Ihr Pferd getötet? Das ist nicht wahr. Sie haben es selbst getötet. Ich hab es in der Zeitung gelesen.«

Reede gab ein Fauchen von sich und stürzte sich quer durch den Raum auf ihn. »Sie sind verantwortlich.« Er beugte sich über Plummet, so dass sich dieser verängstigt im Stuhl zusammenkauerte. »Davon zu lesen war bestimmt ein echter Kick für Sie, Sie elender Wichser, nicht wahr? Sie werden für dieses Tier bezahlen, und wenn ich das Geständnis aus Ihrem mageren Hals rauswürgen muss.«

In dieser Tonart ging es mindestens noch eine Stunde weiter. Alex schlief langsam, aber sicher der Po auf ihrem unbequemen Stuhl ein. Einmal stand sie auf und schritt im Zimmer auf und ab, nur um ihren Kreislauf wieder in Schwung zu bringen. Plummets fanatischer Blick folgte ihr, was sie so verunsicherte, dass sie sich wieder setzte.

»Mrs. Plummet?«

Die Frau des Priesters zuckte zusammen, als der Sheriff unerwartet ihren Namen nannte, vor Müdigkeit war sie zusammengesunken, mit gebeugtem Kopf. Sie richtete sich auf und sah Reede voller Ehrfurcht und Respekt an.

»Ja, Sir?«

»Bestätigen Sie alles, was er gesagt hat?«

Sie warf Plummet einen nervösen Blick aus dem Augenwinkel zu, schluckte und leckte sich die Lippen. Dann nickte sie eingeschüchtert: »Ja.«

Plummets Gesicht zeigte keinerlei Regung, obwohl seine Mundwinkel triumphierend zuckten. Als Nächstes sah Reede hinüber zu Alex. Sie hob kaum merklich die Achseln.

Er starrte ein paar Sekunden lang den Boden an, dann bellte er den Namen des Deputy. Der Beamte erschien sofort in der Tür.

»Lass ihn gehen.«

Plummet klappte mit Nachdruck seine Bibel zu und stand auf. Er marschierte zur Tür wie ein Kreuzritter in voller Rüstung. Seine Frau, die demütig hinter ihm her trabte, ignorierte er.

Reede murmelte ein paar ziemlich obszöne Flüche, dann sagte er zum Deputy: »Sorg dafür, dass jemand das Haus im Auge behält. Lass es mich wissen, wenn etwas verdächtig aussieht oder auch nur ein bisschen dubios. Verdammt, es kotzt mich an, diesen Bastard gehen lassen zu müssen.«

»Machen Sie sich keine Vorwürfe«, sagte Alex voller Mitgefühl. »Sie haben ein sehr gründliches Verhör geführt,

Reede. Von Anfang an stand fest, dass es keine wirklichen Beweise gibt.«

Er fuhr sie wütend an: »Sie hat das aber auch nie gehindert, oder?« Er stürmte hinaus, und sie blieb sprachlos zurück.

Alex kehrte zu ihrem Kabuff zurück, kramte den Schlüssel aus ihrer Handtasche und beugte sich vor, um die Tür aufzuschließen. Plötzlich spürte sie ein Kribbeln im Nacken, und im gleichen Augenblick drang ein bedrohliches Flüstern an ihr Ohr.

»Sie sind von den Gottlosen korrumpiert worden. Sie verkehren mit Satan, schamlos wie die Hure, die sich selbst verkauft.« Sie wirbelte herum. Aus Plummets Augen züngelte wieder das alte missionarische Feuer. Weißer Schaum hatte sich in seinen Mundwinkeln gesammelt. Er atmete schwer. »Sie haben mein Vertrauen missbraucht.«

»Ich habe Sie nicht um Ihr Vertrauen gebeten«, konterte Alex mit vor Angst heiserer Stimme.

»Ihr Herz und Ihr Verstand sind von den Gottlosen verseucht worden. Ihr Körper ist vom Schwengel des Teufels besudelt worden. Sie ...«

Jemand packte ihn von hinten und klatschte ihn an die Mauer. »Plummet, ich hab Sie gewarnt.« Reedes Gesicht war wutverzerrt. »Verschwinden Sie aus meinen Augen, oder Sie werden das Gefängnis von innen kennenlernen.«

»Mit welcher Begründung?«, flüsterte der Priester. »Sie haben nichts gegen mich in der Hand.«

»Belästigung von Miss Gaither.«

»Ich bin Gottes Sendbote.«

»Falls Gott Miss Gaither irgendetwas mitzuteilen hat, wird er ihr das selbst sagen. Kapiert? *Kapiert?*« Er schüttelte Plummet noch einmal kräftig, dann ließ er ihn los und wandte sich an Mrs. Plummet, die sich verängstigt in einen Winkel gedrückt hatte. »Wanda, ich warne dich. Bring ihn nach Hause. Jetzt!«, brüllte der Sheriff.

Mit mehr Mut, als Alex von ihr erwartet hätte, packte sie

ihren Mann am Arm und zog ihn buchstäblich in Richtung Treppe. Sie stolperten zusammen hinauf und verschwanden am oberen Absatz um die Ecke.

Alex merkte gar nicht, wie sie zitterte, bis sie Reedes Blick auf ihre Hand folgte, die sie an ihr hämmerndes Herz presste.

»Hat er Sie angefasst, Ihnen wehgetan?«

»Nein.« Sie schüttelte den Kopf. »Nein.«

»Machen Sie mir diesmal nichts vor. Hat er irgendwelche Drohungen ausgesprochen? Irgendetwas gesagt, womit ich seinen Schlabberhintern festnageln kann?«

»Nein, nur irgendwelchen Quatsch, von wegen ich hätte mich an die Gottlosen verkauft. Er betrachtet mich als den Verräter im Lager.«

»Holen Sie Ihre Sachen. Sie gehen nach Haus.«

»Das lass ich mir nicht zweimal sagen.«

Er nahm ihren Pelz vom Haken neben der Tür. Er hielt ihn nicht für sie auf, warf ihn ihr praktisch an den Kopf, aber Alex war gerührt von seiner Besorgnis um ihre Sicherheit. Oben zog er sich seine Lederjacke mit dem Fellkragen an und nahm seinen Cowboyhut, dann verließen sie das Haus.

Die Plummets hatten wohl seinen Rat befolgt und waren verschwunden. Es dunkelte bereits. Der Platz war praktisch menschenleer. Selbst das B & B Café hatte schon zu, seine Kundschaft kam zum Frühstück oder zum Mittagessen.

Sie bibberte, als sie sich hinters Steuerrad setzte. »Lassen Sie Ihren Motor an, damit er heizt, aber fahren Sie erst los, wenn ich mit meinem Pick-up hier bin. Ich folge Ihnen zum Motel.«

»Das ist nicht nötig, Reede. Wie Sie schon sagten, er ist wahrscheinlich ein Feigling. Leute, die Drohungen aussto-ßen, machen sie nur selten wahr.«

»Ja, selten«, Letzteres betonte er.

»Ich kann auf mich selbst aufpassen. Sie brauchen sich nicht um mich zu kümmern.«

»Tu ich auch nicht. Meine Sorgen betreffen mich selbst.

Sie haben den Ärger heraufbeschworen, als Sie hergekommen sind, und jetzt kriegen Sie ihn. Aber in meinem Bezirk wird kein weiblicher Staatsanwalt vergewaltigt, verstümmelt oder umgelegt werden. Kapiert?«

Er schlug die Wagentür zu. Alex sah ihm nach, wie er den dunklen Gehsteig hinunterging, und wünschte, sie hätte nie von diesem vermaledeiten Purcell County gehört. Sie verwünschte es in die lodernde Hölle, die Plummet so gerne heraufbeschwor.

Als sie die Scheinwerfer des Blazers auf sich zukommen sah, fuhr sie den Wagen rückwärts auf die Straße und chauffierte ihn zum Motel, das schon viel zu lange ihr Zuhause war. Es passte ihr gar nicht, dass man sie eskortierte.

Sie sperrte ihr Zimmer auf und schloss die Tür hinter sich, ohne Reede auch nur zum Dank zuzuwinken. Zum Abendessen aß sie eine geschmacklose Pampe vom Zimmerservice. Noch einmal blätterte sie die Jahrbücher durch, aber inzwischen waren sie so vertraut, dass sie die Bilder kaum noch registrierte. Müde war sie, aber zu aufgekratzt, um schlafen zu können.

Juniors Kuss ging ihr nicht aus dem Kopf, nicht weil er sie erregt hatte, sondern aus dem gegenteiligen Grund. Reedes Küsse verfolgten sie, weil er so mühelos erreicht hatte, wofür Junior solche Anstrengungen unternahm.

Angus hatte kein Drehbuch gebraucht, um zu wissen, was er mit seinem Erscheinen unterbrochen hatte. Sein Gesichtsausdruck war eine Mischung aus Überraschung, Missbilligung und etwas, das sie nicht genau hatte identifizieren können, gewesen. Resignation?

Sie drehte und wendete sich vor Müdigkeit, Frust und ja, Angst. Gleichgültig, wie sehr sie es abstritt, Plummet machte sie nervös. Er war irre, aber seine Worte hatten etwas Wahres.

Inzwischen lag ihr etwas daran, was jeder ihrer Verdächtigen von ihr hielt. Ihre Anerkennung zu gewinnen war inzwischen fast so wichtig geworden wie die ihrer Großmutter. Wirklich bizarr das Ganze, und sie hatte einige Mühe, sich das einzugestehen!

Sie traute Reede nicht, aber begehrte ihn und wollte, dass er diese Gefühle erwiderte. Trotz all seiner Trägheit mochte sie Junior, und irgendwie tat er ihr leid. Angus war die Inkarnation ihrer Kindheitsträume von einem strengen, aber liebevollen Vater. Je näher sie der Enthüllung der Wahrheit über ihre Verwicklung in den Tod ihrer Mutter kam, desto weniger wollte sie sie wissen.

Dann verdüsterte noch die Wolke des Mordes an Pasty Hickam den Horizont. Reedes Hauptverdächtiger, Lyle Turner, war immer noch auf freiem Fuß. Bis man sie davon überzeugte, dass er tatsächlich Mintons ehemaligen Pferdeknecht getötet hatte, würde sie weiterhin an ihrer Theorie des Augenzeugenmords festhalten. Sein Mörder musste Alex ebenfalls als Bedrohung empfinden.

Und so kam es, dass ihr Herz vor Angst einen Satz machte, als sie mitten in der Nacht einen Wagen hörte, der langsam an ihrer Tür vorbeifuhr und dessen Lichter ihr Bett kurz beleuchteten.

Sie schlug die Decke zurück, schlich zum Fenster und spähte durch einen Spalt im Vorhang. Ihr ganzer Körper sackte zusammen vor Erleichterung, und sie atmete hörbar auf.

Auf dem Parkplatz schlug der Blazer des Sheriffs einen weiten Bogen, fuhr noch einmal an ihrem Zimmer vorbei und rauschte dann davon.

Reede überlegte, ob er wenden und zu einem Ort fahren sollte, wo er einen kräftigen Schnaps, ein einladendes Lächeln und eine willige Dame finden würde, aber dann steuerte er den Pick-up doch weiter nach Hause.

Er litt an einer unbekannten Krankheit und konnte sie nicht abschütteln, wie viel Mühe er sich auch gab. Sein ganzes Inneres juckte und kribbelte, und sein Bauch rumorte ständig.

Sein Haus, das er aufgrund seiner Ruhe und Abgeschiedenheit immer gemocht hatte, schien plötzlich nur einsam, als er das quietschende Fliegengitter öffnete. Wann würde er endlich mal diese Scharniere ölen? Das Licht, das er einschaltete, trug nur wenig zur Gemütlichkeit des Wohnzimmers bei. Es erleuchtete höchstens die Tatsache, dass keiner hier war, um ihn willkommen zu heißen.

Nicht einmal ein Hund kam angetrabt, um ihm die Hand zu lecken und mit dem Schwanz zu wedeln, weil er sich freute, ihn zu sehen. Er besaß keinen Goldfisch, keinen Papagei, keine Katze, nichts, was ihm wegsterben und ein weiteres Vakuum in seinem Leben hinterlassen konnte.

Pferde waren etwas anderes. Geschäftliche Investitionen. Aber eins davon stellte doch etwas Besonderes dar, wie Double Time. Das hatte wehgetan. Er wollte nicht daran denken.

Flüchtlingslager in von Hungersnöten geplagten Ländern hatten mehr Vorräte zu bieten als seine Küche. Er aß nur selten zu Hause. Wenn ja, so wie jetzt, mussten ein Bier und ein paar Cracker mit Erdnussbutter genügen.

Auf dem Gang regelte er den Heizungsthermostaten, damit er nicht bis zum Morgen steif gefroren wäre. Sein Bett lag noch zerwühlt da; er konnte sich nicht mehr erinnern, was ihn so plötzlich rausgeholt hatte, als er das letzte Mal drin schlief.

Er streifte seine Kleidung ab und ließ sie in den Wäschekorb im Bad fallen, den Lupes Nichte ausleeren würde, wenn sie das nächste Mal vorbeikam. Er besaß wahrscheinlich mehr Unterwäsche und Socken als jeder andere Mann, den er kannte. Das war kein übertriebener Luxus, nur eine Vorsichtsmaßnahme, damit er nicht so oft waschen musste. Seine Garderobe bestand hauptsächlich aus Jeans und Hemden. Er brachte jede Woche ein paar davon in die Reinigung, damit er ordentlich angezogen war.

Während er sich im Bad die Zähne putzte, studierte er sein Gesicht im Spiegel. Er musste zum Haareschneiden. Wie meistens. Da fand er ein paar graue Haare mehr in seinen Koteletten, seit er das letzte Mal nachgesehen hatte. Wann waren denn die gewachsen?

Mit einem Mal wurde ihm klar, wie viele Falten sein Gesicht inzwischen aufwies. Er ließ die Zahnbürste im Mundwinkel stecken, beugte sich übers Waschbecken und betrachtete sein Spiegelbild aus der Nähe. Sein Gesicht war voller Schrunden und Furchen.

In direkten Worten: Er sah alt aus.

Zu alt? Wofür? Um genauer zu sein, für wen zu alt?

Der Name, der ihm sofort in den Sinn kam, beunruhigte ihn sehr.

Er spuckte aus und spülte seinen Mund, vermied es aber, sich noch einmal anzusehen, bevor er das grausam entlarvende Licht löschte. Er brauchte keinen Wecker zu stellen. Bei Sonnenaufgang wachte er von allein auf. Er verschlief nie.

Die Laken waren eiskalt. Er zog die Decke bis zum Kinn und wartete darauf, dass die Wärme seinen nackten Körper fand. In Augenblicken wie diesen, wenn die Nacht am dunkelsten und kältesten und einsamsten war, wünschte er sich immer, Celina hätte ihn nicht für alle anderen Beziehungen verdorben. Zu jeder anderen Zeit war er froh, dass er nicht ein Sklave seiner Emotionen war.

Zu Zeiten wie diesen wünschte er sich jedoch insgeheim, er wäre verheiratet. Selbst neben dem warmen Körper einer Frau zu schlafen, die man nicht besonders liebte oder die ein paar Monate nach der Hochzeit Fett angesetzt hatte, oder einen im Stich gelassen hatte, oder ständig nörgelte über zu wenig Geld und dass er ständig Überstunden machen musste, wäre besser, als allein zu schlafen.

Oder vielleicht auch nicht. Er würde es nie wissen, dank Celina. Er hatte sie nicht mehr geliebt, als sie starb, nicht so, wie fast sein ganzes Leben lang vorher bis zu jenen Ereignissen.

Er hatte angefangen sich zu fragen, ob ihre Liebe über ihre

Jugend hinaus bestehen würde, ob sie echt und solide wäre oder bloß ein willkommener Ersatz für all die anderen Mängel ihres Lebens. Er würde sie sicher immer als Freund lieben, aber hatte bezweifelt, dass ihre gegenseitige Abhängigkeit eine gute Grundlage für ein Leben zusammen wäre.

Vielleicht hatte Celina seine Zurückhaltung gespürt, und das war einer der Gründe gewesen, warum sie beschloss, die Stadt zu verlassen. Sie hatten nie darüber gesprochen. Er würde es nie wissen, aber vermutete es.

Schon Monate, bevor sie in diesem Sommer nach El Paso abgereist war, hatte er die Dauerhaftigkeit ihrer Kindheitsromanze in Frage gestellt. Wenn seine Gefühle für sie sich im Erwachsenenalter änderten, wie, zum Teufel, sollte er dann die Trennung bewältigen? Er hatte sich noch immer zu keinem Ergebnis durchgerungen, als sie starb, und danach stand er jeder neuen Beziehung misstrauisch gegenüber.

Nie wieder würde er sich so mit einem anderen menschlichen Wesen verstricken. Es war tödlich, sich ausschließlich auf eine einzige Person zu konzentrieren, besonders wenn es eine Frau war.

Vor Jahren hatte er sich geschworen zu nehmen, was Frauen ihm praktischerweise bieten konnten, vornehmlich Sex, aber nie wieder die Zärtlichkeit zu einer zu kultivieren. Und er wollte eine Attraktion nie mehr in Liebe ausarten lassen.

Aber auch die kurzen Affären waren kompliziert geworden. Die Frauen entwickelten unweigerlich eine emotionelle Bindung, die er nicht erwidern konnte. Also hatte er angefangen, sich für seine körperliche Befriedigung auf Nora Gail zu verlassen. Jetzt war Sex mit ihr auf einmal Routine und bedeutungslos geworden, und in letzter Zeit hatte er alle Mühe, nicht zu zeigen, wie sehr es ihn langweilte.

Aber sich in allen Lebenslagen mit einer Frau herumzuschlagen erforderte einen wesentlich höheren Preis, als er bereit war zu zahlen.

Trotzdem, während er so dalag und sein Glaubensbekenntnis zur Ungebundenheit im Geiste aufsagte, musste er an *sie* denken.

In diesem fortgeschrittenen Stadium seiner Reife fing er plötzlich an, vor sich hin zu träumen wie ein Pennäler. Sie hatte wesentlich mehr von seinem Sinnen und Trachten in Besitz genommen, als er je für möglich gehalten hätte. Am Rande dieser Gedanken war ein Gefühl, das der Zärtlichkeit sehr nahekam und sich langsam in sein Bewusstsein vortastete.

Aber gleich dahinter lauerte immer der Schmerz, der Schmerz zu wissen, wer sie war und wie unwiderruflich ihre Empfängnis sein Leben verändert hatte, der Schmerz zu wissen, wie ausgelaugt er in den Augen einer Frau ihres Alters wirken musste, der Schmerz zu sehen, wie sie Junior küsste.

»Verdammt.«

Er stöhnte in der Dunkelheit und legte schützend den Arm vor seine Augen, als ihm sein Verstand erneut ein Schnippchen schlug und er das Ganze noch einmal mit ansehen musste. Es hatte einen solchen Anfall von Eifersucht ausgelöst, dass er Angst gekriegt hatte vor dem Vulkan in seinem Inneren. Es war ein Wunder, dass er nicht senkrecht durch das Dach des Wagens geschossen war.

Spielte ihm sein Unterbewusstsein einen Streich? Warum hatte er sie an sich herangelassen, obwohl absolut nichts dabei rauskommen konnte, außer dass die Kluft, die ihre Mutter zwischen ihm und Junior aufgerissen hatte, noch tiefer wurde?

Eine Beziehung – allein bei dem Wort schauderte es ihn schon – zwischen ihm und Alex kam nicht in Frage, warum machte es ihm dann etwas aus, dass er in den Augen einer smarten, welterfahrenen Karrierefrau sicher wie ein Hinterwäldler wirkte und obendrein ein *alter*?

Er und Celina hatten alles gemeinsam gehabt, trotzdem war sie unerreichbar gewesen, wie, zum Teufel, kam er dann darauf, dass es eine gemeinsame Basis geben könnte für ihn und Alex?

Und noch eine Kleinigkeit, dachte er, *der Mord an Celina.* Alex würde die Geschichte nie verstehen.

Leider schaffte es keines dieser vernünftigen Gegenargumente, ihn von seiner Sehnsucht zu befreien. Hitze durchströmte jetzt seinen Körper und mit ihr Verlangen. Er wollte sie riechen. Er wollte ihr Haar an seiner Wange, seiner Brust, seinem Bauch spüren. Bei dem Gedanken an ihre Lippen und ihre Zunge auf seiner Haut stockte ihm schmerzlich der Atem, aber der Mangel an Luft war das Bild wert. Er wollte sie wieder schmecken und mit seinem Mund an ihrem Nippel zupfen.

Er flüsterte ihren Namen in die Dunkelheit und konzentrierte sich auf den Augenblick, in dem seine Hand in das Körbchen ihres BHs geglitten war und die verbotene Haut gestreichelt hatte. Das Feuer seiner Phantasie drohte ihn zu verzehren, so heftig flammte es auf.

Schließlich verglomm es, und er fühlte sich leer und allein in seinem kalten, dunklen, einsamen Haus.

33

»Guten Morgen, Wanda Gail.«

Fergus Plummets Frau wich einen Schritt zurück. »Wie haben Sie mich genannt?«

»Wanda Gail«, erwiderte Alex mit einem sanften Lächeln. »So heißen Sie doch, oder? Sie sind eine der Burton-Drillinge, besser bekannt als die Gail-Schwestern.«

Mrs. Plummet hatte die Tür mit einem Spüllappen in der Hand geöffnet. Dass Alex wusste, wer sie war, verschlug ihr die Sprache. Ihr Blick huschte an der Besucherin vorbei, um zu sehen, ob sie Verstärkung mitgebracht hatte.

»Darf ich reinkommen?«

Alex wartete nicht auf die Erlaubnis, sondern nutzte den Schrecken der anderen, um einzutreten und die Tür hinter sich zu schließen. Sie hatte Mrs. Plummets Identität per Zufall entdeckt, als sie bei ihrer morgendlichen Tasse Kaffee das Jahrbuch durchgeblättert hatte. Nachdem sie es wohl hundertmal überschlagen hatte, war ihr plötzlich ein Klassenbild ins Auge gestochen. Sie hatte an eine Täuschung gedacht, bis sie den Namen am Rand bestätigt fand. Wanda Gail Burton.

Zitternd vor Aufregung hatte sie im Telefonbuch die Adresse des Pfarrhauses herausgesucht und war direkt hingefahren. Sie hatte ein gutes Stück weiter unten geparkt und sich erst dem Haus genähert, nachdem Fergus mit seinem Wagen weggefahren war.

Die beiden Frauen standen sich im schwach beleuchteten Gang gegenüber. Alex war neugierig und Wanda Gail Plummet deutlich verängstigt.

»Ich sollte nicht mit Ihnen reden«, flüsterte sie nervös.

»Warum? Weil Ihr Mann Sie vor mir gewarnt hat?«, fragte Alex leise. »Ich will Ihnen keinen Ärger machen. Setzen wir uns doch.«

Alex übernahm die Rolle der Gastgeberin und führte Wanda Gail in das tristeste, hässlichste Zimmer, das sie je betreten hatte. Es gab keinen einzigen Farbtupfer oder irgendetwas Heiteres, keine Pflanzen, keine Bilder – abgesehen von einem blutenden, gekreuzigten Christus –, keine Bücher oder Zeitschriften. Es gab nichts, was die freudlose Atmosphäre des Hauses aufgelockert hätte. Alex hatte die drei dünnen, niedergeschlagen aussehenden Kinder gesehen, die mit ihrem Vater ins Auto gestiegen waren. Sie war mit Wanda Gail alleine.

Nun setzten sie sich nebeneinander auf ein billiges, fadenscheiniges Sofa, genauso ärmlich wie die restlichen Möbel im Blickfeld. Wanda Gail knetete den feuchten Lappen zwischen ihren Händen. Ihr Gesicht zuckte furchtsam. Sie hatte offensichtlich Todesangst, entweder vor Alex oder vor der Bestrafung durch ihren Mann, sollte er herausfinden, dass sie in ihrem Haus gewesen war.

Alex versuchte sie zu beruhigen, indem sie freundlich

sagte: »Ich möchte nur mit Ihnen reden. Per Zufall habe ich entdeckt, dass Sie Wanda Gail Burton sind.«

»Nicht mehr. Nicht mehr, seit ich Jesus gefunden habe.«

»Erzählen Sie mir davon. Wann war das?«

»Im Sommer, nachdem ich mit der Schule fertig war. Ein paar von uns …«

»Ihre Schwestern?«

Sie nickte. »Und ein paar Freunde. Wir haben uns alle zusammen ins Auto von einem gequetscht und sind nach Midland gefahren, um uns zu amüsieren«, sagte sie und schlug die Augen nieder. »Wir haben dieses große Zelt gesehen, das auf einer Weide am Rand der Stadt aufgeschlagen war. Ein Bibeltreffen fand dort statt. Wir dachten, wir gehn mal hin und schaun, was da los ist. Wir wollten uns einen Jux erlauben, die Leute verkohlen und übers Evangelium lachen.«

Sie setzte eine Büßermiene auf. »Zuerst war alles sehr komisch, wir hatten getrunken und Hasch geraucht, das einer vom Eagle Pass mitgebracht hatte.« Sie faltete die Hände und murmelte ein kurzes Bußgebet.

»Was ist passiert? Haben Sie an diesem Abend ein religiöses Erlebnis gehabt?«

Sie bestätigte das mit einem kurzen Nicken. »Da war ein ganz junger Priester. Nach dem Singen und Beten hat er das Mikrofon genommen.« Bei der Erinnerung wurde ihr Blick verträumt. »Ich kann mich nicht mal mehr erinnern, worüber er gepredigt hat. Seine Stimme allein hat mich schon in Trance versetzt. Ich weiß noch, wie ich gefühlt habe, dass seine Energie mich durchströmte. Ich konnte mich nicht sattsehen an ihm.«

Ihr Blick klärte sich wieder. »Die anderen hatten inzwischen genug und wollten weg. Ich sagte, sie sollten fahren und mich später abholen, weil ich es vorzog zu bleiben. Als er mit der Predigt fertig war, bin ich zum Altar gegangen, mit ein paar Dutzend anderen. Er hat seine Hände auf meinen Kopf gelegt und für meine Erlösung von den Sünden gebetet.« Sie verkündete mit strahlenden Augen: »In derselben Nacht habe ich Jesus und Fergus Plummet mein Herz geschenkt.«

»Wie bald danach haben Sie geheiratet?«

»Zwei Tage später.«

Alex wusste nicht, wie sie ihre nächste Frage taktvoll umschreiben sollte. Aus Rücksicht auf den christlichen Glauben der Frau sprach sie sie mit ihrem ehelichen Namen an. »Mrs. Plummet, Sie und Ihre Schwestern …«, sie hielt inne, schluckte, »ich habe gehört …«

»Ich weiß, was Sie gehört haben, wir waren Dirnen.«

Alex war schockiert, wie brutal sich diese Frau selbst abwertete, und versuchte es etwas zu mildern. »Ich weiß, dass Sie mit vielen Männern ausgegangen sind.«

Wanda wrang wieder ihren Lappen zwischen den Händen. »Ich habe Fergus meine Fehltritte gestanden. Er hat mir vergeben, genau wie Gott. Er hat mich in Liebe umarmt, trotz meiner Verworfenheit.«

Alex hatte ihre eigene Meinung, was die Großherzigkeit des Priesters anbelangte. Er hatte wahrscheinlich eine Frau gesucht, die es als Privileg betrachtete, dass er ihr so selbstlos vergab, eine, die seine Gnade mit der Gottes gleichsetzen würde.

Gott sah über Sünden hinweg, Fergus Plummet sicher nicht, davon war Alex überzeugt. Wahrscheinlich führte er peinlich genau Buch über Fehltritte und benutzte Wanda Gails Vergangenheit, um sie unter seiner Fuchtel zu halten. Er machte ihr sicher das Leben schwer, indem er sie ständig daran erinnerte, wie glücklich sie über sein Erbarmen zu sein hatte.

Eins war jedoch klar, was immer Wanda Gail in diesem Zelt passiert war, es war für sie welterschütternd und unumkehrbar gewesen. Ihre Entscheidung an diesem Abend, ihr Leben von Grund auf zu ändern, hatte fünfundzwanzig Jahre lang gehalten. Dafür verdiente sie Alex' Bewunderung.

»Zwei von den Jungen, mit denen Sie in der High School

befreundet waren, waren Reede Lambert und Junior Minton.«

»Ja«, sagte Wanda mit einem nachdenklichen Lächeln, »sie waren die beiden attraktivsten, beliebtesten Jungen der Stadt. Alle Mädchen wollten mit ihnen ausgehen.«

»Einschließlich Stacey Wallace?«

»Die hatte immer nur Augen für Junior Minton. Irgendwie war das richtig jämmerlich, weil Stacey so verrückt nach ihm war und er nur versessen auf Celina.«

»Und Celina gehörte Reede.«

»Aber ja. Reede war und ist eigentlich immer noch ein guter Mann. Er hat mich und meine Schwestern nicht wie den letzten Dreck behandelt, obwohl wir das waren. Er war immer nett, wenn er … na ja, wenn wir uns mit ihm getroffen haben. Er hat hinterher immer danke gesagt.«

Alex lächelte etwas gequält.

»Hat ihn wahrscheinlich zum Wahnsinn getrieben, wie Celina geheiratet hat. Dann, als sie gestorben ist …« Sie seufzte voller Mitleid. »Er tut jetzt immer recht brutal, aber tief in seinem Inneren ist er immer noch ein liebenswürdiger Mann.« Sie wandte sich ab. »Ich weiß, dass er Fergus nicht mag, aber mich hat er gestern nett behandelt.«

Diese Frau und Reede hatten miteinander geschlafen. Alex sah sie sich genauer an. Es war unmöglich, sich Wanda Gail in Ekstase mit irgendeinem Mann vorzustellen, ganz zu schweigen von Reede.

Ihr Gesicht wies immer noch Reste des hübschen Mädchens von einst auf, so dass Alex sie im Jahrbuch auf dem Foto erkannt hatte, aber ihre Haut war jetzt schlaff, der Hals faltig. Die toupierte Frisur auf dem Klassenfoto war durch einen strengen, wenig schmeichelhaften Knoten ersetzt worden. Die Augen, die sie für das Foto aufregend geschminkt hatte, waren jetzt völlig nackt. Ihre Taille hatte sich den Ausmaßen ihres Busens und ihrer Hüften angepasst, als Teenager hatte sie sicher eine sensationell üppige Figur besessen.

Wanda Gail sah mindestens zehn Jahre älter aus als ihre

Klassenkameraden Reede und Junior – selbst Stacey wirkte jünger. Alex fragte sich, ob ihr früheres ausschweifendes Leben oder ihre Ehe mit Plummet den Alterungsprozess beschleunigt hatte. Es war sicher kein Honiglecken, das Leben mit ihm zu teilen. Trotz all seiner Frömmigkeit brachte er seiner Umgebung nur wenig Freude oder Liebe. Für Alex war das das Wichtigste am Glauben. In ihre Bewunderung für die Frau mischte sich Mitleid.

Das steigerte sich noch, als Wanda Gail zu ihr aufsah und sagte: »Sie waren auch nett. Das hab ich nicht erwartet, weil Sie so erfolgreich sind und so hübsche Sachen anhaben.« Sie warf einen sehnsüchtigen Blick auf Alex' Pelzjacke und ihre Handtasche aus Aalhaut.

»Danke«, erwiderte sie. Dann merkte sie, dass Wanda Gail ganz verlegen wurde, und setzte ihre Fragen fort. »Wie haben Ihre Schwestern auf Ihre Heirat reagiert?«

»Oh, es hat ihnen sicher nicht gefallen.«

»Sie wissen es nicht?«

»Fergus hielt es für richtiger, dass ich nicht mehr mit ihnen verkehre.«

»Er hat Sie von Ihrer Familie getrennt?«

»Es war zu meinem Besten«, verteidigte ihn Wanda hastig. »Ich habe mein altes Leben hinter mir gelassen. Sie waren ein Teil davon. Ich musste mich von ihnen abwenden, um Jesus zu beweisen, dass ich der Sünde abschwor.«

Alex' Verachtung für den Prediger wuchs stetig. Er hatte seine Frau einer Gehirnwäsche unterzogen, um sie ihrer Familie zu entreißen, und ihre unsterbliche Seele als Druckmittel benutzt.

»Wo sind Ihre Schwestern jetzt?«

»Peggy Gail ist vor ein paar Jahren gestorben. Ich hab's in der Zeitung gelesen. Sie hatte Krebs«, sagte sie verzweifelt.

»Und was ist mit der anderen, mit Nora Gail?«

Wandas Lippen wurden schmal und missbilligend. »Sie lebt immer noch in Sünde.«

»Hier in der Stadt?«

»Oh ja.« Wieder faltete sie die Hände unterm Kinn und sprach ein Gebet. »Ich bete zu Gott, dass sie erleuchtet wird, bevor es zu spät ist.«

»Sie hat nie geheiratet?«

»Nein, sie mag die Männer zu gern, alle Männer. Sie wollte nie einen bestimmten. Vielleicht Reede Lambert, aber der wollte nichts auf Dauer.«

»Sie hat ihn gemocht?«

»Sogar sehr. Sie haben körperlich ihren Spaß miteinander gehabt, aber es war nie Liebe. Vielleicht waren sie sich zu ähnlich. Stur. Und beide haben auch ihre gemeinen Seiten.«

Alex bemühte sich, die nächste Frage ganz selbstverständlich klingen zu lassen: »Wissen Sie, ob die beiden sich immer noch sehen?«

»Ich denke schon«, sagte sie und schniefte vor Missbilligung. »Er hat uns alle gemocht, aber Nora Gail war immer seine erste Wahl. Ich weiß nicht, ob sie immer noch miteinander schlafen, aber sie müssen Freunde bleiben, weil jeder vom anderen zu viel weiß. Seit dieser Nacht, in der Celina umgebracht wurde, hat es …«

»Was wissen Sie darüber?«, unterbrach Alex sie.

»Was weiß ich worüber?«

»Über die Nacht, in der Celina getötet wurde.«

»Reede war bei Nora Gail.«

Alex' Herz fing an zu flattern. »Er war in dieser Nacht bei Ihrer Schwester? Sind Sie sicher?«

Wanda sah sie verwirrt an. »Ich dachte, das wissen alle.«

Alle außer mir, dachte Alex erbittert.

Sie fragte Wanda Gail, wo Nora Gail wohnte. Wanda sagte ihr widerstrebend, wie sie das Haus finden könnte. »Ich war nie dort, aber ich weiß, wo es ist. Ich glaube, Sie können es nicht verfehlen.«

Alex dankte ihr für die Information und erhob sich. An der Tür wurde Wanda wieder nervös. »Ich glaube, Fergus wäre es nicht recht, dass ich mit Ihnen geredet habe.«

»Von mir wird er es nicht erfahren.« Das schien Wanda

Gail zu beruhigen, bis Alex hinzufügte: »Ich rate ihm, keinen Vandalismus mehr zu begehen, und ich würde es auch nicht gerne sehen, wenn ich noch einen Verdammungsbrief in meiner Post fände.«

»Brief?«

Sie tat so, als wüsste sie nichts von dem schimpflichen Schreiben des Reverends; obwohl Alex ihr das nicht abnahm, beschwichtigte sie: »Ich werde Sie nicht in die Verlegenheit bringen, für Ihren Mann lügen zu müssen, Mrs. Plummet; aber ich warne Sie, Reede hat den Brief und betrachtet es als polizeiliche Angelegenheit. Ich bin überzeugt, er würde eine Verhaftung vornehmen, wenn ich einen weiteren bekäme.«

Sie hoffte, diese subtile Warnung würde ihren Zweck erfüllen. Als sie jedoch bei ihrem Wagen angelangt war, war sie in Gedanken bereits bei ihrer Nachforschung über Reedes Alibi.

Das zweistöckige Fachwerkhaus erinnerte Alex an die Rasthäuser aus der Prohibitionszeit, die sie in Gangsterfilmen gesehen hatte. Vorne gab es keine Schilder, und vom Highway aus war es nicht zu sehen, aber mehrere Lastzüge standen auf dem Parkplatz, ein paar Pick-ups und sogar ein neuerer Cadillac.

Der gepflasterte Gehsteig war von tapferen halberfrorenen Stiefmütterchen gesäumt, ein paar Stufen führten zu einer breiten Veranda. Neben der Tür hing ein altmodischer Klingelzug. Gedämpfte Barmusik drang durch die Wände, aber die Fenster waren anscheinend verdunkelt, man konnte nichts dahinter erkennen.

Ein Bär von Mann mit einem mächtigen Salz-und-Pfeffer-Bart, der fast zwei Drittel seines puterroten Gesichts verdeckte, öffnete die Tür. Er trug einen weißen Smoking mit schwarzer Fliege und eine große weiße Schürze. Und er schaute beängstigend finster drein.

»Ich ...«, begann Alex.

»Haben Sie sich verfahren?«

»Ich bin auf der Suche nach Nora Gail Burton.«

»Was wolln Sie von ihr?«

»Ich will mit ihr reden.«

»Worüber?«

»Das ist persönlich.«

Er blickte sie misstrauisch an. »Verkaufen Sie was?«

»Nein.«

»Haben Sie einen Termin?«

»Nein.«

»Sie ist beschäftigt.«

Er machte Anstalten, die Tür zu schließen, aber ein Mann näherte sich auf dem Weg nach draußen. Er quetschte sich zwischen ihnen durch, tippte kurz mit dem Finger an seine Kappe, nickte Alex zu und murmelte für den Türsteher ein Dankeschön. Alex nutzte die Ablenkung und trat über die Schwelle in ein prächtig eingerichtetes Entrée. »Ich würde gerne Miss Burton sehen. Ich verspreche, dass ich mich kurz fasse.«

»Wenn Sie Arbeit suchen, Miss, müssen Sie eine Bewerbung ausfüllen und Bilder bringen. Sie redet erst mit den Mädchen, wenn sie sich die Bilder angeschaut hat.«

»Ich suche keine Arbeit.«

Er musterte sie lange, bevor er sich zu ihren Gunsten entschied. »Name?«

»Alexandra Gaither.«

»Sie warten genau hier, verstanden?«

»Ja, Sir.«

»Rühren Sie sich nicht vom Fleck.«

»Versprochen.«

Er ging zum rückwärtigen Teil des Hauses und lief dann mit einer für einen Mann seiner Größe ungewöhnlichen Anmut und Leichtfüßigkeit die Treppe hoch. Sein Befehl, sich nicht von der Stelle zu rühren, war so eindringlich gewesen, dass sie wie angewurzelt stehen blieb.

Doch schon wenige Sekunden später lockte es sie, die

Herkunft der Musik zu erforschen. Leise Unterhaltung und sanftes Gelächter führten sie zu den violetten Portieren, die den Eingang vom Raum dahinter teilten. Die Kanten überlappten sich so, dass sie nichts sehen konnte. Sie hob vorsichtig die Hand, teilte sie und spähte durch den Schlitz.

»Miss Gaither.«

Sie zuckte zusammen, ließ schuldbewusst die Hand fallen und drehte sich um. Der bärtige Riese dräute über ihr, aber seine Mundwinkel zuckten amüsiert.

»Hier entlang«, sagte der Mammutmann. Er führte sie hinter die Treppe und blieb vor einer geschlossenen Tür stehen. Dreimal klopfte er an, öffnete sie und machte Alex Platz, dann schloss er die Tür hinter ihr.

Frau Anwältin hatte erwartet, dass die Dame des Hauses hingegossen auf Satinlaken liegen würde. Stattdessen saß sie hinter einem großen, technisch ausgerüsteten Schreibtisch, umgeben von stählernen Aktenschränken. Nach der Anzahl von Ordnern und Mappen zu schließen und den Stapeln von Korrespondenz, die über den Schreibtisch verstreut lagen, sah es aus, als würde sie hier mindestens genauso viele Geschäfte tätigen wie in ihrem Boudoir.

Auch ihre Kleidung war ganz anders, als Alex es erwartet hatte. Statt knapper Dessous trug sie ein maßgeschneidertes Wollkostüm. Sie war jedoch reichlich mit Juwelen behängt, und alle Stücke sahen echt und exquisit aus.

Ihr Haar war schneeweiß gebleicht, wie ein modellierter Berg Zuckerwatte. Aber irgendwie passte diese altmodische Frisur zu ihr. Genau wie ihre Schwester Wanda neigte sie zur Fülle, aber auch das stand ihr gut. Das Attraktivste an ihr war ihre Haut, makellos und milchig weiß. Vermutlich setzte sie sie niemals der gefährlichen Sonne von Texas aus.

Die blauen Augen, mit denen sie Alex musterte, waren so berechnend wie die der Katze, die es sich zu ihrer Rechten auf dem Schreibtisch bequem gemacht hatte.

»Sie haben einen besseren Geschmack als Ihre Mutter«,

sagte sie ohne Einleitung und musterte Alex von oben bis unten. »Celina war hübsch, aber sie hatte keinen Stil. Sie schon. Setzen Sie sich, Miss Gaither.«

»Danke.« Alex setzte sich auf einen Stuhl ihr gegenüber. Nach einem kurzen Moment lachte sie und schüttelte den Kopf. »Verzeihen Sie, dass ich Sie so anstarre.«

»Es macht mir nichts aus. Ich bin sicher die erste Puffmutter, die Sie sehen.«

»Um ehrlich zu sein, nein. Ich habe in Austin eine Frau vor Gericht gebracht, deren Modellagentur sich als Callgirlring entpuppte.«

»Sie war unvorsichtig.«

»Ich hab meine Hausaufgaben gemacht. Es ist uns eine lückenlose Anklage gegen sie gelungen.«

»Soll ich das als Warnung verstehen?«

»Ihr Betrieb fällt nicht in meinen Amtsbereich.«

»Genauso wenig wie der Mord an Ihrer Mutter.« Sie entzündete eine schlanke schwarze Zigarette wie ein Mann, mit sehr sparsamen Bewegungen, und bot auch Alex eine an, die dankend ablehnte. »Einen Drink? Verzeihen Sie mir, wenn ich sage, dass Sie aussehn, als könnten Sie einen gebrauchen.« Sie zeigte auf einen mit Perlmutt eingelegten Lackschrank, der als Bar diente.

»Nein, danke. Nichts.«

»Peter sagt, Sie hätten es abgelehnt, unser Bewerbungsformular auszufüllen, also nehme ich an, dass Sie nicht auf der Suche nach einem Job sind.«

»Nein.«

»Schade. Sie würden sich gut machen. Schöner Körper, gute Beine, ungewöhnliches Haar. Ist das Ihre natürliche Haarfarbe?«

»Ja.«

Nora Gail grinste schlüpfrig. »Ich hab mehrere Stammkunden, die große Freude an Ihnen hätten.«

»Danke«, sagte Alex steif. Das Kompliment gab ihr das Gefühl, sie müsste dringend baden.

»Ich nehme an, Sie sind geschäftlich hier. Ihr Geschäft«, sie lächelte ölig, »nicht meins.«

»Ich möchte Ihnen gerne ein paar Fragen stellen.«

»Zuerst komme ich dran.«

»In Ordnung.«

»Hat Reede Sie hergeschickt?«

»Nein.«

»Gut. Das hätte mich auch enttäuscht.«

»Ich hab Sie durch Ihre Schwester gefunden.«

Eine Braue wurde kaum merklich hochgezogen. »Wanda Gail? Ich dachte, sie glaubt, wenn sie meinen Namen ausspricht, wird sie in eine Salzsäule verwandelt oder irgend so ein Quatsch. Wie geht's ihr? Vergessen Sie's«, sagte sie, als Alex merklich zögerte.

»Ich habe Wanda Gail von Weitem gesehen. Sie sieht furchtbar aus. Der kleine Wichser, der behauptet, ein Mann Gottes zu sein, hat fast ihre Gesundheit ruiniert und ihr Aussehen sowieso. Ihre Kinder laufen rum wie Lumpensammler. Wenn sie so leben will, in Ordnung, aber warum den Kleinen Armut aufzwingen?«

Sie war wirklich entrüstet. »Rechtschaffenheit hat nichts mit Armut zu tun. Ich würde ihr gerne finanziell helfen, aber sie würde sicher lieber verhungern, als einen Cent von mir annehmen, selbst wenn ihr Mann es erlaubt. Hat Sie Ihnen einfach frisch von der Leber weg verraten, dass ihre Schwester eine Hure ist?«

»Nein. Sie hat mir nur gesagt, wie ich hierherkomme. Ich nehme an, sie dachte, ich weiß bereits, was für einen … Beruf Sie haben.«

»Sie wussten es nicht?«

»Nein.«

»Mein Geschäft war recht einträglich, trotzdem werde ich es jetzt erweitern. Ich hab früher Männer zum Spaß gevögelt, Miss Gaither, ich vögle sie immer noch, aber jetzt mach ich es meist für Geld. Und wissen Sie was? Geld macht noch mehr Spaß.« Ihr Lachen war kehlig und selbstzufrieden.

Wanda Gails Furchtsamkeit war ihr fremd. Alex hatte den Eindruck, nicht einmal der Teufel persönlich könnte Nora Gail erschrecken; sie würde einfach auf ihn zugehen, ihm ohne mit der Wimper zu zucken ins Auge spucken. Und danach würde sie ihn wahrscheinlich verführen.

»Sie haben tatsächlich Glück, dass Sie mich hier erwischen. Ich bin gerade von einer Besprechung mit meinem Banker zurückgekommen. So beschäftigt er auch ist, für mich hat er immer Zeit.«

Sie zeigte auf eine Mappe vor ihr. Selbst spiegelverkehrt erkannte Alex das Logo auf dem Briefkopf.

»NGB Incorporated«, flüsterte sie. Sie sah Nora Gail an, ihre Augen funkelten triumphierend. »*Sie* sind NGB Incorporated? Nora Gail Burton«, hauchte sie.

»Richtig.«

»Sie haben den Brief unterschrieben, den die Geschäftsleute mir geschickt haben.«

»Ich hab geholfen, ihn aufzusetzen.« Ihre langen, wunderbar manikürten Nägel gruben sich in den flauschigen Pelz der Katze und kraulten sie hinterm Ohr. »Mir gefällt nicht, was Sie hier versuchen zu machen, es gefällt mir überhaupt nicht. Sie sind drauf und dran, meine wunderbaren Expansionspläne zu durchkreuzen.«

»Soweit ich mich erinnern kann, hat NGB Incorporated vor, ein Kurhotel in der Nähe von Purcell Downs zu bauen.«

»Das ist richtig. Ein Kurhotel mit Golfgelände, Übungsschlagplätzen, Rasentennis, Squash, Schwimmen. Für jeden Geschmack etwas.«

»Und gibt's zu jedem Zimmer eine Nutte?«

Nora lachte schallend. »Nein. Aber wer weiß besser, wie man sich amüsiert, wenn nicht eine alte Nutte? Ich hab die besten Hotelarchitekten im Land zur Planung der Anlage engagiert. Sie wird spektakulär sein, mit viel Kitsch, das mögen die Touristen meiner Erfahrung nach. Alle Texasbesucher, besonders die aus dem Osten, erwarten, dass wir laut und rauflustig sind, keinen Geschmack haben. Ich möchte meine Kundschaft nicht enttäuschen.«

»Und das Geld, so etwas zu bauen?«, fragte Alex, die Neugier hatte über ihren Abscheu gesiegt.

»Ich hab genug angesammelt, um kreditwürdig zu sein. Schätzchen, diese Treppe sind mehr Cowboys, Trucker, Raubeine, Bürohengste, Staatsbeamte und zukünftige Minister raufgetrabt, als Sie ahnen«, sie deutete nach oben.

»Offen gestanden könnte ich Ihnen genau sagen, wie viele, wie lange jeder geblieben ist, was er getan und getrunken hat, was er geraucht hat, was immer Sie wissen wollen. So gründlich sind meine Aufzeichnungen. Ich bin eine Hure, aber eine verdammt gewiefte. Man kommt nicht in dieses Geschäft, nur weil man sich auskennt mit Freiern. Man kommt nur rein, wenn man sich rasch einen nach dem anderen vornimmt. Außerdem muss man wissen, wie man ihn dazu bringt, mehr dazulassen, als er für den Spaß ausgeben wollte.«

Sie setzte sich auf und streichelte die Katze. »Jawohl, ich hab das Geld. Und, was noch wichtiger ist, ich hab den Kopf, um es zu vermehren. Mit dem Kurhotel kann ich legal werden. Ich werde nie wieder einen steifen Schwanz blasen müssen, außer es ist einer, den ich mir ausgesucht habe, oder mir ewig traurige Geschichten anhören, von wegen seine Frau versteht ihn nicht.

Ich lebe für den Tag, an dem ich hier ausziehen, mich in der Stadt etablieren und hoch erhobenen Hauptes sagen kann ›Leck mich am Arsch‹, wenn jemandem meine Nachbarschaft nicht passt.« Sie richtete ihre Zigarette auf Alex. »Und so einen Cheerleader wie Sie, der herkommt und alles kaputtmacht, brauche ich wie ein Loch im Kopf.«

Diese Rede beeindruckte sie wirklich. Alex war unwillkürlich fasziniert, aber mitnichten eingeschüchtert. »Ich versuche nur, einen Mordfall aufzuklären.«

»Aber ganz bestimmt nicht um Recht und Ordnung willen. Dem Staat ist der Mord an Celina Gaither scheißegal, damals hätten sie gleich weiterermitteln sollen.«

»Also geben Sie selbst zu, dass der Fall es verdiente, wieder aufgerollt zu werden?«

Nora hob elegant die Schultern. »Vielleicht vom legalen Standpunkt aus gesehen, aber nicht vom persönlichen. Hören Sie, Schätzchen, folgen Sie meinem Rat. Ich rede jetzt mit Ihnen, wie ich mit einem meiner Mädchen reden würde, wenn bei ihr was schiefläuft. Gehen Sie nach Hause. Lassen Sie die Dinge hier so, wie sie sind. Alle werden glücklicher sein, vor allem Sie.«

»Wissen Sie, wer meine Mutter ermordet hat, Mrs. Burton?«

»Nein.«

»Glauben Sie, dass Bud, der Spinner, sie getötet hat?«

»Dieser harmlose Narr? Nein.«

»Also verdächtigen Sie jemand anders. Wen?«

»Das würde ich Ihnen nie sagen.«

»Selbst unter Eid, auf dem Zeugenstand?«

Sie schüttelte ihr prachtvolles weißes Haar. »Ich würde meine Freunde nicht belasten.«

»Wie Reede Lambert?«

»Wie Reede Lambert«, erwiderte Nora Gail gelassen. »Wir kennen uns eine Ewigkeit.«

»Das hab ich gehört.«

Nora Gails genüssliches Lachen ließ Alex' Kopf hochschnellen. »Macht es Ihnen was aus zu erfahren, dass Reede und ich gefickt haben, bis die Wände wackelten?«

»Warum sollte es?«

Nora Gail ließ Alex nicht aus den Augen, blies eine Rauchfahne zur Decke und drückte ihre Zigarette aus. »Fragen Sie nur, Schätzchen.«

Alex richtete sich auf, versuchte wieder, ganz die harte Anklägerin zu sein. »War er in der Nacht, als meine Mutter getötet wurde, mit Ihnen zusammen?«

»Ja«, erwiderte sie, ohne auch nur eine Sekunde zu zögern. »Wo?«

»Ich glaube, in meinem Auto.«

»Und haben gefickt, bis die Wände wackelten?«

»Was geht Sie das an?«

»Mein Interesse ist rein professionell«, erklärte Alex kühl. »Ich versuche, Reede Lamberts Alibi zu bestätigen. Ich muss wissen, wo Sie waren, was Sie getan haben und wie lange.«

»Ich verstehe nicht, wieso das relevant sein soll.«

»Das lassen Sie meine Sorge sein. Außerdem, was spielt es für eine Rolle, wenn Sie mir das jetzt erzählen? Ich bin überzeugt, Sie haben die Antworten auch den Polizeibeamten gegeben, die Sie damals verhörten.«

»Mich hat nie einer verhört.«

»Was?«, rief Alex.

»Mich hat nie einer verhört. Reede hat ihnen wahrscheinlich gesagt, dass ich mit ihm zusammen war, und sie haben ihm geglaubt.«

»War er die ganze Nacht mit Ihnen zusammen?«

»Das würde ich vor Gericht beschwören.«

Alex sah ihr ruhig in die Augen. »Aber stimmt das?«

»Ich würde es unter Eid beschwören, dass es stimmt«, sagte sie herausfordernd.

Sie befand sich in einer Sackgasse. Alex beschloss, nicht mehr mit dem Kopf gegen die Mauer anzurennen. Er schmerzte bereits. »Wie gut kannten Sie meine Mutter?«

»Gut genug, um nicht zu weinen, als sie starb.« Sie nahm genauso wenig ein Blatt vor den Mund wie Stacey Wallace. Alex hätte inzwischen dagegen immun sein müssen, aber sie war es nicht. »Hören Sie, Schätzchen, ich sag's nur ungern so direkt, aber ich konnte Ihre Mutter nicht ausstehen. Sie wusste, dass Junior und Reede sie beide geliebt haben. Sie hat der Versuchung nicht widerstanden.«

»Welcher Versuchung?«

»Die beiden gegeneinander auszuspielen, zu sehen, wie weit sie gehen konnte. Nachdem Ihr Daddy gefallen war, hat sie sich wieder an die beiden rangemacht. Reede wollte ihr nicht gleich verzeihen, dass sie sich hatte schwängern lassen, Junior schon. Ich glaub, er hat seine Chance erkannt und sie wahrgenommen. Auf jeden Fall hat er angefangen, ihr ernsthaft den Hof zu machen.

Seiner Familie hat das nicht gefallen. Stacey Wallace ist deswegen fast ausgeflippt. Aber es sah so aus, als würde Junior Celina trotz allem kriegen. Er hat es überall rumposaunt, dass er sie heiraten würde, sobald er sein Examen hätte. Ihre Großmama war ganz aus dem Häuschen, sie hatte Reede immer verabscheut und wollte Junior Minton gern als Schwiegersohn haben.«

Sie hielt inne, um sich die nächste Zigarette anzuzünden. Alex wartete ungeduldig, sie vibrierte innerlich vor Spannung. Als Nora Gail wieder paffte, fragte sie: »Und wie hat Reede auf die geplante Hochzeit zwischen Celina und Junior reagiert?«

»Er war immer noch sauer auf Celina, aber es hat ihm wehgetan, und wie. Deshalb ist er in dieser Nacht zu mir gekommen. Celina war zur Ranch rausgefahren, zum Abendessen. Reede rechnete damit, dass Junior sie da um ihre Hand bitten würde und es zur Verlobung käme.«

»Aber am nächsten Morgen war Celina tot.«

»Richtig, Schätzchen«, erwiderte Nora Gail ungerührt. »Meiner Meinung nach war das die beste Lösung für ihr Problem.«

Und wie eine Fanfare zur Unterstreichung ihrer schockierenden Aussage ertönte ein Schuss.

34

»Du lieber Himmel, was war denn das?« Alex sprang auf.

»Ein Revolver, glaube ich.« Nora Gail blieb bewundernswert ruhig, aber sie war bereits an der Tür, als der Mann, der Alex empfangen hatte, sie aufriss. »Ist jemand verletzt, Peter?«

»Ja, Ma'am. Ein Kunde ist angeschossen worden.«

»Ruf Reede an.«

»Ja, Ma'am.«

Peter stürzte zum Telefon auf dem Schreibtisch. Nora Gail verließ das Büro, und Alex folgte ihr. Nora riss die Vorhänge mit einer melodramatischen Geste beiseite und erfasste mit einem Blick die Situation. Alex lugte neugierig und etwas betreten über ihre Schulter.

Zwei Männer, Rausschmeißer, wie Alex annahm, hatten einen Mann überwältigt und drückten ihn gegen die reichverzierte Bar. Mehrere mangelhaft bekleidete Mädchen kauerten in den violetten Polstermöbeln. Ein weiterer Mann lag auf dem Boden. Blut sammelte sich unter ihm und färbte den pastellfarbenen Orientteppich dunkelrot.

»Was ist passiert?« Als Nora Gail keine Antwort bekam, wiederholte sie die Frage mit Nachdruck.

»Sie haben Streit gekriegt«, druckste eine der Prostituierten. »Und dann ist plötzlich die Pistole losgegangen.« Eine Pistole lag zu Füßen des verletzten Mannes auf dem Boden.

»Warum haben sie gestritten?« Nach einer längeren Schweigepause hob die Sprecherin ängstlich die Hand.

»Geh in mein Büro und bleib da.« Nora Gails Ton war messerscharf, das Mädchen hätte wissen müssen, wie man einen solchen Vorfall verhinderte. »Die Übrigen gehn nach oben und warten auf meinen Bescheid.«

Keiner murrte. Nora Gail führte ein strenges Regiment. Die Männer huschten wie ein Schwarm Käfer an Alex vorbei. Andere kamen ihnen auf der Treppe entgegen, im Laufschritt streiften sie hastig ihre Kleidung über. Keiner, ohne Ausnahme, sah nach links oder rechts, als sie durch die Haustür stürmten.

Die Szene war die reinste Farce, aber darüber zu lachen kam nicht infrage. Alex war entsetzt. Sie hatte schon öfter Gewalt am Rande miterlebt, aber über kriminelle Handlungen in einem Polizeibericht zu lesen war etwas anderes, als selber mittendrin zu stecken. Der Anblick von frischem menschlichem Blut war etwas sehr Schockierendes und Reales.

Nora Gail winkte Peter, der wieder zu ihnen gestoßen war, zu dem blutenden Mann. Er kniete sich nieder und presste zwei Finger an seine Halsschlagader. »Er lebt…«

Alex sah, wie Nora Gails Schultern ein bisschen herabhingen. Sie hatte den Vorfall meisterlich gehandhabt, war aber auch nicht aus Stein. Es hatte sie mehr mitgenommen, als sie zeigen wollte.

Eine Sirene ertönte, Nora Gail wandte sich zur Tür und war bereits auf der Schwelle, als Reede heranpreschte. »Was ist passiert, Gail?«

»Es gab einen Streit wegen einem der Mädchen«, informierte sie ihn. »Ein Mann ist angeschossen worden, aber er lebt.«

»Wo ist er? Die Sanitäter sind…« Reede verstummte, als er Alex entdeckte. Zuerst starrte er sie ungläubig mit offenem Mund an, dann verdüsterte sich sein Gesicht. »Was, zum Donnerwetter, haben Sie hier zu suchen?«

»Ich führe meine Ermittlungen.«

»Ermittlungen, heiliger Strohsack«, knurrte er. »Verschwinden Sie von hier, und zwar pronto.«

Der verwundete Mann stöhnte, und Reede wandte sich zu ihm. »Ich schlage vor, Sie kümmern sich um Ihre eigenen Angelegenheiten, Sheriff Lambert«, fertigte Alex ihn ab.

Er fluchte und kniete sich neben den Mann. Als er sah, wie viel Blut der verloren hatte, war Alex sofort vergessen. »Wie geht's dir, Cowboy?« Der Mann stöhnte. »Wie heißt du?«

Seine Augen öffneten sich zitternd. Er verstand die Frage, war aber anscheinend nicht fähig zu antworten. Reede zog behutsam seine Kleidung beiseite, bis er die Wunde gefunden hatte. Die Kugel hatte seinen Körper etwa in Taillenhöhe seitlich durchbohrt. »Du wirst's überleben«, sagte er. »Du musst nur noch ein paar Minuten durchhalten, der Krankenwagen ist unterwegs.«

Er richtete sich auf und ging zur Bar, wo die Rausschmeißer den Widersacher immer noch festhielten. Er stand mit gesenktem Kopf da. »Was ist mit dir? Hast du einen Namen?«, fragte Reede und riss ihm den Kopf hoch. »Ach hallo, Lewis«, spottete er. »Ich dachte, deine armselige Fratze käme mir nicht mehr unter die Augen. Du hast meine Warnung nicht ernst genommen, stimmt's? Ich kann dir gar nicht sagen, was für eine Freude es für mich sein wird, dich wieder in meinem Gefängnis zu beherbergen.«

»Fick dich doch ins Knie, Lambert«, sagte der Mann mit einem verächtlichen Schnaufen.

Reede verpasste ihm einen Schwinger, der fast fünfzig Zentimeter Bauchgewebe bis zur Wirbelsäule zusammenquetschte, dann landete er noch einen beachtlichen Kinnhaken, packte ihn am Kragen und knallte ihn gegen die Wand.

»Du hast eine große Klappe, Lewis«, sagte Reede ruhig, die kleine Turnübung ließ ihn nicht mal schneller atmen. »Wir werden ja sehen, wie groß sie ist, wenn du ein oder zwei Monate an einem Platz verbracht hast, wo dir die bösen Buben zum Frühstück ihren Schwanz in den Hals stecken.«

Der Mann wimmerte hilflos. Als Reede ihn losließ, rutschte er an der Wand runter und blieb wie ein Haufen Lumpen auf dem Boden liegen. Zwei Deputies betraten den Raum und staunten über die feudale Umgebung.

»Er hat sich der Obrigkeit widersetzt«, sagte Reede gelassen und deutete auf Lewis, dann befahl er barsch, ihm Handschellen anzulegen, ihm seine Rechte vorzulesen und ihn wegen versuchten Mordes zu verhaften. Anschließend besprach er sich mit den Sanitätern, die hinter den Deputies hereingekommen waren und den verletzten Mann behandelten.

»Er hat viel Blut verloren«, teilte einer von ihnen Reede mit, während er dem Opfer eine Infusion anlegte. »Es ist ernst, aber nicht lebensbedrohlich.«

Nachdem er sich überzeugt hatte, dass alles ordnungsgemäß gehandhabt wurde, konzentrierte sich Reede wieder auf Alex. Er packte sie am Arm und zerrte sie zur Tür.

»Lassen Sie mich los.«

»Wenn Nora Gail Sie nicht eingestellt hat, haben Sie hier nichts zu suchen. Nora Gail, du machst für heute zu.«

»Es ist Freitag, Reede.«

»Pech für dich! Und lass keinen gehen. Gleich wird jemand kommen und alle vernehmen.«

Er schubste Alex grob die Veranda hinunter und in seinen Blazer, warf sie auf den Sitz und schlug die Tür zu. Dann setzte er sich hinters Steuer.

»Mein Wagen steht da drüben«, sagte sie bockig. »Ich kann mich selbst in die Stadt zurückfahren.«

»Ich lass ihn später von einem meiner Deputies abholen.« Er drehte den Schlüssel in der Zündung. »Welcher Teufel hat Sie denn geritten, hier rumzuschnüffeln?«

»Ich wusste nicht, um was es sich handelte.«

»Und, als Sie das rausgefunden hatten, warum sind Sie dann nicht gegangen?«

»Ich wollte mit Nora Gail reden. Sie ist eine sehr alte und sehr geschätzte Freundin von Ihnen, wie ich höre«, sagte sie mit zuckersüßer Stimme.

An der Einfahrt zum Highway begegneten sie einem der Streifenwagen, er bedeutete dem Deputy anzuhalten und kurbelte sein Fenster runter. »Geben Sie mir Ihre Schlüssel«, sagte er zu Alex. Sie gab sie ihm, weil er ihr keine Wahl ließ, und sie zitterte innerlich, denn sie wäre ihm lieber an die Gurgel gefahren.

Reede warf dem Deputy die Schlüssel zu und wies ihn an, Miss Gaithers Wagen von seinem Partner zum Westerner Motel bringen zu lassen, wenn sie mit der Voruntersuchung der Schießerei fertig wären. Anschließend rauschte er hinaus auf den Highway.

»Haben Sie denn überhaupt keine Schuldgefühle?«, fragte Alex ihn.

»Weswegen?«

»Sie dulden einen Puff in Ihrem Bezirk.«

»Nein.«

Sie sah ihn bass erstaunt an. »Warum nicht? Weil die Chefin eine alte Freundin von Ihnen ist?«

»Nicht direkt. Nora Gails Haus konzentriert potentielle Missetäter auf einen Platz. Ihre Rausschmeißer halten sie in Schach.«

»Heute nicht.«

»Heute war eine Ausnahme. Dieser Abschaum macht Ärger, wo immer er sich aufhält.«

»Ich sollte Sie wegen Polizeibrutalität melden.«

»Das war längst fällig und eigentlich sogar mehr. Er ist letztes Mal, als er das Rechtssystem durchlief, wegen eines Verfahrensfehlers freigekommen. Diesmal wird er eine schöne Zeit im Gefängnis verbringen. Und, übrigens, Lyle Turner ist in New Mexico erwischt worden. Er hat gestanden, dass er Pasty Hickam die Kehle durchgeschnitten hat, weil der mit seiner Frau Ruby Faye rummachte. Es hatte überhaupt nichts mit Ihnen zu tun, also brauchen Sie keine Angst mehr vor bösen schwarzen Männern zu haben.«

»Danke, dass Sie mir's gesagt haben.« Die Nachricht erleichterte sie, aber diese andere Entwicklung ging ihr nicht aus dem Kopf. »Versuchen Sie nicht, mich vom Thema abzulenken. Ich möchte das nicht unter den Teppich kehren. Pat Chastain würde nur zu gerne erfahren, dass direkt vor seiner Nase ein Bordell betrieben wird.«

Reede lachte. Er nahm seinen Hut ab, strich sich durchs Haar und schüttelte den Kopf über so viel Naivität. »Haben Sie je Mrs. Chastain kennengelernt?«

»Was hat das …?«

»Haben Sie?«

»Nein, ich habe nur mit ihr telefoniert.«

»Sie ist die typische Countryclubsängerin, gebräunte Haut über Knochen pur. Sie trägt mehr Goldschmuck als ein Zuhälter, sogar wenn sie Tennis spielt. Sie glaubt, ihre Scheiße stinkt nicht. Können Sie mir folgen? Sie genießt es, die Frau des Staatsanwalts zu sein, aber mag den Staatsanwalt nicht so gerne in ihrem Bett.«

»Mich interessiert nicht …«

»Ihre Vorstellung von Vorspiel ist: ›Beeil dich, aber mach ja meine Frisur nicht kaputt‹, und sie würde wahrscheinlich lieber sterben, als ihn in ihrem Mund kommen zu lassen.«

»Sie sind widerlich.«

»Pat hat eine Favoritin draußen bei Nora Gail, die es schluckt und noch so tut, als ob's ihr gefällt, also wird er keinen Finger rühren, um das Haus zu schließen. Wenn Sie schlau sind, und das bezweifle ich allmählich ernsthaft, werden Sie ihn nicht blamieren mit Ihrem Wissen um Nora Gails Etablissement. Und denken Sie nicht im Traum dran, bei Richter Wallace zu petzen, er ist abstinent, aber seine Freunde alle nicht. Und er denkt gar nicht daran, ihnen die Freude zu verderben.«

»Großer Gott, ist denn jeder in diesem Bezirk korrupt?«

»Du lieber Himmel, Alex, werden Sie endlich erwachsen. Jeder auf dieser ganzen verrückten Welt ist korrupt. Sie sind möglicherweise der einzige Mensch, der je ein Jurastudium absolviert hat und dann immer noch glaubt, dass das Gesetz auf Moral basiert. Jeder hat ein Geheimnis. Wenn Sie Glück haben, ist das Geheimnis des Nachbarn saftiger als Ihres. Sie benutzen sein Geheimnis dazu, dass er über Ihres schweigt.«

»Ich bin froh, dass Sie das zur Sprache bringen. Sie waren mit Nora Gail zusammen in der Nacht, als Celina getötet wurde.«

»Gratuliere. Endlich haben Sie mal richtig geraten.«

»Ich hab nicht geraten, Wanda Gail hat es mir gesagt.«

»Wann sind Sie denn der auf die Spur gekommen?«

»Bin ich nicht«, gab sie mit einigem Widerwillen zu. »Ich habe ihr Bild im Jahrbuch erkannt. Sie hätten es mir sagen können, Reede.«

»Ich hätte, aber dann hätten Sie schon früher damit angefangen, sie zu schikanieren.«

»Ich hab sie nicht schikaniert. Sie war sehr kooperativ.«

»Sie war verängstigt. So wie sie jetzt aussieht, ahnt keiner, was für ein Feger das mal war.«

»Ich würde lieber über ihre Schwester, Nora Gail, reden. In der Nacht, in der meine Mutter ermordet wurde, waren Sie da die ganze Zeit bei ihr?«

»Das wüssten Sie wohl gerne.«

»Was haben Sie denn gemacht?«

»Dreimal dürfen Sie raten, und die ersten beiden Male zählen nicht.«

»Haben Sie sich geliebt?«

»Wir haben gebumst.«

»Wo?«

»Bei ihr zu Hause.«

»Nora Gail hat gesagt, Sie wären in ihrem Auto gewesen.«

Er riss seinen Blazer um den Pick-up eines Farmers herum. »Vielleicht waren wir's. Auto, Haus, was spielt das für eine Rolle? Ich weiß es nicht mehr.«

»Sie waren vorher auf der Ranch gewesen.«

»Ja, und?«

»Sie haben dort zu Abend gegessen.«

»Das haben wir bereits durchgekaut.«

»Es war ein besonderer Abend – Celina war auch da.«

»Wissen Sie denn nicht mehr, dass wir das schon besprochen haben?«

»Ich erinnere mich. Sie haben mir gesagt, Sie wären vor dem Dessert gegangen, weil Sie nicht gerne Apfelkuchen essen.«

»Falsch. Kirschkuchen. Ich mag ihn immer noch nicht.«

»Aber das ist nicht der Grund, warum Sie gegangen sind, Reede.«

»Nein.« Er riskierte einen Blick auf sie.

»Nein. Sie sind gegangen, weil Sie Angst hatten, Junior würde an diesem Abend Celina einen Heiratsantrag machen. Sie hatten noch mehr Angst davor, dass sie ihn annehmen würde.«

Er machte eine Notbremsung vor ihrem Motelzimmer. Er stand auf, ging zu ihrer Tür und riss sie beim Öffnen fast aus den Angeln. Wieder packte er ihren Arm, zog sie aus dem

Wagen und schob sie zur Tür. Sie wehrte sich und stellte sich ihm in den Weg.

»Bis hierher liege ich doch richtig, oder?«

»Ja, ich bin mit Nora Gail losgezogen, um ein bisschen Dampf abzulassen.«

»Hat es funktioniert?«

»Nein, also hab ich mich zurück zur Ranch geschlichen und Celina im Stutenstall gefunden. Woher ich wusste, dass sie dort sein würde, das müssen Sie selber rausfinden«, sagte er spöttisch.

»Ich hab das Skalpell aus meiner Tasche gezogen. Warum ich mir das aus der Tasche des Veterinärs geholt hatte, wo es doch viel einfacher gewesen wäre, sie mit bloßen Händen zu erwürgen, da müssen Sie durchwaten. Und wenn Sie schon dabei sind, überlegen Sie mal, wo ich es versteckt hatte, als ich mich auszog, um Nora Gail zu vögeln, die wahrscheinlich das Skalpell bemerkt hätte.

Auf jeden Fall habe ich es benutzt, um wiederholt auf Celina einzustechen. Dann hab ich ihre Leiche einfach da liegen lassen, in der frommen Hoffnung, dass Bud, der Spinner, vorbeigeirrt käme, versuchen würde, ihr zu helfen, und sich dabei mit ihrem Blut vollschmiert.«

»Ich glaube, genau so ist es passiert.«

»Sie haben allerhand Watte im Kopf, und ein Schwurgericht wird das auch so sehen.« Er schubste sie weiter auf ihr Zimmer zu. Sie sagte zitternd: »Ihre Hände sind blutig.« Er sah sie sich an. »Das ist schon öfter da gewesen.«

»Am Abend, als Celina ermordet wurde?«

Sein Blick schnellte zurück zu Alex. Er beugte sich vor und hechelte: »Nein, in der Nacht, als sie versucht hat, Sie abzutreiben.«

35

Alex starrte ihn mehrere Sekunden lang fassungslos an. Dann fiel sie über ihn her. Ihre Nägel versuchten sich in sein Gesicht zu krallen, sie bearbeitete seine Schienbeine mit den Schuhspitzen. Er grunzte vor Schmerz und Überraschung, als ein heftiger Schlag auf seiner Kniescheibe landete.

»Lügner! Sie lügen! *Lügen!*« Sie holte aus und schlug nach seinem Kopf. Es gelang ihm auszuweichen.

»Hören Sie auf.« Er packte sie an den Handgelenken, um sein Gesicht zu schützen. Sie versuchte sich loszureißen und trat weiter wie besessen um sich. »Alex, ich lüge nicht!«

»Doch, das tun Sie! Schwein, Sie sind ein Schwein, ich weiß es. Meine Mutter hätte das nicht getan. Sie hat mich geliebt. Sie *hat* …«

Sie kämpfte wie eine Wildkatze. Wut und Adrenalin verliehen ihr erstaunliche Kräfte. Trotzdem hatte sie keine Chance gegen ihn. Mit der linken Hand hielt er ihre Gelenke fest, schüttelte mit der anderen den Schlüssel aus ihrer Handtasche und schloss die Tür auf. Sie stolperten zusammen ins Zimmer, und er trat die Tür mit dem Fuß hinter sich zu.

Sie bäumte sich auf, beschimpfte ihn und versuchte sich loszureißen, warf sich völlig durchgedreht hin und her.

»Alex, hör auf«, befahl er streng.

»Ich hasse Sie.«

»Ich weiß, aber ich lüge nicht.«

»Tun Sie doch!« Sie wand sich und strampelte, versuchte, ihm auf die Füße zu treten.

Er zwang sie aufs Bett hinunter und benutzte seinen Körper, um sie dort zu fixieren. Er hielt immer noch ihre Handgelenke eisern umklammert, mit der Rechten verschloss er ihr den Mund. Sie versuchte zu beißen, also drückte er noch fester zu, so dass sie ihre Kiefer nicht mehr bewegen konnte.

Ihre Augen funkelten mörderisch über seinem Handrücken, ihr Busen wogte heftig bei jedem Atemzug. Sein Kopf war direkt über ihrem, seine Haare fielen ihm über die Stirn, und er rang einige Sekunden nach Luft, bis sich sein Atem beruhigt hatte.

Schließlich hob er sich ein wenig und sah ihr tief in die Augen. »Ich wollte nicht, dass du es erfährst«, sagte er leise, »aber du hast nicht lockergelassen. Ich bin ausgerastet. Es ist raus, genau wie das Du, und dabei bleibt's auch, verdammt noch mal, es ist eben passiert.«

Sie versuchte ihren Kopf zu schütteln, ihre Augen schrien Nein. Sie bäumte sich auf, um ihn abzuwerfen, aber vergeblich.

»Hör mich an, Alex«, sagte er mit zusammengebissenen Zähnen. »Bis zu diesem Abend hat keiner auch nur geahnt, dass Celina schwanger ist. Sie war schon ein paar Wochen aus El Paso zurück, aber ich hatte sie noch nicht besucht, nicht mal angerufen, aus falschem Stolz. Auf eine kindische Art hab ich sie ein bisschen schmoren lassen.«

Er schloss die Augen und schüttelte reumütig den Kopf. »Wir spielten Spielchen miteinander, kindische, dumme Mädchen-Junge-Spiele. Schließlich habe ich mich entschieden, ihr zu verzeihen.« Er lächelte voller Selbstverachtung.

»Ich bin Mittwochabend zu ihr gegangen, weil ich wusste, dass deine Großmutter da bei einer Andacht in der Baptistenkirche war. Danach ist sie immer zur Chorprobe geblieben, also wusste ich, dass Celina und ich ein paar Stunden für uns haben würden, um die Sache zu klären.

Als ich zu ihrem Haus kam, hab ich ein paarmal geklopft, aber sie ist nicht an die Tür gekommen. Ich hab gewusst, dass sie da ist, die Lichter hinten in ihrem Schlafzimmer brannten. Ich dachte, sie wäre vielleicht unter der Dusche oder hätte das Radio so laut gedreht, dass sie mein Klopfen nicht hörte. Also bin ich zur Hintertür gegangen.«

Alex bewegte sich nicht mehr unter ihm. Ihre Augen waren nicht mehr feindselig, sie glänzten vor unvergossenen Tränen.

»Ich schaute durch ihr Schlafzimmerfenster, die Lichter

brannten, aber Celina war nicht da. Ich klopfte ans Fenster. Sie reagierte nicht, ich sah jedoch ihren Schatten an der Badezimmerwand, durch die Tür, sie stand ein Stück offen. Ich rief ihren Namen. Ich wusste, dass sie mich hören musste, aber sie wollte nicht rauskommen. Dann …«

Er kniff die Augen zu, biss die Zähne zusammen und fuhr fort: »Ich wurde allmählich sauer, weil ich dachte, sie will mich ärgern. Sie öffnete die Badezimmertür ein Stück weiter, und ich sah sie da stehen.

Ein paar Sekunden lang bemerkte ich nur ihr Gesicht, weil es so lange her war, seit ich sie gesehen hatte. Sie starrte mich an. Sie sah verwirrt aus, als wolle sie fragen: ›Was jetzt?‹ Und dann entdeckte ich das Blut. Sie trug ein Nachthemd, und die untere Hälfte war voller Blut.«

Alex schloss die Augen. Zwei riesige Tränen rollten unter ihren zitternden Lidern hervor auf Reedes Finger.

»Ich hab eine Scheißangst gekriegt«, sagte er heiser. »Irgendwie bin ich ins Haus gekommen, hab vergessen, wie. Ich glaub, ich hab die Fenster hochgeschoben und bin reingestiegen. Auf jeden Fall war ich ein paar Sekunden später drinnen und hab sie im Arm gehalten. Wir landeten beide auf dem Boden, sie ist einfach zusammengebrochen.

Sie wollte mir nicht sagen, was los war. Ich schrie sie an, schüttelte sie. Schließlich legte sie den Kopf auf meine Brust und flüsterte ›Baby‹. Dann wurde mir klar, was das Blut bedeutete und woher es kam. Ich hab sie einfach aufgehoben, bin rausgelaufen und hab sie in meinen Wagen gelegt.«

Er hielt kurz inne, um sich zu fangen. Nach einer Weile sprach er ruhiger weiter.

»Da war dieser Arzt in der Stadt, der heimlich Abtreibungen machte, aber keiner hat drüber geredet, weil Abtreibungen in Texas damals noch illegal waren. Ich hab sie zu ihm gebracht und Junior angerufen und ihm gesagt, er soll Geld mitbringen. Wir haben uns dort getroffen. Er und ich saßen im Wartezimmer, während der Arzt sie zusammengeflickt hat.«

Er sah hinunter zu Alex, sehr lange, bis er schließlich die Hand von ihrem Mund nahm. Sie hatte eine weiße Druckstelle auf der unteren Hälfte ihres Gesichts hinterlassen, das ohnehin aschfahl war. Ihr Körper lag jetzt unter seinem so reglos wie der Tod. Er wischte die Tränen mit seinen Daumen von ihren Wangen.

»Sie werden in der Hölle schmoren, wenn Sie mich angelogen haben«, flüsterte sie.

»Hab ich nicht. Fragen Sie Junior.«

»Junior würde auch behaupten, der Himmel wäre grün, wenn Sie das verlangten. Ich werde den Arzt fragen.«

»Er ist tot.«

»Das hätte ich mir denken können«, sagte sie mit einem schrillen Auflachen. »Womit hat sie denn versucht, mich umzubringen?«

»Alex, nicht!«

»Sagen Sie's mir.«

»Nein.«

»Was war es?«

»Sagen Sie's mir, verdammt noch mal.«

»Die Stricknadel deiner Großmama.«

Er schrie das hinaus, die plötzliche Stille hinterher war ohrenbetäubend.

»Oh, mein Gott«, wimmerte Alex, biss sich in die Unterlippe und drehte ihren Kopf in die Kissen »Oh, mein Gott.«

»Schsch, nicht weinen. Celina hat dich nicht verletzt, nur sich selbst.«

»Aber sie wollte es. Sie wollte nicht, dass ich auf die Welt komme.« Sie schluchzte so heftig, dass ihr ganzer Körper bebte. Er fing das mit seinem auf. »Warum hat mich der Arzt nicht einfach rausgeholt, als er sie zusammenflickte?«

Reede gab keine Antwort.

Alex drehte den Kopf, dann packte sie ihn am Hemd. »Warum, Reede?«

»Er hat es vorgeschlagen.«

»Warum hat er es dann nicht getan?«

»Weil ich geschworen habe, ihn umzubringen, wenn er es täte.«

Emotionen regten sich wie ein wärmender Lufthauch zwischen ihnen. Sie ließen ihren Atem stocken, und ihre Brust begann zu schmerzen. Sie stieß einen unartikulierten Laut aus. Ihre Finger ließen zuerst sein Hemd los, dann krallte sie sich fester hinein und zog ihn näher. Ihr Rücken bäumte sich noch einmal auf, nicht, um ihn abzuwerfen, sondern um ihm näher zu kommen.

Er grub seine Finger in ihr Haar, neigte seinen dunkelblonden Kopf und drückte seinen offenen Mund auf ihren. Ihre Lippen waren geöffnet, feucht und empfänglich. Seine Zunge stieß tief in sie hinein.

Sie streifte hektisch die Ärmel ihrer Jacke ab und verschränkte die Arme um seinen Nacken. Plötzlich hob er den Kopf und sah hinunter auf sie. Ihr Gesicht trug dunkle Schatten vom Weinen, aber das Blau der Augen schimmerte ihm kristallklar entgegen. Sie wusste, was sie tat, das genügte ihm.

Sein Daumen strich über ihre Lippen, die von seinem harten Kuss feucht und verschwollen waren. Er hatte einzig den Wunsch, sie noch heftiger zu küssen, und das tat er auch.

Ihr Hals war zurückgebogen und bot sich verletzlich seinen Lippen dar, als er ihren Mund losließ. Er zupfte mit den Zähnen leicht an ihrer Haut und glättete sie dann mit der Zunge. Er liebkoste ihr Ohr und den Ansatz ihres Halses, als ihre Kleidung dazwischengeriet. Daher setzte er sie auf und zog ihr den Pullover aus.

Beide atmeten heftig, als sie sich wieder zurücklegten, das einzige Geräusch im Raum. Er öffnete ihren BH und schob die Körbchen beiseite.

Seine Finger huschten über ihre Haut, warm und gerötet vor Erregung. Seine Hand umfing eine Brust, schob sie nach oben, dann nahm er die Knospe zwischen seine Lippen. Er saugte gerade so fest daran, dass ihr Leib zu kribbeln begann, und so raffiniert, dass sie nach mehr lechzte. Als die

Knospe sich aufrichtete, ließ er kurz seine Zunge dagegen schnalzen.

Alex schrie in Panik und Lust seinen Namen. Er begrub sein Gesicht zwischen ihren Brüsten, drückte sie fest an sich und rollte sie auf seinen Körper, gleichzeitig kämpfte er sich aus seiner Jacke. Sie riss die Knöpfe seines Hemds auf, er öffnete den Reißverschluss ihres Rockes und schob ihn samt Unterrock über ihre Hüften hinunter. Alex grub ihre Finger in den dichten Pelz auf seiner Brust, bedeckte seine geschmeidigen Muskeln mit Küssen und rieb ihre Wange an seinen gedehnten Brustwarzen.

Sie tauschten wieder Positionen. Es gelang ihr, ihre Schuhe und Strümpfe abzustreifen, bevor er sich auf sie streckte. Seine Hand legte sich an ihren Bauchansatz und glitt in ihren Slip, umschloss ihren Venushügel besitzergreifend; seine Daumen teilten ihr Geschlecht und entblößten die harte empfindliche Knospe. Seine Fingerspitzen tauchten in ihre sahnige Feuchte und salbten diesen winzigen Knopf mit dem Tau ihrer eigenen Begierde.

Sie stöhnte vor Wonne, und er beugte den Kopf und küsste ihren Bauch, dann entfernte er ihr Höschen und berührte die feurigen dunklen Locken zwischen ihren Schenkeln mit seinem offenen Mund. Er öffnete hastig seinen Reißverschluss, nahm ihre Hand und führte sie zu seiner Erektion. Er zischte, als ihre Hand fest zupackte, dann drückte er ihre Schenkel auseinander und drängte sich dazwischen.

Die glatte Spitze seines Penis glitt zwischen die Falten ihres Körpers. Seine Hände legten sich auf ihre Brüste und kreisten zart über ihren eregierten Knospen. Seine Hüften stießen kräftig zu, und eigentlich hätte ihn das fest in den Sattel bringen sollen.

Dem war nicht so.

Er wiegte sich kurz hin und her und versuchte es noch einmal, aber er traf erneut auf denselben Widerstand. Seinen Oberkörper hochstemmend, starrte er sie ungläubig an: »Willst du damit sagen …«

Sie keuchte, ihre Augen flatterten, hatten Mühe, sich auf ihn zu konzentrieren. Sie machte kleine sehnsüchtige Geräusche.

Ihre Hände tanzten rastlos suchend über seine Brust, seinen Hals und seine Wangen, ihre Fingerspitzen strichen über seine Lippen. Das alles war so ungeheuer sexy, und die seidige Wärme, die ihn umschloss, war sein Untergang. Er stieß fester zu und sank bis zum Anschlag in sie. Ihr keuchendes Seufzen, überrascht und verwundert, war das erotischste Geräusch, das er je gehört hatte. Es peitschte seine Leidenschaft auf die Spitze.

»O Himmel«, stöhnte er, »o Himmel.«

Jetzt übernahm der Paarungsinstinkt, und seine Hüften bewegten sich mit dem uralten Drang zu besitzen, vollkommen auszufüllen. Er packte ihren Kopf und küsste sie wie ein Besessener. Sein Orgasmus war eine Lawine von Empfindungen, die seine Seele aus den Angeln hoben, und er schien endlos … und doch war es nicht lang genug.

Mehrere Minuten verstrichen, bevor er sich so weit im Griff hatte, sich aus ihr zurückzuziehen. Er wollte es nicht, aber als er auf sie hinuntersah, war jeder Gedanke an eine Verlängerung ihrer Vereinigung verschwunden.

Sie lag da, den Kopf abgewandt, eine Wange auf dem Kissen. Sie sah zerbrechlich und verängstigt aus. Beim Anblick des Mals, das sein heftiger Kuss dort hinterlassen hatte, kam er sich vor wie ein Vergewaltiger. Voller Zerknirschung versuchte er, seine Finger aus ihrem Haar zu lösen.

Beide zuckten heftig zusammen, als es an der Tür klopfte. Alex griff rasch nach der zerknüllten Bettdecke und zog sie über sich. Reede schwang die Beine vom Bett, sprang auf und zog sich die Jeans über die Hüften.

»Reede, bist du da drin?«

»Ja«, rief er durch die Tür.

»Ich, äh, ich hab Miss Gaithers Schlüssel hier. Du hast doch gesagt …«

Der Deputy verstummte, als Reede die Tür aufriss. »Ja, ich weiß.« Er streckte seine Hand durch den Spalt, und der Deputy ließ den Schlüssel hineinfallen. »Danke«, sagte er kurz angebunden und schloss die Tür.

Er warf die Schlüssel auf den runden Tisch vor dem Fenster. Sie landeten mit einem Getöse wie auf einer Blechtrommel... Reede bückte sich nach seinem Hemd und seiner Jacke, die er irgendwann vom Bett geschleudert hatte. Während er sich anzog, sagte er mit dem Rücken zu Alex: »Ich weiß, dass du dich im Augenblick selber hasst, aber vielleicht fühlst du dich besser, wenn du hörst, dass auch ich es lieber ungeschehen machen würde.«

Sie drehte den Kopf und sah ihn lange fragend an. Sie suchte nach Mitgefühl, Zärtlichkeit, Liebe. Sein Gesicht blieb ausdruckslos, die Augen waren die eines Fremden. Sein abweisender Blick hatte nichts Weiches, nichts Gefühlvolles. Er schien ungerührt und unberührbar.

Alex schluckte, begrub ihre Enttäuschung und sagte, um sich für seine Abweisung zu rächen: »Na ja, jetzt sind wir quitt, Sheriff. Sie haben mir das Leben gerettet, bevor ich geboren wurde.« Sie hielt inne, dann fügte sie mit belegter Stimme hinzu: »Und ich hab Ihnen gerade gegeben, was Sie von meiner Mutter immer schon haben wollten, aber nie bekamen.«

Reedes Hände ballten sich zu Fäusten, als ob sie sie schlagen wollten, dann zog er sich mit fahrigen, ungelenken Bewegungen an. An der offenen Tür drehte er sich noch einmal um. »Was immer Sie für einen Grund hatten, das zu tun, danke. Für eine Jungfrau waren Sie ein ziemlich guter Fick.«

36

Junior schlüpfte in die mit orangefarbenem Kunststoff ausgestattete Nische des Coffeeshops des Westerner Motels. Sein Lächeln gefror sofort, als er Alex' Gesicht sah. »Liebling, sind Sie krank?«

Sie lächelte gequält. »Nein. Kaffee?« Sie winkte der Bedienung.

»Bitte«, sagte er abwesend. Als die Kellnerin ihm die in Plastik eingeschweißte Karte reichen wollte, schüttelte er den Kopf. »Nur Kaffee.«

Nachdem sie ihm eine Tasse eingegossen hatte, beugte er sich über den Tisch und flüsterte ihr zu: »Ich war ganz aus dem Häuschen vor Freude, dass Sie mich heute früh angerufen haben, aber offensichtlich ist irgendwas passiert. Sie sind weiß wie die Wand.«

»Sie sollten mich erst ohne Sonnenbrille sehen!« Sie hob sie kurz hoch und ließ sie wieder fallen, aber dieser Versuch, fröhlich zu erscheinen, versagte kläglich.

»Was ist los?«

Sie lehnte sich an das grelle Orange zurück, drehte den Kopf und sah aus dem getönten Fenster. Draußen war es sehr hell, ihre Brille also nicht allzu fehl am Platze. Mehr Gutes gab es aber auch nicht an diesem Tag. »Reede hat mir von Celinas versuchter Abtreibung erzählt.«

Zuerst sagte Junior nichts. Dann fluchte er ausgiebig. Er nippte an seinem Kaffee, wollte etwas anfügen, tat es doch nicht und schüttelte dann den Kopf, offensichtlich angewidert. »Ist der noch bei Trost? Warum hat er Ihnen das erzählt?«

»Es ist also wahr?«

Er senkte den Kopf und starrte in seinen Kaffee. »Sie war noch siebzehn, Alex, und von einem Typen schwanger, den sie nicht mal liebte, einem Typen auf dem Wag nach Saigon. Sie hatte Angst. Sie ...«

»Ich kenne die relevanten Fakten, Junior«, unterbrach sie ihn ungeduldig. »Warum verteidigen Sie sie immer?«

»Gewohnheit, nehm ich an.«

Alex schämte sich bereits ihres Ausbruchs und nahm sich einen Moment Zeit, um sich wieder zu fassen. »Ich weiß, *warum* sie es getan hat. Es ist mir nur unverständlich, dass sie so etwas überhaupt machen konnte.«

»Uns auch«, gab er zögernd zu.

»Uns?«

»Reede und mir. Er hat ihr nur zwei Tage zur Erholung gelassen, dann haben wir sie zurück nach El Paso geflogen, um die Sache zu regeln.« Er nippte an seinem Kaffee. »Wir trafen uns draußen auf dem Flugplatz, gleich nach Sonnenuntergang.«

Alex hatte Reede gefragt, ob er je nachts mit Celina geflogen wäre. »Einmal«, hatte er ihr gesagt, wegen Celinas Flugangst. »Er hat ein Flugzeug gestohlen?«

»*Geborgt* nannte er das. Ich glaube, Moe wusste, was Reede im Schilde führte, aber er hat weggeschaut. Wir landeten in El Paso, mieteten ein Auto und sind zur Militärbasis gefahren. Reede hat die Wache bestochen, damit sie Al Gaither ausrichteten, Verwandtenbesuch wäre da. Ich glaub, er hatte dienstfrei. Auf jeden Fall ist er ans Tor gekommen und wir haben ihn, äh, überredet, mit uns ins Auto zu steigen.«

»Was ist passiert?«

Er sah sie beschämt an. »Wir haben ihn irgendwo in die Einöde geschleppt und kräftig verprügelt. Ich fürchtete, Reede würde ihn umbringen. Er hätte es wahrscheinlich auch getan, wenn Celina nicht dabei gewesen wäre. Sie drehte total durch.«

»Ihr habt ihn gezwungen, sie zu heiraten?«

»Noch in derselben Nacht. Wir sind über die Grenze nach Mexiko gefahren.« Er schüttelte verwundert den Kopf. »Gaither war halb ohnmächtig, konnte nicht mehr als sein Verslein stammeln. Reede und ich haben ihn durch die Zeremonie geschubst und dann vor dem Tor von Fort Bliss wieder abgeladen.«

»Eins versteh ich nicht ganz. Warum hat Reede darauf bestanden, dass Celina heiratet?«

»Er hat immer wieder gesagt, er würde nicht zulassen, dass das Baby als Bastard auf die Welt kommt.«

Alex sah ihn durch ihre dunklen Gläser bohrend an. »Warum hat er sie dann nicht selbst geheiratet?«

»Er hat ihr einen Antrag gemacht.«

»Und, was war dann das Problem?«

»Ich. Ich hab ihr auch einen gemacht.« Er sah, wie durcheinander sie war, und atmete hörbar aus. »Das ist alles am Morgen passiert, nach der …«

»Ich verstehe. Reden Sie weiter.«

»Celina war immer noch ziemlich mitgenommen und sagte, sie könne nicht klar denken. Sie flehte uns an, sie in Ruhe zu lassen. Aber Reede sagte, sie müsste so schnell wie möglich heiraten, sonst würden alle erfahren, was passiert war.«

»Es haben sowieso alle erfahren«, sagte Alex.

»Er wollte sie so lange wie möglich vor dem Tratsch bewahren.«

»Ich bin wohl ein bisschen schwer von Begriff, aber ich versteh es immer noch nicht ganz. Celina hat zwei Männer, die sie anflehen, sie zu heiraten. Warum hat sie nicht einen genommen?«

»Sie wollte sich einfach nicht zwischen uns entscheiden.« Seine Brauen zogen sich nachdenklich zusammen. »Weißt du, Alex, das war die erste clevere, erwachsene Entscheidung, die Celina je getroffen hat. Wir hatten gerade mit dem Studium begonnen. Reede besaß, weiß Gott, kein Geld, aber ich hatte es, meine Eltern wären ausgerastet, wenn ich geheiratet hätte, noch bevor ich irgendeinen Abschluss hatte und nachdem Celina von einem anderen schwanger war.

Sie hatte aber einen weiteren Grund, viel wichtiger als die Zustimmung der Eltern oder Finanzen. Sie wusste, dass sich unsere Freundschaft ein für alle Mal verändern würde, wenn sie sich für einen von uns entschied. Da wäre dann immer einer zu viel. Als es hart auf hart ging, wollte sie das Dreieck nicht zerstören. Komisch, was? Es ist sowieso aus gewesen.«

»Was soll das heißen?«

»Zwischen uns dreien war es nie wieder so wie früher, nachdem wir aus El Paso zurückkehrten. Wir waren ständig auf der Hut voreinander, wo früher immer schonungslose Offenheit unter uns gegolten hatte.«

Seine Stimme wurde traurig. »Während ihrer Schwangerschaft hab ich sie öfter gesehen als Reede, aber das war auch nicht oft. Wir mussten mit dem Studium ja irgendwie vorankommen. Oh, wir haben schon so getan, als wären wir immer noch die besten Kumpels, aber in Wirklichkeit standen wir wie unter Schock.

Die Nacht, in der sie versucht hatte, Sie abzutreiben, lag wie ein Graben zwischen uns. Keiner von uns konnte hinüber oder herüber. Die Gespräche wurden zur Qual, das Lachen gekünstelt.«

»Aber ihr habt sie nicht im Stich gelassen?«

»Nein. An dem Tag, an dem Sie geboren wurden, sind Reede und ich ins Krankenhaus gerast. Neben Ihrer Großmutter waren wir die Ersten, denen Sie vorgestellt wurden.«

»Darüber bin ich froh«, sagte sie tränenumflort.

»Ich auch.«

»Wenn ich Celina gewesen wäre, hätte ich mir bei nächster Gelegenheit einen von euch geschnappt.«

Sein Grinsen verblasste. »Reede hat sie nicht mehr gefragt.«

»Warum?«

Junior machte der Kellnerin ein Zeichen, seine Kaffeetasse nachzufüllen. Dann nahm er sie zwischen seine Hände und starrte in die dunklen Tiefen. »Er hat ihr nie verziehen.«

»Wegen Al Gaither?«

»Ihretwegen.«

Alex legte erschrocken die Hand vor den Mund. Die

Schuld, die sie ihr ganzes Leben lang belastet hatte, drohte sie zu ersticken.

Junior spürte ihre Angst und sagte hastig: »Nicht weil sie schwanger wurde. Er konnte ihr diesen Abtreibungsversuch nicht verzeihen.«

»Das versteh ich nicht.«

»Alex, Reede ist ein Überlebenskünstler. Verdammt, wenn je einer unter einem schlechten Stern geboren war, dann Reede. Er hatte nicht die geringste Chance, irgendwas aus sich zu machen. Wenn es in Purcell Sozialarbeiter gegeben hätte, hätten sie mit Fingern auf ihn gezeigt und gesagt: ›Da, der ist prädestiniert, auf die schiefe Bahn zu geraten, der wird kriminell. Wartet nur ab.‹ Aber Reede hat alle Lügen gestraft. Er ist ein Durchhalter und stark. Er wird umgenietet und springt mit geballten Fäusten wieder auf. Ich dagegen«, er produzierte ein schiefes Lächeln, »ich kann die Schwächen anderer ignorieren, weil ich selbst so viele habe. Ich konnte die Angst und die Panik Celinas verstehen. Sie hat verzweifelte Maßnahmen ergriffen, weil sie fürchtete, es nicht durchzustehen. Reede kann es nicht nachvollziehen, wenn einer den Weg des geringsten Widerstands geht. Er tolerierte diese Schwäche in ihr nicht, erwartet er doch von sich selbst so gottverdammt viel und legt bei allen anderen dieselben Maßstäbe an. Diese Maßstäbe sind praktisch unerfüllbar. Deswegen ist er ständig von Leuten enttäuscht. Er setzt die Latte zu hoch.«

»Er ist ein Zyniker.«

»Ich kann verstehen, warum Sie das denken, aber lassen Sie sich nicht von seiner harten Fassade täuschen. Wenn ihn die Leute enttäuschen, was unweigerlich passiert, weil sie Menschen sind, verletzt es ihn. Und wenn er verletzt ist, wird er bösartig.«

»War er zu meiner Mutter bösartig?«

»Nein, nie. So wie ihre Beziehung war, hatte sie mehr Macht, ihm wehzutun und ihn zu enttäuschen, als jeder andere es vermochte. Aber er konnte Celina gegenüber nicht bösartig werden, weil er sie so sehr liebte.« Er sah Alex in die Augen. »Er konnte ihr bloß nicht verzeihen.«

»Deswegen hat er sich zurückgezogen und Ihnen den Vortritt gelassen?«

»Den ich schamlos ausgenutzt habe«, antwortete er aufrichtig. »Ich bin nicht so schwer zu befriedigen wie Reede. Ich verlange keine Perfektion, weder von mir noch von irgendjemand sonst. Ja, Alex, trotz ihrer Fehler hab ich Ihre Mutter geliebt und wollte, dass sie meine Frau wird, egal zu welchen Bedingungen.«

»Warum hat sie Sie nicht geheiratet, Junior?«, fragte Alex echt verwirrt. »Sie hat Sie geliebt, das weiß ich.«

»Ich weiß es auch. Und ich seh verdammt gut aus.« Er zwinkerte, und Alex erwiderte es. »So wie ich jetzt lebe, würden mir das nur wenige glauben, aber Celina wäre ich treu geblieben und für Sie ein ausgezeichneter Daddy, Alex. Ich wollte es auf jeden Fall versuchen. Aber Celina sagte Nein, wie oft ich sie auch darum bat.«

»Und Sie haben sie immer wieder angefleht bis zur Nacht, in der sie starb?«

»Ja, ich hab sie an diesem Abend auf die Ranch eingeladen, um ihr einen Heiratsantrag zu machen.«

»Und – haben Sie?«

»Ja.«

»Und?«

»Dasselbe wie immer. Sie hat mir einen Korb gegeben.«

»Wissen Sie warum?«

»Ja«, er rutschte nervös auf seinem Sitz herum, »sie liebte Reede immer noch. Auf immer und ewig wollte sie nur Reede haben.«

Alex wandte sich ab, weil sie wusste, wie schmerzlich es für ihn war, sich das einzugestehen. »Junior, wo waren Sie in dieser Nacht?«

»Auf der Ranch.«

»Ich meine danach, nachdem Sie Celina nach Hause gebracht hatten.«

»Ich hab sie nicht nach Hause gebracht. Ich dachte, Dad würde das tun.«

»Angus?«

»Ich war sauer, weil sie mir wieder einen Korb gegeben hatte. Verstehen Sie, ich hatte meinen Eltern gesagt, sie müssten sich an die Vorstellung gewöhnen, bald eine Schwiegertochter und ein Enkelkind im Haus zu haben.« Er breitete hilflos die Arme aus. »Ich bin wütend geworden und einfach aus dem Zimmer gerannt, einfach abgehauen, und hab Celina dort gelassen.«

»Wohin sind Sie gegangen?«

»Ich war überall, wo Schnaps an junge Leute verkauft wurde. Ich hab mich besoffen.«

»Allein.«

»Allein.«

»Kein Alibi?«

»Junior braucht kein Alibi. Er hat Ihre Mutter nicht getötet.«

Sie waren beide so in ihr Gespräch vertieft gewesen, dass keiner von ihnen Stacey Wallace bemerkt hatte. Die beiden schauten hoch, und sie stand vor ihnen. Ihr Blick war noch hasserfüllter als bei ihrem ersten Treffen.

»Guten Morgen, Stacey«, sagte Junior verlegen. Er schien nicht gerade erfreut über ihr plötzliches Auftauchen. »Setz dich und trink einen Kaffee mit uns.« Er machte Platz für sie.

»Nein, danke.« Sie sah Alex vernichtend an: »Hören Sie endlich auf, Junior mit Ihrer Fragerei auszuquetschen.«

»He, Stacey, ich werde nicht ausgequetscht«, er versuchte die Wogen zu glätten.

»Warum geben Sie nicht einfach auf?«

»Das kann ich nicht.«

»Sie sollten es aber. Es wäre das Beste für alle.«

»Besonders für den Mörder«, sagte Alex leise.

Staceys magerer Körper vibrierte wie eine Bogensehne. »Verschwinden Sie aus unserem Leben. Sie sind ein selbstsüchtiges, rachsüchtiges Aas, das …«

»Nicht hier, Stacey.« Junior unterbrach sie eilig, sprang aus der Nische und nahm ihren Arm. »Ich bring dich zu deinem Auto. Was machst du denn heute Morgen? Oh, das Frühstück des Bridgevereins«, sagte er, als er den Tisch voller Frauen bemerkte, die neugierig herüberstarrten. »Wie nett.« Er winkte ihnen frech zu.

Alex war sich all der Augen genauso bewusst wie Junior. Sie schob rasch einen Fünfdollarschein unter ihren Unterteller und verließ den Coffeeshop nur wenige Sekunden nach Junior und Stacey.

Sie schlug einen weiten Bogen um Staceys Wagen, beobachtete aber aus dem Augenwinkel, wie Junior Stacey umarmte und ihr tröstend den Rücken rieb. Er gab ihr einen sanften Kuss auf den Mund, sie klammerte sich indessen an ihn und redete aufgeregt auf ihn ein. Seine Antwort schien sie zu beruhigen, doch hielt sie ihn weiter fest.

Junior befreite sich aus ihrer Umklammerung, machte es aber so charmant, dass Stacey lächelte, als er sie in ihr Auto setzte und fröhlich hinterherwinkte, als sie losfuhr.

Alex war bereits in ihrem Zimmer, als er an die Tür klopfte: »Ich bin's.«

Sie öffnete. »Was sollte denn die ganze Aufregung?«

»Sie dachte, ich hätte die Nacht mit Ihnen verbracht, weil wir zusammen im Coffeeshop frühstückten.«

»Großer Gott«, flüsterte Alex, »die Leute in dieser Stadt haben ja wirklich eine rege Phantasie. Sie sollten besser gehen, bevor sonst noch jemand auf diese Idee verfällt.«

»Was schert Sie das? Mir ist es egal.«

»Mir aber nicht.«

Alex warf einen nervösen Blick auf das ungemachte Bett. An jedem anderen Morgen klopfte das Zimmermädchen immer schon, während sie noch unter der Dusche stand. Alex hatte Angst, das Bett würde ihr Geheimnis verraten. Der ganze Raum roch nach Reede. Seine Essenz hatte sich über alle Gegenstände gebreitet wie eine feine Staubschicht. Sie fürchtete, Junior könnte das spüren.

Er entfernte ihre Sonnenbrille und strich über die lavendelblauen Halbmonde unter ihren Augen. »Schlechte Nacht?«

Das ist noch milde ausgedrückt, dachte sie. »Es ist wohl besser, wenn Sie es von mir erfahren, bevor es sich rumspricht. Gestern am späten Nachmittag bin ich bei Nora Gail gewesen.«

Sein Mund blieb vor Überraschung offen. »Ich glaub, mich tritt ein Pferd.«

»Ich musste mit ihr reden. Wie es aussieht, ist sie Reedes Alibi für die Nacht, in der Celina getötet wurde. Wie dem auch sei, während ich dort war, ist ein Mann angeschossen worden. Ein Haufen Blut, eine Verhaftung.«

Junior lachte ungläubig. »Sie verhöhnen mich.«

»Ich wünschte, es wäre so«, sagte sie grimmig. »Ich bin hier, vertrete den Obersten Staatsanwalt und werde in eine Schießerei zwischen zwei Cowboys in einem Puff verwickelt.«

Mit einem Mal brach alles über ihr zusammen. Doch anstatt zu weinen, fing sie an zu lachen, und nachdem sie einmal dabei war, konnte sie nicht mehr aufhören. Sie lachte, bis ihr alles wehtat und ihr die Tränen über die Wangen kullerten. »Herrje, ist es zu fassen? Wenn Greg Harper das je erfährt, wird er …«

»Pat Chastain kann es ihm nicht erzählen. Er hat ein Mädchen draußen bei …«

»Ich weiß«, fiel sie ihm ins Wort. »Reede hat es mir erzählt. Er ist auf den Notruf hin gekommen und hat mich schleunigst rausgeschafft. Er glaubte scheinbar nicht, dass es Folgen haben würde.« Sie bemühte sich, unbeteiligt zu wirken, und hoffte, sie klänge nicht so falsch, wie sie sich fühlte.

»Es tut gut, Sie zur Abwechslung mal lachen zu hören«, bemerkte Junior und strahlte. »Ich würde gerne ein bisschen bleiben und Sie noch mehr aufheitern.« Er legte seine Hände um ihren Po und rieb ihn sanft. Alex schob sie weg.

»Wenn Sie jemand aufheitern wollen, dann hätten Sie mit

Stacey gehn sollen. Sie sah aus, als könnte sie es noch dringender gebrauchen.«

Er schaute schuldbewusst zur Seite. »Es gehört nicht viel dazu, sie glücklich zu machen.«

»Weil sie Sie immer noch liebt!«

»Sie ist zu gut für mich.«

»Das ist ihr egal. Sie würde Ihnen alles verzeihen. Das hat sie bereits.«

»Was denn, den Mord?«

»Nein, dass Sie jemand anders liebten – Celina.«

»Diesmal nicht, Alex«, flüsterte er und beugte den Kopf, um sie zu küssen.

Sie wich seinen Lippen aus. »Nein, Junior.«

»Warum nicht?«

»Sie wissen warum.«

»Muss ich ein Kumpel bleiben?«

»Ein Freund.«

»Warum nur ein Freund?«

»Ich kriege ständig die Vergangenheit und die Gegenwart durcheinander. Und als Sie mir erzählt haben, dass Sie so gerne mein Vater gewesen wären, hat das meine romantischen Ambitionen im Keim erstickt.«

»Wenn ich Sie jetzt so ansehe, kann ich Sie nicht mit dem Baby in der Wiege in Verbindung bringen. Sie sind eine aufregende Frau. Ich möchte Sie festhalten, Sie lieben – und nicht wie ein Daddy.«

»Nein.« Sie schüttelte unerbittlich den Kopf. »Es passt einfach nicht, Junior, es haut nicht hin.«

All das hätte sie Reede sagen sollen. Warum hatte sie das nicht? Weil sie sich vor der Wahrheit drückte, weil nicht immer dieselben Regeln bei gleichen Situationen anwendbar waren, selbst wenn man das wollte. Und weil sie keine Kontrolle darüber hatte, in wen sie sich verliebte. Das war ihre und Celinas Gemeinsamkeit.

»Wir können niemals ein Liebespaar werden.«

Er lächelte und sagte ohne Groll: »Ich bin stur. Wenn erst

Ihr Vorhaben hier erledigt ist, werde ich dafür sorgen, dass Sie mich in einem ganz neuen Licht sehen. Wir werden so tun, als würden wir uns das erste Mal begegnen, und Sie werden sich unweigerlich in mich verlieben.«

Wenn das seinem Ego schmeichelt, soll er es ruhig glauben, dachte Alex.

Sie wusste, dass das nie passieren könnte, genauso wenig, wie es ihm mit Celina gelungen war.

Und in beiden Fällen war Reede Lambert das Hindernis.

37

Angus' Sekretärin begleitete Alex in sein Büro im Hauptquartier von ME. Es war ein unprätentiöses Büro in einem Geschäftshaus, zwischen einer Zahnarztpraxis und einer Anwaltskanzlei mit zwei Partnern. Er kam hinter seinem Schreibtisch hervor, um sie zu begrüßen.

»Danke, dass Sie vorbeikommen, Alex.«

»Ich bin froh, dass Sie angerufen haben, ich wollte sowieso mit Ihnen sprechen.«

»Möchten Sie einen Drink?«

»Nein, danke.«

»Haben Sie Junior in letzter Zeit gesehen?«

»Ja. Wir haben heute Morgen zusammen Kaffee getrunken.«

Angus freute sich, seine Standpauke schien gewirkt zu haben. Wie gewöhnlich hatte Junior nur ein bisschen Aufmunterung gebraucht, um in die Gänge zu kommen.

»Bevor wir geschäftlich werden«, sagte Angus aufgeräumt, »was haben Sie auf dem Herzen?«

»Insbesondere die Nacht, in der meine Mutter starb, Angus.«

Sein herzliches Lächeln verblasste. »Nehmen Sie Platz.« Er führte sie zu einer kleinen Couch. »Was wollen Sie wissen?«

»Als ich heute Morgen mit Junior sprach, bestätigte er mir, was ich bereits erfahren hatte ... dass er Celina an diesem Abend einen Heiratsantrag machte. Ich weiß, dass Sie und Mrs. Minton dagegen waren.«

»Das ist richtig, Alex, das waren wir. Ich sage das nur ungern, und ich möchte auch nicht schlecht über Ihre Mutter reden, weil ich sie als Freund von Junior wunderbar fand.«

»Aber Sie wollten sie nicht als seine Frau.«

»Nein.« Er beugte sich vor und drohte scherzhaft mit dem Zeigefinger. »Glauben Sie ja nicht, dass ich ein Snob bin, das war nicht der Grund. Sarah Jo hätte sich vielleicht von Herkunfts- oder Klassenunterschieden beeinflussen lassen, ich nicht. Ich hätte jede Heirat von Junior in seinem damaligen Lebensabschnitt abgelehnt.«

»Warum haben Sie dann ein paar Wochen drauf Ihre Einwilligung zu seiner Hochzeit mit Stacey Wallace gegeben?«

Nicht blöd, dieses Mädel, dachte Angus. Er spielte den Unschuldigen. »Die Situation hatte sich inzwischen geändert. Er war durch Celinas Tod emotional am Boden zerstört, Stacey vergötterte ihn. Ich dachte, sie täte ihm gut. Eine Zeit lang war das auch der Fall. Ich bereue meinen Segen für diese Ehe nicht.«

»Die privilegierte Tochter eines Richters war auch eine wesentlich passendere Partie für den Sohn von Angus Minton.«

Seine Augen verdüsterten sich. »Sie enttäuschen mich, Alex. Was Sie da andeuten, ist absolut mies. Glauben Sie, ich würde meinen Sohn zu einer Heirat ohne Liebe zwingen?«

»Ich weiß es nicht. Würden Sie?«

»Nein!«

»Selbst, wenn enorm viel auf dem Spiel stünde?«

»Hören Sie«, sagte er eindringlich, »alles, was ich je für meinen Jungen getan habe, war immer nur zu seinem Besten.«

»Gehört dazu auch der Mord an Celina?«

Angus setzte sich mit einem Ruck auf. »Sie haben vielleicht Nerven, junge Frau.«

»Tut mir leid, ich kann es mir nicht leisten, subtil zu sein. Angus, Junior sagte, er hätte an diesem Tag die Ranch verlassen, wütend und verletzt, weil Celina seinen Antrag ablehnte.«

»Das ist richtig.«

»Es blieb Ihnen überlassen, sie nach Hause zu fahren.«

»Ja. Ich hab ihr stattdessen einen Wagen angeboten und ihr die Schlüssel gegeben. Sie hat sich verabschiedet und das Haus verlassen. Ich dachte, sie fährt nach Hause.«

»Hat irgendjemand dieses Gespräch mitgehört?«

»Nicht, dass ich wüsste.«

»Nicht einmal Ihre Frau?«

»Sie ist direkt nach dem Abendessen zu Bett gegangen.«

»Sehen Sie es denn nicht, Angus? Sie haben kein Alibi. Es gibt keinen Zeugen für das, was passierte, nachdem Junior gegangen war.«

Es befriedigte ihn sehr, dass ihr das scheinbar Kopfzerbrechen bescherte, ihr Gesicht war besorgt und spitz. In letzter Zeit hatte er immer größere Schwierigkeiten, dieses Mädchen als seinen Feind zu sehen. Offensichtlich plagte sie dasselbe Dilemma.

»Ich hab in dieser Nacht mit Sarah Jo geschlafen«, sagte er. »Sie wird das beschwören. Reede ebenfalls. Wir lagen am nächsten Morgen zusammen im Bett, als er angerannt kam, um uns zu sagen, dass man Celinas Leiche im Stall gefunden hatte.«

»Hat sich denn meine Großmutter keine Sorgen um sie gemacht? Hat sie nicht auf der Ranch angerufen, als Celina nicht nach Hause kam?«

»Das hat sie tatsächlich. Celina hatte bereits das Haus verlassen. Sie hat damit angegeben, dass Sie schon die ganze Nacht durchschlafen, also nehm ich an, dass Mrs. Graham wieder ins Bett gegangen ist, in der Annahme, sie wäre unterwegs. Erst am nächsten Morgen hat sie gemerkt, dass Celina nicht heimgekommen war.«

»Um welche Uhrzeit hat Großmama Graham angerufen?«

»Ich kann mich nicht erinnern. Es war nicht sehr spät, weil ich noch auf war. Normalerweise gehe ich früh zu Bett. Ich war besonders müde, nachdem wir den ganzen Tag mit dieser Stute im Stall verbracht hatten.«

Alex runzelte die Stirn und überlegte. Er grinste. »Klingt das plausibel?«

Sie erwiderte missmutig sein Lächeln. »Aber es ist voller Lücken.«

»... und bestimmt nicht genug für einen Mordprozess vor einem Schwurgericht. Kein Vergleich zu Bud, dem Spinner, mit dem blutigen Skalpell!«

Alex sagte nichts.

Angus streckte die Hand aus und legte sie auf die ihre. »Ich hoffe, ich habe Ihre Gefühle nicht verletzt, weil ich so offen über Ihre Mutter gesprochen habe.«

»Nein, haben Sie nicht«, sie rang sich ein Lächeln ab. »In den letzten paar Tagen habe ich erfahren, dass sie alles andere als ein Engel war.«

»Ich hätte nie meine Zustimmung zu ihr als Frau von Junior gegeben. Aber das hatte nichts damit zu tun, ob sie eine Heilige oder eine Sünderin war.«

Er beobachtete, wie sie sich nervös die Lippen leckte, bevor sie fragte: »Und was war Ihr Haupteinwand, Angus? Dass sie mich hatte?«

Das ist es also, dachte er. *Alex gibt sich die Schuld am Schicksal ihrer Mutter.* Diese Schuldgefühle hatten sie dazu getrieben, diesem Fall auf den Grund zu gehen. Sie gierte nach Absolution von der Schuldzuweisung, die Merle Graham ihr aufgebürdet hatte. So eine Bosheit von diesem alten Luder! Trotzdem kam es ihm sehr gelegen.

»Meine Ablehnung hatte nichts mit Ihnen zu tun, Alex. Es ging um Reede und Junior.« Er faltete demütig die Hände und betrachtete sie, als er fortfuhr. »Junior braucht jemanden, der ihm ab und zu die Sporen gibt. Einen starken Daddy, einen starken Freund, eine starke Frau.« Er sah sie an. »Sie wären das perfekte Gespons für ihn.«

»Gespons?«

Er lachte und breitete die Arme aus. »Verflucht, ich sag's einfach frei von der Leber weg. Ich würde gerne sehen, dass Sie und Junior ein Paar werden.«

»Was!?«

Angus war sich nicht sicher, ob sie wirklich so schockiert oder eine verdammt gute Schauspielerin war. Wie dem auch sei, er war begeistert, dass diese Sache endlich ins Rollen geriet. Alleine würde Junior das einfach nicht schaffen.

»Wir könnten eine clevere Anwältin in dieser Familie brauchen. Was für eine Bereicherung Sie für das Geschäft wären, ganz zu schweigen von den leeren Schlafzimmern auf der Ranch. In kürzester Zeit wären sie voller Enkelkinder.« Sein Blick senkte sich zu ihrem Becken. »Sie sind dafür gebaut, und Sie würden frisches Blut in meine Herde bringen.«

»Das kann doch nicht Ihr Ernst sein, Angus.«

»Mir war noch nie etwas so ernst.« Er tätschelte ihren Rücken. »Aber für jetzt werden wir's erst mal dabei belassen: Ich wär überglücklich, wenn's zwischen Ihnen und Junior funken würde.«

Sie entzog sich seiner Reichweite. »Angus, ich will weder Sie noch Junior beleidigen, aber was Sie vorschlagen, ist...« Sie suchte nach dem richtigen Wort, dann lachte sie und sagte: »... absurd!«

»Warum?«

»Sie wollen, dass ich die Rolle spiele, für die meine Mutter vorgesehen war. Sie haben sie abgelehnt.«

»Sie sind für die Rolle geeignet, Celina war es nicht.«

»Ich bin nicht verliebt in Junior und will die Rolle nicht.«

Sie stand auf und ging zur Tür. »Es tut mir leid, wenn es irgendwelche Missverständnisse gegeben hat oder wenn ich jemanden versehentlich dazu verleitet habe zu glauben...« Er fixierte sie mit seiner düstersten, bösesten Miene, die normalerweise die Herzen derer, die sich ihm entgegenstellten, in Angst und Schrecken versetzte. Sie ertrug es gelassen. »Wiedersehen, Angus. Ich melde mich wieder.«

Nachdem sie gegangen war, goss er sich zur Beruhigung einen Drink ein. Er packte das Glas so fest, dass es eigentlich in tausend Stücke hätte zerbersten müssen.

Angus Minton passierte es nur selten, dass seine Ideen in Frage gestellt wurden, und noch seltener, dass sie belächelt wurden. Und ganz bestimmt hatte sie noch keiner als absurd bezeichnet.

Alex war höchst beunruhigt, als sie ME verließ. Trotz allerbester Vorsätze hatte sie ihn beleidigt. Das bedauerte sie. Aber am meisten beunruhigte sie der Blick hinter die joviale Fassade.

Angus Minton wollte, dass alles nach seiner Pfeife tanzte. Wenn etwas nicht schnell genug ging, half er nach. Und er mochte es gar nicht, wenn sich ihm jemand in den Weg stellte.

Alex bedauerte Junior mehr als je zuvor. Sein Tempo war das Gegenteil von dem seines Vaters, zweifellos von Anfang an ein Stein des Anstoßes zwischen ihnen. Sie konnte auch verstehen, warum ein Mann wie Reede Minton Enterprises verlassen hatte. Unter Angus' ständiger Bevormundung hatte er sich nicht entfalten können.

Sie kehrte zu ihrem Wagen zurück und begann ziellos herumzufahren. Sie verließ die Stadt und hielt sich an die Nebenstraßen. Die Landschaft war nicht übertrieben eindrucksvoll: Steppenunkraut hatte sich in endlosen Stacheldrahtzäunen verheddert; Ölfördertürme, deren Silhouetten sich schwärzlich vor der farblosen Erde abzeichneten, pumpten einsam vor sich hin.

Das Fahren tat ihr gut, gab ihr die Abgeschiedenheit, die sie brauchte, um nachzudenken.

Genau wie ihre Mutter war sie zwischen drei Männern eingefangen, von denen sie jeden mochte. Sie wollte nicht glauben, dass einer von ihnen der Mörder war.

Großer Gott, was für ein Schlamassel. Sie war dabei, Schicht für Schicht die Anstriche der Tarnung abzutragen.

Wenn sie das lange genug durchhielt, musste sie doch auf die Wahrheit treffen.

Aber ihre Zeit wurde knapp. Es blieben ihr nur noch ein paar Tage, bis Greg Ergebnisse verlangen würde. Wenn sie dann nicht etwas Konkretes vorweisen konnte, würde er die Einstellung der Ermittlungen anordnen.

Als sie sich auf der Rückfahrt der Stadtgrenze näherte, merkte sie plötzlich, dass der Wagen hinter ihr viel zu dicht auffuhr.

»Scheißkerl«, murmelte sie und warf einen Blick in den Rückspiegel. Eine weitere Meile lang hing der Pick-up wie ein Schatten an ihrem Heck. Die Sonne stand so schräg, dass sie den Fahrer nicht erkennen konnte. »Überhol doch, wenn du's so eilig hast.«

Sie tippte kurz auf die Bremse, nur so, dass die Bremslichter kurz aufleuchteten. Er verstand den Hinweis nicht. Auf dieser Landstraße waren die Bankette so schmal, dass man sie kaum als solche bezeichnen konnte. Sie fuhr trotzdem weiter nach rechts in der Hoffnung, der Fahrer des Pick-up würde überholen.

»Ich danke dir herzlich«, sagte sie, als der Pick-up auf den Mittelstreifen scherte und Gas gab, um sie zu überholen.

Er zog gleich mit ihr. Sie sah es aus dem Augenwinkel und erkannte nicht, dass der Fahrer etwas wesentlich Bösartigeres im Sinn hatte als ein kleines Gerangel mit Vehikeln. Wenig später wurde ihr klar, dass er immer noch auf gleicher Höhe fuhr, ein sehr riskantes Spiel bei der Geschwindigkeit, die sie beide draufhatten.

»Du Narr!« Sie wandte den Kopf zu einem kurzen Seitenblick. Der Pick-up beschleunigte plötzlich und schwenkte dann absichtlich gegen ihren vorderen linken Kotflügel. Sie verlor die Kontrolle über den Wagen.

Ans Steuerrad geklammert, stieg sie auf die Bremsen, aber vergeblich. Ihr Wagen schlitterte über das schmale Bankett und pflügte in den tiefen, trockenen Graben. Alex wurde von ihrem Gurt gehalten, aber doch so heftig nach vorne geschleudert, dass ihr Kopf gegen das Steuerrad knallte. Die Windschutzscheibe zerbarst beim Aufprall und ergoss einen schier endlosen Schauer von Glassplittern über ihren Kopf und ihre Hände.

Sie hatte nicht das Bewusstsein verloren, soweit sie es beurteilen konnte, und das Nächste, was sie bemerkte, waren Stimmen, die auf sie einredeten. Sie klangen leise und melodiös, aber verstehen konnte sie sie nicht.

Benommen hob sie den Kopf, ein stechender Schmerz durchbohrte ihren Schädel. Sie kämpfte gegen aufsteigende Übelkeit an und zwang ihre Augen, geradeaus zu schauen.

Die Männer, die sich um ihren Wagen drängten und sie besorgt ansahen, sprachen Spanisch. Einer öffnete die Tür und sagte etwas, das sich wie eine Frage anhörte.

»Ja, ich bin okay«, erwiderte sie automatisch. Sie konnte sich nicht vorstellen, wieso die Männer sie so seltsam anstarrten, bis sie etwas Nasses auf ihrer Wange spürte. Sie hob die Hand und legte sie prüfend aufs Gesicht. Als sie hinsah, waren ihre zitternden Finger rot.

»Es wäre mir lieber, wenn Sie die Nacht hier im Krankenhaus verbrächten. Ich kann Ihnen ein Zimmer besorgen«, sagte der Arzt.

»Nein, ich bin gut aufgehoben im Motel. Wenn ich zwei von denen genommen habe, sollte ich bis zum Morgen durchschlafen.« Sie schüttelte ein braunes Pillenfläschchen.

»Sie haben keine Gehirnerschütterung, aber Sie sollten ein paar Tage lang kürzertreten. Keinen Sport oder so was.«

Der bloße Gedanke an körperliche Anstrengung ließ sie zusammenzucken. »Ich verspreche es.«

»In einer Woche ziehen wir die Fäden. Gut, dass die Platzwunde unter den Haaren war und nicht im Gesicht.«

»Ja«, pflichtete Alex ihm etwas benebelt bei. Er hatte ein Stück Kopfhaut rasieren müssen, aber mit geschicktem Kämmen würden ihre Haare die Stelle verdecken.

»Sind Sie schon bereit für einen Besucher? Es wartet jemand, der Sie sehen will. Da wir jetzt Feierabend haben, ist hier nicht viel los, Sie können das Zimmer benutzen, so lange Sie wollen.«

»Danke, Doktor.«

Er verließ das Behandlungszimmer. Alex versuchte sich aufzusetzen, musste aber entdecken, dass ihr dazu immer noch zu schwindlig war. Der Anblick Pat Chastains, der jetzt durch die Tür trat, war auch nicht unbedingt zuträglich für ihr Gleichgewicht. »Ah, Mr. Chastain, lange nicht gesehn.«

Er kam zum Behandlungstisch und sagte verlegen: »Wie geht es Ihnen?«

»Ich hab mich schon besser gefühlt, aber das renkt sich wieder ein.«

»Gibt es irgendetwas, was ich für Sie tun kann?«

»Nein. Es wäre nicht nötig gewesen, dass Sie extra kommen. Wie haben Sie das überhaupt erfahren?«

Er zog sich den einzigen Stuhl im Raum heran und setzte sich. »Diese Mexikaner haben ein vorbeifahrendes Auto angehalten. Der Fahrer ist zum nächsten Telefon gerast und hat einen Krankenwagen angefordert. Der Deputy, der den Unfall vor Ort untersucht hat, spricht Spanisch und hat von ihnen gehört, was geschehen ist.«

»Sie haben gesehen, wie der Pick-up mich von der Straße gedrängt hat?«

»Ja. Könnten Sie den Wagen identifizieren?«

»Er war weiß.« Sie sah dem Staatsanwalt direkt in die Augen. »Und auf der Seite prangte das Logo von Minton Enterprises.«

Er sah besorgt und nervös aus. »Das haben die Mexikaner auch gesagt. Der Deputy konnte Reede nicht finden, also hat er mich angerufen.« Er zeigte auf den Verband um ihren Kopf. »Kommt das wieder in Ordnung?«

»In zwei bis drei Tagen. Ich kann morgen den Verband abnehmen. Es musste genäht werden. Und das hier hab ich zur Erinnerung.« Sie zeigte ihre Hände, die von winzigen Kratzern übersät waren, aus denen man die Splitter mit einer Pinzette herausgezogen hatte.

»Alex, haben Sie den Fahrer erkannt?«

»Nein.« Der Staatsanwalt sah sie streng an, um zu sehen, ob sie log. »Nein«, wiederholte sie. »Glauben Sie mir, wenn ich das hätte, wär ich selbst schon hinter ihm her. Ich hab nichts gesehen außer seiner Silhouette gegen die Sonne. Ich glaube, er hatte eine Art Hut auf.«

»Glauben Sie, das war ein zufälliger Unfall?«

Sie stützte sich auf beide Ellbogen. »Sie etwa?«

Er hob die Hand, drängte sie, sich wieder hinzulegen. »Nein, das war es wohl nicht.«

»Dann strapazieren Sie mich nicht mit dummen Fragen.«

Er raufte sich das Haar und fluchte. »Als ich meinem alten Kumpel Greg Harper sagte, Sie hätten freie Hand, hab ich nicht gewusst, dass Sie meinen ganzen Bezirk auf den Kopf stellen würden.«

Sie war mit ihrer Geduld am Ende. »Es ist schließlich mein Kopf, der hier den Bach runter soll, Mr. Chastain. Was jammern Sie denn?«

»Verdammt noch mal, Alex, Richter Wallace, der mich ohnehin nicht gut leiden kann, ist jetzt so scharf, dass ich in letzter Zeit im Gerichtssaal keinen einzigen Punkt mehr gegen ihn machen kann. Sie haben drei führende Bürger des Bezirks praktisch als Mörder bezeichnet. Pasty Hickam, eine Institution der Stadt, taucht als Leiche auf, während Sie bei ihm sind. Sie waren in Nora Gails Bordell, als eine Schießerei stattfand. Warum mussten Sie um Himmels willen in diesem Hornissennest herumstochern?«

Sie drückte die Hand an ihre dröhnende Stirn. »Ich war nicht freiwillig da, sondern bin einer Spur gefolgt.« Sie senkte den Kopf und sah ihn an. »Keine Sorge, Ihr geheimes Interesse an Nora Gail ist bei mir sicher.«

Er wand sich schuldbewusst auf dem Stuhl. »Ich sage Ihnen eins, Alex, Sie haben da einen Stier bei den Hörnern gefasst, und das hat Sie heute Abend fast das Leben gekostet.«

»Was beweisen sollte, dass ich der Wahrheit näherkomme. Jemand versucht mich abzumurksen, um sich selbst zu schützen.«

»Wird wohl so sein«, stimmte er düster zu. »Was haben Sie denn in der Zwischenzeit an Erkenntnissen hinzugewonnen?«

»Einwandfrei festgestellte Motive, zum einen.«

»Sonst noch etwas?«

»Einen Mangel an konkreten Alibis. Reede Lambert sagt, er war bei Nora Gail. Sie hat zugegeben, dass sie notfalls einen Meineid schwören würde, um das zu bestätigen, was mich wiederum zu der Annahme verleitet, dass er nicht die ganze Nacht bei ihr war. Junior hat überhaupt kein Alibi vorzuweisen.«

»Und was ist mit Angus?«

»Er behauptet, er wäre auf der Ranch gewesen, aber Celina war auch da. Wenn Angus die ganze Nacht daheim war, hätte er reichlich Gelegenheiten gehabt.«

»Genau wie Bud, der Spinner, wenn er ihr da hinaus gefolgt ist«, sagte Pat, »und genau das würde ein guter Verteidiger den Geschworenen erzählen. Keiner kriegt lediglich auf Tatverdacht lebenslänglich. Sie haben immer noch nichts in der Hand, was beweist, dass einer von ihnen zur fraglichen Zeit mit einem Skalpell in der Hand in diesen Stall geschlichen ist.«

»Ich war heute Nachmittag auf dem Weg zu Ihnen ins Büro, um darüber zu reden, als man mich von der Straße drängte.«

»Um worüber mit mir zu reden?«

»Über das Skalpell des Veterinärs. Wo ist es geblieben?«

Er sah überrascht aus. »Sie sind schon die zweite Person in dieser Woche, die mir diese Frage stellt.«

Alex versuchte, sich mit Hilfe eines Ellbogens aufzurichten. »Wer hat denn sonst noch danach gefragt?«

»Ich«, sagte Reede Lambert, der in der Tür stand.

38

Alex' Inneres wollte sich in nichts auflösen. Sie hatte den Augenblick gefürchtet, in dem sie ihn wiedersehen würde. Es war natürlich unvermeidlich, aber sie hatte gehofft, dass sie wenigstens nach außen hin unbeteiligt erscheinen könnte.

Auf einem Krankenhausbehandlungstisch zu liegen, die Haare mit Blut verklebt, die Hände von kürbisfarbener Desinfektionslösung verfärbt, zu schwach und schwindlig, um sich aufzurichten, entsprach allerdings nicht gerade ihrer Vorstellung von Unbesiegbarkeit, die sie gerne zur Schau gestellt hätte.

»Hallo, Sheriff Lambert. Es wird Sie freuen zu hören, dass ich Ihren Rat befolgt habe und nicht mehr ständig über die Schulter geschaut hab, ob mir böse schwarze Männer folgen.«

Er ignorierte sie und sagte: »Tag, Pat. Ich hab grade mit dem Deputy über Funk gesprochen.«

»Dann hast du gehört, was passiert ist?«

»Mein erster Gedanke war, dass Plummet dahintersteckt, aber der Deputy sagt, ihr Wagen wäre von einem ME-Truck abgedrängt worden.«

»Das ist richtig.«

»ME umfasst eine Reihe von Firmen. Praktisch jeder im Bezirk könnte sich Zugang zu einem dieser Fahrzeuge verschaffen.«

»Einschließlich Ihnen«, sagte Alex.

Reede war jetzt endlich so gnädig, ihre Anwesenheit mit einem bösen Blick zu quittieren. Der Staatsanwalt sah nervös von einem zum anderen. »Äh, wo warst du, Reede? Keiner konnte dich finden.«

»Ich war mit dem Pferd unterwegs. Jeder auf der Ranch hätte dir das sagen können.«

»Ich musste doch fragen«, sagte Pat betreten.

»Das versteh ich, aber du solltest wissen, dass jemanden

von der Straße zu drängen nicht ganz mein Stil ist. Abgesehen von mir, wer könnte es Ihrer Meinung nach sonst noch gewesen sein?«, fragte er Alex sarkastisch.

Sie hatte schon Schwierigkeiten, sich das vorzustellen, aber es in Worte zu fassen war noch schwerer. »Junior«, sagte sie leise.

»Junior?« Reede lachte. »Warum ausgerechnet der?«

»Ich hab mich heute Morgen mit ihm getroffen. Er hat kein Alibi für die Nacht, in der Celina getötet wurde. Er gibt zu, dass er furchtbar wütend war.« Sie schlug die Augen nieder. »Ich habe außerdem Grund zu der Annahme, dass er wütend auf mich ist.«

»Warum?«

Sie sah ihn trotzig an, obwohl es sie einige Mühe kostete. »Er ist heute Morgen in mein Zimmer gekommen.« Mehr würde sie nicht sagen. Er konnte eigene Schlüsse ziehen.

Seine Gesichtszüge entgleisten etwas, aber er fragte nicht, was Junior in ihrem Zimmer gemacht hatte. Entweder wollte er es nicht wissen, oder es war ihm gleichgültig. »Sonst noch jemand?«, fragte er. »Oder kommen nur wir zwei in Frage?«

»Möglicherweise Angus. Ich habe ihn heute Nachmittag getroffen, und wir sind nicht gerade in Freundschaft auseinandergegangen.«

»Wieder wir drei, was? Glauben Sie denn, wir sind an allem schuld, was in unserer Gegend passiert?«

»Ich *glaube* gar nichts. Meine Vermutungen basieren auf Fakten.« Eine Woge von Übelkeit brandete über sie hin, und sie musste kurz die Augen schließen, ehe sie fortfuhr. »Ich habe da noch einen Verdächtigen im Sinn.«

»Wen?«

»Stacey Wallace.«

Pat Chastain reagierte, als hätte ihm einer in den Hintern getreten. »Wollen Sie sich über mich lustig machen?« Er warf einen Blick zur Tür, um sicherzugehen, dass sie geschlossen war. »Großer Gott, bitte sag mir, dass ich träume.

Sie werden sie doch nicht öffentlich bezichtigen, oder? Denn wenn Sie das auch nur denken, Alex, dann sind Sie von jetzt an auf sich gestellt. Ich halte meinen Hals nicht noch einmal hin.«

»Sie haben Ihren Hals bis jetzt für gar nichts hingehalten!«, schrie Alex, was einen neuerlichen messerscharfen Schmerz in ihrem Kopf auslöste.

»Wie sollte sich Stacey einen ME-Pick-up beschaffen?«, fragte Reede.

»Ich habe keine konkreten Fakten«, sagte Alex erschöpft. »Es ist nur eine Vermutung.«

»Mehr haben Sie anscheinend nie«, sagte Reede. Alex warf ihm einen gefährlichen Blick zu, der aber wohl nicht überzeugend genug ausgefallen war.

Pat mischte sich ein. »Was Stacey angeht, worauf begründen Sie Ihre Anschuldigungen?«

»Sie hat mich angelogen, als ich sie fragte, wo sie in der Mordnacht war.« Sie erzählte, was Stacey ihr in der Damentoilette des Horse-and-Gun-Club gesagt hatte. »Ich weiß, dass sie Junior noch liebt. Ich glaube, das würde keiner abstreiten.«

Die beiden Männer sahen sich an, der Blick war so etwas wie Zustimmung. »Sie behandelt ihren Vater wie eine Henne ihr Küken und will nicht, dass ihr Ruf ruiniert wird. Und«, fügte sie mit einem Seufzer hinzu, »sie hasst mich aus demselben Grund, aus dem sie Celina gehasst hat – Junior. Sie glaubt, ich stehle ihr seine Zuneigung, genau wie meine Mutter es getan hat.«

Pat klimperte mit dem Kleingeld in seiner Tasche und wiegte sich auf den Ballen hin und her. »Klingt logisch, wenn Sie's so schildern, aber ich kann mir nicht vorstellen, dass Stacey Gewalt anwendet.«

»Ihre Mutmaßungen lagen in letzter Zeit auch ziemlich daneben.«

Alex setzte sich mit einiger Mühe auf. »Gehen wir doch zurück zum Skalpell.« Ihr war so schwindlig, dass sie sich an den Kanten des Tisches festhalten musste, um aufrecht zu bleiben. »Wann hat Reede Sie danach gefragt, Pat?«

»Wenn Sie etwas zu fragen haben, dann fragen Sie mich«, sagte Reede und baute sich direkt vor ihr auf. »Ich hab ihn vor ein paar Tagen auf das Skalpell angesprochen.«

»Warum?«

»Genau wie Sie wollte ich wissen, was damit passiert ist.«

»Wenn Sie es vor mir gefunden hätten – hätten Sie es zerstört oder als Beweismaterial eingebracht?«

Ein Muskel zuckte in seiner Wange. »Das steht nicht mehr zur Diskussion. Es ist nicht mehr in der Asservatenkammer.«

»Sie haben es überprüft?«

»Da können Sie Gift drauf nehmen. Ich hab keine Spur davon entdeckt. Wahrscheinlich ist es schon seit Jahren weg. Höchstwahrscheinlich wurde es weggeworfen, weil der Fall abgeschlossen war.«

»Hätte da keiner angeboten, es zurückzugeben, aus Rücksicht auf die Familie Collins?«

»Darauf weiß ich keine Antwort.«

»Wurde es je auf Fingerabdrücke untersucht?«

»Ich habe mir die Freiheit genommen und Richter Wallace diese Frage gestellt.«

»Da bin ich mir sicher, Sheriff. Was hat er gesagt?«

»Er sagte Nein.«

»Warum nicht?«

»Der Griff war blutig. Und übersät mit den Fingerabdrücken von Bud, dem Spinner. Eine weitere Überprüfung erübrigte sich.«

Die beiden sahen sich so feindselig an, dass Pat Chastain einen Schweißausbruch bekam. »Wir sollten den Leuten jetzt ihr Behandlungszimmer zurückgeben. Ihr Wagen ist Schrott, Alex, also werde ich Sie ins Motel fahren. Können Sie bis zum Auto gehen, oder soll ich einen Rollstuhl besorgen?«

»Ich bringe sie zurück«, sagte Reede, bevor Alex auf Pats Angebot reagieren konnte.

»Wollen Sie das wirklich?«, fühlte Pat sich genötigt zu fragen, obwohl er offensichtlich erleichtert war, dass Reede sie ihm abnahm. »Nachdem der Sheriff es angeboten hat«, sagte sie zu Pat, »werde ich mich von ihm fahren lassen.«

Der Staatsanwalt huschte zur Tür hinaus, bevor einer der beiden es sich anders überlegte. Alex verfolgte seinen hastigen Abgang mit spöttischer Miene. »Kein Wunder, dass das Verbrechen in diesem Bezirk so überhandnimmt. Der Staatsanwalt ist ein echter Hasenfuß.«

»Und der Sheriff ist korrupt.«

»Sie nehmen mir die Worte aus dem Mund.« Sie rutschte vom Behandlungstisch und lehnte sich kurz dagegen, um ihr Gleichgewicht zu finden. Sie versuchte einen Schritt zu machen, geriet aber heftig ins Schwanken. »Der Arzt hat mir ein Schmerzmittel gegeben. Mir ist so schwummrig, dass Sie doch bitte einen Rollstuhl besorgen.«

»Vielleicht solltest du lieber über Nacht hierbleiben. Und könnten wir jetzt endlich den Quatsch mit dem Sie lassen?«

»Ich will nicht.«

»Wie du willst.«

Er hob sie einfach hoch, bevor sie protestieren konnte, und trug sie hinaus. »Meine Tasche.« Sie zeigte mit schwacher Hand zum Aufnahmeschalter. Reede holte sie. Dann trug er sie unter den entgeisterten Blicken des Personals nach draußen und setzte sie auf den Beifahrersitz seines Blazers.

Sie lehnte den Kopf zurück und schloss die Augen. »Wo warst du heute Nachmittag?«, wiederholte sie, nachdem sie losgefahren waren.

»Das hab ich dir bereits gesagt.«

»Du bist auch nach Sonnenuntergang weitergeritten?«

»Ich hab ein paar Sachen erledigt.«

»Du warst nicht über Funk erreichbar. Wo warst du, Reede?«

»Hier und da.«

»Genau.«

»Ich war bei Nora Gail.«

Alex war überrascht, wie sehr sie das verletzte. »Oh.«

»Ich musste die Zeugen wegen der Schießerei befragen.«

»Dann hast du also gearbeitet?«

»Unter anderem.«

»Du schläfst immer noch mit ihr, stimmt's?«

»Manchmal.«

Sie betete darum, dass er einen langsamen, qualvollen Tod sterben möge.

»Vielleicht hat Nora Gail einen ihrer Schläger losgeschickt«, giftete sie, »dir zu Gefallen.«

»Vielleicht. Es würde mich nicht überraschen. Wenn sie jemanden nicht mag, hat sie keine Skrupel, was dagegen zu unternehmen.«

»Sie hat Celina nicht gemocht«, sagte Alex leise.

»Das stimmt. Aber ich war in der Nacht, als Celina ermordet wurde, mit Nora Gail zusammen, erinnerst du dich?«

»Das hat man mir jedenfalls erzählt.«

War Nora Gail tatsächlich eine weitere Verdächtige für den Mord an Celina? Der Gedanke ließ ihren Kopf nahezu bersten. Sie schloss die Augen. Als sie am Motel anlangten, streckte sie die Hand nach dem Türgriff aus. Reede befahl ihr zu warten und ging um den Wagen herum, um ihr herauszuhelfen. Er legte den linken Arm um ihre Taille und stützte sie langsam bis zur Tür.

Reede sperrte auf und half ihr aufs Bett. Sie ließ sich dankbar zurücksinken. »Es ist eiskalt hier drin«, sagte er und rieb sich die Hände, während er nach dem Thermostat suchte.

»Das ist es immer, wenn ich reinkomme.«

»Gestern hab ich das gar nicht bemerkt.«

Sie tauschten einen kurzen Blick, dann schloss Alex die Augen, weil sie der Situation nicht gewachsen war. Als sie sie aufschlug, sah sie, wie Reede in der obersten Schublade der Kommode gegenüber dem Bett kramte.

»Was suchst du denn diesmal?«

»Etwas, worin du schlafen kannst.«

»Irgendein T-Shirt. Egal.«

Er kam zurück zum Bett, setzte sich vorsichtig an den Rand und zog ihr die Stiefel aus. »Lass meine Socken«, sagte sie. »Ich hab kalte Füße.«

»Kannst du dich aufsetzen?«

Sie konnte, indem sie sich erschöpft an seine Schulter lehnte, während er mit den Knöpfen ihres Kleides kämpfte. Die winzigen runden Dinger waren kaum größer als Pillen und mit demselben Stoff bezogen wie das Kleid. Eine endlose Reihe vom Hals bis zum Knie. Er schimpfte bereits, als er erst bei ihrer Taille angelangt war.

Danach legte er sie behutsam zurück in die Kissen, zog die engen langen Ärmel herunter und streifte ihr das Kleid über die Hüften und die Beine hinunter. Ihr Unterrock ließ ihn noch nicht stutzen, aber ihr BH schon. Er atmete einmal tief durch, dann öffnete er ihn rasch und half ihr, die Träger von den Schultern zu streifen.

»Ich dachte, du hast nur eine Platzwunde am Kopf und ein paar Kratzer an den Händen?« Er hatte offensichtlich mit dem Arzt gesprochen.

»Das ist richtig.«

»Woher sind dann all die …«

Er verstummte, als ihm klar wurde, dass die Abschürfungen auf ihrem Oberkörper von seinem Bart stammten. Ein Mundwinkel zuckte reumütig. Sie fühlte sich genötigt, eine Hand auf seine Wange zu legen und ihn zu beschwichtigen, dass alles in Ordnung wäre, dass sie nichts gegen seinen heißen gierigen Mund auf ihren Brüsten hatte, nichts gegen seine geschickte Zunge, die ihre Nippel zu sanfter Rosigkeit streichelte.

Natürlich tat sie es nicht. Seine finstere Miene erstickte alles im Keim. »Du wirst dich noch einmal aufsetzen müssen«, sagte er.

Er nahm sie an beiden Schultern, zog sie hoch und lehnte sie an das Kopfteil. Dann rollte er das T-Shirt zusammen und versuchte, es über ihren Kopf zu stülpen. Alex zuckte zusammen, sobald er ihr Haar berührte.

»Das funktioniert nicht«, murmelte er. Dann riss er den Halsausschnitt des T-Shirts mit einer heftigen Bewegung so weit auf, dass es schmerzlos über ihren Kopf gleiten konnte.

Sie legte sich wieder hin und tastete den langen Riss ab. »Danke. Das war eins meiner liebsten.«

»Tut mir leid.« Er zog ihr die Decke bis zum Kinn hoch und stand auf. »Kommst du zurecht?«

»Ja.«

Er sah skeptisch aus. »Bist du sicher?«

Sie nickte mühsam. »Brauchst du noch etwas, bevor ich gehe? Wasser?«

»Okay. Stell ein Glas auf den Nachttisch, bitte.«

Als er mit dem Glas Wasser zurückkam, war sie bereits eingeschlafen. Reede blieb über ihr stehen und sah sie an. Die Haarsträhnen, die unter dem Verband hervorquollen, waren blutverklebt. Ihr Gesicht lag unnatürlich bleich auf dem Kissen, und ihm wurde ziemlich mulmig bei dem Gedanken, wie knapp sie einer ernsthaften Verletzung oder sogar dem Tod entronnen war.

Er stellte das Wasser auf den Nachttisch und setzte sich vorsichtig an den Bettrand. Alex bewegte sich, murmelte unverständliche Wortfetzen und streckte die Hand aus, als wolle sie nach etwas greifen. Reede reagierte auf diese stumme Bitte, indem er ihre zerschnittenen Hände mit seinen starken schwieligen umhüllte.

Er wäre nicht überrascht gewesen, wenn sie plötzlich die Augen aufgeschlagen und angefangen hätte, ihn zu beschimpfen, weil er sie entjungfert hatte. Woher hätte er das um alles in der Welt wissen sollen?

Und wenn ich es gewusst hätte, dachte er, *dann hätte ich es trotzdem getan.*

Sie wachte nicht auf, sondern schniefte nur laut, und ihre Finger kneteten vertrauensselig seine Knöchel. Er war hin- und hergerissen zwischen Vernunft und Impuls, aber der Kampf dauerte nicht lange, und der Ausgang war entschieden, bevor sein Gewissen sich regte.

Er legte sich vorsichtig aufs Bett und streckte sich neben ihr aus, dann drehte er sich zu ihr, fühlte ihren sanften Atem auf seinem Gesicht.

Er bewunderte ihre fein geschnittenen Züge, die Form ihres Mundes, wie ihre Wimpern auf den Wangen lagen.

»Alex.« Er flüsterte ihren Namen, nicht um sie aufzuwecken, nur aus Lust, ihn auszusprechen.

Sie seufzte und lenkte seine Aufmerksamkeit auf das zerrissene T-Shirt. Durch den Riss konnte er den seidigen Schwung ihrer Brüste sehen. Im dämmrigen Licht der Nachttischlampe war ihr Dekolleté bräunlich, schattenverhangen, samten, und er wollte seinen offenen Mund dort hindrücken.

Er tat es nicht. Er küsste auch nicht ihre verletzlichen Lippen, obwohl ihm nicht aus dem Kopf ging, wie weich und intensiv und feucht sie sich anfühlten.

Wie schön wäre es, die verlockenden Schwellungen ihrer Brüste zu ertasten. Er konnte die dunklen Abdrücke ihrer Knospen unter dem dünnen T-Shirtstoff erkennen und wusste, dass sie bei der leisesten Berührung seiner Fingerspitzen oder seiner Zunge steif werden würden. Und dieses verdammte T-Shirt war viel sexyer als jedes Negligé oder jeder Strapsgürtel, den Nora Gail je getragen hatte.

Es war die Hölle, so nahe bei ihr zu liegen und sie nicht anzufassen, aber gleichzeitig himmlisch, sie so aus der Nähe ungeniert anstarren zu dürfen. Als die Lust und der Schmerz ihn überwältigten, ließ er widerwillig ihre Hand los und verließ das Bett. Nachdem er sich vergewissert hatte, dass sie warm zugedeckt und von den Pillen völlig ruhiggestellt war, schlich er sich leise hinaus.

39

»Herein.« Junior saß im Bett, sah fern und rauchte einen Joint, als Reede sein Zimmer betrat. »Tag. Was führt dich denn her?« Er bot Reede den Joint an.

»Nein, danke.« Reede ließ sich in einen Sessel fallen und legte seine Stiefel auf die gleich hohe Ottomane.

Das Zimmer hatte sich nur wenig verändert, seit Reede das erste Mal dorthin eingeladen wurde; Junior hatte nur die Möbel etwas modernisiert, als er nach seiner letzten Scheidung beschloss, wieder zu Hause zu wohnen. Es war ein geräumiges Zimmer und äußerst behaglich eingerichtet.

»Gott, bin ich müde«, sagte Reede und strich sich übers Haar.

Junior drückte die glimmende Zigarette aus und legte sie beiseite. »Man sieht's dir an.«

»Danke.« Er seufzte kläglich. »Wie kommt es nur, dass ich immer wie vierzig Meilen schlechte Straße aussehe und du nonstop gepflegt?«

»Sind die Gene. Sieh dir Mutter an. Ich hab noch nie gesehen, dass sie schwitzt.«

»Das wird's wohl sein. Mein Vater hatte, weiß Gott, die Körperpflege nicht erfunden.«

»Erwarte kein Mitleid von mir. Du weißt, dass diese Harte-Burschen-Nummer für Damen unwiderstehlich ist. Wir beide sind eben unterschiedlich, eine Tatsache.«

»Zusammen wären wir toll.«

»Das waren wir auch.«

»Was?«

»Erinnerst du dich an die Nacht, als wir uns eine von den Gail-Schwestern hinter dem Denkmal für die Nationalgarde geteilt haben? Welche war das eigentlich?«

Reede lachte. »Keine Ahnung – und wenn du mich erschlägst! Ich bin viel zu müde, um zu denken, ganz zu schweigen, mich zu erinnern.«

»Du hast allerhand Überstunden runtergerissen in letzter Zeit, stimmt's?«

»Das hat's gebraucht.« Er holte Luft. »Bloß um Alex im Auge zu behalten und dafür zu sorgen, dass sie nicht verletzt wird.«

Reede sah, dass er Juniors Interesse geweckt hatte. »Die kann einem ganz schön zu schaffen machen.«

»Ich scherze nicht! Sie wäre heute Nachmittag fast umgebracht worden.«

»Was?« Junior schwang seine Beine vom Bett. »Was ist passiert? Eine ernste Sache?« Reede erzählte ihm von dem Vorfall auf dem Highway. »Ich sollte sie gleich anrufen«, sagte er, sobald Reede geendet hatte.

»Tu's nicht. Als ich sie verließ, ist sie eingeschlafen. Sie haben ihr im Krankenhaus ein Schmerzmittel gegeben.«

Er spürte den neugierigen Blick Juniors, ignorierte ihn aber. Wieso er es für nötig gehalten hatte, Alex ins Bett zu stecken, würde er ihm nicht erklären. Es hatte seine gesamte Willenskraft erfordert, aus diesem Zimmer zu gehen und sich das Glück zu versagen, die Nacht bei ihr zu bleiben.

»Einige Mexikaner haben die ganze Geschichte mit angesehen. Sie sagten, es wäre ein ME-Pick-up gewesen und er hätte sie absichtlich von der Straße gedrängt.«

Junior schien verwirrt. »Ich hätte zuerst auf den Prediger getippt.«

»Woher würde der einen der Firmenwagen kriegen?«

»Ein treues Mitglied seiner Gemeinde könnte ein Angestellter sein.«

»Ich hab einen Mann angesetzt, der diese Möglichkeit überprüft, obwohl ich bezweifle, dass irgendwas dabei rauskommt.«

Die beiden Freunde schwiegen für einen Augenblick. Schließlich sagte Reede beiläufig: »Wie ich höre, hast du heute früh mit Alex gefrühstückt.«

»Sie hat angerufen und um ein Treffen gebeten.«

»Warum?«

»Sie sagte, du hast ihr von Celinas versuchter Abtreibung erzählt.«

Reede wandte sich ab. »Ja.«

»Ich versuch nur ungern zu erraten, was dahintersteckt, Freund, aber –«

»Dann tu's nicht.« Reede stemmte sich aus dem Sessel.

»Okay, ich versteh bloß nicht, warum das notwendig war.«

Reede hatte nicht vor, das leiseste Wort über gestern Nacht zu verlieren. »Worüber habt ihr beim Frühstück sonst noch geredet?«

»Über die Mordnacht. Alex wollte wissen, ob ich Celina einen Antrag gemacht hätte.« Junior berichtete ihm sein ganzes morgendliches Gespräch mit Alex.

»Hat sie dir geglaubt, dass du losgegangen bist und dich alleine besoffen hast?«

»Ich denke schon. Es sah so aus. Alle glauben mir.«

Der Blick, den sie wechselten, dauerte ein paar Sekunden zu lang, keinem war wohl dabei zumute. »Ja, richtig.« Reede sah aus dem Fenster. »Alex sagte, Stacey wäre aufgetaucht und nicht eben freundlich gewesen.«

Junior rutschte verlegen hin und her. »Ich, äh, ich war in letzter Zeit ein paarmal bei Stacey.«

Reede drehte sich überrascht um. »Hast du sie besucht oder gefickt? Oder ist das bei dir automatisch dasselbe?«

»Schuldig in beiden Anklagepunkten.«

Reede fluchte. »Warum gießt du Öl auf dieses Feuer?«

»Bequemlichkeit.«

»Nora Gails Haus ist auch bequem.«

»Aber nicht umsonst – zumindest für niemanden außer dir.«

Reede verzog verächtlich den Mund. »Du armseliger Dreckskerl!«

»Hör mal, es tut niemandem weh. Stacey braucht Aufmerksamkeit, sie will sie.«

»Weil sie dich liebt, du Wichser.«

»Aach.« Junior winkte gelangweilt ab. »Eins weiß ich, sie ist total von der Rolle wegen Alex. Stacey hat Angst, sie könnte uns alle ruinieren, aber ganz besonders ihren alten Herrn.«

»Richtig. Sie ist entschlossen, den Schuldigen zu finden und ihn ins Gefängnis zu bringen.«

Junior lehnte sich zurück ans Kopfteil. »Macht dir das wirklich Sorgen?«

»Ja«, sagte Reede. »Ich habe viel zu verlieren, wenn ME diese Rennlizenz nicht kriegt. Du auch.«

»Worauf willst du hinaus, dass *ich* Alex von der Straße gedrängt habe? Ist das ein Verhör, Sheriff?«, fragte er in einem Ton, der nicht sehr schmeichelhaft war für das Amt, das Reede bekleidete.

»Ich höre?«

Juniors schönes Gesicht lief vor Wut rot an. »Mein Gott, hast du noch alle Tassen im Schrank?« Er stand vom Bett auf und pflanzte sich vor Reede hin. »Ich würde ihr niemals ein Haar krümmen.«

»Warst du heute Morgen in ihrem Zimmer?«

»Ja? Und?«

»Warum?«, schrie Reede.

»Was glaubst du denn?«, brüllte Junior seinerseits.

Reedes Kopf schnellte zurück. Es war reiner Reflex, gegen den er nichts machen konnte.

Ein paar Sekunden verstrichen in absolutem Schweigen, bevor Junior sagte: »Sie hat Nein gesagt.«

»Ich hab nicht gefragt.«

»Aber du hattest es vor«, sagte Junior intuitiv. »Haben Alex und ihre Ermittlungen hier damit etwas zu tun, dass du Dads Angebot, zu ME zurückzukommen, abgelehnt hast?« Er ging wieder zu seinem Bett, setzte sich auf die Kante und sah Reede verletzt, aber forschend an. »Wolltest du es nicht mal ansprechen, Reede?«

»Nein.«

»Warum?«

»Es gab keine Notwendigkeit. Als ich die Firma verließ, war das endgültig. Ich will nicht wieder ein Teil davon werden.«

»Von *uns* meinst du.«

Reede hob die Schultern. Junior betrachtete seinen Freund nachdenklich. »Wegen Celina?«

»Celina?«, flüsterte Reede mit einem leisen, traurigen Lachen. »Celina ist tot und begraben.«

»Ist sie das?«

Die Freunde sahen sich ehrlich und offen in die Augen, ohne jedes Versteckspiel. Nach einem Augenblick erwiderte Reede: »Ja.«

»Es war nicht mehr dasselbe zwischen uns, seit sie tot ist, nicht wahr?«

»Das konnte es auch nicht sein.«

»Wahrscheinlich nicht«, sagte Junior grimmig. »Leider.«

»Finde ich auch.«

»Was ist mit Alex?«

»Was soll mit ihr sein?«

»Ist sie der Grund, warum du nicht zurückwillst?«

»Verflucht, nein. Du kennst den Grund, Junior, oder zumindest solltest du das. Du hast mich oft genug davon reden hören.«

»Diesen Quatsch von wegen Unabhängigkeit? Das ist ein Vorwand … du hast doch Angus viel besser im Griff als ich.«

Junior holte plötzlich tief Luft, ihm war klar geworden, dass er den Nagel auf den Kopf getroffen hatte. »Das ist es, nicht wahr? Du hältst dich meinetwegen aus ME raus.«

»Du irrst dich.« Reedes Protest kam ein bisschen zu schnell.

»Von wegen«, knurrte Junior. »Du siehst dich selbst als Bedrohung für mich, den zukünftigen Erben. Herzlichen Dank auch, aber ich brauche deine Rücksicht nicht!«

Juniors Wut verflog genauso schnell, wie sie ausgebrochen war. »Wem, zum Teufel, muss ich denn etwas vormachen?« Er schlug ein Bein übers andere. »Mir selbst ganz bestimmt nicht.« Mit vorgerecktem Kopf sah er Reede flehend an. »Ich würde mich wahnsinnig freuen, wenn du wieder dabei bist. Wir brauchen dich, ganz besonders mit den ganzen Rennbahnangelegenheiten.«

»Und wer redet jetzt Scheiße?«

»Du weißt, dass ich recht habe. Dad ist ein Macher, aber er operiert wie ein Pirat. Heutzutage läuft das nicht mehr so in der Geschäftswelt. Ich habe Charme, aber Charme ist auf einer Zuchtranch genauso überflüssig wie Schneeschuhe in Jamaika. Wenn man kein Gigolo ist – ein Beruf, mit dem ich öfter geliebäugelt habe –, kann man Charme nicht auf die Bank tragen.«

»Er kann sehr praktisch sein.«

»Dad ist clever genug zu wissen, dass du alles zusammenhalten könntest, Reede. Du könntest der Puffer zwischen uns sein.« Er sah seine Hände an. »Er hätte lieber dich als mich in seiner Nähe.«

»Junior…«

»Nein, lass uns dieses eine Mal aufrichtig sein, Reede. Wir werden allmählich zu alt dafür, uns gegenseitig anzulügen. Dad würde auf einen Stapel Bibeln schwören, dass er stolz darauf ist, mich zum Sohn zu haben, aber ich weiß es besser. Oh, ich weiß, dass er mich liebt, aber ich bau Mist am laufenden Band. Es wär ihm lieber, wenn ich so wäre wie du.«

»Das ist nicht wahr.«

»Ich fürchte doch.«

»Nee, nee«, sagte Reede und schüttelte streng den Kopf. »Angus weiß, wenn es hart auf hart geht, stehst du deinen Mann. Es hat Zeiten gegeben…«

»Was für Zeiten?«

»Viele Zeiten«, betonte Reede, »in denen du gemacht hast, was du machen musstest. Manchmal musst du dieses Letzter-Atemzug-Stadium erreichen, bevor du deine Verantwortung übernimmst«, sagte Reede, »aber wenn du weißt, dass allein du zuständig bist, dann bist du da.« Er legte seine

Hand auf Juniors Schulter. »Du brauchst nur immer einen Tritt in den Hintern, damit du in Gang kommst.«

Es war Zeit, die Diskussion zu beenden, bevor sie in Sentimentalität abglitt. Reede versetzte Juniors Schulter einen freundschaftlichen Stoß, dann ging er zur Tür. »Fang ja nicht an, dein Hasch an Schulkinder zu verkaufen, sonst muss ich dich einlochen, ja?« Er hatte die Tür schon offen und war auf dem Weg nach draußen, als Junior ihn aufhielt.

»Ich war neulich stinksauer, als du im Country Club aufgetaucht bist, um Alex rauszuholen.«

»Ich weiß. Aber es ging nicht anders. Eine Geschäftssache.«

»War es das? Und das auf dem Flugplatz, war das auch geschäftlich? Dad hatte nicht den Eindruck.«

Reede schwieg eisern.

»Oh, herrje«, hauchte Junior und fuhr sich übers Gesicht. »Passiert es etwa wieder? Verlieben wir uns beide in dieselbe Frau?«

Reede verließ das Zimmer und schloss leise die Tür hinter sich.

40

Stacey Wallace schob den halb gegessenen Thunfischsalat ihres Vaters beiseite und stellte eine Schüssel mit Kompott vor ihn. »Ich glaube, die wird uns nicht mehr lange Sorgen machen«, sagte sie voller Überzeugung. Gesprächsthema war Alexandra Gaither. »Hast du von ihrem Unfall gehört?«

»So wie ich das verstanden habe, war es kein Unfall.«

»Umso mehr Grund für sie, die Stadt zu verlassen.«

»Angus glaubt nicht, dass sie abreisen wird«, sagte er und spielte mit einer Kirsche, die in zähem Sirup schwamm. »Sie soll überzeugt sein, jemand wollte ihr einen Schrecken einjagen, damit sie endlich abreist.«

»Für dich ist wohl alles, was Angus sagt, das reinste Evangelium«, Stacey war erbost. »Woher weiß er, was sie tun wird?«

»Er hält sich an das, was sie Junior gesagt hat.«

Stacey legte ihre Gabel beiseite. »Junior?«

»Hmm.« Richter Wallace nippte an seinem Eistee. »Er hat sie gestern besucht.«

»Ich dachte, sie hätte das Krankenhaus verlassen und wäre wieder im Motel.«

»Wo immer sie ist, Junior war jedenfalls ihr einziger Kontakt zur Außenwelt.« Der Richter hatte so viele eigene Sorgen, dass er Staceys plötzlich abwesenden Blick gar nicht bemerkte.

Er erhob sich vom Tisch. »Ich muss jetzt los, sonst komm ich noch zu spät. Wir haben heute Morgen eine Geschworenenauswahl und eine Anhörung wegen dieses Kerls, der neulich draußen bei Nora Gail Burton einen Mann angeschossen hat. Ich rechne damit, dass sie mir einen Kuhhandel vorschlagen wollen, aber Lambert hat Pat Chastain so weit, dass er auf versuchten Mord plädiert.«

Stacey hörte nur mit halbem Ohr hin. In ihrem Kopf hatte sich ein Bild festgesetzt: die schöne Alex Gaither leidend auf ihrem Bett im Motelzimmer und Junior, der sie wie ein Sklave bedient.

»Übrigens«, sagte der Richter, während er sich seinen Mantel überstreifte. »Hast du die Nachricht gekriegt, die ich dir gestern hinterlassen habe?«

»Dass ich Fergus Plummet anrufen soll?«

»Ja, ist das nicht dieser Prediger, der so einen Aufstand gemacht hat, weil sie letztes Jahr beim Halloween-Maskenfest Bingo gespielt haben? Was wollte er denn von dir?«

»Er sucht Unterstützung für seine Kampagne, das Glücksspiel aus Purcell County rauszuhalten.«

Der Richter kicherte. »Weiß er, dass er genauso gut versuchen könnte, den nächsten Hurrikan aufzuhalten?«

»Das hab ich ihm auch erklärt am Telefon«, sagte Stacey.

»Er weiß, dass ich mehreren Frauenvereinen angehöre, und wollte, dass ich ihn dort unterstütze. Ich hab natürlich abgelehnt.«

Joe Wallace nahm seine Aktentasche und öffnete die Haustür. »Reede ist überzeugt, dass Plummet für den Vandalismus draußen auf der Minton Ranch verantwortlich ist, aber er hat keine Beweise, um ihn einzusperren.« Der Richter diskutierte mit Stacey seine Fälle in aller Unbefangenheit, sie besaß schon seit Jahren sein Vertrauen. »Ich glaube, Plummet hat nicht den Kopf, um so etwas durchzuziehen, nicht ohne jemanden, der ihm Anweisungen gibt. Reede liegt mir ständig in den Ohren damit, aber im Augenblick ist Plummet meine geringste Sorge.«

Stacey griff besorgt nach dem Arm ihres Vaters. »Was macht dir denn Sorgen, Dad? Alex Gaither? Wegen der brauchst du dir keine zu machen. Wie könnte sie dir schon schaden?«

Er rang sich ein Lächeln ab. »Absolut nicht. Aber du weißt doch, dass ich alles immer gerne schön geordnet habe. Ich muss mich beeilen. Wiedersehn.«

Wanda Gail Burton Plummet fegte zufällig gerade ihre Veranda, als der Postbote kam. Er reichte ihr den Stapel Post, und sie dankte ihm. Sie blätterte die Briefe auf dem Weg ins Haus durch. Wie üblich war die gesamte Post an ihren Mann adressiert, meist Rechnungen und Kirchenangelegenheiten.

Ein Umschlag unterschied sich jedoch von den anderen. Er war aus teurem beigem Papier mit aufgedrucktem Absender; aber jemand hatte ihn mit der X-Taste der Schreibmaschine unleserlich gemacht. Ihre Adresse war ebenfalls mit der Schreibmaschine getippt.

Neugier siegte über die Anordnung ihres Mannes, er allein habe das Recht, die Post zu öffnen. Wanda riss den Umschlag auf. Er enthielt nur ein leeres Stück Papier, in das fünf Hundertdollarscheine gefaltet waren.

Wanda starrte das Geld an, als wäre es eine Sendung von

einem außerirdischen Planeten. Fünfhundert Dollar waren mehr, als nach einem gut besuchten Bibeltreffen auf dem Kollektenteller lag. Fergus nahm sich immer nur ein Almosen davon, um seine Familie zu ernähren. Alles andere ging an die Kirche und ihre »Anliegen«.

Das Geld war ohne Zweifel von einem Spender geschickt worden, der anonym bleiben wollte. In den letzten paar Tagen hatte Fergus ständig Leute angerufen und Freiwillige für eine Demonstration vor den Toren der Minton-Ranch gesucht. Er wollte ganzseitige Anzeigen gegen das Glücksspiel in die Zeitung setzen: Kreuzzüge mit großem Werbeaufwand waren teuer. Die meisten Leute ließen ihn gar nicht zu Wort kommen, sondern legten auf. Einige hatten ihn wüst beschimpft, bevor sie den Hörer hinknallten. Andere versprachen halbherzig, eine Spende zu schicken.

Aber *fünfhundert* Dollar?

Er hatte auch einige Zeit mit geheimnisvollen, geflüsterten Gesprächen am Telefon zugebracht. Wanda wusste nicht, worum es bei diesen heimlichen Anrufen ging; aber sie vermutete, dass sie etwas mit der Geschichte auf der Minton Ranch zu tun hatten. Eine der unangenehmsten Anweisungen, die sie je hatte befolgen müssen, war, ihren alten Freund Reede anzulügen. Er hatte gemerkt, dass sie log, war aber souverän genug gewesen, ihr das nicht vorzuwerfen.

Hinterher, als sie Fergus gestand, sie wäre wegen der Sünde der Lüge besorgt, hatte er ihr gesagt, sie wäre gerechtfertigt gewesen. Gott erwartete nicht, dass seine Diener ins Gefängnis gingen, wo sie nichts ausrichten könnten.

Sie wies ihn schüchtern darauf hin, dass der Apostel Paulus erhebliche Zeit hinter Gittern verbracht hätte und dabei einige der inspiriertesten Texte für das Neue Testament entstanden wären. Fergus war von dem Vergleich nicht sehr angetan und hatte sie getadelt, sie solle nicht über Sachen reden, die für ihren Verstand viel zu kompliziert wären.

»Wanda?«

Beim Klang seiner Stimme zuckte sie zusammen und

drückte instinktiv das Geld an ihren schlaffen Busen. »Was, Fergus?«

»War das der Briefträger?«

»Äh, ja.« Sie warf einen Blick auf den Umschlag. Das Geld hatte sicher etwas mit diesen heimlichen Anrufen zu tun, Fergus würde nicht darüber reden wollen. »Ich wollte dir gerade die Post bringen.«

Sie ging in die Küche. Er saß an ihrem Resopaltisch, der zwischen den Mahlzeiten als Schreibtisch diente. Sie legte den Stapel Post vor ihn hin. Als sie zum Spülbecken zurückging, um fertig abzuwaschen, war der schicke Umschlag samt seinem Inhalt in ihrer Schürzentasche verschwunden.

Sie würde ihn Fergus später geben, gelobte Wanda, als Überraschung. In der Zwischenzeit würde sie sich ausmalen, was sie damit alles für ihre drei Kinder kaufen könnte.

Alex hatte sechsunddreißig Stunden gehabt, um nachzudenken. Während sie ihre lähmenden Kopfschmerzen pflegte, hatte sie im Bett gelegen und sich alles, was sie wusste, noch einmal durch den Sinn gehen lassen und die Lücken mit realistischen Vermutungen gefüllt.

Sie konnte nicht mehr endlos im Kreis herumrennen. Näher als jetzt würde sie der Wahrheit wahrscheinlich nie kommen, außer sie griff zu drastischen Maßnahmen. Es war Zeit, jemanden zu zwingen, Farbe zu bekennen, aggressiv zu werden, selbst wenn sie bluffen musste.

Vor Tagen war sie bereits zu dem herzzerreißenden Schluss gekommen, dass sie der Auslöser für den Mord an Celina gewesen war, aber sie hatte nicht vor, die Last dieser Schuld für den Rest ihres Lebens allein zu tragen. Wer immer die Tat begangen hatte, sollte ebenfalls leiden müssen.

Als sie an diesem Morgen aufwachte, hatte sie zwar immer noch Kopfschmerzen, aber solche, mit denen man leben konnte. Sie verbrachte den Morgen damit, noch einmal ihre Notizen durchzuarbeiten und ein paar Recherchen zu machen; jetzt erwartete sie Richter Wallace in seinem Vorzimmer. Er schien nicht besonders erfreut, sie zu sehen.

»Ich habe Miss Gaither gesagt, dass Sie heute einen vollen Terminkalender haben«, sagte Mrs. Lipscomb hastig, als er ihr einen vernichtenden Blick zuwarf. »Sie hat darauf bestanden, auf Sie zu warten.«

»Das stimmt, Richter Wallace, das hab ich«, sagte Alex. »Können Sie mir ein paar Minuten widmen?«

Er warf einen Blick auf seine Armbanduhr. »Sehr wenige.«

Sie folgte ihm in sein Büro. Er zog seinen Mantel aus und hängte ihn an eine Messinggarderobe. Erst als er hinter seinem Schreibtisch in Positur gegangen war, fragte er: »Was steht denn diesmal zur Debatte?«

»Womit hat Angus Minton Sie in Versuchung geführt?«

Sein Gesicht war schlagartig von hektischen roten Flecken übersät. »Ich habe keine Ahnung, wovon Sie reden.«

»Oh doch, das haben Sie. Sie haben einen unschuldigen Mann in eine staatliche Irrenanstalt eingewiesen, Richter Wallace. Sie wussten, dass er unschuldig war, oder haben es zumindest geahnt. Sie machten das auf Bitten von Angus, nicht wahr? Und im Gegenzug haben Sie verlangt, dass Junior Minton Ihre Tochter heiratet.«

»Das ist unglaublich!« Er schlug mit der Faust auf den Schreibtisch.

»Es ist sogar sehr glaubhaft. Am Morgen, nachdem Celina Graham ermordet im Stall der Minton Ranch aufgefunden wurde, erhielten Sie einen Besuch oder einen Anruf von Angus. Bud Hicks war in der Nähe des Tatorts verhaftet worden, voller Blut und im Besitz eines Skalpells, das vermutlich die Mordwaffe war. Das wurde nie einwandfrei festgestellt, weil niemand das Skalpell gründlich untersucht hatte. Im Autopsiebericht stand, Todesursache wären die zahlreichen Stichwunden, aber kein Gerichtsmediziner hatte Zugang zu der Leiche, bevor sie verbrannt wurde – also hätten die Wunden von allem Möglichen stammen können.«

»Bud, der Spinner, hat sie mit Dr. Collins' Skalpell ermordet«, begehrte er auf. »Er hat es im Stall gefunden und sie damit attackiert.«

»Wo ist es jetzt?«

»Das ist fünfundzwanzig Jahre her. Sie erwarten doch nicht, dass es immer noch in der Asservatenkammer herumliegt, oder?«

»Aber ich erwarte, dass es Aufzeichnungen über seinen Verbleib gibt. Niemand hat je Dr. Collins oder seinen Sohn angerufen und gefragt, ob sie es vielleicht zurückhaben wollen, zumal es ein Geschenk seiner Frau war. Finden Sie das nicht ungewöhnlich?«

»Gott weiß, was damit passiert ist, oder mit den betreffenden Aufzeichnungen.«

»Ich glaube, dass Sie es verschwinden ließen, Richter. Sie und nicht das Büro des Sheriffs waren der Letzte, der es laut Bericht in Händen hatte. Ich habe das heute Morgen überprüft.«

»Warum sollte ich es verschwinden lassen?«

»Falls später ein Ermittler kommen würde – jemand wie ich – und es dann glaubhaft wäre, sein Verschwinden als Ordnungsfehler hinzustellen. Es ist besser, schlampiger Büroführung bezichtigt zu werden als eines Justizirrtums.«

»Sie sind widerlich, Miss Gaither«, grollte er. »Wie die meisten Rächer reagieren Sie emotional und haben keinerlei Beweise für Ihre schrecklichen Beschuldigungen.«

»Nichtsdestoweniger werde ich genau das vor ein Schwurgericht bringen. Eigentlich tue ich Ihnen einen Gefallen, wenn ich Ihnen meine Anhaltspunkte mitteile. So haben Sie die Möglichkeit, sich im Vorhinein mit einem Anwalt zu beraten, wie Ihre Antworten heißen sollen. Oder wollen Sie sich auf Ihr Schweigerecht berufen?«

»Ich werde keines von beidem machen.«

»Wollen Sie Ihren Anwalt jetzt anrufen? Ich warte gerne.«

»Ich brauche keinen Anwalt.«

»Dann fahre ich fort. Angus hat Sie um einen Gefallen gebeten. Sie haben im Austausch einen von ihm verlangt.«

»Junior Minton hat meine Tochter geheiratet, weil er sie liebte.«

»Ich kann das unmöglich glauben, Richter Wallace, nachdem er mir selbst gesagt hat, dass er in der Nacht, in der meine Mutter getötet wurde, ihr einen Heiratsantrag gemacht hatte.«

»Seine Unstetigkeit kann ich nicht erklären.«

»Ich aber. Junior war der Preis für Ihr Urteil gegen Bud, den Spinner.«

»Das Büro des Bezirksstaatsanwalts ...«

»Der war zu jener Zeit auf Urlaub in Kanada. Ich habe mir das heute Morgen von seiner Witwe bestätigen lassen. Sein Assistent hatte genug Beweise, um Bud Hicks des Mordes anzuklagen.«

»Ein Schwurgericht hätte ihn ebenfalls verurteilt.«

»Der Meinung bin ich nicht, aber das werden wir nie erfahren, denn Sie haben es verhindert.« Sie holte tief Luft. »Wen wollte Angus beschützen – sich selbst, Junior oder Reede?«

»Keinen.«

»Er muss es Ihnen gesagt haben, als er Sie an diesem Morgen angerufen hat.«

»Er hat nicht angerufen.«

»Er muss angerufen haben, sobald Hicks verhaftet worden war. Was hat Angus Ihnen erzählt?«

Sie stand auf und beugte sich über seinen Schreibtisch. »Er muss gesagt haben ›Hör mal, Joe, ich steck hier ganz schön im Schlamassel‹ oder ›Junior hat diesmal ein bisschen zu sehr über die Stränge geschlagen‹ oder ›Kannst du Reede da raushelfen? Er ist wie ein Sohn für mich.‹ War es nicht so?«

»Nein, keineswegs.«

»Sie haben vielleicht gesagt, Sie könnten das nicht tun. Sie haben wahrscheinlich um Bedenkzeit gebeten. Angus hat Ihnen ein paar Stunden eingeräumt, sich damit auseinanderzusetzen. Und dann haben Sie ihn angerufen und ihm gesagt, Sie würden ihm diesen kleinen Gefallen erweisen für eine Heirat von Junior und Stacey.«

»Ich werde nicht dulden…«

»Vielleicht haben Sie sogar Ihr Dilemma mit ihr und Mrs. Wallace besprochen?«

»Das ist eine Verleumdung…«

»Oder vielleicht hat Stacey die Bedingungen für die Transaktion vorgeschlagen?«

»Stacey hat nie etwas davon gewusst!«

Er schoss von seinem Stuhl hoch und schleuderte Alex die Worte ins Gesicht. Als ihm dämmerte, was er da angerichtet hatte, blinzelte er und benetzte sich die Lippen, dann wich er langsam zurück und drehte ihr den Rücken zu. Nervös betastete er die Messingnägel an der Lehne seines Ledersessels. Der Stuhl war ein Geschenk seiner Tochter, seines einzigen Kindes.

»Sie wussten, wie sehr Stacey Junior Minton liebte.«

»Ja«, sagte er leise. »Ich wusste, dass sie ihn mehr liebte, als er es verdiente.«

»Und dass ihre Zuneigung nicht erwidert wurde.«

»Ja.«

»Und dass Junior mit ihr schlief, wann immer ihm danach war. Sie dachten, es wäre das Beste, ihren Ruf zu schützen und die Möglichkeit einer unpassenden Schwangerschaft auszuschließen, indem Sie sie so schnell wie möglich verheirateten.«

Der Richter ließ die Schultern hängen und erwiderte mit gebrochener Stimme: »Ja.«

Alex schloss die Augen und atmete langsam aus. Die Spannung in ihr verebbte wie die brandende Flut, die sich vom Ufer zurückzieht. »Richter Wallace, wer hat meine Mutter getötet? Wen wollte Angus beschützen, als er Sie bat, Buddy Hicks im Eiltempo durch die Justiz zu jagen?«

Er wandte sich ihr zu. »Ich weiß es nicht. So wahr Gott mein Zeuge ist, ich weiß es nicht. Ich würde es bei meiner Amtszeit als Richter beschwören.«

Sie glaubte ihm und sagte das auch. Sie sammelte so unauffällig wie möglich ihre Sachen ein. Als sie an der Tür angelangt war, hauchte er mit schwacher Stimme ihren Namen.

»Ja?«

»Wenn das je vor Gericht kommt, wird es dann für Ihre Anklage unerlässlich sein, dies zur Sprache zu bringen?«

»Ich fürchte ja, es tut mir leid.«

»Stacey ...« Er räusperte sich. »Es war keine Lüge, als ich sagte, sie wusste nichts von meinem Abkommen mit Angus.«

Alex wiederholte: »Tut mir wirklich leid.«

Er nickte resigniert. Sie ging hinaus ins Vorzimmer und schloss die Tür hinter sich. Die Sekretärin warf ihr einen hasserfüllten Blick zu, der nicht ganz unverdient war. Sie hatte den Mann so lange schikaniert, bis er die Wahrheit gesagt hatte. Es war notwendig gewesen, aber Freude hatte sie nicht dabei verspürt.

Sie wartete auf den Aufzug, als sie den Schuss hörte. »O mein Gott, nein.« Diese Worte flüsterte sie unbewusst, ließ ihre Aktentasche fallen und rannte zurück zum Ende des Gangs. Mrs. Lipscomb war an der Tür zu seinem Büro, Alex schob sie beiseite und stürzte an ihr vorbei.

Was sich ihren Augen bot, ließ sie unvermittelt stehen bleiben. Ihr Schrei erstarb ihr in der Kehle, aber der der Sekretärin gellte durch den Raum und hinaus auf den Korridor.

41

Ein Schwarm von Schreibkräften, Gerichtsdienern und anderen Angestellten hatte sich innerhalb von Sekunden nach dem Schuss vor der Tür zum Richterzimmer von Richter Wallace versammelt.

Reede war als Erster aus dem Keller zur Stelle. Er drängte sich durch die Menge und rief den Deputies, die ihm gefolgt waren, Anweisungen zu. »Schafft alle hier raus!«

Er befahl einem, den Krankenwagen zu rufen, einem anderen, den Korridor abzusperren. Er legte tröstend den Arm um Mrs. Lipscomb, die hysterisch schluchzte, und beauftragte Imogene, die Sekretärin von Pat Chastain, sie wegzubringen. Dann nahm er Alex ins Visier.

»Geh in mein Büro, sperr dich ein und bleib da, verstanden!« Sie gaffte ihn verständnislos an. »Verstanden?«, wiederholte er laut und schüttelte sie kurz. Sie brachte immer noch keinen Ton heraus, nickte aber.

Er wandte sich einem anderen Deputy zu und sagte: »Sorg dafür, dass sie in mein Büro kommt. Lass keinen rein.«

Der Beamte führte sie weg. Bevor sie den Raum verließ, sah sie, wie Reede sich dem grausigen Anblick am Schreibtisch zuwandte. Er fuhr sich mit der Hand durchs Haar und murmelte: »Scheiße.«

In seinem Büro im Keller des Hauses vertrieb sich Alex die Zeit mit Hinundherlaufen, Weinen, Zähneknirschen und ins Leerestarren. Richter Joseph Wallace' Selbstmord ließ sie durch ihr eigenes privates Fegefeuer gehen.

Ihr Kopf pochte so heftig, dass sie das Gefühl hatte, die Nähte in ihrer Kopfhaut würden jeden Moment platzen. Sie hatte vergessen, ihre Tabletten mitzunehmen. Eine hektische Suche im Schreibtisch des Sheriffs brachte nicht einmal ein Aspirin zutage. War denn der Mann völlig immun gegen Schmerz?

Ihr drehte sich alles, und ihre Hände weigerten sich, warm zu werden, obwohl sie schweißnass waren. Durch die alte Putzdecke war jedes Geräusch von oben zu hören, aber sie konnte keins davon identifizieren. Es folgte eine endlose Parade von Schritten. Das Büro gab ihr Zuflucht vor dem Trubel, aber sie wollte unbedingt wissen, was in den Räumen und Gängen über ihr passierte.

Sie steckte bis zum Hals in Verzweiflung. Die Fakten zeigten auf eine gnadenlose Wahrheit, die sie nicht wahrhaben wollte. Richter Wallace' Geständnis, dass er etwas vertuscht hatte, belastete ihre Hauptverdächtigen noch mehr.

Wenn Angus in Bedrängnis war, würde er ohne einen Funken Skrupel seine persönlichen Interessen wahren. Und ebenso hätte er den Richter bestochen, um Junior zu beschützen, und hätte das wahrscheinlich auch für Reede getan. Aber wer von den dreien war nun tatsächlich in den Stall gegangen und hatte Celina umgebracht?

Als Reede die Tür aufriss, drehte Alex sich erschrocken um. Sie hatte aus dem Fenster gestarrt. Sie wusste nicht, wie lange sie schon in diesem Raum wartete, aber mit einem Mal merkte sie, dass es draußen schon dämmerte, als er den Lichtschalter drückte. Sie hatte immer noch keine Ahnung, was sich oben und vor dem Gericht abspielte.

Reede warf ihr einen scharfen Blick zu, sagte vorläufig nichts. Er goss sich eine Tasse Kaffee ein und nippte ein paarmal daran. »Wie kommt es, dass, wenn in letzter Zeit etwas passiert ist, du immer irgendwie daran beteiligt warst?«

Tränen schossen ihr in die Augen, drängten unter ihren Lidern hervor. Sie richtete einen zitternden Zeigefinger auf seine Brust. »Nicht, Reede. Ich hab nicht gewusst, dass …«

»Dass Joe Wallace sich die Birne wegschießt, nachdem du ihn in die Ecke gedrängt hast? Aber genau das ist passiert. Jetzt tropft sein Gehirn den Schreibtisch runter.«

»Sei still.«

»Wir haben Haarklumpen und Gewebe an der gegenüberliegenden Wand gefunden.«

Sie hielt sich den Mund zu und unterdrückte den Schrei, der sich aus ihrer Kehle drängte. Sie wandte ihm den Rücken zu, zitternd von Kopf bis Fuß. Als er sie berührte, zuckte sie zusammen, aber er packte mit fester Hand ihre Schultern, drehte sie um und zog sie an seine Brust.

»Schon gut, es ist vorbei.« Seine Brust wölbte sich unter ihrer Wange, als er tief Luft holte. »Vergiss es.«

Sie stemmte sich gegen ihn. »Vergessen? Ein Mann ist tot. Es ist meine Schuld.«

»Hast du abgedrückt?«

»Nein.«

»Dann hast du keine Schuld.«

Es klopfte an der Tür. »Wer ist da?«, fragte Reede verärgert. Ein Deputy meldete sich, und Reede ließ ihn eintreten. Er bedeutete Alex, sich zu setzen, während der Deputy ein Blatt Papier in die Schreibmaschine spannte. Sie sah Reede verwirrt an.

»Er muss deine Aussage zu Protokoll nehmen«, sagte er.

»Jetzt?«

»Am besten, wir bringen es hinter uns. Fertig?«, fragte er den Deputy, der nickte. »Okay, Alex, was ist passiert?«

Sie tupfte sich das Gesicht mit einem Kleenex ab, bevor sie begann. Dann schilderte sie, so knapp wie möglich, was sich im Richterzimmer abgespielt hatte, achtete aber darauf, weder Namen noch Fakten zu nennen, die sie besprochen hatten.

»Ich hab sein Büro verlassen und bin bis zum Aufzug gekommen.« Sie sah auf das tropfnasse Kleenex, das sie inzwischen zerrupft hatte. »Dann habe ich den Schuss gehört.«

»Sie sind zurückgelaufen?«

»Ja. Er war vornübergesackt. Sein Kopf lag auf dem Schreibtisch. Ich hab Blut gesehen … und wusste, was er getan hatte.«

»Haben Sie die Pistole gesehen?« Sie schüttelte den Kopf.

Reede sagte zum Deputy: »Schreib, dass sie Nein gesagt hat und dass sie sie gar nicht hätte sehen können, weil sie aus der Hand des Opfers auf den Boden gefallen war. Das war's dann für jetzt.« Der Deputy zog sich diskret zurück. Reede wartete ein paar Augenblicke. Er saß auf der Schreibtischkante, und sein Fuß schwang hin und her. »Worüber hast du mit dem Richter geredet?«

»Über den Mord an Celina. Ich habe ihn beschuldigt, Beweismaterial verfälscht und Bestechungen angenommen zu haben.«

»Ernste Anschuldigungen. Wie hat er reagiert?«

»Er hat es zugegeben.«

Reede holte etwas aus seiner Brusttasche und warf es auf den Schreibtisch. Das silberne Skalpell landete mit einem dumpfen metallischen Geräusch. Es war angelaufen, aber im Übrigen sauber.

Alex wich entsetzt zurück. »Woher hast du das?«

»Aus der linken Hand des Richters.«

Sie tauschten einen langen, durchdringenden Blick. Schließlich sagte Reede: »Es war ein Instrument der Selbstzüchtigung. Er hat es in seiner Schreibtischschublade aufbewahrt, eine ständige Erinnerung daran, dass er korrupt war. Wenn man weiß, wie stolz er auf seine Jahre auf der Richterbank war, ist es kein Wunder, dass er sich umgebracht hat. Lieber hat er sich den Kopf weggeblasen, als mit ansehen zu müssen, wie seine Laufbahn in den Dreck gezogen wird.«

»Und mehr hast du nicht dazu zu sagen?«

»Was erwartest du denn von mir?«

»Ich erwarte, dass du mich fragst, wer ihn bestochen hat. Womit? Warum?« Ihre Tränen waren rasch versiegt. »Du weißt es bereits, nicht wahr?«

Er rutschte vom Schreibtisch und stand auf. »Ich bin nicht von gestern, Alex.«

»Du weißt also, dass Angus Richter Wallace dazu gekriegt hat, Bud, den Spinner, einzuweisen, angeblich als Celinas Mörder, und zur Entschädigung heiratete Junior Stacey.«

»Was kommt für dich nun dabei heraus?« Er stemmte die Hände in die Hüften und baute sich mächtig vor ihr auf. »Das ist reine Mutmaßung. Du kannst es nicht beweisen. Keiner von beiden wäre so dumm gewesen, ein Gespräch darüber aufzuzeichnen, falls eines stattgefunden hat. Keiner hat irgendetwas aufgeschrieben. Es gibt so viele berechtigte Zweifel, wie Dallas Einwohner hat. Ein Mann ist tot, sein Ruf als erstklassiger Richter beim Teufel, und du hast immer noch nichts, worauf du eine Mordanklage gründen kannst.«

Er klopfte sich an die Brust. »Ich musste zum Haus des Richters fahren und Stacey davon in Kenntnis setzen, dass ihr alter Herr sein Gehirn über dem Schreibtisch verteilt hat, aufgrund deiner kaum fundierten Beschuldigungen, die kein Schwurgericht akzeptiert hätte.«

Er hielt inne und zwang sich, ruhig zu werden. »Bevor ich

wirklich stinksauer auf dich werde, schlage ich vor, dass wir hier abhauen und irgendwo hingehen, wo es sicher ist.«

»Sicher? Für wen?«

»Für dich, verdammt noch mal. Hast du denn immer noch nicht kapiert, was das für Auswirkungen hat? Pat Chastain steht kurz vor dem Herzinfarkt. Greg Harper hat heute bereits dreimal angerufen und wollte wissen, ob du möglicherweise etwas mit dem Selbstmord dieses prominenten und hoch angesehenen Richters zu tun hast. Stacey ist vor Kummer nicht ansprechbar, und in ihren lichten Momenten verdammt sie dich zum ewigen Fegefeuer.

Plummet und seine Armee von Irren sind da draußen auf den Stufen des Gerichtsgebäudes, mit Transparenten, dass dies der Anfang vom Ende ist. Und dieses ganze verdammte Chaos haben wir Ihrem halb ausgegorenen Mordfall zu verdanken.«

Alex hatte das Gefühl, der Himmel würde über ihr einstürzen, trotzdem schlug sie zurück. »Sollte ich Wallace etwa laufen lassen, weil er so ein netter Kerl war?«

»Es gibt subtilere Methoden, um so prekäre Situationen zu handhaben, Alex.«

»Aber keiner hat irgendetwas gehandhabt!«, schrie sie. »Ist das Ihre Rechtsphilosophie, Sheriff Lambert? Einige Regeln gelten nicht für gewisse Leute? Wenn ein Freund von dir das Gesetz übertritt, schaust du dann taktvollerweise einfach weg? Offensichtlich. Beispiel: Nora Gail und ihr Puff. Gilt diese Unantastbarkeit durch das Gesetz auch für dich?«

Er gab keine Antwort. Stattdessen ging er zur Tür, öffnete sie und sagte kurz: »Gehn wir.«

Sie folgte ihm hinaus auf den Korridor, und er dirigierte sie zum hinteren Aufzug. »Pat hat mir den Wagen seiner Frau geliehen«, sagte sie. »Er steht vor dem Haus.«

»Ich weiß. Eine Horde Reporter kampiert direkt daneben, die sind ganz wild auf die blutigen Einzelheiten. Ich schmuggle dich durch die Hintertür raus.«

Sie verließen das Gebäude ungesehen. Draußen war es inzwischen Nacht geworden, und Alex fragte sich, wie spät es wohl wäre.

Auf halbem Weg vom Gebäude zum Parkplatz löste sich eine Gestalt aus den Schatten und verstellte ihnen den Weg.

»Stacey«, rief Reede leise. Seine Hand griff unwillkürlich nach der Pistole, er zog sie aber nicht aus dem Halfter.

»Das hab ich mir gedacht, dass ich Sie erwische beim Davonschleichen.«

Staceys hasserfüllter Blick war auf Alex gerichtet, die hätte sich am liebsten an Reede festgehalten, aber sie wahrte ihren Stolz. »Bevor Sie etwas sagen, Stacey, sollten Sie wissen, dass mir das mit Ihrem Vater entsetzlich leidtut.«

»Wirklich?«

»Zutiefst.«

Stacey zitterte, ob vor Kälte oder Ekel, das konnte Alex nicht feststellen. »Sie sind hierhergekommen, um ihn zu ruinieren. Es sollte Ihnen nicht leidtun, Sie können zufrieden mit sich sein.«

»Die früheren Fehler Ihres Vaters sind nicht meine Schuld.«

»Sie sind aber der Grund für dieses ganze Grauen. Warum konnten Sie ihn nicht einfach in Ruhe lassen?«, kreischte Stacey. »Was vor fünfundzwanzig Jahren passiert ist, war doch für niemanden wichtig außer für Sie. Er war alt. Er wollte in ein paar Monaten sowieso in Pension gehen. Wem hat er denn noch geschadet?«

Alex erinnerte sich an die letzten Worte des Richters. Stacey hatte nichts gewusst von dem schuftigen Handel, den er ihretwegen eingegangen war. Diesen Schmerz konnte Alex ihr ersparen, zumindest bis sie den Schock über den Tod ihres Vaters einigermaßen überwunden hätte. »Ich kann mit Ihnen nicht über diesen Fall sprechen, tut mir leid.«

»Fall? *Fall?* Hier ging's doch nie um einen Fall. Es ging um Ihre Schlampe von Mutter, die Leute benutzt und manipuliert hat – *Männer* –, bis jemand die Nase voll von ihr hatte.« Ihre Augen wurden gefährlich schmal, und sie kam einen bedrohlichen Schritt näher. »Sie sind genau wie sie, stiften nur Unheil, nutzen Leute aus, Sie Hure!«

Sie stürzte sich auf Alex, aber Reede trat dazwischen, fing Stacey mit seiner Brust ab und hielt sie fest, bis ihr Wutanfall verraucht war und sie sich schluchzend an ihn klammerte.

Er tätschelte ihren Rücken, murmelte ihr tröstliche Worte zu. Hintenrum reichte er Alex die Schlüssel zu seinem Blazer. Sie sperrte auf, stieg ein und verriegelte von innen, dann beobachtete sie durch die Windschutzscheibe, wie er Stacey um die Ecke geleitete. Ein paar Minuten später kam er im Laufschritt zurück. Sie öffnete ihm, und er stieg ein.

»Wird sie zurechtkommen?«, fragte Alex.

»Ja. Ich hab sie ein paar Freunden übergeben, die bringen sie nach Hause. Jemand wird heute Nacht bei ihr bleiben.« Sein Mund wurde schmal. »Der Mann, den sie braucht, ist natürlich nicht für sie da.«

»Ihr Vater?«

Er schüttelte den Kopf. »Junior.«

Und nachdem alles so armselig und erschütternd war, begann Alex wieder zu weinen.

42

Den Kopf hob sie erst, als der Blazer über ein Schlagloch rumpelte; sie versuchte sich durch die Windschutzscheibe zu orientieren, aber es war eine düstere Nacht, und die Straße hatte keine Markierungen. »Wohin fahren wir?«

»Zu mir.« Kaum hatte er es gesagt, erschien das Haus im Scheinwerferlicht.

»Warum?«

Er stellte den Motor des Pick-up ab. »Weil ich Angst habe, dich aus den Augen zu lassen. Wann immer ich mir das nämlich erlaube, gibt's Tote oder Verletzte.«

Er ließ sie im Wagen sitzen, während er die Haustür aufsperrte. Sie überlegte, ob sie wegfahren sollte, aber er hatte die Schlüssel mitgenommen. Irgendwie war Alex erleichtert, dass man ihr die Möglichkeit eigener Initiative genommen hatte. Sie wollte sich ihm widersetzen, besaß aber weder körperlich noch geistig die Energie dazu. Erschöpft schob sie die Tür des Blazers auf und wankte hinaus.

Das Haus sah nachts anders aus. Genau wie das Gesicht einer nicht mehr ganz jungen Frau wirkte es besser bei sanfter Beleuchtung, die half, seine Makel zu kaschieren. Reede war vorangegangen und hatte Licht gemacht. Er saß in der Hocke vor dem Kamin und zündete mit einem langen Streichholz die Kienspäne unter den aufgestapelten Scheiten an.

Als das trockene Holz zu knistern anfing, richtete er sich auf: »Hast du Hunger?«

»Hunger?« Sie wiederholte es, als wäre es ein Fremdwort.

»Wann hast du das letzte Mal etwas gegessen? Heute Mittag?«

»Junior hat mir gestern Abend einen Hamburger aufs Zimmer gebracht.«

Er schnaubte und ging in Richtung Küche. »So etwas Feines wie einen Hamburger kann ich nicht versprechen.«

Dank Lupes Nichte war die Speisekammer vor Kurzem mit mehr als Erdnussbutter und Crackern ausgestattet worden. Nach einer kurzen Bestandsaufnahme zählte er die Menüwahl auf: »Suppe in Dosen, Spaghetti in Dosen, gefrorene Pasteten, Eier mit Speck.«

»Eier mit Speck.«

Sie arbeiteten in kameradschaftlichem Schweigen. Reede übernahm das Kochen. Er war schlampig und hatte keinerlei Sinn für kulinarische Finessen. Alex genoss es, ihm zuzusehen. Als er ihr einen Teller hinstellte und sich in den Stuhl ihr gegenüber an den kleinen Tisch setzte, lächelte sie ihn nachdenklich an. Er bemerkte es und stutzte, als er die erste Gabel zum Mund führen wollte.

»Was gibt's?«

Sie schüttelte den Kopf und schlug schüchtern die Augen nieder. »Nichts.«

Scheinbar wollte er sich mit dieser Antwort nicht zufriedengeben, aber bevor er etwas sagen konnte, klingelte das Telefon. Er nahm den Hörer von der Wand.

»Lambert. Oh, Tag, Junior.« Er sah kurz zu Alex. »Ja, es war furchtbar.« Er horchte. »Sie, äh, sie hatte ein Treffen mit ihm, direkt bevor es passiert ist ... ich fürchte, sie hat alles gesehen.«

Er zitierte kurz Alex' offizielle Aussage. »Mehr weiß ich auch nicht ... Mein Gott, sag ihnen, sie sollen sich beruhigen. Sie können es morgen früh in der Zeitung lesen, wie alles andere auch ... Okay, hör mal, tut mir leid, aber es war ein Scheiß-Tag und ich bin müde.

Gib Sarah Jo eine von ihren Pillen, und sag Angus, er braucht sich keine Sorgen zu machen.« Er sah Alex' gerunzelte Stirn, reagierte aber nicht. »Alex? Der geht's gut ... Wenn sie nicht ans Telefon geht, ist sie wahrscheinlich unter der Dusche. Wenn du den Samariter spielen willst, da gibt's jemanden, der dich heute Nacht dringender braucht als Alex ... Stacey, du Idiot! Warum fährst du nicht rüber zu ihr und hältst ihr ein bisschen die Hand ... Okay, wir sehn uns morgen.«

Er drückte kurz die Gabel, hängte das Telefon aus und wandte sich wieder seinem Essen zu. Alex fragte: »Warum hast du ihm nicht gesagt, dass ich hier bin?«

»Wolltest du es?«

»Nicht unbedingt. Ich hab mich nur gefragt, warum du's nicht gemacht hast.«

»Er braucht es nicht zu wissen.«

»Wird er zu Stacey fahren?«

»Ich hoffe es, aber bei Junior weiß man das nie. Eigentlich«, sagte er und schluckte einen Bissen hinunter, »denkt er nur an dich.«

»An mich persönlich oder an das, was ich von Richter Wallace gehört habe?«

»Beides vermutlich.«

»Angus ist am Boden zerstört?«

»Natürlich. Joe Wallace war ein alter Freund.«

»Freund und Mitverschwörer.« Reede nahm den Köder nicht auf, ließ sich nicht von seinem Abendessen ablenken. »Ich muss mit Angus reden, Reede, ich möchte, dass du mich zu ihm rüberfährst, sobald wir mit dem Essen fertig sind.« Er griff unbeirrt nach seiner Kaffeetasse, nippte daran und stellte sie wieder ab. »Reede, hast du mich gehört?«

»Ja.«

»Und, wirst du mich rüberfahren?«

»Nein.«

»Ich muss mit ihm reden.«

»Heute Abend nicht.«

»Doch, heute Abend. Wallace hat ihn als Komplizen bei einer Vertuschung erwähnt. Ich muss ihn deswegen vernehmen.«

»Er läuft dir nicht davon. Morgen ist früh genug.«

»Deine Loyalität ist lobenswert, aber sie kann Angus nicht auf ewig schützen.«

Er legte sein Besteck auf seinen leeren Teller und trug ihn zum Spülbecken. »Heute Abend mach ich mir mehr Gedanken um dich als um Angus.«

»Um mich?«

Er warf einen Blick auf ihren Teller, stellte befriedigt fest, dass sie aufgegessen hatte, und räumte ihn ab. »Hast du mal in letzter Zeit in den Spiegel gesehen? Du siehst beschissen aus. Etliche Male hab ich gedacht, du kippst mir aus den Latschen.«

»Mir geht's gut. Wenn du mich jetzt einfach zurück ins Motel fahren würdest, werde ich …«

»Nein.« Er schüttelte den Kopf. »Du bleibst heute Nacht hier, wo du in Ruhe schlafen kannst, ohne von Reportern belästigt zu werden.«

»Glaubst du, das würden die wirklich machen?«

»Der Tod eines Richters ist eine heiße Story. Ein Selbstmord noch heißer. Du warst die Letzte, die mit ihm geredet hat, führst eine Ermittlung, die die Rennkommission in Besorgnis versetzt hat. Ja, ich glaube, die Presse wird die Büsche vor dem Westerner niedertrampeln, um an dich ranzukommen.«

»Es würde reichen, wenn ich mich in meinem Zimmer einsperre.«

»Ich werde kein Risiko eingehen. Wie ich dir schon vorhin sagte, will ich nicht, dass einer von Harpers Lieblingen sich in meinem Bezirk umbringen lässt. Du hast uns in den letzten Wochen genug negative Publicity beschert, noch mehr davon brauchen wir wie ein Loch im Kopf. Tut deiner weh?«

Sie hatte den Kopf auf die Hände gestützt und massierte sich gedankenverloren die Schläfen. »Ja, ein bisschen.«

»Nimm deine Medizin.«

»Ich hab sie nicht dabei.«

»Ich werd sehen, ob ich ein Schmerzmittel finde.«

Er stellte sich hinter ihren Stuhl und zog ihn vom Tisch weg. Sie erhob sich: »Hast du etwa einen kleinen Vorrat an Drogen? Das ist auch ungesetzlich, weißt du?«

»Das Gesetz. An was anderes denkst du wohl nie? Immer nur daran, was recht und unrecht ist? Ist denn die Grenze für dich so klar definiert?«

»Für dich etwa nicht?«

»Wenn dem so wäre, hätte ich oft hungern müssen. Ich hab Essen gestohlen, um meinen alten Herrn und mich zu füttern. War das falsch?«

»Ich weiß es nicht, Reede«, sagte sie erschöpft.

Ihr schmerzte der Kopf vor Anstrengung, ihm geistig zu folgen. Sie tappte hinter ihm drein, den Gang hinunter und merkte gar nicht, wohin er sie führte, bis er das Licht in seinem Schlafzimmer anknipste.

Er hatte offenbar ihren Schreck bemerkt, denn er grinste spöttisch und sagte: »Keine Sorge. Ich versuche nicht, dich zu verführen. Ich werde auf dem Sofa im Wohnzimmer schlafen.«

»Ich sollte wirklich nicht hierbleiben, Reede.«

»Wir könnten uns wie Erwachsene benehmen … wenn du überhaupt schon erwachsen bist.«

Sie fand das gar nicht amüsant und fuhr ihn an: »Es gibt eine Million Gründe, wieso ich die Nacht nicht hier verbringen sollte. Nummer Eins auf der Liste ist, dass ich im Augenblick Angus verhören müsste.«

»Gönn ihm noch eine Frist. Was kann das schon ausmachen?«

»Pat Chastain rechnet wahrscheinlich damit, dass ich mich bei ihm melde.«

»Ich hab ihm gesagt, du wärst kurz vor dem Zusammenbruch und würdest dich morgen früh mit ihm in Verbindung setzen.«

»Du hast vorausgeplant, wie ich sehe.«

»Ich wollte kein Risiko eingehen. Wenn man dich frei rumlaufen lässt, bist du gefährlich.«

Sie lehnte sich an die Wand und schloss für einen Moment die Augen. Sie war zu stolz, klein beizugeben, aber zu erschöpft, es nicht zu tun, also entschloss sie sich zu einem Kompromiss. »Beantworte mir nur eine Frage.«

»Schieß los.«

»Wo ist deine Dusche?«

Fünfzehn Minuten später drehte sie das Wasser ab und griff nach dem Handtuch, das an der Stange hing. Er hatte ihr einen Schlafanzug geliehen, der nagelneu aussah.

Ihr Erstaunen hatte eine Erklärung verlangt: »Junior hat ihn mir ins Krankenhaus gebracht, als ich vor ein paar Jahren eine Blinddarmoperation hatte. Ich hab ihn nur angezogen, damit ich dieses Hemd, aus dem der Hintern rausschaut, nicht mehr anziehen musste. Die Dinger kann ich nicht ausstehen.«

Sie musste bei dem Gedanken an die Grimasse, die er dabei geschnitten hatte, lächeln. Während sie das blauseidene Oberteil anzog, klopfte er an die Badezimmertür. »Ich hab ein paar Schmerztabletten gefunden.«

Züchtig bedeckt bis auf halbe Schenkelhöhe, öffnete sie, er reichte ihr das Fläschchen. »Das ist starker Tobak«, bemerkte sie, nachdem sie das Etikett gelesen hatte. »Du musst schlimme Schmerzen gehabt haben. Der Blinddarm?«

Er schüttelte den Kopf. »Wurzelbehandlung. Fühlst du dich besser?«

»Die Dusche war Balsam. Mein Kopf tut nicht mehr gar so weh.«

»Du hast dir die Haare gewaschen.«

»Entgegen den Anweisungen des Arztes. Eine Woche sollte ich warten, aber ich hab's nicht mehr ausgehalten.«

»Ich schau mir mal deine Stiche an.«

Sie beugte den Kopf nach vorne, und er teilte behutsam ihr Haar, seine Finger waren vorsichtig und geschickt. Sie spürte seinen Atem auf ihrer Kopfhaut.

»Sieht aus, als wär alles in Ordnung.«

»Ich hab drum herum gewaschen.«

Reede trat zurück, ließ sie aber nicht aus den Augen. Sie erwiderte seinen Blick. Sie blieben lange so stehen, schweigend. Schließlich sagte Reede rau: »Nimm jetzt deine Pille.«

Er drehte sich zum Waschbecken und füllte sein Zahnputzglas mit Leitungswasser. Sie schüttelte eine Tablette aus dem Fläschchen, warf sie in den Mund und trank. Als sie das Glas absetzte, begegnete sie seinem Blick im Spiegel. Sie drehte das Pillengefäß wieder zu und wischte sich den Mund mit dem Handrücken ab.

Aus unerfindlichen Gründen und völlig unerwartet schossen ihr Tränen in die Augen. »Ich weiß, dass du keine sehr hohe Meinung von mir hast, Reede, aber du sollst wenigstens wissen, wie furchtbar ich mich fühle wegen dem, was Richter Wallace sich angetan hat.« Ihre Unterlippe begann zu zittern, ihre Stimme wurde heiser vor Emotionen. »Es war schrecklich, grässlich.«

Sie ging auf ihn zu, legte ihre Arme um seine Taille und lehnte ihre Wange an seine Brust. »Sei einmal in deinem Leben gütig, und halt mich einfach fest. Bitte.«

Er stöhnte ihren Namen und schlang seinen Arm um ihre Taille. Mit der anderen Hand nahm er behutsam ihren Kopf und drückte ihn an seine Brust. Er massierte ihn vorsichtig und küsste zärtlich ihre Stirn. Bei der ersten Berührung seiner Lippen hob sie den Kopf, hielt die Augen geschlossen, fühlte aber seinen sengenden Blick auf ihrem Gesicht.

Seine Lippen streiften die ihren, und als diese sich teilten, stöhnte er wieder leise und küsste sie voller Inbrunst. Seine Hände strichen durch ihr nasses Haar, dann liebkosten sie ihren Hals.

»Berühr mich wieder, Reede«, bettelte sie.

Er knöpfte ihre Pyjamajacke auf, dann glitten seine Hände darunter, umfassten ihren Körper und zogen ihn zu sich hoch. Sein Hemd kratzte leicht über ihre Nippel. Sie spürte das kalte Metall seiner Gürtelschnalle auf ihrem nackten Bauch und die Wölbung unter seinem Reißverschluss, die gegen ihren Venushügel stieß, der sich in den weichen Haaren zwischen ihren Schenkeln verbarg. Jede Empfindung war noch elektrisierender als die vorhergehende. Sie wollte sie einzeln genießen, aber die Kombination war zu überwältigend, zu ungeheuer, als dass sie sich noch zu konzentrieren vermochte. Jedes Blutgefäß in ihrem Körper dehnte sich vor Leidenschaft. Sie war überflutet davon.

Mit einem Mal ließ er sie los. Sie sah ihn verwirrt mit großen Augen an, spürte bereits den Verlust. »Reede?«

»Ich muss es wissen.«

»Was?«

»Warst du mit Junior im Bett?«

»Ich muss das nicht beantworten.«

»Doch, du musst«, sagte er entschlossen. »Wenn du willst, dass das hier auch nur einen Schritt weitergeht, musst du es. Warst du mit Junior im Bett?«

Begierde siegte über ihren Stolz. Sie schüttelte den Kopf und flüsterte: »Nein.«

Nach mehreren gedankenschweren Sekunden sagte er: »Okay, dann werden wir es diesmal richtig machen.«

Er nahm sie an der Hand und führte sie ins Wohnzimmer. Das überraschte sie, denn er hatte das Bett für sie vorbereitet, während sie sich duschte. Die einzige Beleuchtung war das Kaminfeuer. Er hatte sich bereits die Couch zurechtgemacht, aber jetzt riss er die Matratze herunter und breitete sie auf dem Boden vor dem Kamin aus. Sie kniete sich darauf, während er begann, sich in aller Ruhe auszuziehen.

Stiefel, Socken, Hemd und Gürtel landeten in der Ecke. Alex folgte einem Impuls und schob seine Hände beiseite, als er seine Hose öffnen wollte. Ihre Finger nestelten die hartnäckigen Metallknöpfe aus den Knopflöchern. Als alle offen waren, zog sie den Schlitz weiter auseinander, beugte sich vor und küsste ihn.

Reede nahm stöhnend ihren Kopf zwischen seine Hände. Ihr Mund öffnete sich warm und feucht über seinem Bauch, direkt unter dem Nabel. »Das mag ich am allerliebsten«, keuchte er.

Ihre Hände glitten hinten in seine Jeans, streiften sie langsam über seinen Hintern, während ihre Lippen zarte Küsse über seinen Unterleib hauchten. Schließlich streifte ihre Zunge kurz über die Spitze seines Penis.

»Hör auf, Alex, hör auf«, stöhnte er. »Das bringt mich um, Baby.«

Er stieg rasch aus seinen Jeans und stieß sie beiseite. Nackt war er groß und schlaksig, der Körper eines Kämpfers, neben der Blinddarmnarbe gab es viele andere.

Der Schimmer des Feuers verfing sich in seinen Körperhaaren, wie goldener Flaum lagen sie auf seiner gebräunten Haut, nur um sein Geschlecht waren sie dunkel und dicht. Sehnige Muskeln spielten bei jeder Bewegung.

»Zieh dieses alberne Pyjamaoberteil aus, bevor ich es dir runterreiße.«

Alex setzte sich auf ihre Fersen zurück, ließ die Pyjamajacke von ihren Schultern gleiten und dann fallen. Der sinnliche Stoff drapierte sich um ihre Füße. Reede fiel vor ihr auf die Knie und weidete sich an ihrem Anblick.

Alex dachte, er wage es nicht, sie zu berühren, aber schließlich griff er nach ihrem Haar und rieb die feuchten dunkelroten Strähnen zwischen seinen Fingerspitzen. Sein Blick folgte seiner Hand, die langsam ihren Hals hinunterwanderte bis zu ihrer Brust. Sein Daumen rieb geschickt die Knospe, bis sie hart wurde.

Ihr stockte der Atem und sie seufzte. »Ich dachte, du wolltest nicht versuchen, mich zu verführen?«

»Ich hab gelogen.«

Sie legten sich zusammen. Er zog die Decken hoch, nahm sie in die Arme, drückte sie an sich und küsste sie voller Zärtlichkeit.

»Du bist sehr klein«, flüsterte er an ihren Lippen. »Hab ich dir neulich Nacht wehgetan?«

»Nein.« Er hob den Kopf und sah sie misstrauisch an. Sie duckte sich ängstlich. »Nur ein bisschen.«

Seine Hand umschloss ihren Hals und streichelte ihn: »Woher sollte ich denn wissen, dass du noch Jungfrau bist?«

»Solltest du auch nicht.«

»Wie kommt es, dass du es noch warst, Alex?«

Sie legte den Kopf zur Seite und sah ihn an. »Sind denn die Gründe so wichtig, Reede?«

»Nur, weil du mich gelassen hast.«

»Dich *lassen* ist mir nie in den Sinn gekommen. Es ist einfach passiert.«

»Und, bedauerst du's?«

Sie legte ihre Hand an seine Wange und zog seinen Kopf zu sich. Sie küssten sich lange und gierig. Seine Hand hatte wieder den Weg zu ihrer Brust gefunden, als der Kuss endete. Er schob die Decke beiseite und beobachtete, wie seine Finger ihren Nippel liebkosten.

»Reede«, sagte sie zögernd, »das ist mir peinlich.«

»Ich möchte es anschauen. Sag mir nur, wenn du frierst.«

»Ich friere nicht.«

Sie machte schon kleine sehnsüchtige Geräusche, ehe er den Kopf beugte und sein Mund ihren Nippel umschloss. Er saugte und liebkoste ihn mit großem Geschick. Seine Hand strich genüsslich über die Einbuchtung ihrer Taille, und dann glitt sie über die Rundung ihrer Hüften und Schenkel. Er berührte spielerisch ihren Nabel, rieb die weiche Haut darunter mit seinen Knöcheln, fasste in das Delta krauser Haare, und seine Augen wurden dunkelgrün.

»Ich möchte, dass du diesmal kommst«, murmelte er.

»Ich will es auch.«

Seine Hand glitt zwischen ihre Schenkel. Sie bäumte ihm ihre Hüften entgegen, war bereits feucht. Seine Finger versenkten sich in sie.

»Reede«, sie keuchte vor Wonne.

»Pssst, genieß es einfach.«

Sein Daumen spielte mit dem empfindlichen kleinen Lustknopf, während er ihren empfänglichen Mund mit feurigen Küssen überhäufte.

»Ich glaube, es passiert gleich«, hauchte sie zwischen den Küssen.

»Noch nicht, rede mit mir. Ich komm nie dazu, im Bett zu reden.«

»Reden?« Sie konnte nicht mal denken. »Worüber denn?«

»Egal. Ich will nur deine Stimme hören.«

»Ich … ich weiß nicht …«

»Rede, Alex.«

»Ich schau dir gerne beim Kochen zu«, prustete sie.

»Was?« Er lachte.

»Es war sehr männlich, wie du mit dem Geschirr und den Pfannen herumgepoltert hast. Du bist schlampig. Du hast die Eier nicht aufgeschlagen, du hast sie zertrümmert. Du warst hinreißend ungeschickt.«

»Du bist verrückt.«

»Du machst mich verrückt.«

»Tu ich das?«

Sein Kopf rutschte weiter nach unten, er streichelte ihren Bauch mit seiner Zunge. Sein Daumen rieb sie immer weiter, provozierte, reizte sie bis zum Äußersten, und seine Finger glitten hin und her, immer tiefer in sie. Empfindungen schäumten wie Wellen in ihrem Unterleib, Wärme durchströmte sie. Alles konzentrierte sich auf die Bewegung seines Daumens, und als er ihn durch seine Zungenspitze ersetzte, schrie sie auf.

Sie packte ihn an den Haaren und bäumte ihre Hüften seinem heißen, gierigen Mund entgegen, dem wirbelnden Zauber seiner Zunge.

Erst nachdem die Nachbeben verebbt waren, öffnete sie die Augen. Sein Gesicht war über das ihre gebeugt. Feuchte Haarsträhnen klebten ihr an Wange und Hals. Er zog sie neben sich und bettete sie aufs Kissen.

»Was sagt eine Frau in einem Augenblick wie diesem, Reede?«

»Nichts«, brummte er. »Dein Gesicht hat alles gesagt. Ich hab noch nie zuvor einer Frau dabei ins Gesicht gesehn.«

Alex war tief gerührt von diesem Geständnis, versuchte es aber locker zu nehmen. »Gut. Dann weißt du ja nicht, ob ich es richtig gemacht habe oder nicht.«

Er sah hinunter auf ihre geröteten Brüste, die Feuchtigkeit, die ihr Schamhaar glänzen ließ. »Du hast es richtig gemacht.«

Sie strich ihm liebevoll durchs Haar. »Es hätte schon früher passieren können, weißt du – wie an diesem Abend auf dem Flugplatz. Oder damals in Austin, als du mich nach Hause gebracht hast. Ich hab dich angebettelt, die Nacht bei mir zu bleiben. Warum hast du es mir verweigert?«

»Weil du mich aus den falschen Gründen haben wolltest. Ich wollte eine Frau und nicht ein kleines verlorenes Mädchen, das auf der Suche nach ihrem Daddy ist.« Er musterte ihr skeptisches Gesicht. »Du stimmst mir anscheinend nicht zu.«

Sie konnte seinen prüfenden Blick nicht ertragen und konzentrierte sich auf einen Punkt über seiner Schulter. »Bist du sicher, dass das der Grund war? Oder hat dir jemand anders vorgeschwebt?«

»Du meinst nicht jemanden, du meinst Celina.« Alex

drehte den Kopf weg. Reede packte sie am Kinn und zwang sie, ihn anzusehen. »Hör zu, Alex. Ich war stocksauer über das, was du neulich Nacht zu mir gesagt hast, von wegen, ich hätte mir von dir genommen, was ich immer schon von Celina haben wollte. Ich möchte, dass du eins verstehst. Wir sind die einzigen beiden Leute hier. Es gibt niemanden zwischen uns, auch keine Gespenster. Hast du das kapiert?«

»Ich glaube…«

»Nein.« Er schüttelte den Kopf so heftig, dass ihm seine Strähnen über die grünen Augen fielen. »Glaub nicht bloß – *weiß es.* Du bist die einzige Frau, die ich momentan im Kopf habe. Du bist die einzige Frau in meinem Kopf, seit du mir begegnet bist. Du bist die einzige Frau, die ich jede wache Minute ficken will und von der ich träume, dass ich sie ficke, wenn ich schlafe.

Ich bin zu alt für dich. Es ist dumm und wahrscheinlich falsch von mir, dass ich dich haben will. Es ist scheißkompliziert. Aber ob richtig oder falsch, egal wessen Tochter du bist, ich will dich.« Er grub sich bis zum Anschlag in sie. »Kapiert?« Er stieß fester, härter, heißer zu und stöhnte: »Kapiert?«

Er machte es ihr begreiflich.

Junior erwachte kurz vor Sonnenaufgang, eine Seltenheit bei ihm. Er hatte eine schlechte Nacht hinter sich. Auf Reedes Vorschlag hin hatte er für ein paar Stunden bei Stacey gesessen. Ihr Arzt hatte ihr ein Beruhigungsmittel gegeben, aber die Wirkung blieb aus. Jedes Mal wenn Junior dachte, sie wäre eingeschlafen, und den Stuhl neben ihrem Bett verließ, wachte sie auf, klammerte sich an seine Hand und bettelte, sie nicht allein zu lassen. Er war erst lange nach Mitternacht heimgekehrt und dann immer wieder aufgewacht, aus Sorge um Alex.

Kaum hatte er die Augen aufgeschlagen, griff er nach dem Telefon und wählte die Nummer des Westerner Motels. Er befahl dem Portier, der mürrisch und müde war in diesen letzten Minuten seiner Schicht, ihn mit ihrem Zimmer zu verbinden. Das Telefon klingelte zehnmal.

Er legte auf und rief im Büro des Sheriffs an. Ihm wurde mitgeteilt, Reede wäre noch nicht da. Er bat, ihn über Mobilfunk anzurufen, aber es hieß, der wäre nicht eingeschaltet. Bei Reede zu Hause erwischte er das Besetztzeichen.

Frustriert sprang er aus dem Bett und zog sich an. Er konnte die Ungewissheit über Alex' Verbleib nicht ertragen. Bei Reede würde er anfangen, nach ihr zu fahnden.

Er schlich sich am Schlafzimmer seiner Eltern vorbei, obwohl er hörte, dass sich hinter ihrer Tür schon etwas regte. Angus würde mit ihm über die Transaktion reden wollen, die er mit Richter Wallace wegen seiner Heirat mit Stacey getätigt hatte. Junior fühlte sich dem noch nicht gewachsen.

Draußen stieg er in seinen Jaguar. Es war ein kalter, aber klarer Morgen. Die Fahrt zu Reedes Haus dauerte nur wenige Minuten. Er war froh, als er den Blazer vor der Tür stehen sah und den Rauch, der aus dem Schornstein aufstieg. Reede war ein Frühaufsteher. Hoffentlich hatte er schon Kaffee gekocht!

Junior joggte über die Veranda und klopfte an der Haustür. Er stand da und hüpfte von einem Fuß auf den anderen, blies sich in die Hände, um sie zu wärmen. Nach langem Warten öffnete Reede die Tür. Er hatte nur Jeans an, und sein Gesicht war verschlafen und missmutig.

»Wie spät ist es denn, verflucht noch mal?«

»Erzähl mir ja nicht, dass ich dich aus dem Bett geholt habe«, sagte Junior ungläubig. Er öffnete das Fliegengitter und trat ins Wohnzimmer. »Für dich ist es doch schon spät, oder?«

»Was willst du hier? Was ist los?«

»Ich hab gehofft, das könntest du mir sagen. Alex ist die ganze Nacht nicht ans Telefon gegangen. Hast du eine Ahnung, wo sie steckt?«

Zuerst bemerkte er aus dem Augenwinkel die Matratze auf dem Boden vor dem Kamin, dann eine Bewegung. Er drehte den Kopf und sah sie im Gang zu Reedes Schlafzimmer stehen. Ihr Haar war zerzaust, die Lippen voll und rot, die Beine nackt. Sie trug das Oberteil eines Schlafanzugs, den er Reede anlässlich seiner Blinddarmoperation geschenkt hatte. Sie sah wollüstig und nach einer Liebesnacht aus.

Junior fiel einen Schritt zurück, ihm stockte der Atem. Er ließ sich gegen die Wand fallen, schaute hoch zur Decke und lachte.

Reede legte die Hand auf seinen Arm. »Junior, ich …«

Junior schüttelte wütend die Hand seines Freundes ab. »Es war nicht genug, dass du ihre Mutter gehabt hast, was? Du brauchtest sie auch noch.«

»So ist das nicht«, sagte Reede mit eisiger Stimme.

»Nein? Dann sag mir, wie es ist! Du hast mir neulich nachts grünes Licht gegeben. Du hast gesagt, du willst sie nicht.«

»Ich hab nichts dergleichen gesagt.«

»Aber Hände weg hast du ganz bestimmt nicht gesagt. Du warst schneller als eine Klapperschlange, als du merktest, dass ich interessiert bin. Warum denn die Eile? Hast du Angst gehabt, wenn sie zuerst mit mir schläft, hat sie vielleicht keine Lust mehr, Qualität für ein billiges Leben aufzugeben?«

»Junior, hör auf!«, schrie Alex.

Junior nahm sie nicht wahr. Er hatte nur Reede im Visier. »Warum, Reede, warum musst du dir alles nehmen, was ich will? Footballtrophäen, den Respekt meines Vaters. Du wolltest Celina gar nicht mehr, aber du hast dafür gesorgt, dass ich sie deshalb auch nicht kriege, nicht wahr?«

»Halt die Klappe«, sagte Reede und machte einen bedrohlichen Schritt auf ihn zu.

Juniors Finger zielte auf Reedes Brust. »Komm mir nicht zu nahe, hörst du? Halt dich ja fern!«

Er stürmte zur Haustür hinaus und knallte sie hinter sich zu. Das kleine Haus erbebte. Nachdem das Röhren des Jaguars verhallt war, ging Reede zur Küche. »Magst du Kaffee?«

Alex war schockiert von dem, was Junior gesagt hatte, und

noch schockierter über Reedes Reaktion. Sie rannte in die Küche. Kaffee ergoss sich aus der Kanne, als sie Reede am Arm packte und ihn herumriss.

»Bevor ich mich endgültig in dich verliebe, Reede, gibt es etwas, was ich dich noch ein allerletztes Mal fragen muss.« Sie holte tief Luft. »Hast du meine Mutter getötet?«

Mehrere Herzschläge verhallten, dann erwiderte er: »Ja.«

43

Fergus Plummet stand neben dem Bett und sah bebend vor Wut hinunter auf seine schlafende Frau. »Wanda, wach auf.« Sein herrischer Ton hätte Tote wecken können.

Wanda schlug die Augen auf und setzte sich benommen und schlaftrunken auf. »Fergus, wie spät …« Mit einem Schlag wurde ihr alles klar, als sie sah, was er in der Hand hielt – fünf belastende Hundertdollarscheine.

»Steh auf«, befahl er, dann marschierte er aus dem Zimmer.

Wanda stand schlotternd vor Angst auf. Sie zog sich an, so schnell sie konnte, und raffte hastig ihre Haare zusammen, damit er ja keinen Makel an ihr fände.

Er erwartete sie in der Küche, saß hoch aufgerichtet am Tisch. Sie näherte sich ihm demütig, wie ein Büßer.

»Fergus, ich … ich hab es als Überraschung aufgehoben.«

»Schweig!«, brüllte er. »Du wirst schweigen und in dich gehen, bis ich dir erlaube zu reden.« Seine anklagenden Augen durchbohrten sie. Sie beugte beschämt den Kopf.

»Woher hast du das?«

»Es ist gestern mit der Post gekommen.«

»Mit der Post?«

Sie nickte heftig. »Ja, in diesem Umschlag.« Er lag neben seiner Kaffeetasse.

»Warum hast du es vor deinem Ehemann versteckt, dem du dich laut der Heiligen Schrift zu unterwerfen hast?«

»Ich«, begann sie, leckte sich nervös die Lippen, »ich hab es aufgehoben, um es dir als Überraschung zu geben.«

Seine Augen schwelten vor Misstrauen. »Wer hat es geschickt?«

Wanda hob den Kopf und sah ihn ratlos an. »Ich weiß es nicht.«

Er schloss die Augen und wiegte sich wie in Trance hin und her. »Satan, ich befehle dir, entlasse sie aus den bösen Klauen. Du beherrschst ihre verlogene Zunge. Gib sie zurück im Namen …«

»Nein!«, schrie Wanda. »Ich lüge nicht. Ich dachte, es kommt wahrscheinlich von einem dieser Leute, mit denen du am Telefon über das geredet hast, was du draußen auf der Minton Ranch gemacht hast.«

Er schoss wie eine Natter aus dem Stuhl, um den Tisch herum und wälzte sich auf sie zu. »Wie kannst du es wagen, das zu erwähnen? Hab ich dir nicht gesagt, du darfst nie, *niemals* ein Sterbenswort darüber verlauten lassen?«

»Ich hab es vergessen«, stotterte sie und duckte sich verängstigt. »Ich dachte, das Geld kommt vielleicht von jemandem, der das, was du getan hast, zu schätzen weiß.«

»Ich weiß, von wem es kommt«, zischte er.

»Von wem?«

»Komm mit.« Er packte sie an der Hand und zerrte sie zur Tür, die die Küche mit der Garage verband.

»Wohin gehen wir, Fergus?«

»Warte ab und sieh. Ich möchte, dass sich die Sünder von Angesicht zu Angesicht gegenüberstehen.«

»Die Kinder sind …«

»Gott wird über sie wachen, bis wir wieder zurück sind.«

Mit der zitternden Wanda neben sich fuhr Plummet durch die schlafenden Straßen der Stadt. Auf dem Highway angelangt, fuhr er in Richtung Westen. Er schien die Kälte nicht zu spüren, der Mantel der Rechtschaffenheit wärmte ihn wohl. Als er in die Abzweigung einbog, starrte ihn Wanda fassungslos an, aber er sah sie mit einem so vernichtenden Blick an, dass sie beschloss, keinen Mucks von sich zu geben.

Vor einem großen Haus blieb er stehen und befahl seiner Frau, aus dem Wagen zu steigen. Seine Schritte dröhnten über die Holztreppe, und sein Klopfen tönte laut durch die Stille des frühen Morgens. Niemand reagierte auf sein erstes Klopfen, also schlug er fester an die Tür. Als immer noch niemand kam, hämmerte er gegen das Fenster daneben.

Nora Gail öffnete persönlich und zielte mit dem Lauf einer kleinen Pistole direkt auf seine Stirn. »Mister, ich hoffe, Sie haben einen verdammt guten Grund, meine Tür halb einzuschlagen und mich zu dieser unchristlichen Stunde aus dem Bett zu schrecken.«

Fergus hob die Hände über sein gebeugtes Haupt und beschwor Gott und seine Engelscharen, die Sünderin von ihren Sünden reinzuwaschen.

Nora Gail schob ihn beiseite und ging auf ihre Schwester zu. Sie sahen sich an. Nora Gail, deren platinweißes Haar strahlend glänzte, sah wunderbar aus für jemanden, der gerade aus dem Bett geholt worden war. Der ständige Gebrauch kostspieliger Cremes erhielt ihr einen blühenden Teint. Sie trug einen prachtvollen Morgenmantel aus rosa Satin, mit Orientperlen bestickt. Neben ihr sah Wanda aus wie ein übergewichtiges Suppenhuhn.

»Es ist kalt hier draußen«, bemerkte Nora Gail, als hätten sie sich erst gestern das letzte Mal gesehen. »Gehn wir hinein.« Sie führte ihre gaffende Schwester über die Schwelle des Bordells. Im Vorbeigehen gab sie Fergus einen Rempler zwischen seine mageren Rippen: »Prediger, wenn Sie nicht sofort mit diesen lärmigen Gebeten aufhören, schieß ich Ihnen die Eier weg, verstanden?«

»Ah-men«, rief er und beendete umgehend sein Gebet.

»Danke«, sagte Nora Gail amüsiert. »Die Gebete kann ich sicher brauchen. Kommen Sie, ich wollte sowieso mit Ihnen reden.«

Kurz darauf waren sie um den Tisch in ihrer Küche versammelt, der ganz gewöhnlich und gar nicht sündig aussah. Kaffee war gekocht und in feine Porzellantassen gegossen. Fergus befahl Wanda, ihn zu meiden, als wäre es ein giftiges Gebräu.

»Sie können uns nicht besiegen«, sagte Fergus voller Inbrunst. »Gott ist auf unserer Seite, und er ist bitterlich enttäuscht von Ihnen, weil Sie unsere schwächeren Brüder auf den Pfad der Verworfenheit locken.«

»Sparen Sie sich das«, Nora Gail winkte ab. »Ich fürchte Gott, ja, aber das, was zwischen ihm und mir ist, betrifft allein mich und nicht Sie. Das Einzige, was mir an Ihnen Angst macht, Prediger, ist Ihre Dummheit.«

Er plusterte sich auf wie ein räudiger Rabe. Sein Gesicht schwoll an vor Wut. »Habt ihr meiner Frau etwas von eurem besudelten Geld geschickt?«

»Ja, so wie sie und die Kinder aussehen, dachte ich, sie könnten es gebrauchen.«

»Wir brauchen Ihr Geld nicht.«

Nora Gail beugte sich vor, lächelte und sagte leise zu Fergus: »Sie haben es mir aber auch nicht vor die Füße geworfen, nicht wahr?«

Sein Mund zog sich zusammen wie ein Klingelbeutel. »Ich habe noch nie ein Geschenk zurückgewiesen, das Gott so großzügig gibt.«

»Da bin ich mir sicher.« Nora Gail ließ ungerührt zwei Stück Zucker in ihren Kaffee fallen. »Deswegen möchte ich Ihnen gerne ein Angebot machen, *Reverend* Plummet.«

»Ich mache keine Geschäfte mit den Gottlosen. Ich bin hierhergekommen als Bote des Herrn, um Sie vor seinem Zorn zu warnen, um Ihre Beichte ...«

»Was würden Sie zu einer neuen Kirche sagen?«

Die Litanei des Predigers wurde jäh unterbrochen. »Was?«

Nora Gail rührte in ihrem Kaffee. »Wie würde Ihnen eine neue Kirche gefallen? Eine große, prächtige Kirche, die alle anderen in der Stadt in den Schatten stellen würde, sogar die der Baptisten.« Sie nippte an ihrem Kaffee. »Wie ich sehe, hat es Ihnen die Sprache verschlagen, was an sich schon ein Segen ist.«

Wieder lächelte sie wie eine Katze, die gerade den Sahnetopf sauber geleckt hat. »Sobald Purcell Downs fertiggebaut ist, werde ich sehr reich und sehr respektabel sein. Es wäre zu Ihrem Vorteil, Prediger, meine großzügigen Spenden anzunehmen, die beachtlich wären und regelmäßig. Dann können die Talk-Shows, wenn sie hier rauskommen und über mich als eine der reichsten Geschäftsfrauen im Bezirk berichten, auch veröffentlichen, was für ein großzügiger und wohltätiger Mensch ich bin.

Und für diese schicke Kirche, die ich Ihnen bauen werde«, sagte sie und beugte sich wieder vor, »können Sie sich revanchieren, indem Sie Ihr übereifriges Maul zügeln und nichts mehr über Pferdewetten von sich geben. Es gibt genug andere Sünden zu geißeln. Wenn Ihnen das Predigtmaterial ausgeht, bin ich nur zu gerne bereit, Ihnen ein paar Fehltritte zu verraten; ich hab sie alle begangen, Schätzchen.«

Er japste wie ein gestrandeter Fisch. Die Bordellchefin besaß zweifellos seine Aufmerksamkeit.

»Und Sie würden keine solchen Nummern mehr abziehen müssen wie draußen auf der Minton-Ranch. Ja«, sie stoppte sein Leugnen mit einer Bewegung ihrer beringten Hand. »Ich weiß, dass Sie es getan haben. Ihretwegen musste ein wertvolles Pferd eingeschläfert werden, und das trifft mich wirklich auf die Backe.«

Ihre Augen wurden schmal: »Wenn Sie je wieder so etwas Dämliches machen, zieh ich Ihnen die Kanzel unterm Hintern weg, Meister Prediger. Ich habe Pläne, verstehen Sie, und ich schlage jeden nieder, der sich denen in den Weg stellt. Wenn Sie ein Problem haben, das Sie gelöst haben wollen, dann kommen Sie zu mir. Überlassen Sie die Rachefeldzüge jemandem, der was davon versteht und sich nicht erwischen lässt.« Sie lehnte sich in ihrem Stuhl zurück. »Nun?«

»Sie ... Sie haben mir viel Stoff zum Denken gegeben.«

»Nicht genug. Ich will Ihre Antwort heute. Jetzt sofort. Wollen Sie eine große religiöse Nummer in einer schönen neuen Kirche werden, oder wollen Sie in den Knast? Wenn Sie nämlich zu meinem Angebot nicht Ja sagen, werde ich meinen Kumpel Reede Lambert anrufen und ihm sagen, dass ich einen Augenzeugen für den Überfall auf die Ranch habe. Was darf's sein, Schätzchen – Kanzel oder Knast?«

Fergus schluckte. Er kämpfte mit sich, seinem Gewissen, aber es dauerte nicht lange. Er nickte einmal kurz.

»Gut. Oh, da ist noch etwas«, fuhr Nora Gail mit derselben zuckersüßen Stimme fort. »Hören Sie auf, meine Schwester wie einen Fußabstreifer zu behandeln. Man hat Sie dabei beobachtet, wie Sie sie neulich abends im Büro des Sheriffs öffentlich abgekanzelt haben. Wenn ich je Wind davon bekomme, dass sich so etwas wieder ereignet hat, werde ich Ihnen persönlich Ihren armseligen Schniedelwutz abschneiden und ihn an den nächstbesten Hund verfüttern. Okay?«

Er schluckte mit einiger Mühe.

»Ich werde Wanda Gail auf eine Schönheitsfarm in Dallas schicken, wo sie zwei Wochen lang verwöhnt wird, was ohnehin viel zu wenig Urlaub von Ihnen ist. Wie wollen Sie denn Leute in Ihre neue Kirche locken, wenn Ihre Frau aussieht wie eine zerdetschte Kröte? Diesen Sommer fahren Ihre Kinder ins Camp. Sie werden neue Fahrräder und neue Baseballhandschuhe kriegen, weil ich Ihre Regel ›Keine Spiele‹ abschaffe und sie nächsten Frühling in die Kinderliga einschreibe.« Sie zwinkerte. »Ihre Tante Nora Gail wird das gottverdammt Beste sein, was diesen Kindern je begegnet ist. Haben Sie das alles kapiert, Prediger?«

Plummet nickte noch einmal verdattert.

»Gut.« Sie lehnte sich zurück und schwang gelassen ein Bein hin und her. »Nachdem wir jetzt klar Schiff gemacht haben, reden wir über Bedingungen. Sie werden die erste Spende an dem Tag erhalten, an dem die Lizenz endgültig bestätigt ist, und danach jeden Ersten des Monats eine weitere. Die Schecks werden vom Konto der NGB Incorporated abgebucht, ich brauche die Steuerermäßigung«, sagte sie lachend.

Jetzt wandte sie sich ihrer Schwester zu. »Wanda Gail, warte nicht, bis ich dich nach Dallas schicke. Nimm das Geld, das ich dir gestern zukommen ließ, und kauf für dich und die Kinder was zum Anziehen. Und, um Himmels willen, mach was mit deinen Haaren. Sie sehn beschissen aus.«

Wandas Augen füllten sich mit Tränen. »Danke, danke.«

Nora Gail wollte nach der Hand ihrer Schwester greifen, besann sich aber eines Besseren und zündete sich stattdessen eine ihrer schwarzen Zigaretten an. Durch eine dichte Wolke beißenden Rauchs erwiderte sie: »Nichts zu danken, Schätzchen.«

44

»Junior?«

Er wandte sich von der Bar ab, wo er sich gerade innerhalb von zehn Minuten den zweiten Drink mixte. »Guten Morgen, Mutter. Möchtest du eine Bloody Mary?«

Sarah Jo durchquerte den Raum und riss die Flasche Wodka aus seiner Hand. »Was ist denn mit dir los?«, fragte sie in wesentlich gereizterem Ton, als er von ihr gewöhnt war. »Warum trinkst du schon so früh am Morgen?«

»So früh ist es nun auch wieder nicht, wenn man bedenkt, wann ich aufgestanden bin.«

»Du warst fort. Ich hab dich gehen hören. Wo warst du?«

»Das würde ich auch gerne wissen«, sagte Angus und kam ins Zimmer. »Ich muss mit dir reden.«

»Lass mich raten«, sagte Junior und versuchte krampfhaft, fröhlich zu klingen. »Es geht um Richter Wallace…«

»Richtig.«

»Und meine Ehe mit Stacey.«

»Ja«, gab Angus widerwillig zu.

»Ich wette, du willst mir erklären, warum es so maßlos wichtig war, dass ich sie damals geheiratet habe.«

»Es war zu deinem Besten.«

»So viel hast du mir bereits vor fünfundzwanzig Jahren gesagt. Es war ein Kuhhandel, stimmt's? Du hast ihn dazu gebracht, Celinas Mordfall abzuschließen im Austausch für meine Ehe mit Stacey. Liege ich richtig? Alex ist auch so weit gekommen. Als sie den Richter mit ihrer Hypothese konfrontierte, hat er sich umgebracht.«

Sarah Jo war aschfahl geworden. Angus reagierte mit Wut. Seine Hände ballten sich zu Fäusten. »Es war das Beste, was ich damals tun konnte. Ich konnte nicht zulassen, dass es eine endlose Untersuchung gibt. Um meine Familie und mein Geschäft zu schützen, blieb mir keine andere Wahl, als den Richter um diesen Gefallen zu bitten.«

»Hat Stacey davon gewusst?«

»Von mir nicht. Ich bezweifle, dass Joe es ihr je erzählt hat.«

»Dafür danke ich Gott.« Junior ließ sich in einen Stuhl fallen und niedergeschlagen den Kopf hängen. »Dad, du weißt genauso gut wie ich, dass Bud, der Spinner, unschuldig war.«

»Davon weiß ich überhaupt nichts.«

»Ach komm. Er war harmlos. Du hast gewusst, dass er Celina nicht umgebracht hat, aber du hast zugelassen, dass er dafür bestraft wurde. Warum hast du den Dingen nicht einfach ihren natürlichen Lauf gelassen? Auf lange Sicht wären wir alle besser damit gefahren.«

»Du weißt, dass das nicht stimmt, Junior!«

»Tu ich das?« Er hob den Kopf und fixierte seine Eltern mit brennenden Augen. »Wisst ihr, wen Reede heute Morgen in seinem Bett hatte, ganz weich und sexy und befriedigt sah sie aus? Alex.« Er warf sich im Sessel zurück und stützte seinen Kopf auf die Lehne. Dann sagte er mit einem bitteren Auflachen: »Celinas *Tochter*, ist das zu fassen?«

»Alex hat die Nacht mit Reede verbracht?«, brüllte Angus.

Sarah Jo schniefte angewidert. »Das überrascht mich nicht.«

»Warum hast du das nicht verhindert, Junior?«, bellte Angus.

Junior spürte die wachsende Wut seines Vaters und schrie: »Ich hab's versucht.«

»Offensichtlich nicht gekonnt genug. In deinem Bett sollte sie jetzt sein, nicht in Reedes.«

»Sie ist eine erwachsene Frau. Sie braucht meine Erlaubnis nicht, um mit ihm ins Bett zu gehn. Mit irgendjemandem.« Junior erhob sich aus dem Sessel und schlich zur Bar.

Sarah Jo stellte sich ihm in den Weg. »Ich mag das Mädchen nicht. Sie ist genauso eine Schlampe wie ihre Mutter, aber wenn du sie für dich haben wolltest, warum hast du dann zugelassen, dass Reede Lambert sie kriegt?«

»Es ist wesentlich schlimmer als das, Sarah Jo«, Angus schwoll der Kamm. »Unsere Zukunft hängt von Alex' Urteil über uns ab. Ich hatte gehofft, dass sie ein Teil unserer Familie wird. Wie immer hat Junior den Job verbockt.«

»Kritisier ihn nicht, Angus.«

»Warum nicht, verflucht noch mal? Er ist mein Sohn. Ich darf ihn kritisieren, sooft ich will.« Er zwang sich, ruhig zu bleiben, und atmete tief durch. »Es ist jetzt zu spät rumzujammern, was wir alles versäumt haben. Wir haben ein größeres Problem als Juniors Liebesleben. Ich fürchte, wir können vor Gericht gestellt werden.« Er verließ den Raum und polterte zur Haustür hinaus.

Junior ging zur Bar und goss sich einen Wodka pur ein. Sarah Jo packte seinen Arm, als er das Glas ansetzen wollte. »Wann wirst du endlich begreifen, dass du genauso gut bist wie Reede? *Besser.* Du hast deinen Vater wieder enttäuscht. Wann wirst du endlich etwas schaffen, was ihn stolz auf dich macht? Junior, mein Schatz, es ist höchste Zeit, dass du erwachsen wirst und zur Abwechslung einmal selbst die Initiative ergreifst.«

Alex starrte Reede fassungslos, entsetzt an. Er wischte gelassen den Kaffee mit dem Handrücken von der Theke und füllte weiter Kaffee in den Filter der Maschine. Sobald der Kaffee anfing, in die Glaskaraffe zu tropfen, wandte er sich ihr zu. »Du siehst aus, als hättest du einen Wurm verschluckt. Hast du etwa nicht erwartet, das zu hören?«

»Ist es wahr?«, zögerte sie. »Hast du sie getötet?«

Er wandte sich ab, starrte ein paar Sekunden ins Leere, dann sah er sie wieder an, mit durchdringendem Blick. »*Nein*, Alex, ich hab Celina nicht umgebracht. Wenn ich es gewollt hätte, hätte ich es lange vor dieser Nacht getan, mit meinen bloßen Händen. Ich hätte das als gerechtfertigten Mord betrachtet. Ich hätte mir nicht die Mühe gemacht, ein Skalpell zu stehlen. Und ganz bestimmt nicht hätte ich diesen armen, behinderten Kerl dafür büßen lassen.«

Sie flog in seine Umarmung und presste sich an ihn. »Ich glaube dir, Reede.«

»Na, das ist doch schon was.« Er strich ihr zärtlich über den Rücken. Sie kuschelte sich an seine Brust.

Er stöhnte leise, erregt, schob sie dann aber weg. »Der Kaffee ist fertig.«

»Geh bitte nicht weg. Ich hab noch nicht genug Umarmung gehabt.«

»Ich auch nicht«, sagte er und streichelte ihre Wange. »Aber Umarmen ist mir eigentlich zu wenig, und ich habe das dumpfe Gefühl, dass unser fälliges Gespräch nicht gerade die romantische Stimmung fördern wird.« Er goss zwei Tassen Kaffee ein und trug sie zum Tisch.

»Warum sagst du das?«

»Weil du wissen willst, ob ich weiß, wer in dieser Nacht in den Stall gegangen ist.«

»Weißt du's?«

»Nein, ich weiß es nicht«, sagte er mit Nachdruck. »Das schwöre ich bei Gott.«

»Aber du weißt, dass es entweder Junior oder Angus war?«

Er verschränkte die Arme.
»Du wolltest nie wissen, wer von beiden, stimmt's?«
»Was spielt das für eine Rolle?«
Sie war entsetzt. »Für mich spielt es eine Rolle. Und für dich sollte es das auch.«
»Warum? Wenn ich es weiß, ändert das gar nichts. Es bringt Celina nicht zurück. Es wird deine unglückliche Kindheit nicht ändern oder meine. Würde dich deshalb deine Großmutter endlich lieben? Nein.«
Er sah, wie schockiert sie war, und sagte: »Ja, Alex, ich weiß, dass du dich zu Celinas Richter erkoren hast. Merle Graham hat stets einen Sündenbock gebraucht. Immer wenn Celina etwas ausgefressen hat, was sie falsch fand, hab ich die Schuld dafür gekriegt. ›Dieser kleine Lambert‹ hat sie mich immer genannt, immer mit ihrer sauertöpfischen Miene.
Es überrascht mich gar nicht, dass sie dir einen lebenslangen Schuldtrip aufgehalst hat. Sie hat nie die Schuld für Celinas Fehler bei sich gesucht. Und sie wollte nicht zugeben, dass Celina wie jedes andere menschliche Wesen, das je diese Welt schmückte, getan hat, was sie verdammt noch mal wollte, wenn ihr verdammt noch mal danach war, mit oder ohne Anstiftung. Also bist nur du übrig geblieben, die einzig wirklich Unschuldige in dieser ganzen Drecksgeschichte, der sie den schwarzen Peter zuschieben konnte.«
Er holte tief Luft. »Also, wenn du all das bedenkst, was kann es schon irgendjemandem nützen zu wissen, wer der Mörder war?«
»Ich muss es wissen, Reede«, sagte sie, den Tränen nahe. »Der Mörder war auch ein Dieb. Er hat mich beraubt. Meine Mutter hätte mich geliebt, wenn sie am Leben geblieben wäre. Ich weiß es.«
»Beim Himmel, sie wollte dich nicht mal haben, Alex«, schrie er. »Genauso wenig, wie meine Mutter mich haben wollte. Ich hab mich ihretwegen nicht auf die große Suche begeben.«
»Weil du Angst davor hast«, schrie sie zurück.

»Angst?«

»Angst davor, von dem, was du rausfindest, verletzt zu werden.«

»Nicht Angst«, sagte er, »Gleichgültigkeit.«

»Ich bin nicht gleichgültig, Gott sei Dank, ich bin nicht so kalt und gefühllos wie du.«

»Gestern Nacht hast du das anders gesehen«, sagte er zornig, »oder bist du nur Jungfrau geblieben, weil du den anderen Männern, mit denen du dich verabredet hast, einen geblasen hast?«

Sie zuckte zusammen, als hätte er sie ins Gesicht geschlagen. Zutiefst getroffen starrte sie ihn an. Sein Gesicht war abweisend und feindselig, aber ihre Zerbrechlichkeit besiegte ihn. Er fluchte leise vor sich hin und rieb sich die Augen.

»Es tut mir leid. Das war überflüssig. Aber du treibst mich auf die Palme, wenn es um diese Sache geht.« Seine grünen Augen flehten sie an. »Gib es auf, Alex. Gib nach.«

»Das kann ich nicht.«

»Du willst nicht.«

Sie griff nach seiner Hand. »Reede, in dem Punkt werden wir uns nie einigen, und ich will nicht mit dir streiten.« Ihr Gesicht wurde zärtlich. »Nicht nach gestern Nacht.«

»Einige Leute würden denken, dass das, was da drin vorgefallen ist«, er deutete in Richtung Wohnzimmer, »die Vergangenheit überwunden hätte.«

»Und, ist es deshalb passiert, in der Hoffnung, dass ich vergeben und vergessen werde?«

Er entriss ihr seine Hand. »Du legst es wirklich drauf an, mich stocksauer zu machen, nicht wahr?«

»Nein, ich versuche nicht, dich zu provozieren. Versteh doch bitte, dass ich nicht aufgeben kann, bis dieser Fall abgeschlossen ist.«

»Ich versteh es einfach nicht.«

»Dann akzeptiere es. Hilf mir.«

»Wie? Indem ich entweder meinen Mentor oder meinen besten Freund beschuldige?«

»Vorhin klang Junior gar nicht wie dein bester Freund.«

»Das war verletzter Stolz und Eifersucht.«

»Er war auch eifersüchtig in der Nacht, als Celina getötet wurde. Sie hat seinen Stolz verletzt. Sie hat seinen Heiratsantrag abgelehnt, weil sie immer noch dich geliebt hat. Hätte ihn das dazu bringen können, sie zu vernichten?«

»Denk darüber nach, Alex«, sagte er verärgert. »Wenn Junior die totale Wut gepackt hätte, hätte er da das Skalpell zur Hand gehabt, um damit auf sie einzustechen? Und glaubst du wirklich, dass Junior irgendjemanden töten könnte, egal wie rasend er getobt hat?«

»Dann war es Angus«, sagte sie leise.

»Ich weiß es nicht.« Reede sprang auf und begann, hin und her zu laufen. Diese Hypothese war vertraut, beängstigend. »Angus war dagegen, dass Junior Celina heiratet.«

»Angus ist viel jähzorniger als Junior«, sagte sie, mehr zu sich selbst. »Ich hab ihn wütend gesehen. Ich kann mir vorstellen, dass er fähig ist, jemanden umzubringen, und auf jeden Fall hat er zu verzweifelten Maßnahmen gegriffen, um den Fall abzuschließen, bevor die Beweisführung ihm auf den Leib rücken konnte.«

»Wohin gehst du?« Reedes Kopf schnellte herum, als sie aufstand und zum Badezimmer ging.

»Ich muss mit ihm reden.«

»Alex!« Er eilte hinterher und rüttelte am Knopf der Tür, aber sie hatte sich eingesperrt. »Ich will nicht, dass du zur Ranch fährst.«

»Ich muss aber.« Sie öffnete fertig angezogen die Tür und hielt ihm ihre Hand hin. »Kann ich deinen Blazer borgen?«

Er starrte sie an. »Du wirst sein Leben auf den Kopf stellen. Hast du dir das überlegt?«

»Ja, und jedes Mal, wenn mich das schlechte Gewissen packt, erinnere ich mich an meine einsame, lieblose Kindheit, die ich verbracht habe, während er reicher wurde.« Sie schloss die Augen und sammelte sich. »Ich will Angus nicht zerstören. Ich mache nur meine Arbeit, streite für das Recht.

Ich mag ihn. Unter einem anderen Vorzeichen könnte ich ihn sehr gerne haben. Aber die Umstände sind eben so, wie sie sind, und ich kann sie nicht ändern. Wenn ein Mensch Schuld auf sich lädt, muss er dafür bestraft werden.«

»Also gut.« Er packte ihren Arm und zog sie an sich. »Was ist die Strafe für einen Ankläger, der mit einem Tatverdächtigen schläft?«

»Du bist kein Tatverdächtiger mehr.«

»Das hast du gestern Nacht nicht gewusst.«

Sie entriss ihm empört ihren Arm, rannte los, schnappte sich seine Schlüssel von dem Tischchen, auf das er sie gestern Nacht geworfen hatte.

Reede ließ sie gehen und rief im Gerichtsgebäude an. Ohne Vorrede brüllte er ins Telefon: »Schickt mir sofort einen Wagen hier raus.«

»Sie sind alle unterwegs, Sheriff. Alle außer dem Jeep.«

»Der muss genügen. Sorgt nur dafür, dass er hergebracht wird.«

45

Stacey Wallace Minton schockierte ihre Freunde, indem sie ins Wohnzimmer spazierte, korrekt gekleidet, trockenen Auges und scheinbar völlig gefasst. Sie hatten sich aus Rücksicht auf ihr Leid nur flüsternd unterhalten in der Annahme, sie würde sich etwas Ruhe gönnen vor der Tortur, die ihr bevorstand.

Tupperwaredosen und feuerfeste Formen mit Salaten, Aufläufen und Desserts waren von einem steten Strom besorgter Bekannter angeliefert worden. Ohne Ausnahme hatten alle gefragt: »Wie kommt sie damit zurecht?«

So wie es aussah, hatte Stacey den Tod ihres Vaters durchaus bewältigt. Sie erschien, wie immer, makellos gekleidet und gepflegt. Wären da nicht die bläulichen Ringe unter ihren Augen gewesen, hätte man meinen können, sie wäre auf dem Weg zu einer Clubversammlung.

»Stacey, haben wir dich aufgeweckt? Wir haben einen Zettel an die Tür gehängt, damit die Leute klopfen, nicht klingeln.«

»Ich bin schon eine Weile wach«, beruhigte sie ihre Freunde. »Wann ist denn Junior gegangen?«

»Irgendwann nachts. Möchtest du etwas essen? Herrgott, hier ist genug Essen, um eine Armee zu füttern.«

»Nein danke, jetzt nicht.«

»Mr. Davis hat angerufen. Er muss mit dir die Beerdigung besprechen, sagte aber, er kann sich nach dir richten.«

»Ich werde ihm später Bescheid geben.«

Ihre Freunde beobachteten starr vor Staunen, wie sie zum Garderobenschrank ging und ihren Mantel herausholte. Sie tauschten besorgte und verwirrte Blicke.

»Stacey, Liebes, wo willst du hin?«

»Ich geh aus.«

»Wir nehmen dir gerne Besorgungen ab. Dafür sind wir doch hier.«

»Ich weiß euer Angebot zu schätzen, aber das ist etwas, was ich selbst erledigen muss.«

»Was sollen wir denn den Leuten sagen, die dich besuchen kommen?«, fragte eine und folgte ihr alarmiert zur Haustür.

Stacey drehte sich um und erwiderte ruhig: »Sag ihnen, was immer du willst.«

Angus schien nicht überrascht, Alex zu sehen, als sie unangemeldet sein Arbeitszimmer betrat. Er saß auf dem Ledersofa und massierte die Zehe, die ihn nach wie vor quälte. »Ich hab Sie nicht reinkommen hören«, sagte er, »war selbst bis eben im Stall. Wir haben einen Zweijährigen mit Sehnenproblemen, das kann auch nicht schmerzhafter sein als diese elende Gicht.«

»Lupe hat mir gesagt, Sie wären hier hinten.«

»Wollen Sie frühstücken? Kaffee?«

»Nein danke, Angus.« Gastfreundlich bis zum bitteren Ende, dachte Alex. »Wir müssen reden. Passt es Ihnen jetzt?«

Er lachte. »Ob jetzt oder ein andermal spielt wohl keine Rolle bei dem, was wir zu besprechen haben. Passen wird mir das nie.« Sie setzte sich neben ihn aufs Sofa. Er musterte sie mit schlauen blauen Augen. »Hat er gequatscht, bevor er sich umgebracht hat?«

»Er hat mich nicht in sein Büro eingeladen, um ein Geständnis abzulegen, wenn Sie das meinen«, erwiderte sie, »aber ich weiß von Ihrem Geschäft mit ihm. Wie haben Sie Junior dazu gebracht, dabei mitzumachen, Angus?«

»Zu diesem Zeitpunkt«, sagte er, ohne ihre Behauptungen lange abzustreiten, »war dem Jungen völlig egal, was mit ihm passierte. Celinas Tod hatte ihn so schwer getroffen, dass er mit Joes Mädchen verheiratet war, bevor es ihm klar wurde. Wissen Sie was? Ich bin mir nicht sicher, ob er diese ersten Monate überstanden hätte, wenn Stacey nicht für ihn da gewesen wäre. Ich hab diesen Handel mit Joe nie bereut.«

»Wen haben Sie geschützt?«

Er wechselte ohne Überleitung das Thema. »Sie sehen ein bisschen mitgenommen aus. Hat Reede Sie heute Nacht so hart geritten?«

Alex beugte verlegen den Kopf. »Junior hat es Ihnen erzählt?«

»Ja.« Er zog seinen Stiefel an und schnitt eine Grimasse, während er vorsichtig seine schmerzende Zehe hineinschraubte. »Ich kann nicht behaupten, dass ich überrascht bin – enttäuscht, aber nicht überrascht.«

Sie hob den Kopf. »Warum?«

»Wie die Mutter, so die Tochter. Reede hatte bei Celina immer einen Vorteil gegenüber jedem anderen Mann. So war es einfach. Chemie nennen sie das, glaube ich, heutzutage.« Er stellte seinen Fuß auf den Boden und lehnte sich im Sofa zurück. »Was ist zwischen euch beiden?«

»Es ist mehr als Chemie.«

»Sie lieben ihn also?«

»Ja.«

Sein Gesicht wurde besorgt. »Ich warne Sie, wie ein Daddy das tun würde, Alex. Es ist nicht leicht, einen Mann wie Reede zu lieben. Er hat große Schwierigkeiten, Zuneigung zu zeigen, und noch mehr, sie zu akzeptieren. Trotz seines Alters ist er immer noch verbittert, weil ihn seine Mama als Baby einfach im Stich gelassen hat.«

»Hat er deshalb Celina nicht verzeihen können, dass sie sich mit Al Gaither eingelassen und mich gekriegt hat?«

»Ich glaube schon. Er hat versucht, nicht zu zeigen, wie weh ihm das getan hat. Ist hier rumgelaufen, als könne ihm ganz Texas gestohlen bleiben. Er hat seine Gefühle hinter dieser Mir-ist-alles-scheißegal-Fassade versteckt, aber er war absolut fertig, ich hab's gemerkt. Das hatte nichts mit Ihnen zu tun, verstehen Sie, aber er konnte Ihrer Mutter nie richtig verzeihen, dass sie ihn betrogen hat.«

»Und was ist mit Junior?«

»Junior konnte ihr nicht verzeihen, dass sie Reede mehr liebte als ihn.«

»Aber keiner von beiden hat sie umgebracht.« Sie sah ihm direkt in die Augen. »Sie waren das, nicht wahr?«

Er stand auf und ging zum Fenster. Er sah hinaus auf all das, was er aus dem Nichts aufgebaut hatte und jetzt verlieren könnte. Schwere Stille lag mehrere Minuten über dem Raum. Schließlich sagte er: »Nein, ich war es nicht.« Dann drehte er sich langsam um: »Aber ich wollte es tun.«

»Warum?«

»Ihre Mutter hat Spielchen gespielt, Alex. Ihr hat das gefallen. Als ich ihr das erste Mal begegnet bin, war sie noch ein kleiner Lausbub. Alles wäre vielleicht gut gelaufen, wenn sie so geblieben wäre. Aber sie ist älter geworden und hat gemerkt, dass sie Macht über diese beiden Jungen hatte – sexuelle Macht. Sie begann dem einen mit dem anderen einzuheizen.«

Alex' Herz schmerzte. Sie wagte kaum zu atmen. Es war

wie in einem Horrorfilm, wenn man darauf wartet, dass das Monster endlich seinen Kopf aufrichtet. Sie wollte den ganzen Film sehen, aber noch fehlte ihr die Kraft. Er würde sicher nicht schön sein.

»Ich hab gesehen, wie es passierte«, sagte Angus, »aber ich konnte nicht viel dagegen machen. Sie hat sie gegeneinander ausgespielt.«

Seine Worte waren ein Echo dessen, was Nora Gail gesagt hatte. *Die Versuchung war einfach zu groß.*

»Je älter sie wurden, desto schlimmer wurde es«, fuhr Angus fort. »Die Freundschaft zwischen den beiden war wie ein glänzender Apfel. Celina fraß langsam den Kern weg, wie ein Wurm. Ich hab sie nicht besonders gemocht.« Er kehrte zum Sofa zurück und setzte sich. »Aber ich hab sie begehrt.«

Als Alex sicher war, dass sie sich nicht verhört hatte, konnte sie sich ein erschrockenes Keuchen nicht verkneifen. »*Was?*«

Angus grinste. »Vergessen Sie nicht, das war vor fünfundzwanzig Jahren mit dreißig Pfund weniger. Ich hatte das noch nicht.« Er rieb sich seinen vorstehenden Bauch. »Und ich hatte mehr Haare. Auch wenn ich das selber sage, war ich damals ein richtiger Ladykiller.«

»Ich bezweifle Ihre Anziehungskraft nicht, Angus, ich hatte nur keine Ahnung …«

»Das hatte niemand. Es war mein kleines Geheimnis. Selbst sie hat es nicht gewusst … bis zu der Nacht, in der sie starb.«

Alex stöhnte seinen Namen. Das Monster der Wahrheit war nicht nur hässlich, es war grauenerregend.

»Junior ist aus dem Haus gestürmt, um seinen Kummer zu ertränken. Celina ist in dieses Zimmer gekommen. Sie saß direkt da, wo Sie jetzt sitzen, und hat geweint. Sie hat mir gesagt, sie wüsste nicht, was sie tun sollte. Sie liebte Reede auf eine Art, wie sie nie einen anderen Mann lieben könnte. Junior mochte sie auch, aber nicht genug, um ihn zu heiraten.

Sie wusste nicht, wie sie Sie alleine aufziehen sollte. Jedes Mal, wenn sie Sie ansah, wurde sie an den Fehler erinnert, der ihre Zukunft für immer besiegelt hatte.

Sie hat immer weiter geredet, hat erwartet, dass ich Mitleid mit ihr habe, und ich sah nur, was für ein egoistisches kleines Luder sie war. Sie hatte sich selbst all diese Probleme aufgehalst. Ihr war es scheißegal, wie sehr sie andere Leute verletzte oder mit deren Leben spielte. Sie interessierte nur, ob sie etwas von ihnen hätte.«

Er schüttelte den Kopf voller Selbstverachtung. »Das hat mich nicht daran gehindert, sie zu begehren. Ich wollte sie mehr denn je. Ich glaube, ich habe das damit gerechtfertigt, dass sie nichts Besseres verdiente als einen geilen alten Bock wie mich.« Er holte tief Luft. »Auf jeden Fall hab ich mein Verslein aufgesagt.«

»Sie haben ihr gesagt…, dass Sie sie begehren?«

»Ich bin nicht gleich mit der Tür ins Haus gefallen, nein. Ich hab ihr angeboten, ihr irgendwo ein Haus außerhalb der Stadt einzurichten, irgendwo in der Nähe; hab ihr gesagt, ich würde für alles aufkommen. Sie müsste keinen Finger rühren, nur nett sein, wenn ich sie besuchen würde. Ich hab natürlich damit gerechnet, dass sie Sie mitbringt und auch Mrs. Graham, obwohl sich Ihre Großmama sicher nicht drauf eingelassen hätte. Kurzum«, schloss er, »ich hab sie gebeten, meine Mätresse zu werden.«

»Was hat sie gesagt?«

»Gar nichts, verflucht noch mal. Sie hat mich nur ein paar Sekunden lang angeschaut, und dann hat sie angefangen zu lachen.« Sein Blick ging Alex durch Mark und Bein, als er mit heiserer Stimme hinzufügte: »Und Sie wissen, wie sehr ich es hasse, wenn man mich auslacht.«

»Du dreckiger alter Bock!«

Beim Klang dieser Stimme schnellten beide Köpfe gleichzeitig herum. Junior stand mit wutverzerrtem Gesicht in der offenen Tür. Seine geballte Faust richtete sich anklagend auf seinen Vater. »Du wolltest nicht, dass ich sie heirate, weil du sie für dich selbst haben wolltest. Du hast sie umgebracht, weil sie deinen verachtenswerten Vorschlag nicht akzeptiert hat! Du gottverdammtes Schwein, deshalb hast du sie umgebracht!«

Die Straße schien noch holpriger als sonst. Oder vielleicht traf sie nur auf alle Schlaglöcher, weil sie halb blind vor Tränen war. Alex hatte auf der Rückfahrt zu Reedes Haus alle Mühe, den Blazer auf der Straße zu halten.

Als Junior sich auf Angus stürzte und begann, ihn mit Schlägen zu bearbeiten, war Alex aus dem Zimmer gerannt. Sie konnte das nicht mit ansehen. Ihre Ermittlungen hatten Sohn gegen Vater aufgebracht, Freund gegen Freund, und sie konnte das einfach nicht mehr ertragen. Sie war geflohen.

Alle hatten recht gehabt, sie gewarnt, aber sie wollte ja nicht hören. Getrieben von Schuldgefühlen, stur und furchtlos, bis an die Zähne bewaffnet mit einem unerschütterlichen Gefühl für Recht und Unrecht, angespornt vom Leichtsinn der Unreife, hatte sie auf verbotenem Gelände gegraben und geweihten Boden entehrt. Sie hatte den Zorn böser Geister geweckt, die längst zur Ruhe gebracht waren. Entgegen vernünftigem Rat hatte sie weitergewühlt. Jetzt protestierten diese Geister, manifestierten sich.

Sie musste ein Brett vor dem Kopf gehabt haben zu glauben, Celina wäre eine zerbrechliche Heldin gewesen, tragisch aus der vollen Blüte der Jugend gerissen, eine junge Witwe mit gebrochenem Herzen, mit einem neugeborenen Kind im Arm, die entsetzt vor einer eiskalten Welt stand. Stattdessen war sie manipulativ, egoistisch und sogar grausam gegenüber den Leuten gewesen, die sie liebten.

Merle hatte ihr eingeredet, sie wäre für den Tod ihrer Mutter verantwortlich. Mit jeder Geste, jedem Wort, ob offen oder versteckt, hatte sie Alex das Gefühl gegeben, unzulänglich und schuldig zu sein.

Merle hatte sich geirrt. Celina hatte sich selbst ins Unglück manövriert. Alex nahm ihren ganzen Willen zusammen und befreite sich von der Last der Schuld und Reue. Sie war frei! Es spielte keine Rolle mehr, wessen Hand das Skalpell geschwungen hatte. Sie war nicht der Anlass dafür gewesen.

Umgehend wollte sie dieses Gefühl der Befreiung mit Reede teilen. Sie parkte den Blazer vor seinem Haus, stieg aus und rannte über die Veranda. An der Tür zögerte sie und klopfte leise. Nach mehreren Sekunden zog sie sie auf und trat ein. »Reede?« Das Haus war düster und leer.

Sie ging auf das Schlafzimmer zu und rief noch einmal seinen Namen, aber er war offensichtlich nicht da. Sie drehte sich um und bemerkte ihre Handtasche, die übrig geblieben auf dem Nachttisch lag. Sie sah im Badezimmer nebenan nach, ob sie irgendetwas vergessen hatte, sammelte alles ein und steckte es in ihre Tasche.

Gerade als sie sie zuschnappen ließ, glaubte sie, das vertraute Quietschen der Eingangstür zu hören. Sie hielt inne und horchte »Reede?« Das Geräusch wiederholte sich nicht.

Die süßen Erinnerungen an gestern Nacht umfingen sie, sie betastete Reedes Sachen auf dem Nachttisch – eine Sonnenbrille, ein Kamm, der selten benutzt wurde, eine Messinggürtelschnalle mit dem Staatssiegel von Texas. Ihr Herz quoll über vor Liebe, als sie sich zum Gehen wandte und wie angewurzelt stehen blieb.

Die Frau, die in der Tür zum Schlafzimmer stand, hielt ein Messer in der Hand.

46

»Habt ihr denn noch alle Tassen im Schrank?«

Reede packte Junior und riss ihn von seinem Vater weg, der am Boden lag. Blut tropfte von seiner verletzten Lippe über sein Kinn. Seltsamerweise lachte er.

»Wo hast du bloß gelernt, so zu kämpfen, mein Junge, und

warum hast du das nicht schon öfter gemacht?« Er setzte sich auf und streckte Reede seine Hand entgegen. »Hilf mir.« Reede warf Junior einen warnenden Blick zu, dann ließ er ihn los und half Angus auf die Beine.

»Würde einer von euch mir vielleicht erzählen, was das bedeuten soll?«, fragte Reede.

Nachdem der Jeep eingetroffen war, war er direkt zur Ranch gefahren, wo eine verstörte Lupe ihn mit der Nachricht begrüßte, Junior und Mr. Minton würden sich prügeln.

Reede war zum Arbeitszimmer gerast, wo die beiden ineinander verkeilt über den Boden rollten. Junior versuchte, heftige, aber wirkungslose Schwinger gegen Angus' Kopf zu landen.

»Er wollte Celina für sich«, keuchte Junior, schwer atmend vor Wut und Anstrengung. »Ich hab gehört, wie er es Alex erzählt hat. Er wollte Celina als seine Mätresse etablieren. Als sie Nein gesagt hat, hat er sie umgebracht.«

Angus tupfte sich gelassen mit einem Taschentuch das Blut vom Kinn. »Glaubst du das wirklich, Sohn? Glaubst du, ich würde alles opfern – deine Mutter, dich, dieses Haus – für diese kleine Schnepfe?«

»Ich hab gehört, wie du Alex gesagt hast, du wolltest sie haben.«

»Das wollte ich auch, vom Gürtel abwärts, aber ich hab sie nicht geliebt. Mir hat es nicht gefallen, wie sie sich zwischen dich und Reede stellte. Und du kannst Gift drauf nehmen, dass ich nicht einfach alles in meinem Leben weggeworfen hätte, indem ich sie umbrachte. Mir war vielleicht danach zumute, als sie über mein Angebot lachte, aber ich hab es nicht getan.« Sein Blick streifte die beiden Jüngeren. »Mein Stolz wurde verschont, da einer von euch beiden es für mich übernommen hat.«

Die drei Männer tauschten nervöse Blicke. Die vergangenen fünfundzwanzig Jahre waren zu diesem entscheidenden Moment zusammengeschrumpft. Bis jetzt hatte keiner von ihnen den Mut gehabt, die Frage zu stellen. Die Wahrheit wäre zu schmerzlich, um sie zu ertragen, also hatten sie geduldet, dass die Identität des Mörders ungeklärt blieb. Sie hatten sich stillschweigend auf Mundhalten geeinigt. Keiner von ihnen hatte wissen wollen, wer Celinas Mörder war.

»Ich hab das Mädchen nicht getötet«, sagte Angus. »Wie ich schon Alex sagte, hab ich ihr die Schlüssel zu einem der Autos gegeben, damit sie nach Hause fahren konnte. Als sie das Haus durch die Vordertür verließ, habe ich sie das letzte Mal gesehen.«

»Und ich war außer mir, weil sie mir einen Korb gegeben hat«, sagte Junior. »Ich hab eine Runde durch die Bierkneipen gedreht und mich bewusstlos gesoffen. Ich weiß nicht mehr, wo oder mit wem ich zusammen war. Aber ich glaube, ich würde mich erinnern, wenn ich sie erstochen hätte.«

»Mein Alibi beginnt vor dem Dessert«, sagte Reede, »als ich mich davonmachte, um Nora Gail zu vögeln. Ich bin etwa um sechs Uhr früh in den Stall gekommen. Und da war es geschehen.«

Angus schüttelte ratlos den Kopf. »Dann ist alles, was wir Alex erzählt haben, wahr.«

»Alex?«, rief Reede. »Hast du nicht gesagt, sie wäre grade hier gewesen?«

»Dad hat mit ihr geredet, als ich reinkam.«

»Wo ist sie jetzt?«

»Da hat sie gesessen«, sagte Angus und deutete auf das Sofa. »Ich hab nichts mehr gesehen, nachdem Junior sich auf mich stürzte und mich niederschlug. Der hat mich wie ein gottverdammter Bulle angegangen«, sagte er und verpasste seinem Sohn einen liebevollen Haken unters Kinn. Junior grinste siegreich wie ein kleiner Junge.

»Würdet ihr zwei bitte damit aufhören und mir sagen, wo Alex jetzt ist?«

»Beruhig dich, Reede. Sie muss irgendwo sein.«

»Ich hab sie hier nirgendwo gesehen«, schnauzte er und lief hinaus in die Halle.

»Es kann höchstens ein paar Minuten her sein«, Junior pfiff durch die Zähne. »Warum bist du denn so besorgt?«

»Kapierst du nicht?«, fragte Reede über seine Schulter. »Wenn keiner von uns Celina umgebracht hat, dann läuft, wer es auch war, immer noch frei herum und ist genauso sauer auf Alex wie wir.«

»Du lieber Himmel, ich hab nicht gedacht …«

»Du hast recht, Reede.«

»Kommt schon.«

Die drei Männer rannten zur Eingangstür hinaus. Gerade als sie die Treppe hinuntertrampelten, fuhr Stacey vor und stieg aus dem Wagen.

»Junior, Angus, Reede, ich bin froh, dass ich euch erwischt habe. Es geht um Alex.«

Reede fuhr den Jeep, als wäre ihm der Teufel persönlich auf den Fersen. An der Kreuzung vom Highway und der Privatstraße der Mintons holte er die Deputies ein, die ihm den Jeep gebracht hatten, und hielt den Streifenwagen an.

»Habt ihr meinen Blazer gesehen?«, schrie er ihnen zu. »Alex Gaither hat ihn gefahren.«

»Ja, Reede, haben wir. Sie war auf dem Weg zu deinem Haus.«

»Sehr verbunden.« Seinen Fahrgästen schrie er zu »Festhalten« und machte eine halsbrecherische Wende.

»Was ist denn los?«, fragte Stacey, die sich verzweifelt an den Überrollbügel des offenen Jeeps klammerte. In ihrer aufgeräumten Welt war ihr so etwas Lebensgefährliches noch nie widerfahren.

Es war unmöglich gewesen, die Mintons und Reede aufzuhalten. In ihrer Hast, zum Jeep zu kommen, hätten sie sie fast über den Haufen gerannt. Und sie hatten gebrüllt, wenn sie gleich jetzt mit ihnen reden wollte, müsste sie das unterwegs tun. Sie war mit Junior auf den Rücksitz geklettert, Angus hatte sich nach vorne zu Reede gehievt. »Alex ist vielleicht in Gefahr«, schrie Junior Stacey ins Ohr, damit sie ihn verstehen konnte. Der kalte Nordwind riss ihm die Worte aus dem Mund.

»Gefahr?«

»Das ist eine lange Geschichte.«

»Ich war in ihrem Motel«, schrie Stacey. »Der Portier hat gesagt, sie könnte auf der Ranch sein.«

»Was ist es denn so Wichtiges?«, fragte Reede über die Schulter.

»Ich hab mir gestern nicht alles von der Seele geredet. Sie hat vielleicht nicht die Pistole gehalten oder den Abzug gedrückt, aber sie ist schuld an Daddys Tod.«

Junior legte den Arm um sie, zog sie an sich und küsste ihre Schläfe. »Stacey, lass es gut sein. Alex ist nicht der Grund, warum Joe sich umgebracht hat.«

»Es ist nicht nur das«, sagte Stacey verzweifelt. »Ihre Untersuchung hat Fragen aufgeworfen. Na ja, wir haben sehr bald nach dem Mord an Celina geheiratet. Die Leute dachten… du weißt doch, wie misstrauisch und engstirnig sie sein können. Sie reden wieder drüber.« Sie sah ihn flehend an: »Junior, warum hast du mich geheiratet?«

Er legte einen Finger unter ihr Kinn. »Weil du eine schöne, dynamische Frau bist, das verdammt Beste, was mir je passiert ist, Stacey«, sagte er und meinte es auch. Er konnte sie nicht lieben, aber er wusste ihre Güte und Warmherzigkeit und ihre unerschütterliche Liebe zu ihm zu schätzen.

»Dann liebst du mich ein bisschen?«

Er lächelte sie an und sagte um ihretwillen: »Verflucht Mädchen, ich lieb dich sogar sehr.«

Ihre Augen glänzten vor Tränen. Sie strahlte so, dass sie fast hübsch aussah. »Danke, Junior.«

Angus beugte sich vor und zeigte zum Horizont: »Mein Gott, das sieht aus wie…«

»Rauch«, Reede beugte sich vor und trat das Gaspedal durch.

47

»Sarah Jo!«, rief Alex. »Was, in aller Welt, machen Sie denn hier?«

Sarah Jo lächelte selbstzufrieden. »Ich bin Ihnen von meinem Haus gefolgt.«

»Warum?«

Alex' Blick fiel auf das Messer. Es war ein gewöhnliches Küchenmesser, in Sarah Jos Hand sah es aber gar nicht gewöhnlich aus. Bis jetzt hatte ihre Hand immer feminin und zerbrechlich gewirkt. Jetzt umklammerte sie das Messer wie der Knochenmann seine Sense.

»Ich bin hier, um mein Leben von einer weiteren lästigen Plage zu befreien.« Ihre Augen öffneten sich weit, dann wurden sie schmal. »Genau wie ich es damals in Kentucky gemacht habe. Mein Bruder hat das Fohlen gekriegt, das ich wollte. Es war nicht fair. Ich musste ihn und das Fohlen loswerden, sonst hätte ich nie wieder glücklich sein können.«

»Was … was haben Sie gemacht?«

»Ich hab ihn in den Stall gelockt, indem ich ihm erzählt habe, das Fohlen hätte eine Kolik. Dann hab ich die Tür abgeschlossen und das Feuer angezündet.«

Alex schwankte vor Entsetzen. »Wie abscheulich!«

»Ja, das war es wirklich. Man konnte meilenweit brennendes Pferdefleisch riechen. Der Gestank ging tagelang nicht weg.«

Alex hielt sich mit zitternder Hand den Mund zu. Die Frau war offensichtlich psychisch krank und deshalb noch furchterregender.

»In der Nacht, in der ich Celina beseitigt habe, musste ich kein Feuer anzünden.«

»Warum nicht?«

»Dieser Idiot, Bud, der Spinner, war ihr zur Ranch gefolgt. Ich bin ihm begegnet, als ich aus dem Stall kam. Er hat mich zu Tode erschreckt, wie er so reglos in den Schatten dastand. Er ist reingegangen und hat sie gesehen. Dann hat er sich auf sie geworfen und sich schrecklich aufgeführt. Ich hab gesehen, wie er Dr. Collins' Messer aufgehoben hat.« Sie grinste schadenfroh. »Da hab ich gewusst, dass ich kein Feuer anzünden und all diese wunderbaren Pferde nicht vernichten musste.«

»Sie haben meine Mutter getötet«, wimmerte Alex unaufhörlich. »Sie haben meine Mutter getötet.«

»Sie war eine Schlampe.« Sarah Jos Gesicht veränderte sich schlagartig, wurde gehässig. »Ich habe jede Nacht darum gebetet, dass sie Reede Lambert heiratet. Auf die Weise wäre ich sie beide endlich losgeworden. Angus brauchte nur den einen Sohn, den, den ich ihm geschenkt habe«, schrie sie und schlug sich mit der freien Hand auf die Brust. »Warum brauchte er noch diesen Straßenköter um sich?«

»Was hatte das mit Celina zu tun?«

»Das dämliche Mädchen hat sich schwängern lassen. Danach wollte Reede sie nicht mehr haben.« Sie knirschte mit den Zähnen, ihr zartes Gesicht war eine wutverzerrte Fratze. »Und Junior hat nichts unversucht gelassen, um Reedes Platz einzunehmen. Er wollte sie tatsächlich heiraten. Man stelle sich vor, ein Presley heiratet so eine aus der Gosse mit einem unehelichen Kind. Niemals hätte ich meinen Sohn seine Zukunft wegschmeißen lassen wegen der.«

»Also haben Sie nach einer Gelegenheit gesucht, sie umzubringen.«

»Sie hat sie mir in den Schoß gelegt. Junior verließ in dieser Nacht das Haus, untröstlich! Dann hat sich Angus wegen ihr zum Narren gemacht.«

»Sie haben das Gespräch belauscht?«

»Ich hab an der Tür gehorcht.«

»Und Sie waren eifersüchtig.«

»Eifersüchtig«, lachte sie perlend. »Du lieber Himmel, nein. Angus hat immer andere Frauen gehabt, seit unserer Hochzeit. Ich hätte vielleicht gar nichts dagegen gehabt, dass er Celina hat, solange er sie außerhalb der Stadt untergebracht hätte und Junior aus den Augen. Aber dieses alberne Flittchen hat ihn ausgelacht – meinen Mann ausgelacht, nachdem er ihr sein Herz vor die Füße gelegt hatte!«

Ihre Augen blinzelten jetzt wild, und ihre Brüste bebten bei jedem ihrer heftigen Atemzüge. Ihre Stimme wurde immer schriller. Alex wusste, dass sie ganz behutsam vorgehen musste, wenn sie sich da rausreden wollte. Sie rang immer noch um die passenden Worte, als sie mit einem Mal Rauch roch.

Ihr Blick wanderte von Sarah Jo zum Korridor. Flammen leckten die Wände des Wohnzimmers dahinter hoch.

»Sarah Jo«, sagte Alex, »ich würde gerne mit Ihnen darüber reden, aber …«

»Rühr dich nicht vom Fleck!«, befahl Sarah Jo schneidend und hob das Messer, als Alex einen zögernden Schritt machte. »Du bist hierhergekommen und hast angefangen, Ärger zu machen, genau wie sie. Du ziehst Reede meinem Sohn vor. Du brichst sein Herz. Angus ist besorgt und aufgeregt über Joe Wallace' Tod, an dem du auch schuld bist. Du musst wissen, Angus hat geglaubt, einer der Jungen hätte sie getötet.«

Sie grinste verzerrt. »Ich hab gewusst, dass er das glauben würde und dass die Jungen auch keine Fragen stellen würden. Ich hab mich auf ihre Loyalität untereinander verlassen. Es war das perfekte Verbrechen. Angus dachte, er müsste die beiden schützen, und hat dieses Geschäft mit dem Richter abgeschlossen. Es war mir zuwider, dass Junior so jung heiratete, aber immer noch besser Stacey als das Biest Celina.«

Der Rauch wurde dichter. Er umwogte bereits Sarah Jo, die das scheinbar nicht bemerkte. »Du hast angefangen, zu viele Fragen zu stellen«, sagte sie mit bedauernder Miene zu Alex. »Mit diesem Brief hab ich versucht, dich zu ängstigen. Ich hab's so hingedreht, dass er von diesem verrückten Reverend Plummet stammen konnte, aber ich hab ihn geschickt.«

Sie suhlte sich in ihrem Triumph, das nutzte Alex, um sich langsam vorzutasten, Schritt für Schritt.

»Du hast den Wink nicht verstanden, also hab ich dich mit einem der Firmen-Pick-ups von der Straße gedrängt. Richter Wallace wäre wahrscheinlich noch am Leben und die Vereinbarung, die Angus mit ihm getroffen hat, immer noch ein Geheimnis, wenn du bei diesem Unfall nur gestorben wärst!« Sie schien wirklich enttäuscht. »Aber nach heute werde ich nicht …«

Alex warf sich nach vorn und schlug auf Sarah Jos Handgelenk. Sie war stärker, als sie aussah. Es gelang ihr, das Messer festzuhalten. Alex packte ihr Handgelenk, umklammerte es und versuchte, den Stößen auszuweichen, die auf ihren Körper zielten.

»Ich werde nicht zulassen, dass du meine Familie zerstörst«, fauchte Sarah Jo und holte mit dem Messer gegen Alex' Bauch aus.

Die beiden Frauen kämpften um den Besitz der Waffe. Sie fielen auf die Knie. Alex trachtete danach, die tödlichen Schwünge des Messers abzuwehren, aber der Rauch wurde allmählich so dicht, dass sie fast nichts mehr sehen konnte. Ihre Augen füllten sich mit Tränen. Sie bekam keine Luft, Sarah Jo stieß sie gegen die Wand. Beim Aufprall fühlte sie, wie die Naht auf ihrer Kopfhaut platzte.

Irgendwie gelang es ihr, auf die Füße zu kommen und Sarah Jo den Gang entlangzuzerren, wo der Rauch besonders qualmte. Alle Regeln der Flucht vor Feuer waren vergessen. Sie gab sich Mühe, den Atem anzuhalten, aber ihre Lungen verlangten Sauerstoff für die schwierige Aufgabe, Sarah Jo mitzuschleifen.

Sie waren schon fast beim Wohnzimmer angelangt, als Sarah Jo merkte, dass Alex die Oberhand gewonnen hatte. Sie bäumte sich noch einmal auf und wehrte sich heftiger denn je. Das Messer traf Alex' Knöchel, und sie schrie auf. Die Sägekante streifte ihre Wade, und sie taumelte zurück in Richtung Wohnzimmer.

Mit einem Mal löste sich Sarah Jo aus ihrem Griff. Und obwohl Alex noch vor wenigen Sekunden um ihre Haut gekämpft hatte, geriet sie jetzt bei dem Gedanken, ihre Angreiferin im stickigen schwarzen Rauch zu verlieren, in Panik. Er war so dicht, dass sie nicht einmal mehr die Umrisse der anderen erkennen konnte.

»Sarah Jo, wo sind Sie?« Alex würgte, weil der Rauch ihr die Kehle zuschnürte. Sie streckte die Arme aus und versuchte, die Frau zu ertasten, aber da war nur sengende Luft.

Jetzt übernahm ihr Überlebensinstinkt die Führung. Sie drehte sich um, duckte sich und hechtete den Gang entlang. Im Wohnzimmer schlängelte sie sich durch die brennenden Möbel und rannte blindlings in Richtung Haustür. Die Tür war intakt, schwelte aber bereits. Sie packte den Türknopf, der sich wie ein Brandeisen in ihre Handfläche bohrte.

Schreiend vor Schmerz und Angst stürmte sie durch die Tür hinaus auf die Veranda.

»Alex!«

Sie taumelte auf Reedes Stimme zu und sah durch ihre rauchgeschundenen Augen die undeutlichen Umrisse des Jeeps, der nur wenige Meter von ihr entfernt mit quietschenden Reifen zum Stehen kam.

»Reede«, krächzte sie und streckte die Arme nach ihm aus. Sie fiel zu Boden. Er sprang aus dem Wagen und beugte sich über sie.

»Sarah Jo«, sie hob mit letzter Kraft die Hand und zeigte aufs Haus.

»Großer Gott, Mutter!« Junior sprang seitlich aus dem Wagen und preschte los.

»Junior!«, schrie Stacey. »Nein, o Gott, nein!«

»Sohn, tu's nicht!« Angus grabschte nach Juniors Arm, als er an ihm vorbeistürzte. »Es ist zu spät!«

Reede war bereits auf der Veranda, als Junior ihn zur Seite stieß. Reede fiel rückwärts die Treppe hinunter, vergeblich haschte er nach Juniors Knöchel. »Junior, nein!«

Junior drehte sich um und sah auf ihn hinunter: »Diesmal, Reede, krieg ich die Lorbeeren!«

Er grinste Reede mit seinem unwiderstehlichsten Lächeln an, dann lief er in das brennende Haus.

Epilog

»Ich hab mir gedacht, dass ich dich hier finde.«

Reede hatte Alex nicht kommen hören, bis sie den Mund aufmachte. Er warf ihr einen Blick über die Schulter zu, dann wandte er sich wieder den beiden frischen Gräbern zu. »Ich hab Angus versprochen, dass ich jeden Tag nachschaue, ob alles in Ordnung ist. Er fühlt sich dafür noch nicht stark genug.«

Alex trat näher. »Ich war heute Nachmittag kurz bei ihm. Er hat den armseligen Versuch gemacht, den starken Mann zu spielen«, bemerkte sie niedergeschlagen. »Er hat doch ein Recht zu trauern. Das hab ich ihm gesagt. Ich hoffe, er hat es sich zu Herzen genommen.«

»Ich bin sicher, er war dankbar für deinen Besuch.«

»Da bin ich mir nicht so sicher.« Reede drehte sich zu ihr um. Sie strich sich nervös die Haare zurück, die der Wind ihr ins Gesicht blies. »Wenn ich nie hergekommen wäre, den Fall nicht wieder aufgerollt hätte …«

»Tu dir das nicht ständig an, Alex«, fiel er ihr ins Wort. »Nichts davon war deine Schuld. Keiner hatte eine Ahnung, dass Sarah Jo wahnsinnig war, nicht mal Angus, und er war mit ihr verheiratet. Junior … Na ja …« Er verstummte und musste schlucken.

»Er wird dir fehlen.«

»Fehlen?«, wiederholte er, gab sich lässig. »Dieser dämliche Hund. Rennt in ein brennendes Haus, das jeden Moment zusammenkracht. Nur ein gottverdammter Narr lässt sich so etwas Dummes einfallen.«

»Du weißt, warum er es getan hat, Reede. Er hielt es für seine Pflicht.« Die Tränen, die in seinen Augen schimmerten, schnürten Alex die Kehle zu. Sie machte einen Schritt auf ihn zu und legte eine Hand auf seinen Arm. »Du hast ihn geliebt, Reede, ist denn das so schwer zuzugeben?«

Er starrte auf das blumenübersäte Grab. »Die Leute haben immer darüber geredet, wie eifersüchtig er auf mich war. Keiner hat geahnt, wie eifersüchtig ich auf ihn war.«

»Du? Eifersüchtig auf Junior?«

Er nickte. »Auf seine Privilegien.« Ein schrilles Auflachen folgte. »Ich war die meiste Zeit stocksauer auf ihn, weil er diese Vorteile einfach vergeudet hat.«

»Wir lieben Menschen trotz allem, was sie sind, nicht wegen dem, was sie sind. Zumindest sollte es so sein.«

Sie nahm die Hand von seinem Arm und legte alle Zuversicht in ihre Stimme. »Angus hat mir erzählt, dass er an seinen Plänen für den Bau der Rennbahn festhalten will.«

»Ja, er ist ein sturer alter Bock.«

»Dein Flugplatz wird gedeihen.«

»Wehe, wenn nicht! Ende des Jahres werde ich arbeitslos sein«, sagte er. Er sah ihren fragenden Blick. »Ich hab gekündigt. Ich kann nicht gleichzeitig Sheriff sein, wenn ich den Flughafen aufbauen will. Es war höchste Zeit, dass ich's entweder angehe oder sein lasse. Ich habe beschlossen, es anzugehn.«

»Gut. Ich freu mich für dich. Angus sagt, du überlegst, ob du bei ihm in die Firma einsteigen sollst.«

»Wir werden sehen. Ich kaufe mit der Versicherungssumme für Double Time noch ein Rennpferd. Am liebsten möchte ich es selber trainieren. Angus will mir helfen.«

Sein beiläufiger Ton täuschte sie nicht, aber sie bedrängte ihn nicht weiter. Wenn sie eine Zockerin wäre, würde sie ihr Geld auf die zukünftige Verbindung setzen. Diesmal profitierte sicher Angus mehr davon als Reede.

»Und was ist mit dir?«, fragte er. »Wann gehst du wieder an die Arbeit?«

Sie steckte die Hände tief in ihren Mantel und zog die Schultern hoch. »Das weiß ich noch nicht genau. Angesichts meiner Verletzungen …«

»Wie geht's denen übrigens?«

»Alles heilt recht gut.«

»Keine Schmerzen?«

»Jetzt nicht mehr. Ich bin praktisch so gut wie neu, aber Greg hat gesagt, ich soll mir Zeit lassen.« Sie bohrte ihre Stiefelspitze in die weiche Erde. »Ich bin mir nicht sicher, ob ich überhaupt zurück will.« Sie merkte, wie er zusammenzuckte, und lächelte ihn an. »Das wird Sie sicher amüsieren, Sheriff, aber mir ist in letzter Zeit klar geworden, wie sehr ich mit den Angeklagten sympathisiere. Vielleicht versuch ich's zur Abwechslung mit Verteidigung.«

»Pflichtverteidigerin?«

»Möglicherweise.«

»Wo?«

Sie sah ihm tief in die Augen. »Ich hab mich noch nicht entschieden.«

Auch Reede wühlte jetzt mit der Stiefelspitze in der Erde. »Ich, äh, ich hab deine Erklärung in der Zeitung gelesen. Es war sehr anständig von dir, den Fall aus Mangel an Beweisen abzuschließen«, sagte er leise.

»Es hätte wirklich keinen Sinn mehr gehabt, das ursprüngliche Urteil anzufechten, oder?«

»Nein, hätte es nicht, besonders jetzt.«

»Wahrscheinlich von Anfang an, Reede.« Er hob den Kopf und sah sie nachdenklich an. »Ihr hattet recht, ihr alle. Diese Ermittlungen waren selbstsüchtig. Ich habe sie und die davon betroffenen Leute dazu benutzt, um meine Großmutter Lügen zu strafen.« Sie holte zitternd Luft. »Für Celina ist es zu spät, ihre Fehler wiedergutzumachen, aber ich kann auf jeden Fall etwas gegen meine tun.«

Sie deutete auf das nahe Grab, das älteste, das überwachsene, auf dessen Grabstein jetzt eine einzelne rote Rose lag. »Hast du die gebracht?«

Reede schaute über die zwei frischen Gräber zu Celinas. »Ich hab mir gedacht, Junior würde ihr gern eine Blume abgeben. Du weißt doch, wie sehr er die Lady mochte.« Gut für ihn, dass er dabei lächeln konnte.

»Weißt du, mir ist erst neulich bei der Beerdigung klar geworden, dass diese Grabstellen alle den Mintons gehören. Mutter hätte es gefallen, dass sie hier nebeneinanderliegen.«

»Und er ist da, wo er immer schon sein wollte. Nahe bei Celina und nichts zwischen ihnen.«

Rührung schnürte Alex die Kehle zu und trieb ihr die Tränen in die Augen. »Arme Stacey. Sie hatte nie eine Chance bei Junior, nicht wahr?«

»Keine Frau hatte das. Trotz seiner Weibergeschichten war Junior ein Mann, der nur eine Einzige lieben konnte.«

In stillschweigendem Übereinkommen wandten sie sich ab und gingen den Hügel hinunter zu ihren Autos.

»War es deine Idee, dass Stacey für eine Weile auf die Ranch zieht?«, fragte Alex unterwegs.

Er wollte es nicht gerne laut sagen, hob nur bejahend die Schultern.

»Eine gute Sache, Reede. Sie und Angus werden sich gegenseitig stützen.« Die Tochter des verstorbenen Richters würde sie nie mögen, aber Alex verstand sie und verzieh ihr ihre Feindseligkeit.

»Stacey muss jemanden haben, den sie verwöhnen kann«, sagte Reede. »Genau das, was Angus jetzt braucht.«

Als sie bei ihrem Wagen angelangt waren, wandte sich Alex zu ihm um: »Und was ist mit dir? Wer wird dich verwöhnen?«

»Ich hab das nie gebraucht.«

»O doch, das hast du«, sagte sie, »du hast nur nie jemanden gelassen.« Sie kam einen Schritt näher. »Wirst du einfach erlauben, dass ich abreise, aus deinem Leben verschwinde, ohne die geringsten Anstalten, mich aufzuhalten?«

»Ja.«

Sie sah ihn voller Frust und Liebe an. »Okay, ich sag dir

was, Reede. Ich werde dich einfach weiterlieben, solange ich lebe, und du kannst dich weiter dagegen wehren.« Es war eine Herausforderung. »Wir werden sehen, wie lange du es durchhältst.«

Er legte den Kopf zurück und sah, wie entschlossen sie dastand. »Du gehst wohl aufs Ganze, weißt du das?«

Sie erwiderte das mit einem zaghaften Lächeln. »Du liebst mich, Reede Lambert. Ich weiß, dass du mich liebst.«

Der Wind zerzauste sein Haar, als er nickte. »Ja, das tu ich. Du bist eine Nervensäge, aber ich liebe dich.« Er sträubte sich standhaft. »Das ändert trotzdem nichts.«

»Was zum Beispiel?«

»Wie zum Beispiel unser Alter. Ich werde lange vor dir alt sein und sterben, weißt du.«

»Spielt das heute eine Rolle – jetzt in diesem Augenblick?«

»Muss es doch ...«

»Tut es nicht.«

Ihre ruhige Logik machte ihn wütend, er schlug sich mit der Faust in die Hand. »Gott, bist du hartnäckig.«

»Ja, das bin ich. Wenn ich etwas unbedingt haben will aus dem Gefühl heraus, dass es das wirklich Richtige ist, gebe ich nie auf.«

Lange Sekunden verstrichen, während er sie ansah, im Krieg mit sich selbst. Hier wurde ihm Liebe geboten, aber er hatte Angst, sie zu akzeptieren. Dann stieß er eine Serie lästerlicher Flüche aus, packte sie an ihren kastanienroten Haaren und zog sie an sich.

Er griff in ihren Pelz, wo sie warm und weich und nachgiebig war. »Sie führen ein verdammt überzeugendes Plädoyer«, knurrte er.

Er drängte sie zu ihrem Wagen, berührte ihr Herz, ihren Bauch, dann legte er seine Hand an ihre Hüfte und zog ihren Körper an sich. Er küsste sie mit Leidenschaft und Liebe und etwas, das bei ihm stets vor sich hin gekümmert hatte – Hoffnung.

Keuchend löste er sich von ihren Lippen und begrub sein

Gesicht an ihrem Hals. »In meinem ganzen Leben habe ich nie etwas gehabt, was ich als Erster besessen habe, etwas, das nicht abgelegt oder gebraucht war, nichts – bis du kamst, Alex, Alex …«

»Sag es, Reede …«

»Werde meine Frau!«

Ein Wirbelsturm aus Gefahr und Begierde.

480 Seiten. ISBN 978-3-7341-0134-2

Auf dem Weg nach Texas quält sich ein Wagentreck durch die staubige Prärie. Auf einem der Wagen reist Lydia mit, eine geheimnisvolle Rothaarige, die vor Kurzem ihr Neugeborenes verloren hat. Auch Ross Coleman betrauert einen schrecklichen Verlust. Seine Frau ist im Kindbett gestorben. Doch der neugeborene Sohn braucht eine Mutter, und so geht er mit Lydia eine Vernunftehe ein. Eine Ehe – aus der Notwendigkeit geboren, zum Scheitern verurteilt? In der glühenden Präriesonne geraten Lydia und Ross in einen Sturm der Gefühle, der die bösen Schatten ihrer Vergangenheit ebenso ans Licht bringt wie ihre bedingungslose Leidenschaft.

Lesen Sie mehr unter: **www.blanvalet.de**